М. ГОРЬКИЙ

高尔基文集

* 18 *

克里姆·萨姆金的一生

（二）

1925
｜
1936

М. Горький

马克西姆·高尔基

克里姆·萨姆金的一生

(四十年间)

第 二 部

靖 宏 译

第一章

一

克里姆·萨姆金在向斯皮瓦克夫人介绍博览会和交易会的盛况时,觉得他只依稀记得当时内心的激动,可是当时的种种感受,却消逝得无影无踪了。他自知讲得枯燥乏味;本想在一些报纸的过分赞扬和另一些报纸牢骚满篇的怀疑论调之间提出自己的见地,因此心中不免有些惶惶然。不仅如此,他还惟恐自己跟着伊诺科夫那些粗鲁而又挪揄的杂文调门儿跑。

就连费多索娃,他也煞费苦心地想找一些像样的字眼来形容一番,可是当他说出这些字眼儿的时候,却听见自己说得非常干瘪乏味。不过说来说去,在全俄博览会上给他留下印象最深的,还得算这位驼背的小老太婆。他一想到对那位年轻沙皇曾经寄予的希望,心里就不是滋味;这位年轻人在他的记忆里只留下了一丝歉意的微笑。

"他是一个渺小的人物。大臣们哪里需要就可以把他拽到那里,就像拽拉一个小孩子似的。"他说这番话时,对于加在这些语句上的强烈的个人怨艾有点儿惊奇。

他们坐在花园里的樱桃树荫下,樱桃树上结满了一嘟噜一嘟噜紫晶般的果实。傍晚,闷热的空气预示着暴风雨的来临;浅灰的云片在凝乳色的天空翻滚；云影掠过花园，树叶纹丝不动，显得格外宁静。斯皮瓦克夫人双肘撑在桌腿埋进土里的圆桌上，用手托着腮帮，两眼盯着一只红色的小虫在桌面上蠢蠢蠕动。她丈夫半裸着身子，躺在窗下一条毯子上，不时地干咳着，来回推动那辆婴儿摇车，一个大脑袋婴儿躺在里面，两腿直踢蹬，一双乌黑的眼睛安详地凝视着天空。

"伊诺科夫在给我的信中谈到沙皇时，也是用的这种口气，不过更尖刻就是了，"斯皮瓦克夫人笑呵呵地说。"伊诺科夫给我写信时的那副派头，就仿佛整个俄罗斯只有他和我两个识字的人，而宪兵统统都是文盲。"

那只红色的小虫已经爬近萨姆金，他便气呼呼地把它从桌子上弹了下去。

"那么，还有什么呢？"斯皮瓦克夫人抬起头，问道。"对于霍登广场事件，人们都有些什么议论呐？"

"对于霍登广场吗？没有。我什么也没听说，"克里姆回答以后，忽然想起，他在思念沙皇的当儿，一次都没有想到过在莫斯科发生的这次惨剧，因此便嘲讽地说道：

"善良的民众已经忘记了这一点。就连那位喜欢讲倒霉事儿的伊诺科夫也忘记喽。"

斯皮瓦克夫人凝视着克里姆，本想说些什么，但是婴儿这时吧嗒了一下嘴，丈夫拽了拽她的衣襟，说道：

"他要吃奶喽！"

她抱起儿子，把身子扭过去，给他吃起奶来，并且煞有介事地嘟哝道：

"瞧我这儿子有多严肃哇！他一点儿也不调皮，就喜欢沉思默想，一声不吭地研究着世界。真乖！"

但是斯皮瓦克先生却对着亮光瞅瞅自己的手指，说道：

"他以为音乐是藏在我的手指缝里和指甲下面呢！"

克里姆感到内心涌起一股难以忍受的烦躁。那位身着洁白连衣裙的女人和那不时地映在她身上的树叶和果实的阴影；那位架着一副黑眼镜、脸色发青、正患肺痨的音乐家;这花园中青葱翠绿的草木,沉沉的天空和市井传来的幽幽语声,——所有这一切都给人一种寂寞的感觉。

他在这寂寞苦恼之下,度过了几个郁闷的日日夜夜,直嗔怪瓦拉甫卡和他母亲参观博览会以后自己到克里米亚旅行去了,而把他拴在家中和这个城市里,要他待上一个月之久。眷恋女人的心情使克里姆坐卧不安;每到夜晚,他想起莉吉雅就气急败坏地埋怨她一通。有一天晚上,他来到楼上莉吉雅的房间,愕然大吃一惊:那卷起来的褥垫搁在弹簧床架上,枕头和床单都收了起来,镜子用报纸遮着,放在窗下的沙发椅蒙上了灰套,所有的小玩意儿都藏了起来,窗台上的鲜花也不见了。这种不堪入目的寂寥景象仿佛在奚落似的诘问:

"这里真的有过一位姑娘吗?"

然而,姑娘确实有过,而且这犹如病痛一般令人揪心的精神空虚,恰好说明了这一点。

他走进那间孩子们冬天玩耍的大屋子,在里面久久徘徊,从一个角落踱到另一个角落,心里嘀咕:除了激动不安,其他一切怎么会如此轻易地忘却了呢?父亲现在不知住在什么地方,他从来不曾想起过父亲,也从来不曾想起他的哥哥德米特里。然而却常常不由自主地想起莉吉雅。倘若她发生失恋这样的不幸,或者类似失恋的事儿,那可不坏!假如有什么事情能打一打她那骄矜的气焰,对她也是有益的。她有什么可骄傲的呢?她长得并不漂亮,而且也不聪明啊!

这座房子里尘土弥漫,空旷的尘埃世界使人心灰意懒,思想迟钝。一个女仆懒洋洋地查看着各个房间,在院子里徜徉;克里姆看她那样子,就跟隔着火车车窗眺望远处田野里的耕牛一般。不论什么地方,不论什么人,不论是房屋和物品,还是坐落在这静悄悄的、浑浊的河畔的整个城市,都在产生寂寞之感,他已被淹没在百无聊赖之中。博览会上那些动人的场面,犹如惊梦一场,已经暗淡下去,渐渐被遗忘,仿佛就是沙皇那矬小的身躯抹去了它们的光泽,将它们吞没。

斯皮瓦克夫人近来既不招惹他,也没来教训他,他很高兴,但也感到委屈。看来她极为关心学校的事情,一味谈论学校,谈论学生,不过谈得很勉强。除了看婴儿和她丈夫以外,不论看什么都无精打采,那眼神不是显得疲惫倦怠,就是陷入沉思默想。她上午九点钟去学校,下午三点钟回家来;从五点到七点之间,她抱着小孩儿,手里拿着一本书,在花园里漫步;晚上七点她还要到一个业余合唱队去教课,很晚才回来。有时候,教堂合唱队的指挥,那位长发、矮胖的花花公子送她回到家来。这家伙头戴一顶巴拿马草帽,手里提溜一根文明棍儿,那两撮浓密的胡髭,活像抹上去的两块黑漆。斯皮瓦克夫人曾经一再追问克里姆:

"您要写篇关于博览会的报道吗?"

"要写的,"他虽说因为烦恼还未动笔,但还是作了肯定的回答。

每天上午,当斯皮瓦克夫人离家一个钟头以后,她丈夫斯皮瓦克便从厢房里走出来,像个刚刚学会在地上走路的娃娃,趔趔趄趄地来到大门口。他戴上口罩使下巴颏显得很突出,那毛发卷曲的脑袋活像个狮子狗头;那件深色的毛茸茸的上衣更加突出了这位音乐家和马戏团的驯狗有相似之处。他遇见克里姆便把口罩退到脖子上,总要谈论些有关音乐的事情:

"您瞧瞧这个,"他说着把两只手举到萨姆金面前,向他伸出七个手指头,说道。"这是七个音符。要知道,只有七个,是吗?可是,贝多芬、莫扎特和巴哈却用它们做了些什么呢?到处都一样:上帝赐予我们的很少,而我们却创造了无数美好的东西。"

他认为音乐语言要比文字语言丰富得多。

"要说明一个和音的涵义,你得说上几十个字。"

一天傍晚,他在花园里热得呼哧呼哧直喘,对克里姆说了一件新奇的事:

"我要死了。今年秋天我很可能就过不去了。"

"得了,您可别这样说!"萨姆金不同意他的说法,并且把话说得尽量不那么无所谓的样子。

"我妻子也不信,"斯皮瓦克说着,用手指在空中画了一个莫名其妙的图形。"可我自己知道:就是秋天。您以为我是害怕吗? 不是的。不过,我很惋惜。我喜欢教音乐。"

他瞅瞅自己瘦骨嶙峋的手指,呼哧呼哧地大口喘气。

"我妻子也喜欢教音乐,一点儿不错! 您看,生活应当安排得像个乐队:每个队员都忠实地弹奏自己的曲谱,那一切就会称心如意啦。"

他气喘吁吁地说着,喉咙里不知有什么东西呼噜呼噜直响;他忽然抱住头,打了个喷嚏,深呼了一口气,说道:

"这个城市里的尘土有一股鸟粪味道。"

萨姆金认为他的话也和吉奥米多夫一样,是半疯半傻的瞎嘟哝,他听着这些话更加烦躁了,于是他来到了报馆编辑部。

二

报馆位于僻静的德沃良斯克大街和一条弯弯曲曲的、通向济贫院大铁门的冷清的小胡同拐角上。一幢两层的楼房折成两半:一半面临大街,另一半隐蔽在小胡同里,比头一半长出来两扇窗子。楼房很旧,像座兵营,外表没有装饰,黄色油漆的墙壁上落满了灰尘,那颜色好像一块没有熟透的皮革;太阳照在玻璃窗上,呈现出紫罗兰般的颜色,在这座楼的黑乎乎的窗户上方写着《我们的家乡报》几个大金字,叫人看着怪别扭的。

萨姆金沿着被下面一层的印刷机震得直颤动的铸铁楼梯,走进一个很大的房间,看见德罗诺夫正坐在屋子中间一张铺着染有墨迹的漆布的长桌子旁,一面吹着口哨,一面把什么东西从笔记本上抄在一张纸条上。

他犹犹豫豫地站起来,上前迎接克里姆,仿佛不认识他似的;而当克里姆付之一笑时,他便拉住他的手,使劲儿摇晃起来,那股兴奋的劲头儿显然有点过分。

"你回来啦? 回来很久了吗?"

"你过得好吗?"萨姆金回答他的问候,对他那过分的兴奋表情和称呼"你"的口气颇为反感。

"我在靠弃婴过日子,"伊万嬉皮笑脸地说。"小品文作家就会说俏皮话:请把真正的弃婴抱来,让报馆给他们盖上个章,不然你就会把同一个弃婴卖上五六次。"

他留着小平头,露出扁平的脑门儿,因此脸颊显得更宽了;像钮扣一般的鼻子仿佛肿了起来,简直不成样子。他一边摩挲那撇跟大街上的尘土一样颜色的小胡髭,一边说道:

"我们老爱说俏皮话。可是在这座该死的城市里,什么事件也没有发生过!为了得到一件新闻,只好自己去抢劫,去放火,去杀人。"

他一边说,一边用笔帽在那块像地图一般的漆布上画着 8 字,同时侧耳听听主编办公室里面的沙沙声,那里好像有只小猫在玩纸张。

由于年久失修已经发黄的主编办公室的白色大门忽然打开,主编手里摇晃着几张稿纸,喊道:

"德罗诺夫!你真见鬼……噢,您好啊!"他忽然亲热起来,把门开大了一些。"请进来坐!"

过了一会儿,克里姆便坐在他对面,听他说:

"检查官害了言论恐惧症,而那些撰稿人先生们则害着放纵病,肆无忌惮地大发议论,个个争先恐后地表示自己比别人更激进。"

他说得郑重其事,并无怨气,仿佛是在开导克里姆似的。他不时地用手帕擦擦汗津津的光头和蜡黄的太阳穴;当他说一些拉丁语的时候,那片不雅观的嘴唇便神气活现地噘了起来。克里姆已经知道,爱在报上用些拉丁文是这位主编的一个缺点,差不多每篇文章里他都夹带一些拉丁文,像 ab ovo, o tempora, o mores! dixi, testimonium paupertatis[①] 等等这样一些报业同行所喜欢的字眼。在主编背后立着一个书

[①] ab ovo 直译为"从卵开始",即从最初开始的意思;o tempora, o mores! 是"关于时间,关于道德!"的意思;dixi 是"我说";testimonium paupertatis 直译是"贫困的证据",有"无知"的意思。

柜,里面塞满了图书,书柜玻璃上映出一个灰色的背影和一双圆圆的村妇一般的肩膀,油光光的后脑勺闪着晦暗的光亮,好像书柜里锁着一位和主编面貌一模一样的人。

"您可想而知,在这种情况下制造和掌握舆论是何等不易。而且还有一些人蛮有把握地说:'搞得越糟越好'。最后还有马克思主义者,他们都是些对人民没有爱戴之心的假革命派。"

印刷机的油墨气味充满了一间堆满报纸的小屋子。在它的地板下面好像有个怪物在不停地喧嚣,有节奏地跺着脚。主编倦怠地长吁了一声。

"这是关于博览会的报道吗?"他一边问,一边用克里姆的稿子驱赶一只大苍蝇。这只苍蝇死乞白赖地想落在主编的脑门上,吮吸他的汗水。"伊诺科夫是一个极不称职的记者,"他接下去说,并且用稿纸照脑门儿拍了一下,然后紧皱着眉头,盯着那只苍蝇在桌面上乱飞。"伊诺科夫是一个愤世嫉俗的家伙,我怀疑他这种毛病是由于大便秘结造成的。精神病学家科瓦廖夫斯基跟我说过,雅典的泰门①患的就是便秘症,这是一般的征兆……"

他用稿纸拍死了苍蝇,轻松地叹了口气,鼓了一下嘴唇,然后轻轻地舒展开;萨姆金认为这是主编高兴的表示。

"此外,伊诺科夫还作了些狗屁不通的诗,您知道,简直都叫人笑掉大牙。顺便说说,我这里积压的地方诗人的诗稿有几尺厚,您不想看看吗?或许您会发现一些供星期增刊用的材料。老实说,我对新诗不怎么了解……"

他生气地绷着脸,拉开了办公桌抽屉,把一叠大小不齐的纸片递给克里姆。

"喏,就是这些!两个星期以前,德罗诺夫交来一首很不错的诗,

---

① 泰门是古希腊雅典的贵族,为人慷慨好客,终日大摆宴席,宾朋满座;当他的钱财挥霍殆尽时,朋友纷纷离去。泰门开始认识到金钱的罪恶和世态炎凉。莎士比亚曾为他写过一部同名悲剧《雅典的泰门》。

我们把它登出来了,后来我们发现,这是别涅迪克托夫①的!不言而喻,我们成了人们的笑柄。我问德罗诺夫:'这样做是何用意?'他说:'这是神学院的一位朋友交给我的。'咳,我可不能相信神学院的学生。"

那位小品文作家闯进了办公室,问道:

"又在删我的文章吗?"

他一边握萨姆金的手,一边说:

"这已经是这个月的第五篇小品文啦。"

他坐到窗台上,浑身直哆嗦,咳嗽得很厉害,那蜡黄的脸鼓起来,涨得通红,两条细腿像抽筋似的,脚后跟把墙磕得嗒嗒嗒直响;茧绸上衣从他那瘦骨嶙峋的肩膀上滑了下来;脑袋痉挛般地摇摆不停,一绺绺灰不溜丢的、肯定是干干巴巴的头发披散到脸颊上。他咳嗽完以后,用一块旧手帕擦擦嘴,向克里姆解释道:

"我着凉了。"

尔后他告诉他:在报馆工作的九年中,检查机关毁掉了他十一大本手稿,合计每本二十个印张,每个印张四万个字母符号。萨姆金听见鲁宾逊说这话时并不伤心,而是流露出自豪的表情。

"你不要夸夸其谈!"主编不以为然地说着,同时在用一只眼睛阅读一位作者的稿件,用另一只眼睛盯着刚飞来的直叫人恶心的苍蝇。

鲁宾逊想说什么,于是从窗台上跳下来,又咳嗽了一阵,往废纸篓里吐了一口痰。主编斜视了一眼纸篓,用脚把它踢动了一下,摁了摁电铃的按钮,沮丧地说:

"我又忘记摆痰盂了。"

德罗诺夫走了进来,主编从眼镜上方望着他。

"我不是叫您,是叫听差的。"

"我有新闻,"德罗诺夫说。

---

① 别涅迪克托夫(1807—1874),俄国诗人。

"有什么新闻?"

"有一个人淹死了,发生了两起小小偷窃案。集市上打起来了。有个人给打成了残废……"

"这就是生活吗?啊?"鲁宾逊大声喊道,同时拽着克里姆的胳膊。"走,咱们喝酒去!"

德罗诺夫倚着门框站在那里,瞅着主编的脑袋说道:

"监狱官托波尔科夫昨天在市参议院把参议员格拉切夫叫做白痴,把季莫菲叶夫叫做小偷……"

"但是他们都不相信他,"鲁宾逊说完,就拽着克里姆走了出去。

三

萨姆金不愿错过机会,去接近和了解这个自称有权谴责和教训别人的人。鲁宾逊在大街上迎风走着,眯缝着眼睛防备尘土吹进去,一边咳嗽,一边兴冲冲地说:

"我们到瓦尔加拉①去,这是我给伏尔加酒店起的名字,因为它是俄国的瓦尔加拉,是我们的英雄人物和那些给这有害的嗜好折磨得疲惫不堪的人们得到安慰的地方。小伙子,有什么嗜好在刺激你吗?"

他俩走在一条洁净的大街上,大街两旁五颜六色的小房子掩映在用篱笆围起来的翠绿的花园之中。

"多舒适的小房子啊,"鲁宾逊说着贪婪地吸了一口热气。"形形色色保守主义的堡垒。保守主义就是在这种舒适安逸的土壤上产生的……"

"当然,像他这样一些无家可归的、不负任何责任的人是没什么可惜的。"萨姆金这样想。

"您记得托尔斯泰的那个阿基姆大叔讽刺抽水马桶的故事②

---

① 斯堪的纳维亚神话中阵亡英灵和奥丁神欢宴的宫殿。
② 出自列夫·托尔斯泰一八八六年写的剧作《黑暗的势力》。

吗,啊?"

克里姆付之一笑,没有回答;他看着这个身穿黄色茧绸衫,手里拿着黄草帽,一脑袋灰不溜丢的乱头发,枯瘦如柴而又难看地佝偻着的人那副丑相,心里顿时觉得好笑。他那颧骨上的红点点还叫人以为是小丑抹的红脸蛋儿呢。

"我不认为您是个凶狠的人,"克里姆说这句话时,自己也感到很意外。

"糟就糟在我不是这样一种人!"鲁宾逊感慨地说。"不过,应该凶狠一些,这是职业的要求。"

饭馆坐落在陡峭的河岸上,用几根立柱支撑着的阳台,像个展品架似的高悬在空中。从那些古老的菩提树顶上望去,可以看到一条彩带般的蓝莹莹的河水;像熔化了似的太阳在水面上闪着金光;河对面的沙丘上,撒落着一家家灰色的农舍,翻过去便是一大片缨络柏,再远的地方,就是朵朵美丽的云霞仿佛从地面升起来。

一个身材高大、生着双下巴颏的女人,正孤单单地坐在阳台一角上,惆怅地望着那个空冰激凌盘子;她那香瓜形的脸上长着一只很不相称的鹰钩鼻子,鼻子下面好像生了一片黑胡髭。

"这是卡斯巴莉太太,是个有名的拉皮条的女人,"鲁宾逊悄声说。"检查机关禁止报道她的新闻。"

他对一名年轻的侍者和蔼地说:

"米沙,来几条小鱼、几个鸡蛋和两杯啤酒!"

然后急忙点燃一支香烟,把两条疲惫的腿伸在桌子底下,身子懒散地趴在桌子上,紧盯着萨姆金的脸,流露出一副好奇的神情,即刻莽撞地说道:

"我关心的是对于人类已经丧失信心的你们这一代人,能有什么作为? 很明显,对于英雄人物,你们是厌恶的,或者说是害怕的,尽管你们思考历史仍然像思考奥古斯特·倍倍尔之流的著作一样。我认为,你们比起民粹派来更是些个人主义者,你们把群众推到前台,不过是为了使自己成为旁观者。在你们这伙人中不会有人因为爱人民、因为分忧他们的命运而发疯,就像格列布·乌斯宾斯基发疯那样。"

萨姆金恼怒地皱起眉头,在选择词句来严厉地反驳他,但他不愿意跟他谈政治,而是想了解,鲁宾逊自信有权批评一切事物和所有的人有何依据。但是这位小品文作家却喷云吐雾地抽着香烟,作了一个难看的怪相,继续说道:

"乌斯宾斯基曾经慨叹道:'必须在智慧和良心上付出巨大的努力,才能在公然的谎言、欺骗和夸夸其谈的气氛中生活下去。'您还记得他这番悲愤的哀鸣吗?"

他掰碎面包,把大块的扔给栏杆外面那些嗉子鼓鼓的灰鸽子,瞧着它们贪婪地啄碎面包皮,相互争夺。他不禁颤抖了一下,那憔悴的面容更加难看了。

"是的,生活变得越来越冷酷无情了,我再也不愿扮演其中的丑角了。什么小品文作家,我的老兄,简直是马戏团的老翁,是小丑。"

他在椅子上欠欠身子,把一个瓶塞向鸽子投去,然后叹了口气,说道:

"真是只笨鸟。不过乌斯宾斯基毕竟是一位乐观主义者,他可以在夸夸其谈和谎言的气氛中应付自如,谁也不会在良心和理智上去向他施加'巨大的'压力。"

他说得很快,活像在一条任意转弯的小径上赛跑,从一个论题跳到另一个论题。克里姆觉得他这些跳跃式的谈话中有一种错综复杂的、前后矛盾的、颇像是忏悔的东西。克里姆装作同情的样子,在那里沉默不语,因为他看到一个人比他所想象的要卑微一些,是挺高兴的。

作家漫不经心地急忙用叉子叉下一块鱼冻,一面嚼着一面说:

"我只喜欢吃鱼和鸡蛋,因为这是磷质最丰富的食物。"

但是他并没有吃鸡蛋,而是把它们放在手心上滚了滚,装进了口袋。

"拿给我熟悉的一条狗吃。老兄,我对那些丧家之犬'有一种简直是病态的眷恋'。这样一个聪明而又善良的动物竟然不被人重视！您要知道,萨姆金,谁也不会像狗那样爱护人。"

他一小口一小口地喝啤酒,就跟喝葡萄酒似的,并且一边喝,一边皱眉头,吧唧吧唧嘴。

"您怎么看待那些趣闻呢?"他问完,又兴冲冲地说:"我是很喜欢的。"

他闭上那只右眼,不知在模仿谁,操着老人的腔调瓮声瓮气地说起来:

"人们的求知欲可以使他们把整个现实生活看得既神奇又玄妙……不,这是真的!就拿我来说吧,我在十一个城市里住过,我的收获只是些趣闻。在喀山时,我的房东,一位狠心的高利贷主,那个非常狡猾的老头子曾经跟我说,加弗里尔·杰尔查文①本是个富翁,可他却装成乞丐,沿街卖唱,一直到四十岁。公正而神明的亚历山大陛下撕下了他的画皮,把他流放到西伯利亚,后来为了侮辱他,把他塑造成一个半裸体的人,让他只穿一件衬衣,伸出一只胳膊,把他的塑像放在剧院的门前。跟他说你别装假了,恶棍!"

鲁宾逊的嘎哑声音中流露着悲伤,他想用揶揄的笑容加以掩饰,但是办不到。他憔悴的脸上呈现出灰色的暗影,这暗影仿佛是从那萎靡不振的眼下皱纹中萌生出来似的;那双眼睛焦躁地眨了一下,目光马上又沮丧地消逝,掩藏到睫毛下面去了。

"杰尔查文这个姓的由来是这样的:喀山的庄稼汉加弗里尔在叶卡捷琳娜女皇陛下的宫廷里当火夫。有一回女皇跟她的情人波将金吵骂起来,她呵斥道:'我要砍你的头!'结果他吓得直跑,而她上来了女人的狂暴劲儿,就光着屁股去追。这时候,加弗里尔聪明起来,他拦住了女皇,说,'女皇陛下,您不能去追赶情人呀!'于是女皇恍然大悟说:'你说得对,加弗里尔,因为你维护了女皇的尊严,使国家避免了一

---

① 杰尔查文(1743—1816),俄国诗人,古典主义的代表人物之一。

场丑闻,你应当得到奖赏。'从此以后,他就在女皇寝宫当了七年守门侍卫,赏赐他一个姓——杰尔查文①。而那位波将金则被贬到喀山去当了省长,后来投靠了普加乔夫。"

鲁宾逊从兜里掏出来一个黑色铁烟盒,朝河对岸烟雾弥漫的寂寥的田野望了一眼,长叹一声,说道:

"我记录了一百多件有关沙皇、诗人、主教、省长等等这类的趣闻。"

"真有意思,"萨姆金不以为然地说。他一面听着这位小品文作家讲述他的趣闻,一面想起瓦拉甫卡对他鄙夷的评价:

"鲁宾逊是那样一类的知识分子,他们认为处世的经验是不能压塑成形的,他们并不对人摆出一副教师爷的架势,而只是对那些好教训人的人予以抨击。鲁宾逊真是个没见过世面的叭儿狗。"

克里姆站起来,伸出一只手,说道:

"我该走了。"

"我也要走,"鲁宾逊说。

四

那位体格结实、面孔黝黑的教堂合唱队指挥从餐厅来到阳台上,他的脚步声十分清晰,就跟演员从幕后走到前台来一模一样。他的两撇浓密的大胡子,顶端向上卷起,差不多都够得着那对像他那件华丽的常礼服上的大钮扣一般圆溜溜的黑眼珠了。他浑身上下像磨过似的,十分光滑,就连毛茸茸的手里提溜的无用的文明棍儿也闪闪发光。

"这是科尔文,"小品文作家押着脖子,一边咳嗽,一边悄悄地说。他把两手插在口袋里,在椅子上坐得更稳当了。"他自称是匈牙利国王斯特凡·科尔文的后裔。其实是个无赖,殴打合唱队那些孩子特别

---

① 杰尔查文是 держава(意即国家)这个词变来的。

凶狠,我写文章讽刺过他。你瞧他多么恶狠狠地看着我呀?"

科尔文挥舞着手杖,并且用那只戴着黄手套的手跟坐在角落里的一位太太打招呼,迎着那位太太的笑脸,大摇大摆地向她走去,但是他发现这位小品文作家便停了下来,蹙起双眉,胡子梢可怕地抖动了一下,朦胧的白眼珠上呈现出条条血丝。克里姆站在那里,靠着椅背,等待着马上就要爆发一场争吵。他从鲁宾逊的脸色以及他那惶恐的笑容里看出,这位小品文作家也在期待着发生这样的事情。

但是,伊诺科夫忽然从餐厅的门洞走出来,他身穿一件短斗篷,好像一只大黑鸟;一只手拿着礼帽,另一只手向前伸着,好像手中有一把宝剑。萨姆金联想到宝剑,是因为伊诺科夫意外地出现和他那副怪相,在他看来很像传奇剧里的一位主人公唐·采尔德巴桑①。

"啊呀,伊诺科夫,您是什么时候……"小品文作家从椅子上跳起来,大声说道,但又马上坐了下去。伊诺科夫没有吭声,而是用帽子触了一下合唱队指挥的脸,把文明棍儿从他手里夺了过来,扔到栏杆外面,揪住他的衣领,使劲儿摇晃他,对着他那圆圆的、生着一对金鱼眼的通红的脸,气急败坏地嘟哝了些什么。合唱队指挥的个头只及伊诺科夫的肩膀,但比他粗壮得多。克里姆以为他会提溜起伊诺科夫,把他扔到阳台外面去,但是这位指挥却跟跟跄跄,一手抓着巴拿马帽,另一手推了伊诺科夫胸膛一下,激昂地高喊:

"放开我!你想干什么?我要去控告你。"

克里姆感到吃惊的是,伊诺科夫竟然轻而易举地把合唱队指挥扭了个身子,朝他屁股飞起一脚,骂道:

"我要你的狗命!"

跑来两名招待,饭店老板也来了,门口还站着一个大胖子,胸前搭着一条餐巾;那位太太用拳头敲着桌子,大叫:

"去叫警察来!"

---

① 法国剧作家杜马努尔(1806—1865)和恩奈尔(1811—1899)合著的《西班牙贵族》一剧中的主人公。

但是合唱队指挥拔起腿,跑进了餐厅,只能从里面摇晃着巴拿马帽,上气不接下气地尖声喊道:

"你得赔我!我要你……好吧!"

萨姆金对这种争吵感到非常不安,不过他却想到:"一个人如果在这种情况下胆小怕事,那就太可怜而又可笑了!"

那位太太走到门前对他说:

"您不害羞吗?眼看着一个人被欺负,您却坐在那里像看马戏似的!"

伊诺科夫不给她让路,而是瞪了她一眼,像吆喝马匹似的喊道:

"嘿嘿,滚吧!"

她急忙躲开他,快步溜进餐厅,边走边说:

"我可以作证!"

伊诺科夫走近鲁宾逊,苦笑着向他伸出一只手,然后又把手伸给萨姆金。他的手汗津津的,直打哆嗦;眼睛苍白得又奇怪又可怕,瞳仁仿佛蒙上了一层灰尘,使他的整个脸跟个瞎子似的。招待挪过来一把椅子,让他坐下,他把手伸到桌子底下,要求道:

"来啤酒,马特维·瓦西里叶维奇,要冰镇的!"

"这是怎么回事?这是为什么?"鲁宾逊小声地愤然问道。

"他知道!"伊诺科夫说完摇摇头,然后摘下帽子,放在膝盖上。

"我不赞成,"鲁宾逊抽了一口烟,气呼呼地嘟哝一声。

伊诺科夫耸耸肩膀,没有言语。

"天气真闷!"萨姆金摇着手帕说。

不知为什么,克里姆看到伊诺科夫有那么大劲儿,能把一个比他自己粗壮的人轻易地赶走很不高兴。但是他马上又想起那句常常在拳击场上听到的话:

"胜者靠的是勇气,而不是力量。"

他本想走开,但又一寻思:伊诺科夫定会以为他这是向他抗议,而且他也很想知道这个野人为何要揍合唱队指挥,便问:

"您是什么时候来的?"

"昨天晚上,"伊诺科夫欣然答道,尔后微微一笑,使他那粗俗的脸庞显得温和、漂亮了。他接着说:

"真糟糕!我和瓦拉甫卡吵翻了,我已经不在报馆工作了!他在参观博览会的时候,就像个贪馋的小孩子似的溜溜达达。而维拉·彼得罗夫娜呢,却像那个卡卢加省长太太,对什么东西都不感到动心了。您知道,萨姆金,我是很喜欢瓦拉甫卡的,不过也是有一定限度的……"

"我的老兄,您快跟全世界的人吵遍了,乖戾的人!"鲁宾逊递给他一支香烟,怪声怪气地说。"您干吗要威吓那个合唱队指挥呀?"

伊诺科夫接过烟,看了看,把它撕碎,扔到茶盘里,然后眯缝起眼睛,耸耸肩膀,叹息道:

"关于合唱队指挥的事,那你去问他自己好了。我可要上堪察加去了,就连一些蠢猪也想上那里去找金子。对于您的大作,鲁宾逊,我已经欣赏够了;我也很讨厌那位可敬的主编,讨厌那些倒霉的印刷机的轰鸣和气味,什么都讨厌!"

"您这是合情合理的!"鲁宾逊挖苦他说。"从报馆一下跃到堪察加……"

萨姆金终于找到了走开的机会。伊诺科夫握着他的手,笑嘻嘻地问道:

"您也严厉责备我,是吗?"

"我不了解内情,不能责备您,"萨姆金落落大方地回答。

萨姆金连自己都不敢相信了,他认为这小伙子今天在他心目中身价高了,尽管他仍和从前一样叫人不痛快。

"莫非是他那浑身的劲头儿和机灵博得了我的欢心?"他紧皱着眉头在冥思苦想,并且越来越清楚地看到:一个人变得渺小了,而另一个人变得高大了。

五

他回到家里，当即从许多诗歌中找到了一首署名伊诺科夫的诗。那些歪歪扭扭的字迹拼命向左边倾斜，没有一定的规矩，每个字母都相互离开，子音字母都是小写，而母音字母都是大写。这似乎让人觉得有些矫揉造作。于是克里姆皱着眉头读道：

啊，夫人！
我是一条好狗！
这一点众牲畜无不知晓，
就连特别仇恨我的蠢猪，
也不否定我的某些长处。

但我找不到一个人，
能够无私地爱我。
对于人们，我是熟知的，
也惯于把我的一切献给他们，
用我的心，像一把铜勺似的，
为他们舀取生活的欢乐与悲愁。

但是从人们那里我一无所取，
我不吃甜的，也不吃荤的。
我厌恶庸俗，简直要呕吐，
脑子里从小就灌满了谬误。

极度的苦闷使我窒息，
我需要一个人，

假如他能发发人的善心,
我心甘情愿地去舐他的双手!

啊,夫人!
假如您能成为一位神灵,
为一条好狗,一只忠犬做点事情,
这当然不会辱没您的名声……
她沉思地凝视着灰蒙蒙的苍穹,
问道:这哪里有诗韵?

"这不是诗,"萨姆金莫名其妙地瞅着那张揉皱的小纸片,心里断定。"这是愚蠢呢,还是猎奇呢?"

他有时觉得,这种新奇也是愚蠢,不过是用排列特殊的文字掩饰的愚蠢而已。可这一回他却有点儿迷惘了:伊诺科夫的这些句子听起来并不蠢,但也不愿意承认它们有什么新奇之处。克里姆拿起铅笔,在 o 和 a 这两个带圈儿的字母上画些眼睛、鼻子和嘴,又在这些丑陋的小脑袋上画了耳朵、鬃毛般的头发,心想顶好是嘲笑一下伊诺科夫,写一首打油诗:《雀斑和诗》。可这位"夫人"是谁呢?难道是斯皮瓦克夫人吗?也许是她。这样一来,他为何要羞辱那位合唱队指挥,就可想而知了。

傍晚,天刚黑的时候,他来到厢房,看见斯皮瓦克夫人手里拿着针线坐在桌旁,他便把那首诗读给她听。她听完,头也不抬地问道:

"您把这首诗读给我听,经过伊诺科夫允许了吗?"

"没有,不过它们不会在报上发表,"萨姆金慌忙回答。"可您怎么知道,它的作者是伊诺科夫呢?"

斯皮瓦克夫人抬起头,对萨姆金嫣然一笑,这使他更加惶惑了。

"请您不要告诉他!"他恳求道。

她把针线活撂在桌子上,问他:

"您不喜欢伊诺科夫吗？"

"是的,他有点叫人讨厌,"萨姆金过了一会儿才回答。

"他有点儿粗鲁,"这妇人摘掉手指上的顶针,摆弄起来。"这是因为他缺乏自信,也是由于他看了席勒的作品,学了卡尔·摩尔①的缘故。"她坐在椅子上,摇晃着身子,想了想,补充说。"他是个浪漫主义者,不过由于受着现实生活的重压,他不会成为一个诗人。他有一首诗,结尾是这样写的:

绝望压抑着我的心灵,
它好像娼妇一般,
用抱怨的纸花艳装打扮。

这话说得真不带劲儿;他不论是说话还是思维,都很笨拙,这大概是因为他为人太正直了。"

她一面说,一面慢条斯理地理着头发,摩挲衣领和胸脯上的衣褶。

"她像个老母鸡似的,在啄自己的毛,"克里姆颦蹙着眉头瞧着她,心里想。"她身上散发出一股奶汁味。"

她操着女教师的腔调,叫人听起来真难受。

"在青年时代,我们每个人都憧憬自己的未来,这还是歌德说的呢。"克里姆听见她说。

"对于女人我了解很差。其实,她是一个枯燥乏味而又庸俗的女人,可是在彼得堡的时候她却是……"克里姆心里思忖。

"您可记得,他是把诗歌和现实生活分开的……"

"您说谁？"

"歌德呗。"

"哦,是呀！您同意他的见解吗？"

---

① 卡尔·摩尔是德国大诗人席勒(1759—1805)写的剧本《强盗》的主人公,他原是一个纯洁的青年,后加入强盗队伍,杀富济贫,成为好打抱不平的侠士。

"女人最有资格认为诗歌是虚伪的了，"斯皮瓦克夫人小声而又肯定地说。

音乐家在隔壁咳嗽了一阵，因而使这女人好生无聊的话语更加乏味了。于是克里姆便怀着几乎是对斯皮瓦克夫人深恶痛绝的心情，乘机溜掉了。夜里，他久久地想着那个憧憬自己前途的人，想着那些千方百计要制服他，把他拉上他们开拓的道路，抹杀他独特的精神面貌的人们。阿琳娜·捷列普涅娃说过，她认为整个世界对她来说就像一座感化院，她这话虽然可笑，却也是事实。世界正由伊丽莎白·斯皮瓦克这样一些人变为感化院。

六

几天之后，克里姆·萨姆金有一回正躺在床上，展开报纸，一眼看见了报上刊登的他那篇有关博览会的特写，心里非常高兴，他甚至合上了一会儿眼睛，那"在俄国劳动的庆典中"①几个黑色大字仍然浮现在他的眼前。但是当他睁开眼睛读了五六行密密麻麻的小铅字之后，觉得非常烦躁，好像给蚊蝇叮着似的难受。多处排印错误使他很生气；当他发现有些句子冗长，读起来很吃力，还有些句子言过其实，不够流畅时，感到很难为情。不过，总的来说，这篇特写的笔调是有气魄的，只是其中夹杂着他人的，仿佛是伊诺科夫的牢骚怨言。这是最叫人不痛快的，尤其是其中有两三处几乎是逐字逐句地照抄了伊诺科夫的话。他那些有关珀涅罗珀等候俄底修斯②到来，以及秃头新郎的句子，特别使萨姆金难堪。

"我怎么这样疏忽呢？"他懊丧地责怪自己。

他照照镜子，看见自己愁眉苦脸，紧咬着下嘴唇，眼镜片闪着寒光。

---

① 俄国官方报纸对下诺夫戈罗德工业博览会的称呼。
② 此故事出自荷马史诗《奥德赛》。

"不知道斯皮瓦克夫人会说些什么?"他心里嘀咕。

"我觉得这篇文章写得有点儿过于浮华了,"她说完马上又安慰他一句:"不过我还是要向你祝贺!"

德罗诺夫也向萨姆金表示祝贺,而且似乎还很真诚。

"祝贺你文墨生涯的开始,"他摇晃着萨姆金的手喊道。那个鲁宾逊则和伊丽莎白·利沃夫娜的见解一样:

"我是赞赏的,不过我还是要指出一点:这篇文章很像食品店的橱窗,色味虽美,但不是广大群众所需要的。"

克里姆认为他的话也是一种恭维。

萨姆金经过一番观察,认为报馆人员中最有风趣和最有特色的人物,要算德罗诺夫了,所以这个"言论机关"的重要性在他眼里很快就下降了。克里姆不得不承认,德罗诺夫作为一个新闻记者是胜任的。他那对仓皇不安的眼睛射出的锐利目光,可以穿透本市家家户户的墙壁,洞察日常生活中的微尘细末,敏捷地攫取其中最大最黑的污点。

"差不多整个报纸都靠我的材料过日子,"他撇着嘴,夸口说。"假如没有我的话,那鲁宾逊就没有什么可写的。他们给我的版面很少;我每月可以挣一百五十个卢布。"

德罗诺夫所讲的本市生活的一切素材,都使人感到一种强烈的憎恶,并且因为不能从中汲取裨益,也没法子写成文章登在报上而感到惋惜。这位新闻记者采访的那些具有恶意的消息,把生活描绘成一股百无聊赖的庸俗的缓流,即使克里姆感到厌恶,也引起他的兴趣,使他看到,他自己和那些创造这种庸俗生活的人们是迥然不同的。然而他还是一再地向德罗诺夫指出:

"你太喜欢描写阴暗面了。"

"咦,那还有什么可写的呢?"记者问道;他把手掌攥紧,手指掰得嘎巴嘎巴直响,那只纽扣般的鼻子涨得通红。"主编要把你继父捧到市长地位,并以俄罗斯的改革家自居,这个笨蛋。他顶喜欢看女校对员搔膝盖下面的小腿,她那里老是发痒,很可能是袜带勒得太紧了,"

他绷着脸,好像在讲一件了不起的事情似的。"女校对员其貌不扬,还是个麻脸儿。她当过乡村教师,后来因为思想不端给开除了。她没事干的时候,就用纸牌算命。我曾经问她:'您在算什么呢?'她回答说:'算算我们是不是很快会颁布宪法?'这是胡扯,她准是在卜算将来找个什么样的男人。"

他还讲到一位副省长在搂抱女歌星的时候,给别针扎破了手,手肿了起来,因为害怕得破伤风,就开了刀。

"这对鲁宾逊来说是个好素材,"他有点儿惋惜地说道,又马上很有把握地补充一句:"不过他也不行。"

德罗诺夫知道的乌七八糟的恋爱故事、不幸悲剧、无耻贪财和诈骗案多得惊人,简直无法刊登。

"新闻检查官是一条狗,一个大腹便便的老头子;他妻子很年轻,是神甫的女儿,原来在红十字医院当护士,现在正由省长的机要官马叶夫斯基教养。最近他还送给她半打绣花边的衬裤呢。"

在德罗诺夫的描绘之下,这座城市里居住的似乎全是些犯过种种罪行的人,他们都在互相监视,尔虞我诈,而伊万·德罗诺夫则在暗地里盯着他们,为了向某人告发他们所有的人,而不断地收集他们的材料。

第二章

一

每逢星期六都要在编辑部里开会，撰稿人和热心的读者，那些显然喜欢到处饶舌、说东道西的人们聚在一起。萨姆金肯定了自己的这样一个见解：人就是一个语言体系。但他又时而发现，这个见解说明不了整个人类，因为"没有千篇一律的原理"这句格言最清楚不过地表明，那些用精美的言词粉饰得异常富丽堂皇的人们是有可能存在的，并且终于使他们建立起自己的一套语言体系。仅此而已，岂有它哉。或许有些聪明的人，为了确立自己的见解，在致力于达到一个信徒的境界，然而到那时，他的精神发展也就停滞了，迟钝了。

人们在编辑部里大谈政治改革的必要性，分析欧洲各国宪法的优点，对于在俄罗斯会不会出现一个社会主义的农民共和国这个问题，有人肯定，有人反对。萨姆金一边听，一边心里在想，这些一向激烈的、有时是恶狠狠的言谈，不过是那些百无聊赖的人们借以消遣的语言游戏，或者说是那些以"唤起社会的政治与民族觉悟"为职业的人们养家糊口的生意经罢了。什么未来的西伯利亚大铁路呀，俄国的太平洋出口呀，欧洲的对华政策呀，社会主义在德国发展的成就呀，以及整个国际生活等等的议论，在克里姆看来，也不过是一种游戏和生意经。

看到居住在这个僻静小城中的一二十个俄国知识分子竟然在推断世界的命运,而且对于这座小城市的七万居民来说,世界只局限于他们那卑微的利益之内,真令人惊诧不已。当这些知识分子谈论到他们本城生活的时候,他们马上就会激起人们对他们的一股特别强烈的恶感,全都会变得和德罗诺夫一模一样。他们每个人也都仿佛揣着一个看不见的小口袋,里面装满了灰尘,像在城郊未曾修过的土路上玩耍的小孩子,把这些灰尘一把把地向对方撒去。德罗诺夫的口袋装得最多,但是大家的灰尘都差不多一样呛人,使萨姆金感到烦恼。每天早晨看报的时候,他发现这灰尘就变成铅字的黑点点撒落在洁白的纸上,散发出一股油墨的气味。

甚至那个主编郑重的话语也没能减轻他的烦恼。主编一面听着大家争论,一面直撇嘴唇,在椅子上轻轻地扭动一下,以便坐得更稳当些,生怕从椅子上滑下来。尔后他以警告的口吻明确地说道:

"目前我国正流行一种危险的病症,我可以称它为针砭时弊的狂妄症。把西方的政治思想移植到俄国的土地上,无疑是必要的,然而我们不应当无视民族精神和生活习俗的某些特点的重要性。"

他可以滔滔不绝地唠叨半天,声音不高也不低,每次的结语,差不多总爱用这样一句小心翼翼的预言:可能"自下而上地爆发出来"。

"在我国,闹革命的不是雷列耶夫[①]、佩斯特尔[②]、彼得拉舍夫斯基和热里亚鲍夫[③]之流,而是包洛特尼科夫、拉辛和普加乔夫这样的人,这是必须记住的。"

萨姆金认为主编的话很聪明,但又觉得很像绵绵不断的秋雨,使人想打起伞来,把它遮住。大家听主编讲话有点儿心不在焉,他只有一个志同道合的人,那就是托米林,他老是像个消防队员似的,往争论

[①] 雷列耶夫(1795—1826),俄国十二月党人,因在彼得堡举行反沙皇起义失败,于一八二六年七月被处死。
[②] 佩斯特尔(1795—1826),俄国十二月党人,起义前被捕,一八二六年被处死刑。
[③] 热里亚鲍夫(1850—1881),俄国民意党人,因参与谋杀沙皇亚历山大二世被捕,后被判处死刑。

者的火焰上勇敢地泼着冷冰冰的语句。

"处在具有动物本能的民众自发势力包围之中的知识分子,要创立的不应该是那些从来不曾改变,也不可能改变任何事物的政治理论,而应该是一种精神的力量,从而能够调和民众完全自发的无政府主义与国家纪律二者之间的对抗。"

大家都很勉强而谨慎地和托米林争辩几句,只有那位文质彬彬的律师普拉甫金想用些软绵绵的语句压服他。

"假如我没有理解错的话,您对于民众的看法,是和尼采、雷南[①]一致的。雷南在他那个有哲理性的剧本《卡里班》里就……"

但是,托米林并不理会他的异议,而是扬起棕红色的眉毛,用呆滞的眼神笑眯眯地打量着律师,向他提出一些问题:

"生活是需要开导的,这一点您同意吗?您同意知识分子也是理性的器官这一见解吗?"

克里姆看到,这里的人们也不喜欢托米林,甚至所有的人,除了主编之外,似乎都怕他;而且当他感到这一点时,他却显得很自豪,仿佛那铜丝般的头发也自豪地竖了起来。还使人觉得,他是由于鄙视人们而故意讲些异端邪说的。

"形形色色的人道主义,向来都不过是理智主义者意识到自己在民众面前软弱无力的一种表现而已。我们很想以傅立叶、克鲁泡特金、马克思,以及其他一些在生活面前感到软弱无能和畏惧怕事的使徒们传布的福音,来掩饰我们的悲戚和孤独;同样,我们也力图用甜蜜的小诗来遮盖我们对性的卑鄙的诅咒。"

托米林咧着大嘴谈笑风生,雪白的牙齿露在外面,末了说道:

"然而已经太迟喽。科学技术的疯狂发展,迅速地把我们引向最粗暴的唯物主义的胜利……"

[①] 雷南(1823—1892),法国唯心主义哲学家、宗教史家。他和尼采一样,极力鼓吹对人民大众的贵族式的轻蔑。他在《卡里班》一剧中塑造的代表民众的卡里班这个人物,是一个丑陋不堪的、几乎没有人样的人。

普拉甫金律师慷慨激昂地谈起社会的矛盾和犬儒主义,谈起康斯坦丁·列昂季叶夫和波贝多诺斯采夫来,这时鲁宾逊一面咳嗽,一面笑呵呵地对克里姆耳语道:

"嘿,瞧这红毛猴,多会嘲弄人!"

托米林得意地喘了口气,从上衣口袋里掏出一条像餐巾一般大小的手帕,使劲擦了擦他的脑门儿和脸颊。他的面孔涨得发紫,两只眼睛鼓了出来,眼睛下面呈现出一块块青斑;他好像吃撑着了似的,不住地大口喘气。克里姆心想,倘若托米林刮掉他那粗毛大胡子,他的脸一定像只大西瓜那么坚硬。托米林故意不理克里姆。当萨姆金跟他打招呼的时候,他却一声不吭,心不在焉地向他伸出一只毛茸茸的大手,眼睛瞧着一边。

"他为何生我的气?"克里姆问万事通德罗诺夫道。

"大概是因为嫉妒吧。他现在没有学生了。他以为你会成为一位语言学家,或者哲学家呢。他不喜欢律师,认为他们都是些愚昧无知的人。他常说:'要想替人辩护,必须无所不知'。"

德罗诺夫瞟了他一眼,又补充说:

"大家都躲避他,就像果戈理描写的老鼠一般[①],闻一闻就跑开了。"

"你常到他那里去吗?"

"常去,"德罗诺夫踌躇不决地回答,然后叹了口气说:"他的妻子很善良。"

他玩弄着一把剪刀,用它夹了一下手指,然后把剪刀扔在一边,把手指头塞进嘴里,吧咂几下,又拿出来仔细瞧瞧,然后像藏一支铅笔似的,把它藏到背心的口袋里去。随后又长叹一声说道:

"托米林是有真才实学的。例如,关于人道主义他就知道很多。

[①] 果戈理在《钦差大臣》中写道:"县长宣布钦差大臣要来的时候说:'我好像预感到:我今夜整宿都要梦见两只不寻常的老鼠。真的,这样的老鼠我从没见过,黑黑的,大得出奇!它们跑过来,闻一闻,又跑掉了。'"

他认为,人们没有任何理由那么善良,除非因为恐惧。但是他妻子却是难以想象的善良……像个醉人似的。他甚至已经使她不再相信上帝。她都四十六岁了,可真不易!"

克里姆·萨姆金同意德罗诺夫的看法:托米林对人道主义的见解是对的,克里姆也感觉到,教师的思想,也和主编的思想一样,是适合他胃口的。不过,他俩都得不到他的同情,因为一个可笑,一个有点儿可怕。总之,他俩也和编辑部的所有其他人一样,不知什么缘故使他感到烦恼。他有时认为,这缘故,很可能是"聪明过分"造成的。

二

他对当地的一位史学家瓦西里·叶列梅耶维奇·科兹洛夫很感兴趣。他是一位举止端庄,满头白发梳得光溜溜的小老头儿。他生着一副黄鼠狼般的面孔,尖尖的耳朵,呈粉红色;那张满布血红筋络的黄脸上架着一副银边的高度近视眼镜,一对浑浊的眼珠在镜片里面不停地转动。在那只懊丧地低垂下去的、有点儿发青的大鼻子下面,蓄着一撮短短的白胡须,松软的嘴唇上老挂着斯文的微笑。他原来是一个酒徒,但却有着叫人快活的、玩偶般的性格。他那整洁的礼服,雪白的胸衣,熨得平平整整的裤子,擦得明光锃亮的皮靴,以及在老年人来说很难得的喜欢默默地听取别人的谈话——所有这一切都博得了萨姆金的好感,并且使他产生了一个不安的念头:

"很可能到我老了的时候,也会这样默默无闻地坐在陌生人中间……"

科兹洛夫把一沓有关本城历史的稿件交给了编辑部。这是用公文的笔调写在一些方纸片上的小字稿件。他的作品很少被主编采用,他认为他的作品不易得到检查官通过,或者引不起读者的兴趣。老人笑容可掬地把稿件卷成一个圆筒,斯斯文文地坐在一张俄国地图下面的椅子上,待上半个小时,有时还要待得更长一些,听着各位撰稿人的谈话,透过厚厚的近视眼镜,仔细打量着人们。可是在场的人谁都不理他。当地的撰稿人和热心的读者全都知道他,但对他的态度是冷漠而又随便的,往往把他看作一个怪人,或者一个叫人讨厌的书呆子。克里姆发现,这位史学家特别注意盯着托米林,好像有点儿怕他;或许这只是因为那位哲学家一走进编辑部会议室,就举起他那红褐色的手掌去压平直竖在脑壳上的头发的缘故吧。不了解托米林的人,一定还以为这个动作是一种绝望的表示:"我竟干了这样的蠢事"呢。

据德罗诺夫说,这位史学家曾经当过陆军中尉,在警卫队里当过差,五十年代末受过审判,因为"拯救生命垂危的人"而被罢了官,坐了监牢。当时有些囚犯纵火烧了押送站的房舍,为了不让囚犯烧死,科兹洛夫把他们放了,而且有些人跑掉了。为此他本人坐了监牢。打那以后,差不多有四十年他一直撰写本城的历史,写了一本谁也不愿意出版的书,长期在《省府公报》这一刊物中工作,把自己写的该城历史片断登在公报上,但是因为写了一篇文章,阐述一位省长和一位主教的争吵而被编辑部开除了。民政当局发现文章有伤他们的尊严,便把作者列入了政治嫌疑犯的黑名单。从此以后,科兹洛夫就靠买卖旧银器和古本宗教书籍谋生。

"他表面上装得老实巴交,可心眼里也许很凶狠,"德罗诺夫一边说一边搔他那黄毛下巴颏。"而且还是个吝啬鬼,就因为吝啬,打了一辈子光棍儿。"

德罗诺夫谈论人们的时候,嘴角上老是带着讥笑,把眼睛转到一边,仿佛那里还有别的人,而且比起这些人来,他所谈论的那个人简直是个坏蛋。很可能他老以为,他把这个人诽谤得还不够,因此在讲话的末尾总要加上一些特别尖酸的词句。克里姆早就发现了他这个毛病,而这一次他觉得德罗诺夫找不出这位史学家的什么污点,才说得很冷淡,不像通常他把一个人骂得狗血淋头时那么津津有味。德罗诺夫的这种态度,使克里姆对这位衣冠楚楚的小老头越发感兴趣,而当这位史学家和他一道走出编辑部,来到大街上的时候,克里姆非常高

兴,他听见他长吁一声说道:

"人老了是很痛苦的!我在这里听着大家讲那些熟悉的字眼,可意思我已经不甚明白了。"

他盯着萨姆金的脸,继续用奇怪的恳求语调说道:

"看来您是一位善于用心思考的人,不崇尚空谈,老是保持沉默。那么照您的看法,历史是可以忽略的吗?"

"当然不能忽略,"克里姆郑重其事地答道。

老人把一只手举到肩膀上头,握起拳,伸出大拇指向后一指,说道:

"可他们却忽略历史。他们每个人都以为历史只是从他降生那天开始的。"

他的声音并不怎么老气,而是铿锵有力,还有点儿神秘。

"我们自命不凡的人太多了,"克里姆说。

"可不是嘛!而且老是急不可耐的样子!要知道,性急是耕不好土地的。特别是在一个农民的国家里,性急是过不好日子的。然而在我国,人们都手执姑息的鞭子,相互驱策着去追赶欧洲。"

他停下脚步,拽了一下克里姆的胳膊肘。

"您别以为我是个保守派,绝对不是的!不,我也主张召开全俄缙绅会议①,总而言之……不过我怀疑我们是否有必要去拼命地追赶欧洲……"

科兹洛夫环顾四周,像泄漏一件大秘密似的压低声音说:

"欧洲对我们来说兴许是个独眼恶魔哩!要知道,欧洲就是这么个东西!"

他说话的声音更低了,更显得神秘了:

"您回忆一下从前的情况,就说一八一二年以来吧,打那以后,先

---

① 全俄缙绅会议是十六至十七世纪俄国统治阶层的代表大会,通常为讨论国事而由沙皇召集。在俄国第一次革命时期,这一主张又由渴望资产阶级宪法的自由派提了出来。

是塞瓦斯托波尔,后来是圣斯特凡诺①,末了则是亚历山大三世陛下的豪语:'朕只有一个朋友,那就是黑山国的尼古拉大公。'②那个黑山国在地球上根本看不见,它在欧洲不过是一只小虫,一只小蚊子,就是这样!假如您回忆一下这个欧洲对我们犯下的种种罪孽,您就会相信它的的确确是个恶魔。它讨好土耳其人,却对我们这个最伟大的民族下毒手……"

三

他们沿着一条僻静的街道向山上走去,街道两旁尽是些有着三扇或五扇窗户的小平房,窗上挂着丝绒窗帘,窗台上摆着鲜花。窗框、墙壁和大门都涂着绿的、蓝的、棕色的和白色的油漆;有些宅邸羞答答地隐蔽在篱笆里,另一些则傲然突出到砖砌的人行道上。青葱翠绿的花园把各家宅邸分开;两天来的雨水将园中的草木冲刷得干干净净,树荫遮住了房顶;孩子们在庭院里,在花园中嬉戏;少女的脸庞不时地闪现在窗口上,从一家宅邸里传来了调试钢琴的声音,山上和山下响起了晚祷的钟声。在这阴郁天气的潮湿空气里,教堂的铜钟声也显得沉闷而倦怠。

"您可否光临舍下喝杯茶呀?"史学家踌躇不决地邀请他。"我是一个真正爱喝茶的人,而且我喝茶不放任何东西,什么炼乳啦,柠檬啦,果酱啦,我是一概不放的,我只喝上等茶。我要用一种名贵的茶来招待您,伊仁一带出产的银针茶。"

科兹洛夫在一座带地下室、有五扇窗户的单层住宅大门旁站住,左右看看,然后得意地说道:

---

① 指拿破仑远征俄国,一八五四至一八五五年在克里米亚战争中俄国反对英法土联军的塞瓦斯托波尔保卫战,和一八七七至一八七八年俄土战争结束时签订的圣斯特凡诺和约。
② 此系沙皇亚历山大三世一八八九年在招待黑山国大公尼古拉·内戈什的宴会上发表的一句祝酒词:"朕为俄国惟一的忠实朋友黑山国尼古拉大公的健康干杯。"

"这是本城一条最可爱、最有生活气息的大街,它是生活最集中的地方,可以说……"

克里姆从未来过这条街,他本想告诉史学家这一点,但又不好意思。这时一位身材高大、花白头发的妇人把台阶上的门打开了。她穿一身藏青衣服,眉毛和髭须都很浓密,面孔呆滞。

"这是我的可敬的女管家安菲萨·尼科诺夫娜·斯特列利佐娃,"史学家把她介绍了一番;女管家把眉毛一扬,立刻将一只手伸给萨姆金。那手硬邦邦的,简直像块木头。

"斯特列利佐夫、亚姆希科夫、普什卡廖夫、扎钦希科夫、齐乌诺夫、伊诺泽姆采夫都是本城最老的家族,"史学家把客人引到一个宽敞的房间后讲述道。这个房间有两扇窗户,一扇朝庭院,一扇朝菜园。"本城的居民并不注重自己的姓氏,全城只有时装裁缝匠加米罗夫为他的姓氏自豪,可他的姓氏没有任何意思。"

克里姆一面洗耳恭听史学家的讲述,一面打量着他的居室。在两扇窗子之间的宽敞的角落里,摆着圣像,圣像面前点着三盏长明灯:白的,红的和蓝的,显得很挤。

"这是国旗的颜色,"萨姆金意识到,同时又觉得其中虽然有些幼稚天真,但却非常感人。

圣像放射着金色的和银色的光环,神袍上的金属饰物,宛如晶莹的泪珠闪闪发亮。墙边立着一张用卡累利亚桦木做的古色古香的床,床头还镶着铜边;四把同样质地的椅子放在屋子中间的一张桌子四周。门口附近昏暗的角落里摆着一个大玻璃柜。萨姆金看见里面格子上放着勺子、各种酒杯和几本皮封面的、像黑砖头一样的厚书。所有这一切都给人一种深刻的印象。

"我在《省府公报》上曾经发表过本地居民阿法纳西·吉亚科夫的一部分笔记,其中谈到,那位瑞典炮手叶戈尔——其实就是英格瓦尔的简化,例如格奥尔格简化为伊戈尔——是一位勇敢、耿直的人。当彼得大帝出巡路过本城浏览市容的时候,他对他说:'陛下应该学学打铁和铸造的事,在陛下的木头王国里,木匠压根儿就太多了。'结果在和瑞典开战以后,这位勇猛的叶戈尔因犯通敌罪给处了绞刑。"

老人一面说,一面小心地脱掉礼服,换了一件像女人外套似的花条上衣,尔后又夸耀起他那些宝贝来;他让萨姆金观赏两把镀金的银勺,一把是菲多尔皇帝的,另一把是阿列克谢①皇帝的。

"这些银勺是因为皇家酒馆的业主经营酒类有方,皇帝赐与他们的,"他一面解释,一面用手指抚摸那上面刻着的花样文字。他夸耀希什科夫②写的一本用绿色羊皮作封面、烫着金字、装帧精美的小书《新旧文体概论》,上面有丹尼斯·达维多夫③的亲笔题词,还有一段不知是谁用粗犷的字体写的一句话,上半句给用浓墨水勾掉了,只剩下半句:"……为此受到应有的惩罚,于一八〇四年被发配充军。"他还特别神秘地给他看一页黄纸的手稿,标题是:

《一个外行对于在近卫军下级军官中实施文化教育之害的随想,并附自伊丽莎白·彼得罗夫娜女皇陛下登上俄罗斯帝位以来直至最仁慈的保罗一世陛下驾崩为止该军所发生的奸诈事件详表》。

"这肯定是一篇十分出色的文章,"科兹洛夫懊丧地说。"可是,您瞧,这就是我仅有的其中的一页,是我在《信仰的基础》④一书里发现的,这书我是从一位古董爱好者那里借来看的。"

四

老人一面炫耀他的这些珍品,一面用枯瘦的手温存地抚摸着它们,那手上的皮肤干瘪得犹如鸭掌一般,但动作却很敏捷,活像只蜥

---

① 这里指菲多尔·阿列克谢耶维奇(1661—1682)及其父阿列克谢·米哈伊洛维奇(1629—1676)。
② 希什科夫(1754—1841),俄国作家。
③ 丹尼斯·达维多夫(1784—1839),因在俄军中散布针砭时弊的笑谈而被上等近卫军团开除。
④ 俄国地方大主教监护官斯切潘·雅沃尔斯基(1685—1722)所著。

蜴,而那镇定自若的声音听起来越发神秘;颧骨上的红血丝简直变幻莫测,一会儿显得浓密,一会儿又向着太阳穴散开。

"人们用手创造的这些美妙迷人的物品使我陶醉,"他乐呵呵地说。"我们这个可爱的小城市远远偏离了近代历史的轨道,因此其中有许多重要而珍贵的东西都原封未动,一堆堆、一箱箱保存在这里,等待着新的卡拉姆辛①,或者哪怕是扎别林②的天才的手来整理它们。要知道,我对这两位历史诗人是很崇拜的,尤其是那位卡拉姆辛,因为除了他没有别人能够这样亲切地理解:俄罗斯国家需要如此悉心爱护,而它的人民需要仁慈。"

在喝茶的时候,他一面品尝着这色味俱佳的香茗,一面继续谈古论今,讲述本城的历史,以及本城的历届省长、主教和检察官的轶事。

"卡拉姆辛这个人太缺乏教养,脾气特别暴躁。有一次他干了一件于己不利的蠢事。他请马卡利大主教③进餐时把一个猪头端到他跟前,说:'请吃吧,大师!'可是主教哪甘示弱,说:'还是您先请吧,阁下!'"

老人纵声大笑,说:

"您明白吗?假如是穆拉维约夫伯爵④的话,他就会冲着猪头说:'这是我的肉体!'啊?您瞧,有多滑稽!"

后来他又讲了一位心地善良的老板娘的故事,她每星期六都要施舍一些食物给监狱里的囚犯,并且当她听说有一位被贬斥的大臣斯佩兰斯基⑤发配到本城以后,她便派了一个伙计,给他送去五个煮鸡蛋和两只大面包。他又哈哈大笑起来。萨姆金觉得这老人的笑声有点儿古怪,心里寻思:

---

① 卡拉姆辛(1766—1826),俄国诗人和历史学家。
② 扎别林(1820—1908),俄国历史学家和考古学家。
③ 马卡利大主教(1482—1563)曾任诺夫戈罗德大主教和伊凡四世的师傅。
④ 穆拉维约夫伯爵(1809—1881),曾任东西伯利亚总督。
⑤ 斯佩兰斯基(1772—1839),俄国国务活动家,曾因提倡改革而遭反动贵族迫害被发配到下诺夫戈罗德。

"一定是因为他不常笑的缘故。"

"这不是对拿破仑崇拜者政绩的犒赏吗？五个煮鸡蛋呀！"科兹洛夫兴高采烈地赞叹道。"您瞧，这位纯朴的俄罗斯妇女心地多么善良，是吧？"

萨姆金想起那位驼背的老太婆费多索娃曾经以美妙动听的言词讲述那些传奇式的人物，她虽然是以一个旁观者身份讲述的，但是站得比他们高，而这个干净利落的老头子所讲的，都是那些和他一模一样的普普通通的小人物，不过他的讲述却使人觉得，这些小人物也是举足轻重的，甚至是美丽的。这种用柔和的色彩对日常生活和普通人物加以可爱的渲染，把生活绘成了一幅既作弥撒，又吃肉饼和果酱，既有红白喜事，又举行洗礼和祭奠的肃穆的节日图景，使那朴素而又令人神往的生活充满了天真烂漫的气氛。科兹洛夫向他讲了自古以来就完整保存着的祭祀司春之神雅利拉的节日和其他许多异教的古老风俗习惯。

史学家面带和善的微笑，竟然能够把许多经典和博学人物硬要人们认为是卑鄙、愚蠢和有害的一切，都巧妙地掩饰起来，这使萨姆金又惊又喜。他从未想过，也丝毫不了解这座城市的起源。科兹洛夫拿给他看一本《建筑志》，随后又津津有味地讲述了沙皇鲍里斯·戈都诺夫派来的贵族子弟沙多夫怎样率领士兵和农奴，为了保卫莫斯科免遭游牧氏族的袭击，而筑起了这座边陲小镇，讲述了士兵和农奴怎样同莫尔多瓦人作战，把他们征服，强迫他们劳动，又讲到农奴们怎样从残暴的沙多夫手下逃跑，以及沙多夫本人是怎样由于草原生活的苦闷而发疯发狂的。

不幸的莫尔多瓦人、鞑靼人、农奴、士兵、沙多夫、瓦西里神甫、蒂什卡·德罗兹德助祭，还有本城的创造者和它的敌人，对于所有这些人，老历史学家都一视同仁，而不论他们由于环境所迫表现的举动是好还是坏。同样是由于环境所迫，本城的市民起来参加了顿河哥萨克人拉辛和乌拉尔哥萨克人普加乔夫的叛乱，而哥萨克人的叛乱乃是证明国家强盛不可缺少的条件。

"我国的百姓是很驯良的,他们自己并不喜欢造反,"科兹洛夫激动地说。"那些形形色色的老爷们都像异族人希恰波夫①或者哥萨克的后裔丹尼尔·莫尔多夫采夫②那样,硬往俄国庄稼汉身上栽赃,诬称他们有'搞政治运动'的嗜好和对莫斯科女皇陛下有仇恨。这纯粹是胡说八道,煽惑我国人民叛乱的,就是那些哥萨克人。哥萨克人是容忍不了莫斯科的。马泽帕③为彼得大帝效劳了二十来年,到头来还是背叛了他。"

说到这里,史学家声色俱厉起来,甚至用拳头敲着桌子,脸上的血丝由红而紫,显得更浓重了。过了一会儿,他又娓娓动听地说下去:

"到如今那些以伟大的劳动开创了这座城市的人们,连骨灰都没有留下,可是他们的城市却发展得很出色,不能不说是一座美丽的城市了;它现在已有七万人口,并且还在日益壮大,慢慢地壮大。在这默默无闻的勤奋之中有着较之轰轰烈烈的贸然行事更英勇的精神。请您相信这句话:性急是耕耘不好土地的,"科兹洛夫显然又在重复他喜欢的那句老话。

他的这类语言很丰富,一套一套的,说起来抑扬顿挫,很好听。

"主要砖块不是砌在房檐上,而是砌在地基上。任何一头牛都曾经是小牛犊,"他在谈话里常常夹带一些这样的成语。他的话语里充满了柔和的词句,也和那柜橱里的古老银器一般闪烁着朦胧的光亮。那双干瘪的手上长着十个黑乎乎的手指,动作起来既灵活又轻盈;仿佛描绘过的脸上显露出和善的皱纹,花白的胡须直颤动,一双浅灰色的眸子在眼镜片里炯炯放光,犹如圣像服饰上的珍珠一般。看着他的表情,也和听着他那和善的讲话一般,令人快活。他津津有味地喝着

---

① 希恰波夫(1830—1876),俄国民主主义历史学家,思想接近民粹派。
② 莫尔多夫采夫(1830—1905),俄国作家和历史学家。
③ 马泽帕(1644—1709),原为乌克兰大将,后在瑞典人入侵时投降了瑞典人,成了叛徒。

茶,用细小的牙齿咀嚼着涂满了奶油的脆饼,身上发出一股使人畅快的水果香味。克里姆不知不觉地陪他坐到半夜,然后流露着会心的微笑,走出他的庭院。这位老人在他心中激起的波澜,并不亚于在博览会上感受到的那种激动心情,而且更为使他陶醉。夜虽然暖融融的,但是阵阵清爽的微风悠然拂过花园,将馥郁的香气送到大街上。一轮圆圆的月亮就像蛋黄一般,钻进了一小块透明的云片之中;在月光下,在万家屋宇之上,那些教堂的金色圆顶,犹如鹤立鸡群。这一切都笼罩在夏夜的温煦空气中,给人一种气象万千、心旷神怡之感。

是的,萨姆金的感觉正是这样:圆月、清风、芳香、到深夜已经消逝的市井喧嚣,以及那些士兵、炮手、逃亡的农奴、胡作非为的哥萨克人,那些颧骨高高的、被迫接受洗礼的莫尔多瓦人和受命运摆布的鞑靼人酷爱和平的子孙居住的这些安乐窝——所有这一切都使他感到心情舒畅。

这并不是伊万·德罗诺夫不屑谈论和鲁宾逊在他的文章里竭力嘲弄的那种城市,更不是那种为永无止境的虚荣心所苦恼,或者由于现实生活不顺心而怨声载道的人们加以奚落的城市。不过,这一回克里姆想到这两个人时,并没有生气,因为他们本身就是这位干净利落的历史学家所虔诚宣扬的那种现实。

五

克里姆又同科兹洛夫交谈过两三次,但都没有了解到任何新东西,不过对他第一次拜访时,科兹洛夫滔滔不绝地向他讲述的那些东西,印象更深了。克里姆又听他讲了一些有关首席贵族和富商们的趣闻,以及有些人执迷不悟和大胆妄为的笑话。

"我们有些人大胆妄为是因为精力太充沛了。牛皮大王萨德科[①]简直是胡闹,瓦西卡·布斯拉耶夫[②]这个笨蛋尽会逞能,"老史学家一

[①] [②] 都是俄国民间故事中的人物。

面把香喷喷的琥珀色茶水倒入茶杯,一面解释道。

萨姆金分明知道科兹洛夫的议论很幼稚,但他却一声不吭地洗耳恭听,不想反驳他,就好像在欣赏一首歌词虽然不佳但调子却很优美的小曲似的。

科兹洛夫用钳子把糖块夹碎,尔后腼腆地抱怨道:

"我们有些人因为在欧洲人面前难为情,因为自尊心太强和不善于按照俄罗斯的方式生活,所以就怨声载道,胡乱批评。赫尔岑先生想成为伏尔泰,喏,就连别的批评家也各有各的打算。请您吃个烤饼吧,上面涂的是樱桃酱;我这位女管家在烘烤手艺上可有无限的创造,真是个天才!"

一只黄蜂嗡嗡叫着在桌上乱飞。老人眼睛直盯着它,等它的爪子被茶勺上的果酱粘住,他就操起勺子,从火壶嘴里倒些开水把它烫死了。

"诚然,我并不反对批评,"他提高嗓门继续说。"我们的批评家层出不穷,而且很了不起!例如科托什辛①、库尔勃斯基大公②以至叶卡捷琳娜陛下也没有厌恶过批评。"

他无可奈何地把双手一摊,嘴里啧啧道:

"不过您知道,这太神秘了:科托什辛竟给瑞典人砍了头,库尔勃斯基消逝得无影无踪,好像在立陶宛化成了飞灰,连个后代都没有留下,至于叶卡捷琳娜,顶好她本人能来一通自我批评。我讲一个有关她的不体面的笑话,因为她根本就没有什么体面的故事。"

其实这个笑话很枯燥,他的声调里充满了对女性弱点的同情,但是后来科兹洛夫越说劲头越足,而且带有教训的口吻:

"批评是合法的。只是在擦银的和铜的器皿时应当小心,可我们

---

① 科托什辛(约1630—1667),莫斯科罗斯时代外交官,一六六三年叛国,投靠了瑞典人。
② 库尔勃斯基大公(1528—1583),伊凡雷帝的著名军事统帅之一,封建贵族思想的捍卫者。

擦金属器皿却是用砖头磨,这简直太愚昧无知了,这会损坏器皿的。欧洲膨胀得太厉害了,它当然可以为它的许多发明而自豪。不过,姑且以欧洲的鞋子而论,皮鞋各式各样,但是它们穿起来并不像我们俄国的靴子那样舒服,而我们却开始做起尖头皮靴来了,并且我们从中捞不到任何好处,只能使我们的脚趾长鸡眼。这个小小的例子是很能说明问题的。"

老人的声音和着窗外花楸树叶的沙沙声和即将熬干的火壶的悲吟,听起来很柔和。树叶的阴影在光洁的炉砖上晃动,宛若雕刻的花纹。三盏油灯中,有一盏灯芯发出爆裂的响声。科兹洛夫用茶勺来来回回地拨弄铜盘上那只毛茸茸的死蜂。

"本地人士常常聚会在编辑室里,叫喊:欧洲!欧洲!他们当着外地人,也就是那位主编和他那些饶舌的同行,大肆诽谤本城的生活。但是他们感觉不到这座城市的灵魂所在,他们不了解本城的历史,因而才对他们愤愤不平。"

他透过眼镜瞅了克里姆一眼,严厉地说道:

"这简直是……丢丑,确乎像酒后当着陌生人非议自己的老祖宗和自己的父母一样,可不是吗!而那位托米林先生可把我吓坏了。他完全像个不开化的切列米斯人[①],说的话叫人听不懂。他肩膀上长的好像不是脑袋,而是一颗辣乎乎的烂葱头。鲁宾逊这家伙,纯粹是个小丑,去他的吧!那里还有一个年轻人,叫伊诺科夫,游游荡荡,他甚至上我这儿来过一两回……简直不可理解他能干什么事情!"

科兹洛夫把那只死蜂扒拉到自己跟前,用勺子把它压扁,扔到火壶下口里,深深叹了口气道:

"我国到处都有一些不识时务的人!他们想干什么呢?"

萨姆金已经养成说话小心谨慎这样一个根深蒂固的习惯。但是这一次他预感到很可能听到一种宝贵的见解,便小心翼翼地谈了自己

---

① 今马里自治共和国本地居民的旧称。

的看法。他面带笑容,含含糊糊地说:

"他们幻想进行政治改革,幻想建立代议制政体。"

"咳,这我明白!"老人以十分严厉的惊叹声打断他的话。"是呀,他们幻想成立一个共和国!甚至还幻想社会主义,为了它,耶稣基督本人送掉了脑袋……也就是连我们上帝的儿子耶稣都未能实现的那种社会主义①,这是早已证明了的事。请问,您对此有何高见?"

还没等萨姆金找到十分谨慎的答案,这位历史学家就用茶勺敲着手掌,声音嘎哑地说道:

"我以为,皇帝陛下必须想想先皇的楷模,威严地显示一下他的全部统治力量,正如尼古拉·巴甫洛维奇②于一八二五年十二月十四日在圣彼得堡枢密院广场所做的那样!"

科兹洛夫特别清楚地,甚至以带点儿警告的严厉口吻说出这个年月日,尔后气势汹汹地把头一扬,在椅子上挺挺身子,那姿势就跟骑在马上一样。他那张黄鼠狼似的脸显得更憔悴,更尖削了;两颊上的红血丝变成了一块块紫印点,两个耳朵垂儿涨得圆圆的,活像两只樱桃。然而他马上看了一眼圣像,敏捷地画了一个十字,现出一副败兴的样子,小声说道:

"我要避免发火,可是老惹我生气。"

他急忙咬了一口饼干,喝了口茶水,然后用平常那种果断有力的声音讲了他的一段经历:

"我年轻时当过警卫队长,有一回押解一队犯人,从喀山去彼尔姆,因为天气炎热,有一个犯人突然在半路上死掉了。您知道吗,他正走着走着,一下子就栽倒在地上,死了,仿佛天上飞来一支神箭把他射穿了似的。此人还不老,四十岁上下,看样子很健康,但其貌不扬,甚

---

① "基督教社会主义"的另一种说法,它出现于十九世纪上半叶,宣称社会主义原则最初为基督教徒所提出。
② 即尼古拉一世(1796—1855),俄国皇帝,曾残酷镇压十二月党人的起义,野蛮摧残俄罗斯文化。

至很粗野。他是因为亵渎神灵、污蔑宗教和伪造纸币而被判服苦役的。在搜查他的行李时我发现他会画一些小画片,据我看来,他在这方面非常内行,可见这是促使他造假钞票的原因。这种画片共有五张,都是一个模样:农民大力士米库拉·谢利亚尼诺维奇手执车辕木勇斗双头蛇戈雷内奇;这条蛇的一个头上戴着王冠,另一个头上戴的是主教法冠,字句也一样:一头是'彼得堡',另一头是'莫斯科'。您瞧,这不是胡闹吗?"

他平整一下那头已经够整齐的银发,叹口气道:

"对于一位有才华的人,我很担心他会堕落!"他说这句话时尽管两眼瞅着窗外,但是克里姆还是感到他的眼神有一部分落在自己的脸上,有点儿痒酥酥的。"俗话说得好:'思想不成熟,才学靠不住'。要知道,我们的才子竟是缺乏教养的小狗,请原谅,你不管把它放在哪里,放在椅子上,还是放在高贵的地毯上,放在帝王的宝座上,还是放在主教的经台上,反正都一样,它都要拉屎撒尿。它像玩耍似的咬坏家具、鞋子,撕破裤子,在花坛上乱挠坑,使出它的愚蠢劲儿,对美好的东西极尽破坏之能事。"

他举起一只手,伸出一根食指,带着赞赏的口气补充说:

"然而我并不否认,对那些具有实践经验的才子完全可以说声衷心感谢的话。要知道,我反对的不过是那种枉费心机的矫揉造作和一味卖弄风骚,我反对用理性的媚态来迷惑人,我们且不可上它的当。作家果戈理在向全民忏悔自己可悲的过错时,极其严酷地戳穿了所谓理性的天机。"

老人伤心地长叹一声,以悲戚的音调继续说下去:

"那好,我们姑且也以妇女作例子吧!我们的妇女是顶好的,倘若我们男人不受迷惑,上那些有关玛尔法·鲍列茨卡娅①以及伊丽莎白和叶卡捷琳娜二世女皇的不经之谈的当,我国的妇女还会更出色,比

---

① 十五世纪后半期诺夫戈罗德城总督鲍列茨基之妻,其夫死后,成为该城的女总督,领导了反动贵族的叛乱。

欧洲女人更胜一筹。所谓男女平等的危险邪说,依据的正是这样一些事例,于是就得出结论,以为欧洲只有一个路易斯·米歇尔①,而我们这样的路易斯却成千上万。当然,您是不会同意这一点的,不过您等着瞧吧!等您随着年龄的增长更加成熟的时候,也就是本性逼着您为自己造一个安乐窝的时候,您就会同意了。"

"您的观点我不能完全赞同,"当老人踌躇不决地沉默下来的时候,克里姆回答道。

"虽然您不完全同意,但您还是同意的,这我听着也很高兴,"老人笑容可掬地说着,又长叹一声。"是呀,在我们俄国,理性已经把许许多多的东西从天然的位置推到山下歪门邪道上去了。"

萨姆金告别老人出来时已经确信:他清楚而又彻底地了解了他。这一回他从历史学家的安乐窝里带出来一种惶惶不安的东西。他觉得自己什么也想不起来了,就连类似刚才所经受的那种最必需的言语或者思绪也都忘光了。在大片灰色云彩遮挡着的天宇之下,他孑然走在沉睡的大街上,不时仰望苍穹,显出一副悠然自得的神情,但心里却在紧张地思忖:他究竟为何忐忑不安呢?

"当然,老人的见解是对的。千千万万勤劳朴素的人们,所有那些构成国家基础的人们,都应当有这种想法,"萨姆金细细思量,觉得他的思维并没有用在点子上。

---

① 米歇尔(1830—1905),法国女革命家,巴黎公社女英雄。

第三章

一

三天后的一个傍晚,萨姆金站在自己房间的窗前,仔细锉磨他那刚刚修剪过的指甲。大门悄悄地打开,一个宽肩膀的男人走进庭院。他身穿粗布大衣,头顶白色制帽,手提一只小皮箱。那人把大门轻轻掩上一些,将小平头探出门外,朝大街左面瞅瞅,然后摇晃着小皮箱,肩膀歪来歪去,疾步朝厢房走去。

"是库图佐夫,"克里姆立刻认出来,并且马上想起彼得堡那个复活节的夜晚,自己酒后出洋相的情景,于是认为还是不见此人为好。但是一种比好奇心更强烈的东西,甚至是一种激动的心情,使他产生了要去看看库图佐夫的愿望,他很想去听听他的见闻,也许可以和他争论一番。

"我太孩子气了,"他警告自己,但是过了一个小时,他还是走进了斯皮瓦克先生的厢房。

就是在从前,库图佐夫身穿大学生制服的时候,他也不像一个大学生,而现在呢,一件灰夹克上衣,紧紧箍在他那宽宽的肩膀上,浆得挺硬的衬衣领高高的,直卡他的下巴颏,再加上那撮很不雅观的、像木橛子一般的大胡子,使他显得特别与众不同。

"啊,您好!"他把一只沉重的手伸给克里姆,亲切地叫道。

"您的化装多么像个商人啊!"萨姆金说;他本来想说得更俏皮一些,可是却觉得说出来的话根本不是那么回事儿。

"真像个商人吗?"库图佐夫笑容可掬地反问道。"可是,请原谅!您怎么说我是化装的呢?我不过是穿了一身普通的衣服罢了。您瞧,当局已经把我赶出了科学的神殿,说我向那些男女信徒们宣传了什么邪说。"

他把一个手指塞进硬邦邦的衣领,皱起眉头,摇摇脑袋,说道:

"这是不公道的,而且很叫人伤心。对于这个神殿我是相当敬重的,可对于它的信徒我却无所谓。丽莎姑姑,我抽口烟,不会妨碍这小家伙吧?"

斯皮瓦克夫人穿一件白色长袍,怀抱婴儿,那样子活像感伤派画家鲍登高津画的圣母像,这张时髦画的复制品陈列在本城所有文具店的橱窗里。她那圆圆的脸庞略带愁容,忧心忡忡地咬着嘴唇。

"萨姆金,我这里有一封信,是一位面目很吓人的姑娘写给您的,给您!"

库图佐夫递给克里姆一封厚厚的信。斯皮瓦克夫人悄悄地说:

"接着往下讲吧,斯切潘!"

"唔,还有什么可说的呢?我就要到乡下找图罗博叶夫去了,他夸耀说他家乡的河里有许多很不寻常的鲈鱼。"

萨姆金放下那封长信,略带自豪的口吻说道:

"我的一位相识马拉库叶夫在莫斯科被捕了。"

"马拉库叶夫是民粹派,是个小无赖吧?"库图佐夫眯起眼睛问道。

"是的,他是个民粹派。"

库图佐夫皱起眉头,向天花板喷了一口长长的烟雾,略带责备的口气说道:

"请转告您那位写信者,她这姑娘太粗心大意了,而且也太不聪明了。怎么能叫陌生人传递这样的信呢?她早该告诉我这封信的内容。"

他生气地把烟头扔在烟灰缸里,站起来,开始在屋子里大步大步地踱着。

"当然,我自己本应该问问。可是她的脸色很……我想她一定是个浪漫主义者。"

"您很熟悉那些被捕的人吗?"斯皮瓦克夫人眼睛紧紧盯着克里姆问道。

"是的,"他回答的声音很大,心里在想:"我似乎是在夸耀和他们的相识吧。"

然后又恼怒地问道:

"这种逮捕究竟何时才能停止呢?"

库图佐夫坐到桌子一旁,给自己斟了一杯茶,又把一个手指头伸进衣领里,摇了摇头;他时常这样做,很可能是衣领夹住了他的胡子。

"这是个幼稚的问题,萨姆金,"他以劝告的口气说。"逮捕怎么会停止呢?假如你反抗当局,那你就免不了要偶尔坐坐班房,放下你那有益的劳动,来休息休息。待到将来,你那劳动终于造成一次革命以后,你自己也会将各式各样的公民送进监牢。"

萨姆金为这个问题带来的一顿教训而感到懊丧。

"这位'万事通先生'把我当成一个中学生了,"他脑子里闪过这个念头,但没有像平常受到别人教训时那样大发雷霆。不过他所说的要比他心里想的更激愤一些:

"我们要等候,革命不会很快就爆发的。"

"可是你们不要等,而要试着去闹革命啊!"库图佐夫喝了口茶,劝说道。

"革命党人太少了,"萨姆金愤愤不平地说,连他自己也感到意外。库图佐夫扬起眉毛,用阴郁的眼神凝视着他,非常温和地小声说道:

"其实,革命党人根本就没有。四年来我一直注视着那些自称是革命党人的人,他们都不过是些贱货!虽然花样翻新,甚至挺漂亮,可是很不结实,就好像我们卖给中亚人的印花布似的。"

他一下子把杯子里的茶喝下去三分之一,若有所思地打量着熟睡的婴儿那双粉红色的小手,继续说道:

"这些人是因为百无聊赖,蛮勇逞能,或者由于追求浪漫主义和阅读了圣经而成为革命党人的,因此他们全是些劣货。那些由于私生活方面的挫折,由于没有栖身之所和偶然被捕,坐了个把月的牢就耿耿于怀,总想报复的知识分子也不是革命党人。"

"那么究竟谁是革命党人呢?"萨姆金本想提出这个问题,但还没来得及张口,库图佐夫就已经俯下身子,笑眯眯地对斯皮瓦克夫人说:

"你读过维特写的那本圣经《俄国的生产力》吗?这是一本吹牛皮的书。它颇受那些似乎在按着马克思的方式进行思维的自由主义者的赏识。真可以说是一个启示。"

克里姆发现库图佐夫身上添了一些新的成分:他现在特爱开玩笑,而且表情有点儿咄咄逼人,和他那张倦怠而又瘦削的面庞极不相称。他从库图佐夫的整个谈话中听出一种失望的回音,这使克里姆对他越发感兴趣了。尔后萨姆金不由地回想起:在彼得堡的时候,他就每每觉得他对此人的态度有两重性:他认为"库图佐夫思想"是可憎的,而库图佐夫本人却有一种别人所不具备的东西在吸引着他。至于库图佐夫,他仿佛是想证实他对于这种失望的猜想似的,一面用手指搔着喉结,一面说道:

"丽莎姑姑,观察一下人们①怎样贪婪而又狡猾地抓住历史的必然性不放,那是挺有意思的。就此而论,马克思主义对于许多人来说是非常亲切的。说什么进化论,决定论,个人都是软弱无力的,既然如此,那就不必来打扰我们喽!"

他的头皮动了一下,那剪得短短的头发都竖了起来,脸也紧绷绷的,简直像块石头。

---

① 这里的"人们",指的是把马克思主义作为时髦加以追求的"合法马克思主义者"和形形色色的自由派。

"一般说来，我得到的印象并不太乐观。我们俄罗斯是一个思维简单的国家，而莫斯科的俄国人害这种病症尤为严重。我曾经到过一家工厂，我的一位堂兄在那里当工长，是个教派分子。工人分成两种教派：上帝道行派和道行上帝派。它们都是出自《约翰福音》的第一章第一节①。一派根据的是'上帝就是道'，而另一派则认为'道就在上帝那里'。一派人大叫：'道出在上帝之前'，另一派则高喊：'胡说！道就在于上帝，道就是光明，而宇宙万物就是凭借道之光创造的。'他们甚至到奥普廷修道院②去找老修士，了解究竟谁是对的。这种空乏的争论把人们弄成了冤家对头，他们相互斗殴，以至今年春天提出提高工资的问题时，道行上帝派拒不支持上帝道行派。"

库图佐夫准是忘记他的胡须已经剪短了，在下巴颏底下空抓了一把，一只手沉重地垂到膝盖上，叹口气道：

"格里辛戈尔③描述过一种精神病，可能叫做'Grübelsucht'，意思就是'枉费心机地卖弄聪明'，这就好比要探究为什么蓝的不发红，沉重的不轻快之类使人伤脑筋的问题。因此，我感觉到，我们有成千上万识字的和不识字的人都患有这种病症。"

斯皮瓦克夫人从熟睡的婴儿脸上赶跑苍蝇，悄悄地而又镇定自若地说道：

"这没关系，斯切潘，很快就会过去的！"她这句话使得克里姆以惊奇的目光扫了她一眼。

"是的，当然我们要富起来，而且要成为暴发户的，"库图佐夫赞同说。"遗憾的是我没去尼日尼参观博览会。萨姆金，您在文章里巧妙地暗示了奥德赛这样的问题。当然，工人阶级要扭断那些求婚者的脑袋的，不过现在还不高兴这样做！"

他看了看表，问道：

---

① 《约翰福音》第一章第一节说："太初有道，道与上帝同在，道就是上帝。"
② 奥普廷修道院在卡卢加省科泽尔县，十四世纪由当时的匪首奥普廷所建。
③ 格里辛戈尔(1817—1868)，德国著名外科医生、精神病学家。

"还没到时候吗?"

"是的,"斯皮瓦克夫人蹑手蹑脚地站起来,抱着婴儿走了出去;库图佐夫笑眯眯地坐在克里姆对面的椅子上,非常和蔼地问道:

"那就是说,您认为革命党人很少吗?可您在什么地方见过他们,又都是些什么样的人呢?"

萨姆金出于想了解什么重大事件的模糊愿望,精神异常振奋,匆匆忙忙地讲述了他认识的那位只有三个手指的传教士、柳托夫以及那位助祭和普列伊斯的事情。

"你是说那助祭伊巴切夫斯基,谢尔文科夫吗?他有个儿子吗?死了?哦,是的……他这位父亲也是很风趣的,是吧?真稀奇!那就是说,您一直还在跟民粹派打交道喽?"

"我不跟他们打交道,而是在研究他们,"克里姆说完,已经后悔不该如此多言了。

"您是在研究阿瓦昆派小祭司们的生活吗?放弃它吧,这一切根本不对路,不对路!"库图佐夫说完,站起身来,伸了个懒腰;萨姆金蹙紧眉头,把他的宽阔胸膛由下而上地打量了一番,心想:

"他那自信的神气真叫人讨厌。"

"什么民族精神的特点呀,村社呀,芦笛呀,腌蘑菇呀,鱼子酱呀,薄饼呀,火壶呀,乡下生活的诗情画意呀,还有那位伯爵①有关农民生活朴素的说教呀,等等,等等,萨姆金,所有这些都不过是简单的意念而已,"库图佐夫望着克里姆头上的窗户,说道。"我并不否认在这种腐败之中也有美,然而我们要想活下去,现在就必须与之诀别。我们还要和那些昙花一现的人物告辞,因为英雄主义,即革命的粗工和工匠的英雄主义是一生一世所必需的。假如您不能具备这样的英雄主义,那您就靠边站吧!"

他抽着一支香烟,肩擦肩地紧挨着克里姆坐下。

---

① 指列夫·托尔斯泰。

"有一点,民粹派是对的,"他继续说道,声音更小了,而且更加踌躇不决了。"我国的劳动人民是优秀的,思想很固执,也许正是由于这个原因,他们才酷爱各种各样的雄辩口才。我很清楚,当民粹派说他们爱人民的时候,他们的居心何在。然而,爱是必须没有怜悯的,因为怜悯是虚假的爱,萨姆金。这是很糟糕的事情。不久前我翻阅了三月一日肇事者的案卷,我得到的印像是:那枚本应在亚历山德罗夫斯克车站附近炸毁沙皇御用列车的炸弹的导火线,正是由于怜悯而被扯断了。是的,有人怜悯那位解放者①。"

斯皮瓦克夫人走了进来,她穿着白色连衣裙,头戴插着一根鸵鸟毛的白风帽,手里提着一只装满乐谱的皮包。

"真漂亮,"库图佐夫说。"不要忘了,丽莎姑姑……"

"不会的,不会的,"她答应着走了出去。

他俩默默地瞅着窗外,看那女人穿过庭院,风吹得她的裙子紧紧贴在大腿上,把帽子上那根羽毛吹得威风凛凛地竖起来,她弯下腰,拉好她的裙子,就像在对风行礼似的。

克里姆问道:

"图罗博叶夫从国外回来很久了吗?"

"已经有一个来月了。"

"是和他的夫人一块儿回来的吗?"

"怎么,他结婚了吗?"库图佐夫吃惊地问道。当克里姆把图罗博叶夫和阿琳娜的恋爱告诉他以后,他大笑起来。

"原来是这样!不,他的妻子似乎没跟他在一起,因为我的玛琳娜住在那儿,否则她会写信告诉我的。噢,德米特里有信来吗?"

"他没有信来。"

"他不会在那里耽搁很久的。他曾经写信给我妻子,说他要到南方去,可能要去波尔塔瓦。"

---

① 指沙皇亚历山大二世,因为他曾于一八六一年颁布了废除农奴制的《农业改革令》。

真蹊跷,这人竟然唠起家常来,而且他谈到那个被他夺了未婚妻的人时是那样不以为然。你瞧他走到钢琴跟前,若无其事地弹了几下。

"我很久没有听到美妙的音乐了。咱们到图罗博叶夫那里去玩玩,喝它两杯,好吗?图罗博叶夫家的庄园可真滑稽。庄稼人就像老鼠一般啃它。萨姆金,您喜欢钓鱼吗?请您读一读阿克萨科夫的《谈钓鱼》这部书吧,您会入迷的!真是一部绝妙的书,您知道吗,就连布莱姆也会羡慕的!"

库图佐夫抽了一口烟,一对灰暗的眼睛笑眯眯的,他讲起了鱼类的蠢笨和狡猾,他讲得十分动听,知识非常丰富,活像史学家科兹洛夫讲述本城居民的风俗习惯一样。克里姆听着听着不禁思绪联翩,对此人萌生一种暧昧不明然而并无恶意的感情。可是对于他自己却感到懊丧,觉得自己的行为不能坦然自如,老像在荡秋千似的飘忽不定。

斯皮瓦克夫人回来,显得更加忧心忡忡了。她对库图佐夫小声说了几句,使他急忙从椅子上跳起来,两只手攥成一个拳头,摇动着,嘟嘟哝哝地说:

"嘻,真见鬼,太荒唐了!"

萨姆金发现自己待在这里是多余的,便告辞出来。

二

他回到自己的房间,躺在床上,将两只手枕在头下,紧紧闭上眼睛,以便更好地理一理紊乱如麻的思绪。库图佐夫的男中音老是回旋在耳边,还不时地听见斯皮瓦克夫人镇定自若地安慰他说:"这很快会过去的。"

"好一个狡猾的、装模作样的女人。她一点儿也不像个女革命家。然而,她的信心又来自何处呢?"

克里姆想到斯皮瓦克夫人时很容易地产生了一种敌意,因为在他看来,她似乎是一个欺骗过他的人,而库图佐夫呢,克里姆对他的敌意却消逝得无影无踪了。

"说他是革命的工匠,这是客气。很可能他还是个笨蛋,不过为人正直。他说,倘若你不能像我这样生活,那你就一边去好了。他说的有些人由于百无聊赖等等而成为革命者这句话,是很恰当的。对于这些人特别应当大喝一声:你们干吗要胡闹呀?尼古拉一世曾经用大炮这样吆喝过,虽然凶狠,但却是自卫。每个人都有权自卫,科兹洛夫说得对……"

萨姆金从床上跳下来,在屋子里来回踱着,斜视着他那张阴沉的、由于激动而变得苍白的脸,在穿衣镜里闪来闪去——这是一位戴着眼镜、蓄着光亮的尖尖小胡子的杰出人物的脸。

"不错,是进化!让我安静安静吧!不要枉费心机地卖弄聪明了——是怎么说的啦?噢,Grübelsucht。我干吗非要去想那些我不感兴趣的见解、人物和事件呢?究竟为什么呀?我老是觉得自己身上穿的是别人的衣裳,要么太肥大了,老从肩膀上耷拉下来;要么太瘦了,直箍着我的身子。"

他的思绪渐渐零乱而消散了,取而代之的是更为激烈的不满自己的感情。他的目光停留在那张和他一同毕业的一群中学生照片上。在这些同学中没有他一个朋友。他们一共十三个人,他在第一排,一边是本县首席贵族的胖儿子,另一边是柳博穆德罗夫医生的侄子,他身材高大,已经长了胡子。他觉得自己直挺挺地站在那里,活像队伍里的一名士兵,滑稽地鼓着腮帮子,看上去瞎乎乎的。他一赌气摘下相片,把它从镜框中取了出来,撕成碎片,扔到桌子底下的纸篓里。他还想干点什么,索性就把书橱格子上的书整理了一下。可是,他的心情还是不能平静,由对自己的不满,进而发展到对自己的憎恨,同时他也憎恨另外一个把他当作棋子,从一个方格移向另一个方格的人。不错,就是这样,有那么一种居心叵测的势力在玩弄着他,让他跟那些压根儿就合不来的人们去打交道,而且其目的只是为了表明:他们彼此是格格不入的,是不能为伍共事的。也许这样做是为了使他确信自己有权不和任何人交往吧?

萨姆金不再去整理书籍了,而是蹑手蹑脚地走到窗子跟前,那种谨慎劲儿仿佛生怕这幸运的谜底会从他的脑海里消逝似的。然而,这个谜就像黑暗中的火光,忽然闪耀一下,便以迅雷不及掩耳的速度引起多得出奇的想入非非的思绪。这些思绪仿佛来自他曾经读过的半遗忘的书本,又好像老早就已萌生在他的周围,等待着适当的时机。机会已经到来,于是这些思绪,千篇一律的思绪就旋绕起来,使他心情振奋地许下诺言,要在他的心灵深处牢牢地树立一种信念——相信他克里姆·萨姆金有权利做一个完全独立自主的人。

"我不是祭司,也非牺牲品,而是一个自由的人!"他这样想着,仿佛站在遥远的地方注视着这湍湍的思想激流。他伫立窗前,美滋滋地将着小胡子,不禁哑然失笑,简直有点儿得意忘形了。

三

大门的门闩响了一下,伊诺科夫走进院子,但没有径直去厢房,而是摇晃着帽子,大声说道:

"我是来找您的!"

伊诺科夫虽是斯皮瓦克家的常客,但从不踏入萨姆金的家门,这次竟来找他,岂非咄咄怪事!尽管他的来访打搅了他的自言自语,但他还是彬彬有礼地迎接了客人。随即又后悔起来,因为伊诺科夫一进屋就质问他:

"喂,是谁叫您把我的诗读给伊丽莎白·利沃夫娜听的?"

虽然他说得既粗鲁又愤怒,但是他的面孔却毫无凶恶的表情,只不过惊诧而已。他问过之后,便半启开嘴唇,扬起眉毛,流露出一副好生纳闷的神情。他那浅褐色的小胡子抖动得很厉害,萨姆金当即意识到,这对他来说并不是好兆头,必须想出个对付的办法。

"诗？您的诗？"萨姆金摘下眼镜，也故作惊诧地问道。"我只给她读了一首形式很别致的诗，不过它没有署名。署名给撕掉了。"

现在他可真地大吃一惊了，因为这番话他说得是那么轻松而自然。

"署名给撕掉了？"伊诺科夫又问了一遍，然后坐在椅子上，把帽子放在膝头，用手摸摸脸。"原来是这样，不出我所料，真的发生了龃龉。否则您不会去念它的。诗在您这儿吗？"

"主编叫我把所有不能刊用的诗稿销毁。"

伊诺科夫叹了口气，环顾一下左右，用手指揉了揉眼睛；他脸上失去了通常那种阴郁的表情，变得特别温和了。

"这就是它们的下场！唉，这座城市有多憋闷啊！"

他又用惘然的眼神把屋子打量一番，以恳求的语调提议道：

"喂，萨姆金，咱们到野外去遛遛好吗？"

"好极了！"克里姆说。他总觉得自己在伊诺科夫面前有点儿负疚似的，猜想他是有什么事情需要他办，于是一股好奇劲便涌上心头，很想了解一下：伊诺科夫、科尔文和斯皮瓦克夫人之间究竟是什么关系呢？

伊诺科夫疾步走在大街上，狠狠地喷出一口香烟，说道：

"我常到郊外去散步，参观那里正在为炮兵建造的兵营。我自己很懒，但喜欢看人家做工。我一边看一边想：很可能人们有朝一日会对这些鸡毛蒜皮的小事情感到厌倦，从而献身于真正宏伟的事业，并且去创造奇迹。"

"是建一座巴比伦塔①吗？"克里姆问道。

"这个意思倒不错，"伊诺科夫说着用胳膊肘碰了他一下。"不，这是真的；我相信人们会创造出奇迹来，否则，生活就会毫无价值。让这一切都见鬼去吧！什么小房子啦，路灯啦，石柱啦，等等，等等……"

---

① 即基督教《圣经》中所说的没有建成的通天塔。

他手指一弹,把烟头弹得远远的,然后把帽子挪到后脑勺上,怏怏不乐地问道:

"关于这件事……就是那个合唱队指挥的事,是您告诉伊丽莎白·利沃夫娜的吗?"

"当然不是我,"克里姆生气地回答。

伊诺科夫没有闻出生气的味道来。

"那究竟是谁呢?难道是他自己,这个坏蛋?"

"您干吗要这样骂他?"

伊诺科夫停了一会儿,用粗鲁的语言吞吞吐吐地讲了科尔文怎样把那些男孩子供给喜欢同性恋的祭司鸡奸,因而受到了审判,但是主教营救了他。

"反正他是要坐牢的!"伊诺科夫声音嘎哑地咕哝道,用脚踹了一下歪斜的石柱子。

"伊丽莎白·利沃夫娜知道这码事吗?"萨姆金若无其事地问道。但是伊诺科夫瞅瞅他的脸,反问了一句:

"干吗她非要知道呢?"

"她认识他……"

"她的合唱队里流氓也不少。"

他清了清喉咙,把痰吐掉,然后闷闷不乐地发起呆来。

四

他俩来到郊外。田野里阳光明媚,如茵的草地已被阳光晒焦了,发灰了。一眼望去,这田野犹如微波起伏,渐渐高向烟雾般的云端;远处,许许多多形状单调的军营帐篷,像雪堆一般高出地面;帐篷左面,一队队白色的、像玩具似的士兵正在操练,他们的后面是一片黑乎乎的丛林;再往左边一点,在两片浮云的蔚蓝色空隙间,耸立起一栋砖砌楼房,那红砖在阳光照耀下格外鲜艳。楼房周围还搭着细木条脚手架,一些像小娃娃似的矮小工人正在那里工作。一个身穿白制服的人骑着青铜色的大马,正迎着阳光,神采奕奕地朝士兵们扛着闪闪发亮的刺刀操练正步走的方向奔去。

"在本城的另一端,瓦拉甫卡已经建起了一座屠宰场和一座监狱,"伊诺科夫顺着溪谷边一面朝前走,一面阴阳怪气地说。"而在这一端,他的对手正在修筑一座兵营。"

灰色的干草在克里姆脚下发出噼噼啪啪的折断声。这辽阔的田野不时使他感到惆怅,心情郁闷;他和伊诺科夫并肩走着,仿佛在阳光下,在充满干草气息的炽热空气中要融化了似的。他既不想说话,也不愿听伊诺科夫胡叨叨。他一边走,一边注视那些营房的建筑式样:它们是由三座形状如不等边四角形的建筑物构成的,中间一座已接近完工,泥瓦匠正在砌第三层最后几行砖。可以清楚地看到,那些身穿红色和蓝色衬衣、腰扎白围裙的小人儿在墙沿上来回晃动,有的工人搬着砖,顺着密如蛛网的脚手架踏板,艰难地往上攀登。他俩沿着溪谷的边缘朝前走,这溪谷很深,一边是黏土,一面的斜坡上堆满了垃圾,上面长着灌木和杂草;另一面斜坡光秃秃的,呈铁灰色,显得很凄凉,仿佛布满了兽爪的抓痕。这片深深的溪谷和它边缘处的巨大建筑场地(许多矮小的工人正在那里劳动),二者之间看上去极不协调;萨姆金心想,若把这片溪谷填满,得要有成千上万名身穿各式衣服的这类工人。

猛然间,伊诺科夫好像给什么东西绊了一跤似的,他推了克里姆一下,喊叫道:

"哎呀,真见鬼,快跑!"他说着就像个小孩子似的,迅猛地朝前跑去。

克里姆还没有来得及弄明白眼前发生的事情。他觉得天上仿佛有个蓝点点在颤抖,把墙壁推了一下,然后在它上空扩展开,并且向它压下来,想把它推倒。于是,这座巨大建筑物四周的脚手架杉篙摇动起来,慢慢地,好像勉勉强强地向克里姆这边倾斜,露出了砖墙,使它跟自己一道倒下,随之发出一阵吱吱嘎嘎的响声,砖头落在踏板上,噼里啪啦响个不停。

萨姆金看见在杉篙和木板坠落地上这一片混乱之中,泥瓦匠们纷纷扔掉手中的砖头,从墙上跳下来,惊人迅速地顺着踏板往下跑,而那些砖头也随之像鼓点一般,越来越响地打在下面木板上,咕咚咕咚地压过了噼里啪啦声。直到这时,他才明白是一堵墙倒塌了。萨姆金一面跑,一面觉得大地在他的脚下颤动,而那座坍塌的楼房也在迅速地追赶着他。墙壁一片一片地塌落下来,扬起一阵阵灰尘;留下的空空窗洞,歪歪扭扭,样子真讨厌,有个窗洞里还伸出来一根又长又宽的木板,活像一根大舌头,逗人发笑。

简直难以想象:人们竟然在半空中忽隐忽现,那么飞快地扑通一下,佝偻着身子落在地上,那巨大的响声,即使在一片可怕的吼叫声中,克里姆也能听得出来。有几个人,犹如腾云驾雾似的往下落,看样子,他们是想穿过似乎活动起来的踏板和杉篙,可是这些木头跟蜘蛛腿一般把跌落的人接住,夹在一起。有个窗洞里钻出来一个人,他手里举着一根长竿,但此刻窗户的一侧裂开来,这人便急忙扔掉长竿,两手一扬,向后面倒下去。

一顶宽大的草帽从半空中飞下来,落到地上,滚到萨姆金脚下,他往旁边一闪,回头瞥了一眼,这才恍然大悟:他并没有像希望的那样逃离危险区,而是气喘吁吁地站在距离那堆讨厌的木块和砖头只有二十来步远的地方,而且那些杉篙和踏板的一端正在颤抖。克里姆的两腿哆嗦起来,他坐在地上,头昏目眩,汗水流进眼眶,看东西模模糊糊。他摘下眼镜,看见瓦工和木工们正在四面奔跑,并且不住地招呼。有个穿蓝色衬衣的小伙子特别机灵,他像个小马驹似的,一边跑一边声嘶力竭地叫喊:

"帕维尔大叔,帕维尔大叔,大叔……"

他跑过萨姆金身旁,那白净的脸上沾满了石灰,张着嘴,那双眼睛瞪得像铜钱一样溜圆。

一个满脸胡子的大个儿一条腿弯下去,跌倒在离萨姆金只两步远的地方。他浑身沾满了泥灰,样子怪稀稀的;他不住地呻吟,把手指伸进头发里,抓出一把血,甩在地上,一边在围裙上擦手,一边用平和的声调,像读牌匾上的大字似的骂道:

"这些坏蛋,穿黄钮扣制服①的家伙,光知道节约!"

那个穿白制服的人策马疾驰过去,士兵们稀稀拉拉地跟在后面奔跑,你追我赶,好似许多小皮球在地上弹跳,还有两辆绿色的马车摇摇晃晃地远远跟在他们后边滚动。太阳很快就要隐没到森林后面去了,可那耀眼的光芒,却仿佛故意要给这灾难增添一些难忘的印象似的,把田野照得特别明亮。

萨姆金侧着身子,悄悄地离开众人,往一边挪了挪。他摇着头,目不转睛地瞧着在这片惊醒了的田野上发生的一切。他看见伊诺科夫正抱起一个人,把他扛在肩上。那人好像一只布娃娃弯着身子,一双软弱无力的手在伊诺科夫的胸脯上乱摸,仿佛要解开他那件粗布上衣的钮扣似的。一位军官骑马跑过来,挥动着一只戴着白手套的手,对伊诺科夫大喝一声。伊诺科夫蹲下来,把那个人放在地上,弄好他的手和脚,然后又转身向着倒塌的墙壁跑去。那里已经有许多士兵,好像一些白色的面虫在蠕动,工人们也小心翼翼地往那里聚拢,但是大多数人仍然坐在或者躺在萨姆金周围不动。他们你喊我叫,听起来好似怒吼。有一个像是女人的声音特别响亮:

"那个米纳耶夫,就是帕甫鲁哈,他怎么样啦?他一定也去啦!我说,就是那个米纳耶夫呀……"

一个面孔肿胀,眼睛下面有青紫色的满脸大胡子的胖瓦匠咕咕哝哝地喊道:

"你们应该感谢上帝,是吧,啊……"

"我早就猜中了……"

---

① 指建筑工程师,因为他们通常都穿黄铜钮扣的制服。

"这些坏蛋,他们光知道节约……"

"你胡扯什么呀?应当搞一个祈祷仪式……"

"伙计们,我可看见马特维是怎么摔下去的,怎样钻进深渊里去啦,这是真的!"

五

萨姆金觉得天气越来越闷热,好像太阳把人们的话语、表情和行动都烙印在他的记忆里了。他听见那些泥瓦匠们七嘴八舌的激动人心的谈话觉得很奇怪,他们说话的声音那么大,好像急于要把士兵们的喊声和不知谁发出的接连不断的"哎哟—哎哟—哎哟"声压下去似的。

有五个人站在那里,背朝出事地点,表现出一副幸灾乐祸的样子;还有一个矮小的红脸庄稼汉不断地在身上画十字,叽里咕噜地告诉大家:

"我向上帝发誓决不撒谎!我看得一清二楚:他正从上面往下跑着,可是他脚底下的踏板一歪,他就飞下去了,这可是真的呀!"

萨姆金环顾四周,想弄清楚:为何老是事与愿违,偏让他同这种灾祸挨得这样近?他想起来,当伊诺科夫跑上前去的时候,他并没有跟在他的后面,而是躲到一边去了。

"真怪,"他一面瞧着那些士兵搬运伤员,并且毫无必要地把他们整整齐齐地排列成行,一面暗自思忖。

伊诺科夫走到他面前,他的左手用手帕包扎起来,正想用牙齿和右手指在手帕上打个结,不过却是枉然,于是他对克里姆说:

"请您帮帮忙!"

"受伤了吗?"

"我的手指扎破了。"

"死的人多吗?"

59

"我只看见了三个。"

他没戴帽子,浑身沾满了石灰,衣袖也撕破了;他站在那里,不知为什么老在撒满刨花和红砖碎末的干地上乱踢踏,一面不停地眨巴那双沾满灰尘的睫毛,一面说道:

"真吓人:当脚手架倒下来的时候,你知道吗,活像一个大蜘蛛爬过来抓人似的!"

"是呀,"克里姆点头道。"真是像个大蜘蛛。我记不起来我当时是跟着你跑过去了,还是留在了原地?"

伊诺科夫用莫名其妙的眼神打量着他。

"一个人的头给砸碎了……真厉害!什么都没有了,只剩了带胡子的下巴颏。咱们走吗?"

他俩紧挨着身子朝前走,迈步都有点儿不方便。伊诺科夫用衣袖擦掉脸上的尘垢,回头看看,推了克里姆一下,但是克里姆仍旧紧紧挨着他,说道:

"你知道,我原来以为我是站在那里的,可是实际上我是跟在你后面跑的。这有多奇怪!"

"这有什么好奇怪的呢?"伊诺科夫不以为然地说着,撇了撇嘴唇,现出一丝苦笑。"那些没有被砸着的泥瓦匠对这次不幸事故太沉着了,"他讲起来。"我跑过去一看,只见一个人两条腿夹在两根木梁中间,躺在那里晕了过去。我喊那边的一位大叔:'请帮忙抬一抬,把他拉出来,'可他却对我说:'不要动,不要动死人。'就这样他不肯帮忙就扬长而去了。是的,就是这帮家伙……士兵们在忙活,而他们却袖手旁观……"

"他们吓坏了,"萨姆金说着,猛然想起小时候在溜冰场上那次他飞快地朝着掉在冰窟窿里的包里斯·瓦拉甫卡跑过去的情景。

"跟今天的情形迥然不同,"他说出声来。伊诺科夫抖动了一下身子,瞅了他一眼,把话说完:

"我也没有见过这种事。"

这句话打断了他对包里斯的回忆。

他感到虚弱无力、恶心欲呕,一副垂头丧气的样子;他很想闭上眼睛,静待上一会儿,把那些在空中异常矮小的人们怎样落下来的情景统统忘掉。

"多荒唐啊!"伊诺科夫思虑重重地嘟哝道,一边走一边用帽子掸去裤子上的灰尘。"您觉得似乎跑错了方向,而我的眼睛里好像老有一块小木片在闪动,一块灰色的小木片,就像从炮膛里射出来的……又完全像一只云雀……颤颤巍巍地在空中飘舞。真是咄咄怪事!结果人们却成了残废,在那里呻吟,吼叫,可是钻进脑海里的,竟是那块小木片。这玩意儿……就是这种小木片……鬼才知道它们是怎么回事儿!"

他又推了萨姆金一下,放慢了脚步,补充说:

"有个家伙想用木橛子揍我,可他在拔木橛子的时候,手指缝里扎了根刺,一根很大的刺,我还得给他这个笨蛋把刺拔出来。"

他说完又加快了脚步。

"又是木片,又是刺……脑子都糊涂了。"

"这刺,准是他瞎编的,"萨姆金心里想着,便问道:"你究竟想说什么呢?"

"我也不知道。我若知道,就不说了,"伊诺科夫说完这句话,突然钻进一栋老房子歪斜的大门,不见了。

"他为啥要说'我若知道,就不说了'这句话呢?"萨姆金心里纳闷儿。"真是个讨厌的家伙。"

太阳就要落山了。圣母升天大教堂的圆顶好像燃起了大蜡烛,光耀夺目,淡红色的烟雾在空中袅绕。

六

萨姆金回到家里,不由自主地走进花园,躺在长椅子上,显得疲惫不堪。在这座染尽秋色的花园里,也弥漫着粉红色的烟雾;一连几天的闷热预示着天要下雨,但是一阵风却把阴云吹散了,刮落树上的黄叶,把尘埃飘散到整个城市。萨姆金分明看到一个抽搐得很难看的躯体,没有胳膊,没有腿,头上蒙着一条灰围裙,这躯体好像裹好的一件包袱,以难以想象的速度飞快地落在地上。另一个人则是挺直身躯,高举双手飞下来的,所以他的身躯修长得很不自然,没有扎腰带的红衬衣鼓足了风,看起来很像一枝郁金香花朵。克里姆不记得是三个人还是四个人从墙上掉下来,闪现在空中,可他现在觉得仿佛看见了十个。

从厢房敞开的窗户里传出来伊丽莎白·利沃夫娜柔和的声调;她新近开始给学生补习文学史,有八个人常到她家里来上课。为了不再想下去,萨姆金硬是竖起耳朵,去听斯皮瓦克夫人的讲话。

"韩波[①]渲染元音并不新奇,早在蒂克[②]时代就尝试过用语言引起人们的色彩感,"克里姆听见她说,心想:

"真是个口是心非的女人。她究竟想干什么呢?"

斯皮瓦克夫人的声音听起来既单调又执拗。

"其实,在浪漫主义的根基里隐藏着逃避现实、逃避当前灾难的趋向。浪漫主义诗人卡拉姆辛虽然有些粗鲁,但却很坦率地承认了这一点:

啊,何必老为天灾人祸,
把那辛酸的眼泪流淌,
为这美妙迷人的臆想,
我们暂且把它忘光。"

"简直在撒谎,"萨姆金心里这样想,尽管他知道她只是把问题看

[①] 韩波(1854—1891),法国诗人。
[②] 蒂克(1773—1853),德国作家,浪漫派的著名代表人物之一。

得简单化而已。

"于是为了让美妙的臆想不只搪塞一时,而是沉迷一生,有些人便逃避现实,另一些人则……"

萨姆金站起来,走到窗户跟前,在暮色中对着那间熟悉的屋子喊道:

"炮兵营的楼房倒塌了,砸死了好几个人,有许多人受伤……"

紧接着,那间屋子便响起了挪动椅子的声音,屋角上有人划了一根火柴,映出了手指长长的手腕,一位姑娘像受惊的母鸡似的,吓得哇哇直叫。萨姆金为他这句话引起的惊慌感到高兴。他悠然自得地在花园和庭院里漫步,正打算把发生的可怕事故详述一番,这时斯皮瓦克夫人的学生吵吵嚷嚷地从厢房里跑出来;而她自己正站在桌旁,把灯罩碰得叮当直响,当她点上灯以后,可以看见拉杰叶夫老人正用手指在桌上敲着鼓点儿,摇头晃脑地坐在桌子一边。

"您的叫喊真跟演戏一般,"斯皮瓦克夫人绷着脸说道,但并无责怪的意味。

"是的,像在读起诉书,"拉杰叶夫肯定说。"把那些年轻人都给吓跑了!"

尔后他详细问起这次惨祸发生的经过。斯皮瓦克夫人今天穿一件深色的长裙,身材显得娉婷而修长,她抬起手,一边整理头发,一边说道:

"库图佐夫被捕了。"

"是的,在轮船上,"拉杰叶夫又肯定说,然后长叹一声,站起身来,拉住斯皮瓦克夫人的一只手,用另一只手抚摸着,安慰道:"那就是说,咱们要设法为他保释喽,是吗?那好吧,再见!"

斯皮瓦克夫人送他出去,还没等克里姆想好该怎么对待库图佐夫被捕这件事,她就回来了。那个像发了大财的理发匠似的科尔文跟她并肩走来,一副仪表堂堂的样子,就跟那次在饭店阳台上一模一样。

"你们认识吗?"斯皮瓦克夫人心不在焉地问道,而她的客人却用男高音美滋滋地自我介绍道：

"安德烈·弗拉吉米罗维奇·科尔文。"

在他的鼻梁上方立刻出现了一道深深的皱纹，浓密的双眉拧成了一条线，刹那间，那对猫头鹰般的圆眼睛变成了一个∞字形；那种样子真稀奇，萨姆金好不容易才支持住，没有跟跄后退。

"我进去瞧瞧我儿子，"斯皮瓦克夫人说着走进屋子。科尔文从他背心的口袋里掏出一只金表，说道：

"我们离合唱练习还有四十分钟。"

等到女主人进去把门关上之后，他才抻着脖子，急忙细声细气地说道：

"您亲眼看见了那次无理行径，不过您不要以为我会善罢甘休！他虽然是一个疯子，那也是不能饶恕的，不能！伊丽莎白·利沃夫娜是一位可敬的夫人，当然，她不该知道，是吗？不过请您告诉那个家伙，他要受到报复的！"

"我可干不了这样的差事，"萨姆金可着嗓门说道。

"咦！"科尔文举起一只手，怨声怨气地说："您为什么不干？为什么？"

他的两只眼睛分开了，各复原位。科尔文抖动着小胡子，从礼服口袋里掏出来一条大红手帕，擦了擦嘴唇，咳了两声，用威吓的口气咕噜道：

"我要您和那位小品文作家去做证。"

斯皮瓦克夫人从里屋走出来，懒洋洋地坐在沙发上。科尔文马上放肆地挪了把椅子坐在她身旁，提了提裤腿，露出那双花格的袜子；他的一双膝盖又粗又圆，活像一对两普特的秤砣。萨姆金看见合唱队指挥这种恬不知耻的唠叨和放荡不羁的样子很生气，猛然产生一个念头：当即把那一切都讲给伊丽莎白·利沃夫娜听，可是又看见她正用一种有伤他的自尊心的目光打量着他和科尔文，不时地翻着乐谱，问道：

"您知道发生了不幸的事吗?"

她的问话很使萨姆金费解,他想:

"莫非她是在问库图佐夫吗?难道这头公牛也是个革命党?"

但是科尔文并不知道发生了什么不幸的事,于是斯皮瓦克夫人请求克里姆道:

"请您讲讲吧!"

萨姆金干干巴巴地说了几句:合唱队指挥听完以后并未表现出特别的兴趣,而是严厉地说道:

"我们办事老是急于求成,结果欲速则不达。而且我们的百姓也太没有纪律了。"

科尔文摆出一副善谈的架势,用洪亮的男高音讲起什么必须组织民间合唱团、民间乐队和歌咏协会的事情来。

"还应当提倡体育,特别是拳斗,我们的百姓喜欢斗殴……"

他的话音忽然中断,咳嗽了一声,用挑衅的目光扫了克里姆一眼,又接下去说道:

"他们打起架来,像野兽一样愚妄,可是打架斗殴也要有纪律,守规矩呀!"

萨姆金扑哧一笑,但没有吭声,而是在等着看斯皮瓦克夫人说什么;她一边用铅笔在乐谱上做记号,一边抬起头,惊异而又尴尬地说:

"安德烈·弗拉吉米罗维奇到过朝鲜。"

合唱队指挥用红手帕擦了一下嘴唇,又把一双眼睛拧成 ∞ 字形,瞅着萨姆金,继续用更加严厉的口吻开导似的说道:

"就拿英国人来说吧:他们的大学生就不闹事,而且一般说来,他们没有痴心妄想,因为他们有体育运动。我们从西方吸取的尽是糟粕,那里的精华却视而不见。应当为百姓多举行些宗教仪式和举着十字架的游行。罗马天主教为什么有那么大的力量呢?就是因为它常常举办这样的宗教活动,富有戏剧性。民众往往是耳闻目睹,通过实际的东西来了解宗教的。宣传在精神上崇拜上帝已经有一千九百年了,然而我们看到,在这方面收效甚微,只是产生了许多教派。"

"请您讲讲朝鲜人吧!"斯皮瓦克夫人看了看表,请求道。

"朝鲜人有什么好讲的呢?那是一个不幸的民族,一个因为同那些被欧洲引入歧途的日本人接触而濒于灭亡的民族,"科尔文的话已经有点儿粗鲁了,他猛吸了一口香烟,把一缕烟雾朝斯皮瓦克夫人的膝头喷去。

"朝鲜的老百姓倒是文静、天真,像蜂蜡一样柔和。"他历数了朝鲜人的优点之后,用厚厚的,一定也是硬邦邦的嘴唇压紧烟嘴,使劲抽了一口,然后用肯定的语气愤愤不平地说:"他们根本就不需要欧洲的文化。"

他显然是想起了一件恼火的事情:两眼充血,直冒凶光;用指甲划着膝盖,骂起日本人来,不过他说的话是很可笑的:

"就连我国的这些有轨电车,也不由地使人怀疑正教徒们使用的那种简陋的马车是否有存在的理由……"

"到时间了,"斯皮瓦克夫人说着站起身来;萨姆金觉得她这话是一语双关的,不过他从她的脸上看出来,她似乎没有理睬合唱指挥的话。

"跟我们一道走吧!"她向萨姆金提议。

他知道她是一定会这样说的,况且他也想再听一听科尔文说些什么。走在大街上真叫人扫兴;风从各家庭院中,从小巷子里刮过来,把一片秋天的树叶吹得在大马路上飞舞,有些树叶吹得紧贴在篱笆上,钻进门缝里,还有的在篱笆上直翻动,好像受惊的老鼠似的,向上爬了一段,旋转几下,又落了下来,飞到人们的脚下。此情此景使萨姆金想起从墙上掉下来的那些泥瓦工和木匠们。

"就本性而论,女人是必须有信仰的,"科尔文以一位老练的传教士的口吻说道。

他走起路来,两条沉重的腿提得老高,像位将军似的昂首阔步朝前迈,把手杖夹在腋下,好像要防备萨姆金挨近他似的。

"哟,您说得可真没意思,"斯皮瓦克夫人叹口气道,但是科尔文仍然固执地说下去:

"一个女人没有信仰,那是一种变态……"

萨姆金拐进一个小巷子里去了,那里只有两盏路灯闪着微弱的光亮。

第四章

一

  风从萨姆金背后吹来,推着他向前走。嘴和喉咙给尘土呛得直冒烟儿,于是他决定到酒馆去喝杯啤酒,在那些普通人当中坐上一会儿。突然间,从一扇篱笆门里钻出来一个披着黑头巾的矮小女人,走到人行道上,悄悄地问道:

"请您送送我吧!"

  萨姆金听见她说,走得更快了,可她不甘落后,鞋后跟咯噔咯噔地踏在砖铺的人行道上,和羊蹄子发出的响声一模一样,喁喁的央告声在克里姆身后响着:

"我就住在这附近。"

  萨姆金瞥了一眼她那张长鼻子大嘴的圆脸,气势汹汹地说道:

"滚开!"

  他一声怒吼把姑娘吓跑了。

  "若是一切无用的东西都能从我这里滚开,那就好喽。"他心里说。

  但是过了一会儿,当他来到市中心大街的时候,他一面思忖,一面为自己开脱:

  "都是莉吉雅向我灌输了憎恶女人的心理。"

他对于莉吉雅的思念渐渐淡薄了,而且憎恨一次比一次增强,今天对她的憎恨表现得特别明显。

"好一个乖戾而又卑鄙的女人,"他坐在酒店里,心中这样想着,同时他的记忆也殷切地提示他,不要忘记这位姑娘的荒诞言词和她提出的那些问题。

"喂,你听着,上帝,再加上性器官,那简直太可怕了!……"

他早就感到自己对于女人的种种念头越来越冷淡,越来越带有犬儒主义的意味了;他相信这可以使他避免犯错误。他还发现,那个不能生儿育女的母家伙玛尔加丽塔关于她的同行姐妹们的话,是千真万确的。

在酒店一间狭长的屋子里,靠墙边横放着几张长沙发,上面蒙着紫红色的天鹅绒,每张沙发上可以坐两个人;萨姆金坐在两张沙发中间的小桌旁边,觉得自己仿佛坐在一辆巨大的长得出奇的车厢里。屋子里弥漫着暖烘烘的、恶心人的烟草和厨房气味,使人自然而然地感到这间屋子里的空气涂染着一层朦朦胧胧的颜色。

传来一阵刀叉和杯盘的叮当声,萨姆金看见瓦拉甫卡的死对头,建筑承包商麦尔库洛夫那个头发稀疏、肥胖的后脑勺从沙发背上面高高地伸了出来,好像一块毛没有拔干净的鸡肉。承包商对面坐的是教区建筑师季亚宁,他身材高大,满脸胡子,跟那个看见克里姆站在窗前就对他的同伴大喊"拉撒路复活啦!"的戴着脚镣的囚犯一模一样。

"这些傻瓜们,他们老是东跑西颠的,还到北极去探险,可是北极又有什么鬼用处呢?"麦尔库洛夫灰溜溜地抱怨道。

"因为好奇心呗,"建筑师喝了一口葡萄酒,用那对黑眼珠狠狠地瞪了一下克里姆,解释道。"因为求知心切。"末了又补充了一句。

坐在萨姆金左边的本城上等浴室老板多莫盖伊洛夫,听着本市参议员马晋像机关枪般的谈话,呵呵直笑。这位参议员身材魁梧,那张皮肉松弛、没有须毛的面颊酷似一位阉割派的教徒。两年前,这个专好寻欢作乐的浪荡家伙强迫他的女儿嫁给一个丧偶的警察局副局长,

69

她女儿刚举行完婚礼就跑回家来,寻了短见。

"这个可怜虫,他还摆出一副外交家的架势呢,可我掌握着一张六点的王牌。喏,所以我就把他弄得团团转了,"一位身着绫罗的艳装女人嗲声嗲气地夸耀她的本领说;她那对像饺子一般肿胀的耳朵上,坠着两块沉甸甸的绿宝石,她的笑声听起来真叫人恶心。她就是菲奥娜·特鲁索娃,一个放高利贷的女人,全城都认为她是一个心肠狠毒的女人,可她自己却夸口,说她最懂得"幸福生活的秘诀"。她是本县首席贵族女厨师的女儿,她的幸福生活就是从当首席贵族的姘妇开始的,她很快把老头子的财产荡尽,嫁给了一个珠宝商,此人又发了疯,后来便和一位副省长同居,现在又和一些戏子们厮混,一季换一个。本市到处传扬着她的风流韵事,但对她的慷慨好施也感到惊异:她出资修建了一座儿童医院,在男女中学设置了二十多名奖学金。

"这一季度我们就要建立一个很像样儿的剧团,"她一面兴致勃勃地说,一面给木材商乌索夫斟满白兰地。乌索夫是一个身材矮小,鼻子很大的男人,一对发红的眼睛炯炯放光。

"我们的老祖宗教导说:'知其所在乃有所获'。"麦尔库洛夫对建筑师阴阳怪气地说。这位建筑师正对着灯光一面仔细研究杯里的葡萄酒,一面叹息道:

"现在西伯利亚大铁路沿线正大兴土木,建筑教堂呐!"

"不,你听我说,菲奥娜·米特廖夫娜!"乌索夫叫喊。"有个西班牙人到瓦西尔苏尔斯克来买橡木桶板,他只会讲他的西班牙语,还有法语。可是,瓦西尔苏尔斯克这地方是不学西班牙语的,于是就教这个西班牙人说俄语。嘿,你知道,竟然把他教会了……"

萨姆金吃着龙虾,喝着香醇的啤酒,听着他们聊天。他数了数,酒馆里共有十七个人,他们都是房产主,也是鲁宾逊称之为"本城父老"的人。他们并不是最富有的人,可是按照史学家科兹洛夫的说法,那些不慌不忙地过着自己的殷实生活,较之那些成天醉生梦死,对本城生活懒于问津、冷漠无情的大富翁显得更为重要的"干粗活的普通

人",恰恰就是他们。根据科兹洛夫的说法,其实也是根据理智的判断,本应当对这些人给予同情,可是萨姆金却不由地认为:

"假如我大学毕业,我也得去为这帮家伙服务。要娶他们谁家的女儿为妻,养上几个男女学生,十五年后他们就不会理睬我了。尔后我就会变得蹒跚臃肿起来,也会去嘲笑渴求知识的人们。接着就是衰老,病死,我感到我自己就像燔祭上帝的以撒,可我奉献的又是哪位神灵呢?"

这些思绪是新奇而又陌生的,他感到非常不安,但他无力驱除它们。杯盘的叮当声和人们的欢声笑语旋在他耳边,仿佛在一间空屋子里回荡,但这响声只浮在他思想的表面上,对它们没有影响,而他却希望有什么东西能把这些思绪平息下去。一些对人越来越没好感的往事回忆,逐渐涌上心头,使他感到压抑。就说瓦拉甫卡吧,所有的人对他来说都不过是劳动力;还有那个衣冠楚楚、一本正经的拉杰叶夫老是亲热地说:

"我喜欢有知识的人们,因为他们公而忘私,因为他们对工作勤勤恳恳。"

除了他俩还有那个柳托夫,他对革命党人的态度就跟对待自己的奴仆一般。他还想起库图佐夫这个献身于毁灭这种生活的人物,不过克里姆·萨姆金心里早把他弃置一边了。

"这家伙已经退出赌场,而且可能时间很久。然而马拉库叶夫和波亚尔科夫之流,在和这帮人分庭抗礼方面又有何作为呢?"他一面观察酒馆中的宾客,心里一面思量。"我该出去散散心,"他主意已定,于是几分钟后便来到已经沉静的大街上。

二

一片片乌云悬浮在城市上空,他觉得这云彩颇像一个个黑熊。异常明亮的星星在碧蓝色的云隙间闪烁,仿佛故意叫人看看云隙是多么深邃,那凉爽的秋风又是来自何方。商店已经关门,街上是那样昏暗,就连灯柱都几乎难以辨认,而关在玻璃罩里面的灯火,好像是悬在半空中似的。专在夜里活动的妓女在人行道上,从一个灯柱走到另一个灯柱,有如站岗的士兵,拖着自己的影子在踩熟了的砖地上徘徊。克里姆仔细瞧瞧帽檐下的脸蛋儿,那些朦朦胧胧的面庞朝他露出微笑,而他对这笑容早已感到厌倦了。

"最有主见的人要算伊诺科夫了,"克里姆心想。"然而他的主见只是因为他还不曾受到什么诱惑,不过他已经爱上了一个比他大十多岁的女人。"

一个用呢帽半掩住面孔的青年,偷偷摸摸地赶到萨姆金前面,他走的是曲线,似乎想把每个女人都打量一番,但又下不了决心。

"他很苦闷,"克里姆猜想。

过了一会儿,一个披着大衣的醉汉摇摇晃晃地走过来,撞了他一下,尖声刺耳地喊道:

"对不起……唉,请您原谅,真见鬼!"

萨姆金拐进一个漆黑的小胡同,一阵风向他袭来,把他刮得踉踉跄跄,在他周围卷起一股讨厌的灰尘。小胡同曲里拐弯,房舍寥寥无几,只听见花园里树叶的沙沙声、栅栏的吱咂声和风穿过缝隙的嘶鸣;什么东西发出啪地一声,好似牧羊人甩鞭子那么清脆,使人不禁想到,这条胡同许是大风钻进城市的主要孔道吧。

因为喝了啤酒,萨姆金有点儿头晕目眩,两腿沉甸甸,而这风更增强了他那难以言状的烦闷。他走到古老的乔治·波贝多诺茨小教堂跟前停下来。这座教堂被许多小房舍围成半圆形,大门前放着两尊古代的大炮,埋在土里,好像两根铁柱。萨姆金坐在台阶上,用手帕擦擦满是灰尘的睫毛和眼镜,不由地想起包里斯·瓦拉甫卡曾经幻想把大炮里的土弄出来,搞些火药,在举行晚祷时让两门大炮同时轰鸣。包里斯想方设法地吓唬人。假如他还活着,他准是一个革命党人……

"真叫人烦恼,"萨姆金一面摇晃着眼镜,瞧着玻璃镜片中反射出来的他背后门洞里一盏小灯的微光,一面想着,差点儿沉吟出声来。每当他心绪不佳的时候,他总以为还从未有过像现在这样苦闷。这种情绪使他惶惑不安,甚至感到屈辱,于是他就自我解嘲地以为其中定有某种高雅而又豪迈的、简直可以说是有魅力东西。就说此时此刻吧:他是在一个不喜欢的城市里,坐在一个对他无用的小教堂的台阶上;风在呼啸,魔怪般的黑云在城市上空乱爬;在这座城市里没有他的一个至爱亲朋。

"我的想法太幼稚了,"他告诫自己。"这是书生气十足的想法。"他又加以更正,尔后想到:他已经活了二十五个年头,还从来没有像现在这样迫切感到有必要弄清楚究竟有没有上帝这个问题。无论是外婆,还是中学时的神甫,都把上帝说成是道德的缔造者,因而也就把上帝贬低到和他们自己一模一样的无聊地步了。然而上帝应当是神秘莫测、威严可怕的,或者是完美至尊、令人敬佩得五体投地的。

"不,如今的一切都愚蠢得简直到了令人惊奇的程度,"他长叹一声,断然认为。他竖起耳朵听听远处传来的不知是谁的声音,往黑影处挪了挪。

"你胡扯,索里曼!"伊诺科夫粗声粗气地说道;他还说了些什么话,不过给另一个声音淹没了:

"鞑靼人是从不扯谎的!你应当叫我祖莱曼。"

他俩在一栋小房的窗前停下来,萨姆金清晰地看见两个人头映在屋内灯光通明的窗帘上,一个是毛发蓬乱的伊诺科夫,另一个是头发梳得溜光的、扣着小花帽的男人。

"你干吗要把一个鞑靼人灌醉?"

"走,回家去吧!"

"等一等。干吗把山羊皮充细羊皮以假乱真?那不是真的,是绵羊皮,是吗?"

那个鞑靼人身材高大,脸庞窄长,留着稀疏的胡子,挺像那个没有人样儿、连俄国沙皇都不如的李鸿章。

"上帝与人是不该有共同之处的,"萨姆金寻思。"中国人晓得这个道理。他们的神都是怪模怪样儿的,都是很可怕的……"

伊诺科夫用手指敲敲窗户,然后摇晃着帽子又扬长而去。当风把他的脚步声带走以后,萨姆金才站起往家走。风从他的背后吹来,驱赶着他;他一面走,一面懊悔他没有把伊诺科夫叫住,跟他一块儿到什么地方去消遣消遣。

"他很可能认识一些会弹吉他的姑娘……"

三

当他走进自家庭院的时候,看见伊丽莎白·利沃夫娜站在花园栅栏旁边。

"我觉得好像有人在花园里走动,"她小声说道。"您听见吗?"

"那是风吹的,"克里姆说。

"您干吗要躲开我们?"斯皮瓦克夫人一面打开花园的小门,一面问他。

"我不喜欢那个合唱队指挥,"萨姆金差点说走了嘴:他想告诉她伊诺科夫是怎么殴打科尔文的。"他为人怎么样啊?"

斯皮瓦克夫人走在花园小路上,眼睛瞧着灌木丛,讲起科尔文的身世来。她的口气很随便,好像嘴里说的和心里想的完全不一样,或者装出一副不假思索的神气。克里姆从她口里知道,科尔文小时候是斯皮瓦克夫人父亲的仆人从田野里捡来的,当时他病得不省人事;他们把他抱到庄园里,这孩子告诉大家,他是给盲人领路的,其中有个自称是他叔父的盲人,还没有完全瞎,此人待他非常狠毒,于是他逃了出来,躲在树林里,病倒了,不知是中了毒,还是因为饿的。

"他当时不过八九岁,顶多十岁。捡到他的那一天正赶上我生下来。我母亲很迷信,认为这是天意,于是她劝父亲把这孩子留在我们家里。他是个非常粗野的孩子,很难管教,他们教他识字,他就逃跑了。一直到十五岁,我们对他简直毫无办法。原来他当了修道院的牧童,又和我们住到一起来;我父亲为他操了不少心思,但都无济于事。一些庄稼人控告他企图强奸一个小姑娘,差点儿把他打死。他又回到修道院去当了小修士,我最后一次见他时,他已经是一个阴沉寡言的修道士了。打那以后又过了二十年,他饱经沧桑,还参加过哥萨克人阿希诺夫想把阿比西尼亚①奉献给俄罗斯的荒唐的冒险勾当,在法国什么地方的屠宰场当过屠夫,最后又去朝鲜当了传教士。他竟能传教,你说奇怪不奇怪。他沽名钓誉,野心勃勃,所以脾气残暴。您瞧他那副鲁莽样儿,他的记忆力可是惊人。您可以和他认识认识,他怪风趣的。"

"我不愿意,"萨姆金说。"我对这些风趣的人已经腻烦了。"

"真的吗?"斯皮瓦克夫人不以为然地问道。

"是真的,"萨姆金故意挑逗地重复说。"我觉得他们所谓风趣,不过是想证明他们何等有趣而已。"

"真是这样吗?"这女人站在厢房窗下问道,同时不住地打量着那间点着一盏小油灯、显得朦朦胧胧的屋子。"很可能有这样的人。"她慢条斯理地表示同意。"好吧,该去睡觉了。"

风摇动着树枝,把干枯的叶子吹落下来;云片在天空疾驰,星星忽明忽灭。

"伊丽莎白·利沃夫娜,请告诉我:您为什么要作革命党人?"萨姆金突然问道。

她放慢脚步,瞅了他一眼。

"您问得真稀奇。"

"这我知道。"

"这是个过时了的问题。"

"还很幼稚,而且,不过毕竟是个问题,不是吗?"

---

① 即现今的埃塞俄比亚。

斯皮瓦克夫人走到他前面,细声细气地说:

"我不认为我是革命党人,然而我是个有充分信仰的人,我认为阶级的国家已经衰亡,已经软弱无力,假如它继续存在下去,就会危害文化,有可能使民族退化。这一切您是清楚的。您有何见解?……"

"这一套全是从库图佐夫那里来的,"克里姆嘀咕了一句。

"是又怎么样呢?"她一面反问,一面踏上厢房的台阶。"不错,斯切潘是我的老师。似乎有什么疑窦在折磨着您,是吗?"

克里姆从她的问话中听出有奚落的意味,他想和她争辩一番,甚至顶撞她几句,但他非常不愿意一个人孤零零地留下来。可是她却向他道了声晚安,打开门,自己进去了。他也回到自己的房间,坐到临街的那扇窗户下面。过了一会儿他又打开窗子,看见房子对面站着一个男人,正要抽烟,可是划着火柴,就给风吹灭。传来清晰的脚步声,可以听出是伊诺科夫。

"您到哪儿去?"萨姆金招呼道。

"随便走走。您怎么一个人呢?我可以进去吗?"

"请进来吧。"

四

过了一会儿,伊诺科夫坐在萨姆金的房间里,嘴里叼着香烟,手里端着一杯葡萄酒,牢骚满腹地说:

"我的神经都要错乱了!我跑遍了全城……就像个杀人犯似的,在受着良心的谴责。真是个糊涂虫!"

通常好像故意不修边幅的伊诺科夫,今天显得格外蓬头垢面,他刚一进屋时给萨姆金的印象完全是个醉鬼。

"您近来在做些什么?"

伊诺科夫倦怠地叹了口气道:

"我在校订一篇文章《森林防火方法》,作者是一位小老头,他虽然没有多少学问,但人很机灵,是一个道德家,一位人道主义者,老爱宣扬《十诫》呀,《山上垂训》呀,等等。有一本书叫做《礼仪》,是田地出版社出版的,简直是一本圣书。真有趣儿,训练猴子和狗倒挺有用处。"

他虽说谈笑风生,可语调中却充满着悲伤和焦急,好像要匆匆把话说完似的。他把瓶里剩下的葡萄酒倒进杯子里,出乎意料地问道:

"可是您有过这样的情况吗:一个萨姆金走着,说着,而另一个萨姆金老是在问:你这是往哪儿去呀,干吗去呀?"

"没有,没有过这种情况,"克里姆肯定地说,心中大为吃惊。"我没想到您会说出这样的话。教派分子写过这样的诗:

　　腿在叫:我往哪儿走?
　　手……"

"什么教派,还不是冒牌……市侩,"伊诺科夫嘴里咕哝着,然后又笑呵呵地、含蓄地加了一句:"简直是妖术。"

"妖术?您究竟想说什么呀?"克里姆更加惊诧了。

"嗨,我不过是随便说说。这很可笑,而且……甚至叫人厌恶,那些下流胚和白痴假装关心人们的福利,真可恶。"他一面说,一面四处张望,想找个地方磕掉烟灰。桌上有个烟灰缸,就在书后面,但是萨姆金不愿把它推到客人跟前去。

"吉奥米多夫虽然也说谎,但他是条家犬,而这个家伙才是条真正的野狗呢。"他透过眼镜片,打量着伊诺科夫,心里在说。伊诺科夫把烟蒂往桌子底下扔去,他本来对准废纸篓,可是却掉到了萨姆金的脚上,他的脸马上露出一副怪相。

"您以为您有杀人的能耐吗?"萨姆金提出这个问题,自己也感到十分意外,主要是出于一种想揭穿伊诺科夫,把他的老底儿全兜出来的强烈愿望。伊诺科夫目瞪口呆,惊奇不已地瞅着他,用双手理着头

发,怏怏不乐地问道:

"您是说科尔文吗?"

"您想要他怎样呢?"

"我要他死。可您怎么猜到我有这个想法呢?"

"我从您的脸色看出来的,"萨姆金说。

"您可真有眼力,见鬼去吧!"伊诺科夫悄声说道,同时从桌上操起一块镶有青铜的细腿女人像的大理石镇纸,又一次流露出温和的笑容。"您的眼力太棒了,"他用手指抚摸着青铜女人像,重复道。"要说杀人嘛,大概人人都会。喏,我也会的。一般说来我并不怎么凶狠,但有的时候,我的内心也会燃起那么一股绿色的火焰,那时我就不由自主了。"

萨姆金仔细听着,以为这个野东西就要用老鹰或者孔雀的羽毛来装扮自己了。然而伊诺科夫说到自己时既含蓄又匆忙,好像在谈论一个微不足道的、他很讨厌的人似的。他在专心致志地摆弄那个青铜女人像,把她的一只胳膊向上掰,使之成为一种警告或自卫的样子。

"您在写诗吗?"萨姆金问道。

"我在写,写得很糟糕,"伊诺科夫焦虑地摆弄着那个镇纸,答道。"韵脚是个累赘。只要一押韵我就觉得我是在胡扯。"

他把那个女人像的胳膊给掰断了,把镇纸搁在桌子上,折断的碎块装进了衣袋,说道:

"对不起!这铜可真次,太软了,锡掺得太多。可以焊接,我这就拿去焊上。"

他回头看看,从桌上拿起一本书,瞧了瞧书脊,又把它放下。

"我和一位朋友都读过德文版的叔本华作品。我这位朋友原先在雅罗斯拉夫尔法政学院读书,后来被开除了;他是个懒汉,但是渴求真理。我们同住一栋房子。一天夜里,他来找我,抱怨说:您瞧,施莱马赫尔[①]断言,幸福观是助产婆,而理性是借助于它才产生至善观念的。

---

① 施莱马赫尔(1768—1834),德国唯心主义哲学家、神学家。他试图把基督教的宣传同康德思想的传播结合在一起。

不过他又说,德行和享乐在本质上是截然不同的,说康德把至善的观念跟幸福的因素混为一谈,是错误的。他沮丧地说:这怎么能容忍呢?我跟他说,您是不能容忍的,这全是胡说八道。他觉得委屈,于是我就鼓动他去反对托米林。噢,您当然认识这位托米林喽,是吧?"

萨姆金点点头。伊诺科夫又拿起那个镇纸,掰着那个青铜女人像的一条长腿,继续说道:

"人是各种事实的炮制者。"

"是整套语言的体系,"萨姆金本想纠正他,但是憋住了。

"事实积累到一定程度,就可以用它们制造出许许多多进步呀,进化呀,对现实加以褒贬呀,等等的理论。而我呢,却想打它进步的耳光,因为它有一副既傲慢又无耻的嘴脸。"

"这是从陀思妥耶夫斯基那里学来的,是来自地下室的论调,"萨姆金一边好奇地瞧着这位客人怎么往下掰那条青铜的腿,一边说道。

"是又怎么样呢?"伊诺科夫头也不抬地问道。"陀思妥耶夫斯基也是属于进步与现实之列的呀。现实是卑鄙龌龊的东西,"他叹了口气,想把那条腿弯到肚子上去,结果折断了。"人们都在逃避现实,您发现这种情况了吗?简直就像飞一般地逃到一边去。"

他瞥了克里姆一眼,用那条断了的腿敲着大理石块,问道:

"那些工人怎么会跌下来呀,啊?什么现实,见鬼去吧……您是知道的,我脑子里极度空虚,简直都透明……就在这空虚中有砖头和人影,小孩一般的人影在闪动。"

伊诺科夫的脸绷了起来,眯缝起眼睛;克里姆还是头一次发现他的睫毛向上弯曲着,很美。他没有觉察到伊诺科夫话里有什么臆造,甚至感到同他的思想有所共鸣,但他心里在嘀咕:

"一个无政府主义者。"

"有人敲门,"伊诺科夫望着窗外说道。

克里姆侧耳静听,门闩轻轻响了一下,接着木头大门咯吱一声,好像给狗抓了一下似的。

"不会是小偷吧?"伊诺科夫笑呵呵地问道。克里姆走到窗前,在黑乎乎的庭院中瞧见一个彪形大汉正从大门里挤进来,有个圆圆的东西从他身上滑下,他拾起这玩意儿,戴在头上;当他直起身子时,才看出原来是个宪兵。于是克里姆感到很扫兴,脊背都有点发凉,腿也发软,怀着侥幸心理咕哝道:

"这是来找斯皮瓦克夫人的。"

"哎,"伊诺科夫把他推开,悻然叹了口气。"我去看看她。"

他跑了出去,萨姆金自己留下来在那里数着大摇大摆闯进院子里来的人,一共十三个。其中有几个已进了厢房,剩下的都聚在正房的台阶旁。顿时在这些寂静的空屋子里响起了不吉利的铃声。

"让女仆去开门吧!"萨姆金决定,但是不知为什么他又捻小了灯光,自己跑去开了门。

五

那个满脸灰胡楂子的肥胖的宪兵小队长,腋下夹着皮包先挤了进来,他推开克里姆,走到衣架前面,让路给一位戴茶色眼镜的黑胡子军官。这位军官慢吞吞地问道:

"您是萨姆金先生吗?"

克里姆点了点头。

"此人来过贵处吗?"

"我不是告诉过您了嘛!"伊诺科夫从军官背后粗声粗气地喊道。

"这是您的房间吧?"

"这是要搜查吗?"克里姆问道,咳嗽起来,觉得喉咙里忽然干得发痒。

军官挺了挺胸脯,两手向后一背,耸耸肩膀;那个宪兵小队长走上前来,小心地脱去他的外套,把皮包递给他。然后那位军官扶正了眼镜,也用老相识的口气反问一句:

"仅此而已,岂有他哉?"

"可别心慌,"克里姆告诫自己,同时把那双拘束的手深藏到裤兜里。

克里姆看着一个穿制服的陌生人安然地坐在桌旁的软椅上,把抽屉一个个拉出来,随随便便地翻弄他的文件,将它们凑近同样安然地插在浓密的、一定也很温暖的连鬓胡子里面的大鼻子跟前读起来,觉得又惊诧,又气愤。宪兵将灯火捻大以后,虽然灯火在那位军官的茶色镜片上闪动,但却使人觉得,把镜片照亮的不是那灯光,而是藏在镜片后面的一双明亮的眼睛。军官的手指又短又粗,个个发红,但尖尖的指甲却有点儿发青。他鼓起毛茸茸的脸颊,不慌不忙地工作着,那副姿态甚至夹带着一种轻蔑的神情。从他手持文件的姿势中可以看出,他是一位玩纸牌的能手。

"原来是这种干法呀!"萨姆金心里懊丧地说。而那个宪兵抖搂着一沓剪报,慢悠悠地问道:

"这是您的大作吗?"

"是的,是从本地报纸上剪下来的。"

"我读过。那么,那些呢?"

"那是为将来写文章作的各种笔记。"

克里姆想回答得响亮、干脆,也和伊诺科夫一样满不在乎,而又不像他那样粗鲁,可是他听见他说话的声音好像在坦白认罪似的。

军官把笔记本撂在一边,用手指在上面敲着,就像老汉在敲烟盒似的,嗜了一声,便开始审问伊诺科夫:

"您是做什么工作的?是搞写作……噢!那么,您在什么地方写呢?"

"在我自己的屋子里,在桌子上,"伊诺科夫闷闷不乐地答道。他坐在窗台上,抽着烟,眼睛瞧着漆黑的玻璃窗,喷出一缕缕烟雾。

"请您不要开玩笑,"宪兵一面警告他,一面往外拔他的脚,因为他靴跟上马刺的小星轮钩住了软椅下面的地毯。克里姆本想把此事告诉军官,但他没有吭声,因为他怕伊诺科夫会把他的谦恭有礼看作是逢迎拍马。克里姆心想,假如没有伊诺科夫在场,他的行动就不是这样了。总之,伊诺科夫在场,他感到很拘束,甚至担心会由于他的唐突无礼惹出麻烦来。

"可不要心慌,"他又一次提醒自己。但是当他看见那位军官在使劲拉扯地毯,想把靴跟上的马刺拔出来时,更加心神不宁了。

那个灰白胡子的宪兵从书柜里搬出来一些书,把书背冲上抖搂着,并且看着他的年轻同事把床铺弄乱以后,又朝床底下和床头柜打量一番。那位监察官靠在门上,惬意地抽着香烟,把一团团烟雾喷到门后去,门后一动不动地站着两个穿便衣的人,并且从那里飘过来一股碘酒的气味。萨姆金的目光突然和那个年轻宪兵的目光相遇,便悄悄对他说:

"把马刺给他摘下来!"

"谢谢,"当那个年轻的宪兵蹲下去给他摘马刺的时候,他说。

"一头蠢驴,"萨姆金心里骂了他一句。"伊诺科夫会以为你是在感谢我呢。"

但是伊诺科夫正坐在烟雾弥漫的窗前,把太阳穴贴着窗玻璃,望着窗外出神。军官弯下腰,打了个喷嚏,扶了一下眼镜,用手帕揩揩鼻子和胡须,从皮包里掏出一沓表格,慢腾腾地写起来。他那从容不迫和漫不经心的刻板样子真有点儿叫人生气,但也让人放心,觉得他并没有把这次搜查当作什么了不起的事情。

那位警察所副所长走了进来,他圆圆的脸,黑胡子,长得很像科尔文。他笨拙地弯下腰,对宪兵军官耳语了几句。

"普阿雷来了,"伊诺科夫突然喊道。"您好,普阿雷!"

这位警官挺起胸膛,佩刀砰的一声碰到桌子上;他虽然绷着脸,但一对金鱼眼却是笑眯眯的。那位宪兵军官头也不抬地咕哝道:

"马上开始,弗明,唤证人进来!"

那两个穿便衣的人,一个是更夫,另一个身份不明,满脸皱纹,叫人捉摸不透;他脖子上缠着绷带,碘酒味就是从他身上发出来的。他俩蹑手蹑脚地走到桌子跟前,那种虔诚劲儿,就跟去接受圣餐一模一样。克里姆在记录上签了字;军官站起来,伸了个懒腰,说了几句公务责任的话,要萨姆金立个字据,保证不离开这座城市。警官在他背后用一只鸽子蛋大的眼睛向伊诺科夫递了个眼色,伊诺科夫和蔼地点了点他那乱蓬蓬的头。

"他们去伊丽莎白·利沃夫娜家了,"他说着从窗台上跳下来,他本想打开窗户,但是窗户没能打开,于是他用拳头敲着窗框,问道:

"难道他们要逮捕她吗?她有孩子呀!"

"他们哪管这些!"克里姆说着也走到窗下。他对这次搜查能这么快结束感到高兴。伊诺科夫没有看出他的兴奋样子。不知为何他好像也很满意。

"您跟这位普阿雷有交情吗?"克里姆问道,同时心里在琢磨怎样回答伊诺科夫的问题。

伊诺科夫瞥了他一眼,掏出来一支香烟,但是没有抽,而是把它放在了窗格子上。

"她一向沉着、冷静,可这一次,"他笑嘻嘻地说了半句又忽然中断了,难看地撇了一下嘴。"您说普阿雷吗?"他反问了一句,声音大得出奇,而且非常津津乐道地讲起来:"他是著名漫画家卡兰达沙的兄弟,他还有个兄弟是义勇舰队的一位舰长,他的妹妹是演员,他本人当过省长的厨师,后来当了派出所监察官,诚然……"

他把双手攥成一个拳头,焦急地小声问道:

"您看他们会从她家搜出什么东西来吗?"

克里姆耸耸肩膀,说:

"我不知道。"

"这个普阿雷是个放荡不羁的家伙,"伊诺科夫揉揉脑门儿和眼睛,说道。他的声音很小,在他说话的时候,还可以听到院子里传来的喁喁低语。"我教他德语,和他下棋,他是个光棍儿,也是个色鬼。在他卧室的圣母像前面点着一盏长明灯,而墙上挂的镜框里却镶着许多法国出品的裸体女人画,个个像没有翅膀的天使。他还有几十本巴黎的裸体画册。真是无耻之尤,色鬼……"

他不言语了,而是竖起耳朵听外边的声音。

"他们干吗搞这么久,真见鬼!"当他离开窗户跟前时,嘴里又嘟哝起来;他立在书柜旁边,瞧着里面的书,又说道:

"有一回我在他那里过夜,看见他老早就醒来,跪在那里,久久地默默祷告,上气不接下气地用拳头捶着自己的胸脯。我觉得他祈祷时好像还流了泪……他们走了,听见吗?他们走了!"

不错,院子里出现了沉重的脚步声,马刺叮当作响,黑乎乎的人影隐没在大门洞里。

"天快亮了,"萨姆金看见最后一个黑影消失,守门人吱吱嘎嘎关上大门的时候,笑眯眯地说。伊诺科夫踏着马蹄般的脚步声走了出去,克里姆回头看看屋子里乱糟糟的样子和文件狼藉的桌面,觉得浑身软绵绵的,十分困乏,仿佛那些宪兵的懒洋洋的毛病传染给了他。

六

"这又是一次考验,"克里姆闷闷不乐地思忖着,打开窗子,看见斯皮瓦克夫人裹着一条方格毛披肩和伊诺科夫并肩在院子里徘徊。伊诺科夫背着手,嘴里在跟她唠叨些什么。

"哎呀,这是胡闹!"女人大声说。

当萨姆金也来到庭院时,他俩顿时不言语了,于是他说:

"天很快就亮了。"

女人仰望灰蒙蒙的天空,她的脸由于恼怒显得非常尖削,克里姆都认不出来了。

"您该揪住他的头发!"伊诺科夫蓦地告诉她,并对萨姆金说:"那位副检察官把她的文稿弄得一塌糊涂,畜生!……"

"我们坐坐吧!"斯皮瓦克夫人没等他说完,便提议。她自己先坐到了台阶上,然后问伊诺科夫:

"怎么样,您的小说已经写完了吗?"

克里姆猜想她是不愿意当着伊诺科夫的面来谈论这次搜查的事,于是他继续在院子里踱步,一边听着,一边寻思:和这个女人很难相处,因为她太变幻莫测了。

公鸡在啼鸣,邻家的恶犬在狂吠,那是一条火红色的长毛狗,脸盘像狐狸,彻夜汪汪叫个不停,它好像发现什么可疑的东西,又像是无理寻衅。它叫一阵,就听一听是否有什么动静。它的吠声又骄矜,又尖利,然而比较微弱。白天几乎不见这畜生的影子,它只偶尔把头从门外伸进来,嗅一嗅有什么可疑的气味,因此总是使人觉得它的嘴脸一天一个模样。

"您听我说,我把小说撕掉了;我简直糊涂透顶了,那里面看不到人物,有的只是描写人物的文字,"伊诺科夫靠在台阶的一根白柱子上,用手指捻着一支香烟,声音嘎哑地说。"写暴动是很困难的;自己必须有统帅……那样的感受,是不是呀?应当是一位战略家……"

他耸起肩头,把耷拉到前额上的头发撩起来,但是当他朝伊丽莎白·利沃夫娜弯下腰的时候,那缕头发又垂到他粗糙的脸上。

"我在写另一篇小说,讲一个少年被迫去放鹅,当他爱上这些家禽的时候,又派他去当了马夫的助手。他爱上了马,但又征他到舰艇上当了水兵。他爱上了海,结果却弄残了一条腿,最后不得不去当了守林人。他本来爱上了一位漂亮的姑娘,想娶她,然而却因为可怜一位有两个孩子的苦命寡妇,竟跟这位寡妇结了婚。他也爱上了她,她为他生了一个小孩儿;当他抱着婴儿去镇上受洗礼的时候,却把孩子给冻死在半路上了……"

"这是您编造的吧?"斯皮瓦克夫人小声问道。

"不全是编的,"伊诺科夫不知为何用负疚的口吻回答。"这是普阿雷跟我说的。他知道不少离奇古怪的故事,而且很爱说。至于怎么样收尾,我还没有决定。是写他把孩子葬在雪地里,以后就出走了,从此杳无音信呢,还是写他感愤于爱情的无望而干了什么坏事呢?您看该怎么写好哇?"

斯皮瓦克夫人回答得既简单又含蓄。

熹微的晨光映照着滚滚乱云;面粉厂的汽笛鸣叫起来,紧接着河对岸木材厂的汽笛也响了,尔后是糖浆和淀粉厂、火柴厂的汽笛呜呜地叫起来,大街上已经响起了行人的脚步声。这一切是那样熟悉、亲近,令人欣慰,而这次搜查却犹如一场梦,或者像伊诺科夫讲述的一个荒唐的笑话。一个身穿白裙,活像个面口袋似的女仆出现在厢房的台阶上,仰望天空,说道:

"阿尔卡莎醒了!"

斯皮瓦克夫人立刻站起来,身后拖着一条花格毛披肩,急忙穿过院子。伊诺科夫跟着她将整个身子慢慢地扭过去,嗫嚅道:

"我也要走了。"

他进屋去,马上披好斗篷、戴上帽子又出来,默默地握过萨姆金的手,末了消失在灰蒙蒙的晨雾中。克里姆忧心忡忡地回到自己屋子里;他想脱衣上床,但是看到给宪兵们弄得乱七八糟的铺盖,不禁产生了厌烦的情绪。于是他开始把文稿收进桌子抽屉里,极力安慰自己:这次搜查不会有什么结果。然而,这种推理并未能消除他心中的压抑和难以名状的焦灼。

七

中午,当他走进报馆编辑部的时候,他顿时感到自己处于一种受敬重和同情的新鲜气氛中,因为编辑部已经获悉夜里全城进行了大搜查,统计学家斯莫林和神学院学生多尔加诺夫被捕了,同时德罗诺夫又补充说:

"还有拉杰叶夫面粉厂的一个钳工,药店的一个伙计,他是个犹太人,科马罗夫教区小学的一位女教师也被捕了。"

他告诉大家,那个黑胡子宪兵大尉波波夫的妻子和一位警察医官同居,波波夫为此竟得到了医官的赏识。

"这家伙特别吝啬,竟然逼着一位从前当过鞋匠的宪兵给他修鞋。"

"噢,您这也算经过洗礼喽,"主编紧紧握住萨姆金的手说道,那片受气包似的嘴唇耷拉下来,粲然一笑。鲁宾逊兴冲冲地说:他曾经被搜查过三次,坐过五个半月的牢,被流放到乌尔茹姆去了一年半。

"我差点儿给那里的蟑螂吃掉。那是一个很出色的城市,在一八九三年,那里的小孩子们就唱道:

> 吹起来吧,光荣的号角!
> 土耳其人,我要同你决一死斗。
> 我们光荣的颂歌,
> 业已响彻你们巴尔干的山坳!"

那个花花公子打扮的律师普拉甫金沮丧地耸耸肩膀,说道:

"这是一切正直的俄罗斯人的命运!我们无时无刻不在……"

萨姆金在尽量使自己相信:这些人把他当英雄看待,是愚蠢可笑的,但也不能不感觉到这种态度使他欣慰。过了几天他发现,在大街上和在市立公园里常有一些陌生的女学生对他投以甜蜜的微笑,还有一些人格外仔细地打量他。他心里奚落说:

"他们不会是密探吧?莫非这些自由派断定我会为宪法而鞠躬尽瘁吗?"

一种担心的念头闪现在他的脑海:该不会因为对他的这种器重而付出过高的代价吧?他对德罗诺夫尤其感到惶惑和恼怒,他就像一条殷勤而又惊恐的小狗老是围着他转,死乞白赖地追问:

"那就是说你也加入了吗?"

克里姆从这一问话中听出有惊诧的意味，便皱了皱眉头，可是德罗诺夫却搓着手，好像非常得意的样子，急切地悄声问道：

"你认识那位神学院学生多尔加诺夫吗？"

"我不认识，"萨姆金大声回答。"我不喜欢神学院的学生。"

德罗诺夫像个媒婆似的继续喁喁低语，道：

"来了个青年作家。嘿，他可真激烈！你愿意我介绍你们认识认识吗？还有一位小姐，是个大学生，马克思的信徒……"

萨姆金谢绝去会见那位作家和小姐，他认为德罗诺夫颇像瓦拉甫卡别墅的那位瘸腿庄稼汉，那家伙也喜欢给人牵线。在克里姆的所有熟人当中，只有历史学家科兹洛夫不仅未向他表示过同情，反而在跟他打招呼的时候，一声不吭，紧紧闭着嘴唇，仿佛在憋着想要说出来的什么话。这很有伤克里姆的自尊心。这位衣冠楚楚的小老头儿出门的时候，常常带着一把雨伞，萨姆金发现，他喜欢把伞尖戳在地上，好像跟谁怄气似的，他看人也不和善，老是怒目而视，仿佛大家在他面前都成了罪人一般。

八

当萨姆金被传到宪兵大队部去的时候，他表现得很豪迈，相信他会在那里说一些气宇轩昂的话，譬如：

"请你们不要把我逼到我不愿走的道路上去！"

一般地说，他是会说这样一些话的。他去时穿得很讲究，戴了一副新手套，把下巴颏上的胡子茬都刮掉了。秋风掠过大街，穿过阴湿的房舍，好像在寻觅可以躲藏的地方，给人一种惊恐的感觉；而在城市的上空，秋风驱散了肮脏的乱云，把苍穹吹得洁净如洗，露出了格外透明的蓝天。

在一间有两扇窗户的豁亮的办公室里，充满着家庭的舒适气氛，也弥漫着一股上等烟草的味道；窗台上摆着几盆颜色惨淡的秋海棠，两窗之间的墙上,挂着一幅金色镜框的黄绿交映的风景画。这是一幅雅号叫做"青葱炒鸡蛋"的画:一条碧绿的河流,黄沙堤岸上有几棵青松。宪兵大尉波波夫坐在屋角里,斜对着窗户的一张办公桌旁,嘴里叼着一个海泡石的烟嘴,用戴着羔皮手套的手指夹着。

"请坐!"他用老相识的口吻说;因为他穿着一件已经很旧的灰夹克,所以显得很和气,也更加无精打采了。

"秋天光临得真早啊!"他长叹一声说道,然后把烟蒂吹到一个头盖骨形的烟灰缸里,一面细细打量着那个熏黑了的海泡石烟嘴,一面随随便便地说道:

"我请您来,是要亲自交给您这些文稿,"他用一根短粗的手指敲敲一沓文稿,但没有把它推到萨姆金跟前,而是用同样的口吻接着说下去:"我拜读了一些,写得很有意思!我这话并不是恭维您。您的思想挺成熟,诸如文学中必须存在保守主义思想等等就是。的确,老弟,鬼知道现在有些人在写些什么玩意儿。当我读到您举的小例子:'他把菠萝抛向天空,却用低音在歌唱[①],'时,我真好笑,这算什么玩意儿呀?"

"这个笨蛋在恭维我,他是想收买我。"萨姆金心里说,眼睛盯着那只铜烟灰缸中袅袅的青烟。

大尉摘下眼镜,露出那双藏在没有睫毛的浮肿的眼皮里面的浑浊而湿润的眼珠,那布满黑胡楂的脸上流露着微笑;他小心地把一块手帕捂在眼睛上揩揩,慢条斯理地嗫嚅道:

"您那篇记述一个小女孩的文章,我尤其爱读,她喊道:'你们干吗好管闲事呀?'您对这方面的批评是非常非常有意思的!"

"真是个畜生,"萨姆金心里骂道,但是他这样骂并不是因为愤怒,而似乎是出于一种义务。

他本以为会看到一对严厉的、至少是阴沉沉的黑眼珠,然而在这

[①] 系俄罗斯诗人、象征派理论家之一的安德烈·别雷(1880—1934)《在山上》(1903)一诗中的两句。

双几乎是暗淡无光的眼睛下面,这位大尉的大胡子看上去竟像修饰过的一般,又仿佛增强了他的和善感,使周围的一切都笼罩上一种朴实的气氛。在大尉身后,就在他的头顶上,有一个黑色三角形人影,那是宽大的脸庞上长满黑胡须的亚历山大三世;在一扇糊着壁纸的窄小的门框上方,挂着一张不大的肖像,上面是一位秃顶的留着小胡子的男人,胸前缀满了勋章;办公桌上放着显克微支①的《火与剑》这本厚厚的书,压住克里姆的文稿。

"我可以问一问为何要搜查我的家宅吗?"萨姆金问道,从问话的口气中可以听出来,他来这里时那种豪迈的气概已经消失得无影无踪了。

宪兵大尉戴上眼镜,摸了摸他那发青的耳朵,叹口气,又用温和的声调说道:

"莫斯科来的命令说,您可能有些熟人要使您受连累。"

"这次搜查使我的处境很难堪,"萨姆金说完,马上又警告自己:"我好像是在诉苦,而不是在抗议。"

波波夫大尉全身向前一挺,胸脯碰到桌子,把玻璃灯罩弄得叮当直响。他把胳膊放在桌子上,吧咂两下嘴,扬起眉毛,压低声音,说道:

"哦,是的,这我明白!当然,我要向莫斯科报告,保证您不再发生这种可以说是不可避免的不愉快事件,当然,假如您自己不愿意再引起这类事件的话。"

军官脸上的肌肉莫名其妙地动了一下,大胡子往两边一扎煞,下巴颏上的胡子翘起来,嘴鼓得溜圆,纵声大笑:

"哈哈!"

他用一个手指把烟盒推到萨姆金跟前,十分亲热地问道:

"您抽烟吗?我可是抽烟,抽得很厉害,胡子都给烟熏黄啦。"

---

① 显克微支(1846—1916),波兰著名现实主义作家。他写了关于十七世纪波兰人民反抗外来侵略的历史小说三部曲,其中第一部《火与剑》取材于赫米尔尼茨基领导的哥萨克暴动。

他的胡子完全是黑的,连鬓胡子里连根灰毛都看不见。

"我抽得很厉害,因为我干的工作是很费脑筋的,"他唉声叹气地解释道,忽然喉咙里咕噜起来,说话呼哧呼哧地加快了,声调也变得很神秘:

"您一定会相信,我们并不希望激怒青年,而且一般来说我们也很重视知识分子。和那些革命党人的看法迥然不同:他们把非党人士视为草芥。"

他声称,他当宪兵,是因为确信文化和秩序必须加以保护。

"在任何一个别的国家里,人们的想象力都不像在我国这样,必须加以约束和制止,"他用手指戳着自己柔软的胸脯说道。萨姆金明白他这番话的用意,因此不由得想道:

"德罗诺夫关于此公和他老婆的话准是胡扯。"

"老弟,革命党人尽从那些不得志的人中搜罗门徒,"克里姆听出这话好像很熟悉,也很令人信服。"我不否认,在他们当中也有些天才。您当然知道其中有不少人做了许多有益于国家的工作,从而抵销了他们青年时代所犯的罪过。"

他越说越温和,越说越神秘,眼睛也闭了起来。克里姆不禁想起:这好像是瓦拉甫卡在说话,只不过变了一个声调罢了。

附近什么地方传来一阵钢琴的声音,特别洪亮,使萨姆金哆嗦了一下,而那位宪兵大尉却用手指捋了捋散乱的大胡子,兴冲冲地说道:

"这是内人和女儿在四手合奏呢。"

他用鼻子使劲嗅了一下,好像是在闻闻音乐的味道;他的鼻子又大又鼓又发红,样子极不雅观。

"我女儿在音乐学校读书,她对斯皮瓦克夫人的音乐史课特别热心。请您告诉我,斯皮瓦克夫人的娘家是姓库图佐夫吗?"

萨姆金下意识地答道:

"她是本县首席贵族的女儿,我不晓得她父亲姓什么,而那位库图佐夫是一位农民的儿子。"

"原来是这样,是吗?一位贵族小姐嫁给了一个犹太人,哎哟哟!"

"可他祖父已经皈依正教,受过洗礼了,"克里姆听着演奏得很不高明的练习曲,说道。

"总而言之,这所学校是您母亲对本城的一大贡献,"波波夫大尉钦佩地说,并且以同样的口吻问道:"可您早就认识库图佐夫吗?"

萨姆金恍悟到必须谨慎行事,于是他在椅子上坐正,然后讲了他在彼得堡曾经跟库图佐夫在同一个人家吃过饭的事。

"他是农民吗?"大尉嘘叹一声问道,然后抬起一只手,用一根手指做了个威胁的动作,把下颌伸出去,致使浓密的大胡子扬起来,几乎成了平行的。他俯身在桌子上,以揶揄的口吻对着萨姆金朗诵道:

一朵朴素的小野花,
夹杂在石竹花束中。①

"太天真了,老弟!犹太人总归是犹太人,你就是用水也将他洗不成别的种,不论你这水多么圣洁!而庄稼汉又总归是庄稼汉呀,自然界是不知道什么平等的哩!田鼠和公鸡是不会和睦相处的,这一点儿也不假!"他郑重其事地悄声说道。

这番蠢话使萨姆金憋不住笑了起来,而那个大尉却用一根手指莫名其妙地比画着,用另一只手攥住大胡子,从里面挤出来一些更为滑稽可笑的话:

"联姻,门不当户不对!不,人的本性是不允许这种身份不相称的婚姻的,是反对这种颓废行为的……"

看见这个无精打采的家伙忽然活跃起来是很可笑的。当然,他尽说蠢话,因为这是他的职务决定的,不过有一点很清楚,这个傻瓜忠于职守。倘若他是一位神职人员,或是在银行混事的,他一定交际很广,

---

① 出自法国诗人贝朗瑞(1780—1857)《野花与石竹》一诗。

也准会讨人喜欢。然而他却是一个宪兵,叫人生畏,叫人鄙视,就连手工业促进会的理事,人家都不选他。

当然,德罗诺夫对他的议论全是胡说八道。

这时波波夫突然心不在焉地问道:

"您自从离开彼得堡以后就没再见过库图佐夫吗?"

萨姆金被问得猝不及防,因而没有忙着回答;大尉摘下眼镜,用手帕揩了揩眼睛,一对眸子里闪现出快乐的火花。

"没再见过,是吗?"他一边擦眼镜,一边又问。"就在最近,没再见过吗?"

"是的,"克里姆说。"我见过他。"

克里姆感到有点儿惶惑,但他为了不露声色,就大大方方地问道:

"难道库图佐夫是个危险人物吗?"

在这极其难堪的几秒钟之内,波波夫大尉用快乐的目光盯着克里姆的脸,然后又懒怠地答道:

"这一点您可以从令兄德米特里事件中知道得很清楚。那么,这位伊诺科夫又是怎样的一个人呢?"

克里姆不想再去回忆他同宪兵大尉后来的对话了,他极力想忘掉它。他只记得这位患有眼疾的黑胡子宪兵对他的友善劝告:

"您要远远离开那些专事猎取人类的猎人①,离他们越远越好。而且不要怕讲真话!"

当宪兵大尉向克里姆告辞,握住他手的时候,他感到这位大尉的看上去好像肿胀的手掌,原来是硬邦邦的,仿佛长了一层老茧。

九

萨姆金怀着郁闷的心情来到大街上,事情完全出乎他的预料,他

---

① 《圣经·马太福音》第四章第十九节有类似的话。

恍惚觉得做了什么愚蠢而又不体面的勾当。

"当然,我并没有说什么不必要的话。其实我又能说什么呢?把伊诺科夫谈论一番吗?他们自己不是已经看见过他是多么鲁莽和桀骜不驯的吗?"

城市上空烟雾弥漫,大街小巷充满着潮湿和恼人的晦气,使他不由得想起彼得堡和库图佐夫。他对库图佐夫的认识很迟钝,他仔细想着他对他的印象,既没有发现对他有什么仇恨,也没有发现对他有什么友情,好像此人已经永远从他的记忆里消失了。

萨姆金翌日听说斯皮瓦克夫人受到传讯,而且传讯她的不是宪兵大尉,而是将军本人。

"那家伙是个笨蛋,"她一面说,一面很麻利地用白布缝着一个袋子,要把一沓什么东西,显然是文稿或书籍装进去。她莫名其妙地笑着说:"那位非常朴实的统计官斯莫林竟然把助理检察官维萨里昂诺维奇一脚踢出了公事房。"

"您是怎么知道的?"克里姆疑惑不解地问。

"这有啥稀奇的?"她头也不抬地说,末了又反问一句:"您那宪兵大尉对库图佐夫很感兴趣吧?"

"不。"克里姆回答。

她慢慢地直起腰,大惑不解地瞅了他一眼。

"真的吗?这就怪了。"

"为什么呢?"

"就因为他是造成他们惊慌不安的罪魁祸首呗!"

萨姆金耸耸肩膀,出乎自己意料地撒了个谎:

"难道您就不认为我也可能是造成他们惊慌不安的原因吗?"但他马上又在心里自问:"她会不会相信呢?"

但是这女人又低下头,继续缝起来,并且慢条斯理地悄声说:

"我可不喜欢开玩笑。"

克里姆看见斯皮瓦克夫人颦蹙着眉头,不爱搭理人,那对蓝眼睛里闪现出冷淡的目光，而且特别锋利，便走了出来。此刻他又一次想到，这女人是个两面派，是个危险的人物。她是从什么地方知道那位统计官的勾当的呢？莫非她真的在秘密活动中担任着重要角色吗？

　　本城所有认识萨姆金的人，都在忧心忡忡地奔走相告，谈论起政事来；他们老是以好奇的神情打量着萨姆金，说什么这次搜捕纯系宪兵故意制造的，是想引起上司的重视。德罗诺夫喋喋不休的追问使他感到烦恼，对伊诺科夫三番五次的突然造访感到厌恶，他几乎每天都来，而且举止无礼，就像在小酒馆那般放肆。凡此种种，都逼着萨姆金不等他母亲和瓦拉甫卡回来，就去了莫斯科。

第五章

一

他孑然一身在莫斯科过了半个冬天,心里反复琢磨和权衡着一切的感受和思绪,想从中理出对他有用的东西。然而一切都似乎是无用的,展现在他面前的生活宛如一片森林,他必须在其中找到一条他自己的、通向没有矛盾和自我冲突的自由之路。在剧场里,他从眼镜中瞧着舞台,心里想着人们竟是如此不可言喻的愚昧,他们竟以表演自己的痛苦、自己的卑微和没有荒唐的爱情与忌妒的悲剧就不能生活的情节,来寻欢作乐。他到大学去听课,却老是躲着那些随时处于激动状态的大学生。

"他们都是感情容易冲动的反对派,"他以长者的目光打量着他的同龄人,心里在思忖,他认为矜持和孤僻的性格可以使他更受尊重。

萨姆金觉得大学教授讲课,也和中学教师讲课一样枯燥乏味。他住在一位四十来岁的漂亮太太菲利查塔·包丽森的公寓一间家具考究、布置舒适的房间里。他回到家,用小巧玲珑的字体,在几张蓝色信纸上记录下自己的感想和印象,然后叠起来放进涅哈叶娃送给他作礼物的那个皮包里。他没有给他的杂记加标题,而是在第一页上以秀丽苍劲的字体写了这样一句:

人，

只有在他孑然一身的时候，

他才能有自由。

他字斟句酌，写得并不多，依据着一个明确的文理，那就是他没有忘记，他的杂记曾经为他立过汗马功劳。

"阿兹布金教授瞧不起大学生，他就像一个善于勾引少女的老滑头，然而他又不能不向他们卖弄那些开明的道理，"他写道。

"布克文教授好像一个向半开化的莫尔多瓦人传教的教士。他谈到人道主义时，对那种必须宣传连他自己也不肯相信的东西的做法，简直愤怒已极。"

他借用鲁宾逊讲过的怪诞不经的俏皮话，给教授们取了一些带讥讽意味的外号，像什么长舌汉啦，传声筒啦，寂寞无聊的创造者等等。他特别喜欢对那些想方设法把他变成和自己一样的人们，品头论足一番：

"波亚尔科夫摇身一变成了个马克思主义者。他有点儿像一匹半瞎的老马。"

"马拉库叶夫被捕以后，俨然以一位意外地荣获一枚勋章的官吏自居了。"

秋季的夜晚，萨姆金就这样孑然一身伴着那驯服地接受他的种种语句的稿纸，在默默的自言自语中蹉跎过去。这些时光在萨姆金自己看来是大大抬高了他的身价。他已经开始认为，在他熟悉的人们当中，生活方式选得最合适、最明智的，要算那位滑稽可笑的、火红头发的托米林了。

然而，越发频繁地侵入这暖融融的房间的，除了风声和雨声，以及暴风雪的怒吼而外，还有那种使人无精打采的寂寞之感，它将这愚弄人的念头扑灭，使之化为一点：

"我干吗要为这乌七八糟的文字大伤脑筋呢？我究竟想干什么呀？"

于是又激起了他对女人的旧情。他离开莉吉雅之后,早已消除了疲劳,现在想起他跟她那段短暂的恋爱,仿佛作了一场苦多乐少的噩梦。然而,当他回忆这段经历的时候,他每每发现他们的恋爱实在令人难堪,因此,总想对莉吉雅进行报复,因为她没有能够兑现他对她那种扑朔迷离的期望和幻想,因为她败坏了他对女人的兴趣。他就是这样给所谓兴趣下了定义,因为他发现自莉吉雅以后,他对女人的态度中增添了一种苦涩而又辛辣的味道。他跟瓦尔瓦拉的几次会面,使他对此确信不疑。他是在住到莫斯科来的头一个月遇见她的。虽说他不怎么喜欢这位姑娘,可是当他在剧院的休息厅里和她邂逅相逢的时候,她那兴奋的样子,使他又惊又喜。

"你真不害羞!"她拉住他的一只手喊道。"来到莫斯科连面儿也不露,你这个坏蛋!"

和往常一样,她衣着华丽,十分惹人注目;她说话声音那样高昂,仿佛周围的人都是她的好朋友,在他们面前不用羞羞答答。萨姆金欣然送她回家,在路上她向他讲了许多有关吉奥米多夫和马拉库叶夫的趣闻。吉奥米多夫眼下正在莫斯科到处流浪,有时也来找他;马拉库叶夫坐了十三天的牢房,后来宪兵向他道了歉。她还谈到她自己在戏剧学校的悲观失望。那位个头粗大的安菲米叶夫娜见到克里姆也很高兴。

"哎哟哟,瞧你长得多漂亮了!完全是个男子汉,连胡子也留起来了!"

和瓦尔瓦拉相处,萨姆金很快就对她感到很开心了。她消瘦了,脖子变得又细又长,很难看,脸庞也显得又窄又小,因为她把那头硬挺挺的乌发弄蓬松了,梳成了卡弗尔族①妇女的发式。她在家里老穿一件袖筒肥大的长袍,两只胳膊袒露到肩膀;她走起路来,好像滑行一般,摇摆着她那窄小的屁股,显然她以为这样子很漂亮。她说话略带

---

① 非洲的一个民族。"卡弗尔"即不信教之意。该族妇女习惯把头发胡乱绾成一个缵髻,显得很特别。

鼻音,跟莫斯科人一样,把 a 的音发得特别重。她似乎更喜欢矫揉造作,对那些有名气的女人的崇拜简直更为可笑了。萨姆金发现,她对雷卡梅夫人①和罗兰夫人二者当中哪一位更值得钦佩感到犹豫不决,她俩的相片轮流出现在名流群像的最显赫位置上,每当这两位法兰西女人之中的一位最受青睐时,他可以绝对无误地断定瓦尔瓦拉的心意:假如是雷卡梅夫人出现在显赫位置上,他就可以说,艺术是饱食终日、无所用心的人们的消遣,而艺术家则是资产阶级的应声虫;而当雷卡梅夫人让位于罗兰夫人的时候,他就可以证明波德莱尔②比涅克拉索夫更革命,莫泊桑的小说揭露资产阶级社会的虚伪和恐怖,比政论文章更有说服力。他意识到,他的论断并不俏皮,讥讽得也很粗俗,况且还有点儿昭然若揭,不过他没有为此感到羞愧。

瓦尔瓦拉咬着苍白的薄嘴唇,睫毛遮着浅绿色的眼睛,抻着脖子,翘起尖尖的下巴颏,听着他讲话,那副样子好像受了委屈,随时准备反驳似的,然而她没有反驳,只是偶尔提出一些萨姆金认为有点儿愚蠢、只能暴露她的不学无术的问题。她越来越经常地唉声叹气道:

"哎,您的内心可真纷繁,难以捉摸!要摸透您的脾气可真不容易。别人和您不同,他们都像歌剧演员,不等他们张口我就知道他们要唱些什么调子了。"

对于她这种恭维的诚意,萨姆金是不肯轻信的,他心中怀疑,瓦尔瓦拉虽说并不聪明,可她是在拿他寻开心,就像他也在取笑她,拿她寻开心一样。

二

几乎每一次克里姆都在瓦尔瓦拉家里遇见马拉库叶夫。这位快

---

① 雷卡梅夫人(1777—1849),巴黎美女,银行家之妻,因主持文学沙龙、聚集反拿破仑分子而被流放。
② 波德莱尔(1821—1867),法国颓废派诗人。

乐的大学生在那里就像在自己家里一样随便。他对瓦尔瓦拉俨然像她的情人一般亲昵,好像他完全相信他会得到相应的报答似的,他俩彼此称呼"你",但有一点使萨姆金怀疑他俩已经相爱:他俩的性格是那样迥然不同,以致克里姆认为他俩的亲近是一种误会。在他看来,瓦尔瓦拉应当把一些引人注目的、戏剧性的、同时也是伤感的成分带到这种友谊中来,可是他却看到,不论是马拉库叶夫还是她本人,都致力于使他们的这种关系具有轻松喜剧的性质。

马拉库叶夫仍然像从前一样潇洒、活泼,容易冲动,喜欢慷慨激昂;他在发生霍登广场惨剧那天的感受,对他性格的影响和在他身上投下的阴影,并不像波亚尔科夫那样明显。波亚尔科夫变得垂头丧气,再没有学究风度了,说话也不字斟句酌了,简直就像一个失魂落魄的人,只勉勉强强地活着。他蓄起了一脸硬挺挺的灰胡子,这使他的岁数老了十年。他有时也到瓦尔瓦拉家里来,坐上一会儿,他已经不弹吉他,也不和马拉库叶夫进行二重唱了。

"我喜欢学习德文,"当萨姆金问他为何不再弹吉他时,他答道,但回答的语调不知为什么略带愠色。

克里姆听说马拉库叶夫的学习小组,每个星期天都在莉吉雅住过的那间屋子里开会,心里很不高兴,也感到吃惊。

"可是要避免这种事情是很困难的,"他颦蹙着双眉,暗自说道。然而他却产生了一种好奇心:他所希望的,与其说是要了解人,还不如说是要在人们玩弄阴谋诡计的工夫,将他们当场揭穿。在这种好奇心的推动之下,萨姆金去了解了马拉库叶夫的宣传内容和他学生的情况。在这些学生中,有他认识的工人杜纳叶夫,他还留着卷曲的大胡子,还老是那样笑眯眯的。似乎是为了给自己找一个反衬,他常常把那个姓瓦拉克辛的钳工带来,此人神色阴郁,灰如石块的脸上留着两撇小黑胡,深嵌在眼眶中的一对昏沉沉的眸子,闪现出疑虑重重的亮光。一个衣冠楚楚的青年蹑手蹑脚地走了进来,他嘴大、鼻子宽,眉毛白花花的;一对深棕色的眼睛相距很远,虽说不斜,但看起东西来却是同样惊异地瞅着不同的方向。还来了一个像女人一样秀气的神像画师,洛果仁画店的帕维尔·奥金佐夫和一个秃顶的、坐立不安的木刻匠弗明,此人瘦高个儿,老鼠脸,右腮上生着一个毛茸茸的肉瘤,一双近视眼老眯缝着,但是很犀利;他的年岁无法断定。

教堂助祭不必要地猫着腰走了进来,他剪了一个短短的刘海头,脸上的须毛刮光了,三绺连成一片的大胡子也修剪得像个长长的楔子似的。他那光滑的脸颊完全失去了从前颇像苏兹达尔[①]人那样一种风度。假如综观一下这些苏兹达尔人的面貌,你就可以得出一个永不泯灭的俄罗斯人的形象。他已经忘记两颊的胡子已经刮掉,所以不时地用手指去摸从耳朵到下巴颏的地方,结果空摸一气。他身穿一件磨破了的皮夹克,脚蹬一双用粗皮制作的大靴子,显得更像个旧货商人。

尽管这些人的外貌不同,可是萨姆金却觉得他们有某种令人气愤的相似之处。这就是他们的举止粗鲁、提问大胆和缺乏文化修养,对马拉库叶夫的讲话都报以会心的微笑。萨姆金发现,他们每个人都有滑稽可笑的地方,最后给人造成的印象是:他们这些人已经脱离正常的生活轨道,对于他们所应该信仰,并且千千万万像他们一样的人也都应当信仰的思想,却不分青红皂白地一概摒弃。

克里姆想起来:莉吉雅从幼年起一直到十五岁还害怕蝙蝠;一天晚上,她看见一些蝙蝠在黑暗中,在花园和庭院的上空无声无息地乱飞,便愤然说道:

"老鼠是不敢飞的呀!"

"可这并不是那些栖息在地洞里的老鼠哇!"他向她解释道。可是他的这位小女友却执拗地跺跺脚,喊道:

"你甭说啦!不管什么样的老鼠都不敢飞!"

当这些粗俗的人们一动不动地洗耳恭听马拉库叶夫讲话的工夫,他们那种神情真有点儿像蝙蝠:这些长着翅膀的老鼠,白天因为怕见

---

① 俄罗斯的城市。

阳光,便躲在阁楼的阴暗角落里或树洞之中,失魂落魄似的,一动不动地倒悬在那里,就是这副样子。

莉吉雅那间肃静、整洁的屋子里弥漫着劣等烟草和鞋油的臭味;助祭的靴子发出的是煤焦油味,那个白眉毛小伙子身上有一股发蜡味,而那位圣像画师奥金佐夫身上发出的则是臭鸡蛋味。人们呼出的气太多,连灯光都显得昏暗了。马拉库叶夫在这种昏暗的空气中手舞足蹈,嘴里喋喋不休地喊着这样一个涵义异常广泛的字眼:

"人民,人民!"

他坐在窗户左边的一个角落里,这扇窗户用一块深色的布遮得严严实实。他不时地从椅子上站起来,攥着拳头,不住地在乌烟瘴气之中比画着,当时用一根手指向天花板一点,作个吓唬人的手势,简直沉醉于自己的论说之中了;他摇晃一下身子,两臂一张,沉默着,气喘吁吁地在那里站上好几秒钟,活像给钉在十字架上似的。他的脸是真正俄罗斯型的,颇有点儿像童话中的豪侠之士,眉清目秀,体魄魁伟。他说起话来,是那样富有感染力,就连克里姆·萨姆金也聚精会神地听了一两分钟,很羡慕他那感情的丰富和力量。激愤和哀伤,信心和豪爽交织在他的讲话中。他讲的这些话是克里姆从小就熟悉的,爱人民的感情在其中占了上风。克里姆没有勇气、也不可能怀疑这种感情的真挚,因为他看见这张异常兴奋的脸庞闪耀着发自内心的信仰的火光。原来,萨姆金暗地里毕竟认为这种火光是五彩缤纷的,而马拉库叶夫的讲话简直是一团烟火。

人们都向前弓着身子听马拉库叶夫讲话;那个白眉毛的青年听得目瞪口呆,一对亮晶晶的眸子里时而流露出惊异,时而流露出恐惧。帕维尔·奥金佐夫弯着腰,扬着头,身子都要从椅子上滑下去了,就像个醉汉似的用一双惺忪的眼睛紧盯着讲话人的面部表情,那副样子真可笑。弗明用膝盖夹住两只手,瞅着自己脚底下一片融雪的水洼。

杜纳叶夫竖起耳朵,对着讲话人的声音静听,好像马拉库叶夫离他很远似的;他斜倚在长沙发上,一只手搁在坐在他旁边、流露着一副阴沉相儿的瓦拉克辛的宽肩膀上。克里姆发现,这两个人即使在马拉库叶夫讲到最激烈的地方也照样交头接耳;钳工那张阴沉沉的脸颦蹙得很厉害,胡子也气冲冲地摆动着;歪鼻子弗明朝他嘘了一声,用胳膊肘和膝盖直顶瓦拉克辛,而杜纳叶夫则笑眯眯地向弗明递着快活的眼色。

萨姆金心里猜想,除了这个嬉皮笑脸的、一定很狡猾的杜纳叶夫之外,再没有别人能理解这位宣传家的演说有多大害处了。虽说教堂助祭很可能比杜纳叶夫年纪大十五岁,可是杜纳叶夫对助祭的态度却是和蔼好奇,而又不拘礼节的,好像对待一个未成年人似的。别人对待这位瘦高个助祭却是疑虑重重,十分拘谨,好像鸽子和麻雀见了火鸡似的。这位助祭比任何人都更像一只大蝙蝠。

三

有一回,马拉库叶夫讲累了,坐下来,默默无言地擦着脸上的汗水;助祭这时缓缓地伸直了他的身躯,好像宣经布道似的说:

"作为一个教会的神职人员——我虽已被革除圣职,但我并不惋惜,——也作为一个由于热爱人类而牺牲了的正直的人的父亲,我相信,并且可以证明:刚才所说的一切都是真实的!请你们往下听吧!"

他清清嗓子,又用低沉的声音说下去:

"'从前,在古时候为全体人类共同使用的东西,现在已被某些人用暴力和奸诈的手段攫为己有了。某些人为了过骄奢淫逸的生活,硬要所有其他的人充当他们的奴隶。就这样,他们把一切生活必需品和土地都掌握在自己手里,大肆挥霍,以满足他们的贪欲和私心。他们自己编制了一些不公正的法律,至今还在通过这些法律来保护他们搜刮劫掠,行凶作恶。'"

他举起一只手,仿佛宣誓似的继续往下说:

"这些无可争辩的真理的话语并不是我杜撰出来的,其中没有一个字是我自己的。这是在距今一千五百年前,在耶稣降生第四世纪时那位杰出的大圣人、基督教会神甫拉克坦齐①宣讲和著成文字的。人们把这位拉克坦齐叫做基督的使者西塞罗②。我刚才引用的他那段话,都刊登在一八四八年在圣彼得堡出版的他的文集中,而且这些话都是经过阿瓦昆大主教检查过的。可见这是一本经过当局检查过的书,也就是说,是由于他们检查疏忽才发行出来让人们读到的。诚然,统治着我们的那些人们,只是在他们发生纰漏,检查不到的时候,才会把真理传播到生活中来。"

他又提高嗓门,补充道:

"我再说一遍:就是我对你们所说的这番话,也并非我自己的话,而是亘古以来的永恒真理,为了这真理的复生,我们大家应该齐心协力、鞠躬尽瘁、死而后已。"

他弯腰坐下,而杜纳叶夫朝瓦拉克辛递了个眼色,问道:

"这位拉克坦齐是马克思主义者吗?"

"是又怎么样呢?"助祭反问一句。"就是说早在一千五百年前就猜到马克思会降生了呗!"

"可是实际情况,实际情况又是怎样的呢,神甫?"杜纳叶夫眨巴着双眼问道;助祭用深沉的声音回答:

"关于这一点,还是你自己想一想吧!"

奥金佐夫精神抖擞地用嘎哑声调说道:

"需要武器,可是我们上哪里去弄武器呢?"

他眼睛直眨巴,好像刚刚睡醒似的。他活像个醉汉,又像是害了失眠症。那个白眉毛小伙子擤鼻涕的声音犹如铜喇叭,简直震耳欲聋,他惶惑地弯下腰,把脸藏到手帕里。

马拉库叶夫休息一会儿又开始讲起来。克里姆欣然感到:大家对

---

① 拉克坦齐(约生于公元三世纪末),北非的神学家、演说家;著有《神之教》七卷。
② 西塞罗(前106—前43),古罗马政治家、雄辩家和哲学家。他的言论和书简对古罗马的文学艺术发生过很大的影响。

助祭的说教显然无动于衷。

"我们必须为了斗争的自由,为争取维护人权的权利而奋斗。"马拉库叶夫挥动手臂,斩钉截铁地说。"马克思主义者断言,必须把农民驱赶到工厂,把他们放进工厂的锅炉里煮一煮……"

"这和你毫不相干,"助祭避开坐在他旁边的那个白眉毛小伙子,粗声粗气地咕哝道。

马拉库叶夫把马克思主义者批评了一通之后,正在和离去的人们匆匆握手。当他把手伸给助祭的工夫,助祭把他拉到墙边,郑重其事地告诫他:

"彼得同志,请您告诉那个塌鼻子家伙,不要那样好奇,活像个包打听:他是谁,从哪儿来,干什么的?难道他想把我们大家都填到教堂的亡灵簿上去吗?好,让我们下次再愉快地相见吧?"

他弯下腰,挤出门去。马拉库叶夫和克里姆到瓦尔瓦拉屋子里喝茶去了。

瓦尔瓦拉眯缝着眼睛,以一种在萨姆金看来是矫揉造作、疑惑不解的神情说道:

"一个革命者,对我来说,就是一位诗人,就是乌利埃尔·阿科斯塔①,就是盗取天火给人间的普罗米修斯的继承者,而在我们这里,就是教堂助祭!"

"你可真幼稚,瓦廖克②!"马拉库叶夫笑眯眯地说着,向她谈起奔萨的那位弗玛神甫,普加乔夫起义的参加者,谈起天主教神甫亚历山大·加瓦齐③,但是当他说到德国农民战争时代的神职人员的时候,瓦尔瓦拉便执拗地打断了他这番教训人的话:

"这位教堂助祭身上是有可笑的地方,就像有的人鼻子是歪的一

---

① 阿科斯塔(约1590—1640),荷兰哲学家,由基督教皈依犹太教,后又因反对犹太教教义受到迫害,愤而自杀。
② 瓦尔瓦拉的爱称。
③ 加瓦齐(1809—1889),意大利神甫,意大利民族解放与统一运动的积极参加者。

样,这当然要记在他的居住证上,这是一种特殊的标记。密探们一看鼻子就可以捉住他。"

马拉库叶夫又笑起来,克里姆插话说:

"是的,一个革命者是应该没有特征的。"他本想说句讽刺的话,然而却说得窝窝囊囊。

"这是马克思主义的货色,"马拉库叶夫接过话茬说,摆出一副要争论的架势,但是他看见萨姆金一声不吭地瞅着茶杯,只好搓搓手,大声喊道:

"俄罗斯正在觉醒!"

他把卷曲的头发揉乱,朗诵了别尔格的两句诗:

> 雄鸡在神圣的俄罗斯啼鸣——
> 白昼即将在她国土上降临!

"或许俄罗斯还在睡梦中吧?"克里姆本想这样问他,但是他一看马拉库叶夫那容光焕发的面孔就不吭声了,他觉得他的怀疑是不会使这只公鸡感到难堪的。

瓦尔瓦拉扬起头,喉结难看地突出来,用挑衅性的声调说:

"我不晓得,说俄罗斯正在觉醒,这也许是真的,不过,彼得,你对自己学生的谈论太可笑了,就跟贺里桑弗大叔谈论钓鱼一样:大鱼老是脱钩,他带回家来的,全是些不能吃的小瘦鱼。"

萨姆金笑眯眯地瞥了马拉库叶夫一眼,以为他会反唇相讥,但是这位大学生只是大笑一通了事。

四

有一个星期日,克里姆在瓦尔瓦拉家中遇见了助祭。他正在津津有味地品茶,眼睛好像一个勤勉的小学生,聚精会神地盯着马拉库叶夫,听他称颂拉甫罗夫著述的《历史书简》[1]一书。但是,当马拉库叶夫讲完的工夫,助祭挪了挪空杯子,尽量把那低沉的声调压得柔和一些,说道:

"我在少年时代,还是在神学院读书的时候,就不相信书本上说的那些深奥道理,虽然我很喜欢读一些世俗的书,譬如,长篇小说之类。然而,总的说来,我认为——当然也许是错的,——书本就好比瘸子的拐杖。他们用那种对人的冒渎行为来割裂人的灵魂,把一本教会的什么书塞在你的腋下,说:走吧,把这书当拐杖拄着,去走我们这些圣贤指引给你的路吧!而我们已经走了几十个世纪,但始终走的不对头。不,一切书本都必须检查,世俗的书也要检查,因为它们——请原谅我的用词——也散发着教会的臭味,而教会精神则是人类精神的桎梏,臆造某种神明,就是为了加害于人类,而不是为了他们的欢乐。"

"难道您不相信上帝吗?"瓦尔瓦拉不知为何兴高采烈地问道。

"我不能相信需要神正论的上帝,我宁肯相信大自然,因为大自然正如达尔文先生所证实的,并不需要为它自己辩护。至于莱布尼茨[2]先生,他却企图证明,恶的存在是与上帝的存在相辅相成的,说什么这种并存的现象也完全由《约伯记》[3]作了确凿的论证。这位莱布尼茨先生不过是德国的一个怪物罢了。其实他的话并不对,而亨利·海涅把《约伯记》称为'怀疑主义的雅歌'则是对的。"

助祭使劲地长叹一声,一对明亮的眼珠严厉地瞪起来,仿佛在冒着白色的火光,说道:

"我那死去的儿子写过一本小书,批驳莱布尼茨,以及形形色色的神正论,他认为这是十足的异端邪说,是想调和不可能调和的东西的一种最有害的行为。"

---

[1] 《历史书简》一书系拉甫罗夫以米尔托夫的笔名在一八六八至一八六九年发表的作品,当时在社会上引起极大反响。
[2] 莱布尼茨(1646—1716),德国哲学家。
[3] 《约伯记》是《圣经·旧约》中的一篇。

萨姆金发现马拉库叶夫也讨厌听助祭那些学究式的议论,这位大学生急不可耐地用手指敲着桌子,噘起嘴唇,仿佛要吹口哨似的。瓦尔瓦拉全神贯注地听着,两只眼睛紧盯着这位哲学家,流露出疑惑和反感。她向克里姆耳语道:

"好一副愤世嫉俗的嘴脸!"

而那助祭却丝毫不理会,仍用深沉有力的男低音滔滔不绝地讲述着奥尔穆泽和阿里曼①,谈论太阳神。他说:

"许多所谓的恶,就其实质而论,不过是对恶的反抗而已,是由于对恶的憎恨而产生的。"

吉奥米多夫忽然悄悄地出现在门口,打断了助祭滔滔不绝的讲话,他手里揉搓着一顶帽子,四面张望的神色,活像来到一个陌生的地方,在场的都是生人。马拉库叶夫那种高兴的样子显然是假装的,但还是他先搭了腔,而助祭瞥了吉奥米多夫一眼,好像只点了个句号似的说:

"如此而已。"

克里姆默默地握过吉奥米多夫的手,然后问助祭去过柳托夫那里没有?

"当然去过喽,不过不常去。"

"他还喝酒吗?"

"喝得很厉害。至于我自己,打从我儿子死后,我就戒酒了。是的,这位大掌柜也太叫我难堪了,居然让我给他当门房。虽说我被解除了圣职,可我总不该去给他打扫粪便吧。我在一家玻璃厂找到了工作。从四月份就去上班。"

萨姆金认为自己已经尽了对助祭以礼相待的义务,就转过身去,打量起吉奥米多夫来了。

吉奥米多夫那一头天使般的鬓发又拖到了肩膀上,然而一双蓝眼

---

① 奥尔穆泽和阿里曼是纪元前五世纪左右出现于中亚和波斯的祆教之神,前者代表善,后者代表恶,二者相斗不止。

珠却显得浑浊了,而且从头到脚都似乎褪色了,枯萎了;圆圆的脸蛋长满了稀疏、发黄的胡楂,显得狭长而干瘪。他说起话来,紧盯着对方的脸,眼睫毛直呼扇,仿佛看东西越来越模糊。他不时地用右手掌轻轻抚摸左手腕,反复问道:

"您是怎么说的啦?"

他说话的声音越来越高,越来越放肆,同时还抑扬顿挫,跟朗读一般。他坐在椅子上,身子直挺挺的,显得很紧张,仿佛马上有人要向他喊:"立正!"似的。

瓦尔瓦拉说过,有一回因为她没有留心,让吉奥米多夫溜进了莉吉雅的屋子,看见马拉库叶夫正在那里给学生们讲课。他一进来,就把门砰的一声关上,然后怒气冲冲地质问瓦尔瓦拉:

"您干吗随便让人进这间屋子,把里面弄得乌烟瘴气,臭味熏天,再没法住人?"

还有一回,他看了看墙上的照片和版画,问道:

"莉吉雅·季莫菲叶夫娜的相片哪儿去啦?"

瓦尔瓦拉告诉他,莉吉雅·瓦拉甫卡还是个无名小辈,他听了后竟说:

"没必要去挂那些名流照片,看见他们就跟看见警察一样不舒服。"

他叹了口气,又补充说:

"说不定莉吉雅·季莫菲叶夫娜也会成为一位名人哩。"

这时吉奥米多夫喝完了一杯牛奶,随后又把一块方糖放进嘴里,用手指捋着那几根浅黄色的小胡子,好像要把它们揪下来似的。他听了一下助祭跟马拉库叶夫的交谈,埋怨道:

"唉,你们还是讲这一套,真是的!难道你们不晓得这就是我们吃苦头的根源吗?我们的祸患就在于我们彼此诱惑,结为一家,一族,一群吗?不论是教堂,不论是政党都无助于我们……"

"可你,谢米昂,毕竟还是混进了教派呀!"助祭讥讽地打断了他的话,并且劝告他:"你顶好是多喝些牛奶,这于你是有益处的。"

吉奥米多夫生气了,脸都气白了,两眼直眨巴,头也不住地摆动,那副怒气冲冲的样子,萨姆金还未曾见过。

"什么团结一致!"他用一根手指指着助祭,声嘶力竭地叫喊。助祭则懊丧地回答:

"你把十指张开,当然就抓不住要害喽!"

"人多嘴杂,不可能见解一致!绝对不会的!你们驱使人们去作孽,那是枉然。"

马拉库叶夫扑哧一声,瓦尔瓦拉也露出一丝轻蔑的冷笑,而萨姆金顿时觉得他很可怜吉奥米多夫。这时吉奥米多夫从椅子上跳起来,一脚把椅子踢开,双手捂胸,哽咽地说:

"他们把一些囚犯驱赶到车站……脚镣哗啦哗啦直响,是的!而你们也是一样……在锻造脚镣!你们想把人的灵魂禁锢起来。"

"真荒唐!"马拉库叶夫怒吼起来,吉奥米多夫则离开桌子,快步走到门口,然后扭过头,打量一番,重复道:

"这是对灵魂犯下的滔天大罪……你们要惭愧哩!"

"总不会遭天打五雷轰吧!"助祭狠狠地盯着吉奥米多夫的身影,把一只空杯推到双眉颦蹙的瓦尔瓦拉跟前,咕哝道。

"你们老是招惹他,真不应该!"她说。

"我的话是有根据的,"助祭不服气地说着,大声哼了一下,用手指抚摸着耳边的胡楂子。"我本来不想告诉您的,但我必须讲一讲,"他转身对气呼呼地在室内踱着步子的马拉库叶夫说:"您可不要小看他,以为他是个微不足道的小人物,他的危害可不小;尽管这家伙意志薄弱,可是影响很大。总而言之……就是因为有他这样的败类,我儿子才冤枉死的。"

五

助祭的整个举动,特别是他那发音沉浊而又生硬的谈吐,使萨姆

金厌恶,他很想用一些强有力的语句把这个荒唐的家伙顶回去。但是助祭仍旧说下去:

"大约十天以前,这个傻头傻脑的小子跑来找我,劝我不要跟工人们打交道,并且也同样劝过您,彼得同志。当初我不了解他的思想状态,就跟他谈得认认真真,可是他扑通一声跪在我面前,——那副狼狈相你们可想而知!——继续呜呜咽咽,痛哭流涕地劝我。哎,真是的!他有如一位受气的媳妇,在央求她丈夫不再喝酒似的。当然,他说的是老一套:致力于把人们团结在正义的周围,是会把人类毁灭的。他狂叫要把革命党人扔进火堆烧掉,将他们焚尸扬灰,要像处置那个冒牌皇帝季米特利①一样。"

助祭说得慷慨激昂,脑门和额角上都沁出了汗珠,两只眼睛瞪得溜圆,好像在发抖。

"好一副讨厌的面孔,"萨姆金心里说。

助祭好像一匹跑累了的公马,呼哧呼哧直喘气;他把长衣衣襟掩好,和他从前掩教袍的衣襟一样,说话的声音越发低沉了:

"他使我内心深处受到震动。他在我家住了一宿,说了一整夜的梦话,就像害了伤寒病似的。早晨起来他请求原谅他,似乎感到有些惭愧。然而……"

助祭把手放在桌子上的姿势,跟放在钢琴上一模一样,他尽量把声音压低说:

"然而,你们要当心!因为他说不定也会在这种恐惧病疯狂发作之后跑到省宪兵署去,跪在那里……"

克里姆·萨姆金心里感到好笑;他看见助祭的讲述使马拉库叶夫心神不宁,觉得蛮有趣——他正站在屋子当中,用一只手把头发弄乱,用另一只手指弹了几下,皱起眉头,嘀咕道:

---

① 即伪季米特利一世,他冒充伊凡四世之子于一六〇五年篡夺了俄国皇位。他是发动对俄国武装干涉的波兰贵族和梵蒂冈傀儡,后被沙皇瓦西里·舒伊斯基处死,焚尸扬灰。

"哎,真见鬼!真是糟糕!可怎么办呢?您干吗不早说呢?"

瓦尔瓦拉瞥了一眼克里姆,壮着胆子说道:

"我家厨娘安菲米叶夫娜和警察的关系好极了……"

"这种事厨娘帮不了忙,应当换一换开会地点,"助祭说道,不知为何用一只手掌遮住眼睛,偷看了一下女主人,仿佛在遥望一件模糊不清的东西。

萨姆金欣然发现:瓦尔瓦拉很不耐烦。当她听助祭或者马拉库叶夫讲话的时候,有时竟扭过头去,紧紧软囊囊的鼻子,缩起细小的鼻孔,好像在闻一股难闻的气味似的。人家还以为她是故意装出这副样子,为了叫克里姆看见她这副怪相呢。而在马拉库叶夫讲了一通特别激烈的言论以后,她才呜噜了一句,说什么"有人因为对人民的爱没能得到酬劳而患了肝炎"。萨姆金好像听说过这句话,似乎是在维克多·布列宁[①]的一篇粗俗的杂文中读到的。

他在回家的路上想到:马拉库叶夫很可能不久又要被捕,而且瓦尔瓦拉大概也难于幸免,这可能促使她更接近革命党人。

"他们就是这样来扩充自己的同情者和实际上不由自主地在帮他们忙的那些人的人数。伊丽莎白·斯皮瓦克的情形就是这样。"他心里说。

他打定主意不再去找瓦尔瓦拉了,觉得他的好奇心已得到充分满足。

在一条幽静漆黑的街巷里,助祭追上了他;他躬着身子,默默地瞧了一眼萨姆金的脸,和他并肩朝前走。他走起路来,两手插兜,猫着腰,好像顶风似的。过了一会儿,蓦地对准萨姆金的耳朵,问道:

"您或许知道斯切潘·库图佐夫现在在什么地方吧?"

克里姆嫌弃地耸了耸肩膀,加快了脚步,回答说:

"他被捕喽!"

---

① 布列宁(1841—1926),俄国政论家、诗人和剧作家。

他很难躲开助祭,因为助祭的脚步也加大了;他又瞥了克里姆一眼,用提示的口气说:

"他已经被保释出来啦!"

"我不晓得他在哪儿,"萨姆金一面咕哝,一面环顾四周,想找个转弯的地方溜走。但他没有找到小胡同,而助祭却又说道:

"原来是这样:'火烧尽,灰就会随风飘散。'这您听说过吧?不错,他有一对童稚的小眼睛。您以为如何?他真像达尔文那样,我们无法驳倒他吗,啊?"

"他干吗要在这里提达尔文呢?真是个白痴!"萨姆金心里骂道,尔后冷冰冰地,但是很客气地大声回答:

"我曾经认识一个女人,她就是因为达尔文才发疯的。"

"那是可能的,"助祭点点头表示同意。"在神学院的时候我常常反驳达尔文的学说,"他若有所思地回忆道。"当时给我们出了一项课题,就是反驳达尔文。于是我们大家就驳斥他。"

"那您干吗要问库图佐夫呢?"萨姆金追问他,但并不希望他回答。可是助祭却硬是回答道:

"他和我儿子信仰一致,总而言之……"

"我要从这儿走了!"克里姆停在一个小胡同的拐角上说。助祭伸给他一只长手臂,用左手触到帽檐上,和他告别:

"祝您诸事如意!"

雪已经慢悠悠地下了差不多一整天;栅栏柱、路灯和屋顶都戴上了毛绒绒的白帽。空气中散发着一股三月雪所特有的宛如鲜黄瓜味的芳香。萨姆金慢慢地走在柔软的雪地上,脑子里在思忖:

"这帮家伙都把我看成他们自己人了,这清楚地说明他们是何等愚蠢……假如我愿意,我一定能在他们之中占一个显著的地位。吉奥米多夫会告发他们吗?说不定他会告发的。当然,我不应当再去瓦尔瓦拉家了。"

他想着想着,仿佛眼前出现了马拉库叶夫那些门徒们的各式各样的面孔,而助祭的面孔尤其叫人厌恶。

"他都快成个老头子啦,还看不出这些人对他的轻蔑态度,你说有多蠢吧!在这些人看来,他本来是可以比那位大学生更和蔼可亲的。"于是,克里姆在想到助祭时,头一回责问自己:他对助祭特别反感,该不是因为他这位根深蒂固的俄罗斯教士,居然同情革命党人吧?

六

不久以前才在萨姆金面前展现出一个观察生活的新天地。他发现普列伊斯的一双温和的眼睛,比以前更注意地盯着他。他对这位矮小文雅的大学生一向很感兴趣,因为他那镇定自信的神情不像一个犹太人,那种寡言持重的举止更不像个青年。他很想弄清楚,究竟是什么动机促使这位帽厂老板的儿子来搞马克思主义宣传的?有时可以看见普列伊斯在大学走廊里同马拉库叶夫和其他民粹派分子争论不休,话也说得很蹊跷:

"你们还记得吧,那位俄罗斯贵族老爷赫尔岑曾经用一把农民的斧头威胁沙皇,尔后又向沙皇忏悔地叫道:'加利利人[①],你胜利了!'说完他又后悔,觉得这第一次忏悔太早了,太幼稚了。我认为,幼稚是民粹派的本质,而在他们宣扬普加乔夫思想和农民暴动的时候,尤为明显。"

普列伊斯经常用这种口气讲话,这使萨姆金对这位帽厂老板儿子的好奇心越发强烈了。有一回,普列伊斯在课后向克里姆提议:

"请到舍下谈谈,好吗?"

普列伊斯住在一栋小楼的二层上。那条大街十分幽静,是一条典型的莫斯科街道,街上全是木板房,因而他家这栋粉刷不久的小楼,宛若一位服饰考究的纨袴少年,偶然间闯入了一群穿戴古老的各式各样

[①] 加利利是古代巴勒斯坦北部一个地方,据说是耶稣及其大多数门徒的故乡。此话系终生反对基督教的古罗马皇帝尤里安寿终正寝前所说。

人物之中。一个腰系白围裙、梳得很华丽的头发上扣着一顶小花帽的年轻女仆,打开了台阶上一扇沉重的橡木大门。克里姆原来以为,这位大学生的住处肯定像他本人的装束一样考究,想不到他却是住在这样一个小小的房间里,窗子对着一栋木板房的房顶;屋内堆满了书籍,屋角上放着一张床,床上铺着一条廉价的厚毛毯,门后立着一个三脚铁脸盆架,好像和玛尔加丽塔家里的那个脸盆架一模一样。那个花枝招展的女仆和这房间陈设的简陋,形成鲜明对照,这使萨姆金感到疑惑而又惊奇。

前来送茶的是另一个女仆,她身材矮胖,红润的麻脸上生着一对痴呆地瞪起来的大眼睛。

"茶里没有搁柠檬,"她笑容可掬地说。

普列伊斯开头就问道:

"据说您被搜查过,是吗?"

"是的。那是一种误会,"萨姆金回答说。随后他便听到普列伊斯称赞他对民粹派同马克思主义者的舌战所持的审慎态度。"这种舌战是越来越激烈了,"普列伊斯搓着他那薄薄的手掌,把手指掰得嘎吧嘎吧直响,说得很坦率。但是马上又略带讥讽地补充道:

"可是要知道,小孩子玩趾骨游戏和市民们打决胜牌,也同样是很激烈的。"

克里姆莞尔一笑,仔细注视着他那双温柔的眼睛里流露出的和煦之光;这双眼睛里仿佛有一种探索的意味,而他从普列伊斯说话的语气里还听出了他从前熟悉的那种教师对学生的优越感。他忽然想起一位排犹主义者在《新时代》上讲过的一句话:"一个古代民族的贵族风度,竟然在犹太人身上堕落成为卑鄙下流的习气。"

"这话对普列伊斯虽然不合适,但他身上确有一股强烈的异国气味,"萨姆金听着这些沉闷的书呆子气的言论,心里暗想。普列伊斯谈到,尼采思想是对马克思主义的一种反动。他话音很低,好像在泄露一件只有他才知道的秘密似的。

"个人生存的问题,正是在一个阶级被另一个阶级代替的悲剧时代才表现得最为突出。"

他那黝黑的面庞毫无表情,只有两道弓形的浓眉,在他奚落般地强调某个字眼的时候才抖动一下。萨姆金一直保持沉默,只在礼貌上有必要时才肯定地点点头,并且耐心地等待这位小巧机灵的人向他表明:他究竟想干什么?

"我们看到,在德国正在迅速创造着向社会主义制度过渡的条件,这种过渡是可以不经过浩劫,逐渐演变而成的,"普列伊斯兴奋地说着,好像是在安慰萨姆金似的。"德国工人有数百万张选票,人民群众具有不容怀疑的文化修养,政党掌握着巨大的财富,"他谈笑风生,还一直在搓手,把那纤细的手指弄得嘎吧嘎吧响,叫人听着怪讨厌。"英国人和德国人对于进化的思想掌握得太透彻了,这似乎已经成了他们的特长。"

"噢,是的,"萨姆金说。

普列伊斯所说的一切,萨姆金多多少少都在书本上读到过,其中的道理和结论虽说令人信服,然而对他却没有什么用处。他在那些密密麻麻的黑字当中所看到的,和他在有信仰的人们的言谈中所听到的全然一样,都是对他思想和意志自由的侵犯。他赞同奥古斯特·倍倍尔的主张,不过他认为,叶夫盖尼·李嘉图①更接近于那位谦逊的史学家科兹洛夫体会良深、并用诗一般的语言论述过的一个简单的真理。马克思的逻辑虽说像铁扫帚一样,也是实实在在的,甚至实在得无以复加了,然而要知道,那部福音书也是实在的呀,伊诺科夫就曾经俏皮地,其实是恰如其分地将它比作《雅尚书》。一点儿不错:曾几何时人们就把"民粹思想"推崇为"高雅的风度",而现在马克思主义又在觊觎这个角色了。马克思主义把"人民"这个概念缩小为"工人阶级"之后,也在要求"融合到群众中去",就像那位庄稼汉打扮的托尔斯泰主

---

① 即埃根·李嘉图(1838—1906),德国自由派领袖之一,曾反对俾斯麦的政策,晚年成了保守主义者。

义者、作家卡京和雅科夫伯父所要求的那样。哥哥德米特里已经"融合"进去了。其实这一切归根结底就是要达到一个扑朔迷离的愿望,那就是把人变成以撒,变成牺牲品,最后变成必须拉着沉重的历史大车前进的牛马。普列伊斯讲话越来越起劲儿,简直慷慨激昂了,克里姆听着,并不去反驳他,因为他知道,对社会主义思想的本能的反抗,要求他萨姆金具备既有说服力又有分量的思想,而他在自己身上并没有找到这种思想,他只是感到,假如社会主义者和他们的敌人都不复存在,他会过得更轻松,更舒服。不过他自己也没有力量断然宣布:

"我不愿充当以撒这个角色,请你们还是找一只羊吧!"

他终于感到惶惑不安了,因为在当前正是要他作出最恰当的自我评价的时刻,他却感到自己是一个保守主义的无政府主义者,或者是一个具有无政府主义思想的保守主义者。真太离奇,他连自己也弄糊涂了。

为了掩饰自己的这种情绪,他故意装作冥思苦想的样子,离开了普列伊斯的家;他仿佛刚刚才认识了一个在此以前,无论在广度还是深度方面都无法明了的道理。普列伊斯非常和气地向他提议:

"请下星期日再来,我给您介绍几位有趣的人物。"

萨姆金打定主意下星期日不再去了,可是在回家的路上他就对自己生起气来:这样下去,他要把"自我"这个真面目隐藏到何时为止呢?不论这个"自我"是什么样子,反正它是存在的。不,他当然要再到普列伊斯家里去,在那里显示一下,他的小学生时代已经过去,他已经具备自己的真理了,这就是一个希望并且能够独立自主的人的真理。两天来,他细心地阅读了科兹洛夫赠送他的一本书——赫尔岑在伦敦出版的、和谢尔巴托夫公爵[1]的著作《论俄国道德的堕落》合为一卷的拉吉舍夫[2]的书,阅读了丹尼列夫斯基的《俄罗斯和欧洲》,还有反社会

---

[1] 谢尔巴托夫公爵(1733—1790),俄国贵族历史学家、经济学家和政论家,贵族特权的维护者。
[2] 拉吉舍夫(1743—1802),俄国革命家,同时也是著名作家和哲学家。

主义者列邦①所著的《社会主义》；他还溜了一眼尼采的书。虽然他手头只有这样几本书，可是他却以为足以应付自如了，于是他来到了普列伊斯家，希望在他所谓的那些"有趣的人物"中能见到像彼得·马拉库叶夫的学生那样的人。

七

那位花枝招展的女仆把他领进一间摆设考究的屋子里，屋内靠窗放着一张大写字台，上面搁着一盏青铜台灯，和瓦拉甫卡办公室那盏一模一样。两扇窗户都用厚实的帷幔遮着，屋内青烟缭绕，弥漫着一股雪茄的气味。

一位高个子大学生站在屋子当中抽雪茄烟，他穿一身常礼服，像个骑兵似的弯着两条腿；他那圆而宽的下巴颏和刮得光光的脸颊有点儿发青，浓密的小胡子很有气魄地往上翘着；他用一双突出的白眼珠傲慢地瞟了一下萨姆金，然后摇摇修剪得整整齐齐的圆脑瓜，用低沉的声音自我介绍说：

"我叫斯特拉托诺夫。"

另一个脸颊红润的、胖胖的，头发梳得光溜溜的大学生，坐在软椅上，把两条小短腿盘起来，他浑身在冒热气，仿佛刚从浴池里出来似的。他身子也不抬，懒洋洋地伸给萨姆金一只孩子一般胖乎乎的小手，叹息似的说道：

"我是塔吉尔斯基。"

"幸会幸会，"第三个人说。这是一个头发有点发红，长得又瘦又小的人；他穿一件厚夹克，脚上蹬一双破靴子；他的面容难以捉摸，下巴颏上留一撮稀疏的金黄色小胡子，这胡子好像使他很烦躁，他老用左手去揪它，因而那两片厚厚的嘴唇便流露出一丝茫然若失的微笑，

---

① 列邦（1841—1931），法国自然科学家和哲学家。这里指他所著的《社会主义心理学》一书。

一对敏锐的小眼睛炯炯有神,浓密的眉毛直颤动。波亚尔科夫是普列伊斯的第四位客人,他坐在屋角里,一个摆满精装书籍的书柜后面。

普列伊斯则坐在写字台后面,把胳膊搁在写字台上,那副架势,完全像个马车夫,正在驾驭一匹无形的马。他的脸在绿灯罩的衬托下,也变成了浅绿色。

等萨姆金找到座位以后,那位身材魁梧的大学生说道:

"所以说,我国工业的迅速发展是个事实……"

"噢,是的,是的,不过我并没有谈论这一点,"那个红头发在沙发上欠欠身子,摆摆手,用破锣般的声音叫喊道:

"我说,一个没有认识到自己个性的民族,尚不能称其为民族,如此而已!"

他把屁股挪到沙发边上,好像坐的姿势很不舒服,脸上现出惶惑的表情,不着边际地唠叨了足足有五分钟,克里姆没能马上弄明白,他的话前后究竟有什么联系。

"斯拉夫主义也好,民粹派也好,甚至还有我们的教派分子,都有所追求,"他对着一个空旷的角落说,但又猛然转过身来,向普列伊斯伸出一只颤颤巍巍的手,说道:

"比如在英国,就有职工联合会;在法国,人们则倾向于工团主义,而德国的社会民主党具有深刻的国家性和民族性,可是我们呢?我们有什么呢?这就是我要说的!"

普列伊斯含糊地说了几句"所提问题为时尚早"之类的话,那个红头发的家伙噌的一声从沙发上跳起来,就跟给弹簧弹了起来似的。他跑到屋角,一屁股坐到软椅上,然后捋着他的小胡子,噘着一片肥厚的嘴唇,露出细小而又不齐的牙齿,毫无顾忌地说道:

"你这是什么意思?怎么能说为时尚早呢?总参谋部早在战争之前就……"

那个高个儿的大学生在他往角落跑去的工夫,有点儿轻蔑地给他让开路,然后坐在他原来坐过的沙发上,严厉地说道:

"谁也没有去想战争呀……"

"有人在想哩!"红头发固执地说。"我知道!在那里,在瑞士,在巴黎……"

塔吉尔斯基站起来,像猫一样迈着轻柔的步子,走到红头发跟前,坐在软椅的扶手上,贴着他的耳朵小声嘀咕了几句:

"唔!当然。是的,是的,"红发青年频频点着毛发蓬乱的头,嘴里直嘟哝。

他那毛毛躁躁的性子使克里姆想起柳托夫来。波亚尔科夫弯腰坐着,把胳膊肘撑在膝盖上,一声不吭。不过有一次他对斯特拉托诺夫阴阳怪气地说:

"把事实加以分类是有益处的,只要不想调和那些不可调和的矛盾的话。"

克里姆以为普列伊斯朝波亚尔科夫那边看,是因为不赞同他的话。总的来说,普列伊斯在这间屋子里,比在那间朴素的屋子里,显得更有贵族派头。他感到心烦的是,这些人都是郁郁不得志,好像牢骚满腹似的。萨姆金终于打定主意要显示显示自己。他谈到,确实有人想发动社会战争,也有人把这种战争视为已经解决的问题。大家仔细听他讲话,但是当他不指名道姓地对助祭品头论足的时候,红头发却霍地站起来,向他跟前挪挪,尔后热情地请求道:

"请您把我介绍给此人,好吗?可以吗?一定要介绍我们认识认识哟!"

可是斯特拉托诺夫却摇晃着一只挂在链条上的金表,肯定地说:

"您自己把这类人物称作荒诞不经之徒,是极为恰当的。当正常生活的风吹来的时候,就会将他们当垃圾一扫而光。"

他说起话来,发青的腮帮子鼓鼓的,似乎在提醒人们,他就是一切和风与狂飙的主宰。他说话口气肯定而严峻,说完之后就把两腮鼓得像个皮球,使那对白眼珠显得又小又暗了。

塔吉尔斯基又贴近红头发那家伙的耳朵悄声说了几句,弄得他闷

闷不乐地点头道:

"是吗?啊哈……"

一股烦闷的情绪又涌上克里姆的心头,他继续坐了几分钟之后决心要告辞了,但是当普列伊斯送他出来的时候,却用抱歉的口气,悄悄对他说:

"今天这个晚会太不成功了;您瞧,没想到来了一位我们不大熟悉的人。"

"是那个胖乎乎的家伙吗?"

"不是的,是另一个,坐在角落里的。"

"那是波亚尔科夫,"他沿着春夜的月光映照着的大街一面往家走,心里一面在想。"这可真有意思。"

他对这些人本来就认识不清楚。和他们会过两三次面以后,也没能更了解他们。他们既不喊叫,也不争论,而是就政治经济学这门萨姆金知道得不多也不感兴趣的学科,进行严肃认真的交谈。他们都自称为马克思主义者,然而在他们的议论中并没有"库图佐夫思想"那种严酷的直率态度,他们感兴趣的与其说是劳工问题,还不如说是工商业问题。他们最为热心的是计算石油、面包、食糖、油脂、大麻,以及俄国出产的各种原料的产量。克里姆时而觉得他们念道数目字比说话还多。他们大谈未来的西伯利亚大铁路,奶油制造,移民问题,农民银行业务,德国的关税政策等等。所有这一切听起来都很枯燥乏味,克里姆对此也几乎一无所知,他只是在报上看到一些这方面的情况,而且也兴味索然。

尽管他们的言谈令人乏味,可他们这些人却越发强烈地引起他的好奇心。他们究竟想达到什么目的呢? 克里姆仔细观察了一番斯特拉托诺夫,发现他有一种行伍气概,假如他对那个慌慌张张、有点儿神经质的红头发大喝一声:"立正!"准不会令人惊奇。

他说话的语气也像个指挥官,好像挺瞧不起那个红头发似的。

"一个有信念的人,不能而且也不应该感到自己的观点有什么矛

盾,"他冲着他说。那个红头发则躲开他,流露着惊异的目光,吞吞吐吐地问道:

"您这话是认真说的吗?"

斯特拉托诺夫没有答理他;他很少回答向他提出的问题。那位懒洋洋的塔吉尔斯基使萨姆金想起他哥哥德米特里,因为他对他的朋友们来说,就是一本记事簿,上面工工整整地记载着各种各样的数目字和资料。他很受娇宠,也惹人喜欢,但他并不炫耀他的记忆力,老爱用一种漠然和谦虚的口吻向大家报告一些情况,仿佛中学的一个优等生,学业一结束就想把他所学的一切统统忘掉似的。他那白里透红的脸颊,两片丰润的嘴唇和那双摸不透什么颜色的蒙眬的眼睛,使人以为,他说起话来,一定像女人一般柔和,然而,他那细微的声音却是清脆的,带酸味的,好像还恶狠狠的。他骂那些治理国家的有权势的人是"蠢驴、白痴和混蛋"。

他骂完之后,就瞧瞧自己的指甲,或者抽一支细细的"女士牌"香烟,一直沉默到有人再向他提出什么问题为止。克里姆发现此人同吉奥米多夫还有一种惊人的相似之处。看来,塔吉尔斯基也在等待着,然而却是充满信心地、毫无畏惧地等待着马上就会来一些人——也许是些白痴,——恭恭敬敬地请求他:

"请您来统治我们吧!"

那个红头发名叫安东·瓦西里叶维奇·别连杰叶夫。他所以引人注目,是因为他虽然很相信革命的必然性,可是却害怕革命,丝毫掩饰不住自己的恐惧心理,他危言耸听地向普列伊斯和斯特拉托诺夫灌输说:

"革命和宗教改革同时进行,是完全必要的。您懂我的意思吗?不过这种改革当然不能朝我们南方教派那种唯理主义方面走。啊,上帝保佑!"

斯特拉托诺夫翻了翻那双白眼,安慰他道:

"我们保准不会朝这方面走,因为我们的庄稼汉都是些神秘教徒。"

"可是,那些史敦达①教徒和浸礼教徒会怎么样呢?"

塔吉尔斯基用他那宽大的粉红鼻子,使劲儿哼了一声,带着教训的口吻指出:

"你说话应当准确些:我们所谈的不是你我都不需要的那种宗教改革,而是谈的教会管理制度改革,扩大神职人员的权利,以及改善他们的经济状况的问题⋯⋯"

别连杰叶夫大声插了一句:

"我们要谈乡村神职人员的教育改革,以及必须对他们实行再教育的问题!"

"要搞好我们的乡村,那是一件非常困难的事,"萨姆金叹口气,说道。

"的确很困难!"别连杰叶夫大声警告说,然后挥舞着双臂,压低声音、神秘地重复道:"十分困难!"

斯特拉托诺夫站起来,尽力把两条弯曲的腿紧紧并拢在一起,把手放在背后,挺起胸脯,这使他的身姿显得更加引人注目了。

"我们都是这样的人,"他瞥了别连杰叶夫一眼,开口说道。"在我看来,我们是这样一种人,历史已经把组织革命的责任交给我们,要我们把整个身心都投在革命事业上,以我们的意志来约束大众不可避免的无政府主义行动⋯⋯"

塔吉尔斯基抬起梳得平整、光滑的脑袋,朝斯特拉托诺夫皱了一下眉头,大声打断他的讲话:

"您还在以为自己是个一年级学生,那么热情,那么富有进取心!您应该想的不是革命,而是改革,因为改革可以使人更有才干,更文明。"

普列伊斯一声不吭,用手指轻轻弹着桌子。他平常在家里是不爱

---

① 即福音洗礼教派,十九世纪中叶在俄国产生,代表富农阶级利益。

说话的,说起话来也含糊不清,一点儿不像萨姆金在贺里桑弗大叔家里和大学校园里时常看见的那个爱和马拉库叶夫争论的、有才干又自信的演说家。

克里姆又一次遇见了波亚尔科夫。他默默地坐在那里,喝了一个半小时的茶,然后从软椅上慢悠悠地挺起他那枯瘦如柴的身躯,握住普列伊斯的一只手,惆怅地说:

"喏,看样子,这里已经最后地制订了未来事变所必需的计划。"

他没有向其他人告别,就走了。克里姆瞧着他那微驼的背影,心里想:普列伊斯说得很对:此人不怎么平易近人,使人感到拘束。

和在别处一样,萨姆金在这伙人中举止庄重,沉着,仿佛在友善地观察着和严格地权衡着他的所见所闻;他既不激动,也不被那些矛盾重重的议论所迷惑,而是对事实作出精辟的分析和估价。塔吉尔斯基曾经当着别连杰叶夫的面这样夸赞克里姆:

"安东,你应当学习萨姆金的榜样,他从不忘记理论是以事实为基础,并且受事实检验的。"

第六章

一

有时候,萨姆金觉得他确实找到了适当的位置和该走的路子。他生活在人们当中,他们每个人都像一面镜子,将他萨姆金映在里面,同时也把自己的缺陷清晰地展示给他。这些朋友们的缺陷使得萨姆金更加坚定地认为,他是一个精明、敏锐而又有独特见地的人。克里姆还没有遇到一位能比他自己更风趣、更出色的人。

然而,当克里姆孑然一身的时候,他总觉得自己仿佛命里注定要参加某种他不愿参加的活动似的,而这是违背他的本意的。此时此刻,他就会想起那次从房顶上眺望霍登广场的情形,想起那压得厚厚实实的一层人肉鱼子酱。涅哈叶娃送他的那幅罗希格罗斯油画《追求幸福》中描绘的一大群各阶层的人们,拥拥挤挤,从山上往下奔跑,跌到悬崖边缘的情景,就会浮现在他眼前。他觉得,倘若像一粒黑黢黢的、没有性格的小小鱼子,顺着人人都要走的共同的路滚下去,直至灭亡,那是太可耻而又可怕了。因此,他还没有随波逐流,跟着人群跑,而是超然地伫立一旁,不过他已经觉得他们那一群在吸引他,硬拉他跟他们一同走。随后他又想起兵营的墙壁倒塌,把人摔下来的情景;他自己以为逃开了,可是却稀里糊涂地跑到墙壁跟前去了。在这样的时刻,萨姆金总是觉得,有一股仇恨所有的人,甚至也有点儿仇恨他自己的阴风,吹遍他全身,将他吹得发胀。

有一天晚上,克里姆正往普列伊斯家走去,忽听身后有急促而坚定的脚步声,仿佛有人跟踪他。当他转过身来的工夫,正好和库图佐夫碰了个面。

"您走起路来,可真潇洒,"库图佐夫那新蓄起来的大胡子里流露出豁朗的笑容,说起话来,声音虽小,却是满面春风。"看来,您是去会一位早已钟情的女人喽,是吧?喏,您的近况如何?"

不论是他说的话,还是他那漫不经心的问候,都不能使克里姆欣慰。他环顾四周,然后说道:

"我听说您是保释出来的,是吗?"

"正是这样。当然我是没有权利旅行的。但是因为我惟恐发胖,所以就出来旅行了。"

他俩彼此寒暄了几句,很快来到了普列伊斯家的大门前。库图佐夫用一根手指去按门铃,同时把另一只手伸给克里姆,向他告别。

"我也是上这儿来的,"萨姆金说。

"是这样吗?噢……那可太好啦!"

女仆刚开开门,库图佐夫就用肩膀把克里姆推进门去,然后朝来的方向看了一眼,用手拍拍女仆的肩头,说:

"你可真漂亮,是叫卡季亚吗?奥卡季亚①!噢,卡季亚,我爱你!"

"我也爱你,"女仆快乐地回答,想从库图佐夫手里接过大衣,可是他自己把它挂在了衣架上。

"这是作作民主的姿态,"萨姆金心里想。

普列伊斯见到他俩又惊又喜。

"你怎么,自由啦?"

---

① 俄语"奥卡季亚"的意思是"不期而遇"。

"你不是看见了嘛。"

他们来到楼上那间简朴的屋子,库图佐夫把沉重的身躯往床上一躺,叫道:

"唉,我说,请给来杯茶!"

"我还不晓得你们已经是老相识,"普列伊斯好像向克里姆道歉似的说,然后坐到床上,问起库图佐夫从哪儿来,有何见闻?

萨姆金感到有些拘谨。看来普列伊斯把他当作了库图佐夫案件的知情人,而库图佐夫又以为他和普列伊斯的关系也是一样。他很想问一问:他是否妨碍他们交谈,然而好奇心却未允许他这样问。

库图佐夫的脚上蹬着一双很久没有擦过的、被套鞋磨得沙沙响的长筒靴;他把两条腿耷拉在床沿上,脊梁靠墙,一手托茶碟,一手端茶杯,说了一些克里姆熟悉的话:

"新生的马克思主义者在逐渐增多,但是他们不注重跟工人打成一片,只崇尚理论,而懒于实践。有些初出茅庐的小家伙发牢骚,说什么马克思主义缺乏浪漫色彩,瞧人家民粹派有的是英雄、炸弹和各种各样好玩的东西。"

"喀山的情形怎么样?那么哈尔科夫呢?"普列伊斯掰着手指,问道。

萨姆金觉得,尽管普列伊斯说话和和气气,而他提的问题还是使他想起柳托夫在瓦拉甫卡别墅里对那位小姐的态度,那完全是一种上司对下属的态度。

库图佐夫从衣兜里掏出烟盒,用一只眼睛瞅瞅,原来是空的,于是他把它放在桌子上。

"萨姆金,您不吸烟吗?很可惜,某些有害的习惯对朋友们来说却是有益的。"

克里姆还是头一次看见他这样高兴。库图佐夫半卧在床上,讲起来:

"我这次从布良斯克到图拉,看到那里有些很认真的朋友。当时

127

我想,去看看托尔斯泰不好吗? 于是我就去了。我们就福音书上有关刀剑的问题①,进行了一番争论。托尔斯泰是在用基督已经下令插入刀鞘的那种钝刀作战的。至于我所用的刀,可以说'那不是和平的,而是战争的',不过托尔斯泰碰上我这把刀,却是不会受伤害的,就跟空气是不会受伤害的一样。在逻辑问题上,他是非常任性的,所以说,我们彼此很不投机。"

萨姆金为了表示自己在场,便提醒似的说:

"托尔斯泰是俄国的一个怪现象。"

"一点儿不错,"库图佐夫同意,并且补充一句:"因而也是有害的。"

"对谁有害呢?"克里姆问道。库图佐夫打个哈欠,回答说:

"对于历史呗! 因为历史对各种各样的伤感情绪厌恶透了。"

普列伊斯略加思索,也好像脱口而出似的引用了别人的一句话:

"托尔斯泰是俄国农村自发势力的充分表现。"

"即便如此,那又怎么样呢?"库图佐夫从床上坐起来,耸耸肩膀,问道。他把一小撮胡子塞进嘴里,用嘴唇抿了一下,然后说道:

"请您原谅,萨姆金! 包里斯,请过来一下!"

他扳着普列伊斯的肩膀,把他推到门口;克里姆留在屋子里,望着窗外的铁皮屋顶,觉得这位有点像庄稼佬似的库图佐夫,同那位矮小精明的犹太人讲话使用的轻蔑口吻,使他颇为高兴。他不喜欢库图佐夫那种故作民主的姿态,以及他的大皮靴和那剪得挺难看的大胡子;他对托尔斯泰的态度使他感到有些恼火,不过他看到,所有这一切虽说不能给库图佐夫增添光彩,却也使他无懈可击,令人称羡。确是如此!

---

① 《圣经·马太福音》上有两处关于耶稣基督论刀剑的箴言,一处是:"……把你的刀收入刀鞘,放回原处,弄者,必死于刀下。"(第二十六章第五十二节)另一处是:"你不要以为我来是给天下带来和平,我带来的不是和平,而是要世上动刀兵。"(第十章第三十四节)此处译文与《圣经》略有出入。

"那好,我要走了,"库图佐夫一边说,一边走进屋子。"那么,您呢,萨姆金?"

"我也走。"

二

他俩顶着寒风和刺脸的雪花走在大街上,库图佐夫一面扣好大衣钮扣,一面沉吟道:

"小普列伊斯日子过得挺舒服……"

"我不太理解,他为何那样迷恋马克思主义,"克里姆说。库图佐夫瞟了他一眼,问道:

"您不理解吗? 唔……"

走了几步以后,他又问道:

"您不想吃点东西吗?"

"我想喝杯伏特加。"

"那好,我们去喝吧,"库图佐夫同意了。他先迈进一家小杂货铺,从里面叼着香烟出来,和蔼地说:

"喂,走吧,我们去喝伏特加吧!"

他又乐呵呵地瞧瞧克里姆的脸。

"宪兵已经试探过您了,相信您政治上是清白的,是吧?"

萨姆金还没来得及对这个粗鲁的玩笑表示不满,库图佐夫就又关切地,甚至亲热地说下去:

"您受惊了吗? 没有吧? 那就好。我头一回被搜查的时候,心情十分紧张。而且应当承认,紧张的原因,就是胆小。"

他们来到一家便宜的小餐馆,库图佐夫走到一个烟雾弥漫的角落里,坐下来,要了伏特加和烤肉,然后眯缝起眼睛,把周围的人打量一番,看见他们都坐在这间不大的屋子里,被烟熏黑了的低矮的天花板下面;那边一张小餐桌坐着四个人,三个人姿势相同地伏在桌上,吃得正起劲,第四个人已经吃饱,在一边剔牙,一边呆看着那位坐在窗下的女人。那女人正在看信,他面前的桌子上放着一个咖啡壶,一包用皮条捆着的书。克里姆瞥了一眼她那用面纱半遮住的面颊,还有那紧紧闭着的嘴唇。此刻他发现她的嘴唇闭得更紧了,嘴角布满了恼怒的皱纹。克里姆蹙起眉头,认出来她是柳托夫的一位相识。

"显然,这小餐馆是个约会的地方,"他心里说,并问库图佐夫:"您来过这里吗?"

"这是第一次来,"库图佐夫头也不抬地答道。他一直吃着,并且嘴里塞得满满的,不等咽下去,就问道:"那就是说,您不懂为什么某些人如此倾向马克思主义,是吗?"

"我的确不懂。"

"来,干一杯!"库图佐夫把一杯斟满的酒推到克里姆跟前,说道。他把火腿上涂了许多芥末,辣得很,直呛萨姆金的鼻子。"那是视觉的错误,"他叹息道。"许多人把科学社会主义,仅仅看作是一种经济发展的学说。他们丝毫闻不到马克思主义另外的气味。为您的健康干杯!"

他把一杯伏特加喝完,接下去说:

"你我都认识的那位波亚尔科夫发现,有钱人家的子弟信仰马克思主义,是出于他们直觉的阶级预见,他们感觉到,不管你怎样挣扎,一场社会的浩劫终究不可避免。然而,自我保全的本能又逼着他们去挣扎。"

他把盘子里的东西都吃光了,瞅了一眼菜盘,明显地流露出抱歉的神情;然后又要了一杯咖啡。

"所以可以这样说:有一些人是由于视觉的错误,另一些人则是出于阶级的直觉。假如工人接受对于他们的老板有害的学说,那么,这位老板,若不是个傻瓜的话,他就一定会多多少少去了解了解这一学说。很可能要把它搞垮。在欧洲,有人正热衷于搞垮这一学说,而我们的资产阶级阔少们也既不聋又不瞎。已经有种种迹象,表明他们企图培育阶级的觉悟,制造一种新斯拉夫主义理论,要推翻彼得大帝,总而言之……他们在蠢蠢欲动。"

那边坐的四个沉默的男子,仿佛个子长高了,变得臃肿了。那位妇人读完信,把信放进提包里。提包上的锁当啷一声。库图佐夫低声说道:

"我国文学界的新流派是很活跃的。据说在这些象征派、颓废派中也有些颇有天才的人。文学中的颓废倾向表明了阶级的过早蜕化,不过我认为,我国的颓废派是一种模仿的现象。我国青年纷纷模仿资产阶级欧洲精神堕落的牺牲者和代表者的作品。但是,不言而喻,当他们长大成人,他们就会想出自己的一套来。"

"您认识斯特拉托诺夫吗?"克里姆问道。

"是那位法学家,那个细高个儿吗?我见过他。有什么了不起的呢?一个小蝌蚪,将来也许当个省长。"

库图佐夫用餐巾擦擦大胡子,吸了口烟,用温柔的目光盯着烟卷,感叹地说:

"我该走了。一个怪诞的城市,简直像给魔鬼用棍子搅浑了似的。城里的一切都在号叫:我可不是欧洲啊!然而他们却在按照欧洲的式样造房子,把维也纳那些光怪陆离的式样随意搬到莫斯科来。在这样一栋奇形怪状的房子旁边,就躲藏着一间只有三扇窗户的灰色小鸡窝,面朝大街,大门上挂着一块招牌,上写:某某,'预卜未来,从五时至八时'。显然,时间不能长了,因为他的想象力不够。预卜未来!"库图佐夫说完,纵声大笑,然后又加一句说:

"啊,莫斯科,你将变成欧洲,这就是未来!"

他好像蓦地想起什么事来,急忙把一张一卢布的钞票塞给萨姆金,说道:

"我走啦,走啦!请你代付一下账。祝你一切顺利!"

克里姆又要了一杯茶,但他并不想喝茶,而是想知道那位妇人在等谁。她把面纱掀到脑门上头,在一个小本子上写了些什么。萨姆金

窥视着她,心里在想:

"政治可以给人提供许多机会,使人出名,有权有势,这颇能吸引一些像库图佐夫这样的人。然而,像这样一位妇人,究竟又是什么在吸引着她呢?"

他的思绪分成了两股:当他想着这位妇人的时候,却极力想弄清楚自己对库图佐夫究竟是什么态度。克里姆和此人第三次会面时,已经恍然大悟:库图佐夫正在他心中激起非常矛盾的感情。那些库图佐夫思想,粗鲁的玩笑,笃信他所宣扬的真理,还有其他等等,他都感到厌恶,然而库图佐夫的光明磊落和他那坦荡的胸怀,他却能够欣然接受,甚至使他忌妒,而且是并无恶意的忌妒。

那位妇人站起来,拉下面纱蒙上脸,走了出去。

"她没有等到。大概是等候情人,也许他已经被捕。"

三

只要一想到女人,克里姆就必然回忆起莉吉雅,而且对她的忆念总要引起他忧心如焚的伤感和怨恨。

前不久瓦尔瓦拉还问他:

"莉吉雅常给您写信吗?"

"不常写,"他回答。其实莉吉雅只从巴黎给他写过一封信。"她不爱写信。"

"也不爱讲话。她很神秘,不是吗?"

克里姆隔着眼镜,狠狠地瞪了她一眼,说道:

"没有什么神秘的人物,那都是作家们臆造的,是为了让您开心。'爱情与饥饿统治着世界',而我们也都在受着这两种基本力量的驱使。艺术尽力在美化性的本能的兽欲,科学在帮助满足肠胃的要求,不过如此而已。"

他有时觉得,把话说得如此粗鲁、坦率,这不单单是在嘲笑瓦尔瓦拉,也是在嘲笑自己。他越来越喜欢和这位姑娘逗乐,而这种逗乐是他惟一的消遣,也惟有这种消遣能使他摆脱徒劳无益的自我思虑。他发现马拉库叶夫比他漂亮,他认为像瓦尔瓦拉这样思想空虚,又有点傻气的姑娘,当然会觉得那位快活的大学生更有风趣些。他欣然看到,瓦尔瓦拉对她的情人马拉库叶夫态度傲慢,而且越来越明显,尽管马拉库叶夫在热心地充实着那本名流相册,甚至于热心到当他在朋友家读到一本英国精装的马考莱编著的《历史》①时,竟然偷偷把其中的一幅玛丽亚·斯图亚特②的画像剪下来。萨姆金曾经告诫他,说损坏书籍是不道德的、卑鄙的行为,但是马拉库叶夫却满不在乎地推开他,说道:

"马考莱的书就是给孩子们玩的嘛。"

有一回马拉库叶夫夸赞助祭道:

"此人将来可以成为一名出色的乡村宣传家。像这样的蛀虫是会蛀穿罗曼诺夫王朝③的宝座的。"

瓦尔瓦拉扑哧一笑,露出洁白美丽的牙齿。

"假如他们是蛀虫,那么功勋呀,美丽呀,又都在哪里呢?"

"你等着吧,美丽的功勋是会出现的。"马拉库叶夫肯定地说,但是她却接过话茬,说道:

"其实这话也对:助祭真像条蛀虫。"

萨姆金赞赏地朝她笑笑。但是对她在他面前老是装作一个轻信而天真的姑娘,并且长得也不够标致这一点,感到气恼。日子越久,克里姆越想嘲弄她,欺侮她。他望着她那双浅绿色的眼睛,说道:

---

① 指英国历史学家和政治家马考莱(1800—1859)所著《英国史》一书,其中有二百幅名人画像,但并无这里提到的玛丽亚·斯图亚特。

② 玛丽亚·斯图亚特(1542—1587),苏格兰女王,因信仰旧教深为苏格兰贵族所不满,于一五六七年被废。次年逃入英格兰。后去西班牙勾结英格兰天主教势力,图谋夺取英格兰王位,事泄,英女王将其处死。

③ 一六一三年罗曼诺夫家族的米哈伊尔·费多罗维奇由全俄缙绅会议推选为沙皇,为罗曼诺夫王朝之始,直至一九一七年二月革命中末代沙皇尼古拉二世被推翻为止。

"对于一个女人,你必须把她想象得比她本人更美,这是很有必要的,因为只有这样你才能够容忍不可避免地要与她共同生活的悲惨命运。在每个男人的心中,都隐藏着一种因为他少不了女人而要向女人报复的欲念。"

萨姆金知道他是在重复尼采和马卡罗夫的话,然而他在重复这种格言式的语句的时候,却觉得自己很聪明。

"您可真会讲大实话,"瓦尔瓦拉轻轻地叹了口气说,末了用睫毛遮住她的眼睛。

是的,和她在一起越来越有意思了;假如装出一点儿对她爱慕的姿态,她一定会马上迎上去。一定会答应的。

四

有一回过节,萨姆金来到瓦尔瓦拉家聚餐,看见马卡罗夫也在座。他感到吃惊的是,这位杂色鬈发的医科大学生,头上已经出现了银丝,特别是两边的鬓角更为显眼。马卡罗夫的一双眼睛深陷在眼眶里,但是他并没有给人一种不健康或未老先衰的印象。他还是在反复地谈论着妇女问题,而且很明显,已经不可能谈论任何别的问题了。

"凡是恶意的、人类所敌视的名词在语法上都是女性的,诸如仇恨,忌妒,自私,虚伪,狡猾,贪婪①,等等。"

"那么爱情呢?欢乐呢?"瓦尔瓦拉愤愤不平地喊叫道。克里姆笑呵呵地向她提示:

"还有愚蠢、痛苦和肮脏。"

"还有生活、斗争和胜利,"马拉库叶夫补充说。

马卡罗夫镇定地等着大家都喊完,说了一句奇妙的话:

"这种例外丝毫不能驳倒这个原则,因为在仇恨当中也有抒情的

---

① 俄语的名词有阴性(女性)、阳性(男性)和中性之分。

意味嘛。"

他紧蹙双眉,用眼神阻止别人的反驳,继续说道:

"我的意思很简单:对于一切邪恶的命名,都是由于亚当对夏娃的憎恨所造成,而憎恶的根源就在于他意识到,受女人的支配是不可避免的。"

"这是您的思想!"瓦尔瓦拉对萨姆金喊道,而萨姆金正在瞧着那位同学,想从他身上找到精神失常的迹象。

他发现,马卡罗夫已经不是那天夜里,在别墅的阳台上,仿佛恳求他、央告他听他述说他的臆想时的那个人了。他态度沉着,言语自信,烟抽得少了,但是仍和从前一样,让火柴一直烧到头儿。他的脸变得呆板了,不么活泼了,那深凹进去的眼睛射出的目光,显得有点儿严厉和有教训人的意味。马拉库叶夫和他争论得面红耳赤,坐立不安,他慷慨激昂,不时伸出一根手指,点着他的论敌,高喊道:

"可那些'治家之道','鞑靼统治','宗教蒙昧'等等的名词不也都是女性的么!"

于是他劝他的论敌读一读那位早已被人忘却的、平庸无才的作家沙什科夫①的《俄罗斯妇女》这本书。

克里姆欣然发现,马拉库叶夫这回可在瓦尔瓦拉的眼中吃了败仗。她已恍悟到马卡罗夫并非厌弃女性,因而向他投以同情的眼神,同时不耐烦地劝阻自己的男友,说道:

"哎,别那么大叫大嚷的好不好!你不明白……"

马卡罗夫等马拉库叶夫叫喊完毕,像赶苍蝇似的摇摇头,然后又以规劝的口吻说下去;他带来一篇萨姆金没听说过的一位哲学家费奥多罗夫②写的文章校样,他朗读了一些用晦涩离奇的语言写的句子,说什么资本主义制度的全部残酷性,乃是性的本能过度地和病态地紧张

---

① 沙什科夫(1841—1882),俄国历史学家、民粹派政论家,著有许多关于妇女和工人问题的书。
② 费奥多罗夫(1828—1903),俄国哲学家,神秘论者。

所造成的,是丝毫无法抑制的、卑鄙的肉欲旺盛的结果。他摇动着那篇校样,活像扳道夫挥动着危险信号旗一样,说道:

"诚然,这里有不少教会气味。对于两性关系问题,几乎所有男子的思想,多多少少都带有教会的成分。文章的作者是一位聪明的对手,但是他说'女人的统治虽然不厉害,可是坑人不浅'这句话,是对的。我以为,在我国,他是头一个那样坚定而又正确地指出女人有意无意地感觉到自己的支配权及其在世界上的重要地位的人。不过很显然,他不可能承认妇女是文明的动因和激励者。"

瓦尔瓦拉对这位男女平等论者投来的目光,已经带有感激的意味了,不过似乎有点儿试探和权衡的性质。这使萨姆金很恼火,他越发想揭穿马卡罗夫神态失常的特征了。

"他一定是个爱好手淫的家伙,"他这样断定,同时认为,马卡罗夫仅仅遵从一个观念,而对其余一切都充耳不闻,以及老爱叫火柴烧到尽头的举动,都是不正常的。他听说马卡罗夫在临床方面颇下工夫,有一位著名的妇科专家很赏识他。

"你是住在柳托夫那里吗?"

"是的,不错。"

"你喝酒吗?"

"我已经开始戒酒,厌弃酒了,"马卡罗夫回答。"就连柳托夫在他父亲去世以后也很少喝酒了。他已离开大学,干自己的本行,作羽毛生意,遍游俄罗斯了。"

五

有一天夜里,克里姆在街上和柳托夫邂逅相逢,他俩在一个黑洞洞的胡同口里碰了个面对面。

"对不起!"

"哎呀呀,原来是你呀!"柳托夫大声喊道,使行人一个个掉转头来瞧他,甚至有两个人立定,准是等着看热闹。柳托夫身穿一件肥大的皮领大衣,戴一顶皮帽,下巴颏上的尖胡子使他的容貌好似涅克拉索夫的一幅画像。当克里姆把这一点告诉他的时候,他说:

"你这是恭维我。人家还以为我疯了呢。我们上切斯托夫饭店去吗?好吧,马车!"

一刻钟之后,他已经坐在饭店的单间里,四肢瘫在沙发上,一双游移不定的眼睛盯着萨姆金的脸,一面喝着高贵的葡萄酒,一面闲聊,不时地纵声大笑。

"就这样,我在大自然的怀抱里度过了五个星期。'森林和田野,四周渺无人烟',不过如此而已。当我走到一片旷野,一片树木烧光的地方时,不料,图罗博叶夫忽然从旁边枞树林里钻了出来。他和我一样,腋下夹着一杆猎枪。他问我:'你我似曾相识,是吧?'我说:'哦,何止相识呢!'我真想照他的脸给他一枪。但是由于某种原因我踌躇起来。因为我毕竟是一个文明的人,而且我知道,还有《刑法》存在。何况他和阿琳娜的结局并不妙,因此,我想,算了,见你的鬼去吧!"

他闭上眼睛,沉默了几秒钟,又蹦起来,往克里姆的酒杯里斟酒。

"其实,我毫不在意。我能在这里看见一个人,是很高兴的。你知道,这可是在森林里呀。眼前是烧焦的松树,直挺挺地立在那里;柳兰花正在怒放,小鸟在婉转啼鸣,真见鬼,雄鸟在和雌鸟对歌哩!我和他,图罗博叶夫都是雄的,我们没有唱歌的对象。我当时住在一位主张地方自治的地主家里,他是个排犹主义者,不过他很开明,但我还是讨厌他,他比马蝇还令人厌恶。他妻子有四十来岁,爱读莫泊桑的作品,腹部痉挛般的阵痛使她很难受。"

他用手指使劲揩了一下滴溜溜直转的眼睛,喝干杯子里的酒又倒在沙发上。

"后来我就搬到图罗博叶夫家里去了。我喜欢这样的人。'他好比一棵不结果的无花果树,孤零零地立在那里,连影子都没有留下,'①我引错了吗?他能意识到自己在劫难逃,情愿牺牲,真使我感动。他'既不相信打喷嚏,也不相信做梦,更不相信乌鸦呱呱叫'②,他是不会相信的!使你所受教益匪浅,而且还弄得你一筹莫展,无法反驳他。现在四面八方的庄稼人都在蠢蠢欲动,"他微微一笑,继续往下说。"有两个村庄的人在准备搬家,他们都像是正教反对派③这样的教派分子,头脑顽固不化。还有个村庄,因为焚烧御林,杀害守林官,几乎全村的人都要受审。"

萨姆金问他:阿琳娜现在哪里?

"还在那儿,在巴黎呗,"柳托夫不知为何用手指指了指天花板,答道。"莉吉雅曾经写信告诉我,还有一位女友和她俩在一起……我忘了她姓什么。是的,庄稼人在蠢蠢欲动,"他一面擦他那凹凸不平的前额,一面往下说。"你以为如何:庄稼人很快会暴动吗?"

"革命是不可避免的,"萨姆金说,同时心里在想着莉吉雅,恨她有时间给这位不高明的演员写信,却不给他写。他心不在焉地听着柳托夫可笑的混话,回忆起他曾经一而再地给莉吉雅写长信,但是读了一遍,又把它们销毁了,因为他发现这些信虽说写得很用心,但是其中有些事情是莉吉雅不该知道的,不然她要瞧不起他。柳托夫喝了一口酒,好像嘴唇给烫了似的,说道:

"萨姆金,你可真能自我克制,你好像立誓要沉默似的;你既不是步兵,也不是骑兵,而是个工兵,也可能是个参谋长,你这家伙!"

克里姆瞥了他一眼,疑惑不解地皱了一下眉头,不过他还是相信柳托夫说的话是真心的,正如俗话所说:"清醒之时藏心计,待到酒后露真言"。于是,他听得更仔细了。

---

① 此句原出《圣经·马太福音》第二十一章第十九节。
② 古时人们把做梦、打喷嚏和乌鸦叫作为迷信的征兆。这里是说不迷信的意思。
③ 正教反对派是基督教的一个教派,出现于十七至十八世纪,它不承认新旧约,反对教会和神职人员行使政权。一八九八年首批正教反对派移居塞浦路斯,后又决定迁往加拿大。

"我固然是一个牺牲品,而图罗博叶夫也未尝不是。他是历史上陶片投票放逐法的牺牲者①,而我是酒精中毒的牺牲者。这就使我们两人彼此接近起来。这并非玩笑,我的老兄,不是的!"

他从沙发上蹦起来,在单间里踱来踱去,沉重的步子把餐桌上的酒杯和酒瓶震得叮当直响。

"一小时前,我参加了一个集会,他们也在蠢蠢欲动,你可晓得,他们流露的情绪,简直就像失了火似的惊惶不安。其中有一位大鼻子的太太,她的身材像个马车夫,可她又是一位将军的女秘书和夫人,真的!还有一位小姐,好像是一位有钱的酒业大老板的女儿。还有许多人,都是些出色的人物,都想装出一副群众代表的样子。他们需要钱来办刊物,办一份马克思主义的刊物。"

柳托夫发出一阵狂笑,身子向餐桌这边挪了挪,和克里姆碰杯,喊道:

"为那些最纯朴的俄罗斯村妇干杯!你知道,她们可是那些'勒住奔驰的烈马,闯进燃烧的茅屋'②的人物啊!"

他一口喝完葡萄酒,把杯子扔到托盘里,说道:

"坦率地说,我害怕她们。她们都有一对硕大的乳房,并且用自己的奶汁养大那些白痴的后代。是的,一点不错,老弟!确实有那么一种天才,可以把人变成白痴,变成难以忍受的、令人生畏的天才的白痴。我们的俄罗斯就是这样。"

他和克里姆挨着坐下,搂着他的脖子,说道:

"你老是冷冰冰地、毫无怜悯之心地计算着人类的苦难,活像一个数学家,一个德国人,一个会计师,老是在画你的资产负债表,见你的鬼去吧!"

"他原来是这样看我的呀!"萨姆金心里惊诧地说。他之所以惊

---

① 古希腊时代由公民将他认为对国家有危害的人的名字记于陶片或贝壳上进行投票,逾半数者则被放逐国外十年或五年。这里指图罗博叶夫丧失贵族身份。
② 出自俄罗斯诗人涅克拉索夫的叙事长诗《红鼻子雪大王》(1863)。

讶,只是因为柳托夫把他的脖子搂得太紧。他掰开他的胳膊,说道:

"我们的许多苦难是人为地夸大了的。"

"你这是说我吗?"柳托夫一面喊叫,一面把他推开,站起身来。"你胡说!我……其实——算了吧!"

他摇晃着头发乱蓬蓬的脑袋,沉吟道:

"老弟,我可不喜欢你,真不喜欢!你这人虽说很有意思,可是——不招人喜欢。甚至可以说,你比我还堕落。"

他狂暴地做了个手势,不知为何又悄声问道:

"你是从什么样的屋顶上在看人?干吗要站在屋顶上看人?"

萨姆金用了半个多钟头才使他安静下来。而当柳托夫软下来,并且以疯疯癫癫的伤感语调又说起来的工夫,克里姆便和他友好地告别,走了出来。当他来到大街上的时候,心里在想:

"他竟是这样看我的呀!"

此刻已经没有任何东西妨碍他津津乐道地重复这句话了。

"可能有很多人都是这样来看待我的,不过我没有注意到这一点罢了。我不讨人喜欢吗?可我并不需要人家喜欢我呀。"

是的,柳托夫说他不讨人喜欢,这句话听起来虽说有点儿叫人委屈,可是了解到柳托夫这样一个实际上并不愚蠢的人的见解,他还是很高兴的。萨姆金甚至觉得这个见解使他腰杆儿硬了,使他更加感觉到自己是举足轻重的,有独特见地的了。

六

两个星期之后,萨姆金因为感到寂寞无聊,便来到瓦尔瓦拉家。当他走到门口的时候,惊诧地停住了脚步:他看见索莫娃手里拿着一本书,正对着火壶,坐在桌旁,她胖胖的,穿一套灰色的衣服,活像一只雌性的小灰鸟。

"是你呀!"她大喊一声,张开短短的双臂,蹦跳着跑过来,搂住克里姆的脖子,吻了他一下;一边摇晃他,一边兴高采烈地大呼小叫。她那吵吵嚷嚷发自内心的快活劲头,把萨姆金弄得很尴尬,除了惊讶之外,他无言以对,只好含含糊糊地说:

"停一下!你从哪儿来?干吗在这里?"

索莫娃像女主人似的让他坐在椅子上,异常敏捷地回答道:

"从巴黎来。是莉达派我来这里的。我要住在这儿,已经和女主人讲妥了。她为人怎样?莉吉雅是很赞赏她的。"

她闭上眼睛,摇着头,像唱歌似的说道:

"哎呀,克里姆,我亲爱的,巴黎,可太奇妙了!"

她轻轻地拍了一下膝盖。

"可真神了,你只有见过巴黎之后,才会懂得生活!"但她马上咬住嘴唇,用疑问的目光盯着萨姆金的眼镜,问道:

"你是马克思主义者吗?"

"是的。"

"嘿嘿!这是一种流行病!可你知道吗,莉吉雅对哲学、宗教等等,简直入了迷……伊诺科夫现在在哪儿?"她问道,但是不等回答,又马上喋喋不休地说起来:"你为啥不喝茶?一看见火壶,我就喜欢得不得了。不过那位住在瑞士的俄国侨民也有一把火壶……"

萨姆金终于打断了她东一句西一句的胡扯,告诉她伊诺科夫爱上了一个比他大十来岁的妇人,这种爱情根本没有希望,他正在写一些很蹩脚的诗。

"他的诗很蹩脚吗?"她半信半疑地问,然后低下头,玩弄着她的辫梢,陷入沉思。

"你说什么?'旧情永不衰',是吧?"

她把手握在茶杯上取暖,叹息道:

"他应当写得好一点,他是能够写好的。"

索莫娃在椅子上坐得更稳当一些,又开始东一句西一句地询问和议论起来。开头几分钟,萨姆金还觉得她变得可爱一些了,她这次出

141

国使她更具有俄罗斯女人的风度了;她那双明亮的淡蓝色的眸子,绯红的面颊,亚麻色的粗辫子和梳得光溜溜的头,使他觉得她颇像一个乡村姑娘。不过,萨姆金很快就发现,她比以前机灵多了,简直令人生厌;她那双短粗的手臂,动作起来真滑稽;那套华丽得简直有点儿丑陋的衣裳,穿在她身上挺可笑。这身衣服使她显得又粗又圆,活像只老母鸡。真的,她说起话来也咕咕咕的,像母鸡叫一样滑稽。

"是的,我的小鸽子,我太多情了,你可要当心!"她一面说,一面连椅子朝他跟前挪了挪。接着又急匆匆地,好像一个人困乏得要命,想急忙脱去衣服睡觉一样,说道:"我已经有过一次不幸的恋爱了,"她扑哧一笑,瞟了克里姆一眼,那双眸子仿佛失去了光泽。"我在克里米亚给一位太太当朗读员,唉哟,可真苦!这位太太病魔缠身,太不幸了……当然她是无辜的。后来,她的儿子来看望她,这家伙长得很丑,又瘦弱,生着一个尖尖的小鼻子,然而这个人很奇怪!一对眼睛却很秀气,不过什么事也不懂。"

她用手指指着克里姆,悄悄警告他说:

"你可不要把这些告诉任何人!"

"是他那眼睛吗?"克里姆开玩笑说。

"所有这些话,"索莫娃严肃地说,把一条辫子甩到肩膀后面去。"他最常说的一句话是:'您瞧,这事我可不晓得。'什么坏事,丑事,他一概不知,就像生活在木匣子里、玻璃柜里似的。真稀奇,这样一个不通情理的小孩伢子,我竟然爱上了他。他是一位天文学家,一位地质学家,总之一大串学科的科学家。他老在反驳一位叫费埃①的可能早已去世的人物。总而言之,他是那样可爱,一位上帝的小傻瓜,而且他很像伊诺科夫。"

她的粗鲁的语言听起来很可笑;萨姆金以为她加上这样一些字眼是为了押韵呢,因为她把地质学家说成了"地子学家"。她的发音大多

---

① 可能指法国天文学家法伊(1814—1902)。

不正确,老爱把字尾的字母漏掉,或者把元音字母发得很轻。

比如"小孩子",她就只说"小孩",漏掉一个"子"。

"他老是在计算,不停地计算:三百万年,七百万公里,老是有许许多多的零。你知道吗,我真想亲吻一下他那可爱的眼睛,可他呢,却大谈康德和拉普拉斯①,大谈花岗石和阿米巴②。其实我看出来,他以为我也是个零,而且还是一个不存在的零。可我已经是那样爱他,简直让我赴汤蹈火,我也心甘情愿。"

索莫娃扑哧一笑,但又马上抿住嘴唇,眼睛里沁出了泪花。

"我真傻!都要哭了,是不是?"她呜呜咽咽地说。"你知道吗,我毕竟让他也爱上了我,而且太棒了,他是那样……那样惊奇不已,犹如从睡梦中醒来,从中生代回到了现实世界,摆脱了各式各样的星座似的;他的一双又长又瘦的细胳膊搂着我,喜笑颜开……仿佛第二次降生,而且是托生到了另一个世界。"

她哭得很滑稽,眼泪顺着微笑的面颊直往下淌,仿佛顶着太阳落雨点。

"'第二次降生,而且好像托生到另一个世界',这话是他自己说的。"她一边说,一边用辫梢把泪水从面颊上抹掉。克里姆觉得,这个丰腴的姑娘泪流满面,丝毫没有不雅观的地方,反而使人觉得她更漂亮了。

"唉,真想不到!有一天夜里,他那位谁也瞧不起的母亲突然来找我。你可知道,她是那样盛气凌人而又居心叵测地闯了进来,好像亚伊尔的女儿复活了③似的。她说:'我儿子刚刚说了,他想娶你为妻,因此我来央求你不要跟他结婚,因为他将来要成为一个大科学家,他不需要结婚。我要给你跪下,向你求情。'她真的想要跪下……她把我当成了一个婢女,哎哟哟,我的上帝!……"

---

① 拉普拉斯(1749—1827),法国天文学家、数学家和物理学家。
② 阿米巴是单细胞动物的一类。
③ 亚伊尔的女儿复活的故事,出自《圣经·路加福音》第八章第四十九至五十六节。

索莫娃用手帕捂着嘴,大声抽噎着,然后把手帕咬了片刻,鼓起面颊,使那泪水流得更欢了。

"真是愁人,也真是不幸……那好吧,我说,好吧,请您走吧!翌日清晨,我自己就走了。他还在睡觉,我给他留了个字条。恰如一部情操高尚的英国小说所讲的那样,既傻气又动人。"

她把那条湿乎乎的手帕在脸上抹了抹,轻松地叹了口气,说道:

"我花了老大的力气,才使他爱上了我……"

萨姆金为了让人看不见自己的笑容,把头低了下去。他一面听这位姑娘讲述她的经历,心里一面在想,无论从体态,还是从性格来说,她都最适合演喜剧,而不是悲剧的角色。然而悲剧的遭遇毕竟降临在她的身上,这一事实对他是一个触动,因为他认为,他的遭遇也是悲剧性的,不过他不善于表达他那激动的感情罢了。而且她最后那两句话使他这种感情完全消失了。他沉默了一会儿,悄声问道:

"你已经和他同居了吗?"

索莫娃否定地摇了摇头。现在她软下来了,显得垂头丧气,脖子也歪了,用小手指头摆弄着辫梢,说道:

"他母亲把他送到德国去了,在那里娶了一个德国女人,一位教授的女儿,现在他正在神经病疗养院里,因为他父亲是个酒精中毒的患者。"

她又叹息一声。

"你知道吧,我从认识他的头几天起,就觉得这对我来说,不会有什么好结果。克里姆,你说我有多倒霉呀!"她一边说,一边疑惑而又惊奇地瞅着克里姆。"这使我受到的震动太大啦。我得感谢莉达,是她叫我上她那里去,不然我就……"

萨姆金以为她又要哭起来,就赶忙问她:"阿琳娜现在在巴黎做什么呢?"

"寻欢作乐呗!哎,她现在可悲观失望了!你简直都认不得她了,她完全像个守活寡的大兵老婆,乡下就有这样的人。然而,漂亮得简直难以形容！有一群男人围着她转。她和莉达很快就回来了,你知道吗?"她站起来,照了照镜子,"我要洗洗脸,洗脸的地方在哪儿?"

七

她正在洗脸的时候,瓦尔瓦拉回来了,她后面还跟着个马拉库叶夫。他上身穿一件别人穿过的枣红夹克,一条灰裤子,膝盖上打着补丁,脚蹬一双高筒靴子。

瓦尔瓦拉用奚落的口吻朝他说:

"你又要去出席假面舞会吗?"

过了半个小时,萨姆金发现索莫娃完全判若两人了。显然,她早就认识马拉库叶夫,他俩之间的关系好像势不两立似的。索莫娃一见这位大学生,就以挑逗的口气叫道:

"哟,你可真像个真理与慈善的使徒,滑稽之至!"

马拉库叶夫一见她,眉头便蹙了起来,马上露出一丝冷笑,用法语回答说:

"谁最后笑,谁就笑得最好。"

结果他这句话说得既粗鲁又不恰当,看样子他已经发现了这一点,所以又皱了皱眉头。趁着瓦尔瓦拉忙活着准备沏茶的当儿,索莫娃和这位大学生很快展开了一场激烈的舌战。索莫娃好像精神抖擞,连衣服上的丝结和缎带也仿佛挺了起来。克里姆听到这位刚刚以泪水冲洗过胖乎乎的小脸蛋儿的索莫娃,竟然对马拉库叶夫冷嘲热讽地说:"噢,你要知道,这是感情用事"的时候,不禁暗自好笑。

她转而对着萨姆金问道:

"他还在为农村唱赞美歌吗?"

"马克思主义可不适合您的口味哟,"马拉库叶夫嘟哝一句。

"我也不知道我是不是马克思主义者,不过我这个人对于没有感受的事情决不乱说。像爱人民之类的话,我就不说。"

萨姆金惊诧不已地审视着她,心里在想,她可真是心直口快。他想起她还是一个酸溜溜的小姑娘的时候,净瞎编一些奇特无聊的游戏,于是他心里说:

"人们的变化是何等的不自然,而又莫名其妙啊!"

瓦尔瓦拉眯起眼,透过睫毛审视着这位不速的女食客。虽说她没有吭声,但是克里姆看出来她内心是很焦躁的。马拉库叶夫津津有味地品着茶,勉勉强强地反驳她两句;看来,他是对那件不合身的上衣感到难为情。总之,他此刻的心情是异常阴郁的。谁也没有阻止索莫娃以挑逗的执拗语调说下去:

"在乡间,我觉得我做的工作虽然在客观上是必不可少的,可我的主人却并不需要它。他容忍我,只不过把我看作他菜园里的一只乌鸦。我那位主人虽说是个文盲,但却是个聪明的庄稼汉,是一个极好的演员。他这个人总以为老子天下第一,是世界上不可缺少的人物。同时,他也晓得,他自己就是处于为各位老爷充当奴仆的不合理的屈辱地位。我向他的子女们脑子里灌输的那门学问,他是不相信的,因为他根本就没有什么信仰①……"

马拉库叶夫嘟哝了几句有关宗派主义的话。

"噢哟,你别说啦!"索莫娃叫道。"那种为了耶稣而进行革命的时代,已经过去了。而且是否有过这种革命,还是个问题呐!"

"得—啦吧!"马拉库叶夫拉长音调,没精打采地摆了摆手。

"是的,他是个没有任何信仰的人,"索莫娃重复一遍,用小拳头往桌上捶了一下,她的小拳头犹如一个不知为何被称作"玫瑰花"的圆面包。

大家都沉默了。此刻,索莫娃兴许是恍悟到大家都很讨厌她,因而感到很委屈,所以就跟大家告别一声,回到自己的屋子里去,就是莉吉雅住过的那间屋子。马拉库叶夫摸摸自己的头发,说:

---

① 当时的民粹派以为俄国大多数农民已经领会社会主义,于是纷纷到"民间"去,唤起农民搞起义,但是农民不听这些激进分子的鼓吹。

"马克思主义使人变得冷漠无情了。"

"您早就认识她吗?"瓦尔瓦拉问克里姆。

"从小就认识。"

"她很聪明吗?"

"像您看见的一样,"克里姆说完,也告辞出来。

索莫娃最后给他留下的印象是很不愉快的。他尤其不高兴的是:他这位童年时代的见证人竟然住在瓦尔瓦拉家里,她兴许还会来拜访他。不过他很快就发现,索莫娃并不碍他的事,她正在专心致志地准备投考盖里耶高等女子专科学校①的功课,像个皮球似的在莫斯科滚来滚去,每逢见到他,就兴冲冲地喋喋不休:

"多么神奇的城市啊!你走着,走着,忽然觉得像在梦中似的,而且很容易迷路,是吧,克里姆!列夫·季霍米罗夫②就是莫斯科人吧?你不晓得吗?很可能他是莫斯科人!"

"为什么呢?"萨姆金听她胡诌觉得挺有意思,便问道。

"因为他迷了路呀!"

"你不是莫斯科人,可也迷了路呀:你读《唯物主义历史》,也读久普莱尔③的《神秘主义哲学》哩。"

"什么都应当知道,我的小鸽子。"

"我觉得,那些聪明的书都把女人描写得死死板板的,"瓦尔瓦拉冷漠地说。索莫娃若有所思地瞧着她,摆弄着自己的发辫,说道:

"这是苏黎士的一位教授的主张,他是一个男女平等论的反对者……他叫什么来着?我不记得啦,反正是个爱发脾气的家伙!总而言之,在瑞士的德国人都爱发脾气,他们说起话来也是怒气冲天。"

每次见面她都要告诉克里姆一些新闻:什么在某个大学生小组里

---

① 盖里耶(1837—1919),历史学家,莫斯科大学教授,他于一八七二年创建了莫斯科高等女子专科学校。
② 季霍米罗夫(1852—1923),俄国民意党主要领导人之一,后来叛党,成为保皇分子。
③ 久普莱尔(1839—1899),德国哲学家。

发现了一个特务呀,另一个小组的大多数成员都"皈依了马克思主义"呀,新来了一位宣传家,大概是个地下工作者呀,等等。她的眸子里闪烁着幸福的光辉。克里姆发现,她像孩童一般,对生活充满着欢乐,尽管他认为,这种欢乐是幼稚天真的,但他对索莫娃那种擅长欣赏人物、房屋、特列季雅科夫画廊的绘画、克里姆林宫、各种剧院,以及整个这个世界的才能,不能不佩服。瓦尔瓦拉谈到这个世界的时候,虽说也很天真,但很狡狯,意味也迥然不同。

第七章

一

　　瓦尔瓦拉和他谈论大学生与坤伶们的恋爱,谈论那些豪华的酒徒们在斯特列尔纳饭店和雅尔酒家胡作非为,狂饮行乐,谈论那些在沙尔·奥蒙大剧院①唱流行歌曲的新歌女,还谈论不幸的恋爱故事和缠绵悱恻的悲剧。萨姆金发现,她讲得一点儿也不精彩,一点儿也不生动;其实她的故事内容往往比形式有趣,然而她老喜欢讲一通大道理,所以也就平庸无奇了。她唉声叹气地重复着那句老话:
　　"痛苦是爱情的无法逃避的影子。"
　　瓦尔瓦拉讲话的神态使克里姆想起了伊万·德罗诺夫,然而她讲的有关异性互相盲目追求肉欲的没完没了的故事,却往往使萨姆金产生一种值得重视的情绪。听她讲那些大名鼎鼎的律师和富有的实业家们、年轻的诗人、男女名伶和男女大学生们,怎么在情欲的狂乱中抑制不住地,往往是有失体面地挣扎着,倒别有一番风味,而且受益匪浅。他很希望这是真的:所有这一切都是丝毫没有加以粉饰的生活的真谛,这种生活虽然也容许编造一些美好的思想和语言,可是这种思

---

① 法国商人沙尔·奥蒙经营的滑稽剧院。

想和语言却没有任何用处。末了,他欣然觉得,所有这一切都是永远不会改变的,也是任何助祭、手工业者,以及像马拉库叶夫这样的革命官僚所无可奈何的。他又想起了马卡罗夫的那句话:"女人的统治虽说不厉害,可是坑人不浅。"以及谢尔巴托夫公爵《论道德败坏》一书中的这样一句话:"女人比男人更倾向于专制。"克里姆心里想着这些话,眼睛瞅着瓦尔瓦拉的脸,不觉暗自好笑。

他发现瓦尔瓦拉已经爱上他,并且正在想方设法地找借口接近他,可是一旦接近他又脸红,鼻子直喘气,粉红色的鼻孔也颤动起来。她的手法太露骨了,所以他甚至自我告诫说:

"应当适可而止。"

所以要适可而止,还因为马拉库叶夫越来越沮丧,而克里姆不能不想到,正是他使这位快活的大学生终日愁眉苦脸。

但是克里姆出于一种卑鄙的好奇心,——这种好奇心简直达到了难以抑制的程度——并没有终止与瓦尔瓦拉的幽会。他越来越喜欢用一种怠慢的口气和她谈话,故意用冷漠的神情使她难堪。她已经很明显地忌妒他对索莫娃的态度了。每逢他到她这里来的时候,她都不在那间女食客有可能闯进来的餐厅里招待他喝茶,而是把他请到她自己那间舒适的、仿佛故意装饰得适合讲述莫泊桑式的小说的屋子里。在墙上,在许多模模糊糊的方相框和版画中间,可以看见两张阴暗的复印画:一张是别克林[①]的——许多海怪正在追逐一个卷入碧波中的浅黄头发的少女;另一张是施图克[②]的《罪恶》——一条大蛇缠住了一位胖女人赤裸裸的身躯,把那丑恶的蛇头放在她的肩上。

萨姆金打量着瓦尔瓦拉激动的神情,以及她那由于他的温存的笑容和柔情的语言而引起的欢乐,一下子又被他的冷漠与讥讽变成了愁眉苦脸,就越发确信,这姑娘随时都可以被他占有。有些时候,这种可能性简直使他陶醉,感到飘飘然。他虽不受诱惑,然而在欣赏自我克

[①] 别克林(1827—1901),瑞士象征派风景画家。
[②] 施图克(1863—1928),德国美术家和漫画家。

制的同时,却在诘问自己:"究竟是谁在妨碍着我呢?是莉吉雅?还是马拉库叶夫?"

索莫娃有一回竟然问他:

"你怎么,难道没看见这姑娘都因为你而憔悴了吗?"

"一个人不能对所有憔悴的姑娘都爱呀,"他堂而皇之地、不假思索地回答。

"你别自命不凡了!"索莫娃叹息道。

二

一个阴沉的早晨,萨姆金在家读《我们的家乡报》这张印着黑字的、纸张很糟糕的、灰不溜丢的报纸。社论的头一句话是:

"正值卫生学在欧洲大获成功之际",接下去就谈到市立公墓糟糕的情况,也顺便谈到老百姓的羊糟蹋墓地栽种的花木的情况。文章的悒郁笔调不禁使人觉得,其中深深隐讳着一种讽喻,以便避开当局的检查。萨姆金从头一句话中便悟出这篇社论出自主编之手,因为他惯于用早在六十年代就受到嘲笑的一句话:"正值……之际",来开始发泄他那平民的牢骚。总而言之,瓦拉甫卡办的报纸是枯燥的,尽登些鸡毛蒜皮的事;只有鲁宾逊的文章不时引起萨姆金的兴趣。他有一篇杂文,里面也尽是主编所喜欢的语句、俗话和格言。"已经向世人反复证实,"——鲁宾逊的杂文一开头用的是克雷洛夫寓言中的一句诗,接下去以惯用的套语历数了世人已知的各种事物,最后以抑郁的语句结束了这篇流水账似的杂文:"可瓦西卡却是我行我素"①。末了一句是在质问主编和书报检查官:

"你愿意这样吗,乔治·唐丹②?"

报纸的第四版是最有意思的,克里姆读到:

---

① 出自克雷洛夫的寓言《猫和厨子》。此句直译为"瓦西卡一面听,一面吃"。
② 乔治·唐丹是莫里哀同名喜剧的主角,这句话后来成了人们的惯用语。

"维·彼·萨姆金娜音乐学校通告……""季·斯·瓦拉甫卡技术工程事务所……""季·斯·瓦拉甫卡拖船公司……""季·斯·瓦拉甫卡'安乐'别墅经理处……""瓦拉甫卡……""瓦拉甫卡……"

"简直是《征服普拉桑》①,"克里姆心里想着,不觉失笑。

"多莫盖伊洛夫家庭浴室通告:本浴室贵族部为绅士们增设了沙尔科教授式淋浴,为太太们增设了香气浴盆,"他正读着,忽听有人敲门,说道:"请进来!"进来的是马拉库叶夫那个鬈发的学生杜纳叶夫。他从未到克里姆这儿来过,萨姆金见他来也很惊诧,用手扶了扶眼镜。杜纳叶夫和往常一样笑容可掬,他那浓密的小胡子直抖动,鼻子不知怎的像躲进了胡髭中,看上去很奇怪;他走起路来蹑手蹑脚,好像害怕地板会塌下去似的。

"没有别的人吧?"他斜睨了一下遮挡睡榻的屏风,问道。萨姆金从他的问话中悟出:一定是出了什么不愉快的事。

"没有别人。请坐!"

这个工人点了两下头,坐下来,瞅了瞅自己脚上的一双脏靴子,然后把它们藏在桌子底下,仍然笑吟吟地悄声说道:

"喏,是这么回事儿,彼得同志被捕了,助祭和他一起。他俩是在谢尔普霍夫被抓走的,瓦拉克辛和弗马是在这里给抓走的。至于奥金佐夫,我还不知道他的消息,他正躺在医院里。他们也会来抓我的。"

萨姆金没有吭声,脊背的皮肤感到阴森森地发冷,他心里想着吉奥米多夫,本想问问:"是有人告密吧?"但是下不了决心。

"我来找您,是想打听打听,瓦尔瓦拉同志是不是受惊了,她安然无恙吗?"杜纳叶夫斜睨了一下堆满书籍的桌子,用手指摸着那张《我们的家乡报》解释道。

"我不晓得。"

"应当了解一下。假如她平安无事的话,也应当警告她,"杜纳叶

---

① 法国作家左拉(1840—1902)的作品《卢贡-马卡尔家族》(全书共 20 部)中的一部。

夫说。"我想她那里一定有些小册子,可我不便上她那儿去,还是小心一些好。"

"好,我马上去一下,"萨姆金说。

那工人站起来,向他伸出一只手,笑得更开朗了。

"您若是跟这件事没什么牵连,那就劳您驾给我弄些书本来;好像在监狱里并不妨碍读书。"

"这究竟是怎么回事儿,是有人告密吗?"克里姆悄悄地、面带愠色地问道。

"好像,"杜纳叶夫没有马上回答他,而是眯缝着眼睛注视着角落里的什么东西。"我们这里来过一个白眉毛的小伙子,萨波日尼科夫。我们把他给开除了,因为他太笨,又是个胆小鬼。很可能他一气之下……"

"你们打算对他怎么办?"萨姆金问道,但又马上恍然大悟:这种提问既无必要,也不聪明;杜纳叶夫却反问他一句:

"可我上哪儿去找他呢?我若不被捕,当然要跟他谈谈。"

他收敛了笑容。虽说他的牙齿在胡子里面闪烁着光亮,但是他的脸却呆板得形如顽石;他的目光停留在克里姆的脸上,是那样生硬,使克里姆不由地侧过身去,嘀咕道:

"是的……当然。"

"再见啦,那就请您马上……"

他又现出了笑容,虽说这微笑是真心诚意的,但是萨姆金已经不相信他是心地善良的了。这位工人走了以后,他在屋子中间踯躅了好几分钟。他把两只手插在裤兜里,权衡着:要不要去找瓦尔瓦拉?他终于打定主意:去,还是要去的,不过是去找索莫娃,给她送克留切夫斯基的石印讲义。

三

索莫娃一见他来,就摇晃着一张蓝色的电报纸,说道:

"莉达要回来了,你晓得吗?你是怎么啦?"

他慌慌张张地向她讲了捕人的事,他感觉到一种新的不安,而这种不安又很像是一种快乐。

"喏,快点说呀!"索莫娃悄声地说着,把他推到餐厅;瓦尔瓦拉正坐在那里,身穿一件肥大的花睡袍,还没有梳头。她"唉哟"一声,就要逃走,但是索莫娃严厉地喝住了她:

"真糊涂!你的非法品都在哪儿?马拉库叶夫的信和笔记,有吗?把这些东西全都交给我!"

她把脸色苍白、好像更加惶惑不安的瓦尔瓦拉拽到她的屋子里;萨姆金靠在炉子旁,松了口气,因为这里没有搜查过。不安变成了欣慰,而且是那样强烈,以致不能不克制一下。

"我和莉达的关系未必能破镜重圆了,何况我也不愿意和她保持这种关系。可是,倘若她怀了孕,那可怎么办呢?"

但他马上又想到:

"假如我被捕,那她一定会感到震惊。"

索莫娃手里拿着一小包小册子走出去,在瓦尔瓦拉房间的门口喊道:

"把那些信都扔进炉子里烧掉!"

她急忙溜掉了,萨姆金蓦地想到:这家伙真好管闲事。瓦尔瓦拉从门缝里探出她那微笑而又羞愧的脸,说道:

"等一等,我马上穿好衣服就来!"

"对不起,我要立刻到大学去,"克里姆说了一句,走了出来。在几条宁静的大街上,他走了好久,走得很累,想思考一下怎么和莉吉雅见面,对她采取什么态度。

四

有如临上考场似的惶惶不安的一天过去了,克里姆现在站在车站

的月台上。他最先看见的是阿琳娜:她出现在车厢门口,以盛气凌人的目光打量一下大家,神气十足地大声喊道:

"脚夫!你们都瞎眼了吗?"

她身披黑斗篷,头戴卷边宽檐帽,上面插着一根烟灰色的大羽毛;手提藤杖,一副雍容华贵的面孔,流露出目空一切的神情,气势汹汹地皱着眉头。萨姆金怀着敬畏的惊讶心情瞧了她好几秒钟,然后脱去制帽。

她用法语和他打招呼,把一只沉重的化妆品匣塞到他手里,简直把他当成了脚夫。莉吉雅站在她身后,面带迷惘的微笑,身材显得窈窕而瘦削;她身穿一件红褐色的皮大衣,戴一顶海豹皮帽,看上去叫人感到不舒服。

"你好!"她绷着脸,小声说道。克里姆从她暗淡无光的眼神里发现的只是倦怠的表情。当他吻她手的工夫,细心地瞥了一眼她的腹部,但他发现莉吉雅的身材仍像少女那样苗条匀称。她跟阿琳娜坐进一辆雪橇;对这次会晤有点儿惘然若失的萨姆金,孑然坐在一辆装满纸箱的雪橇里,生怕半路上掉下去一个,心情十分焦虑。

阿琳娜在旅馆的房间里,也和在车站上一样大呼小叫,高声命令一位上年纪的侍者:

"老爷子,来一只火壶!还要多来一些吃的,要俄国式的,按商人的样子。你知道,我在国外住了差不多有两年了!"

"我懂了,"老人说着,朝她流露出慈父般的微笑。

莉吉雅住在阿琳娜的隔壁房间,透过没有关严的门缝,萨姆金发现,她正在和早已跑来的索莫娃匆忙地开启皮箱。

"很可能她给柳芭沙带来了流亡者书刊,"他心里说。

阿琳娜身穿一件铁灰色旅行服,长长的头发披散在背上和肩上,窈窕华美的身段,亭亭玉立在桌旁,她一面把鱼子酱抹在热面包圈上,一面眉飞色舞地说:

"噢,祖国!噢,面包圈!鱼子酱!还有撒了白花菜芽的鱼汤!"

阿琳娜身上几乎丝毫没有两年前那种姑娘的样子了,当时她是那样地珍惜她的美貌,并且自豪地到处炫耀。她现在更美丽,更迷人了,她的一举一动都显得娇媚怠惰,使人一下子就看出来,这个女人就知道爱美,她无论做什么都一定要美。她那油光光的手臂上的嫩皮肤,在绛紫色的绸袖里闪闪发亮,虽说她的动作懒散,却使人感到文雅大方。一双栗色的眼睛也流露着爽朗的笑意。

"我好吃,"她嘴里塞得鼓鼓的,说道。"法国人不喜欢吃,他们爱变戏法。他们到处变戏法:在穿衣上,作诗上,还有在恋爱上。"

在克里姆听来,她那刚毅而又温柔的声调变得粗犷了,又好像急于要表现自己真实的面目似的。

索莫娃穿着皮大衣走了进来,她显得胖多了;莉吉雅跟着把门紧紧关上。

"阿丽娅,过一个钟头我就回来,"索莫娃说完就一溜烟似的不见了,阿琳娜朝着她消失的背影说:

"她是去忙着播撒革命的种子哩!我真喜欢这个乡下姑娘!"

接下去又叹口气,问道:

"你也在播种革命吗?造反吗?"

过了一会儿,她又探问:

"你遇见过图罗博叶夫吗?"

又过了几分钟,她嘴里不停地吃着,讲述道:

"在头一个月末,他就穿着内衣,叼着雪茄烟闯进我的屋子。我跟他说,我受不了雪茄烟味儿。他却惊诧地说:'是吗?'可是他并没有把雪茄扔掉。这就是事情的开端。"

她喝了一杯花楸果酒,津津有味地舔着鲜艳的嘴唇,小心地把鲑鱼片夹在面包圈里,继续说道:

"我简直不能想象,在你们哥儿们当中,竟然还有这样一些……可爱的怪人。他看人,就像翻书本一样。当我问他:'咱们什么时候结婚呀'时,他是那样吃惊,好像我是卡卢加地方的傻姑娘。他说,'哎呀,我怎么能做丈夫,怎么能成家呢?'于是我恍然大悟:他的话很对,他怎么能当丈夫呢? 可他还说:'连你也一样,就你那种性格,能过家庭生活吗?'我认为这话也对。喏,自然,我哭了。来,喝呀! 这是多么甜美的花楸果酒啊!"

她将酒一饮而尽,两只手做着奇怪的动作,头也一晃悠,把那浓密的头发撂到胸前,然后抓起一半,编成辫子。

"在他的朋友当中,"她继续慢条斯理地说。"他竟然把我置于这样一种地位,以致有个石油富翁建议我和他同去巴黎。当时我很傻气,没有马上生他的气,后来我才埋怨伊戈尔。可他耸耸肩膀说:'咦,这有什么了不起的,不过是个无赖,他们那些家伙全是些无赖。'于是他安慰我,说:'等我把剩下的田产全卖掉了,你和我一同去巴黎吧!'我又哭了。后来我可怜起我的眼睛来,就不哭了。我想,顶好还是让别人去哭吧!"

她停止了咀嚼和说话,仰望着克里姆头上的窗户,沉思起来。他觉得阿琳娜的美貌是咄咄逼人的,厚颜无耻的。

"索莫娃比喻得很恰当:一个士兵的活寡妇,"克里姆心里说。

五

莉吉雅穿一件奇特的橘黄色长裙,系一条绿色腰带,走了进来。她的头发湿漉漉的,但并不因此而稀少;黝黑的脸庞,显得红光满面;嘴里叼着香烟,喷云吐雾,她和阿琳娜坐在一起,颇像一位蹩脚的画家画的一幅过分鲜艳的油画。烟雾熏得她直皱眉头。她端起茶杯,把茶水倒进洗手盆里,说道:

"给我倒一杯浓茶!"

"然而他毕竟是很有修养的!"阿琳娜斟着茶,突然兴奋地说起来。"所有那些商人、百万富翁们都怕他。他教他们怎样懂得吃喝穿戴和待人接物的礼貌。他训练他们,就跟训练一群小狗似的。"

萨姆金觉得坐在这里很局促,因为他看见莉吉雅正盘腿坐在长沙发上,手里拿着茶杯,一声不吭地用追忆的目光很不礼貌地打量着他。

"她什么也不说,什么也不问,可她肯定有许多问题,"他心里奚落道。

阿琳娜正在编另一条辫子,说道:

"我结识了一位法国女人,一位歌星,火红的头发,为人泼辣,放荡,却很聪明。唉呀,克里姆,法国女人可真聪明啊!有人不惜把大量金钱花在她身上。她对我说:'他们对我们女人并不寄托很大希望,因此我们都一贫如洗!'你记得这话吗,莉达?"

"你说什么?"莉吉雅心不在焉地问。

"你是怎么跟她争论来着,她说……"

"噢,我记得,当然喽!她的确很聪明!"

她这话说得很快,萨姆金以为莉吉雅是不想让他知道什么事情。

"她的话很像是一个患有异常的性好奇症的外省女人的一种滑稽奇谈,"他愤然想着,同时意识到自己老是急于发泄对莉吉雅的怨气。

她没有喝完茶,就把烟蒂扔进了茶盘,立起身来,走到布满水蒸气的玻璃窗前,用手帕揩揩玻璃,转身说道:

"你干吗老是忧心忡忡的,克里姆?"

他本想用些铿锵有力的语句来回答她,以便能够长久地留在她的记忆里,然而他的思虑始终是卑微的,犹如蚊蝇一般老围着他嗡嗡乱叫。他悄声说:

"一些熟人最近被捕了,很可能我也要……"

瓦尔瓦拉像小鸟似的叽叽喳喳飞了进来,一下子扑到莉吉雅身上,久久地和她拥抱,亲吻;一面仔细端详她,一面喊叫:

"哎呀,我的小心肝,吉卜赛小姑娘……"

随后又朝阿琳娜喊叫:

"哟,我的上帝,真漂亮啊!我听莉达说你是个美人儿,可没想到,竟是这样漂亮!就连挨挨你我都有点儿害怕,"她一面摇晃着阿琳娜的手,一面大声说道。

萨姆金从她的激动、姿态和言谈中看出来,她又是在装模作样。因为他时常讽刺她,这种装模作样的姿态她差不多已经改掉了。显然,莉吉雅很乐意会见这位女友,并为她的兴奋神情所感动;她俩搂抱着坐在长沙发上,瓦尔瓦拉用双手捧着莉吉雅的脸颊,盯着她的眼睛,哭了起来。

"莉达,我的小心肝儿……"

"她俩真地能心心相印吗?"克里姆瞧着她们的背影疑窦重重地想着。这时阿琳娜打断了他的思绪。

"人家建议我加入歌剧班,"她说。"按说,我是可以同意的。'既然生下来,那就要活下去!'这是那位法国女友教给我的。"

她移到长沙发上,毫不客气地挤在两位女友的当中,使她俩的欢乐劲儿顿时沉静下去。过道里传来了侍者疾步和杯盘叮当的声音。有人在刷地板,有人在喊叫:

"十三号,你这混—蛋!"

阿琳娜和瓦尔瓦拉坐在长沙发上谈笑风生,说得越来越起劲儿,好像她俩在打哑谜,而且说的都不是心里话。阿琳娜不知在模仿谁,蓦地小声嗫嚅道:

"噢唷,亲爱的,可别相信那些社会主义者,他们也是爱搞中庸之道的家伙!"

接着她就喋喋不休地说起来:

"克里米亚就有个社会主义者,他穿一身粗布衣服,不打领结,不系腰带,光着脚板走路;一副孩童般的脸上留着小胡子,简直像只小猴,他用水桶给一位信仰托尔斯泰主义的老太婆提水……"

"他自己也是托尔斯泰的信徒,"莉吉雅插了一句。

"是吗?喏,反正都一样。他令人奇怪地唱起了俄罗斯小调,两眼盯着我,就像个小孩子紧盯着蜜糖饼干似的。"

萨姆金觉得自己在这里是多余的,于是他拿起帽子,说道:

"你们该休息休息了!"

"是的,亲爱的,"阿琳娜用柔软的手掌拍拍他的一只手,说道。"晚上来,好吗?"

莉吉雅默默地握了他一下手。他看见瓦尔瓦拉笑嘻嘻地目送着他,心里很不高兴。他出来以后,老觉得莉吉雅那副冷冰冰的面孔使他受到侮辱,他疑心这是故意要做给他看的。他似乎曾经希望:巴黎会使莉吉雅变得更单纯些,更正常些,纵然使她堕落一点儿,那对她也只有好处。然而,看来这一切都不曾发生,她仍然在用一双白天见不得人的夜莺般的眼睛看着他。

"应当和她讲个明白,"他打定主意以后,晚上便要给她个颜色看看,就没有到旅馆去,而是在翌日早晨才去的,不巧阿琳娜告诉他,说莉吉雅到特罗伊茨-谢尔基耶夫修道院去了。阿琳娜身穿华贵的锦缎礼服,正坐在穿衣镜前修饰指甲。她操着心不在焉的声调说道:

"她真像个小孩子,常常出些突如其来的主意。不过这倒不是因为她缺乏性格,噢,她可是很有性格的人! 她说你向她求过婚,是吗? 你瞧着吧,她一定是个很难对付的妻子。她一直在寻觅那些不平常的人物,可是,亲爱的,人们也和家犬一样,虽说种类各异,但习性却一样。"

"从你嘴里也能听到这样的警句,可真稀奇。"

"这有什么好奇怪的呢? 我又不是傻瓜。"

她把指甲锉扔进化妆箱,又用一块绒布擦磨指甲。萨姆金瞧见她用的什物都很贵重、精美,连她的衣服也是一样,装了好多箱子,便笑了起来。

"可是,柳托夫现在怎么样啦?"她专心致志地修着指甲,问道。

克里姆禁不住幸灾乐祸地向她讲述了柳托夫怎样以酒消愁,喝得酩酊大醉,以及他那些革命党朋友,他和图罗博叶夫邂逅相遇的情景。阿琳娜默默不语地听着,最后称赞道:

"弗拉吉米尔·瓦西里叶维奇倒是个很有趣的人!"

"你不可怜他吗?"

"你说什——么?"她吃惊地拉长声音说。"干吗要可怜他呢?他有他的挫折,我有我的不幸。我俩账目两清,谁也该不着谁的。莉达正在找一位不寻常的人物,找到就嫁给他好啦!不,说正经的,克里姆,那些做生意的人都是些败类,的确如此,不过倒也挺有趣!"

她转过脸来,朝他嫣然一笑,兴致勃勃地转述了伏尔加地方一位年轻商人讲的故事:他的叔父是个百万富翁,有家有室的,却跟人胡说,假如美貌的省长太太能光着身子让他瞧上一眼,他宁肯出五万卢布。他的仇人把这事告诉了省长太太,而她竟然答应叫他瞧瞧,不过他只能在另一个屋子从锁眼里窥视。结果他真的跪着瞧了一眼省长太太裸露的身姿。后来见到省长太太,便向她鞠了一躬,说道:"尊贵的夫人,基督在上,请您原谅我的冒昧,不过您的美丽真如天仙一般。感谢上帝,让我饱了眼福,看见了这般奇迹。"

"很可能这是胡扯,但是很妙!"阿琳娜说着,站起来,在镜子里照照,那姿态仿佛一位要去晋见上司的官吏。克里姆问她:

"那么他给钱了吗?"

"你说那老头子吗?当然给了。"

"我不相信。"

"你可真是个……务实的男人!"她说完,怪模怪样地讪笑着,瞥了他一眼。这一笑使得他拿定主意,问她道:

"倘若是你,看一看得多少钱呢?"

"你没有这么多钱,亲爱的!"她答道,然后提议:"咱们去散散步吧!"

六

阿琳娜昂首阔步地走在人群之中,扭摆着屁股,显得身材高了一些。她这种威风凛凛的样子,看上去真叫人有点儿敬畏,甚至使萨姆金心里美滋滋的。他不再去想莉吉雅了。同这样一位受到所有男人青睐和所有女人妒羡的美人儿手挽手走路,是很惬意的。克里姆从男人的目光中发现,他们流露出的惊讶神色,并不像他们在窥视一位单纯漂亮的女人时所表现出的那种嘻嘻哈哈和贪恋姿色的样子。天空飘浮着几片鸵鸟毛般的白云,宛若阿琳娜·捷列普涅娃帽子上的羽毛。

"我想吃东西,"走了半个钟点后,她说。

萨姆金把她领到埃尔米塔什饭店,她在餐厅中最显眼的地方选了一张桌子坐下。当一名堂倌把菜单递上来的时候,她对他嫣然一笑,大声说道:

"不必啦,我的朋友!就用你们的风味,用莫斯科的风味来招待我就行啦!"

她向克里姆解释道:

"我在巴黎也是这样,常对人说:'好吧,就把你的拿手好戏给我们看看吧!'他受到恭维,就很卖力气。什么事情都是如此!"

"恋爱也是这样吗?"

"恋爱也是一样!"她一本正经地回答,但随之眯缝起眼睛,露出两排洁白美丽的牙齿,悄声地说:"你自然会发现我身上有一股卖淫妇的气味,是吧?为了不致误会,我要告诉你:我的的确确要开始干这一行了,这是真的!我亲爱的人哟,都去见你们的鬼吧!"她又嘟哝一声,眼睛里迸发出愤怒的火光。

"我……不是一位道学家,"萨姆金嘀咕道。他很想高高兴兴地听命于她,因为她的美貌和她的神态都使他感到慑服。她向他讲了自己的"行当",证实了他的猜测,更加深了他的畏惧心理:她眯缝着眼睛,以挑逗的目光打量着大厅里的人们。于是萨姆金想到,对于种种丑闻,她一定是司空见惯,毫无畏惧了。他对她引来的视线感到压抑和不安,好像人们都在注视着她,都在倾听她讲话。堂倌端来两托盘各样佳肴,有盘装的,有用炒锅和小煎锅盛来的,她用一双内行的眼睛扫

了一遍,然后对堂倌说:

"好极啦!你很快会晋升为领班的!"

那堂倌受宠若惊似的赔着笑脸,以一位参加秘密工作的同行的腔调,弯腰说道:

"请允许我向您推荐一种香橙露酒,好吗?真是上等货!还有这种红葡萄酒,醇香甘美的陈年老酒!"

"我很喜欢这些跑堂的,"阿琳娜粗声粗气地说道。"当今只有他们能像骑士一般善于为女人效劳。你告诉我,马卡罗夫现在在哪儿?"

萨姆金纵声大笑道:

"哈哈,你怎么从跑堂的转到马卡罗夫身上了……"

"不是从跑堂的,而是从骑士,"她郑重其事地更正道。

"他在读书。住在柳托夫那里。我很少见到他。"

"为什么?"

"跟他在一起很无聊。"

"那么他跟你在一块儿怎样呢?"

"大概也无聊。"

当她开始吃的工夫,克里姆忽然想到,他还是头一次看到一个人吃饭姿势如此优美,津津有味,他觉得人们只是现在才和谐地动起了刀叉,而在这之前整个餐厅是寂静无声的。

她用完早餐,就把萨姆金丢下,一个人走了。

"我得去为我的命运奔波了,"她说。

浑身溜圆、满脸通红的塔吉尔斯基不知从什么地方一下子钻了出来,呜噜呜噜地大声问道:

"这个妖精是谁?是从巴黎来的吗?哦,哦!"他叹息一声,然后吧嗒吧嗒鲜红的嘴唇蛮有把握地说:"这一看就知道。"

在他钻出来的那个角落里,还有一个人坐在那里,他和塔吉尔斯基同样浑身溜圆,不过只是上了点儿年纪,有些秃顶,腆着个大肚子,

163

蓄着大胡子,拖着两条长腿,显出一副醉相。萨姆金谢绝了塔吉尔斯基"结伙同饮"的建议,急忙溜掉了。

七

吃了佳肴美酒略有醉意的萨姆金,沿着林荫道朝斯特拉斯特广场走去。他一边走一边想:

"她太为自己的美貌操心了!所以现在……"

他不禁粲然一笑,遂又试着去思考一下莉吉雅,但是柳托夫的一位女友忽然搅乱了他的思路,她正以一副特别令人难忘的咄咄逼人的笑脸,坐在长椅上张望着,仿佛这笑脸正是对着他的。然而,当他彬彬有礼地掀掀他的制帽的时候,她那副叫人兴味索然的面孔便作了一个吃惊的鬼脸。

"莫非我认错了吗?"他仔细打量着那个坐在光秃秃的大树下面的穿丧服的女人,自言自语道。"没有错,是她。她一定是在搞什么鬼,这蠢货!"

他朝瓦尔瓦拉家走去,希望从她那里听到些有关莉吉雅的消息。可是当他走进餐厅,看见莉吉雅正坐在餐桌旁,她对面是吉奥米多夫,瓦尔瓦拉坐在长沙发上的时候,他心里感到很不自在。

"是的,是的!"吉奥米多夫喊道,声调都变了。"这是您的过错,您的过错!"

吉奥米多夫坐在那里,身子伏在桌面上,两手摊开,朝莉吉雅伸去,仿佛抓起又松开什么东西似的;他把餐桌布都弄得皱了起来,然后又用手摩挲平。他把一只又凉又硬的手伸给克里姆,又急忙缩了回去。

"你好!"莉吉雅说,那声调仍和在车站上见面时一样,然后回过头去对吉奥米多夫说:"怎么啦,接着说吧!"

吉奥米多夫又说起来,不过声音压低了,吞吞吐吐,说得很快,用右手打着手势加以补充,左手指紧紧抓着桌边。

克里姆挨着瓦尔瓦拉坐下,她用手指从放在膝头上的糖盒里捏了一块糖,送到萨姆金的嘴边,悄声说道:

"小心点儿,里面有甜酒!"

克里姆也悄声问道:"你怎么知道里面有甜酒呢?"

瓦尔瓦拉耸耸肩膀,没有吭声,吉奥米多夫又放大声音,眉飞色舞地说下去:

"你们那位马卡罗夫是个不诚实的人,他完全歪曲真理,对你们一味姑息,不是吗?那个费奥多罗夫老头绝对不会这样教导他的,我知道这老头子!"

克里姆在回忆:除了说两声"你好"之外,莉吉雅还对他说了些什么?怡然自得的微醺使他的表情略带奥落的味道。他几乎是坐在莉吉雅的背后,使劲儿揣摩着:她在用什么样的表情瞅着吉奥米多夫?而当他萨姆金尝试着跟她讲讲道理的时候,她的眼睛便疑心重重地眯了起来,板起面孔,表现得很不自然。

"应当惩罚那些对女人惟命是从的男人,"吉奥米多夫说。"因为他们为了讨你们女人的欢心,搞了许多工厂来生产发卡啦、别针啦、香水啦等等这些鸡毛蒜皮的玩意儿,把生活弄得乌烟瘴气;他们还生产各式各样的缎带,制做帽子、戒指、耳环这些数不尽的废物!而且,从你们那里得不到任何精神生活,有的只是诗呀,画呀,恋爱故事呀……"

"何等野蛮!叫人听了都恶心,"瓦尔瓦拉心平气和地说;莉吉雅不动声色地请求道:

"等一等,瓦莉娅!"

吉奥米多夫怫然动气,说:

"根本不是野蛮!你们那些糖果才野蛮哩……"

"可是,莉达,你怎么不反驳他呢?"瓦尔瓦拉将了她一军。"这怎么能说是得不到精神生活呢?那么艺术呢?"

165

"你什么也不懂!"吉奥米多夫喊道。"你应当读一读先知以诺的故事①。他曾经说过,人间的女儿跟堕落的天使学习过艺术,可是堕落的天使又是谁呢?"

这时克里姆看清了吉奥米多夫的脸,看清了他那对浅蓝色的眼睛闪烁着凶光,发黄的胡子愤怒地抖动着,下巴颏直打哆嗦。他从未见过吉奥米多夫这样激动。他的装束也很特别,卷曲的头发上好像抹了什么东西,溜光锃亮,一条深邃的直缝把头发分为两部分,脑袋好像劈了两半似的。他穿一件新茧绸衬衣,全身洗得干干净净,熨得平平整整,仿佛要去参加婚礼或者去赴圣宴似的。他的那双手老是不停地活动,一会儿把那软弱无力的手指握成拳头,一会儿又好像在手上掂量什么东西似的。

"你们运用这些所谓的艺术来刺激肉欲,引诱生活艰辛的男人去上当,而这些东西统统是谎言和谬误!生活中的一切邪恶都是你们这些杀人恶魔的驯服奴隶们造成的,还有那些浮华虚荣,污言秽语,肮脏罪孽等等,等等,也都是你们所造成的!灵魂的任何堕落,人的惨死和暴戾,不学无术和胡作非为,阴险奸诈和虚无厌世,还有异端邪说和一切毁灭灵魂的东西,都是由于你们而产生的,因为灵魂是你们的主——魔鬼的敌人!"

吉奥米多夫从椅子上跳起来,用手掌猛击桌子,啪地一声把莉吉雅吓得一哆嗦,她挺起纤细的腰杆,肩膀直向前倾,仿佛要合在一起,就像合上一本书似的。

瓦尔瓦拉不停地吃着巧克力,她把一块酒心糖先咬个小洞,然后吸吮里面的蜜酒,最后把糖放进嘴里,舐舐嘴唇,用手帕仔细地擦着小手指头。萨姆金猜想:她感到津津有味的,主要不是巧克力,而是他萨姆金来到这里亲眼看见莉吉雅和吉奥米多夫怎样相会,看见莉吉雅给这个疯疯癫癫的家伙的胡言乱语弄得狼狈不堪,哑口无言的窘态。

---

① 以诺是《圣经·创世记》中的人物,他曾与上帝同行。作者在塑造吉奥米多夫这个人物的形象时看来运用了伪经故事《以诺书》(1888年喀山出版)。

"一个狡猾的家伙，"他瞟了瓦尔瓦拉一眼，听着这位疲倦了的宣传家气喘吁吁的声音，心里暗想。吉奥米多夫正在用手指在空中乱比画，摇晃着分为两半的头发，说道：

"从夏娃开始你们就在诱人荒淫堕落！亚伯是在天堂里受孕而生的，而该隐则生在地上，所以就给天堂的人树了一个地上的仇敌……"

"夏娃的长子是该隐，"莉吉雅小声提醒他，然后站起来，走到炉子跟前。

吉奥米多夫双手撑着桌子，也慢腾腾地站起来，眼珠滴溜溜地直滚动，脸也拉得特别长，两腮都凹了进去。

"好吧，就算是该隐吧，我忘啦！"他两眼直忽闪，嘀咕道。"是该隐……又怎么样呢？引诱夏娃的正是那魔鬼……"

"吉奥米多夫，您应当读一读《圣经》，"克里姆笑容可掬地说道。他本想说得委婉、有礼貌一些，结果却说得好像幸灾乐祸似的。克里姆尽管发现莉吉雅对此颇为反感，但他还是继续说下去：

"您应该学习，不然就会玷污人的思想，玷污区别人和动物的那种力量，而您还没有学会掌握这种力量呐……"

"我是一个简单的人，"吉奥米多夫快快不乐地悄声打断他的话。

"诚然，"克里姆同意说。"您应当记住这一点。您读托尔斯泰的作品太多了，似乎……"

"咦，那又怎么样呢？"

"然而，托尔斯泰虽已厌倦于文化生活的无限纷繁，而他作为一个艺术家，自己却正在巧妙地使这种生活复杂化。他之所以有权批评别人，那是因为他知道许多，而您呢？您又知道什么呢？"

"因为生活无着，如此而已！"吉奥米多夫低着头说道。

"别说啦，克里姆，你说得真糟糕！"

莉吉雅这句话说得很肯定，甚至很激烈。她挺起腰板，用斥责的目光瞅着他。她身上裹着一条烟灰色的披肩，映在壁炉的白色瓷砖上，身影是扁平的。克里姆感到喉咙里好像有什么东西在呲呲作响，

于是他清清嗓子,说道:

"糟糕吗?也许是的。不过我不能以可敬的沉默来鼓励那种粗野的歪曲。"

"那好吧!我走啦!"

吉奥米多夫好像很勉强地从椅子上站起来,但是走得很快,他的皮靴引人注目地咯噔咯噔直响。

"等一等,谢米昂!"莉吉雅挥舞着她的披肩,一边喊着,一边也向过道里跑去。克里姆瞅着瓦尔瓦拉,她点点头,小声称赞他道:

"你斥责得很妙,就是应当这样!"

吉奥米多夫在过道里顿着脚,穿上套鞋。瓦尔瓦拉悄声说道:

"当然,这不会使她清醒过来的。你发现她变得多么孤僻了吗?而这是到巴黎以后才……"

"怎么呢,难道巴黎是西罗亚水池①吗?"克里姆嘟哝了一句,然后侧耳细听,准备跟莉吉雅解释几句。但是门砰的一声关上了。瓦尔瓦拉朝过道瞥了一眼,说:

"她跟他一起走了!"

"您干吗这么高兴?"萨姆金瞪了她一眼,问道。"我也该走了。再见!"

但是他并不急于离开,他站在瓦尔瓦拉面前,握着她的一只手,心中暗想,在家中等待他的是寂寞无聊,是想念莉吉雅和自我反省这些心烦意乱的思绪。

八

他回到家里,发现一封厚厚的信,放在桌上最显眼的地方。信封上的笔迹是莉吉雅的。萨姆金在离桌子两步远的地方足足看了好几

---

① 据《圣经·约翰福音》第九章第七节说,耶路撒冷西罗亚水池的水是圣洁的,在池中洗浴者能得道云云。

秒钟,没有勇气把它拿起来。后来,他并没有挪动地方,而只是伸出一只手,跟跟跄跄,差一点跌倒,用手掌使劲儿地往信封上一拍。

"我的举动太愚蠢了,"他一面暗想,一面用眼瞟着穿衣镜,坐在桌旁。

信封里面装着五页厚纸,上面密密麻麻地写满了字;有些段落和整个句子都抹掉了,有的不是按格写的;他都没能马上找到信的开头。

"这些信本来是我想从巴黎寄给你的,"他读着信,一只手不知为什么老捏着眼镜架,好像生怕眼镜会从鼻梁上掉下来似的。"然而我未能把我想要说的、自己十分清楚的话语写出来。你晓得我是不会写,也不会说,而只会问的。我现在把这些信的开头寄给你,也许你会明白我想要说什么。其实,我是知道什么是我所需要的,或者更确切些说什么是我不需要的。我不想和你保持任何关系,可是昨天我发现,你好像不相信这一点,你以为我还愿意和你做那种所谓恋爱的体操呢。然而我必须跟你说明我为什么不愿意。可要说得使我自己一清二楚那却是办不到的,因为要说明这件事那是太难了,克里姆。"

另一页上只剩下两句话没有涂掉:

"你好像一面镜子,我从里面看到了自己的语言和思想。你常常阻止我发问,这对我很有帮助,它使我明了这种提问是没有益处的。"

第三页上说:

"也许有一种特殊的人物,他们既不好,也不坏,可是当你一接触他们,就只会使你产生一种恶感。我和你在一起的时候,绝对没有过这种情况。我说的不是那'甜蜜爱情的狂热',因为这很可能是我和任何一个其他的男人,而你和任何一个别的女人在一起都能体会得到的。"

在这段话的上边还写着一行小字:

"你很可以算是一个'性欲强烈的人',只图自己快乐,而不顾爱情,虽说我也不懂爱情的意义究竟是什么。"

下面又加了几个大字:

"我可没有抱怨你的意思。"

这种信很难读下去;克里姆紧紧摁住眼镜,摁得鼻梁直痛,他的这只手在颤抖,竟然想不到把它从眼镜上移开。一行行勾画涂抹的字迹在纸上晃动,犹如波浪起伏,完全失掉了语句的连贯性。

"我认为,我和任何人谈话也没有像和你谈话那样不自在。你的自负是很惹人生气的。我始终觉得你是不了解我的,甚至也不愿意了解我,这倒使我的言谈可以特别坦率些,因为我喜欢直来直去。我自己是光明磊落的,所以我也要对你说,我不明白为什么会在你我之间发生这种事情?很可能我有些过错,但我没有感觉到这一点。而且我也不记得我是否对你说过我爱你。似乎我当时是可怜你,因为你那时的行为很不规矩。当然,少女的好奇心也是有的。"

"当然"二字是被涂掉了的。

"你不要见怪。不过反正都一样,倘若你真怪我,那也没什么,也许更好一点。"

萨姆金真地见怪了,他愤愤地把信纸扔在桌子上,有一页还落到了地板上。克里姆将它拾起来,又站着读下去:

"人们说革命可以促进生活,我认为,他们的话太天真了。革命能给人带来什么呢?我不晓得。我认为,需要的倒是另外一种东西,一种很可怕的东西:要使所有的人都感到自我畏惧,对他们的所作所为大吃一惊。只要人类的一半能够治愈生活中的这种鄙俗无聊的疾患,即使另一半人死去、发疯也无所谓。革命光是议论议论,那是无济于事的。你议论革命,就像是法庭上的一个官吏。你没有干革命的感情,因为干革命要心地善良,或者像你伯父雅科夫那样。"

还有一张信纸,字句涂得很厉害,萨姆金只能辨认出:

"可能我和你谈话,就像一条狗在和它所不理解的影子谈话一样。"

萨姆金把这些信纸揉作一团,攥在拳头里,摘下眼镜,闭上倦怠的眼皮。这些荒唐的信件使他非常恼火,脸火辣辣地痛,就仿佛冻伤了一样。但是他细细思量一番却恍悟到：他的愤懑是肤浅的，是一种肉体上的，不痛不痒的。倘若一个顽皮的孩子打他一个小嘴巴，他一定也会有这样的感觉。他脑海里老是纠缠不休地出现莉吉雅极不体面的姿态：伤风败俗，赤身露体，疲惫不堪。

"其实我就是希望她这样。生气是愚蠢的。她是一个丧失自制力的人，一言以蔽之，一个蜕化变质的人。"

他坐下来，开始在桌子上弄平那些揉皱的信。第三页信纸他又读了一遍，然后把它夹在日记本里，再不慌不忙地把其余信纸撕成碎片。信纸很结实，简直跟皮革一般。他还想把信封撕掉，但是发现其中还有一张小纸片，显然是从哪个小本本上撕下来的。

"噢，克里姆，我正待在一个被认为是世界上最奇异、最快乐的城市里。是的，它的确奇异。人们常常称道它是一个美丽、雄伟、欢快的城市。可我却感到很沉闷。当人们过得快乐的时候，他们是不会去干龌龊勾当的。只有在这里我才明白了，把人们当成玩物是何等卑鄙。昨天我去参观了弗里-贝尔热剧场①，这和拿破仑墓②一样，一定得去看一看。这真是一个极乐世界，许许多多奇装异服的和完全裸体的女人，她们尽情欢乐和被人玩赏……"

接下去完全给涂掉了，只能辨认出几个字：

"……一种要命的、使人无地自容的耻辱。"

克里姆一下子把这张信纸撕成了特别细小的碎片，然后离开写字台，倒在躺椅上。

"当我意识到这桩恋爱是由我编造出来的时候，我认为才最合乎情理，"他闭上眼睛，心中在思忖。

女仆端来一个火壶，烧上茶。克里姆听着火壶慰藉心灵的吟唱，站起来，倒了一杯。两片茶叶像活了似的在杯子里游荡，他想用茶勺把它们捞出来，可是办不到，于是他扔下勺子，瞅瞅窗外，只见灰蒙蒙

---

① 巴黎的一座古老杂剧场。
② 一八四〇年拿破仑的尸体从圣埃伦岛运到巴黎，葬在残废院。

的黄昏已经映现在玻璃窗上。

"唉,我的恋爱才不成功呢,真倒霉!"他用手指在窗玻璃上敲着鼓点,叹息道。"不过,好在这种扑朔迷离的境遇已经过去,我自由了。"

然而他的感情是矛盾的,因为他受到的屈辱太深重了,当然也是太不值得了,只要想到这一点,就压抑不住内心的激动,同时他想:

"倘若我从前对她更坦率一些,那会……"

有关莉吉雅的一切回忆,不论是愉快的还是沮丧的,此时此刻都变得沉郁起来,而且更有实感了;她的影响也实在惊人,随时都会不由自主地想到她。他还想起柳托夫醉后谈论阿琳娜的一句话:

"她就像是第三十三颗牙齿。你知道吗,我长了一个智齿,特妨碍说话。"

第八章

一

翌日傍晚,索莫娃打电话问克里姆:为什么不去车站送莉吉雅,是病了吗?

"我感冒了,不愿出门,"他回答,末了又不知为什么加了一句:"复活节以前我也要回家去。"

"我们同行,好吗?"

然而,他并没有想过要回家,也确乎没有回去,整个春天,直到大考,他都是在莫斯科度过的,除了按时上学,就是在家里孜孜不倦地攻读。每逢星期六,他有时去找普列伊斯,可是在那里又嫌寂寞,虽说那里又来了两个陌生人:一个是民用工程学院的学生,细长的个儿,生着一副呆板的面孔;另一位是龙骑兵,苏姆斯基团的军官,此人虽然衣冠楚楚,但看上去仍像一位由于百无聊赖而穿上军装的年轻商人。他们老在那里计算什么;塔吉尔斯基懒洋洋地说出一些数字:

"六十四万三千吨……请原谅,这是错误的,农民银行的周转率是……"

斯特拉托诺夫盛气凌人地踱着步子,口里直骂德国人、英国人和日本人。

一到晚上,萨姆金有时也去找瓦尔瓦拉,跟她做些习以为常的游戏,来消磨个把时辰,和柳芭莎闲聊一会儿,虽说她有点儿妨碍他俩的玩耍,但因她知道许多有关各种小团体的生活情况和她所谓的"解放运动"的发展形势,所以变得越发有趣了。

索莫娃跟瓦尔瓦拉已经很要好了,她跟她说话的语调,就跟大姐姐对小妹妹一般亲热。瓦尔瓦拉虽然很吝啬,但还是送给了她一些小礼物。有一回,克里姆当着索莫娃的面,十分鄙夷地跟瓦尔瓦拉开了一个玩笑,柳芭莎顿时勃然大怒道:

"因为你这蛮不讲理的态度,我该揪你的耳朵!"

"可这是开玩笑呀!"瓦尔瓦拉当即和蔼地喊道。

克里姆从柳芭莎身上看到一种他难以理解的、然而却是他极为钦佩的服侍别人的愿望和才干。正是这种品质使得丹尼娅·库里科娃成了他心目中的一位博爱而神圣的仆人。快活而又伶俐的柳芭莎具有麻雀般的性格,她叽叽喳喳忙个不停,无所畏惧地在地上,在和她比起来高大得多的人们、马匹、房屋和猫狗中间蹦蹦跳跳。她蹦跳奔跑,精神抖擞,老想尽快弄清楚人与人之间的关系和交往,从而帮助大家解除纠葛,密切交往,弥补种种裂痕。她曾经在政治性的"红十字会"①里工作,常去狱中探望马拉库叶夫,还自称是他的未婚妻。

"这正是瓦尔瓦拉应当作的,"萨姆金说。

"可我替她做了,因为瓦莉娅不会跟监狱打交道。"

克里姆呵呵笑道:

"还因为她厌弃马拉库叶夫了。"

"这全都怪你!"柳芭莎停止缠毛线,怫然动气地说,又狠狠地瞪了克里姆一眼:"克里姆,你对她太不像话了,可她是个非常好的姑娘哩!"

萨姆金又是扑哧一声冷笑。

---

① 十九世纪七十年代建立的救济俄国政治犯秘密小组的别称。

"你真是个媒婆!"他不以为然地说。

不,其实柳芭莎不完全像库里科娃,因为库里科娃一生所为总好像由于不能做得更好一些而感到抱歉似的。可是柳芭莎呢,那种为所有他人低三下四地效劳的精神是同她格格不入的。萨姆金晓得这一点,所以他开始把她看作是列斯科夫的小说《冤家对头》的女主人公,那个可笑的"蹦蹦跳"——安娜·斯科科娃了。就"社会教育意义"而论,克里姆认为,这本书以及皮谢姆斯基的《浑浊的海》,可以和陀思妥耶夫斯基的《群魔》相媲美。

柳芭莎老是东跑西颠地奔忙,生怕迟到,一大早就忧心忡忡地瞅瞅墙上的钟,直到将近午夜,或者下半夜才回屋去睡觉,一边走一边强令自己道:

"我明早六点半就起床。"

她可以一面做针线活,一面看书,嘴里咀嚼她喜欢吃的菲利波夫工厂出品的杏仁饼干,同时还可以仔仔细细地问克里姆各种各样天真的问题:

"阶级的观点完全抹杀了人道主义,这种说法对吗?"

"一点儿也不错,"他回答说;并且为了难为她和吓唬她,就操着一位惯于严肃地思考问题的哲学家的腔调说道:"人道主义和斗争是互相排斥的两个概念。只有拉辛和普加乔夫这些'残酷无情的俄罗斯暴动'①的创立者们才真正理解阶级斗争的意义。在我们知识分子中,只有一个涅恰耶夫②懂得革命对人们要求的是什么。"

萨姆金立刻觉得,他说这话与其说是为了索莫娃,倒不如说是为了他自己。

"革命要求人们服服帖帖地承认自己是历史的奴仆,是历史的牺牲品,而不要对个人自由和独立创造的可能性抱任何幻想。"

萨姆金因为急于想说出他内心憎恨的东西,同时又不致暴露自己

---

① 此句出自普希金的中篇历史小说《上尉的女儿》。
② 涅恰耶夫(1859—1925),俄国诗人,他的诗作多描写工人过去所受的压迫。

真实的感情,使用更加冷冰冰的口气说道:

"比起大自然来,历史对人类的感情更严酷,更残暴。大自然要求人们仅仅满足于天赋的本能,而历史却要强制人的理智。"

"这似乎是从托尔斯泰的书本上抄来的话吧?"柳芭莎疑惑不解地问道。

萨姆金看见瓦尔瓦拉坐在那里活像个爱上教师的女学生,正战战兢兢地等待着他马上就会问她一些她不知道的事情。有时候,她仿佛是想安慰这位教师似的,同情地叹息一声,悄悄地说几句阿谀奉承的话。

"您把生活看得何等可悲呀!"

"他是一个悲观主义者,"柳芭莎接过话茬儿说。

萨姆金的这番话根本没有难住她,也没有吓唬住她。

"可我不会那样严肃地去思考,"她说。

萨姆金感觉到在柳芭莎身上有一种软弱的,然而却是不可遏止的倔强劲头儿,于是对她的态度开始谨慎起来,怀疑她虽然表面上很坦率,心直口快,可实际上却很刁滑,诡计多端。即使她也奚落自己,甚至有时连挖苦带讽刺,那也不过是为了叫人更难于理解她罢了。

二

有一回柳芭莎跟吉奥米多夫会面时给萨姆金碰上了,从此以后他就认为柳芭莎的为人根本不是她所表现的那种样子。和往常一样,吉奥米多夫的到来,总是悄悄的,出人意料,就像从墙缝里钻出来的似的。他的头发全都剃光了,露出了尖尖的脑瓜顶和刀削的似的后脑勺,以及两只没有耳唇的灰不溜丢的大耳朵。他的面孔浮肿,一双眼睛滴溜溜地直转,眼白发黄,目光忧郁,好像六神无主似的。

"我在医院里躺了二十三天,"他解释说,并向瓦尔瓦拉提出借一些钱,说他康复以后有了工作就还她。

索莫娃放下针线活,粗暴无礼地瞪着他,而他也瞥了她两眼,面带愠色地问道:

"你看什么?我长得丑吗?"

"莉吉雅·瓦拉甫卡跟我说了许多有关你的事情。你是一个无政府主义者,是吗?"

"我是一个人,"他沮丧地答道,并且转过脸去。

萨姆金感到十分惊奇的是,柳芭莎竟然用了那么多冷酷凶狠的讥讽字眼来刺痛吉奥米多夫。她的一对小眼睛放射着寒光,听着吉奥米多夫同样凶狠的回答,她把两片厚厚的嘴唇噘起来,仿佛要吹口哨似的,然后咬断线头,牙齿发出特别清脆的响声。萨姆金真想不到这个圆咕隆咚的乡下姑娘,一个似乎不会严肃地思考问题的女人,跟一个半病态的男人说起话来,竟是如此恶狠狠的。她逼得他垂头丧气地耸耸肩膀,说道:

"全是笑话。你可真会嘲弄人。等着瞧吧,你也会给人讥笑的!"

"那是蜗牛赶路,遥遥无期,不是吗?"她回答说;然而使萨姆金吃惊的是:她顿时又和他亲热起来,和蔼地说道:

"你想认识一位和你的思想差不多相同的人吗?他是个养蜂人,一个教派分子,很风趣,还有许多书。你到乡下去住些日子,恢复一下健康吧。"

"我不喜欢教派,"吉奥米多夫握着女主人的手,一面和她告别,一面咕哝道。他没有和克里姆告别,也不把手伸给索莫娃,只是对她嗔怒地说:

"到乡下去,我不愿意。"

他走后克里姆问柳芭莎:

"你干吗要介绍他认识什么教派分子呢?"

"不然我又往哪儿打发他呀?"

"你以为必须按照你自己的意愿去处置别人,是吗?"

"是的，一点儿不错！你也试试吧！"她回答，头也不抬地做着针线。

萨姆金很想奚落她几句，便一直和她搭话，终于迫使她满心不愉快地说道：

"乡村是愚昧无知的，人又不爱动脑筋。一切思想在那里都是有益的，只要它能激动人心。"

"你这想法真新奇，"萨姆金嘲笑说。她也没有睬他，就回答道：

"你不了解乡村。"

她的话扰乱了萨姆金对前程的思考，妨碍他认为自己将来会成为一个生活安定、德高望重的大人物；他本想将来要有一位才貌出众的贤妻，既能操持家务，又能说会道，对什么事情都可以应付。她一定要当好一个小小沙龙的女主人，周旋于在那里聚会、认真研究文化事业的人们之间，而克里姆·萨姆金则把握着这些人的情绪，定出一些清规戒律，要他们遵守。

索莫娃谈论未来的口气，像个爱好拳斗的小孩子，确信下个星期天一定会发生一场斗殴。对此人们已经能够容忍了，这种情绪好像流行病一般，而且克里姆时常觉得他自己也渐渐地、不由自主地感染上了，他预感到某些势力的冲突是不可避免的。

三

由于自己善于察言观色，也多亏柳芭莎和瓦尔瓦拉经常讲给他一些情况，他脑海里已经收藏了许多形形色色的时髦思想、不同的见解和观点、各种各样的格言、趣闻轶事和俏皮话。他甚至开始收集一些政治题材的"明信片"；一开头是索莫娃塞给他几张，后来他很快就收集了一大堆画片，有的是表现芬兰正在抵抗双头鹰[①]对宪法的进攻的；

[①] 双头鹰是旧俄的标志。一九〇五年俄国宪法规定芬兰有自主权，但后又被沙皇政府剥夺。

有的表现一个俄国农民正在翻耕土地,旁边站着沙皇、将军、神甫、官吏、商人、学者和乞丐,他们手里都拿着勺子。这幅画的下面写着"一人种田七人吃饭"。瓦尔瓦拉从什么地方弄来一张照相翻印的画片:在一座残破的乡村背景前面,站着裸体的沙皇,他头戴皇冠,双手捧着他的生殖器,下面的题词是:"专制暴君"。有一张谢德林的画像,他被许多怪物包围着;还有一张把波贝多诺斯采夫画成了一个大蝙蝠,另外还有许许多多稀奇的玩意儿。萨姆金认为这个画集虽然很危险,可是却为它感到自豪,并且还在继续充实它,仿佛一位法庭预审官在搜集起诉材料似的。

由于大学生们的情绪越来越趋向于暴动,萨姆金便不常到大学去听课了,当时他还看见一位大学生在一次集会上绘声绘色地打着手势,恳请他的同学提出恢复一八六四年章程①的要求。

"我们要求!"站在克里姆旁边的一个二年级大学生狂叫。他浅黄色头发,长得眉清目秀。他用胳膊肘推了推萨姆金,问道:

"您怎么回事,同学? 要求哇!"

"我不了解这个章程怎么样,"克里姆冷冰冰地说。

"是的,连我也不知道,"那位大学生坦率地承认,然后又喊叫起来:"赞成! 我们就去向大臣请愿!"

"瓦拉甫卡说得对:反对派是有蛊惑力的,"萨姆金不止一次地这样想。

他的学习已经自流,毫无热情,因为他认为选择法律系是个错误。当一个律师,为那些杀人犯、纵火犯和骗子们去辩护,对他来说是不可思议的。对于那些在他看来是虚构的表里不一的人物的自我表白,他根本没有兴趣,况且这些人在某种程度上妨碍他这个具有独特的精神境界,甚至似乎和他们分属不同种族的人的生活。

---

① 指恢复一八六三年六月二十八日批准的大学章程,该章程在大学的管理和教学安排方面规定有较大的独立性。

四

萨姆金到地方法院的刑事审判庭去旁听过五六次。在此之前他从未到过法院，只去过几次教堂。然而法庭给他的印象和教堂非常相像。法官们坐的案台很像经坛，沙皇的肖像就好像经坛上的圣像，陪审席和被告席恰似唱诗班站的地方。

他第一次旁听是失望的：受审的是小偷，三个惯犯；他们虽说年岁不一，然而对自己的命运却几乎同样地漠不关心。看来他们都很清楚审判的程序，了解判决的结果，因此表现得很坦然，好像被迫履行一种完全没有必要却又不可避免的讨厌的手续似的；他们的回答像机器人一样，简短而有礼貌，而庭长和公诉人的审问也同样像机器人一样无聊。只有一名小偷死皮赖脸地，但是毫无希望地企图为自己的同伙开脱罪责。他头发已经灰白，面孔修整得像个演员，长着个软囊囊的鼻子，一双乌黑的眼睛流露着疲倦的神情，那副样子居然像在座的一位法官，真是有碍观瞻。两位青年律师，显然是"官方指定的辩护人"，正在交头接耳，活像唱诗班里的两个成员，不大理睬自己要为之辩护的犯人。几个陪审员呆呆地、无精打采地坐在那里，其中只有一人是已经完全秃顶的小老头，他的脸光光的，像婴儿的脸蛋儿一般红润，脖子上挂着一枚勋章，颌骨不停地在活动，一双敏锐的小眼睛紧盯着被告，每当那个灰白头发的盗窃犯站起来问道："我可以说吗？让我提醒一句，可以吗"的时候，他就阴险地笑笑。

萨姆金因为感到无聊，便数起旁听席的人数来：男的二十三个，女的九个，其中有一位大眼睛的胖女人，很像扮演奥斯特罗夫斯基笔下无数女商人之一的女演员，她身穿华贵的皮大衣，头戴镶着玻璃串珠的帽子。后来萨姆金计算了一下：有二十多人在审判三个人，因此他认为，这种审判程序代价太高了。

第二次去，他碰上了一个荒唐野蛮得使他吃惊的案子。坐在被告席上的是四名中年农民和一位小眼睛大鼻子的老太婆,她那干瘪的脸上,一对小眼睛深陷在眼眶里。这些人的罪状是杀害一个他们称之为妖精的女人。

冬季的正午,两大片阳光射进法庭的一侧,映在检察官那梳得光溜溜的棕色头发上和十名姿态各异的陪审员身上。那第十个陪审员的头特别大,头发蓬松,把他两位同事的脑袋都给挡住了。另一侧坐着那些身穿囚服的被告,他们都是满脸大胡子,彼此相像得好似同胞兄弟一般,都怒目注视着法官。一位小个子辩护人在他们面前晃来晃去,他长着两条小细腿,腆着大肚子,略微秃顶的头上留着一撮灰白的额发。他简直像只公鸡,说话尖声刺耳。主审官是一位脸刮得溜光的男人,金边的法衣领勒得他腮帮子肿胀,两耳发青,厚厚的脸皮紧紧绷了起来。可是他讲起话来却像女人一般细声细气的,甚至是温柔的。

"那就是说,你承认你是头一个认出这被害者是个女妖喽,是吧?"

一位被告站起来,双手捧着肚子,愤然答道:

"怎么是头一个呢?全村的人都知道。我不过是借着风的帮忙看见了她的尾巴。她正在小河里洗衬衫,我在修船,当时在刮风,风吹起她的衣襟,我就看见了一条尾巴!……"

"等等!你知不知道屁股眼儿上也长毛呢?"

"这是什么意思呀?"被告疑惑不解地问道。

庭长开始解释,坐在萨姆金两侧旁听席上的人向前倾着身子,好像眼巴巴地等着听什么惊人的消息似的。一位被告听完解释,沮丧地耸耸肩膀,嘴里嘀咕道:

"这我们知道。不过她长的不是毛,是扫帚一样的尾巴,像牛尾巴或者兔子尾巴,毛茸茸的一撮,就是这样!"

陪审员们都给逗笑了,旁听的人们也嘻嘻地笑出声来。

"静一静!否则我就命令你们离开法庭啦!"庭长用威胁的口气说,然后松了松他的法衣领,又向一个庄稼汉提了若干无关紧要的问题,便宣布休庭。

萨姆金走出法庭时感到茫然、悒郁,但是过了几天,他又鼓起勇气,坐到法庭里来了。这次审判的是杀父罪犯,一个肥胖的黑发青年。为他辩护的是位著名的律师①,也是个虚胖的家伙。他话音柔和而低沉,很有煽动力,显然他精通这方面的秘诀:他的字字句句都要压倒原告,那个长着一副刚刚取得他父亲谅解的浪子面孔的人。辩护律师的风度和姿态颇像一个演员,不过人们还是觉得他就是这里的主要审判官。前来旁听的人很多,大厅里座无虚席,所有的人都紧紧盯着辩护律师,被告好像给人忘掉了似的坐在两个持刀的木头人似的士兵中间,他双手夹在膝盖缝里,用一对无精打采的眼睛斜视着众人,不住地眨巴。他那惊呆的眼神、低窄的前额、像黑漆一般涂在脑瓜上的浓密黑发、沉重的下巴和紧闭的嘴唇——这一切都深深地铭刻在萨姆金的记忆里,在后来旁听的案例中,他从每个被告身上都发现了类似这个杀父罪犯的地方。

"很明显,隆布罗佐②毕竟是对的:犯罪型的人是存在的,可是德利尔却不愿意承认这一点,这是因为他太仁慈了,这种仁慈在犯罪学上是不适当的,甚至是有害的。"

萨姆金得出这一结论,感到心满意足,便不再去法院旁听了,心里又产生了进民用工程学院读书的念头,瓦拉甫卡曾这样劝过他。

五

后来萨姆金又碰到一件很不愉快的事情。那是一个皓月当空的深夜,他从瓦尔瓦拉家里回来,正走在林荫道上。一个钟头以前,这里

---

① 这里指的是普列瓦克(1842—1908),高尔基的档案中记述了一八八一年三月十三至十六日在哈尔科夫审理的案件;一个商人的儿子在小酒馆里杀死了他的父亲。普列瓦克出庭为之辩护,证明被告无辜。
② 隆布罗佐(1836—1909),意大利精神病学家、犯罪学家,认为犯罪乃由于生理特殊,即所谓"犯罪型"所造成,他在犯罪学方面的主张与俄国犯罪学家德利尔(1846—1910)的主张迥然不同。

下过一场春雨,地上都湿透了;温暖的空气是湿润的,充满着嫩叶的气息,月光将树影奇妙地撒在大地上,宛若一幅图画。萨姆金悠然自得地走着,心中在想,他似乎应当搬到瓦尔瓦拉那里去住,她是求之不得的,而且也很方便,那时她和安菲米叶夫娜都会无微不至地照顾他。他在瓦尔瓦拉身上发现一种很好的品质:贪图安逸,老是苦心孤诣地装饰她那个安乐窝。萨姆金以为她这是在"等着它的男主人"。

"噢,是你呀,萨姆金!"他刚刚赶过的那个男人喊了他一声。塔吉尔斯基拉起他的一只手;他身穿灰大衣,礼帽歪戴在后脑勺上,显得有些醉意;那张白磁般的脸上泛出红晕,眼睛瞪得溜圆,直愣愣地盯着人,简直不敢眨巴一下。

"想找个姑娘吗?太晚喽!何况这儿哪有什么好姑娘呢?"他肆无忌惮地大声叫嚷。"我厌恶姑娘们,虽说我享用她们,可是我恨她们。而且我直截了当地对她们说:'我恨你硬逼着我和你在一起胡来。'结果那个傻姑娘却哈哈大笑。她们都是些小偷儿!"

萨姆金想起一个月前他在一张下流的莫斯科小报上,曾经读到过一件丑闻:一个化名 T 的大学生控告一个幽会场所的女仆偷了他的钱,但是被告的证人却证实说,那一整夜,直到黎明,她干的并不是女仆的差事,而是这家幽会场的一名顾客,正陪伴着另一位客人,因此原告一定是把对象搞错了,当时他甚至不可能见到她。这则新闻的题目是:《一位大学生的错误》。

"谈到姑娘们,"塔吉尔斯基喋喋不休地说着,摘下帽子,用它扇着脸。"最近我和检察官的一位同事——我忘记他叫库契尼,还是叫基契尼啦,——打过一次交道。你还记得那个维特罗娃①姑娘的煤油灯事件吗?她在监狱里自焚了,有人想把这个事件编成风流韵事传扬出去,是吧?结果这位基契尼就被栽了赃,说他跟维特罗娃有不正当的

---

① 维特罗娃(1870—1897),彼得堡高等女子讲习所的学生,因收藏非法印刷品被捕入狱,于一八九七年二月八日用灯中煤油浇身自焚,她的惨死当时在社会上引起巨大反响。

关系,但这是胡说八道,看来他并不是那种轻薄的男人。"

塔吉尔斯基纵声大笑,对他的这句双关语自鸣得意。

"不,他并非斯维里加洛夫①之流,也不是一个残暴的人物,而是一个'颇有原则'的人,是那样一个,你知道吗,十分耿直的人……"

他滑了一跤,萨姆金将他扶住。

"你等一下,我的一本有趣的书和手套还忘在饭馆里呐!"塔吉尔斯基一面嘟哝,一面摸他的兜,瞧他的脚,好像手套是戴在脚上似的。"咱们回去好吗?离这不远。"他又说。"我们来一瓶葡萄酒,聊一聊,好吗?"

不等克里姆赞同,塔吉尔斯基就将他扭了个身子,那敏捷的劲头简直不像个喝醉酒的人。萨姆金对他在普列伊斯小组所处的地位很感兴趣,他自以为聪明过人,说起话来,就像富翁开恩似的。萨姆金对他那娇生惯养的优美身姿,也很感兴趣,他的体格就像人工造出来的似的,非常适合穿戴考究的衣帽和坐舒服的沙发。

"你好久没去普列伊斯那里了吧?"萨姆金问道。

"我在那里跟他们争论争论,不过是为了消磨时光罢了,"塔吉尔斯基心不在焉地回答,然后用脚踹开了饭馆的门,严令堂倌找他的手套和书。他来到饭馆好像清醒了一些,坐在小桌旁,对着那瓶御园葡萄酒,喜笑颜开,又悄悄地讲起来:

"这位基契尼说得挺有意思:'虽然马克思主义是一种结构严密的宗教学说,但是对我来说却是不能接受的,因为我是真正的资产者。'敢说这种话是得有些勇气的,你说对吗?"

他目不转睛地盯着萨姆金的面孔,样子粗俗无礼;两片鼓胀鲜红的嘴唇上挂着狡黠的微笑,不时用狗舌一般又长又薄的舌尖舔舔嘴唇。他俩坐在一间屋子的门旁,一架自动乐器正在里面叽哇乱叫。屋内人声嘈杂,乌烟瘴气;在离他们的桌子不远的地方,一个犹太人的两

---

① 斯维里加洛夫是陀思妥耶夫斯基的小说《罪与罚》中的人物。

只手不停地在一位抽雪茄烟的、满脸大胡子的俄罗斯商人面前晃来晃去,慷慨激昂地说着,他的鼻子真跟漫画上画的那么大;他说话细声细气,脸上流露着恐惧,身子在椅子上不住地摇晃,鬈发的脑袋也摆来摆去。在另一张桌旁,一位妇人在懒洋洋地吃东西,她脸颊通红,耳朵上挂着两个绿宝石的坠子,她对面坐的那个男人,好像大臣维特,正在专心致志地用刀子挖乳猪的脑壳。塔吉尔斯基把声音压得很低,一面喝着葡萄酒,一面往下说:

"他说:'我们这个阶级的人把这种历史哲学也当作他们的绝对真理了,我认为他们都是些傻瓜蛋,甚至由于缺乏理智而成为叛徒,因为真正历史的不容置疑的规律乃是去发掘大自然的力量,发掘人的力量,而且发掘得越起劲,文化水平就越高。'你以为如何?啊?可是那里有一些根深蒂固的自由主义者……"

音乐突然停止了,铜管最后发出的声音嘶嘶啦啦,像是给棉花塞住了似的。那个犹太人的话音还没来得及放低,所以整个屋子都听见了他说的这句失望的话:

"可是谁愿意去建设这座工厂呢,那里连个人影都没有?去那里得骑七个小时令人讨厌的马!"

那个长得像维特的人,终于把那头白白的笑眯眯的乳猪脑壳敲碎了,把它的一半指给太太看看,然后用责备的口气诘问堂倌:

"伙计!脑子在哪里呀?你给我们吃的是什么呀?"

犹太人难为情地四下张望一番,恰好看见塔吉尔斯基对他做着鬼脸儿,便把脑袋缩进了脖子里。那架音乐机又响了起来,塔吉尔斯基咽了一口酒,将身子伏在桌子上对萨姆金说道:

"不,事实上他是一个大胆的小东西,不是吗?"他问道。

"也许他说的是气话,"克里姆说。

"也许吧,不过他毕竟是个好样的!而且他还说,政府大概不会采取行政命令的办法,来支持公开审讯政治犯。他说:'如果这样做,政府就会向公众表明,在我国,是什么人在担任着为真理而殉难的角色。

不然的话,就会显得我国太偏爱那些受屈受辱的囚犯,和那些现在正在学习怎样才能侮辱和损害文明世界的人们了。"

他把香烟盒推给克里姆,问道:

"你注意到马克思主义把人与人的关系搞得多么尖锐了吗?"

萨姆金耸了耸肩膀,没有吭声。他一面擦眼镜,一面仔细地听着,心中直犯疑:这位体态健美、风度潇洒的人物所说的话,并不是他听见过的,而是他自己曾经想过的。

"他很可能是想诱使我更坦率一些,"克里姆猜想。

然而,当塔吉尔斯基好像比在大街上变得更清醒一些之后,他那略带酸味的音调听起来更坚定了,话语从他的长舌尖下轻快流畅地滑出来,脸上呈现出沾沾自喜的神情。

"你一定会赞同的,萨姆金。像你我的老朋友波亚尔科夫那样耿直的人,所学所教的正是对文明世界的憎恶,不是吗?"塔吉尔斯基把剩下的酒倒进克里姆的杯子里,带着挑衅般的微笑,紧盯着他的脸,问道。

"我不晓得,波亚尔科夫要教的究竟是谁,教些什么,"萨姆金干干巴巴地说。"不过我觉得,在这文明世界里却有那么多……古怪的人,他们的存在证明,这个世界是不健康的。"

他一边说一边寻思:

"这家伙准是在寻衅,畜生!"

为了改变话题,于是他问道:

"你想参加国家考试吗?"

塔吉尔斯基点头承认,但又不知为何把那红润的小拳头往桌上一敲。

"考试以后你上哪儿去呢?"

"倘若我到检察厅工作,你感到惊奇吗?"他盯着萨姆金的脸,用舌尖舔了一下嘴唇,问道。灯光映在他的眸子里,异常明亮,卷曲的胡子梢也翘了起来。

"有啥好惊奇的呢？我当个律师,你当个检察官……"

"你想象一下,倘若你是个政治案件的被告,我是个公诉人,那会怎么样呢?"

"你就毫不留情吗?"

"不会的。库契尼也好,基契尼也好,真该死! 他说:'犯人越是聪明,他的罪过就越重。'而你很聪明,这是真话! 你的沉默本领就很能说明这一点。"

饭馆已经空了。侍者们怏怏不乐、疑惑不解地瞧着这两位流连忘返的顾客。有个堂倌公然用餐巾捂着嘴打了个哈欠,做着要呕吐的样子。

"咱们该走了。"萨姆金说。

他俩在大街上默默地走了两三分钟;萨姆金料定塔吉尔斯基还会发些狂言,果然没错:

"俄罗斯需要一些清扫工①,你记得这是谁的话吗?"塔吉尔斯基问克里姆。

"你的话呗!"克里姆立即回答。

"不,我不过是重复别人的话而已。记得这是列昂杰夫说的,也可能是卡特科夫说的。"

"我可不知道。"

走了几步,塔吉尔斯基又问:

"你愿意去拜访两位姐妹吗? 她们无论白天黑夜,随时可以接待贵客。而且离这里很近。"

克里姆拒绝了。于是塔吉尔斯基用他一只结实的小手握了握他的手,然后竖起大衣领,把帽子拉到眼睛边上,迈着坚定的步子,仿佛意识到自己喝了过量的酒似的,拐到一个角落里去了。

"一名清扫工,"萨姆金瞅着他的背影,心里寻思。"他自以为聪明,其实像个面首,一个专供富贵的老妪寻欢作乐的家伙。"

---

① 这句话出自当时的反动政客如列昂杰夫之口,他们常说"俄罗斯需要清扫一番"之类的话。

他一边骂,心里一边嘀咕:这种想法可能太不尽人情了,并且为他选择法律系又一次感到后悔。他想起那个曾经污辱过检察官同事的统计学家斯莫林,后来又想起了饶舌的塔吉尔斯基。

"他尽胡扯,根本进不了检察厅,因为他缺乏胆量……"

六

萨姆金考完试以后,决定回家去住两三天,然后乘船顺伏尔加河去高加索。他并不太想回家,因为那里有莉吉雅、母亲、瓦拉甫卡、斯皮瓦克夫人——这些人在他看来几乎是同样地讨厌和无用。那里有《我们的家乡报》,有德罗诺夫和伊诺科夫,这些也叫他很不舒服。机缘给他指出了另一条路途。他刚把东西理好,他母亲的电报就来了。

"父病危,望速赴维堡。"

他父亲是个早已被忘却的人,他的病没有使克里姆感到震惊,而他可以因此推迟回家的日期,所以很高兴。他把多余的行李存到瓦尔瓦拉家里,然后就去芬兰了。

维堡是一座清洁的小城,幽静而宽阔的街道中间设有美丽的街心花园。一个弦乐队正在一家饭店露台的花丛中奏着乐曲。萨姆金来到饭店对过一栋用花岗石砌成的、虽说不大但很考究的房子门前。一个身穿灰色连衣裙、胸脯扁平的矮胖女人给他开了门。她一声不吭地听完萨姆金的自我介绍,便把他领到一间若明若暗的屋子里,看见伊万·阿基莫维奇·萨姆金正半卧在屋内一扇敞开的、摆满了东西的窗台下面那张宽大的沙发床上。他的面孔病得都变了形,右面一半肿得发青,舌头从歪斜的嘴里伸出来,下嘴唇耷拉着,露出许多镶着金套的牙齿。他父亲的右眼呆滞不动地盯着墙角里的那尊用一条腿立着的麦尔库利[①]小铜像;左眼眯笑着,眼皮直打战,泪珠挂在他那湿润、好久

[①] 古罗马的商业之神。

没有刮过的脸颊上。老萨姆金从喉咙里挤出两个字：

"克……姆……"

小萨姆金看了他几秒钟，然后低下头，闭上眼就不想再看了。那个穿灰衣裳的女人站在床头，活像个花岗石雕像；她语无伦次地嘟哝道：

"他这一共犯犯过两次。一次次很小，不要紧，没没事儿！"

她生着一张圆盘脸，大嘴薄唇，塌鼻子，左眼下有一块软囊囊的胎记。

"你是哥儿俩，"她一面说，一面向克里姆伸出两个手指，好像伸出两个犄角要吓唬小孩似的。

"我该怎么对付这个女人呢？"他心中自问，同时为了免得去听父亲的声音，就侧耳听起窗外传来的饭店的喧闹声了。乐队停止了演奏，可是过了一会儿，当另一位同样穿灰衣服的女人出现在屋内的工夫，音乐又奏了起来。这个女人比先前那个年轻，身材匀称、苗条，凸起的鼻梁上架着一副夹鼻眼镜。她惊诧地看了看克里姆，然后慢条斯理地小声问道：

"您不是德米特里，是克里姆吧？噢，我明白了！"

和头一个女人那张死板的面孔比起来，克里姆觉得这个女人的脸是可爱的。她用手掌把病人头上竖起来的头发摩挲平，用手帕揩去眼睛上的泪珠，抹抹长着白花花的硬胡楂的湿润的面颊，随后又井井有条地整理了一番。克里姆首先感到高兴的是她把他领出了父亲的屋子，因为他瞧着他父亲那副病入膏肓的面孔，难受极了，听见小提琴和黑管在窗外奏出慢悠悠的使人伤感的华尔兹舞曲，也不能湮没这位垂危病人的痛苦呻吟，真有点儿毛骨悚然。

餐厅的墙壁是用亮漆木板镶拼的，桌上放的一把镀镍大壶已经沸腾，那个女人说道：

"我的名字叫阿伊诺，你也可以叫我安娜·阿列克谢叶夫娜。那位，"她指着父亲的屋门说道，"是我姐姐，贺里斯蒂娜。"

她点燃一支香烟,把不愿熄灭的火柴棍儿在眼前晃了老半天,火光在她的夹鼻眼镜片上闪闪发亮。当火柴要烧到她的手指时,她才把它扔进了烟灰缸。她把一根手指放在嘴唇上,仿佛在亲吻似的。

"您是怎么知道的呀?"她问克里姆。"电报我是打给德米特里的。"

克里姆郑重其事地给她解释,说他哥哥正在警察的监视之下,他既不能亲自前来,便把电报转给了母亲。

"原来是这样,"她斟了一杯茶,说道。"是的,他没有收到电报。他一个多月前监视期已经届满,很快就和一些民族学家拉上了关系。他有信来,说他日内就到达这里。"

她的声音是强有力的,但是缺乏生动的表情;虽说她的话不确切,可是措词却很顺当。

"您愿不愿意等他来谈谈财产的事呀?"她把茶杯推给克里姆,问道。

她对德米特里的事情了解得如此清楚,真使萨姆金感到有些惶惑,于是他彬彬有礼而又口气坚定地声明,他对遗产没有任何希图;她笑眯眯地瞅着他,两个嘴角都翘了起来,脸面也显得短了。

"不,"她说。"这样做是会不愉快的。为了不发生麻烦,应当一下子了结。我简单地说吧:他有个遗嘱,不是吗?您可以拿来读一读,您会看到房子和所有这一切。"她把两手一摊,说道。"还有许多东西,这是给我的,因为我有孩子,两个男孩。德米特里也分到一些,而您却一点儿也没有分到。我认为这太不公道了。等你哥哥来,我们可以办得公道一些。"

克里姆又说了一遍他什么也不要的话,而她却扑哧一笑,说:

"这是因为您还年轻,您不知道需要花多少钱。"

霎时间她的面孔变得更加温柔而欢快了,可是过了一会儿,两片嘴唇又抿成一条直线,两道又细又疏的眉毛紧锁在一起,显出满脸怨艾的神情。

"令尊可真是个俄罗斯人,就跟个小孩子似的,"她说着,眼圈儿有些发红了。她转过身去,看见窗外乐队演奏得正起劲儿,可是乐曲传到屋子里来却是软绵绵的,而且除了这音乐,什么声音也听不见。整个这座房子都是幽静的,简直像远离闹市一般。

"她谈论父亲的口气就仿佛他已经不在人世了似的,"克里姆发现;可是她又好像在反驳谁似的,跺着脚,喋喋不休地说下去。克里姆听见她说:

"他为人心地善良,懂得一切事情,惟独不了解自己。他虽然坐在这里和那里,"她用手指指屋里的角落。"可是却总是不自在。的确有这种人,他们从不善于待在家里,我以为这就是俄罗斯人的特点,您懂吗?"

克里姆点点头,表示默认。

她把声音放得更低一些,说下去:

"他跟人打决胜牌的时候,心里老是想着英国人给体育弄愚笨了,这使他很不安,所以老是输。然而,人们都喜欢他输,可他也有赢的时候,不过那不是打牌。他就是这么一个……可笑的人,真可笑!"

她的一对发乌的眼睛红得更厉害了,但是她微微一笑,露出了细密雪白的牙齿。

萨姆金发现,她的相貌和身材都很像他母亲三十来岁时的光景。

"也许这就是父亲爱上她的缘故吧。"

但是他欢喜父亲这位伴侣,并非因为她很像他母亲,而是因为她态度沉着,谈吐不凡,她周围的一切都很不寻常,而且,毫无疑问,这种整洁舒适的环境以及虽说朴素但却雅致、精巧、结实的家具,还有墙上那些妙趣横生的油画,都是由她亲手布置的。他高兴的是,她说到为他父亲办丧事时,是那样合情入理,恰到好处,简直一句多余的话也没有;她略一思索,摇摇头,悲伤地轻声说道:

"他的身体本来很好,但是太爱喝红葡萄酒和吃油腻的食物了。他不想好好驾驭自己,却像个农民骑着别人的马赶路似的。"

她那位呆头呆脑的姐姐走了进来，一屁股坐在椅子上，好像断了胯骨和大腿似的；虽说她胖得出奇，可是她的一切动作却是有板有眼的。阿伊诺问克里姆在什么地方下榻？

"我叫人去搬您的行李，"而当克里姆一再推辞来她家居住以后，她说了一句干脆而又生硬的话：

"做儿子的居然不住在他老子快要死去的地方，我真为你害羞。"

总之一切事情都办得异常简单和轻松，简直是不知不觉地把父亲奄奄一息这件事忘在了脑后。翌日清晨六点钟左右，伊万·萨姆金与世长辞了，当时大家还在家中睡觉，也许惟独阿伊诺没有睡；这是她在敲萨姆金的房门，用异常深沉的声音，使劲喊道：

"伊万断气啦！"

筹办丧事忙了两天，但这种忙并不像克里姆在俄罗斯办理丧葬中所见过的那样忙乱和慌张。他在接待他父亲的俄国友人前来吊唁时，觉得有些拘束，他特别厌恶那个年轻的神甫，因为他谈论死者时显得很神秘，声音很低，嬉皮笑脸，仿佛谈论一位偶立大功的人物似的。但是这位面孔长得很像塔吉尔斯基的神甫，是一位快活的，显然也很走运的人；他谈笑风生，和蔼可亲，用最高的男高音唱赞美诗，用圆润明朗的音调念祷文；他或许不常为人举行殡仪，因此对能有一个显露才华的机会觉得很荣幸。

阿伊诺身着黑色丧服，直挺挺地跟在灵柩的后面；她昂着头，面孔呆若木鸡，流露着怨艾，然而她没有哭，纵然是在灵柩入土下葬之时，她也只是耸了耸肩膀，略微弯了一下身子。克里姆很想讨她的欢心，甚至在回家的路上问她：两个孩子在哪里？

"噢！当然喽，他们不在这里。孩子们小的时候，顶好不要看见病得要死的父亲，任何死人都不要叫他们看见。我早就把他们送到我娘家和家兄那里去了。他是个农学家，他虽说有妻子，可是没有孩子，她喜爱我的孩子喜爱得要命。"

过了一天，克里姆就想离开，她感到惊诧，不让他走。

"这算怎么回事呀？您那么多年没见令兄啦，难道就不想见见他吗？这可不好！而且我们还要谈谈遗嘱的事哩。"

萨姆金感到羞愧，于是他说在他哥哥到来之前，他想到芬兰各地游览游览。

"好吧，那就去看看苏欧米①吧！"她同意道。"我告诉您几位朋友的地址，您可以到处逛逛，看看这个国家。"

七

萨姆金沿着萨伊姆运河游览了科特卡、赫尔辛基、阿博，差不多在这个风光绮丽的国家惬意地游逛了一个月，在此之前他只是在中学地理课本上了解到这个国家，另外还看过一本小书，他现在只记得其中的一句话：

"我来到一个没有欢乐的，到处是沼泽、湖泊、荒林、岩石和沙滩的国家的腹地，一个被严酷的大自然遗弃的忧伤的孩子的国度。"

这句话中隐藏着一个似是而非的真理，这样的真理他是很容易相信的，倘若他认为有趣和有益的话。然而他在这里，在沼泽，森林和岩石之中所看到的，却是俄罗斯所没有的清洁的城市和美丽的道路；漂亮的校舍和森林空地上吃得饱饱的牛羊；每一块土地都在精耕细作，打着田埂，到处都可以看见那些慢悠悠的芬兰人在勤奋地劳动，去制服那些岩石和沼泽。

"休瓦佩瓦！"②他们不卑不亢地和他小声打招呼。

他很羡慕这些人高兴在什么地方盖房子就在什么地方盖房子，因此每幢住宅都像这家主人给自己树立的纪念碑。一种深沉的寂静笼罩着这尤马尔③和乌科④的国度，而乳牛颈上系铃发出的忧伤的叮当声

---

① 苏欧米是芬兰古代的别称。
② 芬兰语，"您好"的意思。
③ ④ 芬兰民间传说中的神。

更证明了这一点；然而这不是俄罗斯原野上那种凄凉、疲惫的寂静，而是一个敦厚寡言的民族实实在在地确信他们有权按照自己的生活方式过日子的宁静。

萨姆金想起他童年时代读过妈妈送给他作礼物的《卡勒瓦拉》①这本书。这是一部用诗歌写成的书，这些诗歌只在他脑子里闪了一下，就消逝得无影无踪了，他感到很枯燥，而他母亲却硬逼着他把它读完。现在，透过他所经受的杂乱无章的思绪，苏欧米这个国家的英雄人物，那些抵抗希依西和鲁奥西这些恶魔和严酷的大自然力量的战士们，还有这个国家的奥菲士②威聂美宁这位伊利玛塔尔怀孕三十载才生下的儿子，快活的列姆尼凯宁这位芬兰人的巴尔杜③，以及芬兰的宝库国家保险公司创始人伊尔马里宁等等，这些英雄形象一个个展现在他眼前。

"这里的人民确实有权享受自由，"萨姆金心里说，又愤然想到：用对俄罗斯农民的种种颂扬来欺骗他，那是枉费心机，因为俄罗斯的农民不会在比这块混乱而贫瘠的土地既富饶又温暖得多的国度里堂堂正正地过活。

"诚然，这里的人们都会生活，"这是他拜访了阿伊诺的两三位朋友居住的别具一格的、设备完善的住宅之后，得出的结论。她的朋友都很殷勤好客，性格直爽，十分熟悉俄罗斯的生活、俄罗斯的艺术，但是却没有发现俄罗斯人对怎样治理好天下这一点老爱争论不休，他们了解自己的国家，就跟一位可爱的诗人了解自己的诗集一样。

温煦的月夜里那岩石般的宁静是迷人的，阴影的浓密而柔和令人惊诧不已，各种各样的气味也很不寻常。克里姆发现，所有这些气味都融合在一种气味——健康而又爱出汗的女人身上发出的气味之中。

---

① 由古代民歌和故事诗组成的芬兰史诗，下面的人物都出自这部史诗。
② 奥菲士是古希腊神话中的诗人和歌唱家，他的歌声不仅能迷醉人和动物，甚至顽石也为之点头。
③ 巴尔杜是古代斯堪的纳维亚史诗中的神。

总之这些日子他的心境是惬意的,一直生活在对他来说虽然不习惯但很快活的无忧无虑之中,他很少有杂念,即使有,也不怎么激动,一闪即逝。

但是,他回到维堡的时候,却因为脑子里塞满了许许多多新奇的见闻而感到有些疲倦了,情绪也如同一位不得不重操旧业的官吏,尽管他已厌恶这官场的生涯,却仍然要去上任。他对就要和哥哥见面,不仅不感兴趣,反而担心他很可能还要喋喋不休地大谈一番政局,对流放生活发一通怨言,回忆起他父亲这些年的境遇,至于谈到他父亲,德米特里当然不会比阿伊诺讲得更好。

第九章

一

德米特里见到克里姆时那种高兴劲儿虽说既谨慎又不动声色,但毕竟是深沉的,简直有点儿笨拙;他用硬邦邦的手指使劲抓住克里姆的肩膀,把他抓得直痛,一面抹搭着眼皮,笑眯眯地、好奇地盯着他的眼睛,用清脆的声音赞叹道:

"你可真是变样儿喽!喏,咱们亲亲,好吗!"

他穿一件鲜艳的印花布衬衣,外面套着一件皱巴巴的退色夹克衫,一双皮鞋颇像乡下女人穿的,模样活像一个不太富裕的杂货店老板。头发照庄稼汉的样子,剪成了圆形,那张被风吹得发黑发皱的、鼻子起着鳞波的圆盘脸上长着浓密的黑胡子,眼睛里流露着微醉的、似乎有点儿负疚的神情。

"我来这里已经六天了,"他轻声地说,仿佛不愿打破这家中的宁静似的。"由于当局开恩,我才有机会做了一次十分有趣的旅行,走了五百多俄里的路,听了许多非常动人的歌曲!可是父亲他就在这个时候……啊,是的……"他搔搔耳后,瞥了一眼阿伊诺。"他老人家过去得毕竟太早了……"

看来他和阿伊诺的关系已经很融洽,以致克里姆感到,她透过香

烟的云雾打量德米特里的眼神,恰似一个女人瞧着她感兴趣的青年男子时,显露着一种秋波流盼的神色。她早已对克里姆说过:

"我看,他比起你来更像你父亲。"

她这句话是在德米特里离开房间那一刹那说的。不一会儿他就拿着个银制的烟盒回来了。

"这是给你的礼物,它还是伊丽莎白·彼得罗夫娜①时代在乌斯丘戈造的呐!还挺好,是吗?我在那里搜集了一些素材,可以写一篇有关这种艺术的论文。送给阿伊诺一个量酒用的杯子,是阿列克谢·米哈伊洛维奇②时代的……"

克里姆一面欣赏那个杯子,一面问道:

"你那里的生活不寂寞吗?"

"嘿,瞧你说的!兄弟,这是一个极为有趣的地方。"

很明显,德米特里不仅没有失去他原来的单纯,反而好像比以前更甚了。他那庄稼汉的憨厚性格是很自然的,它向克里姆表明他哥哥的脾气温柔,很能适应环境。

"他这样的人,生活是很容易的,"他一面听德米特里讲滨海地区居民的生活习惯和捕鱼的事,心中一面这样想着。德米特里一边讲,一边像马车夫一样高高兴兴地品着茶,笑容可掬地乱用一些最高级的形容词:

"那里的人民是极其顽强的,简直太稀奇了!"

"你怎么样,想回家看看吗?"克里姆问道。

"回家?哦,不,"德米特里肯定地回答,垂下眼皮,用手捋捋湿漉漉的胡子,因为他的胡子已经卷到嘴里去了;这更增强了他那相貌上的忠厚表情。"你知道,我不怎么喜欢瓦拉甫卡。那里还有他那份《我们的家乡报》这样糟糕透顶的小报!咳,鬼才知道他是个什么东西!

---

① 伊丽莎白·彼得罗夫娜(1709—1761),俄国女皇,彼得一世的女儿。
② 阿列克谢·米哈伊洛维奇(1629—1676)是俄国沙皇米哈伊尔·费多罗维奇的儿子。他在复杂的社会政治情况下推行了许多加强封建专制的措施,激起人民的强烈反抗。

他什么都想方设法弄到手里,房子呀,森林哪,还有人……"

"当着一个陌生女人的面这样说真荒唐,"克里姆心想,可是哥哥却说:

"我要住到普斯科沃去。首府和一些大学城当然禁止我住。我在普斯科沃住到秋天,然后再申请到波尔塔瓦去。他们只准我到这里来两个星期,还必须每天到警察局去报到。喏,你生活得怎么样啊?我记得你对马克思主义好像很不满,是吧?"

克里姆冷冷一笑,心想:

"又来那一套了。"

于是他想起托米林,便用教训的口吻说:

"要想把情况弄清楚,就不要急着去相信;知识的力量就在于怀疑。"

"我也是这样认为,"阿伊诺点点头说道。

德米特里瞅瞅她,又看看弟弟,可能是因为咬牙切齿的缘故,脸都可笑地展宽了,颧骨上的胡子也竖了起来,他朝背后挥一挥手,又长叹一声,捋捋胡子说道:

"你知道,到那里去我是想得很周到的。那里人少,自然风景却很多。那是个严酷的地方,你知道吗,那里的空虚是需要填补的。当他们把我转移到麦津的时候……"

"他们干吗要把你转移到麦津?"克里姆忙问。

"鬼知道为什么!他们以为我会从乌斯丘戈逃掉。喏,过了十三个月,他们又把我赶回了乌斯丘戈。我并不抱怨,我看到了许多情趣盎然的地方!"

他谈笑风生,又用手抹抹脸,捋平胡子,接下去说:

"你知道,就这样到了麦津。其实那是个不大的村镇,有两千来人口。大海好像米德加尔德巨蟒[①]似的把土地盘到自己的圈内。管这里

---

① 古代斯堪的纳维亚史诗中盘绕世界的巨蟒。

的海叫白海①,是很不恰当的,其实那是铅灰色的,而且性情暴躁,它怒吼,咆哮,特别是夜里,而这里的夜是漫无止境的!有各式各样好玩的东西,比如北极光就是一个。当我头一次看见这奇妙的火光变幻莫测、犹如万道彩虹狂乱而又沉默地舞动的时候,我不怕难为情地承认:我胆怯了!有一个时候,我的生活是丧失理智的,心灵是空虚的,就像肥皂泡一样,只能映出这嬉戏跳跃的冷冰冰的寒光。世界在燃烧,而我却是这场灾难的一个赤手空拳的旁观者。"

好像有什么东西晃得德米特里眼睛直眨巴,他用手抹去宽阔的额角上的皱纹,又倏然弯腰问弟弟道:

"那就是说该把人的思想压制一下喽,是吗?"

"为什么呢?"克里姆问。

"免得人们胡思乱想,放任自流呗!"

"你这是教会的主张。"

"嗯,也许是吧,"德米特里表示同意,但略微思忖一下,又说道:

"在我们的国家法上也写有这样的意思。"

他让阿伊诺给他斟上茶,然后又兴致勃勃地讲起来:

"我的房东是海边上的一位渔民,他有一回对我说:'喂,伊万内奇,你尽说人们应当生活得怎么怎么好,怎么怎么轻松,可是世道却相反!而我也不以为然,因为我看出:那些生活优裕的人们,要比那些生活贫困的人们更坏。对你,伊万内奇,我可以开诚布公地说:我的雇工们虽说比我还好,可是我却不愿把渔船和鱼船交给他们。假如上帝宽恕我,我是不愿去当雇工的。凭良心说,我虽然知道雇工们都比我强,可是我像所有的东家一样,跟他们生活在一起并非真心诚意。喏,倘若你让他们当家做主,他们也会按照我的法则生活的。你瞧,这就是问题的关键所在。'"

德米特里开始讲得马马虎虎,不那么流利,可是倏然活跃起来

---

① 北冰洋的边海。

了,说得很急,把个别字眼拉得很长,也很突出,用手掌在空中比画着。克里姆知道他哥哥是想模仿别人说话的特点,可是发现他办不到。

"他可真无能。"

德米特里默不作声了,他那期待的、犯疑的眼神迫使克里姆说道:

"其实,这个人的思想似乎并没有阻碍他的行动嘛。"

"这是个坏家伙,"阿伊诺肯定地说。

"你认为他坏吗?"德米特里瞅着她,问道。

"噢,是呀,我就是这样想的。但我不晓得该怎么说,反正他很坏!"

德米特里颦蹙额头,长叹一声,嗫嚅道:

"咳,我本来是想弄懂一些我搞不清楚的道理的。"

于是他把脸转向弟弟,继续说道:

"我在那里设法跟一些人谈话,可是他们不懂。就是说,即使他们理解,也不肯接受。我是个笨拙的宣传员,没有说服力。那里都是些个人主义者……我根本打动不了他们!有个人说:'既然人们毫不关心我,我干吗要为他们操心呢?'而另一个人说:'也许大海明天就会夺去我的性命,而你却要我计划十年以后的生活。'这是一种普遍的思想……"

他使克里姆觉得,他这个人好像有什么心事似的惶惑不安,而这种感觉又使克里姆很高兴;他庆幸的是能够又一次看到:这纯朴的生活竟比哥哥从中汲取智慧的书本更有力量。

阿伊诺吸着烟,悠闲自得地坐在那里,又叨叨起来:

"这种思想是非常成熟的,是那些强者的想法。是的,我喜欢强者!那些不会自己养活自己的人是会像树上多余的枝条一样枯死的;而那些善于从阳光中汲取养料的人才能够活下去,并且总是把事情做得井井有条。要勤奋节俭,多多积累,才能人人丰衣足食。我们的生活仿佛一个考察队,来到了渺无人烟的陌生地方。那些弱者花销太大,成为障碍。当你有两种念头的时候,其中必有一种是多余的和有害的。可俄国人竟有十种想法,而且每一种都不牢靠。他们的头脑就像个鸡窝,我就是这样认为。"

她嘻嘻一笑,然后又憋不住打了个哈欠,说道:

"我要睡觉去了。"

克里姆借口疲乏,也走了,他想独自去思考一下哥哥的话。可是当他到了自己的房间,很快脱了衣服躺下的时候,却马上进入了梦乡。

翌日清晨在喝咖啡时,他问哥哥:

"你听说库图佐夫被捕了吗?"

"又被捕啦?什么时候被捕的?"德米特里吃惊地大声问道,但是当他听完克里姆的说明以后,又咧开大嘴笑道:

"他现在在尼日尼受监视。我跟他一直有书信往来。斯切潘可是个杰出的人物,"他一边往面包上抹黄油,一边若有所思地说。他沉默了片刻,又加了一句:

"阿伊诺昨天说的那些关于强者的话倒挺有意思。"

"那是她的国家的精神。"

"真是个好女人。"

"可你知道玛琳娜有什么消息吗?"

"一点儿也不知道,"德米特里的反应十分冷淡。"起先我和她通过信,后来就断了。有一个时候,她想上帝想得太多了,咳,你知道,那都是些不切实际的胡思乱想。海边上的人也谈论上帝,我都听得入神了。"

他纵声大笑,用手指抹掉胡子上的面包渣儿。

"弟弟,我在那里差一点儿跟一个女人结婚。"

"是女流放犯吗?"

"是海边上的人,一位渔民的女儿。昨晚我说的那个人就是她父亲。那是个殷实的家庭,有三兄弟,两姊妹。"

他使劲儿地揪揪胡子,叹息道:

201

"那里的人们,脑子里想的尽是怎么制服大海和冻土地,以便自己能够生存下去。女人的吸引力是很强的,那里的女人简直不可思议……"

二

阿伊诺走进来,笑盈盈地指着克里姆说道:

"有一个人想找您,请他到这儿来吗?"

"找我?"克里姆立起身来,惊诧地问道。

"就是找您,找您,"她点了两下头,就出去了。过了一会儿,一位身材很高的、留着长发的陌生人走进了餐厅。

"您是克里姆·萨姆金吗?"来人操着警官的腔调问,两眼不以为然地打量着屋子,又瞅瞅克里姆,然后指着德米特里,问道:

"这位是谁?"

"德米特里·萨姆金,家兄。"

"噢!"来客满意地说了一声,把一个攥在手中的小纸团递给克里姆。"这是索莫娃给您的,您打开时要小心,纸太薄。"

他熟不拘礼地走到桌旁,坐下来。克里姆一面打开那个小纸团,一面听见他小声的问话:

"您从流放地回来好久了吗?"

克里姆在读那张纸条:"这位是我的同乡普拉东·多尔加诺夫。他要交给你一样东西,请你带回来!柳。"

克里姆把纸条揉碎,心里真想把柳芭莎痛骂一顿。这姑娘太放肆了,老纠缠他,死乞白赖地要把他拉进自己的圈套,从事他们的"活动"。他立在门旁,斜视着那位无礼的不速之客。他觉得此人很像作家卡京家的一位来客,是的,总而言之,这个多尔加诺夫,样子很像一个从"遗忘的阴沟"里钻出来的家伙。

克里姆都不敢看女主人一眼,怕她那明亮的眼睛里流露出不满的神情。她立在碗橱旁边,正在煮第三遍咖啡,因为前两遍都给德米特里喝光了。

"您喝咖啡吗?"她和蔼地问多尔加诺夫。

"当然喽!"他说完,把两条长腿紧紧并在一起,伸了出去,像一根长杆似的拦住了阿伊诺到桌子跟前去的路。萨姆金甚至哆嗦了一下,他觉得多尔加诺夫这样做是故意撒野,不过当阿伊诺撩起裙子,——这当然是故意的喽!——从他小腿上面迈过去的时候,多尔加诺夫称赞道:

"真灵巧!请您原谅,我太累了,简直想躺在桌子下面睡一觉。"

"可不能躺在桌子底下去睡觉欧,"阿伊诺说话的声调,就跟规劝小孩子似的。

"她是芬兰人吗?"多尔加诺夫眼睛打量着她,问道。她温和地点点头回答,于是来客也点点头,说道:

"我看得出来。"

克里姆·萨姆金打断他们的对话,走到多尔加诺夫跟前,亲切地问他:

"您晓得传单的内容吗?"

"喏,当然喽!不过请您告诉她,我来迟了,其实她很可能已经知道了。"

多尔加诺夫左顾右盼一番,也不怕烫嘴了,三口两口就把一杯咖啡喝了进去,然后默默地把杯子推给女主人,站起身来,那个子就跟踩在高跷上似的。克里姆心想,他该告辞了吧,可是他走到墙跟前,用手指敲了敲镶木板,称赞道:

"真经用,这是什么木头哇?"

"是枫木的,"德米特里赶忙答道。

"不是的,"女主人回答。

"噢,反正都一样,"多尔加诺夫摆了摆手,解开他的礼服,又坐下,摩挲起他的大腿来。女主人高高扬起头,爽朗地笑了起来,说道:

"为什么呀……既然都一样,干吗要问呐?"

多尔加诺夫惊诧地望着她,嘿嘿直笑,末了又倏然从椅子上蹦起

203

来,也放声大笑,对德米特里说:

"她可真有趣!"

他把手坐到屁股底下,脸朝阿伊诺说:

"我的话自然是愚蠢的!是的,要知道,一个人总是要说许多蠢话的,您不是也说蠢话吗?"

这话更加引起女主人大笑不止,可是多尔加诺夫已经不去理睬她了,而是眼巴巴盯着德米特里,像望着一位老朋友似的,跟他的邂逅相逢使他暗自高兴,他向他述说起来:

"我害了风湿症,两条腿疼得要命。他们无缘无故地把我关了十一个月监狱,那里太潮湿,真烦死人了。"

这些可笑的场面并没有消除克里姆的顾虑,他担心这家伙会说出或者做出什么愚蠢的事情来,那时就不是什么好笑的了。克里姆从多尔加诺夫进来那一刹那起,就不喜欢他,现在觉得他尤其可厌了,因为他把手坐在屁股底下,这种举动显然不是为了逗乐。这种古怪的人对萨姆金来说,已经司空见惯了。他相信,古怪的行为就是为了引人注目,就是拙劣地玩弄独出心裁的把戏。多尔加诺夫的装束也古怪得出奇:一件古旧的皱巴巴的礼服紧紧裹住他那狭窄的肩膀,里面穿了一件蓝色的翻领衬衣,两条长腿罩着一件用硬布料做成的灰色新裤子。他的脸也是皱巴巴的,灰不溜丢的;长了一脑袋树皮色的又细又疏的头发,下巴颏上的胡楂,将来很可能长成一撮尖尖的胡须;十分漂亮的嘴角上垂着两撇长长的须毛,破坏了嘴的外形。然而那双喜人的水灵灵、笑眯眯的金色眸子,却给他那副老成而又机敏的面孔增添了光彩。

"一对愚蠢的眼睛,像少女的一般,"萨姆金听着多尔加诺夫的喁喁低语,暗自认定。

"我在牢里的惟一消遣,就是跟看守长顶嘴;这家伙是个懒蛋,酒鬼,老在牢房里荡来荡去,'像个魔鬼似的,要把犯人吞掉'[①],就像在

---

① 此句出自《新约·彼得前书》第五章第八节。

小酒馆里那样胡闹。我逗他说：'别胡闹啦，你可真是穷极无聊！其实你这家伙并不坏，虽说是个步兵。'而他曾经当过工兵，因此当我喊他步兵时，他气得要命。他大发雷霆道：'我不是小伙子啦，我比你大两倍！'我们舌战了老半天，最后他说：'多尔加诺夫，你想破坏我的声望，真混蛋！'嘿，我俩都笑了，当然是轻轻地笑，怕有损他的威信。末了，我劝他搞了个装订车间……"

阿伊诺双肘撑在桌上，微微张着嘴，听他讲述，脸上流露着明显的怀疑神情。她穿一件黑色连衣裙，胸襟上坠着一排蒜头般的大钮扣，一条浅绿色的腰带，两端耷拉在地板上。

"她不相信他说的每一句话，"克里姆断定，而多尔加诺夫却猝然问德米特里：

"您是民粹派吗？"

"我是马克思主义者，"大萨姆金回答，莞尔一笑。

"哦，是吗？"多尔加诺夫惊叫一声，叹息道："看不出来，像您这样的俄罗斯脸型，根本不像……马克思主义者都是些面孔清秀的人，他们看待一切事物都是站在那座德国哲学的钟楼上，从黑格尔的所谓人类分为'人和俄国人'①，以及蒙森②宣扬的'照准斯拉夫人的头打去'的立场出发。"

多尔加诺夫一面讲，眼睛一面盯着克里姆，不禁使萨姆金暗想：这家伙的情绪像要挑战似的；他用双手把头发撩到脑后，弄得乱七八糟地竖了起来。总而言之，他的头发很不平整，头盖骨像钉子帽似的棱角突出。他说话的口气，越发像个宣传员了；他大骂特列奇凯③和俾斯麦，还骂了几个克里姆已经不熟悉的德国人，使人感到他是个老练的

---

① 高尔基曾经谴责说，"德国人（指黑格尔）把人类分为历史的和非历史的，所谓历史的即头长的，非历史的即头短的，而我们俄国人当然是头短的……"十九世纪末的德国诗人克林格也幼稚地把人类分为两种，即"人和俄罗斯人"。
② 蒙森(1817—1903)，德国历史学家。
③ 特列奇凯(1834—1896)，德国历史学家兼政客，在他的著作中表现了明显的沙文主义和反犹情绪。

演说家。

"真可惜,尼古拉·米哈伊洛夫斯基以及我们那些患有'犹太恐惧症'①的人,羞于承认民粹派和斯拉夫主义者们在精神上的联系。斯拉夫主义者是贵族老爷,这有什么关系呢?拉吉舍夫、赫尔岑、巴枯宁,这还少吗?他们不都是贵族老爷吗?何况正是斯拉夫主义者反映了俄罗斯民众的真实特征呢!要了解民众,不能靠地方自治局的统计数字,还要通过民间创作这种形式,吉列耶夫斯基②,阿法纳西耶夫③,萨哈罗夫④,斯涅基廖夫⑤就教导我们倾听民众的心声!"

多尔加诺夫紧皱眉头,仿佛要生气的样子,可是他的眼睛里却闪烁着兴奋和温和的光辉。他用柔和的低音说出的语句越激愤,克里姆看得越清楚,此人是不大会发脾气的,他言语放肆,竟把马克思主义叫做"德国犹太人的利润学说"。德米特里颦蹙着双眉听着他说,疑虑重重地瞅着弟弟,好像希望他加以反驳,而他自己是不敢反驳似的。阿伊诺嫣然一笑,很显然,她也在急不可耐地等待着什么,这使克里姆不得不以冷冰冰的口吻说道:

"这统统是陈词滥调,而且你要知道,还带点儿报纸的气味。"

多尔加诺夫露出发黄的大牙,显然是想说些激烈的话,但是却拽了拽胡子,闭上了嘴。然而过了一会儿,他在椅子上摇摆一下身子,用手掌搓搓膝盖,又说了起来:

"所谓'存在决定意识'这种观点太有害了,它使人处于机械地接受存在的印象这样的地位,不能说明,现实的驯服奴隶又靠什么力量来改变这种现实呢?更何况这现实从来没有——而且将来也不会——比人优越些,而人是永远不会满足于现实的!"

---

① 这句话出自《圣经·约翰福音》第十九章第三十八节:"亚利马太人约瑟只因怕犹太人而隐瞒他是耶稣的门徒"。
② 吉列耶夫斯基(1808—1856),俄国民俗学家,斯拉夫主义者。
③ 阿法纳西耶夫(1826—1871),俄国民间创作的搜集者和研究家。
④ 萨哈罗夫(1807—1863),俄国民俗学家。
⑤ 斯涅基廖夫(1793—1868),俄国民间故事收集和整理者,莫斯科大学教授。

"您是神学院的毕业生吧?"克里姆憋着心中的怒火,下意识地问道;他之所以恼火,是因为此人正在说,而且显然还要说许许多多同他克里姆·萨姆金内心的秘密一脉相承的话。

"是的,我是神学院的毕业生!喏,那又怎么样呢?"多尔加诺夫从椅子上蹦起来,一面高喊,一面扬起两只手,仿佛要腾空而起似的。

"这家伙就像一幅人体略图,或者儿童画的图画,"萨姆金暗想。"真奇怪,德米特里为啥不驳斥他呢?"

"我的确是神学院毕业的,"多尔加诺夫重说一遍,又把头发撩到脑后去,露出了酷似两个大问号的耳朵。"而且我也深信,理解世界只能靠想象,而不能靠思维。人,首先是一个艺术家。而思维不过是把他的经验整理一番罢了,如此而已!"

"您这是唯心论,"德米特里怏怏不乐地说。

"哦,就算是吧!那又怎么样呢?您不用唯心论,那用什么来使动物的本能人性化呢?现在你们深深钻在经济学里面,却否认政治斗争的必要性,所以人民大众不会跟着你们走,不会赞同你们那种庸俗的唯物主义,因为他们理解政治自由的价值,因为他们希望有同自己休戚与共、心心相印的领袖,可你们呢,是和他们格格不入的哟!"

他站起来,抻着脖子,猫着腰,头发又垂落在额角和脸颊上;他背过手去,扬扬自得地嘲笑道:

"其实,你们这些小马克思主义分子,都是虚无主义者的精神之子,虽说你们已经愿意有所信仰,可你们那种恶劣的传统却是一个障碍。正因为你们软弱无能,所以你们就在一切信仰中选择了一个最简单的信仰。"

他那揶揄的笑声像小孩子一般放肆,同他修长的身材和有点老相的面容极不相称。

"咳,都是些糊涂虫,"他一面扣上礼服钮扣,一面叹息道。"归根结底你们还是要跟我们走的。你们那种不问政治的倾向是长久不了的。"

他把一只手伸给阿伊诺。

"您上哪儿去?"她问。

"去托尔尼奥①。这您是知道的,"他笑呵呵地回答。

阿伊诺摇着头,把他从头到脚打量一番,漠然地摆了摆手。

"没关系!他们会给我改换装束,把头发剪短的……"

阿伊诺双手抓住他的一只手,摇晃一下说:

"祝您一路顺风!"

"好啦,再见吧,弟兄们!"多尔加诺夫说。

他跟阿伊诺一道走了出去。

三

萨姆金哥儿俩面面相觑,各自等待着对方先开口。德米特里走到墙边,立在一幅画下面,轻声慢语地说:

"那就是说他要到国外去喽。"

"一个古怪的家伙,"克里姆一面擦眼镜,一面说。

"是呀,"哥哥瞅着别处应道。"不过我见过这样的人。民粹派当中尽是这类特殊的人物。乌斯丘戈有一位喀山来的大学生。人们都喜欢听他讲话,而对我讲的却不怎么……感兴趣!我觉得很奇怪,也很难过。"他牢骚满腹地说。"我仿佛在乌斯丘戈见过这个青年,就在我起程之前。派到那里去的一共有三个人,他就是其中的一个。太像了。"

德米特里倏地一下子转过身来,踏着沉重的脚步,走到弟弟面前,说道:

"你瞧,真是太糟糕了……父亲什么也没给你留下,这多不好……"

---

① 芬兰城市。

"这是区区小事!"克里姆说。"我不想提这样的事。"

"不,你等一下!"德米特里用恳求的语调说下去,两只手不知所措地一摆。"那里有四千,噢,是五千卢布。你拿一半去,好吗?我不应当要这笔钱,应当把它留给阿伊诺……是的,你知道吧,我想出国,我要读书……"

克里姆严厉地制止了他的话:

"阿伊诺必定已经得到足够抚养孩子和过舒适生活的钱了。我什么也不要。"

"你听着……"

"我不想再谈这码事了,"克里姆说着走到冲着庭院敞开的一扇窗户跟前。"你当然应该出国去学习学习……"

克里姆郑重其事地说了老半天,而且吃惊地觉得,他父亲的遗嘱使他很伤心。可是在阿伊诺说到他父亲什么也没留给他的时候,他并没有过这种感觉,然而现在他却对这种不公平的处理感到委屈,而且越说越伤心了。

"咳,我真糊涂!"他心里痛责自己,但这也无济于事,随之产生一个念头:挖苦哥哥几句,或者说几句父亲的坏话。他这个念头简直难以控制了,他随即说道:

"什么规矩不规矩的,还不是爱与憎之分……"

阿伊诺走了进来,立即眉飞色舞地说:

"瞧,这才是真正的俄罗斯人呢,我觉得他比你们俩更像一些。你们记得兹拉托甫拉特斯基写的《心地善良的人》①这本书吗?真了不起!他令人惊叹不已地讲述了监狱里的一位看守长,真棒!噢,这个人可真能干!人们都会听从他,信任他,也会爱戴他。他很会……怎么说呢?很会安慰人。不是吗?他是一位善良的神甫!"

"不错,"克里姆说。"一个安慰者。"

---

① 兹拉托甫拉特斯基(1845—1911),俄国民粹派作家,他的中篇小说《心地善良的人》表现了民粹派中间一些普通成员的活动。

"是的,是的,我正是这样想的!不对吗?"她好奇地瞅着他的脸,问道;末了又猝然伸出一个手指,吓唬说:"您太严厉了!"说完又转向眉头紧蹙的德米特里,说:"俄国话太难懂了,需要仔细听才行:像什么逗乐和搔痒啦,削平和开心啦,去薄和安慰啦,等等这些词儿,发音都差不多。伊万一听我说木匠用斧子同木头寻开心,就哈哈大笑。一个木匠怎么能同木头寻开心呢?可真是的!"她又转向克里姆说道:"您干吗那样不喜欢他呀?"

"我认为,"克里姆说。"这次造访对您……"

"噢,不!"她打断他的话。"此人我了解。伊万常常帮助他们这种人到需要的地方去。他们经常写信给他,说有一个人要来,结果这个人就来了。"

"好吧,我要去警察局照照面儿啦,"德米特里说。于是阿伊诺和他一道出去订制墓碑去了。

克里姆·萨姆金常常把自己看作是一本画册,画面的色彩单调却又花样翻新,叫人看着挺不舒服,文字说明也不贴切,给人一种孤苦伶仃的忧伤之感。当他孑然一身坐在自己屋子的黑暗角落里,四周静悄悄的时候,他就会有这样的感受。

骤然产生的对父兄二人的怨恨,使他极度惶惑不安,他觉得这种怨恨也要扩展到阿伊诺身上。他设法克制自己,把怨天尤人的自我看作是讨厌的陌生人,并且加以讽刺挖苦。

"这既小气又愚蠢,"他心里这样想,同时又认为,两三千卢布对他来说并不是没有用处的,他也可以到国外去旅行一趟哩。

这种怨气好像在喉咙里长的一个疖子,越来越硬了。

"自然,问题不在钱上……"

他回想起,父亲从前是那么死乞白赖地宠着他,对他的溺爱给他添了那么大的麻烦,他和母亲对德米特里又是那样漠不关心。他仿佛觉得父亲的一只柔软的手在轻轻地抚摸他的头、他的脖子,而他不停地摇动。他回想起父亲和哥哥有一次在花园里,好像是为了涅克拉索夫的《俄罗斯妇女》，都哭了。于是他的脑海里又闪现出一些毫无意义的灰溜溜冷冰冰的语句：

"家庭是国家的基础。亲缘血族。我十来岁的时候，就已经感觉到父亲是个陌生人了，即使不是一个陌生人，那也是一个妨碍我的人。他老拿我当玩物。"萨姆金心里想着想着，有点弄不明白：他是在慰藉自己，还是在宽恕他父亲呢？

他拧着小胡子，环视着四周墙壁，觉得那墙壁的色调惨淡而又扑朔迷离；他对面墙上挂着一幅油画，笔调明晰，色彩浓重：碧蓝色的晴空和浅绿色的波涛，黄澄澄的沙滩上泛着白色的泡沫。

"其实这些屋子虽然舒适，但是显得惨淡而肃穆。在莫斯科瓦尔瓦拉的屋子里就比这温暖而柔和。我该回家了，今天就走。不然他们又要提起遗嘱的事。当然喽，又免不了一番豁达大度的谈话。不过，我要回家……"

他挺起胸脯，扶正眼镜。接下去又想起了母亲，想象着她那涂满脂粉的发紫的面孔，因为尚未感到自己衰老，但容颜却已经苍老，一定是满腹怨恨；想象着瓦拉甫卡一定胖得圆咕隆咚的，像个啤酒桶……

"我要在彼得堡逗留一星期，然后到别处去旅行一番。对这些人就说收到了一封电报。可是阿伊诺一定会晓得根本没有什么电报。那就让她晓得去好啦！"

但是随后他又打定主意，就说电报是在一出大门时在大街上收到的。于是他就出去散了一会儿步，在吃中饭的时候宣布了他要走的消息。他看出德米特里是相信他的话的，而女主人却蹙蹙眉头，又说起了遗嘱的事。

"我认为没有任何理由违背先父的意愿，"他断然回答。

阿伊诺默默地耸了一下肩膀。

中饭以后，德米特里像根立柱似的站在克里姆屋子的墙边，手指在裤兜里乱动，低头瞅着自己的脚，支支吾吾地想要说些什么。

"你知道，这太糟糕了。你说得很对，规矩不规矩就是好恶的问题。我的地位就像是个白痴。"

克里姆觉得哥哥的惶惑不安是真诚而深沉的。他暗想："这对他更糟。"

阿伊诺和克里姆道别时表情冷淡而疏远；德米特里本想送弟弟上车站，但是一条裤腿挂在行李箱的铜锁上撕破了。

"哎呀，您这样怎么能去呢？您还有另外的裤子吗？没有啦？那您这样是不能去车站的！"

哥哥不能去车站送行，这正合克里姆的心意，不过他想：

"她是不希望他去送行的，这个狡猾的女人，办法可真巧妙。"

他走在路上，感到自己被一些琐碎的念头纠缠着，但是他发现这些念头是别人强加给他的，对他来说一向是很不体面的，不过这一次却有可能在他心中形成一种明确的主意。然而，任何主意都是一种自我束缚，所以克里姆便不急于去弄清楚它。

四

他在彼得堡打听到玛琳娜和她姑妈到加普萨尔①去了。他在首都住了几天，对那里生活秩序的紊乱感到十分恼火。白天，大街上因为大兴土木弄得尘土飞扬，工人们正在涅瓦大街上翻修木板马路，弄得满城都是朽木的气味；整个城市都像在流汗。白夜的荒唐和离奇有可能把一个正常的人弄成神经衰弱，这就更使萨姆金恼火了；仿佛空气中也弥漫着同样霉烂的秋天的雾霭，但这雾霭干燥得如同透明的、闪闪发光的尘埃。

夜间活动的妓女像梦魇般地纠缠不休，妖里妖气，她们每个人都可能使男人传染上流行性瘫痪症。有个细高个儿的妓女，头戴一顶怪里怪气的帽子，帽檐下露出一只僵硬的灰鼻子，她久久地和克里姆并

---

① 加普萨尔是现今爱沙尼亚的一个城市。

行,对他喁喁低语:

"去吗,大学生?怎么样啊?同学?"

然后她又紧挨着他的耳朵哼哼起小曲来:

我的小宝贝儿,
跟我来吧……

只是当他吓唬她要叫警察来的时候,她才倏然转到路旁,不慌不忙,慢条斯理地穿过人行道,躲到叶卡捷琳娜女皇纪念像后面去了。萨姆金觉得这座纪念像很像那个钟王①,而彼得堡却不像是俄罗斯的城市。

"我必须挪挪地方,换换环境,应当去接近普通的、正常的人们,"克里姆·萨姆金坐在去莫斯科的火车上,心里寻思,他似乎已经打定主意。

他打算第二天就回家,所以一下火车就去找瓦尔瓦拉,倒不是想去看看她,而是为了给索莫娃一个严厉的警告:她没权让多尔加诺夫这样的人去给他找麻烦,此人无疑是从柳托夫、教堂助祭、吉奥米多夫之流,以及那些头脑不健全的人们进进出出的、充满荒唐神秘的角落里钻出来的。

那位肥胖的、不怕蹉跎岁月的安菲米叶夫娜欢欢喜喜地迎接了他。她脸上老是挂着丰润的笑容,仿佛松树上老往下淌松脂一样。她气呼呼地告诉克里姆说,瓦尔瓦拉到科斯特罗马去了。

"那些坤伶们拉她去演戏了,可是那里有什么好演的呢?不过用她的钱玩玩罢了,她就是一个玩偶!"

她用围裙擦擦那张像面包皮一样颜色的脸,带着责备的口吻啧啧劝道:

---

① 指克里姆林宫内的一口大钟。

"你娶了她多好哇,克里姆·伊万内奇!唉,你可真是的!老是拖呀,拖呀,可是姑娘像条拴在锁链上的小狗似的,被你拖拉着。哎哟哟,你在爱情上可真有耐性!"

她的躯体虽然笨重,可动作却敏捷得惊人。她一面为他备茶,一面用那对油亮的小圆眼睛打量着他,她这双小眼睛就跟一对玻璃串珠似的,浑浊得好似灯油一般。她伤心地说:

"就说柳芭莎吧,也是一样:照她的想法,就是人人都过好日子,可我简直不晓得怎么才能过好日子!她又没有在家里过夜;前些日子每天早晨我都到她屋子里去叫醒她,可是有一回却看见她坐在沙发椅子上睡着了,一只鞋脱掉,另一只还没来得及脱,梦魇就把她制服了。来找她的人像走马灯似的,一个接一个,可就是没有要娶她的人,真的没有!多叫人揪心哪!说真格的,这姑娘水灵灵的,真像个小柠檬……"

安菲米叶夫娜对人的纯真善良和母性的慈悲,她煮得香喷喷的咖啡,几间古色古香的虽已陈旧但很结实的房屋,所有这一切都使萨姆金感到怡然自得。他想起了丹尼娅·库里科娃和自己的乳母,也就是德罗诺夫的外婆,想起了普希金和其他伟大的俄罗斯人物的奶妈。

"涅克拉索夫忘记讴歌这些俄罗斯妇女了,而且谁也没有描写过她们在培育俄罗斯精华方面起过多么大的作用,很可能正是她们在培养博爱精神上,功绩比她们培养的人们所写的书本更卓著,而且这种博爱精神是健康的,"他心里思忖着。"'她可以扼住受惊的马,闯进燃烧的茅屋'[①],这诗句虽说很漂亮,然而更为有益的,是要像那些孜孜不倦地从生活中扫除尘垢与污秽的普通人那样去深入日常生活。"

他以为这个想法是有独到之处的,并且加深了他对周围人们的亲切感,于是马上就把这个想法写在了杂记本上,踌躇满志地想到:

"是的,此地要比芬兰温和!"

他浏览了几期《俄罗斯新闻》,就不知不觉地在沙发上睡着了,是

---

① 出自涅克拉索夫的长诗《俄罗斯妇女》(1871—1872)。

柳芭莎把他叫醒的:

"你怎么大白天睡起觉来啦!"他借用柯尔卓夫①的一句诗,拉着他的手喊道。

她疲惫不堪地坐在沙发旁边的椅子上,伸出两条小短腿,皮鞋上落满了灰尘;她满面春风地挥动着手帕,用手指移开粘在汗津津的两鬓上的头发,解下蓝色的领结,喜气洋洋地说:

"克里姆,亲爱的!你知道吗,《俄国社会民主党宣言》②已经出来了。写得太棒了!不,你想想看,我们——可有一个政党了!"

"你这个'我们'指的是谁?"克里姆戴上眼镜,问道。

"哎呀,上帝!我们,就是俄国呗!你懂吗,这就是说争论和纠葛可以告终了,人人都知道自己应当作什么,往何处去。宣言中公开谈到政治斗争的必要性,谈到同民粹派有着继承的关系,你懂吗?"

因为太兴奋了,她脸上的汗珠直往下淌,就干脆拽下领结,解开上衣的领扣,说:

"我都喘不过气来啦!"

她一面说,一面做着死板的手势,开始摘引《宣言》里的词句。萨姆金蓦地想起在村镇教堂挂大钟那天,当他正败兴地朝别墅走去的时候,看见一个披头散发的年轻村妇,一个傻里傻气的少女,跪在那里,对着教堂画十字,朝制瓶厂老板大喊:

"上帝呀!上帝保佑你吧!上帝保佑你生意兴隆!"

萨姆金发现柳芭莎和这个村妇一模一样,便不由地笑了起来,这更增加了她的兴奋劲头,她用一只胖胖的小手拍拍他的膝头,叽叽喳喳地说道:

"可不是吗?要紧的是优秀的人们都停止相互仇视,大家都努力工作!"

萨姆金轻轻地拍了她一下胳膊,而没有像他原来打算的那样,狠

---

① 柯尔卓夫(1809—1842),俄国诗人。此句出自他一八三九年写的无题诗。
② 即《俄国社会民主工党宣言》。

狠地打她一下。

"关于《宣言》的事你以后再告诉我吧,现在先……"

"先来谈谈瓦尔瓦拉吗?"她问。"你可以想象得到,她演戏去了;她说'我想考验考验自己……'"

"我不是说她。要当坤伶,她并不比你和其他任何一个女人强……"

柳芭莎向他伸了伸舌头。

"你并不是怀疑论者,而是个小傻瓜!她为了你都愁死啦,可你……真是个心肠冷酷的洛弗拉斯①!你有什么可高傲的?我简直不明白。你知道吗,莉达到伏尔加河左岸的凯尔日涅茨去了,也是跟一个剧团一道去的。她来信说,她结识了一个叫别连杰叶夫的人,是研究教派的。她也是因为苦闷才这样干的。她有一种和社会格格不入的性格,这就是……安菲米叶夫娜,亲爱的妈妈,给我弄点冷饮好吗?"

"我可不能给你冷饮,"安菲米叶夫娜拿着一打洗好的衬衣走进来,严厉地说道。"先吃点东西,然后再喝牛奶,冰镇的……"

萨姆金没有找到机会来训斥柳芭莎,而且他也不太想这样做了,她那快活的神气使他对她有点儿妥协了。

"咳,我还忘了告诉你,"她又对萨姆金说。"马拉库叶夫判了一年的苦役。助祭伊巴切夫斯基被宣判为精神病患者,递解到他家乡德米特罗夫去了,那几个工人,除了萨波日尼科夫外,都在坐牢。有消息说此人爱信口胡诌。此外还有一个人遭回原籍了,就是奥金佐夫。"

她从椅子上蹦起来,朝门口走去。

"我得换换衣服,不然要热得融化了。"

她走到门口又猛一转身,抱着头,像唱歌似的说道:

"哎呀,克里姆沙,你晓得我遇见一个什么样的马克思主义者吗?

---

① 洛弗拉斯是英国感伤主义作家理查逊(1689—1761)的长篇小说《克莱丽莎·哈娄》的主人公,一个腐化堕落的资产阶级清教徒。

我来告诉你吧……嗬!他的声音柔和得如天鹅绒一般。你懂吗,他就像一条船在水上浮荡……一条鼓满风帆的船!而且他的一切思想都是很明确的……你笑什么?真糊涂!我对你说吧:正是像他这样的人在创造着历史哩。他……很像热里亚鲍夫①,真的!"

她一面走,一面扭头重复道:

"真的呀!"

萨姆金有点儿给她这些消息弄糊涂了。《宣言》激起他强烈的好奇心。

"兴许是大学生们搞出来的什么鬼名堂。应当到普列伊斯家里去看看。"他心里想。

一想到柳芭莎那种过分的欢喜劲儿,他就很反感,觉得这恰恰可以说明,她那略微有点发胖的身躯正患着一种饥饿症,巴不得能有一位天鹅绒式的马克思主义者来找她。

"我还是得责骂她一顿,"他心里说。

她又出现在门口,用一块大毛巾裹住她的肩头和胸部,把两封信扔到桌子上:

"这信寄来好久了。"

五

他母亲在一封信里主张他到芬兰去。克里姆觉得这封信有埋怨父亲生病的味道,同时又确信父亲的病是不治之症。信的末了一句话使克里姆感到好笑:

"我想伊万·阿基莫维奇不会留下遗嘱的,这不合他的性格。但是,假如你愿意以你的名义和你哥哥的名义,了解一下你父亲的财产状况的话,季莫菲·斯切潘诺维奇可以给你介绍一位好律师。"下面就

---

① 热里亚鲍夫(1850—1881),俄国民意党人,因参与谋杀沙皇亚历山大二世被捕,判处死刑。

是这位民法学家的住址。

第二封信就更重要一些。

"因为你还没告诉我你在维堡住的旅馆地址,我只好写信到莫斯科。我败兴极了。伊丽莎白·利沃夫娜成了一件大丑闻的主角,它很可能以你熟悉的伊诺科夫的受审和坐牢而告终。这家伙在咱家的院子里发疯,把帮助丽莎搞'合唱爱好者协会'工作的教堂合唱队指挥给打伤了,看来他是有点儿向她求爱的意思。她不否认这一点,说没有哪个男人不向女人求爱的。她当然非常激怒,但是出于自爱,还是掩饰住了。约瑟夫大主教出面干预了这件事,这可能对伊诺科夫有决定性的意义。这家伙诚实到了糊涂的地步,都不愿意找律师来为他辩护了,硬说合唱队指挥威胁丽莎,要告发她,说她在队员——其中有许多店员和徒工——中宣传政治。但我是了解丽莎的,我当然不允许这样胡闹。这中间最糟糕的是,伊诺科夫不明白他是怎样败坏了我这个学校的声誉的。丽莎简直叫我吃惊:她怎么会让一个小流氓爱上她呢?她似乎对人们有一种不正常的好奇心,这在现时是很危险的。你来信说得很对,时代变得越发叫人不安了,当局为了维持秩序,行动有些粗暴,那是自然而然的事。"

她还说了不少有关社会秩序和必须加以维护的话,不过萨姆金还没来得及看完信,就听见有人在堂屋里咳嗽一声,吐了口痰,接着在门口出现了一位身材矮小的男人。

"可以进吗?"

"请吧!"

"索莫娃在家吗?"

"我马上就来,"柳芭莎叫喊一声,敞开了自己的屋门。

那人朝窗前明亮的地方移动,迎着萨姆金走去,严肃地盯着萨姆金的脸,迫使他站起来,通报了自己的姓,而心里却在嘀咕:

"显然是一位'讲学先生'。"

"那么,"他把一只干瘪冰冷的手放在克里姆的手掌上,一面等他来握,一面问道:"您不是雅科夫·阿基莫维奇的亲属吗?"

"他是我伯父。"

"噢,我跟他在萨拉托夫一道蹲过监狱。"

"他死了。"

"完全说对了。他死的时候我在场。"

来人坐在克里姆对面的椅子上,用他的一对老鼠眼惶惑地打量了克里姆好几秒钟,末了又移到沙发上,重新对他审视起来,就像个画家在画像之前研究他的模特儿似的。他比中等个儿略矮一点,很瘦,穿一件秋云色的上衣,很像列夫·托尔斯泰穿的那件;他的面孔颇像一个过早地生出灰白色连鬓胡子的小青年;那对微黑的小眼睛不住地盯着克里姆,叫人生厌,还长着一个尖尖的鼻子,他的几乎没有牙齿的小嘴,隐蔽在一片稀疏的像白鬃毛一样硬的胡髭下面。

"是在本城大学读书吗?"

"是的。"

"准是学法律的,"那人肯定地说,又挪到椅子上去,从衣兜里掏出来一个皮烟包,一沓卷烟纸,一面卷纸烟,一面说:"我一下子就能看出是学法律的,还是学自然科学的。"

"他们每个人都想方设法地标榜自己,"萨姆金心中愤然想到,不过他发现此人标榜得却很自然。柳芭莎跑到餐厅里来,她穿一身白,仿佛去赴圣餐似的,然而却是赤着脚,踏着一双拖鞋。

"喏,怎么样,米沙大叔?"

"他不同意,"那人否定地摇摇头,说道。

"咳,胆小鬼!"柳芭莎哀叹一声,狠狠地揪了一下辫子,痛苦地颦蹙着眉头,问道:

"那就得照您说的办啦?"

"不错,"米沙大叔的回答声音虽轻,但语气坚定,随后喜滋滋地朝天花板喷出一股长长的烟雾。柳芭莎转向萨姆金道:

"噢,对啦,米沙大叔跟伊巴切夫斯基助祭很熟。"

"跟他们父子俩都熟悉,"米沙大叔竖起一根手指,更正他的话。"我和他儿子在弗拉基米尔一同蹲过监狱,是个聪明的小伙子,但是性情急躁,傲慢。像所有神学院的学生一样,特别爱故弄玄虚……他老子不过是一位在教职方面受到挫折的司空见惯的失败者,一个酒徒。像他这样的人,到了风烛残年,势必变成漂泊者,一个串修道院的流浪汉,依靠那些害怕上帝的商人太太过日子,在老百姓中间散布种种无稽之谈。"

米沙大叔的声音虽说是平静的,但却像地下泉眼一样,长流不息,清流透明,成年累月地喷着凉爽洁净的泉水。

索莫娃不耐烦地跺着脚,诘问道:

"您读过《宣言》吗?"

"读过了,并且按照指示转送出去了。"

"喏,您认为怎样?"

"事关重大,"米沙大叔回答,努起他的两片薄嘴唇,仿佛要吹口哨似的。"简直可以说是一个历史性的事件……"

"当然啰!"

"可惜这个文件写得太浮华了,对劳动者来说也太深奥。还有,对经济学的崇拜,简直是赶时髦。当然,科学就是科学,但要记住,托马斯·霍贝斯①说过:科学是相对的知识,而绝对的知识是由感觉产生的。脑子里装得太多就会对心脏产生不良影响。米哈伊洛夫斯基以斯宾塞为例,恰当地证明了这一点……"

柳芭莎粗鲁地打断了米沙大叔的话,让他去吃饭。他默默地同意了,坐在桌旁,拿起一块黑面包,倒了杯牛奶,末了又蓦地站起来,在屋子里打转,寻找扔烟蒂的地方。这种东找西寻的动作在萨姆金看来是太庸俗了,他已经见过不少这样的人,他们的生活被烟蒂这类鸡毛蒜皮的小事所牵累,暴露出他们的为人多么平庸俗气。

---

① 霍贝斯(1588—1679),英国哲学家。

六

一位中等身材的胖子,侧着身子,像上电车那样挤到餐厅里来,他那略带愠色的脸上,长着乌黑的大胡子和一对水汪汪的眼睛。

"皮缅·古萨罗夫,"柳芭莎这样称呼他;他点了两下头,然后把一沓杂志放在索莫娃面前,音调铿锵地说:

"页码都印在封面上了。"

他也立刻谈起了《宣言》,但是很气愤:

"早就是时候了。可我们恰恰是在应该谈论怎么做的时候,却来大谈应该怎么想。"

米沙大叔低下头,表示赞同,但这并不能使古萨罗夫满意,他仍然气鼓鼓地说下去:

"那些自由派的老家伙们仍在刊物上喋喋不休地说:那样生活不行喽,其实我们这一辈已经解决怎样生活和为什么生活的问题了!"

"您是马克思主义者吗?"克里姆问道。古萨罗夫用一只眼睛瞅瞅他,转过脸去,盯住菜盘子。

"我的观点是二者兼有。经济因素的作用,我承认;但是个人在历史上的作用,我也承认。再就是唯物主义:不管你怎么解释,它都是一种悲观主义的学说,然而搞革命的一向是乐观主义者。没有社会理想主义,没有爱人民的激情,就不能造就革命,而唯物主义的激情就是玩世不恭。"

他说话的声调阴郁,但很坚决,O字音发得很重,把惆怅的眼神从米沙大叔移到索莫娃身上,末了又移到克里姆身上。克里姆寻思,还是不反驳这家伙为好,不然他会骂娘的,可是他还是小心审慎地问了他何谓"玩世不恭"。古萨罗夫粗声粗气地答道:

"我不是研究辩论术的。我已经阐明了我的观点,信不信悉听尊便。首先必须推翻独裁专制,以后我们就可以见分晓了。"

柳芭莎用鄙夷的目光瞧着他；米沙大叔赞同地点点毛发稀疏的、灰白的脑袋，用一根别针在清除他的烟嘴油，古萨罗夫就着牛奶大口吃起马林果来，他的眉头紧蹙得像在喝醋似的。他的嘴唇发亮，脸上和脖子上的皮肤苍白得没有一点血色，那些没有长着浓密的、像白嘴鸭毛一样闪闪发亮的须毛的地方，好像涂了一层脂粉似的。烟色的上衣穿在古萨罗夫身上太瘦了，他的动作慢条斯理，那件浆得笔挺的衬衣发着咯咯吱吱的响声；他把一只手插在怀里，拽着背带，背带和浆过的衬衣碰在一起又发出哗啦啦的响声。他吃了两盘马林果，用手帕擦擦嘴唇和大胡子，然后站起来，照照镜子，跟来时一样，又出乎意料地溜掉了。

"是个挺棒的小伙子，"米沙大叔称赞道，可是给萨姆金造成的印象，仿佛古萨罗夫是刚刚从遥远的地方来这里办什么重要事情似的，比如说来同可爱的姑娘结婚啦，或者是前来追捕出逃的妻子啦，总而言之，就像来到了行李间，刚一到达，就扔下行李，跑出去寻欢作乐，或者自讨苦头吃去了。

米沙大叔过了一会儿也走了，他握了握萨姆金的手，朝他亲热地笑笑；他在外屋告诉柳芭莎：

"好吧，好吧，不要着急！"

把他送走之后，索莫娃说道：

"米沙大叔是何许人，你当然是晓得的……"

萨姆金对他并不熟悉，可是不知为什么他却动了动眉毛，仿佛示意不要再谈米沙大叔了似的；古萨罗夫原来是一位有钱的房屋粉刷修缮工程承包商的浪荡公子，中学六年级的时候，就离家出走，在喀山兽医学院念了不到两年书就被开除了，后来到坦波夫省的一个大庄园，当了管事的，还在伏尔加河的轮船上当过水手，现在闲着没事干，不过已经预定在一家工厂当记工员了。

"听说他是一个杰出的宣传家，可是我不喜欢他，他太粗鲁，爱虚荣。你留意他的牙齿有多大了吗？活像手风琴上的键盘一般。"

"他大概很笨吧?"萨姆金问道。

"不,他那种样子是由于虚荣心造成的,"柳芭莎解释道。"至于说谁讨人喜欢,那要算多尔加诺夫了。你喜欢这个人吗?啊,克里姆,我们结识了很多新人!生活……"

克里姆接过她的话茬说道:

"正在摒弃那些无用的、不需要的人们,于是他们就挨门串户瞎闯……"

这是他要责备柳芭莎的序幕,可是她倏然看了一下表,惊骇地抱住头,喊道:

"哎呀,我要迟到啦!我要上彼得罗夫斯基公园去,我得跑,我得跑!"

她把一只拖鞋从脚上甩下来,留在门口,跑了出去。

第十章

一

萨姆金在屋子里踱着步子,心中微微想念他的母亲、伊诺科夫和斯皮瓦克夫人,不过这些人都离他很远,也索然无味。他最关心的是:这个《宣言》究竟是个什么东西?难道真会出现一个严肃的政党,能把知识分子组织起来,把学生运动和工人运动掌握在自己手里,把那些空谈家、歇斯底里分子和无政府主义者一扫而光吗?在有文化的人们组成的政党里,他是可以找到一个位置的。他去拜访了普列伊斯,可是他家的女仆卡佳兴冲冲地告诉他,包里斯·维克托罗维奇出国了。萨姆金随后走进一家饭馆,吃了顿饭,末了又在一家小歌剧院里坐了两个钟头,那里的表演又低劣又无聊。将近午夜时分他才回到寓所。安菲米叶夫娜告诉他,柳芭莎刚刚回来,但是已经睡下了。于是他也躺下去睡着了。他做了个梦,梦见他坐在一个黑暗空荡的讲台上,猝然有一个人从朦胧的半空中钻出来,向他大喝一声:

"请站起来!"

可是他站不起来,因为身上盖着一条又宽又厚的毯子;后来那声音像一阵风似的向他扑来,使他颤抖,直冲他的耳朵:

"起来!"

萨姆金惊醒了,跳下床去。

"您贵姓?"一个宪兵军官问道,从床边向后退了一步,站在一个穿法官制服的人旁边;在他俩的一侧站着一个年轻的士兵,高举着一支蜡烛,让那烛光照亮萨姆金的脸;另一个宪兵挡住了通向餐厅的门。

"您贵姓?"那位脸色苍白、目光炯炯的年轻军官又严厉地重复了一遍。萨姆金摸了摸眼镜,叹息一声,通报了自己的姓名。

"什么?"那个军官不大相信地问道,让他拿出证件来;克里姆拉过上衣,摸索了老半天,好不容易找到了衣兜,把里面的东西一股脑儿地翻了出来,一声不吭地递给了宪兵。

"把灯拿过来!"军官命令一个士兵,打开了证件。餐厅里点上了灯,不知是谁轻声地说道:

"到这儿来!"

接着听见柳芭莎大声莽撞地请问:

"这是什么意思?"

"搜查,"又是那个轻轻的声音回答,并且反问了一句:"您是瓦尔瓦拉·安特罗波娃吗?"

"我是柳博夫·索莫娃。"

"这屋子的女主人哪儿去啦?"

"就是这座房子的主人啊?"不知是谁嗄哑地补充说。

"什么?"

"哦,就是这里的房东啊!我已经报告过,她上科斯特罗马去了。"

"还有谁住在这间屋子里?"

"再没有啦,"柳芭莎愤愤地回答。

萨姆金穿衣服的工夫发现,那位军官和文官相互递了个眼色,然后军官用克里姆的证件拍着自己的手掌,问道:

"您早就住在这儿了吗?"

"我从芬兰回来,路过此地,只住了一天。"

军官凑近他,问:

"您从……从哪儿来?"

"从维堡来。我还到过别的一些城市。"

那个文官呵呵一笑,拧了一下小胡子,走进了餐厅;军官退到一旁,用手指指他的脑后,对克里姆说:

"请吧!"

在餐厅的桌旁坐着另一个军官,个子不高,面孔黝黑,尖尖的鼻子,有点儿秃顶,头上和上嘴唇上都长着一撮像猪鬃似的灰毛,此人很有点儿步兵军官的派头。他的制服像驼背似的鼓了起来,领子也顶到了后脑勺上。他正在翻那些笔记本,当克里姆走进来的工夫,便把他那呆板的目光移到他身上,问道:

"这是戏剧杂记吗?"

他又俯身在桌子上,自言自语地说:

"哦,是讲演稿。"

他瞅了瞅坐在角落里沙发上气得鼓鼓的、满脸怒容的柳芭莎。副官把克里姆的证件放在他面前,弯腰对他的灰耳朵嘟哝了几句。文官用手示意他不要再说下去,然后问克里姆道:

"您是从芬兰来的吗?几时到的?"

"今天早晨。"

"去那里有何贵干?"

"为父亲送葬。"

军官站起来,咳嗽一声,走进萨姆金住的屋子里去,副官和那位文官尾随其后。文官一面走,一面揪着小胡子,露出一副奸笑和狰狞的面孔。他们一进去就严实地关上门,萨姆金心里寻思:

"我将来也得陪着宪兵去搜查,也得装出一副狞笑的面孔。"

当他了解到这次搜查不关他的事之后,他才安下心,打起瞌睡来。在通向堂屋的门口坐着一位警官,他把佩刀夹在两腿中间,一双通红的手腕按在刀柄上,两位搜查见证人一动不动地堵住了门口。宪兵们在各个屋子里乱翻一气,把家具弄得劈里啪啦直响,把相框从墙上摘下来；所有这些动作，对萨姆金来说并不是什么新鲜玩意儿。

"太岂有此理啦！"索莫娃突然大喊一声，她走开一点儿，坐到椅子上，大声要求道：

"警察，告诉他们给我点儿水喝！"那个警察没有动弹，只是声音嗄哑地命令门后的一个人：

"你给说一声，彼得罗夫！"

过了一会儿，安菲米叶夫娜用托盘端着水瓶走了进来；索莫娃高高举起水瓶，倒了一杯水，克里姆听见和着哗哗的水声，她嘴里在嘀咕些什么。他惶恐地环顾一下四周，暗想：

"她会惹出乱子来的……"

副官从门缝里探进头来，问道：

"寓所里有电话吗？"

"你找吧！"柳芭莎抢先回答，末了才听见一个宪兵说：

"没有，长官！"

安菲米叶夫娜走出去，因为没看见，在门口撞在了见证人身上，怨声怨气地说：

"你们没看见我端着盘子吗？"

其实她手里并没有盘子。

萨姆金感到惊奇的是，这一切的结局完全出乎他的预料。那个灰白发的宪兵和助理检查官走到餐厅里，看样子他们好像吵了嘴似的。副官坐到桌旁，写起字来，检查官站在窗下，背朝屋子，不管这里发生的事情。那位宪兵军官走到柳芭莎跟前，轻声说道：

"请您穿好衣服！"

她站起来，傲然走进自己房间，宪兵望着她的背影，对萨姆金说：

"请您也穿上衣服！"

二

大约过了一个半钟头，萨姆金来到大街上，他前面是一位见证人，摇摇晃晃地走着,后面是一个宪兵,他的马刺碰得叮当直响。东方的天空已经出现鱼肚白,然而整个城市还笼罩在温煦而郁闷的昏暗中,酣睡着。萨姆金对于自己的沉着冷静有点儿沾沾自喜,尽管在空旷的大街上跟在一个人后面走很别扭。此人双手插在大衣兜里,走路没有一点声音,仿佛两脚不着地,用手托着屁股把自己悬在空中似的。

"这回我也得去坐牢了,"他心里寻思,觉得自己挺了不起,并且毫不怀疑,这次搜捕是错误的,那位助理检察官的行为也证明了这一点。他们穿过大街小巷,在一个小胡同里,在萨姆金前面五步远的地方,看见一幢房子台阶上的门打开了,走出来一位头戴宽檐帽、身穿灰大衣的女人,一个男子只有声音,不见人影,一边关门,一边说道:

"那就请您不要忘了……"

那个女人向着克里姆走来,他赶忙闪到一边,认出来她就是柳托夫的那个女朋友,并且发现她似乎也认出了他。

"明天就会传出我被捕的消息,"他有点儿自豪地想着。"跟她说话用'您'这个字样,说明这是在搞秘密活动,而不是在搞恋爱。"

当他看见,并不是像他所预料的那样,把他带到警察分局,而显然是带到了宪兵署,带进一个半地下室的小房间里的时候,他大吃一惊。这个小房间的窗户外面加了一道铁栏杆,下面的玻璃对着砖墙,上面的玻璃只映出一小方块粉红色的天。

"环境变了,"萨姆金心里想着,不觉笑出声来。他觉得疲倦极了,于是马上脱去衣服,躺下睡着了。他醒来的时候都快到中午了,他是根据屋子里的闷热气氛来判断时辰的。屋子的墙壁虽说一再粉刷,但还是留下了擦掉的书写痕迹,有一股石炭酸和霉烂气息。显然,外面有人等他醒来,门闩响了一声,门开了,一个穿着破旧制服的老年宪兵走进来,和蔼地叫他去洗脸。接着有人给他端茶来,就跟在小饭馆一样:两杯茶,半个法国式面包圈,一块柠檬和四块方糖。他喝过茶之后,正在等待传讯;他的情绪虽说没有低落,可是并没有传讯他,却从饭店里为他叫来了午餐,饭菜虽是凉了,可是味道很香。第一天过得很快,第二天似乎长了一些,但比第三天略短,如此这般似乎突破了地球围绕太阳运行的规律,日子一天长似一天,无聊和苦闷也日甚一日,显出心灵的空虚,而在这空虚中又有一股怨恨,这股怨恨虽说与日俱增,然而却不能胜过苦闷。这座房子里如同修道院一般宁静,偶尔听到门外有马刺的响声和喃喃的怨语。克里姆只有一次听清了一句带有斥责口气的话:

"噢,那不是奥西林,傻瓜,是奥西宁!都不是外人,而是咱们自己人……"

只是到了第十一天头上,一位胸前挂满奖章的骑兵司务长才打开牢门,用鄙夷的目光打量着萨姆金,正了正他花白大胡子下面的一枚很大的金色奖章,命令道:

"请吧!"

三

过了一会儿,萨姆金蛮有把握地认为,他所经历过的情景又要重演了:他坐在办公室内的写字台前,在写字台后面脸朝着光亮,坐着一位军官,只是办公室的陈设不像波波夫上校办公室那样具有家庭气氛,而是更严肃,更有官场气派。克里姆觉得这位军官比在寓所里搜查那会儿显得更英姿焕发了。他的脸是黝黑的,就像白皮肤的北方人,在南方住久了一样;他的两眼是明亮的,甚至显得很快活。萨姆金从他的脸上丝毫也看不出一个军人所特有的那种气质,所以他也就非常安心了。宪兵和和气气地问:

"您感到寂寞吧?"

"有一点儿,"萨姆金承认。"我应当怎么样……"

然而宪兵不等他把话说完,就说了一通缺雨啦、闷热啦等等埋怨老天的话,末了问他:

"抽烟吗?"

他忽然把胳膊肘放在桌子上,两只手做成一个小山形,轻声说道:

"好吧,那该怎么办呢?"

萨姆金静候了一会儿下文,但没等他作出解释,便反问一句:

"您指的是谁呀?"

"是阁下呗。"

军官仰起头,把腿伸到桌子底下,手插在口袋里,脸上现出令人疑惑不解的神情。他用鼻子吸了一口气,吧咂了一下嘴,然后用沉思的语调,悄声地说起来:

"鉴于职务的关系,我拜读了令堂的几封信,看了阁下的笔记,不过还没有全部看完!我承认,仅仅这些已经令人惊讶了!这是怎么搞的,像您这样一位私下里常常发表宏论和高见的人,怎么会一而再地落到宪兵署官员活动范围里来呢?"

"这您当然知道,"萨姆金笑容可掬地回答,但又马上意识到,回答太欠谨慎,而且也不应该笑。

"事实我是知道的,但动机如何,我可不晓得。说到动机,简直不可理解!"宪兵说完,把手从口袋里掏出来,从桌上操起一把剪刀,咔嚓咔嚓地空剪了两下。

"喂,是这么回事儿,"他皱着眉头,继续说道。"据我所知,我的一些同事在和学生们打交道的时候,往往使用一些所谓慈父感化的方法,同情啦,劝说啦,总而言之很动感情。我可不是这样一种人,"他手里拿着剪刀,一面在桌子上头挥舞,一面说,同时又好像在用剪刀修剪那些枯燥无味的话语:"凭良心说,我正在做我喜欢的维护国家秩序的事情。假如我发现有谁敢于破坏秩序,我决不会饶恕他!不,人是有理智的动物,假如他该罚,我就给他罪有应得的惩罚。有时候,惩罚得过了点头,也就是以儆效尤,是有益处的。您懂吗?"

萨姆金差一点憋不住要回答"是的",可是他却改口说:

"我听着哩!"

军官又把剪刀弄得咔嚓一声,然后把它扔在桌子上;他的两眼显得极不自然,眼珠子瞪得很大,似乎变成扁平的了。

"可您何苦冒着丧失前途的风险,在那些有政治野心的、您所憎恶的人们当中周旋……"

"从我的笔记中您不能得出这样的结论,"萨姆金仔细打量着宪兵,神色慌张地说。

"怎么不能得出这样的结论呢?"宪兵问道。

克里姆没有回答;他心目中逐渐形成的对人将信将疑的情绪提示他:这位宪兵军官决不会像他所装扮的那样可畏。

"须知,您想以笔记来转移视线,可以说,那是办不到的!"军官喊道。"里面清清楚楚地表明了您对那些政客们的否定态度,尽管您没有提到他们的名字,可我知道您是参加马拉库叶夫小组的……"

"您不能说我是这个小组的一员,或者说我的观点……"

"我们对您了解得很多,可以说是全部!"宪兵打断他的话;萨姆金又一次感到自己说了些多余的话,不禁对宪兵打断他的话茬暗暗自喜。现在他看到,军官的脸抽动得很厉害,仿佛他的肌肉不是长在骨头上,而是贴在软骨上似的:他的脸色更阴沉了,整个肌肉都挤到鼻子上去,变成尖尖的了,若不是那双眼睛看人既严厉又凶狠,简直很可笑。他提高声调,又继续说下去:

"单凭这一点就足以剥夺您在大学读书的权利,把您从莫斯科赶回老家去,交警察监督了。"

他沉默片刻,慢慢松弛一下脸上的筋骨和肌肉,转了转眼珠,吧咂一下嘴,说道:

"不过当局还是讲人道的,它不想增加那些生活不能自理者的人数,因为这会扩大那些由于个人不得志便铤而走险的人的队伍,也就是那些革命党人。"

他摆弄着剪刀,斜视着一张纸片,用手指在上面敲敲,说道:

"请看您写的:'一兵不事二营',我甚至不愿在其中任何一个营垒里充当'不速之客',这种立场在我们的时代是根本行不通的!这篇笔记同另一篇笔记是有矛盾的,您在那篇里描绘出科兹洛夫老人顶顶可爱的形象,赞美他对俄罗斯的了解和对俄罗斯的爱。爱和信仰一样,没有行动就是死的!"

他的面孔又缩成一副楔子形,他以慈父般的声调规劝道:

"不,您必须作一抉择:赞成我们,还是赞成他们?"

"愚蠢!"萨姆金心里猝然说道。

"我们就是在俄罗斯创造了它那光荣的国际地位,它内在的美好和别具一格的文化的力量。"

他一直在用这种慈父般的语调讲话,他谈到农民银行的活动,说到移民局,说到教区学校,说到要求人手越来越多的工业生产增长情况,谈到政府应当干预劳资关系;您瞧,政府已经缩短了工作日,实行了工厂监督,还计划设立医疗和保险机构。

"我可以向您担保,当局是不会允许将经济运动变成政治运动的,绝对不会!"他说得慷慨激昂,眼睛盯着萨姆金,又一次问道:"那该怎么办呐?啊?"

"我不懂您的意思,"克里姆说。他自认为比这个宪兵军官聪明,因此他喜欢他,对他的爽直和自信颇为欣赏,甚至他的气魄也令他高兴,他是那样刚毅而果断。

"您不懂吗?"他问,那双明亮的眼睛又成了扁平的。"要想明白,那很简单:我建议您积极地表现您的诚意,坚决地站在法制这方面来……喏,怎么样?"

他这一手萨姆金没有料到,不过他并不觉得特别惶惑,或者羞辱。他耸耸肩膀,淡淡一笑;那宪兵军官下意识地空剪了一下剪刀,戳了一下桌上的纸,撑着它站起来,弯腰朝萨姆金悄声说道:

"我提议您做我的情报员……请等一等,等一等!"他看见萨姆金也从椅子上站起来,便急忙喊道。

"您这是侮辱我!"克里姆非常镇静地说。"我不愿去做奸细。"

"我并没让您干这类差事呀!"军官气冲冲地喊道。"我晓得我是在跟什么人谈话。您这是什么意思?什么叫奸细?在每个大使馆里都有武官,您能管他叫奸细吗?您读过密茨凯维支的长诗《康德拉·华伦洛德》①吗?"他突然问道。"我不是要您担任有薪金的职务;我说的是您志愿的、思想上的合作。"

他又坐下,继续咔嚓咔嚓地玩弄剪刀,那动作有如一位理发师一样灵敏,随之轻声慢气地说:

"我们需要一些有知识的和熟悉革命思想发展情况的情报员,请您注意,是革命思想!我们需要他们,与其说是为了同破坏秩序的敌人作斗争,还不如说是希望做得公正些,从而避免犯错误,准确无误地辨别哪是绵羊,哪是山羊。在学生运动中,有不少青年蒙受损害是由于偶然……"

萨姆金也坐下来,他的两腿直哆嗦,他已经感到惊慌不安了。他听见宪兵军官谈到《宣言》,谈到民粹派还在梦想着推行民意党人的策略,而要弄清楚所有这些情况,没有可靠的情报是很难办到的,因为搞不清哪是言论,哪是行动,然而为了保护那些充满激情的和浪漫主义的,或者意志薄弱的和不识时务的青年,却必须把这一切搞个水落石出。

"那究竟该怎么办呢,啊?"他又一次听见这个宪兵军官似乎已经成为口头禅的提问。

"这差事我不愿干,"萨姆金竭力镇静地回答。

"真的吗?"

"真的。"

军官站起来,满脸堆笑,不住地摇头。

"我不再问您为什么了,不过我要坦率地告诉您:您的决定我是不相信的!我给您指出的路,为国尽忠的路,才是您的真正出路。正是要为国尽忠,"他慢条斯理地重复着。"然后,您才能够自由……但要

---

① 密茨凯维支(1798—1855),波兰著名诗人。他在叙事长诗《康德拉·华伦洛德》里以立陶宛和十字军骑士团的斗争为背景,塑造了这位不畏牺牲的英雄人物。

在莫斯科的范围内。我应当向您索取一份不离开此地的书面保证,不过这种情况不会长久!然而我对您的话还是颇为满意的。您不走吧?"

"当然不走了。"克里姆轻松地出了口气。

"您的一部分文稿可以拿走了,就是这个!您还住在安特罗波娃的寓所里吗?请问,您早就认识柳博夫·索莫娃吗?"

"我们从小就认识。"

"这人怎么样?"

"是个非常……善良的姑娘,"萨姆金思忖了一下,回答。

"哦?那好吧,再见!"

他伸出手去,克里姆也把手伸给他,并且感到他那又有力又粗硬的手指把他握得好紧。

"您自己想一想吧,克里姆·伊万诺维奇!您不要害怕出来讲话,而要怀着对祖国的爱,"宪兵军官劝他道。克里姆从他的声调里听出一些真心实意的音符。

四

萨姆金缩着脖子在街上走着,不时地左顾右盼,那样子好像一个脑袋挨过打的人,又在等着挨打似的。天气闷热,暖风吹拂,扬起大街上的灰尘,萨姆金脑海里又浮现出那个清道夫故意把尘土扬到一群囚犯脚下的情景。一个囚犯的喊声"拉撒路复活啦!"又在他耳边回荡。

于是克里姆忽然想到,那福音书上关于死人复活的故事似乎没有完结,对人的思想和心灵没有任何启示。乌云倏然掠过屋宇上空,莫斯科河对岸一片灰色的云层中闪过一道电光。透过市井的喧嚣,萨姆金侧耳静听,以为滚滚雷声就要到来,然而雷鸣给乌云卷走了,他没有听见。人群熙熙攘攘,你推我拥,互相追赶,萨姆金躲开他们,走进基督大教堂广场,坐在一条长椅上,他的头一个清晰的念头就是一个问号:那个宪兵怎么会使他如此惊慌?现在他觉得,早在那个军官荐举他充当奸细之前,他已经知道会向他提出这种建议了。他感到畏惧的并不是这种令人羞辱的荐举,而是另外的东西。萨姆金不能不承认,宪兵军官从他的笔记中得出的结论是合乎道理的,他用手摸着衣袋里的一沓稿纸,打定主意:

"烧掉它,以后不再写了。"

他的思绪本来就已纷乱之至,现在遇到一种扑朔迷离而又使人抑郁的心情,就更支离破碎了。有两位小姐走过他面前,其中一个瞥了他一眼,用胳膊肘推了她女友一下,对她说了些什么,她的女友也瞧了瞧克里姆,她俩都放慢了脚步。

"这两个傻瓜,好像在瞧一个自杀者似的,"萨姆金心里说。"一定是我的脸色很难看吧?"

他站起身来,往寓所走去,同时在尽力说服自己:

"当然,我和所有正派人一样,在精神上受到了侮辱。在精神上!"

然而,他恍惚意识到,他之所以要说服自己,恰恰证明适得其反:宪兵军官的荐举对他来说并非侮辱。为了消除这种猜疑,他正在急匆匆地冥思苦想:

"假如理论必须付诸实践的话,那么叔本华和哈特曼①非自杀不可了。莱瑙②和列奥巴尔迪③……"

但是萨姆金已经幡然领悟:他感到畏惧的正是他未因有人荐举他充当奸细而感到羞辱。对此他感到非常难为情,很想将它忘却。

"我是在诽谤自己,"他心里想。"可那位上校,或者是大尉,不过是个笨蛋,而且是个无赖。什么为国尽忠啦,同柳芭莎积极斗争啦,简直是个白痴……"

---

① 哈特曼(1842—1906),德国唯心主义哲学家,他认为黑格尔和叔本华的唯意志论都不够全面。
② 莱瑙(1802—1850),奥地利诗人,诗作反对教权主义,抗议封建农奴压迫。
③ 列奥巴尔迪(1798—1837),意大利诗人。

萨姆金走得虽说很慢,但全身直冒汗,喉咙和嘴里都发干发涩。

安菲米叶夫娜见他回来,又惊又喜,高兴得直抹眼泪。

"哎呀,小鸽子,可把你放回来啦!上帝保佑你!我还以为你会跟彼得鲁沙·马拉库叶夫一样,得坐很久很久的牢呢!"

她在胸前画了个十字,抹去脸上的泪花,尔后小心翼翼地坐在椅子上,悄悄地说道:

"可是柳芭莎怎么样啦?瞧瞧吧,蹦呀,跳呀,过线儿了吧!唉,上帝哟,我的上帝!我可爱的孩子们,你们干吗为了老百姓把自己的小命儿也豁上了呢……"

她又像机器活塞似的叹息一声,把衣袖卷到胳膊肘上,认认真真地说:

"就在你们被带走的那天早晨,我提着一只篮子,假装上市场,其实我是去找谢米昂·瓦西里奇,去找阿列克谢·谢苗内奇的,我把情况告诉了他们。他们当天就派丹涅奇卡到科斯特罗马去打听瓦莉娅是不是安然无恙了。"

她又抽噎了几声,绷紧的脸随之舒展开来,然后立起身,说道:

"您是吃点东西,还是喝茶?"

萨姆金说他不吃也不喝,却跟着她走进了厨房。

"这些文稿必须烧掉!"

"拿来,我烧!"

萨姆金站在厨房里,看着她把他的笔记本放到炉台上烧掉,把纸灰倒到污水桶里,还用扫帚在桶里搅了搅。所有这些动作都带有一种令人恼恨的意味。萨姆金觉得嗓子眼里好像有个使人发狂的硬核塞着,他想咆哮,想咒骂,他在屋子里下意识地徘徊了有半个时辰,眼睛直盯着墙上那些名优死板板的面孔,最后才打定主意去洗个澡。

五

两个小时以后,他坐在沸腾的火壶前面的桌旁,像蒸熟了似的,身上直冒气；他在试着给母亲写信，但却不知不觉地从他的笔尖上爬出来一些伤感的怨言，他撕了好几张纸，末了又在屋子里打起转转来，眼睛瞧着那些版画和照片。

"什么为国尽忠，"他眼睛瞧着别林斯基那副痨病鬼的面孔，心里直嘀咕。

穿堂里有人发出笑声，用莫斯科方言说道：

"不要紧的，妈妈！会习惯的……"

一个服饰奢华的青年走进餐厅，他头发微黄，梳得溜光锃亮，着法兰绒上衣，手里拿着草帽，洁白的手套放在草帽里。

"我叫阿列克谢·谢苗诺夫·戈金，"他莞尔一笑，自我介绍道；安菲米叶夫娜也笑了。来人坐在桌旁，把草帽往沙发上扔去，手套飞了出来，落在地上。

"您不必焦虑，"来客对安菲米叶夫娜说，其实她并没有焦虑的表情，她抄着手，站在门口，慈祥地望着他，等着他说下去。

"恭喜您，这么快就对付过去了！"戈金不拘礼节地、像老相识似的打量着克里姆，说道。"是谁吮了您的血？"

他如同一个服饰用品商店的小伙计，好像从早到晚对那些小姐太太们笑脸相迎惯了似的；他长了一副自我满足的健壮青年的憨厚的脸，这样的脸毫无特征，那样平凡，简直不会给人留下丝毫的印象；那对浅蓝色的眼睛显得过分和善，这使他更像一个小伙计。

"噢，是瓦西里叶夫上校！这个恶棍！就凭他那副吉卜赛人的嘴脸，应当去当马贩子。"

"您认识他吗？"克里姆问。

"喏，怎么不认识呢！就是因为他的关照，我才给大学开除的，"戈金用他那对近视眼瞅着克里姆，说道；尔后又像个胖子似的发出了闷雷般的笑声，其实他的体格是又瘦削，又匀称。

萨姆金简直不相信这个花花公子般的青年是个大学生，不过他认为，瓦西里叶夫上校的"情报员"，一定就是这样一些没什么特征的人。

"这个头目关于柳芭莎问了您些什么?"戈金问道。

"关于她,一句也没提。"

"怎么,真的一句没提?"

萨姆金否定地摇摇头,接着又说:

"他只问我和她认识是否很久了。"

"嗯,噢!"戈金哼哈地应道,用手指捋捋金黄色的小胡子。"您看,我爸爸想保柳芭莎出来,因为她是他的外甥女……"

"就是说,她是您的表妹喽,"萨姆金没话找话说,他倒也真地发现这位浅色头发的戈金和柳芭莎有点儿相像。

"不,我是一个养子,是从教养院领去的,"戈金说得很干脆。"家乡那些教权维护者们吓唬我父亲,说柳博夫·索莫娃是最凶恶的叛逆的化身,这就使家父那种人道主义的热情凉了半截。我们俩还以为,您也许会告诉我们:他们是怎么加害于她的? 当然,在'红十字会'工作那段除外。"

"我不晓得,"克里姆冷冰冰地答道,但这并没有使戈金难为情;他继续说下去:

"她曾经去过尼日尼,是不是在那里有什么瓜葛呢? 您好像是尼日尼戈罗德①人吧?"

"不,不是,"萨姆金否认,又反问戈金知不知道瓦尔瓦拉什么消息。

"她平安无事,"戈金回答,眼睛瞅着自己映在火壶上的影子,做了个鬼脸。"有些迹象说明,柳芭莎的案子不是此地策动的,而是外省搞的。"

萨姆金听了他的话,便解除了自己的疑团:此人外表虽说极度平凡,可他说话的神气却暴露出他非同寻常。的确,他并不像他想要装的那样单纯。他有自己的一套语言,表明他很爱讲俏皮话。

---

① 即下诺夫戈罗德。

"她有着爱蹦爱跳的性格,"他对柳芭莎品头论足地说,又管他的养父叫做"混在自由派中间的人",然后用拳头击了一下《俄罗斯新闻》,说道:

"在我们这个时代,靠自由派的几个铜币过活是不行的。"

他的举止粗俗,口若悬河,从他的一些拙劣的笑谈中不时吐出几句并不愚蠢的话。当萨姆金用试探的口吻说到革命的情绪不断高涨的时候,他慢条斯理地说:

"许多人并不是受着信仰的支配,而是受着信仰的私生女——过分自恃的支配。"

当客人走掉之后,萨姆金差点儿乐起来。

"他是谁?"他问安菲米叶夫娜道。

"怎么您不认识他?"她惊异地问。"他父亲谢米昂·瓦西里奇,是莫斯科一位大名鼎鼎的人物。"

"他以什么出名?"

"还用问吗,有钱呗!盖了一座儿童医院。"

"他是医生吗?"

"您这是怎么啦!他有他自己的行当,"安菲米叶夫娜好像有点儿嗔怪似的。

六

第二天米沙大叔来了,他风尘仆仆,疲惫不堪;亲热地握了握萨姆金的手,向安菲米叶夫娜请求道:

"给我一杯水,如果有果酱的话,给加点儿,要么加点儿糖也行。"

末了他说他得到了有关柳芭莎的好消息,并且说:

"请您在索莫娃的书里找到《神秘主义哲学》这本书。不过很可能我书名说得不对,"他又嘟嘟哝哝补充一句:"神秘主义还有什么哲学呀?"

看见萨姆金拿来一大本久普莱尔的书,米沙大叔惊诧而又不以为然地摇了摇头。

"瞧瞧,还真有这样的哲学呢!"

他打开书的封皮,眯起一只眼睛,看了一下书脊的夹缝。

"给我一根长点儿的东西。"

他用铅笔从夹缝里捅出来一个好像包药面的小纸包,把它打开,念里面的文字,看来一定写得挺有趣,他不禁哈哈笑了起来。

"原来从神秘主义中也能汲取有益的东西哩!"

萨姆金一面瞧着他的动作,心里一面琢磨,假如在从前,他一定会认为这一切是很可笑的,有失这位大约不下于五十岁的人的体面,然而现在他想起那个上校瓦西里叶夫,便情不自禁地对米沙大叔做了个欣慰的笑脸。

米沙大叔把纸片卷成个紧绷绷的小纸筒,夹在左手的拇指和食指中间。

"您没发现这座房子受到监视吧?"

"我没发现。"

"他们一定会来监视的,"这个身材矮小的人不仅说得很肯定,而且似乎很严肃。他用茶勺把沉在杯子底的果酱舀上来,吃了进去,用手帕揩揩嘴,流露出一副料想不到的诡谲神情——这居然使他那猫头鹰般的脸变得好看了——用手指戳了一下萨姆金的胸脯,问道:

"你们是怎么搞的:刚刚发表了《俄国社会民主党宣言》,马上又在印《工人旗帜》①这样的小刊物,不过用的已经不是'俄国'党的名义,并且措词比这个《宣言》还坚决,这是怎么搞的,啊?"

克里姆告诉他,这两个刊物他都还没有看过。

"哦,哦,原来是这么回事!"米沙大叔一对乌黑的小眼睛闪着喜悦的光亮,说道。"你们太匆忙了,都没有来得及商量一下。那好,再

---

① 非法报纸,由工人阶级解放斗争协会分出来的社会民主党"工人旗帜"小组的机关刊物。

见吧。"

萨姆金打开窗户,看着他不慌不忙地走过庭院,头上戴着一顶褪了颜色的帽子,浑身灰不溜丢,活像只老麻雀。一个棕发的男孩正在贡泰尔助产妇家厨房的台阶上,用软木和砖头磨洗餐室用的刀叉。

"生活完全是对人的一种强制,"萨姆金瞧着那孩子往小刀上吐口唾沫,心里寻思。"很可能那个上校还会找我谈当奸细的问题……关于这件事,我只能告诉库图佐夫。然而,他会把我推向另一边的……"

从庭院里传来一股肥皂味和油脂的哈喇味;空气是闷热而又凝滞的。那个小孩猛然像火烧着似的,用尖溜溜的声音唱起来:

> 我的小乖乖,
> 你为何这样不痛快?
> 你这乐天的小淘气儿,
> 干吗老是把头垂下来?……

从厨房的窗户里伸出来一只通红的手,把一瓢水泼在唱歌的小孩身上,就缩了回去,小孩尖叫一声,在满院子里乱跑乱跳起来。

"其实,这个宪兵之所以害怕,还因为……"

萨姆金一面思索,一面瞧着那个棕发的小男孩怎样巧妙地躲开那个手里拿着湿抹布追赶他的女仆。当她在院子一角追上他的工夫,他跌倒在她的脚下,又爬了几步,末了才从地上站起来,跑到大街上去了;这时,看门人扎哈尔从街上回来,进了大门洞,那模样有如上帝的侍者尼古拉。

"喂,玛什,你也不小啦,该跟大一点儿的人玩玩喽!"

"我偏跟他玩,"那个女仆回答。

七

当心情苦闷的时候,克里姆·萨姆金总要忙不迭地来安慰自己,生怕这样的情绪会动摇和挫折他那独特的信念。今天,他想恢复平常那种心理状态的愿望特别迫切,因为这些天来他一直觉得自己有如一名难于逃脱兵役的壮丁,老是心神不宁。不过他在不知不觉中,差不多已经习惯于革命的思想了,如同一个人已经习惯于绵绵秋雨,或者听惯了方言一般。他不再去回想那个驼背的小姑娘恼恨的叫声:"喂,你们干吗好管闲事呀?"

然而他却清晰地回想起那句充满怀疑的话:

"这里真的来过一个小孩吗?也许根本就没有小孩来过吧?"

克里姆记得他曾经一而再地说服自己"这里没来过小孩",这就使他萌生一种希望,即他所憎恨的一切都可以被语言所吞没,或沉溺于语言之中,就像小瓦拉甫卡淹死在河里一样,而生活的潮水将会顺着冲刷得深邃的故道川流不息。

他在瓦尔瓦拉家里,孑然一身住了三个星期,这期间他才体会到柳芭莎扮演着一个比他想象的要重要得多的角色。曾经来过一位头戴面纱的雍容华贵的妇人,手里拿着一把花边小阳伞,当她听说索莫娃被捕的时候,显得十分惊慌,似乎要吓呆了。她用伞尖戳着地板,焦躁不安地说道:

"可是——我是从外地来的呀,我必须见见她的哪一位亲友才好!"

她特别强调"亲友"二字,因此克里姆不得不把阿列克谢·戈金的地址告诉了她。后来又来了个衣着不雅的人,他神色忧郁,看样子是个乡村教师。此人怒气冲冲地说:

"被捕啦?咳,那么……请问,怎么才能找到玛丽亚·伊万诺夫娜?"

克里姆不晓得,那人便走了,嘴里还直叨叨:

"你们怎么搞的,真够呛……"

还来过一个年轻的大学生,穿一身新装,看样子也是外省人;来人中有一位腼腆的、面貌不太出众的乡下姑娘,她带来一包书和一块土布,另外还有三个人。在这些人来访之后,萨姆金联想到,柳芭莎干的这档子革命并不一定是那么可怕。同时出现了两个社会民主党这件事,也说明了这一点。

到了第二十三天,克里姆被召到宪兵署,接待他的仍是那位上校,他那笔挺的制服上缀着几枚勋章。

"那么,该怎么办呢,啊?"上校急不可耐地嘀咕道;不过,看来他意识到这个问话往往是脱口而出的,所以便咳嗽了一声,又倏然冷冰冰地加了一句:

"那好吧,请您在这些文稿的收据上签个字!我仔细拜读之后,就更加相信我的见解了。您重新考虑过了吗?"

"没有,"萨姆金果断地说。

"十分遗憾,"上校看了看表,说道。"您为何不当新闻记者呢?您既有文采,又善于动脑筋,就比方您关于学生运动是因为感情冲动的看法吧,就很精辟嘛!"

"我觉得我自己很缺乏这方面的素养,"萨姆金偷偷审视着那个宪兵军官皮肉松弛的浮肿的脸。和那天夜里来搜查时一样,他的脸好像很疲倦,两只眼睛瞧也不瞧萨姆金,全身跟瘫了似的,仿佛给那笔挺的制服压得站不起来。

"又比如您关于奶妈的文字吧,想法太妙了,再发挥一下,简直可以写成一篇散文。"

"为国尽忠,"克里姆想着,流露出一副庄重的表情,而且他很想说:"您不必过于忧虑,干革命的是柳芭莎·索莫娃!"

萨姆金想到这种玩笑可能引起怎样的效果时,简直掩饰不住内心的喜悦,笑起来。

上校擦擦他的秃顶,好像猜着了他的心事似的,便若有所思地问道:

"请问,柳博夫·安东诺夫娜·索莫娃早就在干这种歪门邪道的勾当了吗?总之就是诸如此类的勾当,是吧?"他用一根手指不住地在脑门前面比画着。

"她从小就表现出一种对稀奇古怪事物的爱好，"萨姆金故意心不在焉地答道。

上校瞥了他一眼，不以为然地摇摇头。

"不见得吧，"他说。然后用那双滴溜溜的眼睛粗野地盯着萨姆金，阴阳怪气地说道："根本不是那么一回事儿！"

萨姆金耸耸肩膀，疑惑不解地问：

"上校，您能告诉我拘捕我的理由何在吗？"

上校挺直身子，两条腿倒换了一下，马刺弄得叮当直响，然后用犀利的目光瞅着克里姆的面孔，满脸堆笑地说：

"我不该告诉您，不过，为了使我们这次愉快的会见不致扫兴……其实，说起来话长了，这个故事的作者一半是令兄，一半是地方当局。您大概知道，令兄曾经有过企图从流放地逃走的嫌疑吧？流放期满之后，他一再申请，要地方当局准许他跟一个科学考察团去考察，为此发给了他一张有关的证件。可是在这之前他申请过一张去普斯科夫的通行证，此证件却给另一个人利用了。"

上校歇了一会儿，弹了弹手指，叹息道：

"已经有规定，令兄不能再牵扯到转让证件这类事件中去了。"

"可是，那个人跑掉了吗？"萨姆金想起了多尔加诺夫，便粗心地问道。

上校移坐在桌沿上，两眼炯炯有神地瞧着他，和蔼地反问了一句：

"您怎么知道他逃掉了呢？"

"我不过是问问嘛！"

"可是，也许您知道哩，啊？"

克里姆干巴巴地说：

"假如一个人用了别人的证件……"

"哦，是的，是的，"上校瞧着自己的勋章，把它们弄正，满不在乎地说道。"不过打听这些事情没有价值，这有什么意思呢？"

他站起来,把一只手伸给萨姆金。

"可我还是不明白,"萨姆金说。

"噢,是呀!他们把你当作了那个使用伪证件的人了。"

"这是他在瞎编,"萨姆金寻思。

"当然,此人已经被捕了……"

"胡扯,"克里姆心里说。

"我不胜荣幸地告诉您,"上校叹息道。"我要公出啦……要几个月才能回来。倘若在这期间发生什么误解,或者,总而言之……您有什么需要的话,请找罗曼·列昂托维奇大尉,他将在此地代行我的职务。您就去找他好啦。上帝保佑您!"

萨姆金来到大街上,他简直掩饰不住胜利者的喜悦,心里充满着对那个失败的赌徒的讥讽和忍让。

"这个笨蛋并没有放弃要我当奸细的意图。多尔加诺夫显然已经逃掉了。这家伙除了要我当他们的奸细之外,大概没有任何要搞我的意思了。"

他越想,情绪越振奋。他最后这个月所经历的一切印证了他对生活和对人的态度。他因为一时的激动,竟认为自己的的确确是一个独立自主的人,实际上没有任何东西妨碍他在自己面前展现的两条道路中作出抉择。不言而喻,他是不会接受宪兵的差事的,可是,倘若办一个好的独立于党派之外的刊物,他也许会为它撰稿。写篇文章,谈谈康斯坦丁·列昂季叶夫和米哈伊尔·巴枯宁在精神上怎么一脉相承,那倒不错。

生活颇像瓦尔瓦拉其人,虽说她本人并不漂亮,可是衣着却很华丽,也不太聪明。她用冠冕堂皇的言词和诗歌来装扮自己,其实她所追求的,不过是一个爱慕她、能让她怀孕受胎的、体格强壮的男人罢了。他还想起瓦尔瓦拉当着莉吉雅和阿琳娜的面讲述她家被搜查时那股骄傲的可笑劲头儿,想起米沙大叔也爱喋喋不休地说:

"我跟他一道坐过监牢,他和我一道坐过监牢。"

所有的人,都多多少少有些傻气,喜欢吹牛,而且人人都想方设法地出风头。就连那位粗壮如牛的安菲米叶夫娜也爱夸耀她从来不生病。可是倘若她牙痛,痛得很厉害,若是换个别人,那非得用脑袋去撞墙不可,然而她却能忍着。是的,人们也爱夸耀牙痛有多么厉害,吹嘘他们的种种不幸。就说柳托夫吧,他爱夸耀他那离奇古怪的失恋,伊诺科夫爱夸他对工作的厌倦,瓦拉甫卡喜欢吹嘘他那巧取豪夺、靠承包工程发家致富的本领。那位作家卡京竟然为他受警察的监视而自豪。人人如此,处处一样。本来可以为自己的歌喉而自豪的库图佐夫,却老爱标榜他对自己所具有的歌唱家的天赋如何如何轻蔑。

第十一章

一

几天之后,萨姆金回到家里,同母亲和瓦拉甫卡共进晚餐,瓦拉甫卡把肥胖的身躯塞在高背的软椅里,一面吧唧吧唧地吃着,一面气喘吁吁地说:

"哦,老弟,那就是说,宪兵们又整了你一下子喽?哎,你呀,你呀……不过,鬼知道,也许有必要来一次革命呢!因为确实需要有一个代议政府,也就是说搞他三四百有事业心的人,跟那些省长和其他行政官员——其实这些当官儿的都该抓起来——针锋相对地干一场,"他慷慨激昂地说完这句话,脸像充血似的鼓胀起来。

"这个混账国家需要一切:抚爱、严责和恐吓,还要来一次地震,一次大乱!确确实实要把这个酸面团好好地揉一揉,整一整,逼着所有的人去做工,像罗马人和埃及人那样,拿着鞭子,就这样!我们不修道路,连活动的余地都没有,你懂吗?就说我吧,我买了一片森林,真棒噢!简直跟白买的一样,才花了七个戈比。我想搞个造纸厂,建个锯木厂,我还想提炼酒精。那些坏蛋,竟然来讹我。在建厂之前,还要挖条十七俄里的沼泽渠!你能理解吗,啊,我的小老弟?于是,我就骂起娘来啦,像个大兵一样……"

"真要命!"维拉·彼得罗夫娜说着,闭上她那无精打采的眼睛,摇了摇脑袋。

"太太,倘若您要做些事情的话,您也会骂娘的,"瓦拉甫卡抢白道。

"但我不是说您骂人骂得要命……"

"根本不是那么回事! 绝对不是的!"

瓦拉甫卡把大胡子从餐巾下面拉出来,托在手掌上,欣赏一番,又开始吃起来,还一面吃一面不停地发牢骚。萨姆金暗想,瓦拉甫卡从前吃东西虽说狼吞虎咽,但很安静,相信他愿意吃多少就吃多少。然而现在,看样子他的这种信心已经动摇,吃东西的急切样子看着叫人恶心,他胡乱一气地从盘子里把食物捣出来,吃得邋邋遢遢。他胖得厉害,腮帮子都鼓了起来,眼睛下面突出两块肉包,不过一双眸子却显得更犀利,更凶狠了,大胡子已经褪了颜色,闪着铅灰色的亮光。

"宪兵们也把我手下的一个职员给整得好苦哇,你知道吧,他是我们的小伙计,一个美国人,一位马克思主义者,简直是一把能手,嘿,可真了不起! 不过我和拉杰叶夫都鼓动检察官和省长把那个笨蛋波波夫上校从这里撵走了。结果他们又从彼得堡,或者莫斯科派来一位什么瓦西里叶夫,来接替他。此人可能也是一头蠢驴,因为他们是不会把一个聪明人派到这样一个鬼地方来的。老弟,你瞧瞧我为检察官设计的一幢小房子吧,他快辞职了,打算去搞搞工业。你晓得吗,这是一种芬-德-塞克①风格,一种颓废派,简直可以说是果酱馅饼!"

"真要命!"维拉·彼得罗夫娜又小声地说了一句,颦蹙起她发紫的面颊。"这是为他的姘妇造的。"

"这和我有什么相干?"瓦拉甫卡嚷道。"那是顾主的旨意。他拿德国杂志上的一幅画给我看,问我:你能建筑这种房子吗? 那就请吧! 我谨遵台命就是啦,我可以给您造一个狗窝,猪圈和马厩……"

---

① 法文译音,"世纪末"的意思。

"你可不能跟他说这种话,"维拉·彼得罗夫娜叮嘱他。

"我不想说就是了,而不是我不能说。老婆子,我是什么话都说得出来的哟!"

瓦拉甫卡把手撑在软椅的扶手上,笨不拉叽地站了起来,倒腾着罗圈腿,走去休息了。

"再过半小时我得去俱乐部,去骂人,"他对克里姆说。

母亲慢慢地扭过脖子,目送着他,好像目送着一个马车夫赶着马车从她身旁经过,差点刮在她身上似的。

"他工作多得要命,这是他的一桩心事,"她愁苦地叹息一声,说道。"他将给莉吉雅留下一大笔财产。走,咱娘儿俩到我屋子里去坐坐。"

她屋子里弥漫着一股浓郁的脂粉和香水味道,因为家具太多,屋子显得很挤,仿佛走进旧货摊似的。她坐在一张躺椅上,学着达维德画的雷卡梅夫人的姿势,问起父亲的事情来。可是等克里姆告诉她,他们父子见面时,他父亲已经不会说话的工夫,她马上哼了一声说道:

"这女人给你看遗嘱了吗?没有?你怎么还那样天真呢?"

她哀叹一声,又说:

"那些姘妇总是很贪婪的。"

她问起德米特里的事:

"他怎么样,身体没病吧?据说,北方的人一般都比南方健壮。请你把香烟和火柴递给我!"

她抽着香烟,对他做着很不寻常的姿势,好像有点儿故意装腔作势似的,那副傲慢的样子真滑稽,这使克里姆不禁想起狄更斯小说里面的那位女主人公享尽富贵荣华之后,变得穷困潦倒的可笑又可怜的形象[①]来。为了忘掉这相似的情形,他便问起斯皮瓦克夫人的事来。

"哎呀,我的上帝,伊丽莎白的行为可太不检点啦!她丝毫不考虑

---

① 此处可能指狄更斯的《尼古拉斯·尼克尔贝》(1836)这部小说的女主人公尼克尔贝。

在我的学校读书的都是些良家闺秀,"他母亲说话的腔调,就像一个人害了牙痛病似的。"她把丈夫送到别墅去,随身带了伊诺科夫回来,她不知为什么老以为他有天才,好像对他有所期待似的,总而言之,鬼知道是怎么回事!而且这是在他那次大打出手以后的事,因为这次斗殴他八成要去坐监狱。这里倒有一种惊人的浪漫情调呢,我简直不明白像她这样一位性格十分文静而且……而且毅力顽强的女人,怎么会干出这样的事情来!然而我还是很喜欢她,她是一位血统高贵的女人!啊,克里姆,血统可是大有关系哩!"

于是,她深深地叹了口气,问道:

"阿琳娜真地加入小歌剧团了吗?你知道不?听说她终于变成了一个轻浮的女人,是这么回事吗?啊?这真可怕!你想想,谁料到她会有这样的下场呢?"

"大概所有看上她的男人都会料到吧,"克里姆回答,自以为很聪明。

"你这话说得倒挺俏皮,"母亲觉得很好笑,但她并没有笑。

四天来萨姆金已经充分感觉到,他在他母亲和瓦拉甫卡之间的处境是何等难堪,他们两人都死乞白赖地向他表明他们的生活是如何如何艰辛。瓦拉甫卡狠狠地大骂那些商人、官吏和工人,特别喜欢说些不体面的话,好像忘了维拉·彼得罗夫娜也在场似的;她千方百计地表明,瓦拉甫卡使她惊讶得"要命",简直把她弄糊涂了,她对他的态度,像外婆对待那位"名副其实的长者"——阿基姆爷爷一模一样。

二

每天晚上萨姆金都要到大街上去闲逛,选择最僻静的地方来躲避熟人;他也不愿去《我们的家乡报》编辑部。瓦拉甫卡有一回谈到这个报纸时说道:

"什么报纸不报纸的,还不是胡说八道!那些神甫们在报上进行说教,而那位主编则是逆来顺受,颇有礼貌。不,老弟,俄罗斯还没有达到能办一家正经八百的报纸的程度。"

克里姆观赏着瓦拉甫卡二十五年中建起来的石头房屋,这样的房屋有三十来座,它们在这座古老的、尽是木房的城市里显得很突出,仿佛一件旧衣衫上打的新补丁,只会丑化这座别具一格的美丽的小城镇——那位衣冠楚楚的留恋往昔的历史学家科兹洛夫家乡的面貌。萨姆金暗想,这样的城市有半百以上,每座城市周围都有十来个小县城和几百个蒙昧的乡村隐藏在沼泽和森林之中。总括起来,这就是俄罗斯,简直难以想象,这样的俄罗斯居然需要宪兵上校、柳芭莎、多尔加诺夫、马拉库叶夫之流的人物,看来这些人对老百姓的生活并不关心,他们所挂虑的却是否定人民这个概念的马克思主义者所掀起的喧嚣。在俄罗斯居次要一点地位的则是库图佐夫和发表《宣言》,出版《工人旗帜》的这类人物。而那些疯疯癫癫的助祭啦,柳托夫啦,伊诺科夫啦,等等,就像人脸上长的小瘩子,统统是累赘。

城外有三百来人在挖掘土方,削平一座小山,用铁锹铲掉浅绿色和红色的泥炭岩,清理一条通向大河的路,平整一片车站的场地。人们都弯腰曲背地来回走着,穿着不扎腰带的上衣,敞着领子,用树皮条缠着头发蓬乱的脑袋。手推车像打伤的狗似的,吱吱呕呕地乱叫。空气中混杂着劳动的喧嚣、潮湿的泥土和汗渍的臭味。一帮工人在地上拽拉一个怪模怪样的铁磙子,其中一个工人声嘶力竭地喊:

来哎哟,拉起来哟,哎哟嗬!

另一帮工人在打桩,一个尖厉刺耳的声音在愤懑激昂地领唱:

哎哟嗬,伙计们呀,齐心协力打夯哟!
我们的老板只要钱哪!

> 哎哟嗬,竖起桩来,哎哟嗬①!

人们紧跟着他扯开喉咙,有气无力地唱起来。

铁锤沉重地落在木桩上,发出砰然响声,震得大地在克里姆脚下颤抖。

克里姆从小就听惯了这劳动的歌声,他觉得这好像是一曲悲壮的歌,像四旬斋时敲的钟声,又好像是在坟场,在公墓上唱的挽歌。此刻,一种宁静的悲郁之情潜入他的心扉,然而他却感到某种慰藉,他想:这成百上千用把柄短粗的、可能很笨重的铁锹铲土的人们,他们唱出的倦怠的歌声,还有河对岸悬浮在电线杆上空的朵朵乱云,——这一切都似乎注定要长久地,或许是永恒地存在下去,并且在其中隐藏着一种不可抗拒的、在劫难逃的成分。

克里姆·萨姆金无数次地看见过,那轮也仿佛是疲惫不堪的夕阳,在远方一片参差不齐的枞树林上空撒下红彤彤的霞光;看见朵朵云片缩成一块密密实实的瓦棱铁一般颜色的云层,这不禁使人联想到:正像谢拉菲玛·涅哈叶娃曾经可怕地描述的那样,在云层里面除了"漆黑寒冷的苍穹",确乎空空荡荡。

萨姆金在要回莫斯科的头一天傍晚,坐在河畔的修道院小树林中,谛听着各个教堂发出的悦耳钟声召唤人们去做晚祷,同时也在筹划着自己的前程:大学毕业之后,娶一位身体健壮的普通姑娘,因为这样的妻子不会妨碍生活,而且必须住到外省去,住到一个僻静的城市里,而不是住在这么一个引起过多回忆的城市里,不过那个城市也要像这里一样,人生的真谛和忧伤不会被华丽的言词和喧嚣的臆想所淹没,人的虚荣心质朴而又易于理解。现实生活绝对不是果戈理所说的一辆奔驰中的三驾马车②,而是一匹老马,拉着重载,摇晃着脑袋,慢悠

---

① 出自俄罗斯民歌《伏尔加船夫曲》,在本书中以两种古老的民间创作形式《打起桩来》和《哎哟嗬!》变化出现,前者为打桩或起重时唱,后者为船夫拉纤时唱。
② 果戈理在《死魂灵》第一部结尾里,把俄国比作一辆三驾马车,勇敢地奔向未来。

悠地沿着一条坎坷不平的道路,奔向扑朔迷离的未来。有人说世界上的一切都是有理智的,这话很对,不过这里所说的一切,要把那些自封为圣贤和阿基米得①的人除外。

在他前面略低一点的榛树林丛中,出现了两个女人,一个上了年纪,驼背,面庞黝黑,就跟雨后的泥土一般;另一个有四十来岁,长得肥胖,大大的脸盘红扑扑的。她们坐在树丛下面的草地上,那个年轻一些的女人从口袋里掏出来半瓶酒、一个鸡蛋和一根黄瓜,她对着瓶口喝了一口,然后把瓶子和黄瓜递给那个老太婆,一面剥鸡蛋,一面像讲故事似的,声调悠扬地说起来:

"喏,就这样,她丈夫养活不了她,他害了病,而且挣的钱也不多……"

"她跟他生过孩子吗?"老太婆怏怏不乐地问道。

"啊,当然是迫不得已才生的喽。"年轻一些的女人说。看来她并不是因为想开玩笑,而是因为没听清楚。"就这样,她为了孩子才去尼日尼集市捞外快的,她是个标致的女人,长得丰润,性格又开朗……"

"开朗什么呀!"老太婆怪声怪气地说,用她那没有牙的嘴吮吸着黄瓜瓤,又喝了一口酒。

"她在那里混了四年,赚了不少钱,盖了一幢房子,买了两头牛,给孩子们做了些衣服鞋子,可是到了第五个年头,她的一个情人就给她传染上了一种可恶的病……"

"我的妈呀,这是命运注定的,逃不掉!"老太婆告诫说,不住地端详着那半截黄瓜。

"你说什么?"

"我说,命里注定是怎么也逃不掉的……"

"看样子是逃不掉的!"那个年轻的女人同意说。"结果她喝起酒来了。她一面喝酒,一面哭,要么就一面喝酒,一面唱。她已经卖了一

---

① 阿基米得(约前287—前212),古希腊学者,阿基米得定律的发现者。

头牛……"

"另一头也会卖掉的，"老太婆肯定地说。

萨姆金站起来，走了，心中暗想：人们不仅信仰上帝，甚至相信命运的异教邪说也尚未根除。

"如果卡京，或者尼科吉姆·伊万诺维奇之流的作家碰到这种笑谈，定会把它编成一篇诉怨小说的，"他在郊外漫步时心里寻思。他走过那些穷人居住的、蜷伏在地上的矮小茅舍，简直不明白他们靠什么维系生命，又为什么要活着。

三

"您怎么到这儿来啦？"一个欢快而又惊诧的声音唤住了他；杜纳叶夫从大门口的一张长椅上蹦起来，拉起他的手，不住地摇晃，把他弄得好疼。

"我是本地人，"萨姆金不大高兴地回答。

"是吗？我也是本地人，这是我姑妈家的院子。喏，进去坐一会儿好吗？"

杜纳叶夫把他拽到一幢有两扇窗户、一片斜屋顶的小房子下面。这幢用黄泥抹起来的小房子紧靠在另一幢小房子的木墙上，这幢小房还没有建成，没上窗框，正面就已经给烟熏火燎得不成样子了。

杜纳叶夫把长椅上的小木板、铁丝和钳子一股脑儿推到地上，让克里姆坐下，瞅了瞅他的眼镜，脸上挂着永不消失的微笑，忙问：

"我们这里传说您坐了一些时候的监狱，是吗？您到这里来是受到监视的吧？我可是受到监视的……"

萨姆金顾盼左右，看见四周没有人，只有三只小鸡在地上跑跳，一条长毛狗卧在草上，呆望着鼻子底下的什么东西。

"听说马克思主义者发了个《宣言》，是真的吗？您那里有吗？您可以搞到吗？咳，可真遗憾……"

"您是做什么的?"萨姆金因为急着结束这次相会,便问道。

"我是做捕鼠器的;一种微不足道的行当,一天也能挣个七八十戈比,有时还可以弄上一整个卢布。您在此地要住很久吗?"

"明天就走。"

"真的吗?"

杜纳叶夫赤着脚,穿一件旧上衣,扎着腰带,裤子已经破烂不堪,右膝盖上用细绳捆了一块皮子。杜纳叶夫蓬头垢面,胡子拉碴。尽管如此,他给萨姆金的印象却是很阔绰的,是属于那种颇会钻营、无所不能的人,他们总是自信的,就像瓦拉甫卡那样,对什么人都不相信,然而,说不定他们取得成功和业绩的诀窍就在于这种不信赖别人呢。杜纳叶夫眼神中流露的笑意也使克里姆觉得,杜纳叶夫和这种人别无二致,他那微笑的眼神好像在说:

"我看透你啦!"

杜纳叶夫对这次相会打心眼里感到高兴,这从他述说和问话时的急切心情中就看得出来。

"您在监狱里坐了很久吗?"克里姆问。

"坐了很久,可是没有白坐!我们五个人一间小屋子,读了许多书,后来来了第六个人。起初我们把他当成了奸细,末了才知道他以前是个大学生,一位林业专家,他已经四十开外了,他是那样沉静,好像有点儿古怪。但是后来发现他是一个很出色的行家。"

"首先要做一个懂业务的行家,"萨姆金心里说。"他将来可以开个杂货铺。"

克里姆想起了他少年时代读过的兹拉托甫拉特斯基的小说《根基》,里面讲到知识分子怎么想方设法把一个乡村青年培养成革命者,结果他却成了"富农"。

"他说得娓娓动听,简直就跟讲演似的,他说到有那么多莠草在白白吮吸土地的营养,有那么多毫无价值的树木,像什么赤杨啦,白柳啦,等等,长出来对我们没什么用场。他说,这统统是些寄生物,应当连根除掉它们。他说,凡是能生长牛蒡、酸模菜、荨麻的地方,都能种植向日葵和各种蔬菜;必须铲除那些连烧火都不好用的树木,栽上有用又有价值的林木,例如橡树啦,菩提啦,枫树啦,等等。他说,任那些寄生物繁殖是不合理的,也是不经济的。"

杜纳叶夫一面说,一面用钳子灵巧地剪断铁丝,然后把铁丝放在包着皮子的膝盖上,钳子像饿鬼似的发出咔嚓咔嚓的响声,剪得整整齐齐的铁丝一根根落在地上。

"喏,我们当即对他说:'喂,同志,您干脆点儿说吧,别再谈什么荨麻啦,谈谈资产阶级吧,我们懂得您所说的寄生物指的是什么!'然而他很谨慎,"杜纳叶夫称赞道。"非常谨慎!他说:'伙计们,你们是怎么啦?这绝对不是政治,这是我对科学的幻想。'他说,'你们把我跟别的行当牵扯在一起是错误的,我不是搞政治的,我在地方自治局干事,搞的就是林业。'我们说,'那好吧,我们了解您的观点,您就往下说吧!我们可不是密探,而是工人,我们没什么可怕的。'可是没过多久就把他从我们这儿弄走了……"

克里姆并不喜欢杜纳叶夫讲的这一套,他甚至怀疑这个工人是在胡诌。他站起来,杜纳叶夫也跟着站起来,小声问道:

"您知道这里还有谁受到监视吗?"

"可我是住在莫斯科的呀,"萨姆金提醒他,和他告别一声,匆匆忙忙地走了出来,好像急着去赴约会似的。他相信假如他回头看看,一定会和杜纳叶夫的目光碰在一起,那目光一定是紧紧盯着他的。

"这家伙是很能干的……"

但是顶好是不去想杜纳叶夫吧。

四

回到莫斯科,萨姆金又住在从前住过的那个摆设齐全的房间里,然后到瓦尔瓦拉那里去取自己的东西,正好碰上了瓦尔瓦拉本人。她好像被人推了一下似的,向他伸出两只手,满面春风地欢迎他。此刻萨姆金猝然觉得,这位由于抑制不住的喜悦而显得腼腆的姑娘倒挺可爱。

"可我都回来三天了,到现在还不觉得是在自己家里呢。我老是害怕还要去排演剧目,"她说着把一条非常艳丽的毛围巾搭在自己肩上,虽然屋子里很暖和,但是瓦尔瓦拉的上衣却扣得严严实实的,连下巴颏底下的一个钮扣也没拉下。

"我演得怎么样?"她扬起头,一再地问他,并且不好意思地笑笑,说道:"咳,糟糕透了。"

她看上去漂亮一些了,那艳丽的上衣领使她的脖子似乎变得短了一些。她的两手动作起来好像很不灵活,不能随心所欲,对她简直是个妨碍,看着真叫人莫名其妙。

"可是,您知道,我很满意;我已经体会到,我是不能登台的,因为我没有表演天才。在我演第一出戏刚一上场的时候,我就看清了这一点。我在科斯特罗马表现奥斯特罗夫斯基剧本里的愚蠢商妇的忧愁,扮演施帕仁斯基[1]剧作中的女英雄,法国的太太和小姐,不知怎么的,那样别扭。"

她笑嘻嘻地讲了她在《茶花女》[2]这个剧中丝毫不能想象自己是个病入膏肓的人,而且总觉得在她的同事面前感到良心有愧似的,而在《女妖精》[3]一剧中又下不了决心用发辫去上吊,害怕假发辫会断开。她匆匆忙忙讲完了自己的情况,便仔细问起克里姆被捕的事来。

"他们也让您受惊了吧?"他问道。

"不,有个警察来过,他问经理我什么时候离开莫斯科的。可是当

---

[1] 施帕仁斯基(1844—1917),俄国剧作家。
[2] 《茶花女》是法国作家小仲马的剧作,剧中女主人公玛格丽特患肺病死亡。
[3] 施帕仁斯基的剧作。

我知道您……我真大吃了一惊。我根本想象不到您会坐牢!"她愤然叫道;萨姆金笑呵呵地问她:

"为什么?"

"不知道。反正我想象不到。"

"她登台表演以后,变得单纯一些了,"萨姆金心里说,开始用一种习惯的、开玩笑的冷漠腔调跟她谈话,但是很快发现她对此很反感;她用疑虑的目光扫了他两眼,然后缩作一团,默不作声了。经过几次约会之后,他已经确信,还用以前那种方式来对待她,现在已经行不通了。她已经不理睬他的玩笑了,她用沉默来对付他那揶揄的口吻,抿着嘴唇,微闭两眼,垂下睫毛,一声不吭。这使萨姆金的自尊心受到挫伤,使他心神不宁,心想:

"莫非她爱上了别人?"

又过了一些时候,他终于明白了,假如对她的态度更严肃一些,使她成为自己的一面镜子,成为自己思想的收容器,那么对他就更为有利了。

"在逻辑学上有一种排中律,"他说。"可是我们看到现实生活并不是按逻辑学进行的。比如说吧,既然我们承认生存竞争是不可避免的,那么人道主义的说教又有什么逻辑性呢? 不过,您是既不宣传人道主义,也不去卡任何人的喉咙的。"

"您这话说得真干脆,"瓦尔瓦拉说道。

她轻而易举地被说服了,相信康斯坦丁·列昂季叶夫也是像米哈伊尔·巴枯宁一样的革命家,她对克里姆聪明才智的赞赏,很快就使他习惯于把她看作是一块磨刀石了,他可以用它来磨砺自己的思想。然而,他有时也和她发生口角,第一次口角就发生在阿琳娜·捷列普涅娃初次登台演出《美丽的海伦》①一剧的时候。

---

① 根据希腊神话编的歌剧。海伦是宙斯和丽达的女儿,斯巴达王梅尼劳斯之妻,绝代美人,因其被巴里斯所诱拐,引起特洛伊战争。

五

当阿琳娜出现在一个尘土飞扬的小剧场舞台上的工夫,她那雍容华贵的姿态和迷人的美貌,在黑暗的场内顿时引起一阵惊讶的窃窃私语,全体观众都翘首而望,目不转睛地盯着舞台,好像有一道灰蒙蒙的影子落在男人的秃顶上,落在女人裸露着的胳膊和双肩上。而且越往下演,越使人觉得,场内的观众越翘越高,简直都要翻到舞台上去了。

阿琳娜唱得并不佳,她的声音虽说很高,但是很粗,特别是那些猥亵的词句唱得劲头更足,她的身子无耻地扭摆着,紧身衣的对襟从下面一直裸露到腰间。瓦尔瓦拉当即禁不住兴高采烈地悄声说道:

"天哪,她可真俗气!"

"看来,这简直是娜娜①初演的再现,"虽说克里姆很少赞同瓦尔瓦拉的见解,可这一次他却同意了。不过阿琳娜的音调,她那娇弱纤软的身姿,还有她那绝顶的美貌都令人神魂颠倒。她的每个动作和眼神,每个音调,都使人觉得她对她那肉体的魅力是确信不疑的。她并不是在表演王后,梅尼劳斯之妻,她是在表现她自己,在表现她追求享乐的欲望,为了满足这种欲望她甘愿牺牲自己;她故意地挤到合唱队员里面去,用她的肩膀、胳膊肘、屁股推开他们,仿佛在音乐的伴奏下跳着一种如醉如痴的缓步舞。萨姆金觉得这种音乐是新颖的,同时也彻头彻尾地表现出它那强烈的、具有讽刺意味的色情气氛。

"娜娜的初演,"他环顾周围屏息盯着舞台的观众,又重复一遍,并且发现,瓦尔瓦拉此刻正不高兴地斜视着他。于是他开始注意她,他发现,她的耳根都红了,脸颊涨了起来;她用脚跟随着狂热的音乐打着节拍,用手掌在自己的膝盖上敲着鼓点。他感到,她的激情,要比阿琳娜以自己的肉体进行诱惑的表演,更使他入迷。第一幕结束之后,观

---

① 娜娜是法国作家左拉同名长篇小说的女主人公,这里指一八八〇年娜娜这个人物第一次出现在杂耍场的舞台上。

众向阿琳娜大声喝彩,瓦尔瓦拉也发疯似的鼓掌,乐得眉开眼笑,跟个醉人似的;她站在那里,那种忘乎所以的神情巴不得要跳到舞台上去,和正在台上喜笑颜开地谢着幕,把场内所有的观众都看作是取乐逗趣的小孩子的阿琳娜站在一起。从乐队中递过来一大把玫瑰花送给她,后来又递过来一篮子兰花,花篮上扎着橘黄色的宽缎带。

"看来您还是很喜欢她的,是吗?"萨姆金一面往休息室里走去,一面问道。

"是呀,"瓦尔瓦拉说。

"可您不是觉得她俗气吗?"

"是的,不过……这种俗气……是带有激情的。大概也和埃列弗津地方的弗利娜①是一样的吧……我甚至可以说这不是俗气,而是一种圣洁的无耻……一种自以为了不起的无耻,自鸣得意的无耻。"

她说得很急,有点语无伦次,看样子她心慌意乱,满腹愁肠;萨姆金暗想,这都是嫉妒所致。

"噢!"他讥诮地叫喊一声,把她吓得一声不吭了。她发现自己的几位朋友,便离他而去。萨姆金左顾右盼,忽然看见柳托夫站在小卖部门口,他身穿燕尾服,嘴里叼着香烟;头发散乱,满面红晕。早先柳托夫是不抽烟的,就是现在显然也没有学会抽烟,他老是喷云吐雾,使劲咬着烟嘴,颦蹙双眉;他的衣襟上也沾满了烟灰。他阻碍人们进小卖部的路,并且把烟喷在他们身上,于是大家推开他,让他靠边,他却站在那里一声不吭,把那刚刚修过的又细又长的胡须用手捻来捻去,这撮胡子在他那张刮得光光的、浮肿的脸上完全是多余的。

"你好!"他迟迟疑疑地啜嚅道,那样子仿佛刚睡醒似的,一双不听使唤的眼睛凝视着萨姆金。"喂,怎么样?啊?噢,你瞧,她成为一个坤伶了!是呀,老弟!她是对的!你要喝白兰地吗?"

他用肩头顶了一下门框,跟跟跄跄地扑到萨姆金身上,抓住他的

---

① 传说古希腊雅典省埃列弗津地方的著名艺妓弗利娜因不信神而触犯法律,但法庭念其美貌而宣告她无罪。

肩膀。他喝得酩酊大醉,两条腿都差点儿站不住了,可是一对斜眼儿却炯炯有神地盯着萨姆金的脸,那目光特别犀利,简直有点可怕,令人讨厌。

"马卡罗夫老骂她。他溜掉了,这疯子。我曾经让人给她送去一提篮兰花,"他一边嘀咕,一边把燃烧的烟头攥在手里一揉,烧了他的手心,他用眼睛瞅瞅,把手放进口袋里,又提议说:

"咱们喝白兰地去吧,好吗?提提我们的精神,啊?嘀,太漂亮了,是吧?真见鬼……"

他像瞎子似的推开众人,趔趔趄趄地走进小卖部。

"真卑鄙!"萨姆金心里想着,朝剧场走去。

在剧终之前,瓦尔瓦拉的情绪一直是很荒唐的,好像台上演的是一出大悲剧。为阿琳娜的成功所激励的演员们在想方设法地逗引观众发笑,当卡尔哈斯从提词间里端出三杯酒,款待亚加门农王[①]和梅尼劳斯王,随后他们三人像技巧运动员一般快乐轻盈地跳起俄罗斯农民舞的时候,瓦尔瓦拉笑得前仰后合。

"多么庸俗,"萨姆金说。瓦尔瓦拉低着头,默不作声,也不看舞台。克里姆觉得她似乎想哭,那副样子很滑稽,他简直忍不住笑起来,问道:

"您不舒服吗?"

"噢,不,没什么!您不要担心!"她悄声说道。而萨姆金心里暗想:

"当然,这是嫉妒造成的痛苦。"

这出戏在对阿琳娜的一片喝彩声中闭幕了,观众疯狂地呼喊,吼叫:

"拉—吉—莫—娃[②],快出来!"

"您想到后台去看看她吗?"萨姆金问她。

[①] 荷马史诗《伊利亚特》中的人物。
[②] 阿琳娜的艺名。

"不,不想去,"瓦尔瓦拉急忙回答。

来到大街上的时候,他说:

"这种小歌剧对您产生奇异的影响哩。"

"您觉得可笑吗?"瓦尔瓦拉轻声问道,挽起他的胳膊,走得更快了。她一面走,一面慢条斯理地说:

"我知道您一定觉得可笑。可是假如我是一个男人的话,我会感到恼火的。简直可怕,这样的侮辱……"

他使劲儿夹了一下她的手,近乎温情脉脉地问道:

"有点嫉妒了吧,是不是?"

"有啥嫉妒的?她并没有天才。嫉妒她的美貌吗?可是当美貌被人这样糟践的时候……"

她紧挨在克里姆的身上,跌跌撞撞地朝前走;和这样一个人挽着胳膊走路真是不自在。他一面听她唠叨,一面生气。

"您记得莉吉雅老爱怨天尤人,责怪本能的支配力吧?我当时还不明白她是什么意思。然而她是对的!捷列普涅娃真是了不起,她美得叫人流泪,就是说让你看着悲喜交加,直流眼泪。这是真的!然而她所激起的情欲却是兽性的,难道不是吗?"

"这正是女人的胜利,"萨姆金道。

"真可惜,您竟开这样的玩笑,"瓦尔瓦拉接过话茬说。从这时起到她家大门口,她都没说一句话,一直用暖手筒掩着她的脸。只是到了大门口才叹口气说:

"一定是我不善于明白地表达我自己的思想哩。"

六

萨姆金认为,这一切都说明瓦尔瓦拉在设法避开他的影响,因此他很恼火,有一个星期没去看她,并且蛮有把握地以为她自己会来找他。然而她没有来,这使他放心不下;瓦尔瓦拉犹如一面镜子,已经是他不可缺少的了,不仅如此,他还想起阿列克谢·戈金这个颇像店铺小伙计的花花公子,大概正因为这样,那些小姐们才喜欢他。于是他以为瓦尔瓦拉可能生病了,便到她家去看她,正好在过道里碰上了柳芭莎,她身穿皮大衣,戴着小绒帽,和往常一样,腋下夹着几本书。

"咦,是你呀,我正好想去找你呢!"她慌忙脱去皮大衣,脱下套鞋,嚷嚷道。"你蹲了几天监狱吧?他们干吗把你拘留在宪兵署呢?到餐厅去,我屋子还没有收拾。"

在餐厅里,她一头栽到沙发上,解开发辫。

"我头痛。看来我得剪掉头发。我蹲的牢房是个潮湿的小间,这种死气沉沉的生活我根本过不惯。"

她脸颊上的红晕显然已经消退了,觉察到这一点,于是她擦了擦两腮和前额,摸着眼眶下面的阴影,说道:

"他们是前天把我放出来的,到现在我还没有恢复过来呢。他们要把我送回老家去,可我的老家在哪里呢?这帮混蛋!四天之内,我就得离开这里,可我非常需要住在这里呀!有人会设法把我留在莫斯科的,不过……"

"审讯你的是瓦西里叶夫吗?"克里姆问她,同时感到她的烦躁不安不知为什么也传染了他。

柳芭莎用手掌拍了一下膝盖,从沙发上蹦起来,说道:

"这个笨蛋!你可以想象得到,他竟然恫吓我,以为我是个十五岁的小姑娘!而且愚蠢到极点,唉呀,这个小丑!我对他说:'是这么回事,上校:我曾经为"红十字会"募过捐,至于把捐款转给了谁,我可不能告诉您。另外,我同您没有什么好谈的。'末了,他说:您是人,我也是人,他是人,你们和我们都是人,而且扯到你……"

"他?还扯到我?"克里姆倏地从椅子上站起来问道,因为他的心突然烦躁地跳了一下。

"他说你想叫女人都去当奶妈,当保姆,是吗?总之这都是些愚蠢透顶的话!还说什么仁慈是不合时宜的,甚至是犯罪的。你知道,他的言语和举动都装得很热情,颇像一位严厉的父亲……这个无赖!"

"关于我,他还胡扯了些什么?"萨姆金问道。

"鬼晓得他胡扯些什么!总而言之,全是无稽之谈……"

萨姆金坐下,略微放心了,心里想着那位上校:

"一个恶棍!"

柳芭莎把头发披散在双肩和背后,皱着眉头,抿着嘴唇,克里姆打量着她,不相信她关于自己的那些话是真的。如果说这个既不漂亮也不聪明的姑娘叫宪兵训斥时,浑身吓得发抖,不敢吭一声,而那个宪兵跺着脚朝她大吼大叫,那倒是可信的。

"你似乎没有胆怯吧?"他讥笑地诘问她。她耸耸肩膀,答道:

"咦,你记得有句俗话说,'若是怕狼,就别进森林'吗?"

"可你没忘记维特罗娃吧?"

"什么,维特罗娃?她显然是个精神病患者。说强奸,我不相信。"

"你也不记得妇女在卡拉河畔被鞭笞①的事吧?"克里姆追问不休。

"那是久远的历史啦……你等一等,"柳芭莎弯下腰去,对他说。"你这些话说得太离奇了吧?你是想捉弄我吗?"

"有一点儿,"克里姆瞧着她那犀利的目光,发窘地承认。

"你这念头真怪,"柳芭莎埋怨道。"你的面孔也很阴险。"她补充一句,又流露出一副疲惫不堪的神情。

"不过我承认:在头两次审讯中我担心过他们在搜查时会发现某个地址,可是总的来说这都不如我想象的那么严重,那么诡谲。他跟我说:'瞧您还读拉萨尔②的书呢,'我也问他:'您不是也在读吗?'他

---

① 西伯利亚的卡拉河畔从十九世纪下半叶起成了监禁和流放男女政治犯的地方。
② 拉萨尔(1825—1864),德国工人运动中的机会主义派别首领,他诬蔑农民是"反动的一帮",反对工农联盟,宣扬铁的工资规律等谬论。马克思在《哥达纲领批判》中对他的机会主义观点进行了严厉的批判。十九世纪末他的思想在俄国一部分知识分子中颇为流行。

说:'我读这些东西是出于职务上的需要,而您一个姑娘家,究竟是为什么呀?'他就是如此这般地说了一通。"

萨姆金问她:瓦尔瓦拉上哪儿去啦?

"她到老戈金家去了。她心神不定,十分苦恼,甚至常常流眼泪!因为阿琳娜演小歌剧的事。"

"老戈金是何许人?"

"原来是我姨父。这是最近才弄清楚的。但也不是真正的姨父,不过是跟我母亲的一个姊妹结过婚就是了。可他很喜欢家族关系,爱攀亲戚,希望我做他的外甥女儿。我是可以答应的!他很善良,是个很有用处的老头儿。"

谈到阿列克谢,她说:

"他很风趣,不过是个懒汉,一个二流子。"

末了,她长叹一声,怨声怨气地说道:

"唉呀,克里姆,你知道吧,我给递解出莫斯科的时候,多么难过哟!"

对于她的怨诉,萨姆金没什么好说的;他在思忖着:跟瓦尔瓦拉玩的把戏到头了,必须换个方式,或者干脆停止了。因此,当瓦尔瓦拉脸颊冻得通红,连大衣也不脱,就满面春风地跑进屋子里来的时候,他倏地站了起来,带着亲昵的笑容,上前欢迎她。可是她只不过对他说了声"您好!"就扑到索莫娃身上,和她拥抱起来,并且大声喊道:

"柳芭莎,胜利啦!你可以在这里停留一个半月,去找精神病医生看看……"

"哦咿,是吗?"柳芭莎惊疑地叫道。

"这是真的!不过你是得去看看医生。"

"上帝呀,我是要去见大主教的哟……"

"那就是说我们要庆贺一番啦!戈金他们马上就来,我买了些好吃的东西……"

265

七

欢乐的庆祝会开始了,姑娘们跳起了华尔兹舞,安菲米叶夫娜一面铺桌子,一面龇着大黄牙,笑嘻嘻地唠叨个不停。

"你们就蹦跶吧!又要蹦出事来的!"

她那紧绷绷的脸上闪现出快乐的光辉,用鼻子深深地吸着空气,仿佛空气中有一种异香似的。戈金出现在餐厅的门口,他用嘴唇巧妙地吹出进行曲的一些节拍,然后鼓起一面腮帮子,用手指一按,一股刺耳的声音便从他那把亮晶晶的大胡子中冲了出来。跟戈金一道来的,还有一位姑娘,她突出的前额上方长着一脑袋乱蓬蓬的棕发;一双金色的眼珠子不懂礼貌地瞪着克里姆的脸,说道:

"您是萨姆金吗?我们早就听说您是一位神秘的人物啦!"

"是谁告诉您的?"

"是雅科夫·塔吉尔斯基,不过我们都不相信他的话。但是看来他是对的:您的神态像一位学者,蓄着一脸怀疑派的胡髭,我们已经对您敬佩得五体投地啦!阿廖什卡①,别闹!"

她最后这声喊叫是冲着戈金的,因为他拽着她的胳膊肘,把她从地上提起来,放在克里姆的一边,说道:

"请您别见怪,她不过是个小木偶,肚子里全是木屑,可她说的话……"

"别信他的话,"塔吉雅娜喊道,用她的肩头推开她哥哥,但是柳芭莎把戈金带到自己房间去了,瓦尔瓦拉请求姑娘帮她干点活儿。萨姆金感到高兴的是他能有机会安静一会儿了,因为他每逢遇到这一类人就心慌意乱,在他们面前不知如何是好。他发现,这些人特别不善于装模作样,一本正经,他们都是些职业的滑稽家,以取笑别人为自己的

---

① 阿列克谢的爱称。

营生。对那些毫无趣味的笑话必须报以欣然一笑,这会使一个严肃的人烦恼的。此刻阿列克谢·戈金正对柳芭莎说:

"你别咆哮啦!已经证明:政治是经济的女儿,所以他照顾自己的女儿是很自然的……"

他用一位传教士宣读《每日祈祷书》的口吻教训瓦尔瓦拉道:

"'善心的亚里士多德说得好:一个人纵然升到月亮之上,他也得死在那里',所以说,亲爱的瓦尔瓦拉,不要好高骛远喽!"

塔吉雅娜说她自己的时候,总是用复数"我们",这也没什么好笑的,而她在回答萨姆金"为什么?"的问话时,老是说:

"因为我觉得自己是众人居住的一座房子,他们所有的人都你争我斗的。"

过了一会儿,克里姆恍悟似的觉得她的话是对的,她嘻嘻哈哈的那副高兴劲儿,其实是在掩饰内心的不安。很难设想她孑然一身的时候,会是什么样子,而萨姆金本以为他可以轻而易举地、准确无误地看透他所认识的每一个人,透过他的堂皇的外衣,看到他孑然一身时的本来面目呢。现在就连塔吉雅娜·戈金娜的外表也很难捉摸,她那迅疾敏捷的神经质的动作,同她那慢条斯理的话语简直不相称,而她那扑朔迷离的话语,又和那双金光闪闪、令人不痛快的眸子里射出的疑虑的目光极不合拍。她身材匀称,结实,可那件深灰色的上衣穿在她身上却不太雅观,一头棕发长得一缕一缕的,但没有波纹,盖在她那圆圆的俄罗斯型的脸盘上显得并不美。

"你别难为阿廖什卡啦!"她请求柳芭莎,并且立刻以同样的口吻对她哥哥说:"停止你的戏法吧!"末了,又把没喝完的茶杯推过去,说:"给我来一杯浓茶,瓦莉娅!"

克里姆以为,她说这些话并没有什么目的,认为她一定是很娇气,很任性,很泼辣。她坐在他身旁,不住地打量他的面孔,一再诘问:

"严肃的人,我向您请教这该怎么办:我是资产阶级家庭出身的姑娘,生活优裕,总的来说还不错,不过我还是希望让这种优裕的生活见它的鬼去。这究竟是为什么呢?"

"这大概是因为您太聪明啦,但这是暂时的现象,"克里姆的回答并不太亲昵,他以为她是想开始一场"有趣的谈话"了。

"不,我不太聪明,"她一面说,一面摆弄茶勺。"我想那是由于感情冲动吧。我该怎么办好呢?"

她触怒了萨姆金,因为妨碍他观察她哥哥怎么跟瓦尔瓦拉和柳芭莎玩把戏。他从眼镜里打量着她,向她提议:

"您设法蹲几个月的监牢不就行了吗?"

"您以为这样就会治愈我的病了吗?"

"保准有助于您正确理解资产阶级生活怎么舒适。"

她嫣然一笑,问道:

"看来您对人的评价并不很高嘛!啊?"

"是的,不太高,"萨姆金真心诚意地回答,站起来,注视着阿列克谢的一双手;阿列克谢正举着双手,说道:

"正如德高望重的观众们所看到的,这里并没有什么奇迹,全靠手疾眼快,合乎科学。请看:我的上衣每一边有三个钮扣。一!"

他掩好上衣,立刻喊道:

"二!"他又敞开上衣,于是在上衣的一边出现了两个钮扣,在另一边出现了四个。"这是我自己的创造。"他夸口说。

"阿廖沙,这是怎么弄的呀?"柳芭莎像小孩子似的大声央告道,而瓦尔瓦拉却拽拽他的衣袖,要求说:

"让我瞧瞧里子!"

塔吉雅娜移坐到钢琴旁边,学着某人的腔调,用压抑的声音唱道:

> 我走遍了花园和草地,
> 各种鲜花尽收我的眼底,
> 然而世间没有一朵鲜花,
> 可爱得能与你相比!

粗俗的歌词配上那粗俗的音调倒很相称;柳芭莎纵声大笑,笑得喘不过气来,因为瓦尔瓦拉正在气急败坏地拼命想打开戈金用小手指轻轻一点就可以打开的那个香烟盒,可是她却怎么也打不开。末了,戈金把那烟盒放在自己肩上,摇动肩头,烟盒就徐徐滑进他的上衣兜里,于是他就揉乱头发,板起面孔,走到他妹妹身旁,说道:

"弹一曲《玛斯科塔》吧!喂,大家来合唱!"

他用快乐的声音唱起来:

> 倘若桌上摆着三支蜡烛……
> 是的,三支蜡烛!
> 一定有人要寿终正寝!
> 归入阴曹地府!

大家忧郁地跟着合唱起来,末了他又高兴地唱道:

> 是的,一切征兆和幻梦,
> 都有它充分的价值……

第二节由戈金独唱:

> 啊,为了填补空虚的灵魂,
> 需要把信仰在里面装满!
> 夜里的猫儿都成灰色,
> 只有女人却很好看!

"糊涂虫!"塔吉雅娜叫喊一声,用乐谱打了他一下头。而他拽住她的手,用想象不到的力气,仿佛习惯性地把它搁在自己的肩头上。姑娘们开始争夺朋友,大呼小叫,但是萨姆金早就知道他在这伙人中是多余的,所以便神不知鬼不觉地溜掉了。

第十二章

一

灰蒙蒙的雾霭笼罩着城市,为它披上一层洁白的霜衣,树枝和电线都显得毛茸茸的;寒风刺脸。萨姆金边走边想,瓦尔瓦拉一旦成为他的爱人,那苦日子定会降临到他的身上。是的,大概她和马拉库叶夫或者某个演员,什么都干过了,因此她就失去了扮演一个天真多情的少女的权利。可是,既然她硬是要扮演这个角色,那就得受惩罚了。

"没什么可犹豫的,慢条斯理太愚蠢!"他拿定主意。

过了两三天,他又惊又喜地发现,他已经全神贯注于一个十分明确的欲念之中了。当他把自己的这种感觉和从前追求莉吉雅时的那种心情对照一下的工夫,不禁发现,当时那种性的本能曾经天真而腼腆地装饰在浪漫色彩的憧憬与追求新奇的渴望之中,然而现在,却丝毫没有这样的感情,有的只是占有这位心甘情愿的少女的自由自在、合情入理的欲望。他自信他的行动是自由自在的,所以越发没有顾忌了,他像猎人在窥伺一只狐狸似的窥伺着瓦尔瓦拉,而且已经不止一次地为自己鼓气说:

"今天就动手。"

但是每一次他都会遇到一些障碍,而且每次失败都越发增强他对瓦尔瓦拉的恶感,把他和她缠得更紧,对此他是了解得很清楚的。他一直没有单独和瓦尔瓦拉会面的机会,又没有勇气把她叫到自己的寓所来。瓦尔瓦拉从来没到过他的寓所。每当他去找她的时候,总要碰上戈金兄妹,碰上那位愁眉苦脸的古萨罗夫,这人老是焦急不安,以为社会民主党的《宣言》,不仅不会把马克思主义者和民粹派联合起来,反而会使他们彼此更加疏远。

"处于我们这样的贫困地位,这种颇有主见的温情又有什么用处呢?"他怨声怨气地说,不停地转动眼珠,瞧瞧瓦尔瓦拉,又瞧瞧没有理睬他的塔吉雅娜。虽说古萨罗夫和戈金说话用的是"你"这样的称呼,可他却像个小学生似的,仔细聆听着他那些稀里糊涂的话语。

"你别生气,一切都会就绪的!"阿列克谢眯起眼睛对他说道。"马克思主义者都是些诡计多端的人,他们谅解你,但也不放过把愤怒的心灵同精明的头脑结合起来的机会。"

和戈金的每次相会,都增强萨姆金对这位纨袴子弟的厌恶,他那张平庸的面孔、爱开玩笑、熨得笔挺的裤子、举动随便和轻浮,都叫他很反感。然而,克里姆也肯定会怀着嫉妒和懊丧的心情承认,戈金不失为一个颇有风趣的人,他读书万卷,学识渊博,对自己的行当十分娴熟,就跟穿衣服一般。很明显,他本人虽说保准不是党内的人,可他对革命运动却了如指掌。很难设想他这样一个会耍戏法和近似小丑的人物,能成为一个政党、哪怕是一个傀儡党的成员。不过,要说那些充当宪兵情报员的正是这一类人物,倒是可信的,因为他们什么都知道,善于巧妙地把自己的真正信仰隐藏在丰富知识的伪装之下。

萨姆金听见阿列克谢也在称赞马克思主义者和民粹派,而且又安慰老爱愁眉苦脸的古萨罗夫,便说道:

"自由派也应当拼凑一个小党,即使是为了教育教育他们那些浪子,驯服一下他们自己那些调皮捣蛋的子弟也好啊。一切都会按部就班地进行,你不要吼叫啦!"

末了,克里姆真的有些恼火了,因为戈金把他仔细地端详了一番,却没有表现出对他亲近的意思。他对柳芭莎和瓦尔瓦拉的态度,却像一个小孩子:他有许多玩具,可是不大知道哪个好哪个坏。瓦尔瓦拉明目张胆地跟他眉来眼去,萨姆金觉得她在这方面太有失检点了。

塔吉雅娜像秋天的苍蝇似的,死乞白赖地缠着他问个不休:

"您怎样看待颓废派呀?这是刚刚从法文翻译过来的,未免太迟了,太惊人了,不是吗?可您不觉得人们对魏伦和维尔哈伦①的兴趣同样强烈,这岂不是咄咄怪事吗?"

萨姆金觉得,这位大眼睛的姑娘不相信他,在试探他。她对她同父异母哥哥的态度也不可理解;塔吉雅娜专瞧着阿列克谢,她那令人不愉快的顾盼是太频繁了,恰似妻子瞧着患心脏病的或者很想作出一种意外举动的丈夫,又像是在注视着一个想了解而又不能了解的人一般。

有一回,当瓦尔瓦拉送萨姆金回家的时候,因为大家都兴高采烈地出来送他,所以他很激动,于是他搂着她的脖子,另一只手扳住她的头,猛劲儿地吻了她的嘴唇。她喘着气,往后直躲,盯着他的脸,咬着嘴唇,眼睛里好像沁出了泪花。萨姆金飘飘然地走到大街上,好像雪了恨似的那样痛快,他现在可以堂堂正正地警告他的对手等着他的会是什么样的下场。

二

几天之后,萨姆金又去找瓦尔瓦拉,但她不在家;戈金兄妹和柳芭莎正坐在餐厅里。

"瞧,我们还把他给忘掉了!"柳芭莎大声说道。末了又急忙告诉克里姆:"柳托夫要举办一次音乐跳舞晚会,将有文学家参加,说不定叶尔莫洛娃本人还会来呐。"

---

① 维尔哈伦(1855—1916),比利时诗人、戏剧家、评论家,他的诗作带有象征主义的色彩。

"阿琳娜也要来,总而言之,太棒啦!愿意参加的人要化装,票价至少要五个卢布,再贵些,就是到一千卢布也有人要。你能推销多少?"

"为谁和为什么募捐?"他一面问,心里一面琢磨:一定要找个借口拒绝推销这种票。塔吉雅娜在一张纸上写了些什么,然后答道:

"为那些生来就是瞎子的堪察加人呗!"

她哥哥读着那封粉红色的纸片,补充道:

"还有为了修缮克里姆林宫墙。"

当着这些人的面,萨姆金不好拒绝这不合心意的差事,于是他拿了五张票,并且决定全部由他自己出钱,但不去出席晚会。

然而,经过再三考虑,他改变了主意,若干天后,他化装成一位炼金术士,出现在柳托夫家那间熟悉的前厅里的一张小桌旁。桌子后面坐着一个修女在收票,她的半边脸被假面掩饰着,两片薄薄的嘴唇上挂着勉强的微笑,萨姆金立刻就认出了她是谁。柳托夫站在通向大厅的门旁,身子摇摇晃晃;他身着旧式锦袍,头戴平顶皮帽,脚蹬摩洛哥式皮靴,手持一柄曲形宝剑,那姿势有如举着一把小伞。他一面咳嗽,一面嘀咕,像个小伙计似的点头哈腰,招呼着来宾,单调而又抱歉地说:

"承蒙光临……欢迎欢迎……"

他的一对斜眼比以前转得更急促、更焦躁了:那凝视的目光仿佛要撕下跳舞者的假面具似的。灰不溜丢的脸上直冒汗,他用手帕擦擦脸,然后抖一抖,好像要抖掉灰尘似的。萨姆金心想,古时候书记官穿的那身衣服倒挺配得上他这副面孔,不过不能手持宝剑,而是腰里挂一桶墨汁。

萨姆金大模大样地推开柳托夫,停在门道里。

"是帕拉采尔斯[①],还是阿格里帕[②],嗯?"柳托夫朝他的肩膀焦躁

[①] 帕拉采尔斯(1493—1541),德国医生和自然科学家。
[②] 阿格里帕(1486—1536),古代学者,著有《论科学的虚无》和《神秘的哲学》等书。

地嗫嚅道。"欢迎光临……哈哈!"

几位宾客挡住了萨姆金的路,其中有两位他熟悉的律师,他们的装束和在法庭上一样,全着晚礼服;站在他俩前面的是个瘦瘦的庄稼汉,穿一件蓝花格衬衣,腰间扎一条树皮绳,套一条藏青色的衬裤,脚蹬一双新做的树皮鞋,头上扣着一顶红褐色的假发,那张瘦小的脸上粘了一片滑稽可笑的乱七八糟的大胡子,与其说他像个庄稼汉,还不如说他像下等酒馆里唱小曲的演员。克里姆认识此人,他是叶尔马科夫,一位非常爱讲笑话的人,他能引人入胜地朗读契诃夫的小说,同时也是个非常和善的人,一位名士派艺术家。

"是科尔库诺夫[①]吗?"他嗫嚅道。"咳,科尔库诺夫又算什么呢?他的书是给中学生看的。喏,我来告诉你们关于他的情况吧……快给魔术师让路!"他大呼小叫地躲开萨姆金。

大厅里有四十来人,但是挂在两窗之间墙壁上的穿衣镜,使来宾增加了许多;似乎有许多吉卜赛女人、侯爵夫人和丑角从昏暗的墙壁里闪现出来,再过一会儿就会挤满大厅,简直没法跳舞了。萨姆金从镜子里看见,一个穿黑衣服的矮子在角落里奏乐,那一脑袋乱蓬蓬的头发活像个木偶小鬼儿;他在椅子上痉挛般地弯着腰,用长长的手指敲打着钢琴键,仿佛是在揉面团。透过唰唰的脚步声和人们的欢声笑语,以及观众的品头论足,音乐听不大清楚,但是两盏吊灯的水晶坠子发出的令人惊恐的叮当声却依稀可闻。

在跳舞的人当中,萨姆金一下子就认出了瓦尔瓦拉。她穿一身绿衣裳,饰着用缎带制作的花草,长袜上粼光闪闪,她那披散的头发上扣着一个用青草和黄花编成的花环;她没有戴假面,但是精心地画了脸谱:一对深凹的大眼睛,异常弯曲的眉毛和艳红的嘴唇,都使她的面孔显得有些忧伤,令人惊异和出奇的美丽。一个穿绿袍的中国人用轻盈异常的舞步围着她打转,他身材矮胖,圆圆的脑袋,一副猫儿脸;他那

[①] 科尔库诺夫(1853—1904),彼得堡大学国家法教授。

长长的发辫拍打着瓦尔瓦拉裸露的肩头和臂膀,她不禁笑了起来。她的两条闪着粼光的大腿,仿佛脚不沾地似的;那一脑袋长得像水草一般的浓发,把她的头坠向后面,两排鱼齿似的细牙放射出冷冰冰的、贪婪的光亮。

"请—请原谅!"一个宽肩膀的水兵站在萨姆金的前面说道。"我们的法学界出了彼特拉日茨基①这样一位人物……"

萨姆金用他的魔杖触了一下水兵的胳膊肘,他倏地转过身来,像招呼熟人似的叫道:

"啊,是魔术师呀!请吧……"

"不是魔术师,是妖法家,"有人郑重其事地更正说。

"请原谅,对此我并不以为然,"萨姆金怏怏不乐地说。

柳芭莎像个彩色的小皮球,连滚带跳地跑来跑去。她打扮成一个乡下姑娘,那圆圆的脸蛋涂得丑陋不堪;她推开众人,大声呼哧着,不时地喊叫:

"喂,来呀,哪位是我的小宝贝儿?"

萨姆金在跳舞的人群中穿梭,阻碍着他们的步履,用他的近视眼死盯着那些盛装的男女,悔恨自己不该选择这样笨重的服装,两只脚老给长袍绊住。他在化装跳舞的人中认出了戈金,他扮成歌剧中的浮士德,而他挽着手臂的那个小丑,兴许就是塔吉雅娜。一个细高挑儿的丑角莫名其妙地戴着棕红色的假发和一顶意大利强盗式的帽子,显得很滑稽;他推了一下克里姆,抓住他的肩头,低声道歉说:

"对不起,偏见先生!您正是偏见先生,是吗?"

萨姆金默默地躲开他,看见一个大个子,正坐在窗台上抽烟,他戴着半个面具,脸上贴着一大片假胡子;他身穿中世纪行会工匠服,扎着一条皮围裙;这使他在那些服饰华丽的人们当中显得很突出。跳舞终场之后,那个中国人小心地把瓦尔瓦拉摁在椅子上,然后托着大胡子,

---

① 彼特拉日茨基(1867—1931),俄国法学家,莫斯科大学教授。

弯腰朝她说：

"啊，美人鱼，单凭您这双眼睛就不该住在水下，而应该住在火里，比如住在地狱里。"

"地狱就在我心灵里，不过我不是美人鱼，而是森林女神……"

克里姆听声音知道这位工匠打扮的人是库图佐夫，他觉得心很像汉斯·萨克斯①，并且暗自思忖：

"此人是除不掉的。"

三

瓦尔瓦拉给一些跳舞的人团团围住；她用一把水仙菖叶当扇子扇着脸，大声回敬那些跟她开玩笑的人们，仔细而又焦急地打量着大家。

"她是在找我哩，故意大声喊是想叫我听见她在那里。"萨姆金暗自想着，并不觉得心满意足，因为他认为这是自然而然的事。一种超然于所有这些盛装的人们之外的感觉，使他又惶惑，又懊恼，其实这种感觉以前从未使他苦闷过，而仅仅是助长了他那独特和孤僻的念头。他力图以装束不合身来解释自己的懊恼，因为这套装束使他不得不摆出一副火鸡式的傲慢神气。但是萨姆金分明知道：他所以这样想，是为了避开在库图佐夫面前的窘态，倘若库图佐夫认出他来，那岂不是很不愉快吗？

"很可能他在莫斯科是非法的……"

钢琴又弹了起来，那个中国人张开双臂，像要跌倒似的，抱住瓦尔瓦拉；一位铁甲骑士把一只手伸给那位肥胖的土耳其宫女，可他的护膝松开了，正当他绑护膝的工夫，宫女却被那位穿一身花条衣服的小丑拽跑了。

"见鬼！"骑士嘟哝一声，拽下护膝，塞到穿衣镜后面，对萨姆金说

---

① 汉斯·萨克斯(1494—1576)，德国诗人、剧作家，十六世纪德国市民文学的代表。

道:"一座古老的房子,连个通风孔都没有。"

萨姆金觉得这里太无聊,便信步走到小餐厅;那里的一条长形餐桌上摆满了佳肴和美酒;两位太太正在那里来回忙活,一个是服饰华丽的、浓眉大眼的西班牙贵妇人,一位是身着无袖长裙、戴有俄罗斯妇女头饰的胖太太,因为她的鼻梁宽阔,戴上去的夹鼻眼镜老滑下来;她愤愤地接住眼镜,郑重地吩咐一个秃头的男仆说:

"请您照看着点儿,别叫他们自己动手拿!"

在墙角里高高地放着一个擦得明光锃亮的大火壶,正冒着蒸气,活像一尊神像。那位西班牙太太一面往每个杯子里斟茶,一面说道:

"不,佩拉盖娅·彼得罗夫娜,这样不对,肉里放橡实味道发苦,放点酒糟,肉就会松软。"

那个戴俄罗斯头饰的女人说:

"酒糟里要多加点盐。"

萨姆金操起一瓶白葡萄酒,走到靠窗子的一张小桌跟前,看见塔吉尔斯基坐在墙和柜橱的中间,仿佛置身于一个大箱子里似的;他正用撕破的硬纸面具拍打着自己的膝盖。他穿蓝色短上衣,戴消防队员头盔,蹬一双笨重的大皮靴,所有这一切都和他那白皙的脸蛋极不相称。他微笑着,像个醉汉似的,用固执的目光盯着萨姆金。

"快活吗,魔术师?"

"我知道得太多了,所以并不快活,"克里姆回答,声调变得阴沉了。

"我也一样,"塔吉尔斯基点点头说;他的头盔滑到耳朵上,把两只耳朵压得扎煞起来。

克里姆已经不止一次看见他酒醉了,因此他很想弄清楚:这个娇生惯养、文质彬彬的人怎么会纵酒呢?

"这是民粹派举办的吧?"塔吉尔斯基问道。他面前的桌子上也有一个酒瓶,但里面是空的。

"不晓得,"萨姆金一面回答,一面注视那些服饰艳丽的跳舞者从门外一闪而过,他们的身影映现在穿衣镜里,消失在银灰色的空虚之中。柳芭莎和汉斯一对,移动着小短腿疾步而过,那个中国人跟在她后面,急忙赶过塔吉雅娜。

"他们多快活呀!"塔吉尔斯基咕哝道。"他们化了装,都觉得很快活。不过您瞧,术士先生,有多少滑稽家和小丑以及那些傻瓜蛋哪?这又说明什么呢?"

萨姆金没有理他,直往他杯子里斟酒。跳舞的人多了起来,人群显得更艳丽多彩了,更热闹了,传来柳托夫在门口附近跟谁逗趣似的喊叫:

"嘿,那您似乎是回答了本丢·彼拉多①的问题嘛,啊?基督也没有胆量说'我就是真理'呀,可您,您竟敢说哩,嗯?"

作家尼科吉姆·伊万诺维奇来了,他穿了一件棕色的厚夹克,显得很暖和,脖子上围着一条花格围巾;他对着袖口咳嗽两声,在人群中穿梭,挤来挤去。瓦尔瓦拉和塔吉雅娜手拉手走了进来,手中的扇子不停地掘着。她要了一杯茶,紧挨着克里姆坐下,把一双粼光闪闪的大腿伸在桌子底下。塔吉尔斯基急忙戴上撕破了的、鼻子的油彩已经剥落的假面;塔吉雅娜一面嚼着面包夹火腿,一面说道:

"这位乐师弹得可真莽撞。人家都说他将来会出名;他现在就已经为此留起头发来了。"

"您可真厉害,塔尼雅②,"瓦尔瓦拉叹口气说。

"我是嫉妒。将来的名人有百分之七十五都在这儿。可我算什么呢?所以我才说得尖刻。"

戈金娜仔细打量一番克里姆,末了又看了看塔吉尔斯基,眉头紧蹙起来,好像想起什么似的,接着又小声对瓦尔瓦拉说道:

---

① 本丢·彼拉多,公元一世纪罗马帝国驻犹太总督,据《新约全书》记载,耶稣是由他判决钉死在十字架上的。耶稣在受审时对他说:"我就是为了真理才降生到人间的",而对于彼拉多提出的"何为真理"一问没有回答,所以"本丢·彼拉多的问题"便成了表示怀疑的一句名言。
② 塔吉雅娜的小名。

"您也很成功哩。"

"那很可能是因为我的裙子短吧!"瓦尔瓦拉悄声回答。

这时柳芭莎出现在门口,喊道:

"太妙了,姑娘们,是吧?佩拉盖娅·彼得罗夫娜,请您唱吧!"

那位戴着俄罗斯头饰的太太走进大厅去了,柳芭莎跟在她后面。

"真像个大南瓜,"塔吉雅娜在她身后叫道。

四

萨姆金来到大厅门口,听见那里的人们在悄声嘀咕,挪动椅子,随之肃静下来;钢琴师的手指活像给琴键烫了似的,不停地掀动,弹着和音,这时那位身穿无袖长裙的太太,神气十足地挺起她那强壮的胸脯,以诉怨的音调,高声唱道:

莫非我是田野里的一棵小草?

她一面唱,一面摇晃那副系着黑绳的夹鼻眼镜,就跟摇晃古代的投石器一般,好像故意让听众了解那个伴奏的人跟不上她的调门儿似的。塔吉雅娜坐在萨姆金身后,给她的歌词胡乱加些恶意的字眼儿,在萨姆金看来,她这些字眼儿倒挺丰富,而且挥洒自如,毫不吝惜。柳托夫和尼科吉姆·伊万诺维奇走进餐厅。柳托夫走路踮着脚尖,软皮靴子发出轻微的响声;他双手执剑,一手握剑柄,一手持剑头,横搁在他的腹部;那位作家的肩膀紧挨着他,怨声怨气地说道:

"他在《信使》周刊上发表了一篇甜蜜的小说[①],于是人们纷纷称赞他,又过了一年,他真地写了一部小说,大家又都惊叹不已,岂不知这是害了他……"

[①] 这里指的可能是安德烈耶夫(1871—1919)和他的第一篇小说《佛手柑和加拉斯卡》。

"您喝白兰地还是伏特加?"柳托夫问他,眼睛盯着小姐们;末了又转向萨姆金说:"喂,占星家,您青年时代都喝些什么呀?"

"喝胆汁!"克里姆回答。

"太可怕了,"柳托夫摇着头喊道,而尼科吉姆·伊万诺维奇却喋喋不休地说下去:

"他现在听到的是一片赞扬声,就跟苍蝇落在了糖蜜里一般……"

"我们来干杯,才子,"柳托夫纠缠着萨姆金。克里姆谢绝了,他走到大厅里,听见那里一片喝彩声。那位戴头饰的太太不肯再唱了,另一位接替她,这是一位面孔不显眼的乌克兰女人,满身饰着花朵和绸带,她旁边就站着库图佐夫。他摘掉那半个假面,以致萨姆金心想,他根本就不需要戴假面,因为他那片灰白的假胡子已经使他的面孔老得难以辨认了。

一位胖胖的、侯爵打扮的人站在萨姆金的前面,说道:

"奇妙的歌喉!一定是位乡村教师之类的人物。她唱得太棒了!"

美妙动听的三重唱《金云伴我度今宵》[①]唱完之后,库图佐夫和那位女教师又唱起《莫要诱惑我》[②]。库图佐夫的表情虽说温和下来,可他唱得不知怎么却十分庄严,同这首诗里忧伤的歌词很不相称。他的女伴唱得真像一位女歌星,很有戏剧感,萨姆金发现,她顾盼库图佐夫的眼神是惆怅的,有时是惊异的。大厅里肃静下来,萨姆金甚至可以听见瓦尔瓦拉站在他身后,搂抱戈金娜时胸衣发出的窸窣声。柳托夫把宝剑夹在腋下,抻着脖子,让身体保持平衡,缓步走向大厅;那位作家手里捏着火腿面包,不停地舞动,跟在他后面也走了进去。

大家拼命向唱歌的人喝彩。索莫娃跑过去,她的眼睛是湿润的,但却显得容光焕发,她欣喜若狂地对瓦尔瓦拉喊叫:

"嘿,怎么样?这是多么优美的声音啊?你记得我对你说过他……"

[①] 达尔格梅日斯基作曲、莱蒙托夫作词的三重唱。
[②] 格林卡作曲、巴拉廷斯基作词的抒情曲。

"不过他唱得太死板了!"戈金娜说。

"嘘嘘!"柳托夫嘘他一声,把他的剑挪到背后,像条尾巴似的挂在那里。他咬紧牙,脸上那些干硬的小瘤子也鼓了起来,太阳穴上的汗珠闪闪发亮,左腿在长袍下面直打哆嗦。那个穿花条衬衣的小丑站在他背后,像小孩似的把下巴颏放在柳托夫的肩上,把一只手举过他的头顶,手掌一开一合,做着滑稽的动作。

库图佐夫唱完了《静息吧,激情的波涛!》①,柳托夫立刻跑到他跟前去,在一片喝彩声中尖声刺耳地叫道:

"对不起!请原谅……您的嗓子太了不起了,真的!"

柳托夫兴奋得喘不过气来,趔趔趄趄地晃着身子,小胡子触到库图佐夫的脸上,摇着手帕,喊道:

"不过大家都不这样唱!这样唱不行的!"

听众都沉默了,他们的注意力顿时被这位古代俄罗斯贵族的歇斯底里喊叫和那位大胡子工匠善意的惊讶所吸引。

"不行?"大胡子工匠问道。"怎么不行?"

"您否定这些抒情曲的意义,您好像故意用讥讽的腔调唱的……"

"您太夸张冷漠无情的一面了,"柳芭莎喊道。

库图佐夫粲然一笑,说道:

"是呀,您就直截了当地说:唱得不好吧!"

"让我来说明一下吧!"尼科吉姆·伊万诺维奇要求道。当柳托夫默默地用斜眼盯着他,柳芭莎作了一个鬼脸,躲到一边去的工夫,这位作家才对着袖口咳嗽一声,郑重其事地说:

"您唱得好是好,但也有美中不足的地方。您是在歌唱苦难,歌唱激情……"

"得了吧,您知道,我可是不喜欢吃香料的人;我的汤里不加胡椒面,已经够香的了,"库图佐夫淡然一笑说。"我喜爱的是音乐,而不是

---

① 格林卡作曲、库科尔尼克作词的抒情小调。

硬加上去的词儿……"

柳托夫忽然转身,对着小餐厅喊道:

"尼古拉,搬一张桌子来,那就两张也行啊……"

他扯着宝剑的佩戴,哀求那丑角道:

"喂,请你把这套混账东西给我解下来!"

萨姆金从柳托夫这声呼唤中得知这小丑是马卡罗夫。

"请问,您这话该怎么理解?"作家严厉地诘问库图佐夫,可是恰巧一群人围过来,要把他推到小餐厅去。"历史是用激情和痛苦创造的……"

一个侍者把一张桌子搬到人群中,接着又搬来一张和它挨在一起,尔后像个杂技演员似的,又敏捷地弄来几把椅子,开始把酒瓶和酒杯一一放在桌子上;这时有个人忽然抓住侍者的手,一个酒瓶掉在杯子上,砸得粉碎。

"真见鬼!"柳托夫骂道。"你若是不会……"

但他马上恍悟过来,嘀咕道:

"喏,快点儿吧,老兄,快点儿呀!请坐吧,先生们,我们来谈谈……"

大厅里又闷又热,不时发出阵阵笑声。有人正在讲亚美尼亚笑话。一个淡黄鬈发的少年侍卫,站在克里姆旁边,手里摇着一顶圆帽对那位乌克兰贵妇人说:

"谁也不能向我证明,人与人之间的斗争是永远不可缺少的……"

一个农民装束的人,手挽着刚才检票的那位修女,正贴着她的耳朵说:

"不,我们的百姓不会染上唯物主义这毛病的……"

萨姆金站在门口,瞧着柳托夫忙得不可开交,又是斟酒,又是递杯,把酒洒得满处都是,并且对库图佐夫说:

"您瞧,一个人干吗要装成骑士?为什么呀?为什么非要装成骑士?"

库图佐夫手里端着一杯酒,纵声大笑,头向后一仰,喉结鼓了出来,克里姆随之看到了他那假胡子掩盖下的真胡子。库图佐夫必是说了些使众人恼火的话,否则不会一下子有好几个人对他大声喝斥,而其中叫得最响的是那个农民装束的人。

"这不是什么新闻!先知们早就告诫过我们:'不义之财如同车轮上的尘埃,转瞬即逝',哈哈,一点儿不错!"

五

大厅里又响起了钢琴的声音,人们翩翩起舞,全身绿色的美人鱼在那个中国人的怀抱里时隐时现。克里姆身旁的那位修女站了起来,靠在门框上,双手交叉在胸前,模样很虔诚。他窥视一下她那半截假面具上的阴森的缝隙,沉着脸对她说:

"我认识您。"

"是吗?"她淡漠地悄声问道。

"您是玛丽亚·伊万诺夫娜,您住在……"

萨姆金提到他和这个女人相遇的那条胡同的名字,当时他正由密探和宪兵押着走过这条胡同。女人从袖子里掏出来一串柏木念珠,用她那纤细秀气的手指迅速地倒数着,嫣然一笑,问道:

"您还知道什么呢?"

"您的一切我都知道。"

"真的吗?那么说您比我自己还了解我喽,"她用萨姆金在什么地方读到过的一句话来回答他。

"是个读书人,"他心中暗想,瞅着那位修女悠然走到桌子前面去,那里的人已经不再叫喊,只听见库图佐夫的声音:

"八十年代清楚地证明,知识分子大多数绝对不是革命的……"

"您这话不对!"

"对!"塔吉尔斯基一只手拿着头盔,仿佛瞎子乞丐端着茶杯似的,肯定说。

萨姆金把头上的尖顶帽戴正,摸了摸脸上的假面具,走到桌子前面。那面具上的饰边被酒和汗浸湿了,贴在了他的下巴颏上,长袍直绊他的脚。他烦恼地操起一瓶冰凉的啤酒,一杯接一杯地一股脑儿喝了进去,听见库图佐夫又慢条斯理地说:

"现在马克思主义已经剥夺了知识分子非法取得的官衔和称号……"

"请允许我说!"有人愤怒地喊道。

"您不要打搅我!"

"不,请原谅!我要谈谈法制问题……"

"让那些虚无主义者滚蛋吧!"一个穿蓝色大袍、头戴雪白假发、足蹬长筒猎靴的人,醉醺醺地大声喊叫。

柳芭莎那尖厉刺耳的声音,犹如一股汹涌的激流,穿过愤懑者的吼声,传了过来:

"您以为你们为政治人物花五个卢布,就买得到你们在历史中的地位吗?……"

从屋角的柜橱后面传来了斯特拉托诺夫沉闷的低语声,以及他身上发出的骑士铠甲的响声。他说:

"反—反动是合法的,反动是文化成果巩固的时代……"

"那都是因为托尔斯泰之流①和波贝多诺斯采夫之流,"有人喊道。

每个人都争先恐后地嚷嚷起来,好像生怕突然间变成哑巴似的。大家都挤在库图佐夫周围,活像在动物园里围观一头他们想要引逗发怒的野兽一般。那位作家大发雷霆,叫道:

"你们的《宣言》真是一篇平庸之至的杂文!"

库图佐夫却冲着作家的头顶说道:

---

① 指Д·А·托尔斯泰(1823—1889),俄国反动政客。

"所谓的社会竟把民意派反对专制主义的斗争,视为票友们演出的一场戏……"

塔吉尔斯基在萨姆金的前面站起来。他使劲把铜盔扣在头上,攥紧拳头,开始摸索他的衣兜,当他找到之后,便把拳头藏到了里面,末了耸耸肩膀;他那淡红色的脖颈都涨得发紫了,嘴里不住地喃喃自语,嘀咕什么,不过他的声音则湮没在库图佐夫和另外两三个人的欢声笑语中。末了库图佐夫说:

"喏,先生们,我们已经胡扯得时间够长的喽!我们既然是来玩的,那就痛痛快快地玩一玩吧!"

萨姆金被人推开了;那位中国人瞪着两眼,舔着嘴唇,往小餐厅挤去。萨姆金跟在他后面,瞧着他怎样急急忙忙地大口喝下一杯凉茶,把一卢布脏乎乎的纸币扔在点心盘里,又跑回大厅去。那位作家已经冷静下来,他斟了一杯啤酒,告诫那蓝衣骑士道:

"戈斯拉夫斯基,熏肠和各种熏制食物一样,都是特别有害的哩……"

萨姆金喝了一小杯白兰地,等嘴里的辣味消失之后又喝了一小杯。他很久没有体验过这种强烈憎恶人们的情绪了,很久没有感到过如此孤独了。在这感觉中又加进了一种令人苦恼的嫉妒。假如他能像库图佐夫那样粗犷而豪放,能当着众人的面说出对他们的想法,那该多好哇!他会对他们说:

"呆子们!你们想干什么呀?难道要民众也和沼泽吸引小牛一样,把你们吸引到自己方面去吗?难道要工人拯救你们摆脱这种虚无缥缈的、崇尚空谈的生活吗?"

啊,对这些读书人和教士们确实有许多话要说。

"我总归有机会对他们说的!"

六

萨姆金心中这样想着,朝大厅走去,肩膀撞了一下那位修女,但是发现她把念珠挥动一下,并没有道歉。钢琴师起劲儿地弹奏俄罗斯舞曲。在密密麻麻、花花绿绿的人圈中,大家和着乐曲有节奏地鼓着掌,两双脚正轻盈地踢腾个不停,这是那个中国人和一个格鲁吉亚人在翩翩起舞。

"我可以教你跳得更完美!"中国人从地板上异常轻盈地跃起来,叫道。

瓦尔瓦拉两手弯到背后,扭动着屁股,上前迎住那个中国人。她脸上冒出的汗,融化了脂粉,但却显得十分迷人。中国人围着她跳起了蹲舞,她也毫不害羞地跟着他扭摆起来,以调情的微笑瞧着他的胖脸,那股风骚劲儿使萨姆金火冒三丈,并且觉得这一生气,就醉得更厉害了。

瓦尔瓦拉两条粼光闪闪的大腿疯狂地扭动着,袒露到膝盖以上,连短裤的花边都可以看见。

克里姆·萨姆金紧紧地闭上眼睛,咬住牙关,回想着自己这样一个念头:用一种使她受屈辱的方式占有她,占有她并且向她讨还他跟莉吉雅的失恋所付出的代价,以及一切一切的代价。

"此刻她当然不会想到我……不会想到我的!"他心里说。

跳舞停止了,人们又是一阵狂叫,喝彩。那个中国人挽起美人鱼,向小餐厅走去;那里也是闹哄哄的,跟市场上一模一样。中国人望着瓦尔瓦拉的脸,冲她喁喁私语,他的脸出奇地宽阔了,仿佛融化了似的;他笑起来两只耳朵好像移到后脑勺上去了。萨姆金躲到一个角落里,坐下来,摘下面具,把它揣进衣兜里。

"合唱!来个合唱!"一个火红头发的小丑跳到椅子上,挥动着两只手,喊道,有二十来人立刻把他围起来,全都抬起头,望着他。

"一,二,三!"他一面跳一面喊口令,把两只胳膊举过头顶指挥着,那群人就跟着他不和谐地唱起来:

> 从那遥远的地方,

从我的母亲——

宽阔的伏尔加河畔,

为了从事光荣的劳动①……

"'我们到这里来聚会',"一个戴着白色假发的醉汉过早地叫喊。

为了欢乐和自由……

"'我们到这里来聚会',"那个醉汉又喊一遍。

"为什么非要来自伏尔加河畔?可我是来自坦波夫哇!"

当大家唱下一节的时候,他又第三次吼起来,但已经是用的男高音,而且直瞪眼睛:

"我—我们到这—这里来聚会……"

除了这几个字,他什么也不记得了,然而这几个字眼他却记得非常清楚,他用红乎乎的小拳头对着合唱队指挥那边乱比画,好像要打他的肚子似的,那副凶相,显得越发厉害了,嘴里高喊着,连声调都变了。

"'我—我们来聚会……'"

他大喊大叫,直到那些歌唱者认为压不倒他的声音,他们才顿时停下来,倏然散去,而那位独唱的醉汉,表现出一副垂头丧气的神情,细声细气地唱道:

"我—我们来……"

他环顾一下,气急败坏地问道:

"这是为什么呀?"

萨姆金觉得此人阻止了那讨厌而愚蠢的歌唱,正合他的心意,于是他在椅子上一面摇晃着身子,一面哈哈大笑。那醉汉走到他跟前,

---

① 亚泽科夫作词、阿里亚贝夫作曲的大学生流行歌曲。

停下来仔细瞧瞧,也放声大笑起来,说道:

"这搞的是什么鬼名堂,啊? 鬼才知道……"

他抓住萨姆金的衣领,把他拽起来,说道:

"你听着,老家伙,你这稻草人,我们去喝一杯,亲爱的! 你是一个人,我也是一个人,咱俩就是一双! 他们什么都是贵的,不过这没什么! 革命是很值钱的,不要紧! 我—我们在这儿聚—聚会……"他对着克里姆的耳朵怪叫,拥抱他,吻他的肩膀,叫道:

"我就喜欢你这样的人!"

萨姆金和他共饮了一些烈酒,这时塔吉尔斯基走来,醉汉便伸手去抱他,喊道:

"亚沙[①]! 我一直在找你,找你……"

大厅里突然肃静下来,传来柳托夫哽咽的声音:

"啊,这就是我们的明星……女神……维纳斯万岁!"

阿琳娜忽然出现在小餐厅门口,她身上的连衣裙洁白耀眼,刺得萨姆金两眼直眨巴。她的腰部围着花环,一条条彩带从臀部直垂到衣裙的下摆;她头上也戴满了鲜花,手里拿着发光的折扇,全身粼光闪闪,跟条大鱼一般。气氛顿时沉寂下来,大厅里哑然无声,个个小心翼翼躲开她。柳托夫忙得团团转,一边搬椅子,嘴里一边直咕哝:

"来香槟,叶果尔! 科斯佳,你在哪里呀? 科斯佳!"

他似乎在融化,在缩小,像影子一样,马上就要消逝了。阿琳娜弯腰对柳芭莎喁喁低语,不时地流露出淡淡笑容。瓦尔瓦拉拉着塔吉雅娜·戈金娜的手跑过来,库图佐夫忽然出现在克里姆的身旁,赞叹道:

"瞧哇,这多有意思!"

克里姆略带醉意地想:阿琳娜的到来,竟给这次聚会增添了虔诚的气氛,简直令人可笑。他很想表明,这个女人虽说以她的美貌使所有在场的人为之倾倒,然而对于他却算不了什么。他嬉皮笑脸地走近

[①] 雅科夫的小名。

她,想对她说几句狎昵的话,让她感到难为情,可是却想不到她惊叫道:

"哎呀上帝,这不是克里姆嘛!醉成这副样子,脸都发青哩!……不过这件上衣倒挺合身。你喝酒啦?嘿,我真没想到!"

"是的,我喝酒!"萨姆金说。"我在这里喝。"

他有许许多多的话要说,但都是些令人难堪的话,他张不开口,所以他只是说:

"我喝。我一个人。这是我的《宣言》。你读过吗?没有。我也是一样。"

后来他站在桌子旁边,瓦尔瓦拉小声问他:

"您不痛快吗?"

"不痛快,"他表示同意。"您的舞跳得不好。简直不成体统。"

"您想来一杯混合酒吗?"他听见有人问。

萨姆金喝了一杯对有白兰地的柠檬汽水,感到头脑清醒了一些,他皱着眉头问道:

"那个中国人是谁呀?"

当瓦尔瓦拉说出一家生动活泼的小报编辑的名字时,他觉得心里怅惘不已。

"是个犹太人,"他摇着头,说道。"一个犹太人!"

自此以后他什么也记不起来了。

七

他醒来的时候才发现自己躺在一间陌生的房间里,但是贺里桑弗大叔的那张大相片说明了他是在什么地方。一道道颜色奇异的霞光透过窗帘照进昏暗的屋内;尽上头的玻璃窗露出一小块天宇,这使萨姆金想起了宪兵署那间小小的禁闭室。

过了几分钟,是两分,还是二十分,很难肯定。门外传来沙沙的脚步声,听见茶勺碰到玻璃杯发出的响声。

"喏,端进去吧!"不知是谁悄悄说了一声。门开了,萨姆金觉得好像瓦尔瓦拉站在他床前。

"您睡着了吗?"

"没有,我没有睡,可我真有点儿后悔,"他睁开眼睛,说道。

他不假思索地说了这句话,又感到惊讶,他觉得他的话说得像小孩子犯了什么过失似的,而他的举止本来是可以大大方方的;因为什么特别的事情都没有发生,他是偶然来到这间屋子的,并非出于他自己的本愿。

然而瓦尔瓦拉想必是没有听见他的话,所以才温存而欣喜地说:

"您可真滑稽,竟然醉成了那个样子!可真是动人。我把您带到家里来没什么关系吧?凌晨四点钟一道去您那里,我觉得很不方便。您睡了差不多有十二个小时。您不要起来!我这就给您端咖啡来……"

萨姆金坐起来,摇晃一下头,戴上眼镜,但又马上摘了下来。

"他想过的那件事马上就要发生了,"他这样想着,但没有十分的把握,而仿佛是在诘问自己。安菲米叶夫娜推开门,瓦尔瓦拉端着一个托盘进来;她咬着嘴唇,心切地盯着咖啡锅下面酒精灯的蓝火。当她递过杯子来的时候,克里姆发现她的手直哆嗦,胸脯忽起忽落地喘着气。

她脸色苍白,两眼周围布满了浓阴。她望着他,不安地眨巴着眼睛,目光一接触他的面孔,马上又移到了一边。

"柳芭莎到现在还没来,"她告诉他。"您可知道,在您觉得身体不舒服以后,那里简直成了个凄凉的地狱。那位男中音,噢咻,嗓子可真绝了!原来他是个乐天派,他跟戈金娜和阿琳娜三人都干了些什么,鬼才知道!还要吗?"当克里姆喝完,递给她一个空咖啡杯的工夫,她问道。不巧杯子从盘子里滑了下去,掉在地上,摔得粉碎。

"哎呀,"瓦尔瓦拉轻轻地喊了一声,萨姆金却乐呵呵地说道:

"这是一个好兆头。"

他掀掉被子,跳到床下,趁着姑娘还没有走开,将她紧紧地搂在怀里。

"不要……不许你这样!"她一面挣脱,一面喁喁低语。"可您并不爱……"

她突然抱住他的脖子,几乎是呜咽着说道:

"可怜可怜我吧,啊,你就饶恕我吧!"

克里姆一言不发,装得正经八百的样子,把她仰面推倒在床上。

八

一个月之后,克里姆·萨姆金已经可以相信了:瓦尔瓦拉这些戏剧性的语言,是她已经腻于扮演的那种角色的最后的结语,她再也不想扮演这种旧角色了。她现在要扮演一个新的角色——一个体贴入微的伴侣,一个模范的妻子。他并非头一次发现,人们的变化是那么大,简直难以辨认,他认为他们的这种狡猾的把戏是骗人的,而瓦尔瓦拉更证实了他对人们的怀疑,增强了对他们的蔑视。他觉得他自己是不擅长矫揉造作和弄虚作假的,可是他也不能不羡慕有些人想装什么就像什么那样一种才能。

瓦尔瓦拉最叫他吃惊的是她还是一个处女,这是他万万没有料到,也是不愿去想的。而这毕竟说明,她保全自己的贞操,正是为了他,因此他感到由衷的喜悦。后来,当瓦尔瓦拉说她不想要孩子,总而言之丝毫不想难为他的时候,他简直欣喜若狂了。她说这话又干脆又坚决。她一再表明,她对于失去童贞是完全满意的,看样子,她居然为这个新的角色而自豪哩——这可以从她开始对柳芭莎和塔吉雅娜采取爱抚和谦恭的态度这一点上看出来。她那么快就抛弃了那些习以为常的姿态,矫揉造作的举动,还有动辄大惊小怪喊叫的习惯,真叫人疑窦丛生。她走起路来也显得轻盈而自然了,鞋后跟也不像从前嘎哒嘎哒响得那样凶了。最使克里姆吃惊的是,她对他时时刻刻表现得很有规矩;即使在跟他亲热的时候,也从不打破这种规矩,而那种爱恋的劲头却毫不减低。她的身段是美的,苗条的,但是克里姆发现,她大腿上的皮肤是粗糙的,发涩的,并想找个机会告诉她这一点。她行乐时老是默默不语,只有一次,她躺在萨姆金的膝盖上,闭着眼睛,喁喁低语:

"我当然也曾想象过干这种勾当是什么滋味。然而,实际却超乎我的想象。"

"你的想象可不怎么丰富,"克里姆心里说。

他列数了瓦尔瓦拉这些小小的长处之后,仍保持着他从前对她的那种态度,没有增加任何新的成分。然而一种不信任感使得他更仔细地去观察她,并且很快就看出来,她居然把这种试探性的观察当成了爱情。他仍和从前一样,以一种威严的口气,心不在焉地跟她说些无关紧要的孟浪语言,随意奚落她的爱好、情趣和见解;他甚至在她不愿意,或者生理上不方便的时候,硬要跟她行乐。然而,即使在这种情况下,瓦尔瓦拉也乖乖儿地顺从了他的纠缠——对她来说往往是屈辱性的纠缠,而在这之后他竟然蔑视她,心里想:

"跟她们一起生活就得这样。"

他偶尔也发现,她那对碧蓝的眸子里闪着悲伤和迷惘的希冀。他猜想,这是她在等待着他尚未说出的那个字,不过从良心上来说,他是不能说出这个字的,并且认为有必要警告她:

"我不想玩弄'爱情'这个字眼。"

总而言之,情况并不坏,甚至很有意思,已经有两三回想到过这样一个好奇的问题:瓦尔瓦拉究竟会顺从到什么程度呢?

"大概她很快就会问我要不要跟她结婚的事。有趣的是莉吉雅该怎么想呢?"

他老是克制自己,不去思念莉吉雅,因为一想到她就火冒三丈。有一回在甜蜜的行乐时刻,他曾想把他的恋爱史仔仔细细地告诉瓦尔瓦拉；当他恍悟到这会在她的眼里降低他的声望时，不禁为之愕然，末了他非常恼恨自己，竟拿瓦尔瓦拉撒起气来：

"可你把马拉库叶夫完全忘在脑后哩，"他讥笑她说。

他感到惊愕的是，瓦尔瓦拉的眼睛里顿时噙满了泪水，同时，不知为什么轻声慢气地诘问道：

"你怎么还责备我呢，嗯？要知道，还不是因为你吗……"

她一下子扑到他怀里，抱住他，生气地说：

"你干吗要这样说？你可不能这样狠心，我亲爱的！"

萨姆金把她放在自己的膝头上，淡淡一笑。他认为，瓦尔瓦拉有点儿装腔作势，因为他并没有讲任何委屈她的话呀，她没有任何理由抹眼泪嘛，干吗唉声叹气，那样拼命地撒娇呢？

"这就是她对我的爱情吗？"他心里嘀咕。从此以后就这样来看待她对他的钟情了。

"太好啦，看着你们俩这样，我真高兴！"安菲米叶夫娜两手耷拉在肚子上，抿着嘴笑道。"可就是你们俩分住在两处不好，这开销太大，而且也似乎不合情理！您搬过来吧，克里姆·伊万诺维奇，搬到柳芭莎那间屋。"

瓦尔瓦拉默不作声，但是萨姆金从她眼神里看出，假如他真地搬过来，那她是很欢迎的。在安菲米叶夫娜再三邀请之下，克里姆搬到了莉吉雅和柳芭莎住过的那间屋子里。这间屋子已为他裱糊一新，用贺里桑弗大叔的古色古香的家具布置得挺舒适。

第十三章

一

柳芭莎终于被逐出了莫斯科。她临走时把"红十字会"的一部分工作交给了瓦尔瓦拉。萨姆金对此很不高兴,但是他并没有反对,因为他想知道在莫斯科所做的一切事情。最后,柳芭莎认为有必要介绍瓦尔瓦拉认识一下玛丽亚·伊万诺夫娜·尼康诺娃,就先对克里姆说:

"她是一位非常温良和悦的女人。"

对于这种相会,克里姆没有任何理由抵制,不过他确信,这位温良的人肯定使用的假身份证。原来她就是柳托夫的那位老相识。萨姆金看得出来,尼康诺娃是一位丹尼娅·库里科娃式的人物,一位死死板板地做着某种区区小事的人物,而他们做这种事,是因为自己缺乏才能和意志,更无能摆脱有势力的人把他们推上的崎岖小路或者不幸境遇的缘故。柳芭莎介绍的有关尼康诺娃的情况,证实了萨姆金的估计:这位尼康诺娃真是那个大地主的女儿尼康诺娃;早在少女时代她就跟家庭决裂了,曾经坐过几个月的牢,迄今已在一家平民通俗书籍出版社当办事员三年多了。萨姆金断定,确乎如此:正是这些面貌普普通通的朴素人物,应当在这种平民出版社干事。

她穿一身熨得平平整整的深色衣服,活像一个新近死了丈夫的孀妇,那悲痛的神情尚未消失似的。她的脸盘端正,倘若不是绷得紧紧的,而是放松一些的话,可以说是迷人的。她比中等个儿略矮一些,可是当她坐下来的时候,就会显得高一些。她的肩膀有点儿歪斜,乳房也不高,但身姿窈窕,匀称的大腿套着黑色的长袜,脚面也很窄。她那勉强作出的笑脸,简短的答对,都不会引起人们要和她交谈的兴趣。而且她还有一点使萨姆金想起米沙·祖叶夫这个愁眉苦脸的人来。从前祖叶夫每逢星期六常到贺里桑弗大叔家去做客,谈些捕人的事情。然而她身上总有一些什么东西,引起克里姆的好奇心。

"你谈一谈,她为人怎样?"他问索莫娃。

"她是个好人。"

"说得具体一点儿,怎么个好法?"

"非常好的一个人。"

"你再没什么好说的啦?"

索莫娃临走的时候,活像一只发怒的母鸡,气急败坏地咕哝道:

"我讨厌你这些问题!干吗喋喋不休地问这问那,你又不是去写讣告。"

瓦尔瓦拉淡淡一笑,慢条斯理地说:

"依我看,此人在职业上是很不走运的。"

萨姆金的疑问目光迫使她解释道:

"我觉得有这样一种人,对于他们来说……只有当他们遭遇不幸的时候,才会意识到自己的存在,而且从那以后老是固守着这种不幸,仿佛这就是他们与众不同的特征。"

"说得有道理,"萨姆金莞尔一笑,称赞道;他已经发现,瓦尔瓦拉跟他同居以来,很快聪明起来了。她已经不去收集那些名流的画像了。

"你这是怎么啦?是讨厌那些英雄好汉了吗?"他问。

"他们太多了,"瓦尔瓦拉说。"男人们都否认英雄侠义,可自己却拼命装得英雄侠义,真是咄咄怪事!他们挨了鞭笞,居然还为'皮鞭'①唱颂歌。"

"是的,她真地越发聪明了,"萨姆金又一次想到,便跟她亲热了一番。一种自以为比他人优越的念头,往往促促克里姆对人们表现出宽宏豁达的风度。于是他跟尼康诺娃谈起话来亲热多了,甚至想和她来一次开诚布公的谈话。不过这一想法是从瓦尔瓦拉那里得到启发的,因为她对这位新来的女友非常诚恳,尽管也带有试探的意味儿。她对克里姆提出的"为什么",回答是:

"真有意思!她有某种不可告人的隐秘。她眼睛里直冒火花。"

是的,火花确实有的,这一点萨姆金在和尼康诺娃谈起他曾经和她几度邂逅相遇时也发现了。

"其实我们是老相识了,"他说。

尼康诺娃用疑问的眼神,默默地打量着他;她的眼白显得暗淡,仿佛沾了一层薄薄的灰尘,使得那双碧蓝的眼珠也变得黯然无光了。

"您记不起来了吗?"

于是他列数起来:初次相遇是在别墅,她去那里通知柳托夫"民权党人"被捕的事。

"啊,是的,"她点点头说道。"那工夫我还完全是个小姑娘。我不久也被捕了。"

克里姆又向她提起沙皇驾临的那天在柳托夫家吃中饭,以及她在一家饭店里看信的事。

"我可没有注意到您,"她用若无其事的口气说,随手拿起一本书翻着。

萨姆金心想,在她来说,这种举动可不太礼貌了。

"您几次都没有注意到,这一定也是因为从事秘密活动的缘故吧?"

---

① 《皮鞭之歌》是一八九九年针对学生暴动编的一首讽刺性流行歌曲。

她用书本遮着瞅了他一眼,又淡淡一笑。

"可是在宪兵押解我的时候,您不是认出我来了吗,您不记得啦?"

这工夫他发现她的眸子变得阴暗起来,好像颤抖了一下,瞪得更大了,眼珠里射出犀利的蓝光。

"对不起,"她兴奋地叫了一声,顿时显得满面春风。"这是在什么地方?"

克里姆告诉她胡同的名字,又笑嘻嘻地回忆道:

"那是凌晨四点,当时一个男人在送您……"

"不是的!"她也笑呵呵地说,随后用书挡住她的下半边脸,萨姆金只能看见她那闪闪发光的眼睛。她仿佛正襟危坐得不耐烦了,决心要站起来似的。

"咦,怎么不是呢?我听见了嘛……"

"您听见什么啦?"

"听见他要您快点儿……"

尼康诺娃把书扔在沙发上,叹了口气,耸耸肩膀道:

"那不是他送我,而是给我开门,"她更正说。"对啦,这我记得。我在朋友家里过了一夜,我必须早早起来。他们都是我的朋友,"她说着,舔了舔嘴唇。"可惜他们都离开此地到外省去了。那么说您当时是被押解的喽?我可没有看出来……我看见被押解的是一个大学生,这是司空见惯的事……"

"可我的印象是您认出我来了,"萨姆金固执地说。

"没有,"她冷冰冰地回答。"我对于面貌的记忆力太差了,而且我当时心慌意乱。"

她那炯炯的目光消失了,又拿起一本书,将那呆板的面孔俯在书本上。萨姆金用手指敲着鼓点,心中嘀咕:

"瓦尔瓦拉说得对:她好像有什么隐秘……"

二

此情此景给萨姆金造成的不痛快印象,很快就消失了,而且他也没有时间去考虑尼康诺娃的事。学生运动日趋高涨,必须审慎对待,才不致于陷入任何愚蠢事件之中。性格稳重的名声不仅没有挽救萨姆金,反而使得运动的组织者老来纠缠他,要他参加"向那些未来的官吏们灌输平民思想感情的既切实际又有必要的工作"——还是在彼得堡认识的那位麻脸儿的结巴波波夫,就是这样劝告他的。看来,波波夫已经完全献身于这一事业了。因为不得已,萨姆金才说,学生运动是资产阶级的,是同工人阶级的利益格格不入的,它引导青年脱离时代的重任:支援工人运动。

"不—不过,要—要让全体学生都—都到工—工厂去,可—可不行,真—真见鬼!"波波夫结结巴巴地说出这句气愤而又惊异的话。

但这无关紧要,因为波波夫在莫斯科只待了一两天,又吵骂了一阵就溜走了。萨姆金觉得至关重要的,倒是瓦尔瓦拉的行为。他已经习惯于跟她生活在一起了,她和安菲米叶夫娜都对他照顾得无微不至。萨姆金分明觉得自己过得挺舒适,并且很珍视这一点。然而,这几天来瓦尔瓦拉的情绪很不正常,老像失魂落魄似的。不知怎么的,她倏然形容憔悴,神思恍惚起来,这是她从未有过的现象。可以想象,她正要决定某件十分棘手的问题,不然她干吗要突然间令人惊诧地冥思苦想起来,坐在,或者半卧在沙发上,紧闭着眼睛,好像在静听什么似的呢?在爱恋中她变得吝啬而又谨慎了,甚至呆板了。她时常料想不到地离家外出,又时常耽搁吃中饭、喝晚茶,可她以前是很守时间的哩。问问她这是为什么吧,萨姆金又没有这个胆量,他恍若害怕她的回答中会有什么不寻常和不痛快的事情似的。他不敢盘问她还有一层原因,那就是她幸而不像莉吉雅那样,从不对性的问题大发议论,而现在他终于疑心她是想跟他"叙叙情话"了。总的说来,萨姆金并不喜欢"推心置腹的谈话"和"交心",他认为这对于瓦尔瓦拉尤其不适当,因为他近乎相信,他跟她的交情虽说也是愉快的,但是既不可能长久,也不会牢固。纵然他有时觉得愿意来谈谈自己,然而他却不是说给她听的,而是说给一位比她更聪明、更有趣、感情更细腻的女人听的。他毫不怀疑他将来一定会遇到一位非凡的女性,和她共享早在和莉吉雅恋爱之前曾经幻想过的那种爱情的欢乐。

"要知道她并没有喜新厌旧呀,"他瞅着瓦尔瓦拉,心里反复琢磨,觉得她的情绪越来越叫他不安,因此他已经在想象着他跟她的决裂,将会给他带来什么样的麻烦了。

然而这一切都非常令人惊诧地完结了。四月里一个寒冷的下午,萨姆金从大学回来,因为课程无聊,还因为天又刮风又下雨,心中很烦闷,他正在脱衣服的工夫,忽听餐厅里传来助祭的男低音:

"他们那里有九个人;有一个人会作几首莫名其妙的诗,长一头鬈毛发,活像个凶神,疯疯癫癫的……"

克里姆走到门口,看见瓦尔瓦拉裹着一条格呢毯半卧在沙发上,睡眼惺忪地瞟了他一下,默默地翻动着嘴唇;助祭并不站起来,也默默地把手伸给他。他穿一件厚棉袄,腰里扎条皮带,这装束再加上那双齐膝的长筒靴,完全像一个打猎的。他的白头发更多了,又蓄起了三角胡须和长发,那瘦削的面孔又恢复了大多数俄罗斯苏兹达尔人的脸型。他把那双穿着脏靴子的长腿伸到椅子底下,看上去他不是坐在那里,而像是跪在那里。

"您从哪儿来?"萨姆金问他。

助祭勉勉强强,甚至好像讨厌似的所答非所问:

"刚到的……"

"您还在玻璃厂工作吗?"

"不行了。我简直成个疯子了,"助祭沮丧地回答。

"您刚才说得多好啊!"瓦尔瓦拉感叹地说。

"说得好很多人都会,关键的问题是要说得正确,"助祭鼓着腮帮子,使劲呼哧一声,胡子都吹了起来。"他们那里的人使我卷入了他们的分歧,把我弄得好尴尬。其实'正如贪恋财富会败坏肉体一样,话说多了是会腐蚀灵魂的'。要知道,我成为社会主义者,那是因为我相信基督并不能创造奇迹,他惟一的奇迹就是爱人类。"

窗外下着小雨,淅淅沥沥地打在玻璃上,宛若小孩手指敲击的声音。风呼呼地吹进烟囱里。萨姆金饿了,想吃点东西。听助祭絮絮叨叨挺没意思,可他还在那里低头瞧着桌子,说个不停:"这爱正是世界上最光荣的奇迹,因为尽管我们彼此之间并无相爱的理由,可是,我们却在相爱!而且能够忘我地、高尚地去爱他人的,大有人在。"

他咳嗽起来,从衣兜里取出一块灰色的手帕,吐了一口痰在上面,然后把手帕攥在拳头里,用拳头击了一下膝盖,说下去:

"可是他们竟然否认基督,说什么我们的爱是由科学确定的,还说什么这会更牢靠些。他们这种说法既无普遍意义,也不清楚。"

"您说的是谁呀?"萨姆金问。

"我说的就是你们,"助祭看也不看他一眼,说道。"我是说那些诡谲地卖弄聪明的人。我已经在精神上和你们分离了,我现在要走我自己的路,向人们宣传基督的福音和他的戒律……"

"您想喝茶吗?"萨姆金问他。

助祭迷惘地瞟了他一眼。

"您这是什么意思?"

"我是问您喝茶吗?"

"不喝,"助祭生气地说,猛劲儿把两条腿从椅子底下抽了回来,蹒跚着站起身子。"那就请您给柳博夫·安东诺夫娜写封信吧,要小心点儿,"他对瓦尔瓦拉说。"在五月初,我就可以到达她那里。"

"您在路上不需要钱用吗?"瓦尔瓦拉站起来,问道。

"不需要。请您不要忘记那个年轻人!"

"噢,当然喽!是说库莫夫吗?"

"帕维尔·库莫夫。再见啦!"

他鞠了一躬,既不伸手给瓦尔瓦拉,也不给克里姆,就大摇大摆地走掉了。

三

"您还让他喝茶呢,那有多尴尬呀,"瓦尔瓦拉轻声慢气地说。

萨姆金没有理她,就去了厨房,向安菲米叶夫娜要点儿吃的东西,当他回到餐厅来的时候,瓦尔瓦拉正坐在沙发的一角里,下巴颏撑在膝盖上,说道:

"关于爱,他说得真奇妙。"

她慢条斯理地说着,声音很低,但是他从她的话语里听出一种仿佛是责备或者挑衅的口气。他立在窗下,背朝她,用教训的口吻回答道:

"是呀,谈论这个话题实在令人惊奇……"

他停了片刻,用指甲敲了几下玻璃,把话说完:

"因为谈论这些,没有用处。"

冬季暴风雪过后残留下的弱风,在院子里呼啸着,仿佛在提示他一些出口伤人的话:

"对这种话题津津乐道的,只有那些像助祭一样头脑异常的人,只有那些伪君子,胆小鬼,因为他们没有足够的力量,来承认在这个一切都基于竞争和角逐的世界上,是没有童话般的幻想和多愁善感存在余地的。"

"的确没有,"瓦尔瓦拉重复道。萨姆金很纳闷:"她是在问呢,还是在说反话呢?"他听见背后响起杯盘和刀叉的撞击声,以及安菲米叶夫娜踏在地板上发出的沉重脚步声,然而他已经没有胃口了。他不慌不忙地说着,仿佛一个泥瓦匠一面砌砖,一面瞧着它们砌得是否密实一般,也在仔仔细细地堆砌着自己的语言。

"那些硬要把不能调和的东西调和在一起的空想家臆造出来的对

人类的爱,恰如那些羞羞答答的浪漫主义作家杜撰出来的对女人不切实际的爱一样,都是很可笑的,因为这里……"

他听见瓦尔瓦拉从沙发上站起来,以为她走到桌子跟前去了,在等待着她招呼他吃饭的工夫,继续说下去。可是安菲米叶夫娜嘻嘻笑着,问道:

"咦,您在跟谁说话呀?"

萨姆金这才回过头来,发现瓦尔瓦拉并不在屋子里。于是他走到桌子跟前,坐下来等着,一面皱着眉头,一面用叉子不耐烦地敲着桌子。

"她怎么耍起脾气来了?"

他走到她房间门口,说道:

"吃饭啦!"

"我不想吃,"瓦尔瓦拉回答。

"你不舒服吗?"

"有一点儿。"

吃完饭,他回到自己屋子里,操起一本布柳索夫的诗集,躺在床上看起来。他当众批评这位诗人有反社会的倾向,可暗地里却很欣赏他那诗句的冷酷和尖酸。他读了一阵,打了个盹,随后起来去看瓦尔瓦拉在干什么;可是发现她已经出门去了。

"真糊涂!"他一面想,一面瞧着风把晶莹的雨点吹落在玻璃窗上。屋子里冷丝丝的,他让安菲米叶夫娜给他屋子里生起火炉,然后坐在桌旁,专心致志地读起谢尔盖耶维奇[①]那本他不喜欢的《论缙绅会议》来。他不喜欢这本书是因为作者否认莫斯科国家政治制度的独特性。风在窗外呼啸,炉子里的劈柴噼啪作响,这位法律史学家的论据显得没有什么分量,他感到很舒适,可是忽然有一个念头涌起,使他惶惶然:也许他很快就得离开这个安乐窝,搬回那个陈设考究的寓所去。

[①] 谢尔盖耶维奇(1835—1911),俄国法律史学家,曾任莫斯科大学和彼得堡大学教授,他企图证明专制制度具有超阶级性。

萨姆金站起来,挪一把椅子在炉子前面,摘下眼镜,捏着它摇了几下,捋着胡子,冥思苦想起来。

"或许我对她太冷酷,太书呆子气了吧。可是她总比莉吉雅容易对付哇。"

火把木柴烧成粉红和通红的炭,末了变为浅灰色的余烬。他心里想着瓦尔瓦拉,听着窗外飒飒的风声和炉火的噼啪声,脑海里又涌现出戈金娜唱的一支小曲:

> 啊,为了填补空虚的灵魂,
> 需要把信仰在里面装满!
> 夜里的猫儿都成灰色,
> 只有女人却很好看。

倘若瓦尔瓦拉在家,让她来跟自己亲热亲热该多好啊。每当他去吻她那乳房的工夫,她都惬意地哆嗦一阵;而且还会像小孩梦呓似的,哼哼唧唧发嗲。可那位戈金却是一个机灵鬼,"为了填补空虚的灵魂,需要把信仰在里面装满!"这话一点儿不错!瓦尔瓦拉一定是到戈金那里去了。是什么东西使得戈金这样的人来帮助革命党人呢?是好玩吗?是投机吗?还是因为生活无聊呢?作家卡京喜欢打猎,那是因为屠格涅夫、涅克拉索夫也喜欢打猎。毫无疑问,戈金在那些摩登女郎中肯定是会取得成功的,恰如一位理发师会受到女裁缝的垂青一般。

"咳,我不是在吃醋吧?"萨姆金责问自己,气冲冲地瞥了一眼墙上的挂钟,已经是七点多了,而瓦尔瓦拉是三点多钟就出去的。他蓦地想起一本英国小说的主人公,那位好心肠的男人来。这家伙明明知道妻子背叛了他,他还是那样坐在壁炉前面,用火钳拨弄着炭火,苦苦地思索着,想着当他妻子回来的时候,他会怎样羞辱和困惑,怎么难以向她掩饰他已经知晓她的全部底细,而当他妻子满面春风地回到家来的时候,他就真地把她赶出家门了①。萨姆金叹了一口气,走进餐厅,在黑暗中站了片刻,然后点上灯,走进瓦尔瓦拉的屋子;说不定她在那里留下一封解释她的行为的信哩。根本没有什么信,只有克列隆②、马尔丝③、儒狄克④这些名媛和其他许多女人的面孔,从墙上呆望着他,当他举起手中的灯去照她们的时候,觉得她们今天仿佛比往常更可恶。瞧那位国王的情妇迪亚娜·普阿泰⑤吧!还有那位天才人物的情妇阿芙罗拉·杜德万⑥!

萨姆金回到餐厅,躺在沙发上静听:雨已经停息了,风轻轻地吹拂着玻璃窗,市井的喧嚣依稀可闻,时钟敲过八下。从现在到九点这一小时显得特别漫长,又惊人地空旷,在这无边的寂寥中萨姆金所经历的一切顿时浮现在他的脑海。所有这一切又一次向他提示:他是一个与众不同的特殊人物,因此也就注定了他这孤家寡人的处境。然而他的孤芳自赏,此刻不过是一种转瞬即逝的记忆罢了,而且如今似乎已经没有什么必要了。

四

瓦尔瓦拉十一点钟以后才回来。他听见她上楼梯的声音就亲自去给她开了门;可是当她既不脱衣,也不言语,便径直走到自己房间去的工夫,他发现她迈着踟蹰的步子,两手在空中乱抓挠,他在过道里停了片刻,感到自己好像受了侮辱似的。

"她是喝醉了,"他想。"那就是说……"

---

① 在英国作家约瑟夫·康拉德(1857—1924)的中篇小说《偿还》中有类似情节。
② 克列隆(1723—1803),法国著名悲剧女演员,十八世纪法国启蒙戏剧改革家之一。
③ 马尔丝(1779—1847),法国喜剧女演员。
④ 儒狄克(1850—1911),法国歌剧女演员。
⑤ 迪亚娜·普阿泰(1499—1566),法国国王亨利二世的情妇。
⑥ 阿芙罗拉·杜德万,是法国著名女作家乔治·桑的真名。

他在餐厅里徘徊了几分钟,气得直跺脚,两手攥成拳头插在兜里,一面踱步,一面琢磨着马上要跟瓦尔瓦拉谈话的措词。

"不,明天再跟她说吧,今天她什么也不会明白的。"

瓦尔瓦拉的房间里寂静无声,漆黑一片。

"连灯都不会点了。幸好如此,否则会造成火灾的。"

萨姆金拿着灯,颦蹙着眉头,打开她的房门。灯光映在穿衣镜上,于是他看见里面有一个几乎是陌生的又丑又长,灰不溜丢的面孔,一双眸子成了两个黑洞,那张开启的仿佛在无声叫喊的嘴又是一个黑洞。瓦尔瓦拉坐在那里,身子靠在椅背上,举起手,仰着头,可以看清楚,她的下巴颏直打哆嗦。

"你这是怎么啦?"萨姆金问她一句,然后把灯放在梳妆台上。她用嘎哑的声音悄悄地请求他:

"帮我把衣服脱掉。把门……门关上!"

她的眼睛睁得大大的,闪烁一下奇异的光亮,复又暗淡下去,嘴唇都显得歪扭了;那眼神就仿佛在审视着什么既不寻常而又扑朔迷离的东西似的。萨姆金给她脱去大衣和帽子,忧心忡忡地愤然问道:

"你这是怎么搞的呀?"

"我发冷。"她说着站起来,蹑手蹑脚地朝床边走去,弯着腰好像肚子痛似的。

"你摔跤了吗?受伤了吗?"克里姆一再追问,心里感到惶惶不安。

"把药面递给我……在大衣口袋里,"她说着,牙齿直磕打;她倒在床上,伸开胳膊,捏起拳头。"给我点水。把门关上。"然后又一面叹气,一面呻吟道:

"啊,上帝呀……"

"喂,你说清楚,"克里姆一面翻弄手中的大衣,一面嗫嚅道。"究竟是什么药面?应当请医生来……你是中什么毒了吧?"

"你小点声！这是麦角粉①，"她喃喃说着闭上眼睛。"我堕了胎。你关上门呀！可不能叫安菲米叶夫娜知道，不然可真难为情……"

萨姆金一听简直呆若木鸡了，他两手垂了下去，大衣掉在地板上，绊了他的脚；他倒了一杯水，把药面递给她，弯下腰去，瞧着她的脸。

"为什么你……你不告诉我呢？这可是很危险的，会死人的！你怎么不想想它的后果？这太可怕了！"

他已经恍悟到他说了不该说的话。瓦尔瓦拉拉起他的手，把它放在她那发烧的脸颊上。

"你走吧，亲爱的！不要怕……才两个多月。没有危险，"她喃喃说道，上下齿直磕打。"我得脱衣服。把水递给我……把火壶拿过来。千万别把安菲米叶夫娜吵醒了……我都羞死了，倘若她……"

克里姆觉得他手上沾了泪水。瓦尔瓦拉的眼珠不自然地颤动着，仿佛要从眼窝里蹦出来似的。她顶好是把眼睛闭起来。萨姆金走进黑暗的餐厅，从食物架上取下还没有完全凉掉的火壶，把它放在瓦尔瓦拉的床边，然后看也不看她一眼，又走进餐厅，坐在门旁。

"她干吗要堕胎呢？倘若她死掉，那我不就要……真可恨！"

不过他意识到他这是在习惯性地、机械地自我反省。他感到惶恐的是，他也得为这一筹莫展的窘境而苦恼。他虽说从这件平庸无奇的、易于理解的事情中摆脱出来，但是他却不能理解瓦尔瓦拉此举的动机，因而就本能地暗暗赞赏起她的行为来。

"她这样做要有勇气才行哩，"他心里暗想，同时觉得自己对瓦尔瓦拉产生了一种新的感情。

他听见她脱掉鞋子，蹑手蹑脚地在屋里走动，好像所有的家什也在跟着她一块儿移动似的。

立柜的抽屉吱嘎一声拉开了，剪刀咔嚓作响，一块什么布撕开了，挪动着椅子，水从火壶嘴里流出来。克里姆下意识地扭动着上衣的扣

---

① 麦角粉是一种药面，有止血和使子宫收缩的作用。

子,倏然将它扭下来,放进兜里。他掏出一条手帕,像摇一面小旗儿似的摇晃一下,毫无必要地擦了擦脸。屋子里漆黑,可是窗外更暗,仿佛那外面的黑暗会冲破玻璃窗,将那阴森森的寒流送进屋里似的。

"真糊涂,简直糊涂得要命!"他自言自语,差点儿啜嚅出声来。他弯下腰,两手抱头,摇动两下。"这可怎么好呢?"

五

瓦尔瓦拉把门打开,悄声道:

"进来!"

他等了一会儿才进去,看见瓦尔瓦拉已经仰卧在床上;她的两腮瘪了下去,鼻子更尖了;在这之前几分钟,她还萎缩着,可怜而渺小,然而现在她却奇异地伸展开了,成了个扁人,她的面孔威严得叫人害怕。萨姆金坐在她床头的椅子上,打量一番她的手臂,啜嚅了几句仿佛是别人说的话:

"这太可怕了!你事先应该告诉我。你要知道我并不是……一个白痴!生个小孩有什么了不起呢?……何必拿生命、健康来冒险……"

一筹莫展的惶惑心情越发沉重了,一种觉得对不起这个似乎是陌生的女人的愧疚之感也夹杂在里面。他鼓起勇气,瞟了一眼她那蓬乱的头,冒汗的前额和深凹在前额下面的炽烈的眼睛——这双眼睛犹如两块阴燃的炭火,上面还闪动着微弱的蓝色火苗。

"瓦莉娅,你得去看看医生!我真担心。这是多么荒唐啊!"他喃喃道,同时好像听出来这话中带有怨恨的情绪,便顿时呜咽起来。

"太荒唐啦!"他重说一遍。"干吗要跟自己找麻烦……"

他硬挤出了几滴眼泪,沾湿了眼睛,有些迷离,于是他摘下眼镜,把脸藏在瓦尔瓦拉脚下的被子里。这是他成年以来第一次哭泣,虽说有点儿害臊,但很舒坦:在这泪水下面显露出一个使萨姆金感到陌生

的男子,一种亲近这个既熟悉又陌生的女人的新感情油然而生。她用一只发烫的手抚摸他的后脑勺和脖颈,他听见她断断续续的低语:

"谢谢你,亲爱的!你这眼泪流得多好哇!你不要担忧,这没什么危险的……"

她把手指深深地插进他的头发里,使劲抚摸他的脖子和面颊。

"我不想让你为难。你是个了不起的人物……一个非凡的人物。一个女人做了母亲就会比一个单纯的女人自私。你懂吗?"

"你不要说了,"克里姆恳求道。"你一定很疼吧?"

"不……不过我太疲倦了。我亲爱的,这一切都没啥大不了的,只要你爱我。现在我知道了,你是爱我的,是吗?"

"是的。"

"假如我问问你的话,你就不会让我堕胎吗?"

"当然,"克里姆抬起头,说道。"当然不会允许的。那是冒险!有什么关系呢,不就是生个孩子吗?那是很自然的呀……"

他是在喁喁低语,仿佛这样可以更清晰地听到自己真正的声音,假如声音很大,那就……

瓦尔瓦拉长叹一声。

"给我脚下再盖点东西。对安菲米叶夫娜,你就说我摔了一跤,受伤了。戈金娜如果来了,也跟她这么说。沾了血的衬裤我会叫助产妇带走的,她明天就来……"

她仿佛在说梦话,末了又忽然沉默起来。真是奇怪,就好像她从屋子里走出去了似的,萨姆金又觉得阴森可怕起来。他瞅着她那消瘦的面庞,听着她的喘息,又呆坐了几分钟,便敞着门,走进餐厅去了。

玻璃窗上映出一钩月牙,宛若绣在浅蓝色的天鹅绒上一般。萨姆金站在那里,平伸着一只手,凝视着这弯小小的新月,倾听着自己这新感情的波动,不禁疑虑重重地责问自己:

"这一切都是真的吗?"

但他又一次恍悟到这疑虑是古板的,习惯性的,而他这一夜的真思想是高尚的,可喜的。

"她深深地爱着我,这是不言而喻的。我过去对她太不公道了。可是我怎能想到她会去冒这样的危险呢?毫无疑问,这里有一种感情……是值得庆幸的。那一次在别墅里,我跪在莉吉雅面前的时候,我并没有错,我并没有胡思乱想。而莉吉雅也没有使我灵魂这样空虚,这样绝望过。"

他那只伸出去的手已经疲乏了,于是他把手塞进口袋里,在桌子前面坐下来。

"多亏瓦尔瓦拉,她使我从一个新的角度来看待我自己。这是应当珍惜的。"

当他想起他曾经哭泣的工夫,着实有点儿不好意思。

"当然,生孩子对她会是个累赘,她喜欢快活,自由自在。她对待生活太轻浮。一个好的女人应当……"

他趴在桌子上睡着了。安菲米叶夫娜惊醒了他。

"轻一点儿,瓦莉娅不舒服啦!"

"哎哟,这是怎么啦?"这位老管家婆弯下腰,带着惊骇的口气冲着他悄声问道。"准是打胎了吧?我的上帝!"

克里姆站起来,戴上眼镜,打量着她那双长在皱巴巴的脸上的明察秋毫的小眼睛,盯着她那个仿佛想叫喊的圆圆的小嘴。

"咳,胡说什么呀!为什么要……"

"可是,怎么会有血腥味呢?"安菲米叶夫娜抽动着鼻孔,说道。没等他上前拦住她,她已经像一床羽毛褥子似的轻飘飘地溜进了瓦尔瓦拉的房门,但她马上又蹑手蹑脚地从里面走出来,用两只胳膊肘紧紧夹着两胁,把手举在上面,就跟阿巴拉茨修道院圣母显灵像上画的一模一样,十个短短的、像铁棍一般坚硬的手指直摆动,嘴唇直打哆嗦,嘴里还不住地絮絮叨叨:

"咳,这若是你给她出的主意……那我简直不晓得该怎么说啦,请你原谅!"

她还是那样举着两只手悄悄地溜到厨房去了。萨姆金被她的喁喁低语所惊骇,对她称呼他"你"感到羞辱,便在那儿站了片刻,也跟着她进了厨房。在朦胧的晨曦中她显得特别高大,坐在厨房当中的椅子上,胳膊搂着膝盖,滴滴泪珠从她那棕红色的痴呆的脸上淌下来。

"我一点儿也不晓得,是她自己决定的,"萨姆金急切地悄声说,同时打量着她那泪痕斑斑的面孔和那双猜疑的小眼睛,看见几滴异常细小的泪珠从里面流出来,落到她那半裸露的鼓囊囊的乳房上。

"唉哟,可真糊涂啊!真是的,赶什么时髦哇!我本来想,你瞧瞧,这是怎么说的哟!我以为会生个小娃娃,我来侍弄他呢!我要把厨房扔下不管了!唉,克里姆·伊万内奇,亲爱的!你们这样过日子是不合法的……我喜欢你们,可这是不合法的哟!"

她又站起来,体贴地问道:

"你一宵没睡吧?"

克里姆拉起她的一只手。

"我想,"他嘟嘟哝哝地说,忽然激动得像喝醉了酒似的。"握握您的手,我很尊敬您……"

"好,握就握吧,"安菲米叶夫娜长叹一声,用一双沉甸甸的胳膊抱住他,使劲搂在怀里,啜嚅道:

"唉,你们这些孩子哟,不懂事的孩子……简直是另一个上帝的哩!"

萨姆金在自己的屋子里一面洗脸,一面暗自苦笑:

"我的行为真可笑。"

然而他觉得挺高兴,因为他的行为竟能叫人发笑,而别人是做不到的。

六

奇妙的日子来到了。一切一切都显得异常惬意,克里姆·萨姆金自己也格外兴奋,激动得心花怒放。他很想跟人们聊一聊,以新的方式,和气而又亲切地聊一聊。他甚至想和塔吉雅娜·戈金娜这位他很反感的姑娘谈谈,他不能老是跟人家格格不入哇。这工夫她正坐在瓦尔瓦拉床头,跷着二郎腿,颤动着一只脚,扬扬得意地谈论着苏斯洛夫:

"我对那些正人君子、官僚和顽固不化的人统统讨厌透了。他昨天还要我相信,雅库鲍维奇-梅尔申①这样的革命党人和囚犯,不应当翻译波德莱尔的诗歌,而应当翻译波尔·路易·库里叶②的作品。真可怕!"

"这是狭隘,"克里姆客客气气地更正一句。"一个宣传家必然要狭隘……"

"我不晓得,"戈金娜说。"但我见过,现在也能见到许许多多这样的革命老前辈。他们的浪漫主义情绪已经消失了,取而代之的,却是小气和苛刻。您瞧,他们是多么不愿意去理解年轻的马克思主义者呀?而且确乎不愿意。"

瓦尔瓦拉倦怠地闭上了眼睛,那没有血色的面孔可怕极了。萨姆金轻轻触了一下塔吉雅娜的手,向屋门使了个眼色,站起身来。姑娘在餐厅里追问起来:瓦尔瓦拉是怎么跌倒的,跌在什么地方,请医生了没有,医生说什么。她的问题一个接一个,以致萨姆金来不及回答,便听见瓦尔瓦拉唤了他一声。他走进屋去,把门关上,她拉起他的一只手,那苍白的嘴唇上流露出一丝笑意,悄声问道:

"我可以任一下性子吗?"

他点点头,莞尔一笑。

"你别跟塔妮雅多说话,她很狡猾。"

"我不跟她多说,"他应允道,抬起一只手,仿佛发誓似的,瞅着她的头发,说道:

---

① 雅库鲍维奇,笔名梅尔申(1860—1911),俄国诗人、翻译家。
② 库里叶(1772—1825),法国作家和政治家。

"如果我没有记错的话,'任性'这个词儿,拉丁语的意思是蹦蹦跳跳。拉丁语'山羊'就是由这词儿变来的。"

他等了一会儿,看她还会说什么,末了问道:

"你在想什么?"

"我在想什么是正义,"瓦尔瓦拉叹口气,回答。"我觉得只有一种正义,那就是爱。"

克里姆·萨姆金突然斩钉截铁地说:

"等我考完试,咱们就到我母亲那里去。若是你愿意的话,咱们就在那儿结婚。愿意吗?"

她没有回答,只是静静地躺着,但他看出来,她那长长的睫毛下面闪耀着一丝丝的光辉。于是他被自己这种豁达大度的精神所陶醉,继续说下去:

"然后我们就到奥卡河和伏尔加河去旅行。还到克里米亚去,好吗?"

瓦尔瓦拉痛楚地哼了一声,欠了欠身子,拉住他的一只手,放在自己的胸脯上,说道:

"我怎么都行,你要明白!"

"你别激动!"他对他所激起的这种感情又一次觉得很得意,便要求她道。

三个星期之后,他在想:

"这就是我的蜜月。"

他理应这样想,这不仅是因为瓦尔瓦拉康复了,变得又活泼又漂亮了,对他的爱情更温柔,更强烈,又不会给他增加负担,而且还因为,她对他更加体贴了,并且又那样动人,以致他感动地说:

"可你知道吧,瓦莉娅,你可以做一个异常慈爱的母亲!"

那正是五月中旬。一群群寒鸦掠过彼得罗夫公园上空,明镜般的池水映着蔚蓝色的天空和一朵朵宛若起着泡沫的炼乳般的浮云;和风吹拂,把阳光撒在树叶上,映现出绿油油的光芒。在瓦尔瓦拉的眼睛里,也闪耀着同样的光芒。

"咱们该回家了,"她说着从长椅子上站了起来。"你说过明天你要读完四十六页。我很高兴你能把大学念完,省得那些徒劳无益的纷扰……"

她没有把这句话说完,便深深地叹了口气。

"莱蒙托夫的诗句说得多妙啊!'一个狂欢的节日'①。"

萨姆金拉着她走过池边,从那研磨得平如钢板一般碧蓝的水面上,看见她那身着青色短褂、头戴雅致的风帽的苗条身躯,袅袅娜娜地飘然而过。

"我觉得任何地方也不如莫斯科的春天可爱,"她说。"不过我哪里也没有去过。而且你知道,我是哪里也不想去的。我似乎害怕看见比莫斯科更好的地方,而不再像现在这样爱它了。"

"真幼稚,"萨姆金一本正经地但又温存地说;他现在跟她说话很喜欢用温存的口吻,因为这可以使他从新的角度来看待自己。

"当然是幼稚的,"她同意说;但是沉默了一会儿,又问:

"难道你不认为爱情需要……谨慎……珍惜吗?"

"但是不需要盲目,"萨姆金说。

七

几个星期之后,克里姆·萨姆金,这位文雅的候补法官正坐在家中瓦拉甫卡的对面,听着他嘎哑的声音:

"那么说你是要当律师呢,还是要当检察官呢?二者我都不赞成。未来是属于工程师的!"

他的脸涨得像个气球,好像里面有通红的火光照着,耳朵呈紫色,

---

① 实际上这句话出自普希金一八三五年作的《乌云》一诗:"你是暴风雨过后残留的乌云!只有你还浮荡在蔚蓝色的晴空,只有你还投下凄凉的阴影,只有你给狂欢的节日带来忧伤。"

活像个醉汉;眼睛眯成两道线,仔细打量着瓦尔瓦拉。他匆匆忙忙地把点心胡乱塞进嘴里,包金的牙齿闪闪发光,往苏打水里掺些白葡萄酒喝起来。克里姆母亲好像一位拘谨的英国女教师,一面招待瓦尔瓦拉,一面说道:

"多亏季莫菲·斯切潘诺维奇的努力,我们这里快有电灯了……"

瓦尔瓦拉端着一杯茶,在洗耳恭听,从那紧张的神情可以看出来,她很想加入谈话,但又苦于插不上嘴。

"这是一个非常可爱的城市,"她的语调不太有把握。瓦拉甫卡马上就反驳了她:

"这是个白痴的城市,百分之八十五的居民是白痴,百分之十是骗子,只有百分之三的人可以工作,假如当局不阻挠他们的话;再就是一些精明得要命,因而也就没有一丁点儿鬼用处的幻想家……"

他摆了摆手,又转向萨姆金说:

"我想交给你一项任务,克里姆……"

他一边听他讲话,一边瞧着瓦尔瓦拉,看见她在母亲面前局促不安;维拉·彼得罗夫娜对她佯作殷勤,仿佛这个人她必然要去结识,但又不会给她带来丝毫的愉快。

"可你在信里说她的眼睛是绿的哩!"她责备克里姆道。"我当时很奇怪:绿眼睛只有神话里才有哇。"

她当即又告诉他:

"我们厢房里有个人快要死了。"

于是她谈起了斯皮瓦克;从她的声音里可以听出来,他很厌恶,每说一句,就撇一撇她那干瘪的嘴唇;使人感到她那疲惫的毛病是无法治愈的,并且因为这疲劳而常常对大家发火。然而她说话的声音很响,仿佛故意要惹人注意。瓦尔瓦拉听着她讲话,就像一个中学生在听他不喜欢的教师训话似的。

"她在这里感到太生疏了,"萨姆金寻思;不过他这回感到自己在家里也像个生人了,这是以前所没有过的。

瓦拉甫卡在他耳边喊道:

"你每月可以赚一百到一百五十卢布……"

柳博穆德罗夫医生拿着一只表走进来,瞅了瞅墙上的钟,说道:

"你们的钟慢了八分。"

他跟克里姆打招呼的神气,就好像他们昨天已经见过面,对克里姆早就讨厌了似的。瓦尔瓦拉恭恭敬敬地朝他行了个礼,但不知为什么眼睛是闭着的。他坐在桌旁,把一个空杯子推到维拉·彼得罗夫娜跟前;她疑惑不解地瞟了一眼医生那皱纹密布的脸。

"他活不过今夜了,"他说。"他的生命力强得出奇,可真少见。他的肺已经没有了,已经成一摊烂泥了。可是他却反常地呼吸着。"

"他这个人虽说没有天赋,但曾经是博学的,"克里姆的母亲对瓦尔瓦拉说。

"他现在还是,"医生纠正说,把一块糖放进茶杯里。"他现在还活着哩!这对我们医生是不足为奇的,但是这家伙死得……可以说是很恰当的。好像是准备搬搬家似的,不过如此而已。他的大脑该出现一些症状了,可他还若无其事地侃侃而谈,好像是……好像是不应当这样。"

医生惶惑不解地挨个瞅瞅大家,似乎发现他的话使人们抑郁不安,便故意咳嗽一声,末了问克里姆道:

"喏,怎么,在造反吗?我们从前也造过反。结果无济于事,却使俄罗斯丧失了许多优秀的人才。"

维拉·彼得罗夫娜劝儿子道:

"你应当去看看丽莎……在他咽气之前。"

克里姆很高兴走开。

"母亲说'在咽气之前',真太刻薄难听了。"他心里嘀咕着走到院子里,细细端详了一下厢房;他感到厢房变得更沉闷,更低矮了,房顶老朽地垂了下来,墙壁好似一把烘热的烙铁,发出热乎乎的光亮。克里姆走进花园,顿时感到喜气洋洋,一派生机;鸟儿在欢唱,花坛里的花儿争芳斗艳;阳光是那样充足,他觉得这花园正是他最喜欢的花园。

身着白色素装的斯皮瓦克夫人出现在厢房的一扇窗子里,正在从一个瓶口往外倒水。克里姆悄声问道:

"可以到您屋里去吗?"

"当然可以,"她大声回答。

她出来迎他的时候,把两只玻璃瓶举在胸脯上,像抱小孩似的;瓶子上缠着餐巾,准是怕烫着胸脯;她的眉头痛苦地紧锁着。

"您愿意去看看他吗?"她心不在焉地打量着萨姆金,问道。虽说克里姆不愿去看那个奄奄一息的人,但他还是跟在她后面去了。

音乐家半卧在床上,床头正对着敞开的窗户,一床黑白花格的毛毯盖到他那衬衣钮扣解开的胸脯上;阳光照着他发灰的皮肤和那上面卷曲的黑汗毛,是那样清楚,简直叫人厌恶。皮肤下面那一根根像小孩一般细的肋骨突出来,把皮肤绷得紧紧的。看着可真奇怪:锁骨之间的一个深坑是明亮的,而另一个却是阴森森的。斯皮瓦克先生看上去像是缩了三分之一似的,真叫人不寒而栗,克里姆都不敢立刻去看他的脸。可是病人却呜噜呜噜地说:

"噢,是您呐!看我这样子,您瞧瞧……我是在过这样的日子,可怜的日子哟!"

他妻子弯下腰,把盛热水的瓶子放在他脚底下。萨姆金看见一个黑发乱蓬蓬的头躺在白色的枕头上,前额直冒汗,两只眼睛惊愕地瞪着,脸颊长满了密密麻麻的黑胡楂,半张开的嘴露出了细小的黄牙。

"我不怕死,但我等死已经等得厌倦了,"斯皮瓦克先生声音嘎哑地说;那细细的脖梗从锁骨中伸出来,而脑袋好像要自己拔出来似的。他说一句话,就要喘一口气。萨姆金发现,他的嘴是那么贪婪地吸着充满阳光的空气。那干瘪的双唇颤动得真可怕,而那对阴暗的、深深塌陷的眼睛里闪现出的半疯狂的、带有怨恨的微笑更为可怕。

伊丽莎白·利沃夫娜双臂交叉在胸前,站在那里。她那呆滞的目光停留在丈夫的脸上,仿佛在回忆着什么;克里姆觉得她的脸上并没有悲伤,而只有焦虑。他想起他父亲死的时候,虽然也很可怕,但却显得很自然,很可以理解。

"我当然不相信我会完全死掉,"斯皮瓦克先生说。"这不过是沉沦于充满完美音乐的寂静之中罢了。这音乐是凡人的耳朵听不见的。凡人的耳朵听不见……这是谁的诗句啦?"

萨姆金听他说,强作着笑脸,但这是很困难的,反而使他的脸显得很呆板。而且他明明知道这笑既是愚蠢的,也是不近情理的。所以他终于说:

"您说得太过分了,患您这种病的人仍然可以活得很久……"

"有这种病的人且死不了呢,"斯皮瓦克先生反驳道,但又马上动了一下喉结,呼噜一声,说道:"我本来还可以活下去……但这座城市把我断送了。尘土和风。尘土。而且钟声老响。响呀,响呀,响得真厉害!倘若生活是富丽堂皇的,那钟声还……"

"我们不能让他太疲倦了,"伊丽莎白·利沃夫娜说。

"再见,"克里姆说完,急忙走出来,生怕那垂死的人向他伸出手来。他还是头一次看见死是多么烦人,他觉得自己好像被恐惧和厌恶纠缠住了似的,但这种情绪千万不能在这个女人面前流露出来,于是他跟着她走进客厅时说:

"太阳可真毒……"

但是斯皮瓦克夫人瞧了一眼他身后,摆了摆手,没有让他把话说完:

"在这种情况下,照例该说些有哲学意味的话。但这是没有必要的。也没什么好说的。"

她的眼神是倦怠的,充满期望的,它使萨姆金很想回过头来弄明白她在他后面究竟看到了什么。

八

萨姆金穿过花园的时候,看见瓦尔瓦拉出现在自己房间的窗户

里,她正在用手指抚摸花叶子。他走到墙边,对她抱歉地悄声说道:

"我们来得真不是时候。"

"他快不行了吧?"瓦尔瓦拉瞧瞧身后,悄声问道。

萨姆金点点头,对她说:

"你到这儿来。"

她穿一件珍珠色的连衣裙,显得很窈窕;当她顺着窄叶的灌木丛中的蹊径朝他走来的工夫,他确实觉得自己对不起她。他亲昵地把她领到花园的一个僻静的角落,让她坐在一株稠密的樱桃树下面的长椅上,抚摸着她的手,叹息道:

"这件事情真是糟透了。"

她急忙回答:

"是的!"

紧接着她就像背诵一段记得滚瓜烂熟的功课给老师听似的,流利地、声音轻轻地讲道:

"有一回,我看见一位衣冠楚楚的男人在阿尔巴特广场漫步,当他走近一群鸽子的时候,他猛然摔了一跤;鸽子吓飞了,人们跑过来,把他扶起来,送到马车上;一个警察把他送走了,人们都散去了,鸽子又飞了回来。我当时还以为此人是摔脱了臼呢,万没想到第二天报上说他猝然死去了。"

她一边讲一边盯着花园的一角,那里的绿荫中映现出厢房的屋顶和熏得黑乎乎的烟囱,里面冒出的缕缕青烟是那样淡薄、透明,仿佛不是烟,而是炽热的空气。萨姆金跟着瓦尔瓦拉的视线,也不住地打量着那袅袅青烟,感到很有必要和她唠唠家常,可他却找不到话题。瓦尔瓦拉又说:

"我十三岁那年,我家对面翻修屋顶,有一次我正坐在窗户上受罚,一个修理屋顶的男孩儿直对我做鬼脸。后来另一个修理工唱起歌来,这男孩儿也跟着唱起来,他们唱得是那样合拍。可是,突然一声急促的尖叫,歌声中断了,一个像枕头似的东西落下来。原来是一位老修理工摔下来了,而那个男孩一下子趴在瓦棱铁上,四肢伸开,简直不像一个人,而像一幅画……"

她喘了口气,把话讲完:

"当人们突然死去的时候,并不可怕。"

"没有必要谈这些了,"克里姆说。"你喜欢这个城市吗?"

"可我还没有见过它呢,"她提醒说。

真奇怪,听她讲话就像个中学生似的,是那样天真,甚至不近情理,不像是在说话,而是在发牢骚。萨姆金开始把他从科兹洛夫老人那里了解到的有关这个城市的情况讲给他听,但她一面用手帕轰赶一群蜜蜂,一面问道:

"他们干吗要生炉子呀?"

"大概是烧开水吧,"萨姆金怏怏不乐地答道,往她跟前凑凑,也瞧着那缭绕的青烟。

"也许这是那个女仆在生火呐。此地有一种迷信:当女人难产的时候,教堂就要打开圣门。这看来还挺有意思,很有象征意义。而当一个人难于咽气的时候,就要在炉膛里燃起柴火,炉台上放一根点燃的松明,为的是让那灵魂能够看见上天的路,这叫'灵魂升天之光'。"

他发现瓦尔瓦拉老眨巴眼,简直莫名其妙,就跟她开玩笑说:

"真叫人猜不透:灵魂干吗像破产者一样,非要钻进烟囱里去不可呢?"

瓦尔瓦拉并没有笑;她低下头,揉着手帕,说道:

"你知道那一次在产婆家里,有一刹那我好像感到一个生命从我身上撕下去了。"

萨姆金拉起她的一只手,一面亲吻,一面问:

"你不喜欢我母亲吗?"

"我不知道,"瓦尔瓦拉瞧着他的脸,答道。"她几乎是第一句话就说起了这件事……"

瓦尔瓦拉用眼睛向他示意那厢房的屋顶:在那落日余晖染红了的

319

烟囱上空,隐隐约约地飘浮着一片银白色的气旋。萨姆金恨自己无能使瓦尔瓦拉的视线离开这该死的烟囱。而且他也不该问到他母亲。总之他对自己很不满意,他既不能认识自己,甚至也不相信自己。几个月之前,他怎么能够想象得到,他对瓦尔瓦拉会有像现在这样可喜的感情呢?

"真是的……这位季莫菲·斯切潘诺维奇的确是个举世无双的人物,"瓦尔瓦拉说着挥一挥手,拂去脸上一种看不见的东西,然后提议到城里去逛逛。到了街上,她兴奋起来,萨姆金发现这种兴奋虽说是人为的,但是他喜欢她这种有说有笑的劲头。她说这座城市很适于老头儿、老处女和残废者居住。

"对呀,假如有一些城市给那些风烛残年的人住住,也不坏嘛!"

"这话太不近人情啦!"萨姆金笑呵呵地说。

她回头看看,沉默了一会儿,末了若有所思地说道:

"用死亡来迫使我想一些我不愿想的事情……这太不好了。"

萨姆金对她又转到这个话题上来感到特别气恼,因此冷冰冰地说:

"我又不能够,比如说明天就离开这里呀!这会使母亲伤心的!"

"当然喽!"她急忙回答。

九

天黑以后他俩才回到家来;瓦拉甫卡坐在餐厅里,呼哧呼哧地在摆一种极复杂的牌阵,给自己占卜;医生坐在他对面,在翻看一本厚厚的月刊。

"今夜要下雨,"医生闭起一只眼,用另一只眼瞥了瞥瓦尔瓦拉说,然后又预言道:"这场雨就会使他的生命结束了。"

"您老谈您那位死人,真叫人讨厌,医生。"瓦拉甫卡发牢骚道。医生则纠正他说:

"不是死人,是病人。"

"可是要死的并不是一位名流,"瓦拉甫卡用纸牌搔搔鼻子,提醒他道。

瓦尔瓦拉推说她累了,便回到给她腾出的房间去。萨姆金也回到自己屋子里,久久地立在窗前,望着那黑乎乎的云片把一颗颗星星缓缓吞没,心中一片空虚。夜里并没有下雨,但却非常闷热,简直没法入睡;从敞开的窗户里灌进来无色的热气,使人浑身汗津津的。一种异常深沉的寂静更使人心慌意乱。这令人不由地觉得马上就会爆发一阵吼叫,然而整个城市在无声无息地沉睡着,今夜仿佛全市的人都失去了生机,就连狗也不吠了,只有那庇佑警察的米哈伊尔大天使教堂的钟声,每个时辰还照样发出凄凄惨惨的哀鸣。

克里姆躺在床上,闭着眼睛,心里在想,瓦尔瓦拉已经进入他的生活,而且比起涅哈叶娃和莉吉雅来,影响大得多。不过涅哈叶娃是对的,她说:实际上,生活不会给人一滴不加苦味的甜蜜。人应当生活得简单些,是的……

早晨七点钟左右忽然下了一阵暴雨。已经三个星期没有下过雨了。这滂沱大雨带着闪电、霹雳、狂风,仿佛一位姗姗来迟的宾客,因为心中愧疚,急于想表示一下对大家的亲热,便顷刻间把自己的绝妙本领暴露在众人面前。这场大雨尽情地冲洗了厢房和正房的铁皮屋顶,洗净了落满灰尘的树木,把树叶冲得稀里哗啦直响,给那干裂的土地灌足了水,忽又雨过天晴,一轮骄阳高悬天空。

克里姆头一个走进餐厅去喝茶,整个房子里一片寂静,人们显然还都在熟睡,只有瓦拉甫卡的楼上,柳博穆德罗夫医生住的屋子有些动静。过了两三分钟,瓦尔瓦拉已经梳妆穿戴完毕,来到餐厅张望一番。

"我也睡不着,"她先开口说。"我从来没见过这死一般的寂静。夜里我看见一个女人从厢房里出来,在花园里走动,她穿一身素装,双手托着后脑勺。后来维拉·彼得罗夫娜也穿着素装来到花园,她俩久久地伫立在一块地方……活像一对帕尔卡①。"

"帕尔卡？她们是三姊妹呀！"克里姆提醒她。

"我晓得。那个人还活着吗？"

克里姆由于失眠显得很疲倦，便很想和她赌赌气，没料到医生走了进来，他一面用手帕擦脸，一面眉开眼笑地说道：

"早安！那个病人还活得好好的哩！这可真稀奇！"

克里姆便对他发怒道：

"您错喽，不该指望这场雨……"

"这事情可太蹊跷了，"医生说着，打开窗子；末了走到桌子跟前，倒了一杯咖啡，端在手中，在屋子里踱起方步来。过了一会儿，他坐下来，抱怨道：

"我这行当太索然无味了。真后悔没当一个妇产科医生。"

维拉·彼得罗夫娜走了进来，她让瓦尔瓦拉跟她坐车去学校。萨姆金便去报馆领取他那篇书评的稿费了。

十

城市被雨水冲洗得干干净净，显得喜气洋洋；太阳把它的光辉殷勤地撒在花园里，泥土冒着蒸气，凝滞的空气中充满着嫩绿植物的气息。行人也仿佛给雨水冲洗得干干净净，悠然自得地走在大街上。

"是的，无论如何要住到外省来。"克里姆寻思。

他在登上编辑部的铸铁楼梯时，遇上了德罗诺夫，他正急急忙忙地往下跑。

"嘿，你什么时候来的？斯皮瓦克先生过去了吗？我还以为你是送讣告稿子来的呢。我正想到他夫人那里去，采访一些写讣告的材料。"

---

① 古罗马神话中的命运女神。

他给萨姆金让开路,称赞道:

"你穿普通礼服,比穿学生制服更合你的相貌。"

德罗诺夫本人穿着也很考究,稀软的头发上抹了一种什么油,时髦地梳成了偏分头。他的新皮鞋发出恰如其分的响声;总之他表现出一种颇有礼貌和泰然自若的风度。他坐在萨姆金对面的桌旁,挺着被方格背心箍得紧紧的胸脯,脸上显出想要无所不谈和什么都可以做的神气。他手里玩弄着一只金色的小铅笔,坐在椅子上一抬一抬的,好像椅子烫屁股似的。他说:

"你问我们生活怎样吗?是的,依然如故。主编老抱怨没有人物和事件能合他的心意。鲁宾逊要离开我们了,他要去造反,说我们的报纸太愚蠢,太下流;说我们每天都应该用大字在标题下面印上:'打倒专制独裁'。他大概很快也会死掉的……"

德罗诺夫那双明察秋毫的小眼睛紧盯在萨姆金的脸上。克里姆摘下眼镜,顿时觉得眼前一片昏暗。

"主编对你那些评论也直皱眉头,认为你对颓废派、象征派太软了。他们在那里怎么样?"

小铅笔头从他手中滑脱出去,滚到萨姆金的脚下。德罗诺夫朝铅笔瞧了几秒钟,仿佛在等待它会自动地从地上再飞到他手中似的。萨姆金明白他在等什么,便把身子靠在椅背上,擦起眼镜来。这时德罗诺夫拾起铅笔,让它滚到萨姆金跟前,说道:

"这是一位坤伶送我作礼物的。你知道,我现在也负责戏剧栏了。普拉甫金自称是马克思主义者,主编就把他开除了。这石头是一块真正的青玉。喏,你怎么样?"

主编的到来免除了萨姆金回答的必要。

"您好!"主编摘下帽子,说道。接着又加了一句:"天气真热!"

他本来可以不说这句话,可是他的脑门儿汗津津的,像洒上了露珠,闪闪发亮。主编在办公室里擦了擦他的秃头,疲惫不堪地坐在桌旁,叹息一声,打开中间的抽屉,把萨姆金的一沓原稿放在他面前。这一动作,克里姆不止一次地看见过。

"请原谅我的匆忙,但我必须马上去找报刊检查官。"

他的话带有埋怨的口气,并且用失望的眼神打量着萨姆金。

"我不能同意您对年轻诗人的态度。他们号召人们干什么呢?还不是偷看女人洗澡!而我们的优秀作家和诗人……"

他说了老半天,仿佛忘了他还要上检查官那里去。末了,用手指戳了一下萨姆金的稿子,因为用劲过猛,手指都涨红了;说道:

"不,我们必须同他们进行无情的斗争。"

他站起来,撇了一下嘴唇,说道:

"这我不能刊登。这是在鼓吹最粗俗的色情和逃避生活,逃避现实,而您却大加赞赏……"

萨姆金把恼怒憋在心里,尽力装出一副漠然的姿态;他不想和主编顶嘴,觉得这有损他的尊严。他俩一道来到大街上,主编朝萨姆金伸出一只手,说:

"我很抱歉,不过……"

"这个老混蛋!"萨姆金骂了一句,便朝大街有荫凉的那一边走去。若是承认由于主编拒绝发表他的书评而苦恼,那是很不好意思的。

"伊万·德罗诺夫提供给你的现实,究竟有什么价值呢?"当他走过那一幢幢舒适的小房子的工夫,愤然想到。他还想起科兹洛夫说过的一些发人深省的话语。

他加快步子,走了一百来步,赶上了两个人:一个头戴贵族式的礼帽,另一个戴着巴拿马草帽。他俩的魁梧身躯占满了整个人行道,要想走到他们前面去,非得下到泥泞的马路上不可。他跟在他们的后面,打量着他俩肥胖的红脖颈。左面那个戴巴拿马帽的人,用嘎哑的男低音说道:

"你在梦里吃多少,也不解饿,何况你在梦里嚼的是包脚布呢。咱算什么天下的主人呐?我儿子是二年级大学生,论经济,他比我们知道的多。如今,我的老弟,人们都在按照犹太人的政治经济学过日子,就连小姑娘也在研究它哩！卖掉一切吧，然后我们就走！那里可以赚钱，而这里尽是犹太人，瓦拉甫卡之流，鬼知道他们是些什么东西……卖掉算啦……"

萨姆金下到马路上，绕过这两个人，那个男高音接着懒洋洋地说道：

"咳，有什么办法呢，卖就卖吧，要上东边，那就上东边去吧！"

萨姆金本想看看这个男高音的面孔是什么样子。但又懒得转过身去，这不眠之夜使他困乏，芬芳的气息使人陶醉，甚至想都懒得想。但是他觉得，虽说他的记忆抓住了在大街上听到的这些谈话，并记下了许许多多，然而它们不过是些苍蝇屎落在镜面上，只能用来编些小小的趣闻罢了。后来他恍悟到，他并不怎么了解这些象征派诗人想要干什么，但是他感到高兴的，是他们并不歌颂大众的疾苦，既不喊叫"前进呀，不要畏缩，不要彷徨！"也不高呼"神圣复兴"的曙光。

十一

萨姆金回到家里，本想躺下睡觉，可是看见瓦尔瓦拉正站在他房间的窗前，朝花园中张望。

"轻点儿！"她小声警告他。"你看！"

在花园中的一棵苹果树下，伊丽莎白·斯皮瓦克正坐在一条绿色的长椅上，双手扶着椅背，呆若木鸡地凝视着前方，她两眼瞪得很不自然，射出愤怒的目光；她的面孔映着微浅的光影，仿佛在燃烧，在融化。

"她坐的姿势真美，"瓦尔瓦拉小声说道。"你知道我在学校遇见谁了吗？我遇见了杜纳叶夫，那个快快活活的工人，你记得他吗？他在那里当看门的，反正是干这类工作的。他没有认出我来，但他是故意装的。"

她悄声唠叨着，显得很快活，以致萨姆金一下子猜出其中的缘由，便问道：

"他死了吗？"

"我想是死了。你去打听打听吧！"

萨姆金走进餐厅，看见柳博穆德罗夫医生坐在那里正在写什么：他抽一口烟，把烟雾喷在纸面上。

"病人怎么样了？"

"他已经过去了，"医生说，并不抬起头，那笔尖在纸上唰唰地响着。"我在给警察局写一份报告，证明此人确乎正常死亡。"

萨姆金出于一种古怪的好奇心，而且好像不相信医生似的，来到花园，朝那厢房的窗户张望。他看见那位瘦小的钢琴家躺在挨近窗户的一张睡榻上，他的下巴颏几乎贴在胸膛上，那双眯缝着的眼睛仿佛塌陷在深洞里似的，正扑朔迷离地望着自己那对犹如汤勺般的手掌。家具已经从房子里搬出去，这空荡的景象更说明了这位音乐家是十分孤独的。几只苍蝇在他的脸上爬来爬去。

萨姆金又有一种感觉，此人的死似乎比他父亲更可厌，更可怕；他那样子真吓人，简直叫他毛骨悚然。因为怕伊丽莎白·利沃夫娜发现他，就赶紧走开了。

"怎么样啦？"瓦尔瓦拉问。

他肯定地点点头。

"我猜中了，"她说完，轻轻地叹了口气，坐在桌子边上，摇晃着一只套着玫瑰色长筒袜的脚。萨姆金走到她跟前，把手搭在她的肩上，想说些什么，但是想起来的都是些支离破碎的、不成体统的蠢话。顶好是她能先来说些鸡毛蒜皮的事混过去。

"你别把我推倒了！"她说着，用自己的腿夹住他的腿。

他把头搁在她的肩上，这时她悄声说了句："等等！"便把他推开了，然后轻轻地关上窗户，又闩上门，坐到床上。

"你过来！你不高兴吗？"她搂住他，焦急而又亲热地问道。过了几分钟，萨姆金感激地嗫嚅道：

"我亲爱的，你真敏锐，聪明……"

此后几天遇到的尽是些鸡毛蒜皮的,然而却是不可缺少的事情,不过很快就过去了。那位钢琴家穿着礼服,被端端正正地安放在一口雕着花边的好棺材里,棺材四周摆着鲜花。死者那发青的脸上,好像倏然失去了使萨姆金感到厌恶的扑朔迷离的可怕神情。科尔文指挥着业余合唱队在庭院里,在厢房窗下唱着挽歌。他额头上那块像五分罗马银币大小的红伤疤,使得他左边那条眉毛高了一些,给他那有点儿呆板的面孔增添了一种英俊的神气。当科尔文要求合唱队中那些盛装的姑娘们唱得更柔和一些的时候,他便把一只手使劲地往下一按,他的大鼻子尖也随之低垂到那英俊的大胡须夹缝里。克里姆不由地想起了伊诺科夫,便悄悄地问他母亲:"他现在在哪儿?"维拉·彼得罗夫娜在她瘪了下去的胸前画了个十字,用祈祷的语调轻声说道:

"那位写过大中学生著作的……工程师[①]把他雇走了。"

从厢房的窗户里飘来焚香的烟雾和晚香玉的气息;庭院里站着一群虔诚的观众;伊万·德罗诺夫靠在花园的栅栏上,用草帽边搔着腮帮,正在冥思苦想。

安葬那天从清早就刮起了大风,而且正好是西风,朝墓地方向刮。风推着人们前进,撩起女人的衣裙,妨碍她们走路,拂乱了男人的头发,把后脑勺上的头发吹到前额和脸颊上去。风把合唱队的歌声吹到送葬行列的前头,所以挽着瓦尔瓦拉的手,走在斯皮瓦克夫人和母亲后面的萨姆金,只能听到沉闷的哀号:

"哎—哎—哎……"

人们都弯着腰,抱着头,脚戳着地,以便站稳脚跟,但还是免不了相互撞着,轻轻地道一声歉,不过大家都顺着风势,越走越快,仿佛在追赶那飘远的挽歌:

"哎—哎—哎……"

[①] 指加林-米哈伊洛夫斯基。他的著作有《中学生》(1893)、《大学生》(1895)、《工程师》(1908)。

这般景象真叫人沮丧,也使萨姆金心中涌起一股哀叹人生无常的思绪,他尤其郁郁不乐的是这种思绪竟被别人的语句装饰起来:

　　……意外的恩赐,
　　生命,你为何赐予我?①

他想起这两句话,但又立即甩开,想起另外两句:

　　当你冷静地环顾四周,
　　你会看到人生是如此空虚而又无聊……②

当他想用自己的语言来给人生下个定义时,他痛感到凡是所能描述的人生的悲伤,都已经描述了,而且描述得淋漓尽致。

风吹和人拥使萨姆金很恼火。瓦尔瓦拉妨碍他走路,她不时地弯下腰,整理裙子,就掉了队,然后又蹦跳两下,跟上大家的步伐,随后裙子又弄乱了。克里姆觉得斯皮瓦克夫人走路的样子呆板得像个士兵,而且把头扬得老高,仿佛她为死掉丈夫感到自豪似的。她走路就像走钢丝一般,谨慎小心,忧心忡忡,径直向前。阿伊诺送葬时也不是低着头,但她走路的姿势要好得多。

"一个古怪的女人,"萨姆金瞧着斯皮瓦克夫人披孝的黑色身影,暗自思忖。"一个女革命家。很可能她在教导杜纳叶夫哩。而且这一切准是因为害怕虚度年华,就像丹尼娅·库里科娃那样。"

后来她不得不在墓地里,在一个挖好的红土坟坑边站上一个多钟头;坟坑的一边已经坍塌,那残缺的地方令人想起叫花子老太婆那没齿的下颌。律师普拉甫金致悼词,他大胆地证明了自然现象的规律;

---

① 引自普希金的诗《无谓的恩赐,意外的恩赐》(1628)。
② 引自莱蒙托夫的诗《又寂寞,又悲伤》(1840)。

神甫讲了大卫王的故事,讲到他的古丝理琴①和上帝的温良智慧。风不停地刮着,在十字架和树林中呼啸,雨燕在人们的头顶上无畏地、闪电般地飞过;在教堂后面的山坡下,自来水厂的排气管像发怒似的呼呼直冒气。

---

① 古希伯来人所用之弦乐器,类似竖琴。此故事出自《旧约·撒母耳记上》第十六章第二十三节。

第十四章

一

　　但是,刚刚过了一天,克里姆就站在一艘像天鹅一样洁白的小轮船甲板上,眺望这座披着紫云华服的城市了,这对他来说是多么惬意呀。军乐队在市立公园里奏着小歌剧中的杂曲;空中飘荡着军号的旋律,仿佛把奥芬巴赫、普兰凯特[①]和埃尔维[②]的谐曲都写在上面了。精巧的小船顺流而下,它行得越远,那座笼罩在一片柔和的落日余晖中的城市就越发像个可爱的小玩具,大教堂的金黄色屋顶也越发明亮,而那些小房子因为越来越小,都仿佛更紧密地挨在这座古城的墙垣和塔楼上了。后来,轮船突然转入一座枞树繁茂的小山后面,那城市也一下子消失了,好像给一只毛茸茸的黑爪子从地上抹掉了似的。天气是温暖而宁静的,只听见船上的轮机击荡这条狭窄的河流中的浅红色水面,把泛着泡沫的波浪推到岸边,使这条船更像一只展翅飞翔的大鸟了。

　　萨姆金和瓦尔瓦拉一同站在甲板上,共享这"俪影独处"的甜蜜。天色渐渐暗下来,一片片乌云追逐着这艘小船,把它的阴影投在水面

[①] 普兰凯特(1848—1903),法国作曲家。
[②] 埃尔维(1825—1892),法国作曲家。

上和大地上。这时迎面驶来另一艘船,船上灯火辉煌,全身涂着棕红色,活像一艘铁船。船上的灯光映在河水里宛若一只木耙上的巨齿,看着这些发光的巨齿划开水面仍不消逝,简直令人惊奇。这时从左岸的山岗后面升起来一轮巨大的黄澄澄的月亮,而右岸的天空却飘浮着一大片毛茸茸的宛若熊皮一般的乌云,其中夹带着闪电,但是听不见雷声,闪电也不怎么骇人。瓦尔瓦拉像孩童似的欣喜若狂,抓住萨姆金的一只手,使劲靠在他身上,叫道:

"嚅!你瞧,你瞧!看见吗?"

"还不错,"他勉强地同意道。"大自然就喜欢炫耀。"

但是他也情不自禁地给这夏夜的景象迷住了,在温煦的夜幕下悠然沉入宁静之中。一种惬意的、虚无缥缈的冥想控制着他。他看见,在闪烁着蓝色电光的黑暗中,那漆黑的一片岸边在缓缓地向后退去,他欣然觉得这流逝的时光是不会再来了。

他们在下诺夫戈罗德上岸,想参观一下刚刚开幕还没有达到高潮的全俄交易会①。瓦尔瓦拉望着人们卸下无数的货物、开启包装箱、填满货仓、把许多诱人的商品摆在橱窗里,忙得不可开交,她那副惊诧神情可真逗人。

"我的上帝,东西可真多呀!"她眉飞色舞地一再重复,眼睛瞪得大大的,贪婪地瞅着。

萨姆金纵声大笑,想起马卡罗夫从费奥多罗夫的文章中摘引过的一句话。

"这都是为你们准备的哟!"他说。"所有这一切都不是因为'妇女的支配力多么了不起,而是因为其害无穷'所造成的。你应当自豪哩!"

但是瓦尔瓦拉没有注意到这句话,她给那些川流不息的、各式各样的人们吸引住了,被人声的嘈杂、车轮滚在卵石马路上发出的嘎噔

---

① 一年一度的下诺夫戈罗德交易会,通常在七月十五日开幕。

嘎噔声、铁器的叮当声、木板的咯吱声弄得晕头转向了。她自己就说了些在她嘴里也是不寻常的话。她认为这座城市酷似一本书的华丽封面,其内容就是交易市场;而且当你看到成千上万的人在忙碌着的时候,生活就变得宏伟壮观了。

这话是她在西伯利亚码头上说的,她看见身材魁梧的搬运夫正像蚂蚁般的排成队,忙着卸下驳船和轮船舱内的货物,把棉花、皮革、干鱼、铁块、成袋的大米和葡萄干堆在岸上,成了一座座小山,把装着水泥、青鱼、葡萄酒、煤油和机械油的桶滚到堆放处。这里劳动的喧哗更高更杂,然而那个领头人的喊叫却显得尤为突出。

"这些人多有劲呀!"瓦尔瓦拉瞧着搬运工人在工作,吃惊地说。"你听见吗?他们在唱。我们走近一些。"

萨姆金乐意地走过去,他还是头一次听见《伏尔加船夫曲》这种悲伤的调子可以唱得如此生动活泼。这是一批正在从驳船的舱里往下卸的柳比莫夫和索尔维公司①出品的碳酸钠。十个人排成两行,站在甲板上,敏捷地拉起从船舱里伸出来的两根绳子,一只大桶就跟空的似的从舱里轻轻地滚了出来。其实大桶是很重的,要有两个搬运工弯下腰使劲推,才能把它顺着甲板滚到通向岸边的跳板上。

有两个工人在领唱《伏尔加船夫曲》:一个矮胖,穿一件被汗湿透了的、破旧的红衬衣,没扎皮带,脚踏一双破树皮鞋,胳膊袒露到肘部,颜色跟生了铁锈似的。他的声音尖厉刺耳,一面唱一面吹口哨,又跺脚,又摆动身子,显得非常滑稽;他的一双铁手摁在绷紧的绳索上,就跟拨弄琴弦似的,他想到什么词句,就随口唱道:

　　哎哟嗬,伙计们呀,要记住,滚起来哟……

瓦尔瓦拉躲在萨姆金身后,从他的肩膀旁边窥视着。

---

① 十九世纪末俄法两国合办的股份公司。

"哎哟嗬,伙计们,滚起来,哎哟嗬!"搬运工们像平常说话似的高高兴兴地附和着,但没等他们唱完,另一个秃头、高个、黑胡、没穿衬衣、只穿一件背心的人,用浊重的男低音领唱道:

哎哟嗬,伙计们,用心地拉哟,
别叫绳子滑回去哟……
哎哟嗬,伙计们哟……

这情景似乎不像做工,而更像游戏;虽说在尘土飞扬的空气里,各种各样的声浪仿佛在比赛看谁力量大似的相互冲击着,可是搬运工的雄壮歌声却冲进混乱的喧嚣,给它增添了自己激昂的旋律。前不久克里姆在铁路建筑工地上也听到过《伏尔加船夫曲》,可他们唱得无精打采,音调低沉,好像只是为了休息,而这里却唱得雄壮有力,领唱也高昂清晰,虽说词儿是熟悉的,但听起来却很新鲜,而且不知为什么给人一种惊心动魄的感觉。萨姆金思考了一下,蓦地想起那位教堂助祭和他引用过的拉克坦齐的话来,便坦然自若地想道:

"词句相同,但音调各异,如此而已。空洞的词句是什么也改变不了的。"

在驳船后面,碧波荡漾的伏尔加河水在骄阳熠熠之下滚滚流去,再远点儿,一片金灿灿的沙滩被河水冲刷着;翠绿的灌木林弯下腰去,对着温柔的河水窃窃私语。甲板上的人们仿佛用二十只手弹着两根紧绷绷的琴弦,发出奇妙悦耳的声音。

"休息啰!"一个人从岸上喊道。

搬运工们放下手中的绳索,有几个人像野兽一般软绵绵地倒在甲板上,另一些人走上岸去。一个用麻绳扎住长发的、颧骨高高的大个儿小伙子,追上克里姆,不大礼貌地把他从头到脚打量一番,问道:

"给支烟,老爷,可以么?"

他用黑乎乎的手指从克里姆的烟盒里拿了两支香烟，一支插到嘴里，另一支夹在耳朵后面，但是那个领唱的男高音走到他跟前，用肩膀推了他一下。

"你要到香烟了吗？"他问完，便敏捷地把香烟从小伙子的耳朵上抢走，叼在棕色大胡子下面的嘴角上。他提了提用布袋做的短裤，用手掌捂了一下屁股，然后双手叉腰立在那里，很不自然地翻着白眼儿，用奚落的目光打量着萨姆金。他的脸粗糙得像个士兵，衬衣领已经撕破，衣襟敞着，胸脯露在外面，跟他的脸一样，沾满了灰尘和汗渍。

萨姆金猜想站在他面前的这个人一定很爱开玩笑，而且玩笑也一定很粗鲁，甚至很恶毒，瞧他马上就要说出或者做出什么不怀好意的举动了。他的猜测得到了证实，因为搬运工们都急急忙忙地围住了那个领唱的人，笑容满面并且有所期待地瞅着他那络腮胡子的面孔，而他显然在寻思什么，嘴唇都把香烟抿扁了，脚上的树皮鞋在地上蹭得沙沙直响，把尘土扬起来弄到萨姆金的皮鞋上。但这时一个黑胡子、秃头的家伙趔趔趄趄地走过来，用严厉而低沉的声音说道：

"米哈伊洛，你又要胡闹了，是吗？还想出丑吗？"

那个穿红衬衫的领唱人，巧妙而又高高地把香烟吐了出去，然后又用手掌把它接住，末了跟着那个黑胡子的人走了，其余的人也一个个跟上去，不知是谁惋惜地说了一句：

"哎，饶了他这一顿揍……"

这整个情景只用了一分钟，然而萨姆金已经断定，这一幕肯定会久久地留在他的记忆里。他惶惑地感到，他居然给那个穿红衬衣的人吓住了。他瞧了瞧他的脸，嘿嘿傻笑一声，总之举动很不体面。瓦尔瓦拉当然发现了这一点，于是他挽起她的胳膊，穿过忙碌的人群。萨姆金听见有人向他们喊"当心点儿！"这工夫，他俩正走在累得呼哧呼哧直喘气的马鼻子底下，便喃喃道：

"我跟……之间有何共同之处呀？"

"当心点儿！"

"在我们，"他又改口道，"和这些人之间有何共同之点呢？我们已经有几代人受到复杂文化生活的熏陶了……"

他又马上恍悟到他这话说得既惭愧又刻薄，想到一定还会引出更刻薄的话来。

"正是我的民主主义思想使我看到在我和这些半野蛮人之间有着很深的差别……"

不，这些话是不应该对瓦尔瓦拉说的。

"由文化差别如此悬殊的人们建立起来的社会，是不可能稳固的。北美洲的一千万黑人迟早要行动起来。"

这时瓦尔瓦拉替他打了圆场。

"我渴得要命，"她说。"快点儿走吧！"

走了没几步，她又兴奋地说起来：

"他们唱得太妙了！他们多灵巧，多强壮啊……"

萨姆金亲热地、近乎感激地说：

"由此可见，码头工人的劳动绝对不像我们常常想象的那么沉重。"

二

清晨他们登上一艘如同旅馆一样舒适的江轮，向前驶去。他们看见迎面开来一队队驳船，追过许许多多撑起风帆的棕色扁舟，吓跑了转弯灵便的渔船。从两岸富庶的村镇里传来了手风琴声，一群群花枝招展的村女站在岸边观赏这艘江轮，孩子们嬉戏着跳到水里，在沙滩上乱叫。在船尾的三等舱里，也有人在玩耍，在歌唱。瓦尔瓦拉发现，伏尔加河确实很美，难怪人们为它编了无数的颂歌。萨姆金向她讲述了他父亲怎样教他朗诵：

当我来到伏尔加河上，
听见不知是谁的呻吟，
旋荡在这条俄罗斯大河的上空？

"然而，你瞧，谁也没有呻吟，他们在拉手风琴，嗑着葵花子，穿得很鲜艳。"

"今天是星期日，"瓦尔瓦拉提醒他，但又急忙说道："当然，我也同样认为：涅克拉索夫把人民的疾苦说得过分了。"

她说话匆匆忙忙，简直叫人有点儿可疑，好像要掩饰她那不敢争辩，又不能苟同的神情。她的眼睛瞪得大大的，流露出莫名其妙的笑容，说道：

"可我从未感到过，除了莫斯科外，还有个俄罗斯存在。当然我学过地理，可是地理算什么呢？那不过是一本我不需要的货品目录罢了。可现在我看到，真有一个辽阔广大的俄罗斯。你说得对：俄罗斯的阴暗面被人故意夸大了，而且是出于政治上的原因。"

萨姆金不记得他是不是说过这话，但他却朝她莞尔一笑道：

"就连那些美术家，像列维丹啦、涅斯杰罗夫啦，描绘俄罗斯所用的色彩也不如它实际上那样艳丽。"

"是的，这是我的想法！"萨姆金心里说。同时他又觉得自己的精神也丰富起来：日日夜夜都会犒赏他一些未曾见过，也不曾听说过的东西，许多见闻使他惊奇，而且所有这一切都要求秩序，都需要整顿和纳入"语言体系"里，这样他就可以不必担忧了。看来在这方面瓦尔瓦拉对他颇有帮助。

使他最为惊奇的是，瓦尔瓦拉是如此温良贤惠，纯真地爱着他，而又不那么纠缠不休，因此，他觉得她一天比一天可爱了。她所以可爱，不仅仅是因为跟她在一起感到很舒服，而且还因为她在他内心唤起一种想取悦于她，对她表示温存的愿望。他记得，莉吉雅从来没有使他产生过这样的愿望。

他想对瓦尔瓦拉说些不寻常的、表示决心的话语,使她更加亲近他。可是这样的话他一句也没找到。也许这样的话就在嘴边上,可是还没有说出来,就给许许多多其他的言词淹没了。

那个穿红衬衣的搬运工也是个障碍;他在他的记忆里留下了一个不愉快的斑点,仿佛老在伴随着他萨姆金。这家伙一忽儿变成轮船上的水手,一忽儿变成尘土飞扬的萨马拉码头上的小伙计,一忽儿又变成三等舱里的一位乘客,坐在船尾上吃核桃。他用奇特的方法咬开核桃:先把核桃放在槽牙上,用手掌从下面拍击下颚骨,核桃就开了。所有这些人都生着一双和那位搬运工一样讥诮的眼睛,那副神情也是莽撞的,言谈和举止老是叫人不痛快。那个吃核桃很特别的家伙盯着萨姆金和瓦尔瓦拉站立的上甲板,大声说道:

"那位夫人穿着一双肉色的长袜。"

在阿斯特拉罕,萨姆金夫妇受到瓦拉甫卡的朋友、渔业家特里弗诺夫的迎接。此人身材滚圆,生着宽大的后脑勺和刮得光光的脸蛋,脸上那对快活的小眼睛,像两只珍珠母钮扣似的,放射着颜色不同的光辉。他平易近人,喜欢热闹,身上散发着浓郁的科隆香水味,穿一身肥大的花格子礼服,有点儿像个小丑。原来他还是"本城长老"之一哩,此人很喜欢夸耀他的市政设施。然而这座城市却弥漫着呛人的烟雾和腌咸鱼、硝皮革,以及石油的浓重气味,简直像是建立在肮脏的沙子上;无论是在河畔,还是在尘土飞扬的大街上,到处是鱼鳞,像云母片似的熠熠发光,到处都可以看到满头大汗的东方人闲步街头;他们有的头戴花边小帽,有的缠着头巾,有的身穿长袍。他们人数那么多,简直使这座城市不像是俄罗斯的城市了,教堂也成了多余的了。那些卡尔梅克人、鞑靼人、波斯人拿着铁锹和铁棍,在灰色的矮矮的城墙阴影中,有的坐着,有的躺着,使人觉得,他们好像刚刚在战争中把这座城市攻占下来,一面休息,一面等待一声令下,去拆毁这座城堡似的。

特里弗诺夫带着萨姆金夫妇,乘上一辆十分考究的轿式马车,由两匹蠢笨、怠惰的马拉着,在炎热的大街上逛了两个来小时。特里弗诺夫浑身冒汗,不时用一条满是香水味的手帕,去擦那张刮得光光的阉宦脸。他讲起阿斯特拉罕的名胜古迹来,语言也跟他的礼服一样,单调而枯燥,但声音老是那么激昂。

"伏尔加河每年春天都要冲毁我们的堤岸;每年要修,花的钱简直可以装满一条船!我们需要石头,石头!"他伸出两只短粗的手臂给萨姆金,向他请求,并且笑嘻嘻地抱怨道:"可我们没有石头;单靠我们藏在衣襟下面运来的那些石子①是抵御不了伏尔加河水的,"他开玩笑道,接着又大吹大擂地说:

"像本地居民这样的傻瓜,您在别处是找不到的!我们需要一位手执皮鞭的省长,不然的话,就让季莫菲·斯切潘诺维奇·瓦拉甫卡来当本市之长好啦,他会把沙子变成石头的。"

特里弗诺夫的家属住在乡间别墅里;他把萨姆金夫妇说得入了迷,末了就在船上招待他俩吃了一顿丰盛的晚餐;还有香槟酒,他显得越发快活了,便又请他俩乘他的游艇去参观"九步号"海轮。

"那艘'白隼号'虽说不是条新船,但却很轻快!"他夸口说。"我领你们去看看我的渔场,我们要经过那里的。"

萨姆金夫妇没有什么口实来谢绝他,但是当他俩来到旅馆闷热的房间时,却说出了一些沮丧不满的话。

"这个人好古怪呀,"瓦尔瓦拉叹口气说。"活像个瞎子。"

萨姆金因为热闷得难受,又很厌恶那位渔场老板的话,便怏怏不乐地同意道:

"这种盲目性似乎是实业家的通病。"

过了一会儿,瓦尔瓦拉一面梳理晚妆,一面说道:

"他吹嘘这座城市和伏尔加河,活像个商店的小伙计吹嘘他急于脱手的商品,否则就要过时了。"

"她变得越发聪明了,"萨姆金又在想。

---

① 指商人私运宝石以避课税。俄语的石头又有宝石之意。

三

早晨六点钟,他们已经乘上一艘脏乎乎的小汽艇,顺着水面满是汽油花的伏尔加河,朝出海口驶去;一轮犹如吉尔吉斯人的脸盘一般的旭日,正迎着他们冉冉升上干燥而又惨淡的天空。特里弗诺夫指着停泊在一旁的船只,说出船主的名字,带着羡慕的口气埋怨道:

"诺贝利①正在把我们吃掉,这诺贝利!他和那些臭亚美尼亚人……"

小汽艇像疟疾病人似的直哆嗦,又像个敏捷的小老太婆逛市场一般,穿行于各种船只之间,又是鸣笛,又是嘶嘶作响。一个潇洒的白髯鞑靼人站在舵轮后面,迎着太阳眯缝着眼睛。

"您知道吧,我们这里全是些大自然的产儿,生就的懒骨头,"特里弗诺夫跟瓦尔瓦拉逗趣说。

小汽艇徐徐驶入污浊的出海口,沿着海岸走了一俄里路,呜呜一阵,又哆嗦了几下,发动机终于停止了轰鸣。

"我这只小艇,像吉尔吉斯的马一般,有个怪脾气,"特里弗诺夫兴高采烈地解释道。"可是另一艘,'哥萨克姑娘号',可不是开玩笑!真像一支箭。"

鞑靼人霍地转了一下舵轮。

"怎么啦,尤努斯?"

"发动机熄火了,"鞑靼人非常和蔼地说。

于是特里弗诺夫窜到发动机跟前,对着下面吼道:

"混蛋,你们这些狗崽子!我不是一而再地跟你们说过吗?鸣一声汽笛,丑东西!尤努斯,快开到岸边去!"

汽笛嘎哑地叫着,仿佛带有埋怨的意味。小艇徐徐靠向河岸。特

---

① 诺贝利(1859—1932),俄国大资本家,彼得堡厂主协会主席。

里弗诺夫解释道：

"这些家伙都不是人，是些猴子之类的东西！他们什么也不懂，光知道吃！"

在岸上一艘破船跟前，坐着一个男人，头戴褪了色的制帽，穿一件怪里怪气的女式上衣，有骑缝的裤腿挽到膝头上面。他把一块大面包摁在胸脯上，正用小刀切割，在他旁边的沙地上放着一个深绿色的大西瓜。

"瞧啊！"瓦尔瓦拉说。"他坐在那里，好像坐在餐桌旁似的。"

真的，这个人真像把辽阔的大海当成餐桌了；瞧那海面上点缀着许许多多的桅杆，特里弗诺夫指着它们道：

"这就是'九步号'。"

他操起喊话筒，对着岸上吼道：

"喂，哥萨克！快到停泊所去，叫他们把'猎人号'开来，就说特里弗诺夫要他们来。"

"你不用话筒我也听得见，"那人回答。他手里拿着一块面包，两眼瞧着这只小艇缓缓地接近他。特里弗诺夫又朝他严厉地摆摆话筒说：

"你要跑着去，知道吗？"

"你给多少钱？"哥萨克咬了口面包，问道。

"给你整整一张。"

"二十五卢布的！"那家伙声音不高不低地说完，嚼起面包来；他一手拿着小刀，另一只手把西瓜滚到他面前。

"你听见吗？"特里弗诺夫瞥了一眼瓦尔瓦拉，笑嘻嘻地问道。"他竟然要我二十五个卢布。停泊所就在山岗后面，只有一俄里半的路！你说气人不气人？"

他又把话筒扣在嘴上，像放了一枪似的叫道：

"三个卢布！"

"我不去，"那人说着把小刀戳进西瓜里去。

"他还是不去！"特里弗诺夫嘬嘴一声。"这些哥萨克,他们都是小偷,他们过着卑贱的生活,从别人的渔船里偷鱼。"末了,他又喊了一声:"五个！"

"不去！"哥萨克重复道,一刀把西瓜切成两半,同时把两只赤裸的脚伸到海水里,像伸到餐桌底下去似的。

"这里的人哪,我跟您说吧,鬼才晓得是什么东西。"特里弗诺夫手里转动着喊话筒,满面笑容地解释道。"那些前额刮得光光的亚洲人不会干活,而我们的人却不肯干活。喂,哥萨克！我是特里弗诺夫,你不认识我吗？"

"咳,谁不认识你呀,瓦西里·瓦西里奇？"哥萨克一面回答,一面用小刀切下一块西瓜,塞到他那毛茸茸的嘴里。

瓦尔瓦拉坐在船舷上,兴致勃勃地打量着那个哥萨克人;那位舵手笑容可掬地转动着舵轮。他已经把船头靠到浅滩上了,以防潮流把它冲走;有两人正在机器舱里对骂,乱敲铁锤,有的管子里咝咝地冒着蒸汽。在阳光照耀下显得波平如镜的出海口水面上,停泊着一些和画上一模一样的驳船,还有一些像甲虫一般来回移动的小舟,以及仿佛苍蝇似的在玻璃板上爬动的汽艇。

克里姆·萨姆金热得喘不过气来,感到这一片亮晶晶的使人眼花缭乱的空间把一切都变得渺小和微不足道了,使他自己也心灰意懒了；于是他怠惰地想着,这位身材滚圆、意气风发的特里弗诺夫和那个精神衰败的柳托夫倒有些相似,尽管从外表上看他俩迥然不同。不过使人觉得,这位阿斯特拉罕人如此欣赏那个倔强的哥萨克,就跟柳托夫这个莫斯科人喜欢那个假装捕捉根本不存在的鲇鱼的骗子庄稼汉一样。

"你怎么搞的,丑八怪,不肯去吗？"特里弗诺夫几乎是带着和蔼的口气问他。

"我不想巴结你,瓦西里·瓦西里奇,"那个哥萨克冷冰冰地回答。他把一半啃剩下的西瓜皮扔到海里,挪到水边,俯身捧起一捧海水,把它当成抹布似的去揩他那胡子拉碴的脸。

"瓦尔瓦拉倒挺会比喻,说他坐在海边就跟坐在餐桌旁一模一样,"萨姆金心里说。"因此,那些革命党人所指望的,正是这种人,像那个用古怪的方法咬开核桃的庄稼汉啦,西伯利亚码头上的那个搬运工啦,等等。总而言之,就是寄希望于那些用新的热情的调门儿唱起悲壮的《伏尔加船夫曲》的人们。"

特里弗诺夫把一只脚踩在船舷上,还在跟那个哥萨克人磨嘴皮子:

"喂,男子汉,你是什么人,我会弄清楚的!"

哥萨克把另一半西瓜吃完,又冷冰冰地回答:

"我是伊万·卡尔梅科夫,你要找的就是我!"

"他并不怕,"特里弗诺夫对瓦尔瓦拉说。"他们在这里谁也不怕。"

从一个倾斜的海角后面钻出来一艘绿晶晶的小汽船,它轻盈地绕过海角,向这边驶过来。

"这就是那艘'哥萨克姑娘号',"特里弗诺夫兴高采烈地叫道,末了宣布:"可是要到我的渔场去,是来不及了!"

四

夜里,当这艘汽船驶入里海,卡尔梅克草原倾斜的海岸消逝在朦胧的月色之中的时候,萨姆金觉得格外兴奋。周围的一切宛如神话一般凄凉,充满着异常严肃的气氛。在墨绿色的天空几乎没有什么星星,只有一弯下弦的明月一动不动地高悬在苍穹。海是碧绿的,也像天空一样寂寥、安稳而又悄然无声。可以想象它已经达到了它的一切风暴极力要达到的绝对安宁的境界。汽船沿着一条不宽的银灰色的小径滑动,仿佛它还站在那里没有动弹,因为小径也在和汽船一齐移动,把它引入无边无际的雾霭之中。可以听见一种沉闷的、节奏均匀的声音,不用说,这是螺旋桨在击水,但是却叫人以为水下藏着个什么怪物,在追逐这艘汽船一般。

尽管萨姆金羞于承认,但他毕竟感觉到,他心里充满着一种久已忘却的孩子气的恐惧,一些骤然变得异常重要的、天真幼稚的问号又浮现出来,使他忐忑不安。他想象着自己似乎掉进了一条透明的大口袋里,永远也爬不出来了,觉得这只船不是在行驶,而是悬在半空,一味地颤抖。

萨姆金摘下眼镜又立即戴上,环顾四周,想看见轮船、渔船、小艇或者小鸟之类的东西,总之,凡是从陆地上来的都想看看。然而,他看见的仅仅是一片波平如镜的浅绿色的圆圈——那条空气口袋的底。在这艘黑黝黝的汽船的船舷上点缀着一条光带;这浩瀚无垠的水面之上,就是星光寥落的天空,但它不像在陆地上面凹得那样深邃。萨姆金觉得有必要说说话,用语言来填充在他周围和他内心展开的空虚。

瓦尔瓦拉坐在舷边,双肘支在栏杆上,手掌捧着下巴颏,头微微地颤动着,露在外面的头发在飘动。克里姆站在她身旁,悄声吟诵着大海的诗歌。虽说所有的乘客早已回舱里就寝了,但是高声喧哗是不礼貌的。诗歌他读得不多,一下子就吟完了,所以就只好用散文来说话了。

"说大自然不允许有空虚存在是不对的,确实存在没有空气的空间……"

瓦尔瓦拉刚才还在默默地听他吟诗,现在她却悄悄地恳求他了:

"噢唷,克里姆,请你不要搬弄什么……奥妙的玩意儿了吧!"

月光映在她的脸上显得特别苍白,她的眼睛像猫眼似的,磷光熠熠,叫人看着不愉快;萨姆金有点儿闷闷不乐,但过了一会儿,他又提议:

"该去睡觉了吧?"

"不,"她说,用央求的目光望着他。"我真不能离开这里。这里太惬意了。"

"你太累了。"

"你挨着我坐下。"

他满足了她的愿望,用一只手搂住她的腰,悄声问道:

"你在想什么?"

她也悄声回答:

"我不是在想。"

"那是在打盹吧?"

"也不是在打盹。"

她不想说话。萨姆金摸摸小胡子,打量着她那被月光照得明亮的侧面,一种憎恶她的念头油然而生。

"我对她太温柔了,所以她现在才对我很冷漠。必须严厉一些。我必须完全占有她,让她的一举一动总是能够符合我的心愿。必须学会理解她的一切想法和一切感受,而不要去诘问她。一个男人就应当把女人吸引住,让她把一切内心的幽思和感受统统告诉他。"

萨姆金对这个念头颇为得意,于是抓住一切机会去温习它,好像要把它背熟似的。他已经不是头一次去琢磨瓦尔瓦拉睡觉的姿势了,而且总有一种迷惘和羡慕的感觉,特别是当这个女人被他的温存抚爱弄得潸然泪下,昏昏沉沉地把头搭在他的肩上的时候,这种心情尤为强烈。她的头异常之轻,头发有点儿粗硬,但是却像缎子一般,凉丝丝的真叫人舒坦。在她的额角上,在耳朵旁可以看见一根根像图案似的青筋在颤动,它们白天是浅蓝色的,但到了夜间又变成黑的了。萨姆金以为正是这些青筋悄悄地把幽梦传达到瓦尔瓦拉的大脑里,向她述说肉体生活的秘密。瓦尔瓦拉睡觉的时候像小孩儿一般软弱无力,缩成一团,把两腿贴在肚子上,两只手搁在头下或压在身子底下。他常常以为,她那半张开的嘴正在狡狯地微笑,仿佛透过长长的睫毛,以一个胜利者而不是一个失败者的目光窥视着他。有时候她的脸上也显出异样的表情,使萨姆金恨不得一下子把她叫醒,严厉地责问她一句：

"你在想什么呀？"

有一个问题使他很激动：为什么他不能有瓦尔瓦拉那样的感受呢？为什么他不能把这个女人的欢乐——而且是他让她饱尝这种欢乐的——带给自己呢？萨姆金为能够博得她这样的爱情而自豪，同时也发现，他从他俩的夜生活中所获得的，要少于他应得之份。于是有一回他对瓦尔瓦拉说：

"假如男人能够同时有自己的和女人的两种感觉，假如他给予女人的感受也能在他自己身上反映出来，那爱情就会更加完美，更加丰富了。"

"不能反映出来吗？"

然而他看出，瓦尔瓦拉没有理解他的话，她的问话是出于礼貌。于是他想，假如说莉吉雅喜欢唠唠叨叨，不知害羞，对待爱情喜欢寻根究底的话，那么瓦尔瓦拉却十分谨小慎微，甚至可以说是麻木不仁的。

"我本来还以为她是一个淫乱放荡、水性杨花的女人呢。当然，幸亏我错了，不过……"

过了一天，他又问：

"告诉我，你想感受一下我所感受的滋味吗？"

"噢，当然喽，"她爽快地回答，而且好像很有把握，但他不相信她，所以便仔细解释了一番他这话的意思；瓦尔瓦拉听了大吃一惊，就连身子也挺起来，仿佛伸长了似的。

"可是要知道我是感觉到你了呀！"她轻声回答，而他却以为她害臊了。

"可你究竟怎样感觉的，又感觉到什么呢？"

"我不会说。我想是这样……仿佛每次我都把你生出来似的。我其实不晓得得这是怎么回事，可是也有这样的时刻……那不是生理上的。"

她显然是害羞了,脸涨得通红,要求道:

"亲爱的,请你不要谈这个吧!我害怕讲这种话。"

克里姆跟她撒了一会儿娇。然而他感到伤心的是瓦尔瓦拉还是不能理解他。

"瞧她说得有多荒谬:好像我把你生出来!"

五

过了不久,有一回克里姆差点儿跟她吵起来了。他们在彼得罗夫斯克登岸,然后骑马从弗拉基高加索沿着达里雅尔峡谷到第比利斯去。他们向翻越山脊的最高点古道尔攀登,然而群山仿佛越登越高了。使人产生一种虚幻的印象,似乎马匹不是在艰难地上行,而是在下降,降到山岚瘴气弥漫的无底峡谷里去。沉沉黑夜就是从这个越来越窄、越来越暗的峡谷升到被山峰顶住的苍穹的。那天宇宛如一条浅蓝色的、可以任意折曲的气带;天色越是黑暗,空气就越凝聚,透过这浓密的空气可以窥见几颗不知名的星星在熠熠闪光。卡兹别克山的白色峰峦从右方的背后耸立起来,从那里朝克里姆的后脑勺吹来一股湿润而凉爽的、凝聚着恬静的微风。细碎的马蹄声和鞑靼马夫的吼骂声并没有怎么打破这死一般的沉寂。捷列克河在下面很深很深的地方发出不祥的诉怨。这是一种奇特的声音,仿佛一些巨石向山谷压下来,互相撞击发出的咯吱声。

奇形怪状的岩石巍然耸立在那里,它们虽无任何用场,但却恬不知耻地炫耀着自己,对于这种把力量白白浪费的景象,萨姆金感到不寒而栗。

"我恨不得把这一切推倒,叫它们变成碎末,"他眼睛盯着那张牙舞爪的巨石和山峦的缝隙,心中嘀咕道。

他们刚刚离开科比驿站,瓦尔瓦拉就闷闷不乐地沉默起来。她坐在那里,缩着脖子,脸庞显得更尖削了。她仿佛衰老了,心里想着可怕的事,那副紧张的神情就好像在追忆一件早已忘却的但现在必须把它想起来的事情。克里姆瞥了她一眼,发现她那深暗的眸子里凝聚着愤怒的光焰,当然也可以说是一种恐惧或者惊诧。

"你还记得冈察洛夫①吗?"他问。"记得《战舰巴拉达号》吗?"

"记得呀。"

"那里有一处说到冈察洛夫来到甲板上,眺望那波涛滚滚的大海,发现它既无聊又荒谬。记得吗?"

"是的,"瓦尔瓦拉说。"啊,不。我没有读过这本书。此时此地你怎么会想起冈察洛夫来呢?"

"他是一位优秀的作家。"

"我不喜欢他,"瓦尔瓦拉严峻地说。"况且,那种可怕决不等于荒谬,他说得不对!"

克里姆高兴的是她终于说话了,但对她的腔调还是感到吃惊。他沉默了一会儿,又抱着激怒她、打断她那叫他难以理解的沉思的主意,继续说:

"似乎有一条通向地狱的路。但丁可能是见过的。你发现吗,当我们在上山的时候,却仿佛觉得在往下降?"

"是的,是的,"她立即回答,那匆忙的神情令人揣摩不透。

"不过我想寂静一会儿。这有什么好说的呢?"她环顾四周,打了个冷战,问道。"诗人们说是说了……但他们同样也说不出任何道理来。"

"一点儿不错。"克里姆同意道。"莱蒙托夫甚至更可笑。他说:

　　有一回,我站在
　　层峦叠嶂的山前……②

---

① 冈察洛夫(1812—1891),俄国作家。《战舰巴拉达号》是他写的一部环球旅行日记。
② 引自莱蒙托夫一八四一年写的诗《争论》。

347

跟塔拉斯①一样,是吧?"

瓦尔瓦拉低下头,离开他,而他却继续冷冷地笑着说:

"大自然对你的影响可真怪。很可能原始人就是这样屈服于大自然的。你说是吗?"

"真的,我不知道。"她面带歉意地悄声回答。"我是没有什么可说的。"

"没有话语,没有形象,就不能思维。"

"我只是呼吸,"瓦尔瓦拉说。"我呼吸,似乎我还从来没有这样深深地呼吸过。你说得好奇怪:当我们上山的时候,却觉得是在往下降。这样……多可气!"

天色已经漆黑漆黑了,周围是一片死沉沉的寂静,冷飕飕的,没有任何气味。萨姆金气冲冲地说:

"在我们俄罗斯,就连雪也是有味道的。"

"有点儿咸味,"瓦尔瓦拉好像梦呓似的加了一句。

他俩登上古道尔山,在那里默默地吃着烤羊肉串,喝着浓浓的葡萄酒。随后在为他们准备的房间里,瓦尔瓦拉半裸露着身子,疲惫不堪地坐在床上,眼睛望着黑乎乎的窗外,说道:

"所有这一切我都见过。我记不起是在什么时候了,很可能是在我小的时候,在梦中见到的。我当时正往上走,一切都在往上升,不过比我升得更快,所以我觉得我是在往下降,向下坠。这是多么惊心动魄呀,克里姆,真的,亲爱的……这太可怕了。而如今……"

她出人意料地大声哭起来。

"怎么,你生气啦!"

当萨姆金开始安慰她的时候,她却用猫一样敏捷的动作擦去脸上的泪水,嗫嚅道:

"我知道你是个聪明人,你是因为我不善于讲话而生我的气。可

---

① 塔拉斯是果戈理的历史题材小说《塔拉斯·布尔巴》的主人公。作者通过对这位哥萨克英雄的刻画,歌颂了民族解放斗争和爱国主义精神。

我真是不会呀！也没有那样一些话！现在我觉得我不是做过一次这样的梦，而是做过许多次。早在我出世以前就做过这样的梦了，"她已经是面带笑容地说话了。"甚至在洪水泛滥①之前就做过！"

她搂住他，问道：

"你从未感觉过你这个人太不合时代精神了吗？"

"没有感觉过，"萨姆金说着，大大方方地跟她亲热一番。"看来你是累了，而且颓废派的诗读得太多。"

他俩言归于好了，同时萨姆金觉得这场戏使得瓦尔瓦拉更接近他了。所以翌日清晨，当萨姆金下到青葱翠绿的阿拉格瓦河谷的时候，他甚至觉得必须对瓦尔瓦拉说：

"昨天我的举动有些乖张了。"

但他马上又觉得，他不该这样说；瓦尔瓦拉站直身子，扶住他的肩膀，惊骇地俯瞰着下面金灿灿的河水和披着密实的绿羊皮的绵绵山峦，望着那宛若灰色小球在山坡上滚动的羊群。

"多美呀！"她喜滋滋地喁喁低语道。"这风光是何等旖旎哟！真想不到昨天以来会发生这样的变化！你瞧：一个抱小孩的女人骑着毛驴，那个男人牵着走哩。可是你要知道，这是圣母和约瑟②呀！克里姆，我亲爱的，这可是一个奇景！"

他听着她那幼稚而快活的话，粲然一笑，也禁不住透过眼镜朝下面看看，真有点儿毛骨悚然。下山的路弯曲而陡峭，马车夫一直扳着车闸，车轮在碎石上吱咕吱咕直响，真叫人讨厌。有时候，这条灰色的小路几乎陡成了一个直角，那黑髯车夫紧紧拉着缰绳，马车朝着尖牙利齿、奇形怪状的岩石狼藉的断崖倾斜过去。此情此景真是惊心动魄，所以萨姆金几次埋怨瓦尔瓦拉今天太喜欢唠叨了。

"普希金曾在这一带欣赏过阿拉格瓦山的奇景，"她说。"你还记

---

① 也称"洪水灭世"，出自《圣经·创世记》：上帝见当时人世罪恶弥漫，决心用洪水毁灭地上一切走兽、昆虫、飞鸟和人。

② 《圣经》中的人物。圣母即约瑟的妻子玛利亚。

得'在格鲁吉亚的山岗上……'吧？"

"'你,我心中只有你'，"他啜嚅道。

瓦尔瓦拉紧紧拽着他的手。

"简直不可想象！诗人竟能在三言两语中融会那么多的内容！"

"是呀！"萨姆金说。

马车平安无事地驶到了姆列塔驿站……

用石头砌成的、灰暗的第比利斯市夹在两山之间的缝隙里,那鳞次栉比的楼宇上伸出来的无数阳台,仿佛小孩子用手掌贴上去的,又像是一个个鸟笼;浑浊的库拉河咆哮着流过市区;教堂的建筑威严肃穆,所有这一切都给萨姆金留下了不愉快的印象。黑发的市民不知为什么个个流露着喜气洋洋的表情,仿佛过节一般;他们用乌亮的眼睛瞅着瓦尔瓦拉,那种好奇劲儿是放肆无礼的,他们说俄语的音调和亚美尼亚人一模一样,怪里怪气的。这些人在炎热的大街上像蟑螂一般来回奔跑,瓦尔瓦拉对他们很感兴趣,她觉得他们美丽,而且善良,可萨姆金却说,他觉得跑到国境上来看这些格鲁吉亚人、亚美尼亚人,以及总而言之长着一副强盗相的陌生人,还不如在内地去看俄罗斯的庄稼汉。他说这话不过是想给瓦尔瓦拉那浓烈的兴致泼泼冷水而已,因为他讨厌她这种兴致勃勃的劲头,末了竟冷嘲热讽地诘问道:

"你似乎染上了特里弗诺夫的盲目症吧？"

他不知不觉地产生了一个奇怪的印象,觉得俄罗斯的无用之人太多了,他们不知道自己该做什么,也许什么也不想做。他们在轮船码头上,在铁路车站上,有的坐着,有的躺着;他们坐在河边上,坐在海滩上,把大海当成了餐桌,而且所有的人都仿佛在等待着什么。而那些在全俄博览会上以丰富多彩的劳动成果博得他的赞赏的人们,这里却一个也见不到。

萨姆金试图把这个印象告诉瓦尔瓦拉,可是她对他的话却充耳不闻,有如一只小鸟,刚刚长满羽毛,正在为自己不久也能开始飞翔而沉浸在激动的欢乐之中。

第十五章

一

直到他俩的漫游生活结束,回到莫斯科以后,克里姆·萨姆金才感到一种恬静的喜悦。他和瓦尔瓦拉在性情上的不和谐,在莫斯科并不像在旅行中表现得那么明显和频繁。他俩都专注于对他们来说是同样愉快的生活琐事。他们从一幢有庭院的住宅里搬到一幢临街的楼房中,这是二层楼上的一套专为他们修缮的舒适的房间。瓦尔瓦拉没有怎么声张地在室内布置了一套新家具,克里姆把贺里桑弗大叔留下的全部古董搬到自己屋子里,并且布置了一间很像样的办公室。凭借瓦拉甫卡的推荐,克里姆当了一位有钱的律师、某保险公司的法律顾问的助手。瓦拉甫卡也委托他在莫斯科代办他的许多事务。

过了不久柳芭莎·索莫娃回来了;她得到在莫斯科定居的许可证之后,又租下了厢房里的一间屋子。她瘦了一些,好像长高了点儿,那双浅蓝色的眼睛看人更加慈祥了;塔吉雅娜·戈金娜对瓦尔瓦拉说:

"我觉得柳芭莎好像一个阅历丰富的人。"

柳芭莎又和从前一样,为了给流放者募捐,搞起小型晚会和抽彩的活动来,她为他们做衬衣,织毛袜和围巾;她将外国小说译成俄文,用来维持生活。她曾经设法去理解颓废派的诗,可是末了却唉声叹气地说：

"太难了！什么野草派、颓废派和牡蛎派①，统统不合我的口味。"

每到晚上，瓦尔瓦拉就给她和戈金兄妹讲那"多阳台的"第比利斯市，讲格里鲍耶多夫②的坟墓、呆头呆脑的水牛、木炭商人那玩具般的小毛驴，讲那些异常俊秀的各族男女，以及各种有趣的场面。萨姆金仔细听着，心里在想：

"尽是胡扯，根本不是那么回事。"

于是他又一次亲眼看到，人们可以漫无边际地捏造，自欺欺人地把生活描绘得那样美好。柳芭莎想方设法地游历了几个外省城市之后，现在也谈论起青年学生中革命情绪高涨，马克思主义宣传卓有成就，以及组织工人小组的意图，这时他立刻觉得，所有这一切至少有三分之二是吹牛。他确信，一切人为的捏造经他瞧上一眼，就会像阳光下的灰尘一般现出原形。

他觉得有必要清理一下脑子里的诸多印象，便又开始记述自己的各种想法了。不过当他记了几页之后，他真正惊诧地发现，他的手和笔被一个观点极端保守的人操纵着。这个发现使他如此烦恼，以致把笔记都撕毁了。

安菲米叶夫娜担起了女管家的角色，把厢房改成了类似有家具设备的公寓房间，那里除了柳芭莎外，还住着两个大学生，一位上了年纪的太太，那个女校对员和米特罗方诺夫先生这位职业变化不定的人。安菲米叶夫娜谈到此人时说：

"他在找职业并等着妻子呐！"

在米沙大叔住的阁楼里，在那扇好像被房顶压扁的窗台上，从黄昏到深夜一直点着一盏白罩的、光线暗淡的油灯。但这点乳白色的光亮并没有使萨姆金感到不安。

---

① 均为十九世纪俄国文学中的流派。
② 格里鲍耶多夫（1795—1829），俄国剧作家，一八二六年因十二月党人案件被捕，获释后出使波斯，死于德黑兰。

一位红鼻子的干瘪小老头接替了安菲米叶夫娜厨房里的活儿,这位新厨师身子特别轻,好像是空心的似的。他说话的声音异常洪亮,脸上生着稀疏的胡楂子,活像一副猫脸。他来到瓦尔瓦拉和克里姆跟前,显出一副醉醺醺的样子,说道:

"这,您不必担心,我从小就爱喝醉,简直不知道什么叫做清醒。我这种情况有上半数的莫斯科优秀厨师都晓得。"

安菲米叶夫娜证实说:

"他是位有名的厨师,人品也好,我认识他差不多有三十年了。"

瓦尔瓦拉笑眯眯地问她:

"这不是成了你的一部浪漫史吗?"

"我可不是靠着浪漫史过日子,不是靠着书本过日子,我是凭我的笨法子过日子的,"安菲米叶夫娜怏怏不乐地嘀咕几句,末了警告她:

"不过,瓦莉娅,你当着他的面可别信口开河;他是贵族的崇拜者,甚至有人从彼得堡给他寄报纸哩。他真是个怪人。"

其实,她说的报纸就是《政府公报》,而怪人呢,原来是一个很文静、自尊心很强、爱关心国家大事的人。萨姆金又一次认为,当然,生活中倘若没有古怪的人,没有那些粗糙生硬、标新立异的人,岂不是更好吗?他在跟这些人接触之后,脑子里就留下了一些带颜色的斑点、愚蠢的微笑,以及各式各样的奇谈怪论。然而,确实也有像安菲米叶夫娜这样强壮如牛的人,而且她的生活一点也不妨碍别人。她就像停滞在六十和七十岁之间似的,既不显老,精力也不衰退。萨姆金跟瓦尔瓦拉谈起她时说:

"我很敬佩那些善于无私地适应他人生活的人们。他们是真正的英雄。"

萨姆金很快就成了一位显赫的,甚至受人尊敬的人物。他这种人不是站在各种社会潮流的横断面上,就是站在它们的中心,然而却不和它们任何一派同流合污,只是同所有的团体、小组混得很熟,对大家都抱同情的态度,甚至有时给他们以公开的和秘密的帮助,不过没有很大的冒险性；他们往往把这种帮助看得价值甚高。他那匀称的体态，严峻的面容，还有那撮小黑胡子；那不太洪亮但很动人的音调，加上他随时能够说出使过度的灼热冷却下来的语言，这些都显出他是一个有知识，也可以说是一个无所不知的人。他说话不多，也很谨慎，使听者觉得他说出来的话并不很深奥，但这不过是因为他别的话不是说给大家听的，而只是说给某些代表人物听的罢了。透过他的眼镜片，可以看见他的一双浅蓝发暗的眸子射出冰冷的光，他目光直视着谈话者的面孔，颇能为自己的眼神增添一种扑朔迷离的色彩。人人都说得那么多，所以一个沉默寡言的人就显得十分突出了。萨姆金的深度的记忆力增强了他那见多识广的名声。他认为，对他来说，这种名声的价值并不高，所以他对人们的态度也就越发缺少阿谀奉承了，与此同时，他却醉心于充当一个为他人的臆造和谬误辩护的角色。他所扮演的这种角色经过几次特殊的成功之后，竟然觉得自己有点儿神通了。

有时他觉得他在这个大都市的生活中指导和管理着什么，何况每个人都有权认为他自己的存在是足以使时代生辉的呢。在普列伊斯家举行的、人越来越多、而且越来越使人提心吊胆的集会上，他郑重其事地说过：

"学生运动纯粹是感情冲动，那不过是'血气方刚，精力过剩'的表现而已。但也不能忽视在这里隐藏着严重的危险性：民粹派的浪漫思想最适合学生们的情绪。因为民粹派又在梦想搞恐怖活动，所以……"他小心谨慎地提醒道。

二

在普列伊斯家里，大家发表意见都很谨慎，几乎所有的人都引用爱德华·伯恩施坦[①]的话来证实自己的见解。萨姆金看到在这里聚会

[①] 伯恩施坦(1850—1932)，德国社会民主党和第二国际右派首领，修正主义的代表人物。曾受到马克思、恩格斯和列宁的严厉批判。

的人都仿佛是跟他颇为亲近的,因此对他们十分反感。斯特拉托诺夫和塔吉尔斯基没有到普列伊斯这里来。别连杰叶夫也很少来,而且每次来都喝得醉醺醺的,根本不晓得他是怎样堕入这帮陌生人一伙的,他们在谈论些什么。他惶惑地笑笑,蓦地站起来,从这里走到那里,好像在追求一个奇特的目的——把所有的椅子都坐上。他时而激动地抱住头,嘀咕道:

"不,这不是那么回事儿!实质不在这里!"

萨姆金晓得,别连杰叶夫搞了一个宗教小组,吉奥米多夫在里面起着不小的作用。

普列伊斯跟前的新人当中最引人注目的,要算兹米叶夫了。他高高的身材,显得有些清瘦,穿一身式样奇特的燕尾服,那副松弛的面颊活像一位乡村神甫的太太,而说话的腔调有如奶妈给孩子讲故事那样娓娓动听。他很爱歌颂俄罗斯生活中的"可喜现象",几乎是不停地含着薄荷糖片,喋喋不休地要人们相信"俄罗斯正在觉醒"。萨姆金离他三步远,就闻见了薄荷的清凉味。兹米叶夫一再证明社会主义只有慢慢渗入现存制度,才能取得胜利;他还常常提到和米勒兰①的私人交情,钦佩他有魄力,敢于第一个指出社会主义不是革命的学说,而是改良主义的学说。

"您是一位乐观的人,"那位个头很大、嘴唇厚厚的塔拉索夫嘟嘟哝哝地表示异议,手指做着吓唬人的姿势,用呆滞而又浑浊的目光盯着兹米叶夫。"所谓'俄罗斯正在觉醒'是什么意思呢?其实,我们承认,我们俄国又出现了双头鹰,这就是两个我们可以说是社会主义的政党。然而这不是在陆地上,而是在天空。"

他越激动,就越呼哧呼哧喘得厉害,而且用雅罗斯拉夫人的声调,像唱歌似的娓娓动听,乡音很重。

"你瞧,他们已经一分为二了:一个是农民的党,一个是工人的党,

---

① 米勒兰(1859—1943),法国政客,曾任法国总统,原属资产阶级激进派。十九世纪九十年代加入社会主义运动。列宁斥之为"实践的伯恩施坦主义"。

如此而已！可是哪一个党能够担负起保卫民族利益、文化利益和国家利益的重任呢？知识分子不理解我们大俄罗斯帝国的事情，而且也看不出他们有理解这一点的愿望。不，我们还需要一个第三党，可以由它来统一领导国家，真是可以这样说的。否则，您知道，就会全变成老鹰，而没有一只家禽了。"

"正是这样！"别连杰叶夫跳起来，叫道。"需要一个民主改良的党。需要言论自由，信仰自由！"

普列伊斯默默地点点头，表示赞同，但兹米叶夫却用双手捂着胸脯说道：

"是的，可我并不否定社会党人参加反对派的运动嘛！"

萨姆金喜欢逗弄和吓唬这些人，于是他简短扼要地跟他们讲了他所知道的工人运动的一切情况，强调了它的无政府主义，叙述了码头搬运工，哥萨克人，以及他脑子里臆想出来的一些人的情况，使人觉得这些人的阶级仇恨正在激发起来。他情不自禁地给这种仇恨加上些禽兽的色彩，但并非虚构，而是发自内心的见地。像兹米叶夫和塔拉索夫这样喋喋不休的饶舌者，萨姆金见过不少；他了解他们，但对他们不感兴趣。普列伊斯的其余来客举止都很谨慎，活像带着不多的金钱逛珠宝店似的。他们仔细观察，打听，询问，但很少发表意见，而且谨小慎微又含糊其词。其中最为明显的，要算那个瘦高个子列多祖鲍夫的沉默不语了。此人长着一副长长的脸，满脸灰白的大胡子，仿佛是从耳朵后面生出来，又蔓延到眼睛下面和脖子上去的，不过仍然给人一种假胡子的印象，正如平整地贴在后脑勺上的直发一样，一看就知道是假发。

萨姆金知道此人是那篇颇为人道主义的小说《为人民》的作者，它曾受到批评家们的一致赞赏。列多祖鲍夫坐的姿势老像万军之主坐在宝座上似的，从浓眉下面闷闷不乐地瞅着大家，有时冥落两句，俨然马上要打开话匣子一般。可他哼了两声，又沉默起来。此人有一种萨姆金早就很熟悉的特点，于是他久久地而且紧张地回忆起来：这家伙他似曾见过？忽然间，列多祖鲍夫的一个动作使他想起了作家卡京的屋子和那个庄稼汉打扮的托尔斯泰主义宣传家，想起了他那副冷冰冰的面孔和苛求的眼神。但他不敢相信，这十年工夫他竟然老成这个样子。为了证实一下自己的记忆力，萨姆金问道：

"对不起，您认识卡京吗？"

列多祖鲍夫慢慢地扭过头来，拧了一下眉毛。

"认识呀。怎么？"

"我好像在他家里见过您。"

"也许。"

"那是十年，或者十二年以前的事。"

"唔……有可能。"

列多祖鲍夫傲然无理地转过头去，但他沉默了一会儿，又说：

"当时我还不晓得卡京是个草包。而且他并不爱人民，可他却爱写人民。总而言之，我们的作家……"

列多祖鲍夫挥挥手，使劲用手掌擦擦膝盖，咕哝道：

"都是些尼采派，颓废派，诲淫派。"

领导大学生小组研究马克思主义的波亚尔科夫，老是皱着眉头，好像跟谁怄气似的，下巴颏不住地动弹，仿佛在嚼什么硬东西。萨姆金一再对他说：大学生是资产阶级的，也只能是资产阶级的。

"我晓得，"波亚尔科夫怏怏不乐地回答。"但是，必须有一些能够领导工人小组的人呀！"

波亚尔科夫在一家私人档案保管所工作，从他那穿着的寒酸和憔悴的脸庞来看，他的报酬一定是菲薄的。他常常跑到柳芭莎处待上一会儿，用命令的口气跟她讲话，往往是派她去干跑腿的差事。柳芭莎总是惟命是从地完成他的指示，不过背地里却称他为"变化无常的人"。

波亚尔科夫对萨姆金的态度是冷漠而粗鲁的。当柳芭莎告诉他波亚尔科夫在科洛姆纳被捕的消息时，萨姆金丝毫没有感到难过。

他常常劝导学生运动的领袖们说：

"我不认为你们会有什么出息，但有一点很清楚，就是把你们许许多多的宝贵精力都白白浪费掉，而不会给国家带来任何裨益。可是俄罗斯正急切需要成千上万的科学人才……"

然而，他嘴里虽是这样说，可是在柳芭莎的带动之下，他还是在帮助印刷和传递大学生宣言和各种传单。

每到晚上，他老爱向柳芭莎打听些新闻，到她那里有时碰上那位沉默寡言的尼康诺娃，不过最常见到的要算那个姓苏斯洛夫的米沙大叔了。这个身材矮小的人发表意见时声音低沉，却又固执倔强，摆出一副官场的威严架势，其中又流露着郁郁寡欢的神情，这使萨姆金感到既有趣，又惶惑。苏斯洛夫详细地讲述了革命知识分子在监狱里，在流放和苦役中所蒙受的种种苦难，这种情形他是非常熟悉的，讲起来虽不那么慷慨激昂，但还是带有一点责备的口气。他谈到斗争的必要性，谈到要有自我牺牲的精神。他说话的时候，头老是偏向右边，好像在他身旁站着一个无形的人，不慌不忙地悄悄提示给他一些要紧的话。不过，萨姆金从他的言谈里得到的印像是：这位米沙大叔在号召人们去援助那些在争取自由的斗争中已经疲倦的知识分子。克里姆很想弄明白，此人究竟在干什么？当他问柳芭莎的时候，她冷冰冰地回答说：

"他在干他应当干的事呗。不过没有人问他这个问题，"她加了一句。

三

萨姆金在办理上司委派的差事中，常常出差到莫斯科省各地，因此有机会亲眼看到，离莫斯科这口沸腾的大锅不远，在那些小县城里，人们正在过着一种从容不迫的简朴生活。他接触到商人、市侩、神甫这样一些人，发现他们根本不像人们所说的和所描写的那么贪婪、狠毒和愚蠢,而他们对新事物的深恶痛绝,实际上不过是那些处事谨慎的人们一种正常的疑虑罢了。他们有自己根深蒂固的生活秩序;他们的偏见就是那些陈规旧套,其所以有生命力,正是因为他们生活的环境和距离愚昧无知的乡村太近。这些人喜欢吃香的,喝辣的;在他们中间,没有像首都那么多神经错乱的人。在对女人的爱情上乱来胡搞或者苦心孤诣地耍手腕,是同他们格格不入的,也是可笑的。因为他们不读书,所以他们的理智也就不致因为究竟是尼采正确,还是托尔斯泰正确,是马克思有道理,还是伯恩施坦有道理这种争论而误入歧途。管理他们的官吏是喜欢大吹大擂的,这是他们的一种恶劣的癖好。不过这些人也跟普通老百姓一样是心地善良的。要让这千千万万的人们跟着那些终日梦想着普世幸福,为了一种几乎不可能实现的事业,而要摧毁现存的一切的人,这简直是不可想象的。

萨姆金坐在驿站的台阶上等待换马的工夫,跟车夫和农民攀谈起来。当然,庄稼人难免要埋怨一通他们没有土地,苛捐杂税太重,工厂"坑害百姓"这些事情,他们的牢骚话跟那些爱庄稼人的作家小说里用的语言,几乎一模一样。萨姆金向来是不相信作家的,因此也就不相信农民了。他发现,他们发牢骚还有一个习惯上的原因,就是他们想从他那里得到点酒钱。但是,他没有给他们酒钱。当他们向他要酒钱的时候,他只是哈哈一笑,蓦地想起那个向耶稣索要一个永远花不完的卢布的卡卢加人瓦西卡来。一般说来,他是不喜欢乡村的。他不喜欢那些狡猾的庄稼汉,他们瘦骨嶙峋,给太阳晒得黝黑,到了冬天又冻得直缩脖子,而且毕竟是太邋遢了。萨姆金有时觉得他们把他看成了一个莫名其妙的、没有用处的东西。

农妇和村姑们好奇的傻样儿也叫人讨厌,他从她们的眼神里看出一种绵羊般的畜生相,或者想回忆起已经忘却的东西,但又记不起来的傻相。那些爱流眼泪、耳朵又背的老头儿,那些老掉牙的、爱发脾气而又迟钝的老太婆,那些过于散漫、甚至倔强的小伙子,所有这些人都不能引起萨姆金对乡村的好感,而且在很大程度上是由于漠不关心和懒惰造成的。

总的来说,萨姆金喜欢乘车驰过惊险曲折的道路,沿着流水潺潺的河边,或者穿过林间小路。雾霭蒙蒙的远方,青烟弥漫的森林,微风拂动的麦穗,云雀的啼啭,令人陶醉的芳香,所有这一切都沁人肺腑,令人心旷神怡。地主的庄园绚丽夺目地耸立在田间的山岗上,乡村教堂的十字架在田野上空闪闪发光,于是萨姆金心里想:

"这才是真正的俄罗斯,是朴实的人们居住的美丽而舒适的地方。"

工厂的一片红厂房和烟囱大煞了这自然的风景。傍晚和节假日可以在马路上看到三五成群的工人;在平常的日子里,他们浑身弄得油渍麻花,蓬头垢面,脾气暴躁。只在节假日他们才换上好衣服,差不多老是喝得醉醺醺的;他们带上手风琴,唱着歌,好像刚招来的士兵,于是工厂就更像兵营了。有一回,一群如此快乐的小伙子排成一行横队过马路,向车夫大喊大叫:

"躲开点儿!"

马车夫乖乖地躲到一旁,给他们让开路。这时一位大胡子男人走过来,他没戴帽子,头上只扎着一条窄皮带,手里拿着个小板鼓,一面用拳头敲打,一面对萨姆金叫喊:

"喂,当官儿的,你就是造成一切苦难的罪魁!"

但他还是不相信这样一些人会同革命党人搞在一起。有时马匹从早到晚地奔驰,还是跑不出莫斯科这块崎岖不平的巴掌形地带。这地方是很善良的,像慈母般的抚育着人们。田野的静谧跟萨姆金在书本上读到的和听人讲过的情形恰好相反,把他那些以为会发生某种社会灾难的念头一扫而光。萨姆金每次出差回来,心情都很平静。可是,他每次出发前都要从柳芭莎那里接收一些书刊、小册子,以及对乡村教师、地方自治局统计员的口头指示,因为这些人都是单个地分散在乡村,分散在愚昧无知的庄稼人中间,或者分散在小镇上那些倔强的人们当中。他虽然接受这个任务,但是并不相信这些纸片能点燃这阴湿的生活。

四

一天晚上，萨姆金夫妇正在喝茶，米特罗方诺夫先生来求他让他缓交房租。

"因为纳杰日达·安菲米叶夫娜一点儿也不肯通融，我才冒昧地越过她来请求您，"他说。

瓦尔瓦拉答应他的要求，并且请他喝茶。他流露着感激而矜持的表情，坐到桌边，不过待了一会儿又站起来，在屋子里徜徉，两手插在裤兜里，审视着墙上的画像。

"这是谁?"他用下巴颏指着莎士比亚的画像问道。然后用一种仿佛莎士比亚是他的老友似的腔调说道：

"画得很像。"

他又从拳头孔里望着谢德林，惊叹道：

"好一副威严的面孔！"

末了又坐到桌子前面，感叹不已地说了一句：

"是的，'曾几何时我们也当过驰骋的马'①。"

他的这句话引起了萨姆金夫妇的兴趣，瓦尔瓦拉问起了他的文艺爱好。米特罗方诺夫以平淡无奇的声调告诉他们：

"我顶喜欢那些强盗诈骗小说，像什么《罗坎博尔历险记》②啦，《四十三号马车》③啦，还有《基督山伯爵》④啦。而俄国作家中我最喜欢萨利亚斯伯爵了，他那部长篇小说《哈钦-波罗的斯基伯爵》⑤特别招人喜爱。您知道，这是一部有历史意义的作品，尽管我对历史是漠

---

① 当时流行的抒情曲《两匹枣红马》中的一句歌词，但经本书作者略加改动。
② 法国作家蓬桑·杜·特莱尔(1829—1871)的惊险小说。
③ 法国作家蒙泰宁(1823—1902)的惊险小说。为《十三号马车》之误。
④ 法国作家大仲马(1803—1870)的小说，写一个报恩复仇的故事。
⑤ 萨利亚斯(1840—1908)，俄国作家。他在这部小说中描写了一个贵族少年堕入诈骗冒险帮伙的惊险故事。

361

不关心的。"

"为啥呀?"瓦尔瓦拉为了寻开心,问道。

"这有什么不明白的呢? 要知道,我不是生活在昨天,而是生活在今天,并且明天还要过下去。我不用去读书,仅仅生活这门学问已经把我的头顶弄秃了……"

他才四十岁,头顶上已经出现了一大片亮光光的秃斑,就连两个鬓角也秃了。他的脸盘很宽,一对眼睛浑浊不清。这就是他的脸上可以列举的全部特征。萨姆金想起了那位教堂助祭,他在刮掉胡子之前跟此人一模一样。米特罗方诺夫也戴着那种司空见惯的假面具,但是他那平静而干巴的音调,听起来却像是从远方传来的许多声音。

"有些作家给捧得太高,比如托尔斯泰就是一例。我觉得他们缺乏幻想,太古板了,"他说。"一个什么伊万·伊里奇[①]害了病,呜呼了,或者波兹内舍夫太太[②]背叛了她的丈夫,那又有什么了不起的呢?这些平凡的事情毫无教益。"

瓦尔瓦拉快活地朝她丈夫瞥了一眼,她丈夫更加专心致志地听客人讲话了。

"当你无可奈何地去干某件事情的时候,那你就不会有什么乐趣。如果一个鞋匠不得已去缝鞋,那他有何乐趣可言呢? 可是倘若他杀了人,又躲起来……"

米特罗方诺夫从椅子上站起来,说道:

"请原谅,我光顾说话了。我十分感谢二位的宽容。"

"有工夫就来坐坐吧!"萨姆金邀请他。

米特罗方诺夫又道了声谢谢,就走了。

"这家伙可真笨!"瓦尔瓦拉乐呵呵地惊叹道。萨姆金没有吭声。

过了几天,也是晚上,米特罗方诺夫又来了,他操着老相识的口吻解释道:

[①] 指列夫·托尔斯泰作品《伊万·伊里奇之死》(1886)的主人公。
[②] 指列夫·托尔斯泰小说《克莱采奏鸣曲》(1890)的主人公。

"我看见你们屋里有灯亮,就问女仆,有没有外人,她说没有。于是,我就冒昧地进来了。"

这一晚上,萨姆金得知米特罗方诺夫,即伊万·彼得罗维奇,是一位商人的儿子,出生在舒亚城,在中学读了七年书,当他读完五年级就要升入六年级的时候,他就不想念下去了。

"恰巧就在这时候我父亲去世了,母亲又在病中,她担心我堕落下去,二十岁上就让我娶了妻,过了四年我妻子死了,后来我又结了婚,过了七年又成了鳏夫。"

他摇摇头,好像要尽力把他的短脖子弄弯似的,可是它怎么也不肯弯下去。于是他垂下眼睛,叹口气补充道:

"当时我和我的第二个妻子住在奥廖尔,她是当地人。那里患痨病的人特多。还有荨麻,家家户户的栅栏上都长满了这种荨麻。现在我已经有第三个妻子了;当然,我们没有举行婚礼。她上托木斯克去了,因为她那里有……"

他眯起眼睛,瞧着屋内那个漆黑的角落,仿佛在回忆:在托木斯克,在他妻子那里都有什么人。他终于想起来:

"有她兄弟。"

他中等个子,虽说不胖,但骨架粗壮,而且衣着又肥又大。他的两只手既沉重,又不灵活,老藏在裤兜里头或桌子底下,好像让人看见他的大手掌和手背上的毛就感到难为情。他曾经从阿斯特拉罕到阿尔汉格尔斯克、从伊尔库茨克到敖德萨,遍游俄罗斯;他还到过高加索和芬兰。

"您喜欢旅行吗?"萨姆金问。

"不,我……是在找工作。"

"可您的生活不是很富裕吗?"

米特罗方诺夫吃惊地问道:

"我连房租都不能按时交,还称得上什么富裕呀?我曾经有过钱,但是我和我的第二个妻子都花光了,我和她过得很快活,既然快活,就什么也不吝惜了。"

萨姆金问他在找什么工作。

"根据我的能力,"米特罗方诺夫回答,然后犹豫不决地解释道:"看管个什么东西,总是可以的吧。"

他想了想,又乐呵呵地补充一句:

"我在孩提时代就羡慕那个站在瞭望台上的消防队员,他站得那么高,什么都看得见。"

萨姆金明白了,尽管此人身上也有一些古怪的脾气,但他并不惹人烦恼。这是为什么呢?

瓦尔瓦拉已经发现,米特罗方诺夫并不像他初次来访时那么逗乐了;克里姆对她说:

"他跟那些有半吊子学问的人一样,对什么都爱发一通抽象的议论,这是一种很坏的脾气,不过他好在受到理智的约束。"

于是这位伊万·彼特罗维奇·米特罗方诺夫很快成了萨姆金夫妇的知己。

五

一天早晨,萨姆金在去克里姆林宫的路上,看见尼基塔大街的尽头挤满了人。

"正在把大学生往教练场赶呢!"一位手提文明棍、牵着一只长毛狗的男人心平气和地告诉他,末了又走近他,补充一句:

"这是司空见惯的事!"

萨姆金想起柳芭莎不久前收到库图佐夫从流放地寄来的一封信。

"我的小鸽子,悲伤是没有用处的,"库图佐夫写道。"你不要瞎操心了!"

接下去他证明托尔斯泰当然是对的。因为他说学生运动不过是一孔之见,不论那些自由派怎样热心使劲儿,都不会有什么大作为的。

"然而,不论是青少年的蛮勇、父兄们的低声诉怨,还是祖巴托夫①的安抚活动,等等,等等,都不过是些涓涓细流,但是应当记住,就是这些从泥沼里淌出来的涓涓细流,汇成了伏尔加河、第聂伯河等等汹涌澎湃的大河。所以说在各个大学里所进行的活动,对工厂来说并不是毫无益处的。"

萨姆金脑子里想着这封信,走到由警察士兵的宽脊背组成的人墙跟前,看见他们人挤人,肩擦肩,确确实实地筑成了一堵不可逾越的城墙;那些牢牢地长在红脖颈上的头就仿佛是城墙的垛口。在广场上,一群学生正扯开喉咙,拼命高唱《小马鞭》②,但很不和谐。萨姆金认为这支歌太庸俗了,降低了大学生的人格。不过他只是根据旋律来判断这支歌的,因为又喊又叫的,根本听不清楚歌词。这时警察正把一批又一批穿浅绿色大衣的人③从青苔街往那群唱歌的学生中驱赶,那群人就迅速增多了。萨姆金看见许多张着大嘴的激昂的面孔,不过他觉得这种激昂并不是愤怒,而颇像是快活和莽撞。下起雪来了,那雪片像鱼鳞似的干燥。

在大学年代,萨姆金明智而且成功地摆脱了上街游行这种活动,不过有两回他站在老远的地方,看见警察怎样驱赶和追捕示威者,他认为这种做法太粗暴,太可恶了。现在他却觉得警察的行为绝对不是粗暴和可恶,而是太死板,仿佛在做着一件徒劳无益的、已经腻烦的勾当。真是太愚蠢了,那些穿黑军装的骑兵和步兵干吗要把一个个穿浅绿色制服的人驱赶到那一大群已经挤得密密实实的、正在歇斯底里地呐喊、吼叫的人们当中,又把这个巨大的、暗绿色的人群慢慢地推挤到教练场那个张开的大口里去呢?萨姆金站在旁观者中,这些旁观者原来一声不响,现在也吼叫起来了:

---

① 祖巴托夫(1864—1917),沙俄的警察上校,曾任莫斯科保安局局长,通过由他本人领导的"工人委员会"从内部破坏革命运动。
② 当时流行的一首革命歌曲。
③ 指大学生,他们穿的校服是浅绿色的。

"'他们在砍杀树木,在砍杀又嫩又绿又整齐的树木'①。"不知是谁站在萨姆金的背后,以悲郁的声调借用这句诗喊道。萨姆金讨厌加林娜的这句诗,觉得它既虚伪又庸俗。他发现学生的激昂情绪越来越高涨,而观众对警察的讥笑也渐渐变成了愤怒。

一个高个子双手插兜,站在离萨姆金不远的地方,他刚刮过脸;从他的衣着和熏黑的面色来看,他定是一个冶金工人。这人嘴里叼着一只已经熄灭的香烟,正在两个警察的脑袋中间窥视。使人觉得警察推撞学生越凶狠、越粗鲁,这人的鼻子变得越尖,脸也拉得越长。萨姆金看了他几眼,顿时想起列宁曾在《火星报》上写过一段话:"大学生曾经帮助过工人,工人也应当帮助大学生。如果一个工人眼看政府派警察和军队去镇压青年学生而无动于衷,那他就不配称为一个社会主义者。"②

"可是,该怎么样呢?"萨姆金心里嘀咕。"你瞧这个家伙,虽说他并非无动于衷,却瞧得津津有味。"

有人从侧面和背后推他,撞他,不知是谁还在他耳边高喊:

"先生们,你们应该抗议呀!你们看见,他们已经在打人啦!诸位,他们是我们的子弟,是我国的希望哩!"

萨姆金看见,在旁观者的压力下,那道由警察筑成的人墙正摇摇欲坠,他已经想逃开人群,退到后面去,可这时他却被推到前面去了,发现自己在广场上,正跟一位警察官迎面相遇。此人是个胖子,跟捆行李似的,腰间扎着皮带,他的面孔长得很像《我们的家乡报》主编。

"请这边走!"他用一只戴着手套的手指着教练场对萨姆金说。

"我有要紧事,要到法院去,"克里姆解释说,但是这个军官挥挥手,又喊一遍:

"请这边走,我就是说您哪!"

---

① 出自俄国女诗人加林娜(1873—1942)的诗作。她的这句诗本书作者略有改动。
② 见《列宁全集》中文版第四卷第三七五页。本文的题目是《一百八十三个大学生被送去当兵》,此处的引语次序略有颠倒。

过了一分钟,克里姆已经在那群大学生之中了,他们是被警察从大学赶到教练场来的。一个翘鼻子、红脸颊、头发乱蓬蓬的男学生,指着克里姆喊道:

"同学们!我们当中有暗探。"

于是马上有一个身材魁梧、宽脸盘上长满红胡子的大学生抓住他一只胳膊。

"克里姆·伊万诺维奇,您怎么跑到这儿来啦?"他惊奇地问道。"这对您来说可不是好玩的地方。喏,快走吧……"

他用胳膊肘和肩膀推开他的同学,这些人便如风吹小草似的很快给他闪开路。他把萨姆金推出密集的人群之后,对他说:

"再见!您还没认出我来吗?"

克里姆没有来得及回答,就有一个穿灰大衣的、帽檐遮到眼睛边上的瘦弱男人,双手抓住他的公事包,细声细气地叫道:

"抓住他!"

"为什么?"大学生问。

"这不关你的事!这不关……"

"为什么?"大学生又问一遍,然后揪住那人的衣领,使劲一摇,帽子都飞了出去,露出了一副惊愕的小脸。这时不知是谁从后面抓住萨姆金的胳膊,但是骂了一声就立刻放开了。接着又有人使劲揪住他的大衣,把他拽得踉踉跄跄,差点摔倒。警察吹起了刺耳的哨子,那个大学生把这个人摔在地上,狠狠地叫道:

"唉,您这个当官的哟!"他抡起胳膊,不知打了谁一记响亮的耳光,而萨姆金声音都变了,大叫道:

"您在干什么?您知道您在干什么吗?"

他的腿直打哆嗦,声音从喉咙里发出来很洪亮。他一面摇晃皮包,一面说话,根本听不见自己在说什么,因为周围有几十个声音在吼叫:

"干得好!打倒警察!打倒……"

在萨姆金的眼睛里,一切都在摇动,跳跃,许多手臂和面庞在他面前闪来闪去,有一只手扯下了他的帽子,另一只手夺了他的皮包,这工夫克里姆看见米特罗方诺夫正推开警察,不慌不忙地对他说:

"你往哪儿钻哪?不认识我了吗?"

他把克里姆拽到自己跟前,用他的身子推开大学生们,在一个空场上揪住克里姆的一只胳膊,把他往外拖。这工夫有什么东西朝萨姆金的头上打来。他恍惚记得,在米特罗方诺夫和一个警察把他放在雪橇上的时候,他才清醒过来。

"走吧!"米特罗方诺夫用公事包拍了一下车夫的肩膀,说道。然后又把公事包塞在萨姆金的腋下,嘟哝一声道:"您是想牵连进去吧……"

在剧院广场,米特罗方诺夫把地址告诉了马车夫,没有叫他停车,就跳下了雪橇。萨姆金继续向前行驶,觉得浑身疼痛,神思恍惚,简直麻木不仁,头昏脑涨。

六

到了家里,萨姆金筋疲力尽地倒在长沙发上。瓦尔瓦拉出门去了,房子里寂静得叫人心情紧张,但萨姆金的脑子里却有几十种声音在嗡嗡作响。他极力想回忆一下自己的言语,但是一点也记不得了。不过他想起来,他当时喊的不是自己的声音,也不是自己的话。

"这是歇斯底里的发作,"他心里责怪自己。"怎么会出现这种事情呢?"他闭上眼睛冥思苦想,不由得想起那次营房墙壁倒塌时他表现的怪诞行为。

"活像个小孩子,一年级小学生。"

很难从这些杂乱无章、萎靡不振的思绪中理出个头来,不过这种思绪却形成了一个难堪的想法:他觉得好像背叛了自己似的。

"这是群氓的感情。是群众的吸引力。"他极力表白,但心里仍得不到安慰。他越来越担心的是：他究竟说了些什么话？

但是，当瓦尔瓦拉回来，瞧见他这副样子，忧心忡忡地问他发生了什么事情的工夫，他却拉起她的一只手，让她坐在长沙发上，用开玩笑的口气，仿佛不是说他自己似的讲了起来。他甚至还用了自己几句通常在学生集会上爱讲的普通言论，不过马上又惶惑起来，沉默不语了。

"他们把你打得很厉害吗？"瓦尔瓦拉温柔而又惊诧地问道。

"不。"

他又小心谨慎地讲下去，并且希望只讲他记得的事情；他本来不想编造，但还是信口说了一句"他发表了一通激烈的演说"这样的话。

"我简直可以说是肺都气炸了，所以我对警察和大学生各打五十大板，狠狠骂了他们一顿，"他解释说。

他讲的事情使瓦尔瓦拉大为激动和惊愕。她偎依在他身上惊叫道：

"你怎么会这样呢？你不是很小心谨慎的吗？"

他站起来，在屋子里踱了几步，末了停在穿衣镜前，整理一下头发，叹息道：

"归根结底，我还是不怎么了解自己。"

瓦尔瓦拉马上用一种怪声怪气的腔调问道：

"可是，怎么竟没有把你抓起来呢？"

"他们本想把我逮捕起来，但是接着打起来了，大学生们把我推进了看热闹的人群里面……"

此刻他才想起了米特罗方诺夫，便把他说了一遍。瓦尔瓦拉用手帕擦着脸，从屋子里匆匆走了出去；克里姆心里又嘀咕起来：

"这是怎么回事，我怎么会失去克制呢？"

他想到他刚刚讲给瓦尔瓦拉的事，很可能跟那位房客将要告诉她的情况不一致，心里便忐忑不安。而且那些暗探已经注意到他，所以这件事情很可能不会就此了结。

瓦尔瓦拉走进来，说道：

"你的外套上沾了许多石灰,口袋也撕破了。哎哟,克里姆,我亲爱的……"

她把头偎在他的胸前,身子在发抖,而萨姆金却想:

"她干吗要检查大衣呢,莫非不相信我吗?"

不过他没有生气,因为就连他自己也不相信自己、不认识自己了。瓦尔瓦拉的温柔和惊慌不安,使他的心情平静了一些。过了一会儿,正要吃中饭的时候,米特罗方诺夫来了。他怯生生地走进来,脸上流露着扑朔迷离的、有点儿歉意的微笑,双手背在身后。

"他要讲些什么呢?"萨姆金瞧着他那局促不安的样子,焦急地想着。

瓦尔瓦拉一见米特罗方诺夫就说了几句感谢的话,然后让他坐在椅子上,斟上伏特加酒,为他的健康干杯,接着就寻根究底地问起来;伊万·彼得罗维奇呛得咳嗽了一声,然后吧嗒着嘴,专心致志地大吃大喝起来。萨姆金发现他越发拘谨了,忍不住问道:

"您是怎么把我从警察手中夺出来的呀?"

这位房客眨着眼睛,瞅了他一下,仿佛害怕说走了嘴似的,不慌不忙地讲道:

"可是……您看见吗,他们不喜欢受伤的人,就是说他们害怕,因为这对他们很不利。于是我就说:停一停,他受了伤。那个警察所长又是熟人,我们常在一起打台球……"

"他问过您我是谁吗?"

"没有。他就是问过,也不会认识的,"米特罗方诺夫说着,嘿嘿一笑。

"是的,您可吃呀,伊万·彼得罗维奇,"瓦尔瓦拉劝道。"噢,您这人可真好!"

米特罗方诺夫瞅了她一眼,又看看萨姆金,仿佛预感到一件大喜事儿似的,顿时兴奋起来,改用欢快的语调悠然自得地说下去:

"我当时站在卡尔采夫书店门口,忽然看见有人在推撞克里姆·伊万内奇。于是,您知道吧,我就跟小孩子似的激动起来,大喝一声:

不要动我们的人!"

萨姆金夫妇听了他的话,心里很高兴。从这一天起,伊万·彼得罗维奇成了他们自家人,像家猫一般驯熟了。他具有一种少有的才干,就是不妨碍别人;他总是能够很快地觉察到他什么时候应该退场。假如萨姆金家来了客人,米特罗方诺夫马上就离去,就连柳芭莎来他也要走开。

"请原谅,我害怕这样一些有学问的小姐,"他说。

瓦尔瓦拉觉得他越来越有趣了,因为他常常向她讲些外省生活的趣闻、风俗、礼仪、信仰,以及火灾、谋杀和一些风流韵事。他很会抓住一些滑稽可笑的情节,不过讲得很诚恳,甚至带有惋惜的口吻。他讲述在白海捕捞鳕鱼,在西伯利亚采集松子,在乌拉尔开采宝石。瓦尔瓦拉发现他很有口才。

萨姆金听得也越发仔细认真了。他觉得米特罗方诺夫有一种刚毅而又令人宽慰的性格。每次出差归来,他都向他讲些见闻,并且高兴地听他说些娓娓动听的话。

"当然,我国农民的待遇是不公平的,"米特罗方诺夫略一思忖,蛮有把握地说。"每个人都想当房东,而不想做房客。就拿我来说吧,我可以用我自己的钱,买些新纸把我的屋子裱糊一下,可您当房东的,却对我说:我请您搬出去。您瞧,农民的处境就是如此百无聊赖,这也正是他们生活中懒惰的原因。可是倘若您把他们安排在自己的田地上,他们就会像罂粟花一样怒放。"

他把双手插进衣兜里,又继续说下去:

"总之,在别人的菜园子里种白菜是徒劳无益的勾当。在奥廖尔住着一位政治人物,处在警察的监视之下,已经上年纪了,是位心地善良的老人。不过善良并非医治苦闷的良药。城市是寂寥的、污浊的,根本没有什么鹰[1],有的只是猪猡,而且要多少有多少!于是他这位老

---

[1] 在俄文中,"奥廖尔"一词的原意是"鹰"。

好人就决定把周围的人都粉饰一番。结果我的第二个妻子便因为他吃了点苦头,给从学校开除了……"

瓦尔瓦拉纵声大笑起来,笑得眼泪都流出来了。萨姆金惟恐房客见怪,就使劲儿瞪了她一眼。然而,米特罗方诺夫没有见怪;看来,他很喜欢逗这位年轻妇人发笑。他从口袋里掏出一只手来,那双无精打采的眸子里闪出一丝微笑,用一根手指捋着那撮稀疏的胡子。

"噢,是的,这个喜欢夸夸其谈的家伙自然是要宣扬什么'请播下理性和善良的种子吧',等等,等等,可是,忽然间,您晓得吧,他娶了一位律师的遗孀,一位女房东为妻,结果,我跟您说吧,刚刚两年他就苦闷得要死,好像他就出生在奥廖尔,并且在那里住了一辈子似的。"

萨姆金越来越肯定地认为,伊万·彼得罗维奇似乎纠正了他的看法。有一天夜里,瓦尔瓦拉看戏回来,一边脱衣服,一边说道:

"你知道,米特罗方诺夫是位出色的丑角,他是很有天才的。"

"你这是夸张,"萨姆金反驳说,他根本不希望看见这个房客是位天才。"他不过是一位典型的头脑健全的俄罗斯人罢了。这样的人有千千万万!"

在复活节那天夜里,米特罗方诺夫总算在克里姆的眼里有了一个固定的色调和形象。

七

自从发生霍登广场事件和教练场事件之后,萨姆金更加小心地避开人群聚集的地方,就连剧院休息厅里的人群他也感到讨厌;他本能地随时躲在门口。在大街上,当他看见一群人围观某个不幸者或是一起丑闻的当事人的时候,他就厌恶地从一旁绕过去。

在瓦尔瓦拉死乞白赖地请求下,萨姆金才非常勉强地让了步,同意跟她一道去克里姆林宫。而当他们走进克里姆林宫墙的工夫,那一大群人就顿时把他卷进了黑压压的人堆里,使他失去了自由,开始把他推来推去。萨姆金沮丧极了,对这一切他简直是深恶痛绝。当人们把他和瓦尔瓦拉挤到那座瞎乎乎的沙皇纪念像①跟前比较宽敞的地方时,他才舒心地吸了口气。

寒冷的黑夜使人们缩成黑压压的一大团,看上去叫人害怕。它像潮水一般滚动着,以沉重的躯体压弯了大地。从大教堂的窗户里射出的油亮亮的橙黄光波投在人群头顶上的黑暗之中,将黑暗撕成几部分,使每一部分的边缘上闪烁着冰凌般的蓝光。灯光不时地撒落在没有戴帽子的人头上,许多光秃的脑袋跟土豆、榛子、豌豆粒一般,它们都显得比在白天自然的光线下要小,而且越远越明显,直到变为无头无形的漆黑一团。黑乎乎的骑警好像半人半马的怪兽高高耸立在人群之上;在一名骑警身旁站着一位魁梧高大的男人,他穿一件皮领外套,那马头似乎是从他的外套领子里伸出来似的,不住地点头,龇牙咧嘴,马嚼子闪闪发亮。伊凡大帝钟楼像一根长着铜指甲的粗大而丑陋的手指,威严地伸向漆黑的夜空,它的底部围着密密麻麻、黑压压的一大片人群,如同暴风雨后的长浪一般滚动着,仿佛钟楼也在摇晃。

克里姆·萨姆金心想:若是这座钟楼倒下来,猎物市场、中国城、奥尔登加和阿尔巴特大街的成百上千群众就会压死在底下,奥斯特罗夫斯基剧作里描写的从莫斯科河对岸来的人们,就会惨死在下面。还有成百上千的人,在死亡的恐怖之中互相践踏,彼此摧残。抑或别的什么恐怖使这个压得紧紧的躯体忽然炸裂开来,到那时候,它那破碎的躯体会毁掉周围的一切,毁掉所有的屋宇、教堂和克里姆林宫的墙垣。

人群中发出的叹息和哀怨使萨姆金想起那次在乡间悬吊大钟时的喧闹情景。在这里,人们也在用尽平生的力气,设法把那在黑暗中看不见的重负抬起来,他们趔趔趄趄地你推我拥,互相冲撞。仿佛人们以全部力量拥向那条温暖的黄色光带,很想挤进教堂的大门,还依

---

① 指沙皇亚历山大二世纪念碑。

稀听得见从那里传来的抑郁的声音。然而这里毕竟是宁静的,宁静得使人感到特别冷清。而且越来越寂静了,简直就像一个冰天雪地的冷森森的夜晚,沉浸在万籁俱寂的宁静之中。萨姆金发现,他周围的人面色阴沉,神情紧张,焦急地等待着黎明和温暖。瓦尔瓦拉紧挨着他站着,不时地打哆嗦,踌躇不决地摆动着放在胸前的右手。萨姆金发现她那冻僵的面孔像是故作虔诚的样子,不过他没有吭声,希望听见她对这寒冷的天气和拥挤她的人群发出怨言。

米特罗方诺夫忽然从人群中钻了出来。他把帽子夹在腋下,一只手里拿着银壳表,和他并排站着,结结巴巴地小声说道:

"马上就要敲钟了。马上!"

他张着嘴,仰起头,用鼓出的眼睛凝视着天空,就像小孩子全神贯注地仰望一群翱翔着觅食的鸽子一般。

霎时间从漆黑的天空里倾落下一股浊重的铜钟声,有什么东西裂开了;真是荒唐,好像放炮似的,寂静顿时打破,光明冲进了黑暗,看见了人们的笑脸、炯炯放光的眼睛,整个克里姆林宫灯火齐明,教堂的钟声庄严肃穆地响彻在莫斯科上空。千万只手像鸟儿一般在人群的头上颤颤巍巍地画着十字;一群身穿金光闪闪的法衣的神职人员来到教堂的门厅,一个头上顶着五彩缤纷的灯光的人举着一个火十字架在为人们祝福,跟着千万个声音浊重地、震天动地而又虔诚地重复三遍:

"基督真的复活了!"

"基督复活了!"米特罗方诺夫不是在说,而是在呼喊,对克里姆又是拥抱,又是亲吻;他顿时陶醉了,并且呜呜咽咽、热泪盈眶地说:

"瞧,我这是怎么啦,啊?哎呀,我的上帝……"

他也拥抱了一下瓦尔瓦拉,亲吻她,摇晃她,咕哝道:

"你就是不信,现在也得信了:基督真的复活了,是吗?"

他的眼泪顺着脸颊簌簌地流下来,多得好像满脸往外淌泪水。瓦尔瓦拉羞愧地推开他,向克里姆投来祈求的目光,责怪地叫了一声:

"克里姆呢?"

她的声音里带着埋怨和责怪的意味;周围的一切都在神奇地变化着;萨姆金被房客的激动所惊扰,脸上现出一丝苦笑,他居然不怕人家奚落了,上前搂住妻子,说道:

"基督复活了,瓦莉娅!"

她紧紧地偎依在他身上,而他正从她的肩头上面瞧着米特罗方诺夫,瞧着他那濡湿的脸颊和幸福的眼神,倾听他那深受感动的话语:

"多么美妙的时刻啊!世界再也没有哪个地方能像我们这样幸福啦,是吗?这都是为了我们大家!克里姆·伊万内奇,这种为我们人人造福的事情,该有多好啊!而且它又是在我们大家之上,无论是乞丐,还是沙皇,都一视同仁。亲爱的,是这样吧?我们是多么……"

人群迅速地散开,有的单个,有的成双,但都看得很清楚,都是些普普通通的人们,不过都像过节一样欢天喜地,他们互致脱帽礼,彼此拥抱,亲吻,千百遍地高呼:

"基督……"

"真的……"

人们仿佛第一次听到这样的喜讯,因此萨姆金心里不由地在想,他从前把复活节的欢乐一向看作可笑的事情,可这一次不知为什么他觉得丝毫也不可笑,也不虚伪,就连他自己也异常感动,欣喜若狂。他环顾四周,发现一切可怕的和使人心情压抑的气氛都顿时消失了。四面八方尽是使人眼花缭乱的五彩缤纷的灯火,伊凡大帝的钟发出动人心弦的轰鸣,全市各教堂欢乐的钟声也不能淹没它那庄严宏伟的巨响。在莫斯科的上空,天仍然是漆黑的,但到处可以看到闪现和飞腾的火光,使人以为是千百个铜钟的声音给空间带来了光辉,是那些教堂有如神话故事里的金舟一般,从高矮不齐的屋宇中滑上了天空。

米特罗方诺夫侧着身子朝前走,来回兜圈圈,莽莽撞撞而又客客气气地推开人们,为瓦尔瓦拉开路,嘴里不停地叨叨那句意味深长的话:

"我们,我们……"

人们的欢呼雀跃使克里姆听不清他这句话。萨姆金夫妇本来是应上司之邀去开斋的,可是克里姆忽然决定:

"听我说,瓦莉娅,咱们回家去吧!伊万·彼得罗维奇也和咱们一道回去,好吗?"

"噢,我真高兴!"她说。

"我也非常兴奋激动,"萨姆金踌躇而又困惑地承认。"我明天再去向上司道歉。"

"我感激不尽,"米特罗方诺夫说。"我很高兴到府上去。"

他用手帕擦擦脸,然后摇晃着推开人群。当瓦尔瓦拉委婉地指出他这样做不妥当的时候,他说:

"不要紧,今晚谁也不会生气的!"

他们见到安菲米叶夫娜,按照复活节的习惯跟她接了三次吻。她穿一件特别肥大的绸衫,活像座小教堂。他们还跟厨师接了吻,他打扮得像小歌剧里的小丑一般,已经喝得酩酊大醉。当他们跟那个身穿粉红色连衣裙、披了许多彩带的女仆接吻的工夫,萨姆金暗暗觉得这打扮好似乡间结婚时去迎亲的一匹大马。不过,在他发现这些鸡毛蒜皮的细节时,他会心地笑了起来,搓着手,把眼镜摘下来又戴上,意识到自己的举动异乎寻常。此刻他不禁产生一种可笑的难为情的想法,他想拍一下米特罗方诺夫的背,让他唱支《基督复活曲》,对瓦尔瓦拉讲几句委婉而快乐的话语。瓦尔瓦拉穿一身浅色的衣服,如新娘一样漂亮而又娴静;这也使萨姆金激动。他站在摆满鲜花的餐桌前面,瞅着那只正在眯眯笑的烤小猪,捋着小胡子,听见米特罗方诺夫在他身后说道:

"多尔加诺夫先生就是这么一个人!他竭力向我证明,基督是不存在的,基督是臆造的。即使如此,那又怎么样呢?跟我有何相干呢?就算是臆造吧,那毕竟是有的呀,是活着的呀!他活着哩,瓦尔瓦拉·基里洛夫娜,在我们每个人身上都有他的一点痕迹,这就是本质!亲爱的夫人,我们虽然不济,但也并不那么可怕……"

"请入席吧!"克里姆提议说,欣然瞧着房客的兴奋神情,将他仔细打量一番,发现米特罗方诺夫既像地方审判厅里的记录员、"缪尔和梅利里兹"百货店①的会计,又像"布拉格"饭店一位跑堂的和大学的一位学监,以及许许多多最平凡的人。他穿一件再三熨过的藏青燕尾服,一件白凸纹布坎肩,那件浆硬的衬衫领子显然是磨破又剪齐了的。他一杯接一杯地饮着芳香露酒,同时大发议论道:

"我们全都是基督所造的,对于每个人来说都只有这一条来路。我们大家都像基督一样,希望过幸福安宁的生活,这是真的!"

"有一位诗人,"克里姆说。"其实他不是诗人,而是教堂助祭……"

"助祭,是的!"米特罗方诺夫像是同意,又像是肯定。"可那又怎么样呢?"

"他对基督说:

我们恨你,是因为爱你,
纵然恨你,我们还是你的仆役。"

"怎么能是这样呢?"米特罗方诺夫把酒杯举到嘴边,问道。可是当克里姆又重复一遍之后,他却把没有喝完的杯子搁到桌子上,颦蹙双眉,若有所思地眨了眨眼睛。

"或许这是真的,不过却有点儿……鲁莽,"瓦尔瓦拉思索一下说道。

"您是说他是一位教堂助祭吗?"米特罗方诺夫问道。"怎么,他是喝醉了吧?人们只有在酒醉之后才会说出这样的话。"他说完,把杯子里的酒喝干,然后请求道:"够了,瓦尔瓦拉·基里洛夫娜,不要再斟了,我都要醉了。"

---

① 原为英国人开办的缪尔和梅利里兹股份公司百货商店,现为中央百货商店。

然后又说起来：

"仇恨，我是不承认的。任何人和任何事都是不该仇恨的。一时半会儿的恼怒是可能的，可仇恨又为什么呢？恨谁呢？一切事物都是按自然规律进行的，而且总是向前发展的。我父亲曾用棍子打过我母亲，可我……对任何一个女人都没有动过手……即使是在或许应该动手的时候。"

"假如不是向前，而是倒退，那又怎样呢？"瓦尔瓦拉悄声问道，这使萨姆金不由地开了一句玩笑：

"你是想叫我打你么？"

"这是不可想象的，"米特罗方诺夫呵呵一笑，晃了两下脑袋，然后站起来。"听我说，我有点儿……醉了！我喝醉以后可是不像样子！"

他又笑了起来，这回声音很大；说话的声音也很高：

"我喝醉酒是要哭起来的，真的！我哭呀，哭呀，可是鬼知道我哭什么，这是真话！好吧，谢谢二位的好意和盛情款待……"

"是个顶好的人，"那位房客走后，瓦尔瓦拉感慨地说。

天已经亮了；灰蒙蒙的天空出现了一些淡蓝色的云隙，有一颗明星在云隙中闪着光亮。

"一个从民众中来的人，"克里姆走到妻子跟前说。"可以肯定，他是来自民众中的，是的！不过我也有点儿醉了。"

他搂住瓦尔瓦拉，把她从椅子上抱起来，吻她；而她也紧贴在他身上，小声地央求道：

"不，请你不要碰我！"

她从他的怀抱里挣脱出来，用一个有点儿戏剧性的动作捺了一下太阳穴。

"头痛吗？"

"不，但是……克里姆，亲爱的，这一切是多么不可思议呀！"她闭上眼睛絮絮低语。"这是多么不可思议的美呀……要知道，这美又是多么迷人哪，是吗？而到后来，他……后来，我们吃烤小猪，谈论基督……"

"我的小乖乖,你这是怎么啦?"萨姆金温柔地问道,不过已经带点儿烦恼了。

"是的,是愚蠢……这我知道!不过有些惆怅,你看出来了吗?不,不是惆怅吗?"

她用疑问和埋怨的眼神注视着他的脸,使克里姆觉得她随时都会哭起来。

"你过于激动了,所以才……"

"是的,我该去睡了,"她说完,疾步走进自己的房间去。门闩响了两下。

"她疲倦了,而且耍起小性子来,"克里姆心里说,同时对她没有破坏他的情绪就离开了,感到很高兴。"她似乎变得年轻了,比以前更天真了。"

他走到桌子前面,喝了一杯葡萄酒,把两手背到身后,两眼朝窗外天空望去,瞧见一颗白亮的星星在蔚蓝的天空忽隐忽现,最后又瞅瞅大门旁边的路灯。脑海里纠缠不休地响着:

"基督死而复活①啦……"

克里姆·萨姆金环顾左右,悠然唱道:

"'以死制死'。"

"或者是说'克制'更好吧?"他仿佛在严肃地小声诘问什么人,随后又用男高音悠然重复唱道:

"'以死亡克制死亡'。"

他又环顾四周,仔细听听。家里和大街上一片寂静。

"说我在唱歌,这当然是很可笑的。不过我有些醉意,问题就在这里,"他仿佛在向谁作解释。"我唱歌,是因为我有一点儿醉了。"

他很想放开喉咙,高声歌唱,好像在教堂里那样庄严肃穆。那时

---

① 出自基督教《复活节前三重颂歌》。

瓦尔瓦拉就会从自己的屋子里走出来,穿一身洁白的礼服,有如去行婚礼一般。

"太愚蠢了,不过可以理解!米特罗方诺夫喝醉了大哭一通,而我却是唱歌呀!"他为自己辩解着,因为害羞,眼睛闭得紧紧的,不让泪水流出来。他仍旧闭着眼睛,摸索到一张椅子背,小心翼翼地坐下,生怕出一点儿声音。现在他不希望瓦尔瓦拉出来了,他甚至怕她出来,因为眼泪还是从睫毛下面不住地往外流。克里姆·萨姆金急忙用手帕揩去眼泪,心里在想:

"我的生活有点儿……不那么顺心。"

那颗星星已经泯灭了,但是路灯仍然亮着,变得苍白了,微弱地照着对面房子的窗户、纱帘和纱帘后面的花影。

八

过了一天,当萨姆金回味这次大动感情和对生活的抱怨的时候,不禁粲然发笑。不,生活安排得挺不错。瓦尔瓦拉正在专心致志地阅读那些象征派的诗歌和散文,身边放着一大堆关于艺术史的著作。萨姆金知道,她这是在为充当一个"沙龙"的女主人作准备,因此开导她说:

"必须尽可能地懂得一切事理,不过最好是对任何事情都不要入迷。'世界万物都要发生和消亡,惟有天地永存',虽然关于天地的话也不见得正确。"

她已经向他提过,希望每星期六为朋友们举行一个小小的晚会,但是克里姆问道:

"可你相信每星期六你都一定愿意在自己家里看到一些陌生人吗?不行,这太早了。"

她跟他争辩了几句,但不很坚决。萨姆金高兴地逗弄着她,可是事与愿违,朋友的数目在不断地、自动地增加。那些喜欢挨户串门,为了好奇心和探听新闻,为了某种不可理解的惶恐不安而疲于奔命的人,越来越多了。

"您知道吗?您听说过吗?您怎么想的?"他们彼此询问,也问萨姆金。

他们谈论俄国正在迅速地富强起来,谈到奥斯特罗夫斯基笔下的那种商人差不多已经绝迹了,在莫斯科已经见不到了,出现了一种新的工业家阶层,他们对于文化、艺术和政治并非漠不关心。萨姆金以为,对于这些事情是应当津津乐道的,应当满意的,甚至对于他人的成就也是应当羡慕的,然而他从这些谈话中听到的却是深恶痛绝的情绪。他们高兴地谈到大学生的骚乱,工人的罢工,谈到农村的贫困化,以及官吏的昏庸无能。但这些都没有使他情绪低落。他完全同意塔吉雅娜·戈金娜的看法。有一次正在争论激烈的时候,她喊道:

"可我认为,我们都是些无用的人,是懒汉,而且……也是社会振兴的牺牲品。我们就是这路货!"

"这话很对,"他对她说。"其实,这些疲于奔命的家伙简直忘乎所以了,他们在莫斯科城里,在知识分子家院内创造着所谓的'社会振兴',可是在莫斯科以外,那些普通老百姓正在安安静静地过着正常的劳动生活……"

"得了吧,您知道,您似乎也是,"塔吉雅娜打断他的话,稍稍停顿一下,带着轻蔑的微笑把话说完:"也是一个不可知的人!"

这姑娘不太会说俏皮话,可是她老想跟大家说俏皮话。

米特罗方诺夫是这里的常客,他每次来都要不慌不忙地喝上五六杯茶,一个劲儿地吃着面包、饼干,以及一切可吃的东西,并给这里带来了安宁。

"怎么,还没有找到工作吗?"瓦尔瓦拉问道。

"没有,"他回答,不带一点儿悲伤和烦恼。"在这里找工作是真够难的。哪儿也钻不进去。这里的人就跟蜜蜂似的,喜欢吃甜头,要贿赂,就连十戈比也是好的,'拿来吧!'太贪婪了。"

他用揉成一团的手帕擦擦湿嘴唇,然后大发议论道:

"干吗这样贪婪呢?反正我们也活不到一百岁,人人都够用的。不然。莫斯科是贪婪的。难怪西伯利亚人、乌克兰人和其他地方的人都不喜欢莫斯科呢。可是您知道,跟鞑靼人就可以相处很好。鞑靼人很安稳,可兰经禁止他们贪欲和虚荣。有一个人,都快当教授了,还向我发牢骚说,德米特里·顿斯科伊①等人不该推翻鞑靼人的统治,说什么鞑靼人文静、清洁、不贪财,这样的民族可以给我们带来很大的益处。可是彼得大帝后来又把德国人和犹太人引到我们这里来,甚至好像还有一个犹太人当了他的大臣②,而这个外来的民族以其贪欲糟践了莫斯科。"

是的,克里姆·萨姆金的生活过得挺不错,可是突然间这生活冲破了宁静的堤岸。

---

① 德米特里·顿斯科伊(1350—1389),莫斯科大公。曾两度打败立陶宛大公对莫斯科的进犯,并且大败蒙古军,故得名"顿斯科伊"(意即"顿河的")。
② 指彼得大帝时代的宫廷副总理大臣沙菲罗夫(1669—1739)。他系犹太人后裔。

第十六章

一

事情发端于著名的沙尔·奥蒙大剧院。奥蒙其人的信条是：

"所有的都市必须像巴黎一样。"他还常说："当一个人缺少娱乐的时候，是不太像人的，他是不太 Pour la vie① 的。"

因此，为了教会俄罗斯人适于生活，奥蒙在莫斯科建了一座像个大火炉似的剧院，在里面把那些浑身湿漉漉的俄罗斯人烘干，烤熟，向他们展示最美貌、最放荡的女人。

一个人走进奥蒙剧院大厅，就会产生一种进了火炉的印象，火炉里亮得使人头晕目眩，燃烧着炽烈的火焰。许多面镜子把灯光增大了无数倍，加上融化了的油脂一般的金色漆饰，在这座偶像般的大剧院的墙壁上映出炽热的红光。倘若从上面的包厢往下看，这种大火炉的印象更加强烈：一个椭圆形的墓穴般的深坑展现在你面前，使你眼花缭乱，它的底部和两旁的包厢里，许多男人的秃顶给明亮的灯光照得通红，仿佛烤熟了似的；裸露的女人脊背和臂膀，好像融化了的奶油一般熠熠发光。观众在鼓掌，为在灯光照耀下在台上唱歌的更加裸露的

---

① 法语：适于生活。

383

女优们喝彩。乐曲轰鸣,各民族的女人在台上尖声刺耳地歌唱,狂舞。

萨姆金夫妇来到奥蒙剧院,观看阿琳娜·捷列普涅娃的初次登台;她不久前才从国外回来,在巴黎和维也纳演出之后,她那豪华和狂放女人的名声更大了,这主要是因为她的风流逸闻激怒了那些道德鉴赏家和爱好者们。阿琳娜早在去欧洲之前,已经做过一番轰轰烈烈的"迷惑人心"的生涯了。在她跟一个小歌剧团到外省巡回演出的时候,就发生过两起因她自杀未遂和一些富商举止粗野的事件。维拉·彼得罗夫娜曾经写信告诉克里姆,鲁宾逊在逝世前不久,因为跟主编闹翻了,辞去了在《我们的家乡报》社的工作。主编拒绝刊登他的杂文《论麻风病患者》,她信上说,"这是一篇十分粗鲁的杂文,这个病态的、可怜的人在文章里把阿琳娜称作'西洛姆圣洗盆','治疗泥'等等,天晓得这是些什么话。"

捷列普涅娃在奥蒙剧院演的是压轴戏,一个简单的场面:帷幕拉开,一间陈设富丽的女优化妆室展现在"整个莫斯科"的眼前;在化妆室当中,立着一个有三扇镜子、一人来高的穿衣镜,阿琳娜穿一件像斗篷似的肥大睡衣,正背朝观众站在穿衣镜前面。她轻轻地哼着小曲,梳理头发,做着涂脂抹粉的动作,随后,把斗篷脱下,全身裸露在浮云般的轻纱之中,慢条斯理地显出含情脉脉的微笑,在脚灯前面悠然自得地踱了两三趟。观众用长柄眼镜和望远镜默默地端详着她;场内一片肃静,小提琴和大提琴发出凄婉的哀吟,黑管悲鸣,长笛呜咽,使灯火通明的大厅充满了伤感而悠缓的兰涅尔[①]华尔兹旋律,但这并未淹没阿琳娜低吟着的伤感的法兰西小曲。

这个女人很善于巧妙而又令人信服地向观众表明:她是在自己的家里,所以看不见也感觉不到观众在场。她目视大厅,仿佛目视着一片空虚,眺望着远方似的;她的脸有如少女一般充满了幻想,一对温柔的大眼睛,使她那身不雅观的装束也几乎显出贞洁的气息。随后她拍

---

① 兰涅尔(1801—1843),奥地利作曲家。

了两下手,两名女仆走上来,一个黑发红装,另一个棕发淡装。她俩娴熟地替她穿上衣裳,换了一件又一件;此刻台下和包厢里传来一片羡慕的低语和赞美声。幕落下,观众席里发出稀稀落落的掌声,因为他们知道这不过是一个序幕。

当帷幕重新揭开的时候,一个精彩的节目开始了。阿琳娜·阿夫古斯托娃①穿一身洁白的、异常轻盈的衣裙,雍容华贵地朝脚灯前面走去。这身衣裳把她身体的每一个动作都暴露无遗,她那栗色的头发上和腰间都别着红玫瑰花。她轻轻地摇动着身躯,扭摆着屁股唱了起来,用些轻微优美的手势加强着俏皮的法兰西小曲中的个别词意。当她举起双臂的时候,那肥大的衣袖犹如两个翅膀飘荡起来,她那洁白带翼的身躯和那美丽的脸蛋上流露出的诱惑迷人的微笑,她那温柔妩媚的目光和那天真无邪地唱出的猥亵的歌词,是多么惊人地、可怕地不谐调啊。

她唱的是海关官吏对她搜身的情景。

"阿塞!费尼塞!②"她尖声地嘲笑道,末了不耐烦地叹口气,用她的双手做了个颇有雅量的手势,痉挛般地摇摆一下身躯,和着那热情洋溢的诱人的旋律,将海关官吏那无形的手对她的冒犯抵挡回去。萨姆金在想,倘若她的动作不那么有雅量,也就不致于如此下流了。

此刻她的身子直颤抖,轻飘飘地显得软弱无力,显然已经任那官吏的一双无形的手鄙俗地摸索了,而她的脸上流露着倦怠的然而却是尖刻的微笑,眼睛里射出调情的奚落的目光。这种巧妙的表演取得了惊人的效果:阿琳娜刚一停止歌唱,那官吏的一双看不见的、使她厌倦的手,顿时变成了千百双有形的活生生的手,它们疯狂地拍着,一直在贪婪地向她伸着,简直想去脱光她的衣服,把她揉搓一番。她眯起双眼,用舌尖舔舔嘴唇,得意扬扬地打量着那些如醉如狂的人们,不住地朝他们点头。

---

① 阿琳娜的艺名。
② 法语译音,意思是"够了!住手吧!"

"噢,这简直是巴黎!"不知是谁在萨姆金夫妇背后用行家的口气赞许道。随之又有人跟着他赞叹一声:

"她真是太漂亮了!"

萨姆金没有喝彩,他在愤愤不平。在幕间休息的工夫,当他推开盥洗室的门,恰好在镜子里瞧见了图罗博叶夫,他本想走开,但是图罗博叶夫身子也不回,在镜子里对他笑眯眯地说:

"嘿,真是不期而遇呀!"

他正在用梳子梳头,同时把一只手伸给萨姆金,然后捋着拿破仑三世式的小胡子,问候萨姆金;末了他把梳子扔到洗手台上,把一个铜烟缸碰落下来,掉在地上,那梳子恰好落在一位黄脸大胖子的脚下。胖子用期待的目光瞅了一眼图罗博叶夫,但是没有得到任何反应,便嘟哝了一句:

"遇到这种场合,理应道歉的!"

"并不是任何人,任何时候都如此,您说呢?"图罗博叶夫傲然以对,同时打量着克里姆,淡然一笑。

"您怎么会喜欢这种场所呢?"

萨姆金默默地耸耸肩膀,图罗博叶夫讨人嫌地继续说下去:

"我没有见过比这个……场所更不堪入目的地方了。而且这里的人更是讨厌。显然,到这里来的人都是些极不体面的人物,是吗? 好,再见,"他又伸出一只手,轻蔑地说:"您知道么,拉瓦绍尔[①]是可以理解的嘛,嗯?"

这些话引起萨姆金对他的极度反感;克里姆觉得仿佛心中有什么东西轰然一声爆炸了似的,禁不住说了几句刻薄的话:

"倘若这里有第三者的话,您一定不会这样说的。"

"为什么不会说呢?"图罗博叶夫扬起眉毛,问道;他脸上的狞笑也消失了,整个脸都阴沉下来。"不,我一向是怎么想的,就怎么说。"

---

① 拉瓦绍尔(1860—1892),法国无政府主义者,印染工。他为了"用行动宣传无政府主义",从事过多次暗杀活动。

"一向,真的吗?"萨姆金瞧着镜子咕哝道。

"您似乎心情不太好吧?"图罗博叶夫追问他一句,然后若无其事地点点头,扬长而去。萨姆金摘下眼镜,用颤抖的手指擦了擦镜片,仍然觉得他面前站着一位身材匀称的人,仿佛看见他那清秀的脸庞和那种好像一个时装裁缝对一个穿着不入时的人所流露的鄙视目光。

"无耻之尤,"一些尖酸刻薄的话从萨姆金的口中说出来。"猪猡!他竟然来观赏这个被他弄成娼妇的女人的表演了。他唱那激进的高调,是出于一个乞丐对有钱人的嫉妒,因为他自己早已破产了。"

他骂了一通之后,才恍惚意识到,他的愤怒太过分了,不过他觉得这愤怒还在增加,有如中了煤气似的,使头脑发涨。现在,他跟瓦尔瓦拉并肩坐在一起,心里一直想着那位贵族大少爷,他居然认为赞助一个无政府主义者的行为是可以的,使他这一晚上过得很不痛快。他一面寻思,一面在人群拥挤的剧场里想方设法地寻找图罗博叶夫。

那个一身洁白的、仿佛长了翅膀的女人,又在台上唱起来,述说着一些挑逗诱惑的事情,在观众中引起轻微的笑声和窃窃私语。瓦尔瓦拉俯身向前,伸着脖子。萨姆金斜了她一眼,自言自语道:

"女人们应当向她表示抗议。"

"为什么?"瓦尔瓦拉无精打采地问道。

"这是诲淫之举。"

"那么男人也应该表示抗议啰,"瓦尔瓦拉又无精打采地悄声说道。未了又赞叹地说:"她的身段多美呀……多么有魔力,又多么诱人啊!"

"她没有天才。"

"难道美不是天才吗?"

萨姆金觉得自己可能说些粗鲁的话,所以就不作声了。他在剧场里没有找到图罗博叶夫,但是他好像在一个包厢里看到了柳托夫那张怪模怪样的脸庞。然而越是寻找,萨姆金越觉得气恼,他不得不违心地承认图罗博叶夫是对的:在这个剧场里确实聚集着一些极不雅观的人——男人主要是胖子和秃头；女的多半是上了年纪的、寡廉鲜耻的家伙。触目皆是那些赤裸裸的脊背、肩膀和胳膊，显露着浅红和暗黄的肤色。在包厢的扶手上，除了糖盒和鲜花以外，能见到的就是女人的乳房，它们那裸露的样子好像叫花子故意炫耀他的丑陋，以便叫人可怜似的。一面面镜子把这一堆堆在灯光炽烈的照耀下仿佛要融化了似的肥胖肉体增大了许多倍，那些灯光本身也被镜子的白光增加了无数倍。

那个仿佛长了白翅膀的女人唱着淫秽的小曲，肉麻地扭动着身躯，刺激男人们的性欲，而且女人们显然也动心了，她们直耸肩膀，仿佛由于性欲的冲动，连脊梁骨都酥软了似的。简直不能想象，这些身为父母的人，是怎样考虑和是否在考虑那些必定要送去充军的大学生们，是否在考虑那些有革命情绪的人正在迅速倍增的、以及连王公贵族的后代也赞赏无政府主义者的炸弹的俄罗斯呢？

萨姆金思忖着这个问题，霎时觉得要站起来，痛骂一阵；甚至觉得有许许多多惶恐的面孔转过来盯着他。但是他马上恍悟到，即使他的声音异常强大，也会被淹没在众人的狂噪之中，淹没在他们震耳欲聋的掌声中。

"应该用水龙把这些混蛋们浇一通，"他说话的声音相当大；瓦尔瓦拉站起来，嘴里咕哝道：

"他们这种喝彩，就跟捧叶尔莫洛娃一模一样。你瞧，她活像只白天鹅……"

"咱们走吧！"

二

街上正下着大雪，把人和马都蒙住了；白色的雪片积在瓦尔瓦拉的帽子上和肩上，使萨姆金的两眼迷迷蒙蒙的看不清楚。有人使劲儿地拍了他一下。

"对不起……是您哪?"

柳托夫大衣敞着,帽子滑到了后脑勺上;他把萨姆金挤到墙根,瞅着他的面孔,小声说道:

"他们刺杀了一位大臣,就是鲍戈列波夫①,这是真的!"他又提高嗓音,提议道:

"我们去吃晚饭,好吗? 弄个单间畅叙一番……叶戈尔!"

他招招手,马上有一匹马拉着一辆小雪橇从茫茫大雪中走出来。他推了萨姆金一下,小声对他说:

"这是卡尔波夫,波波维奇……叶戈尔,到切斯托夫饭店! 瓦尔瓦拉·基里洛夫娜,您可以坐到膝盖上。"

他的动作是那样迅速,好像要劫持瓦尔瓦拉似的;萨姆金搂住柳托夫的腰,怕自己从雪橇上掉下去,愕然地一声不吭。当他们来到空旷的大街上时,那车夫扭过头来,悄声说道:

"弗拉吉米尔·瓦西里叶维奇,我听一个警察说:大学生刺杀了一位大臣。"

"噢,是吗? 是哪位大臣?"柳托夫吃惊地急忙问道,同时用胳膊肘碰了一下克里姆的肋部。

"好像是管他们的大臣。"

"为什么?"

"谁知道他们为什么。"

"可您怎么想呢?"

"他们要造反。这些大学生都是些新兵,他们一向……"

"喏,赶快吧! 咳,这些鬼东西……"

"他是个老人吗?"瓦尔瓦拉问道。

"不太老,"柳托夫高兴地大声回答。他在饭店的单间里搓着手问她:

---

① 鲍戈列波夫(1846—1901),法学家,莫斯科大学罗马法教授,一八九八年起任国民教育大臣,曾对学生运动采取严厉镇压措施。

"喝鲟鱼汤,吃馅饼,好吗?"

于是他对那位酷似一尊圣像的老堂倌道:

"你听见了吗,马卡里·彼得罗夫?其余的你看着办吧,不过,要快点儿!"

跑堂的刚一走,柳托夫就拍着克里姆的肩膀,脸上显出一副怪相,东张西望,鬼鬼祟祟地说道:

"怎么样,民粹派跟你们马克思主义者找麻烦了吧,哈哈!现在您该相信了,青年是跟着他们走的,嗯!问题的实质不在于一位大臣,明天他们会换另一个的,就像莫尔多瓦人捏泥人儿那么简单。关键在于,谁不说空话,谁是实干家,青年们就跟谁走。这是真的!"

"假如革命运动再次走上恐怖的道路……"萨姆金刚刚严肃地说了半句话,就给柳托夫打断了。

"已经走上了,并且还在走!笔直的也是最短的途径……"

"不要忘了那些乌鸦……"

"它们径直地飞着,而且生活得蛮好。我最亲爱的朋友!打架是比较容易的,可等待却很困难。"

"您说话的声音太大了,"瓦尔瓦拉警告他说。她正对着镜子若有所思地审视着自己。

一位大臣被暗杀这件事,必然会使生活发生纠葛和混乱,萨姆金对这件事感到惊愕,他还没有决定该怎样跟柳托夫谈论这件事,他对柳托夫那种很不自然的、几乎有些不知羞耻的兴奋神情和奇怪的指责口吻特别恼火。

"或许这次暗杀事件是用他的钱策划的吧……"

于是他忍不住嘟哝道:

"您谈论这件事,就仿佛它使您个人受益不浅似的……"

柳托夫推开瓦尔瓦拉,也不向她道歉,就挨到萨姆金跟前,张开嘴,但又立刻使劲儿地咂了一下嘴唇,说了一句显然是本来没想说的话:

"我是我自己国家的公民,在我国发生的一切……"

堂倌走进来,端来菜盘和小吃,他中断了谈话,跟萨姆金使了个眼色:

"车夫嘛,就是车夫呗,嗯?好像是在说……兔子!请吧,瓦尔瓦拉·基里洛夫娜!"

在整个晚餐中他又是吃又是喝,几乎就是他一个人在讲话,显得慌里慌张。他那句所谓"受益"的荒唐之言,使萨姆金更加恼火。瓦尔瓦拉索然寡味地吃着,当柳托夫叫喊的时候,她总要缩缩肩膀,生怕他会打在她头上似的。克里姆觉得他妻子还是坐在眼花缭乱的奥蒙大剧院里那副神气。

"是的,你们已经输了,"柳托夫带着挑逗的口吻,重复道。

"我认为现在,当工人运动具有群众性的时候,"萨姆金刚一开口,柳托夫就推开一个菜盘,扬扬得意地轻声说道:

"喏,喏,那又怎么样呢?"

他忽然吃吃一笑,呈现出满脸皱纹,浑身抖动,两手直揉搓,一双眸子深藏在皱纹的褶缝里,活像只苍蝇叮得萨姆金痒酥酥的。他的笑声使得瓦尔瓦拉放下了刀叉;她低下头,急忙擦擦嘴唇,好像吃了什么辛辣的东西似的。此刻萨姆金想起来,柳托夫的笑恰似那回在别墅里捕捉一条纯粹是臆想出来的鲶鱼之后,那样令人反感,迷惑不解。

"什么事情使您这么高兴?"萨姆金气冲冲地问他,同时也略带惶惑之状。

"哎呀,我亲爱的朋友!"柳托夫无精打采地喘了口气,然后朝着瓦尔瓦拉说道:"他是说工人运动吧,啊?瓦尔瓦拉·基里洛夫娜,您有什么看法,他要工人运动干什么呀?"

"我对政治不感兴趣,"瓦尔瓦拉冷冰冰地回答,把一杯葡萄酒举到嘴边。

柳托夫又摇晃着身子纵声大笑,萨姆金觉得,这笑声可能是凶多吉少,会揭穿什么秘密,所以心里忐忑不安。

"为我们的平安无事干杯!"柳托夫尖声叫着,举起酒杯,末了又以奚落的口吻安慰道:"是的,不错,工人运动在某些知识分子中激起很大的希望,他们想要……但我真不知道他们想要干什么!就以祖巴托夫先生为例吧,他也是个知识分子,可他却显然希望工人跟厂主打起来,而不能冒犯沙皇。这就是政治!这就是马克思主义者!知识分子未来的领袖……"

瓦尔瓦拉惊愕地看着他,掩饰不住内心的惶恐。柳托夫顿时喝得醉醺醺的,一双斜眼失去了光泽,全身发抖,用手指去捏勺子,但是怎么也捏不住。不过萨姆金并不相信他会突然喝醉,他已经不止一次地领教过柳托夫时而装醉,时而故作镇静的变戏法本事了。而且他还发现这位身着商人礼服的人,除了一双斜眼之外,丝毫也不像大学同学时的柳托夫了,甚至连腔调都变了,他已经不使用那些教会斯拉夫语,不引经据典了;他操着莫斯科的口音,说着庶民的语言。所有这些都说明他在玩弄某种狡黠的把戏。

"是呀,"他说。"现在手枪流行起来了。您听说过杨堡①发生了三人自杀的事件吗?一对男女大学生和一个军官。一个军官,"他加重语气,又重说了一遍。"我认为这不是三角恋爱,而是浪漫主义。在辛菲罗波尔也有一位大学生,步他们的后尘,对着自己的脑袋开了一枪。这种事发生在俄国的南北两端……"

他压低声音,继续说下去:

"有个叫波兹涅尔的大学生,也可能叫波泽恩,是个异族人,您听说过吗,他从火车的窗子里天真地高喊'革命万岁!'他是给征去当兵的,可他却如此鲁莽,您瞧!我们那些当官的天才怎样才能把这个口号译成当局懂得的语言呢?它应当对自己说:'我是一个白痴的政府'……"

瓦尔瓦拉站起来,萨姆金欣然对她点点头:

---

① 杨堡原为沙俄圣彼得堡省的县城,即现今的金吉谢普市。

"对了,咱们该回去了……"

"我们生活在一个疯狂的国度里,"柳托夫自言自语地向他告别。"一个极其疯狂的国度!"

他们刚刚来到大街上,瓦尔瓦拉就厌恶地说:

"我的上帝,怎么竟有这种人!他可真叫人恶心。瞧他那卑劣的狂妄劲儿,还有那笑声!你怎么受得了哇?干吗不狠狠地批评他一顿呀?"

萨姆金认为她的话有些过分,所以没有答理她。到了家里,她又说起柳托夫来。

"我真不明白,他对那位大臣的被害是高兴呢,还是恐惧呢?"

但是,看来她并不太需要理解这一点,否则她不会马上又说:

"据说他在阿琳娜身上花了大钱哩!"

"可能吧。"萨姆金哼了一声,显得心事重重的样子。妻子躺到被窝里,赞叹一声:"可是阿琳娜太美了!"就不再吭声了,这时他才感到欣慰。

三

萨姆金可以把自己比作广场上的路灯:人们匆匆忙忙地从各条大街走来,或者跑来,聚到它的光环之内,叫喊几声,就无踪影了,使他觉得他们是碌碌无为的。他们已经不能带给他任何新鲜有趣的东西了,只能在他的记忆中重现他在书本上读到的和现实生活中听到的那些熟悉的情景。不过这暗杀大臣的事却出乎意外,使他感到惶惑。对于这件事,他当然是很反感的,然而他想象不出应该怎样对这件事表态。

还是在去饭店的路上,他就想到:柳芭莎三个星期之前就去了彼得堡,而现在他躺在被窝里却在想:她因为心地善良,也许参与了这个暗杀事件吧。像她这种心地善良的人是什么都能干的;总而言之他们是很神秘的,简直有些不正常。不管怎么说,这些人的意志是薄弱的。

米特罗方诺夫是一个正常的人：既不善良，也不凶恶。很可惜他已经去外省赴任了，他在那里找到了工作。米沙大叔躺在医院里，治疗他在监狱里染上的风湿症。他和柳芭莎都不是理想的房客；奇怪的是瓦尔瓦拉不理解这一点。总而言之，她是照她自己独特的方式来看人的。

她对索莫娃并无固定的态度，有时几乎是疼爱她，照顾她，帮她给囚犯们缝缝补补，热心地为政治性的"红十字会"募捐，可是突然间却嘲笑地诘问她：

"柳芭莎，您想当一辈子女护士吗？"

此后她就似乎故意躲避她了。萨姆金既不过问她们友爱的动机，也不关心她们闹分歧的原因，不过有一回他问瓦尔瓦拉：

"你认为索莫娃这个人怎么样？"

瓦尔瓦拉好像早就想好了似的，马上回答：

"一个真正的俄罗斯女性，一位善良的姑娘，她即使没有幸福也能生活得很愉快。"

又有一次她说：

"我有时认为，假如她没有受过教育，又不从事社会工作，像她这种心地善良的人，会成为一个荡妇，甚至成为一个妓女，很可能也会编一些动人的小曲，像什么：

> 妈妈疼我爱我，
> 娇生惯养宠着我。
> 一个秋天的黑夜里，
> 女儿跟着情郎私奔去寻快活。"

瓦尔瓦拉思虑重重地、严肃地说完之后，问道：

"要知道，这类小曲，以及《玛鲁霞服毒了》等等，不都是妓女们编出来的吗？"

"这我可不了解,"萨姆金回答。

然后他又想起了彼得堡的暗杀事件;这究竟是怎么回事:是一个有怨恨的人想报私仇吗?还是民粹派真的决定"由言论转为行动"了呢?他认为,道德所不允许的恐怖主义不可能有什么实际的意义,这是早在二十年以前就已经证明了的。当然,暗杀一位大臣是要引起一切头脑健全的人的激愤的。他这样想着想着就昏昏入睡了。

第二天上午,他一走进主任律师的办公室,他的上司就兴冲冲地问他:

"您读报了吗,老弟?鲍戈列波夫给一个小青年干掉了。政府把咱们搞成什么样子喽!一些昏庸无能的家伙!您想喝咖啡吗?请您自便吧!"

萨姆金津津有味地喝着咖啡,这样可以使他沉默。他的上司从未跟他谈过政治,萨姆金也晓得他对政治根本没有兴趣,一直保持着自由律师的超然态度。可现在他却说道:

"应当承认,这个行动是对他们残酷杀害青年的十分自然的回答。让大学生们去充军,这简直是回到尼古拉一世的时代……"

主任律师是一位强悍的人物,五十来岁;他那硕大的脑袋上长着一头浓密的银灰色鬈发,两道粗重的眉毛和常因挑剔或怀疑而抿起来的两片有如女人一般鲜艳的嘴唇,使他那刮得光光的脸蛋显得很俊俏,颇像一位饰演英雄人物的男优。他的两边颧骨上分布着许多紫红色的毛细血管,下眼皮略微松弛,他那双鼓出的鱼目眼显出难以捉摸的表情。他老是低头走路,像个公牛似的、神气十足地挺着他的大肚子,左手老爱摆弄表链上的坠子,右手以习惯的动作在空中一起一落,那宽大的手掌活像一条小鳊鱼在空中游动。他的胳膊长长的跟体形很不相称,两只手却扁得很难看,他以办事干练而著称,喜欢在"斯特列尔纳饭店"和"雅尔酒家"痛饮,每年游一次巴黎。他早就跟妻子离了婚,孑然一身居住在一套冷清的大房子里,即使在晴朗的日子,房子里也是尘埃弥漫,一片阴霾,充满着难闻的雪茄烟味和霉烂的气息。

这种气味在他那间阴暗的办公室里更浓重,那里的两个书架似乎是通向厚厚的图书世界的窗户,而真正的窗户是开向一个狭小的庭院的,一个怪里怪气的小教堂掩映在庭院的树荫之中。主任律师喜欢引用诗句,常常反复吟诵纳德松的名句"我们这代人不知什么是青春",但是他特别喜欢戈列尼谢夫-库图佐夫[1]的悲观主义的抒情诗。不久以前他还对萨姆金说:

"老弟,我是个孤独的人,也是一个已经完成了我自己的使命的人。"

可是今天他却挥舞着雪茄烟说道:

"我们这些有经验的公务人员……"

他的声调也和那雪茄烟的烟雾一样显得轻飘飘的。

"我们工厂的锅炉容积还小,所以还要长期等待,才能把俄国的农民变成无产阶级,使他们成为关心国家大事的人……你们这一辈,生活的毅力很充沛,喜欢采取积极行动来对付反动政策……这是很自然的。"

他说了很久,一直到雪茄烟抽完才住口。萨姆金以为,他这位上司是想劝说他什么,可是究竟想劝他什么,他是不能理解的。

他和他的上司到了法院,那里的律师和官吏都在谈论这次暗杀事件,他们说得很简单,好像这是一件司空见惯的罪行似的,而且只有一点使人欣慰:几乎大家都异口同声地认为这是报私仇。有一位律师,他的姓很怪,姓什么马格尼特[2];他红头发,大牙齿,爱说笑,使萨姆金想起英国人的一幅蹩脚的漫画。这个家伙恬不知耻地大声喊叫:

"作为私人报复,这种行动是没有意义的。"

过了几天,萨姆金终于确信,莫斯科确实没有头脑健全的人,因为他没有碰见一个人出来为大臣的被害鸣不平。大学生们带着胜利者的神气在大街上游逛。只有普列伊斯小组对这个事件表现得忧心忡

---

[1] 戈列尼谢夫-库图佐夫伯爵(1848—1913),俄国抒情诗人。
[2] 马格尼特的意思是"磁铁"。

忡;兹米叶夫激动得两手直发抖,他叫喊道:

"这一针只能使谢德林笔下的那只蠢猪①发疯。"

他的叫喊是对着列多祖鲍夫的,他正坐在墙角里,和平常一样两手撑在膝盖上,仰望着兹米叶夫,掀动着眉毛,抿着嘴唇,牙咬得咯吱咯吱响。别连杰叶夫也向他开火,伸出一个手指,好像要捅破列多祖鲍夫的前额似的:

"有人说:'动刀者……'"

"但是他还说过:不是和平,而是刀,"列多祖鲍夫威胁地回答。

"出于绝望而采取的行动不可能有好结果,"塔拉索夫教训他道。

就连一向堂堂正正的普列伊斯同他说话的腔调,也分明流露出他普列伊斯是在跟一个不开化的人讲话:

"难道您还不懂得恐怖主义是用土法医治宿疾的药方吗?我们需要领袖,需要有高度精神文化的人才,而不要那些江湖医生……"

列多祖鲍夫哼了一声,冷冰冰地说道:

"未来的领袖都给赶去当列兵了,您懂这是什么意思吗?这就是说他们会使军队革命化,就是说政府正在把国家引向无政府主义。您希望出现这种情况吗?"

这里的一切都是萨姆金所熟悉的,他所不了解的只是那个从前鼓吹"勿以暴力抵抗邪恶"的人,如今却在为恐怖行动辩护。是的,或许在这里发表言论的都是些有理智的人,可是萨姆金却觉得他在某一方面是比他们老练的,这些人还在文字上兜圈子,丝毫没有进展,超然于越来越令人不安的生活。

四

柳芭莎回来了,她患了感冒,形容憔悴,两眼通红,正在发高烧。

---

① 谢德林笔下的"扬扬得意的猪",被当时革命和激进的知识分子用以影射反动政权和整个独裁制度。

她又是咳嗽,又是打喷嚏,粗声粗气地讲述了喀山大教堂门前示威①的情景,警察和哥萨克兵怎样殴打示威群众和旁观者,讲得兴致勃勃。

"你们想想看,当那些狂醉的奴才冲过来的时候,没有一个人跑掉,没有一个人!他们厮打起来,真是太棒了!我亲爱的,"她喘了口气,摆摆手。"我看见了多么了不起的人哪!有司徒卢威,图干-巴拉诺夫斯基,米哈伊洛夫斯基,我都看见了,还有雅库鲍维奇……"

她兴致正浓地讲述着彼得堡大学在"大学是学术机关,不要政治"的口号下,成立学生团体的情况。

"你也喜欢这一套吗?"萨姆金嘲笑道。

"你可以想象,这不会叫我难过的,"她回答,仿佛有点惊诧。"你知道,情况变得越来越清楚了:他们是谁,要达到什么目的,为了什么?"

克里姆问她鲍戈列波夫事件,她答道:

"噢,是的……他们说卡尔波维奇②不会处死刑的,不过会让他服苦役。他开枪那天我正在普斯科沃,可我回到彼得堡的工夫,人们已经不谈论这件事了。唉呀,克里姆,他们在彼得堡过的是什么生活哟!"

当她说起他们的老朋友时,那兴奋劲儿已经消失了。

"莉吉雅在学宗教史,她学这玩意儿有什么用呀,我真不明白。她过着修女般的生活,孤孤单单,常常一个人去看歌剧,去听音乐。"

柳芭莎深思一会儿,惆怅地说道:

"她本来就是个难以捉摸的人,现在简直不可理解了。她老是讲些枯燥乏味的东西,特别赞赏一位女诗人,这个女诗人把自己扮作天使,衣服上插了两根翅膀,在大庭广众中朗诵她的诗句:'我想得到世界上所没有的东西'。马卡罗夫也很佩服这位女诗人,不过不像她那

---

① 一九〇一年三月四日彼得堡发生的大学生示威。
② 卡尔波维奇(1874—1917),俄国社会革命党人,一八九九年学生暴动的参加者,曾因一九〇一年暗杀教育大臣鲍戈列波夫被判二十年徒刑。

样,而且常跟莉达争论,但是他们争论些什么,我不晓得。好像马卡罗夫在这里闹过一场乱子:有一回,马卡罗夫给他的教授当助手,因为教授对于一位女病人说过一句戏言,他就在手术做完之后狠狠地责备了教授一顿,并且拒绝跟他合作了。"

"瞧他多英雄!"瓦尔瓦拉讥诮道。

"真是个不知趣的家伙,"克里姆说完,又问道:"马卡罗夫和莉吉雅,是在恋爱吗?"

"噢,没有!"柳芭莎眉飞色舞地说道。"他俩才不会呢!他俩是那么……聪明。不过那里确是举行过一次婚礼;莉吉雅住在普列米罗娃家里,她的侄女嫁给了一个卖宗教用品的商人。这桩婚姻真是可怕,真像叔本华所说的:新娘是那样高大、俊美,简直是瓦尔吉丽娅①;而新郎却是个秃顶、黄脸的小矮个儿,留着瓦拉甫卡式的大胡子,生着一对圣人般的眼睛,不过他体格强壮得像棵小橡树,怕有四十开外了。"

"你知道玛琳娜和库图佐夫恋爱过吗?"萨姆金笑着问道。

"真有这种事吗?"柳芭莎吃惊地叫了一声。但是当克里姆肯定地点点头之后,她拉长声调说:"真是个傻姑娘!"

她的气恼惹得萨姆金夫妇直发笑。

"我不明白这有什么好笑的?"柳芭莎生气地说。"和一个卖蜡烛台的商人结婚……你们说,有什么好呢?"她看见萨姆金夫妇还在笑,就说。

她说累了,就回到自己屋子里去了。瓦尔瓦拉点着一支香烟,闭上眼睛,坐了一会儿,感叹地说:

"她把一切都看得何等简单呀!"

萨姆金站起来,在屋子里踱着步子;他忽然想起图罗博叶夫的一句话,便喃喃说道:

---

① 瓦尔吉丽娅是斯堪的纳维亚神话中主管风暴与航海、保护阵亡英雄之神奥丁的女儿。

"在俄国的大学里,学生不念书,居然迷恋于那种似乎富有诗意的轻举妄动。"

"咱家的厨师说大学生造反,是因为他们一些人在挨饿,而另一些人出于对他们的友情,"瓦尔瓦拉吃吃地笑着说道。"他说,'倘若我是一个大臣,我就发给他们每人一份口粮,贫富一样,因为吃饱了肚子,他们就不会造反了。'他还提出一个莫名其妙的证明:如果叫花子吃饱了,他也不会去造反呐。"

"他是个酒徒,"萨姆金继续在屋子里踱着步子,提醒她道。瓦尔瓦拉悄悄对他说:

"你知道吧,这当中有些事……是叫人害怕的,你瞧他都活了七十岁了,见过许多世面,所以他对什么都有一种古怪的想法,而且形成了一套套荒谬的成语……"

"成语并不荒谬,"萨姆金郑重其事地说。"老百姓就喜欢用格言进行思维,"他继续说道,但是当他看见妻子并不听信他的话时,他感到有点委屈。

"这个厨师特别不喜欢大学生。他一再跟我说,应当把他们统统流放到西伯利亚去,而不是让他们充军。他说,'他们会把士兵的头脑搞坏的:你们不要相信上帝,不要崇拜皇族。'他说,'他们的头脑糊里糊涂,而他们却以为挺聪明。'"

她熄灭了没抽完的香烟,站起来,拉起丈夫的一只手,和他一同踱步。

"不,我不喜欢用成语来思考,不喜欢。你以后去听听那厨师跟米特罗方诺夫的谈话就清楚了。"

"是的,"克里姆犹豫不决地答道。

"亲爱的克里姆,"她紧紧地偎着他,说道。"你不觉得,生活正在变得很……离奇吗?"

"我觉得我们现在应该去睡觉了,"他说。"我明天还有一大堆事情要做呢……"

萨姆金已经不是头一次感觉到他妻子想跟他大发哲学议论了,而且他每次都打消了她这种念头。他猜不到瓦尔瓦拉想跟他谈些什么,但是他几乎很有把握地认为,这种谈话不会有什么愉快的结果。

"关于人生等等问题,我们下次再谈吧,"他答应道;而当他发现瓦尔瓦拉那副忧伤的神情时,又抚摸着她的肩膀,补充道:"我的朋友,谈论人生的问题必须头脑清醒,而不能跟在柳芭莎的新闻后边跑。不知你发现没有,她谈到司徒卢威等人时,活像一个信徒在谈论上帝的使者,是吧?"

"是的,"瓦尔瓦拉说完,扑哧一笑,但是两眼却盯着那扇透着月光的窗户。

五

三个星期过去了,萨姆金正坐在一辆驿车里,由两匹长毛的枣红马拉着,马儿像上了发条的玩具一般,机械地倒腾着四条腿,沿春汛冲过的大道向前驶去。他们从稀稀拉拉地生长着冬麦苗的田地旁边驶过;那贫瘠的特维尔大地上好像种的是被雨水冲得发白的碎石块。

"这里的庄稼都给橙红菌毁坏了,让树精来制服它吧!"马车夫用鞭子指着田野,说道。"这是一种很有害的植物,就是那些橙红菌,像黄色的小蜡烛一样,"他扭头瞅瞅他的乘客,解释道。

"他跟我说话就像跟外国人说话似的,"萨姆金觉得。

今天是礼拜天,田野里空旷无人;只有一些黄嘴老鸭摇摇晃晃地在那里游逛,还有一些也像鸟儿似的小人,在看不见的田间小路上蹒跚着,走向四面八方。太阳从好像破羊皮一般的云彩遮掩着的天空,羞答答地探了一下头,将那薄纱抹布似的影子撒落在光秃秃的灌木枝和赤杨的灰色枝条上,顺着潮湿的田野爬过去。萨姆金因为厌腻了这阴郁而单调的景物,随着车身的颠簸,疲倦得打起盹来,一切思绪都给颠跑了,只有不知是谁讲过的一个令人不愉快的故事,老是纠缠在他的脑海里:有一个人想寻找生活的真谛,但终未成功;回到家里之后,等待他的是更加可恶的无聊。萨姆金的小旅行包也颠了起来,直碰他的脚,不过他懒得把它扶正。

他们的马车驶进一片黑乎乎的小赤杨林,飘来一股沼泽和烂树叶的酸味;车身下面什么东西咔嚓一声断裂开来,车子就向后翻倒了,把萨姆金摔了出去。两匹马立刻停住了。萨姆金的胳膊肘和肩膀都触到了地上,他爬了起来,生气地喊道:

"你是怎么搞的,见鬼……"

马车夫是个中年庄稼汉,那肌肉松弛的脸上长满了稀疏的灰胡子。他不慌不忙地从前座上下来,看了看车身的后部,笑呵呵地说道:

"车轴断了,得把它从后头拉出来,这可是不关我的事,老爷,那铁轴撑不住了。"

他本来和周围的气氛一样,也是沉闷而阴郁的,现在他却活跃起来了。他扶正了头上的破帽子,勒了勒腰带,安慰道:

"这点事故算不了什么;从这里到塔拉索夫卡不到一俄里半路,那里的铁匠一会儿就可以给我们修好。就是说您要步行到那里去啦。喏,喏,我的小鸭子们,"他把马往后捎了捎,乐呵呵地对它们喊道。

他从座位下面拿一把斧子,只砍了三下,就把一棵杨树砍断了;他在砍杨树枝子的工夫,继续说:

"那儿有个铁匠叫瓦西里·米基季奇,手艺很高,在莫斯科也找不到他这样顶呱呱的聪明人……"

"怎么,我可以走了吗?"

"上帝保佑!我会追上你的。"

虽说两匹马像铜铸似的站在那里一动不动,可他还是不断地警告它们:

"老实点儿,小鸟!"

萨姆金从地上拾起一根树枝,顺着一条弯弯曲曲的林中小路走去,一会儿从阴影里走到明亮的地方,一会儿又走进阴影。他一面走,一面想：早知道要和这种半野蛮的人坐在一辆别扭的破马车里,让两匹癞马拉着驶在这坎坷不平的小路上的话,真不该在中学和大学念这十四年书了。忽然间有两句诗,仿佛大衣口袋里装的两枚铜币,和着脚步声叮叮当当地在他脑海里作响：

> 这些贫穷的小村庄,
> 这吝啬的大自然①……

莫非那位老爷派头的格里戈罗维奇、赌棍涅克拉索夫、兹拉托甫拉特斯基之流,真的都有一种他们所谓的热爱民众那样奇特的感情吗？

树林渐渐稀疏起来,他从小路走进田野,再下到沟壑;在远处小山包上出现一座风磨,展开翅膀,好像要拦住去路似的。萨姆金停住脚步,等候马匹到来,倾听着树枝在湿润的微风吹拂下发出的簌簌声和着百灵鸟的鸣啭。当马车驶近的时候,萨姆金看见一个泥污的车轮压在车斗里他的皮箱上。

"难道还会把箱子压坏吗？"车夫对萨姆金的吆喝声反问一句,随后把那个车轮挪到车夫座位的下面,说道："马上就到了。"

但是,他们刚一走出树林,经过沟壑来到桥头,车夫就勒住马,让它们向后转。

"不出所料：他们在暴动！唉,这些鬼东西……"

随后又悄悄地劝萨姆金道：

"老爷,您还是躲到树丛里去吧,不然,谁晓得他们会怎样看待您呢？这是犯法的勾当,他们是不愿意给人看见的。"

对于克里姆提出的惴惴不安的问题,他不慌不忙地答道：塔拉索夫地方的农民早就没有粮食吃了,都让孩子和老人出去讨饭了。

---

① 俄国抒情诗人丘特切夫一八八五年写的无题诗的开头两句。

"就是为了一小块面包,唉!他们没有粮食,既没有吃的,也没有种的。店铺里是有粮食的,就在那里放着。他们要求给点种子,可是不行,不答应。就这样他们才决定造反的,就是自己去抢粮食。早在星期三他们就想这样干了,可是正赶上来了一位地方官吏,把他们吓住了。而且那是工作日,不能把人人都集合起来,可今天是礼拜日呀。"

在他讲述的工夫,萨姆金仔细观察了一番,发现有大群农夫、女人和小孩,正顺着村边,向村外的粮栈走去。他们行进中并不吵吵嚷嚷,只听到一点喁喁的抱怨声。走在前面的是一个矮个宽肩膀的庄稼汉,肩上搭着一大捆绳子。

"他就是库巴索夫,一个炉匠,这里的什么事情都是他领头。铁匠,炉匠,木匠,就跟工厂工人一样,全都瞧不起法律,"这个庄稼汉好像可怜法律似的,叹了口气,说道:"这个意外的事件把您耽误了,老爷,"他一面挪动着脚步,一面补充说;他那松弛的脸上流露出忧郁焦急的神情,仿佛整个脸都耷拉下来,一直垂到皱巴巴的脖梗。

他们离村子还有一百五十俄丈远,一条狭窄的小河流过村庄,两岸长满了毛蓬蓬的灌木丛;萨姆金清楚地看见村子里在干些什么,但是他不理解。他觉得人群走得很庄严,好像举着十字架行进的宗教行列似的;人们穿着不一,但队伍显得要比围着圣像和神幡更紧密。微风把人群的低语悠悠吹到萨姆金这边来,以致可以听清楚个别的话语。不知是谁的一声尖叫,突然打破了那凝成一片的喁喁语声。他喊道:

"叶尔玛科夫!弟兄们,叶尔玛科夫变心了!"

一个穿红衬衣的人越过篱笆跳到街上,他没有扎腰带,光着脚,裤筒卷到膝盖上;他蹦到人群的前面,挥动双手,痛苦地喊道:

"如果叶尔玛科夫变心,那我也不干了!"

那炉匠用绳子捆使劲抽了他一下,这家伙便逃到一家院子里去了,从那里又传来了他歇斯底里般的喊叫声:

"我不想干了……这种勾当是不对的!"

"把叶尔玛科夫带来!"炉匠的声音听得很清楚,好像他就在萨姆金跟前似的。

"他们想干什么?"克里姆问道。马车夫用鞭子柄把帽子往耳朵后面推了推,搔搔蓬乱的头发,长叹一声道:

"咳,要知道,他们能干什么呢?他们想打开粮栈的门,可他们没有钥匙。其实干这种事根本用不着这玩意儿,"他一面用手掌遮着阳光瞭望那个村庄,一面继续说道。"钥匙只能由一个人使用,可这要大家来动手,甚至小孩子们也干。小孩子不能判罪,是吧?"他疑惑不解地望了一眼萨姆金,笑着问道。萨姆金没有回答,他在看两个庄稼汉拽着一个满脸大胡子的家伙走过来。此人穿的粗布衬衣拖到膝盖之下,他的两手撑在地上,直往外挣扎;从那大胡子的摆动来看,他仿佛说了些什么,不过他的声音都给那个穿红衬衣的庄稼汉的严厉叫喊淹没了,这家伙跳过来对着那个大胡子的脖子狠狠揍了一拳,吼道:

"还变心吗?你这无耻的东西,嗯?"

"你瞧瞧,这家伙发脾气了!"车夫赞赏地说完这句话,便坐到踏脚板上,脱起靴子来。"这个人做得对!干这种事非得大家齐心协力才行。"

他脱下靴子,打开包脚布,简直臭气熏天,萨姆金急忙躲到一边,但是车夫警告他道:

"您可别太露面了!他们拽过来的那个人就是叶尔玛科夫,他就是外乡人,会养蜂,又会打鱼。您看得出来,他是一个教派分子,门诺派教徒①,加入这一教派是为了逃避兵役。"

他们把这个教派分子拖到炉匠跟前,人群沉默不语,炉匠声音洪亮地说道:

"你是怎么搞的,叶尔玛科夫?你的嘴里老是挂着基督,而你自己

---

① 新教再浸礼派中的一派,十六世纪上半叶出现于荷兰,得名于创始人门诺·西蒙斯。

却与民众为敌,这是为什么？当心点儿,我们要揪住你的脑袋,把你扔到漩涡里,你这狗东西！"

一个好吵吵嚷嚷的红脸小个子庄稼汉,倒腾着两条亮光光的大腿和一双小脚,像只苍蝇似的,在人群里穿来穿去,推推这个,搡搡那个,又打小孩子,末了大吼一声：

"排好队伍,乡亲们！"

于是,人群从乱七八糟的一堆变成一个楔子形,它的尖端正对着那家粮栈的围墙,那个红脸小个子庄稼汉正好在它的尖上转来转去,活像要钻进大门里去似的。炉匠转过身来,对着身后的人群,把一条长长的绳子扔给前面的几个人,一边挥舞着拳头,一边喊叫：

"大家一齐拉住绳子！妈的……"

那个小庄稼汉也跟着吓唬人,歇斯底里地吼道：

"一定要拉紧！不然我要砍断你们的手！"

庄稼汉和村妇们画了个十字以后,都拽住绳子,拉成一条直线,一直向后伸到街里面去了。这使萨姆金想起那次教堂挂大钟的情景：人们也和那时一样,默默无语,老老实实地拉住拴在粮栈大门锁上的绷得像弓弦一样紧的绳索。那炉匠画了个十字,喊道：

"我数到三的时候,你们就拉！"

"喂,大家都拽住绳子了吗？"

"那我喊啦,一！"

"大家看着点儿,别让叶尔玛科夫……"

"二！"

"往哪儿拉,你这狗东西！"

"三！"

长长的一列人晃动一下,那绳子抖了抖,便从墙上滑了下来,铁锁当啷一声掉在地上。

"喏,托你的福,上帝,"马车夫一面说,一面穿上靴子,笑嘻嘻地向萨姆金挤眉弄眼道："老爷,我们什么也没看见,是吧？粮栈打开了,怎么打的,咱不知道。粮栈门开着,那就是说他们在放粮,是吗?"

他开始整理马套,继续兴冲冲地说:

"锁当然是破坏了,可那是谁的罪过呢?除了那些放羊的,还有守在炉边等死的老头和老太婆以外,整个村子,大大小小都有罪。可是你不能把整个村子,连同小孩和女人都赶进监狱去呀!是吧,老爷?戏法就在这里:造反吗,造了,可是罪魁祸首呢?没有!好吧,现在我们可以走了……"

两匹马歇息之后,走起路来轻快多了;代替车轮的那条木棍直划地面。车夫牵着马匹,不住地吆喝:

"喔—吁—,我的小鸭子,小鹩鸪!"

六

萨姆金自己走在一边,皱着眉头,仔细观察那些手里提着口袋的人们沿着村边奔跑,他们彼此你喊我叫,吵吵嚷嚷;那个大胡子教派分子叶尔玛科夫像一根木柱似的立在街心。他们进了村子以后,车夫摘下帽子喊道:

"喂,瓦西里·米特里奇!"

人们好像吃了一惊,立刻静了下来,呆呆地打量了马匹和萨姆金一会儿,末了又蹑手蹑脚地走到他跟前。

"放粮给你们了吗?"车夫兴冲冲地问他们,可这工夫那个红脸的小个子庄稼汉,抢先盘问道:

"你拉的是谁?拉他到什么地方去?"

有两个人走近萨姆金:一个是身体结实的炉匠,他生着一副呆板的面孔;另一个人面部黝黑,好像吉卜赛人。炉匠用一种令人难堪又咄咄逼人的目光看人,使萨姆金不由地后退一步,靠到马车上。车夫和那个面孔黝黑的人拉着缰绳,把马匹牵到一边去了;那个小庄稼汉跳到萨姆金跟前,卷起衬衣的破袖子,胳膊肘直转悠,就像一个转得没有劲了的陀螺似的。

"您要到哪儿去？您是什么官儿？"他怯生生地问道；炉匠抓住他的肩膀，像推小孩一般把他推开，当这个小庄稼佬整个身子栽倒在地上的工夫，他又朝他呵斥道：

"滚开，伊万！"

他这四个字好像说得很费力气。他的脸上净是麻子，粗糙得跟一块大石头似的；一对浅蓝色的眼珠在拔过的眉毛下面怅惘地盯着人看个没完。他又开两条腿，站在那里，两个大拇指插进腰带里，挺着大肚子，上下颏直动弹，但却一声不吭，那一脸稀疏粗硬的大胡子令人讨厌地摆动着。萨姆金觉得这家伙并不知道该怎样对付他，而且也不能想象，他下一步要干什么。又走过来十多个庄稼汉，他们都横眉怒目，摆出一副严峻的面孔。

"您是村长吗？"萨姆金一面问，心里一面想：下次一定要带支手枪来。

"村长已经被捕了，"一个庄稼汉说道；炉匠瞪了他一眼，往脚底下吐了口痰，说：

"你胡说什么？我们的村长病倒了，正躺在城里。"

一个怀孕的村妇从他们身旁走过，摇晃着一条口袋，怪声怪气地说道：

"你们这些傻瓜，一有机会就高兴起来了……快把事情干完吧！"

"您找村长干什么？"炉匠问道。"您的身份证我也会看的。我认识字。我们有命令要检查所有过往行人的证件，"他一面说，一面显然在想着别的事情。"您是从地方自治局来的，是吗？"

"我是律师。"

"律师，"炉匠重复道，瞥了一眼那些庄稼汉。他们当中有个人阴阳怪气地说道：

"那就是说，您是替两方面办事的啰！"

"那好吧。您想吃煎鸡蛋饼吗？"炉匠又向庄稼汉们递眼色，几乎是喜滋滋地说道："老爷们是一定要吃煎鸡蛋饼的。"

他从衣袋里拉出来皮烟荷包和烟斗，装上烟叶，用手指使劲按按。萨姆金感到吃惊，便突然问道：

"你们想让我干什么呢？"

"我们？"炉匠故作惊诧地问。"我们能想什么呢？我们待在家里，听说有个人因为有事到我们这儿来，我们就出来看看。"

他皱着眉头，吸着烟斗，向萨姆金跟前凑凑，粗鲁地说：

"走！"

"上哪儿？"

"上那儿！"炉匠用烟斗指着左边的那片白柳，从那里传来拉风箱的呼呼声，铁锤的敲击声和嘎哑的吆喝声：

"拉呀，拉呀……"

车夫正坐在马掌架的横木上，抱着柱子，摆动着两腿，跟铁匠聊天。炉匠走到他跟前，命令道：

"到这儿来，科萨廖夫！"

他把他拽到五步来远的一边，他们在那里说了些什么，末了那个铁匠问道：

"你不说谎吗？你要发誓！"

还吓唬他说：

"喂，你要当心点儿！"

铁匠又气冲冲地工作起来；他好像中了魔似的，在铁砧和熊熊燃烧的火炉之间乱跑，那猛烈的动作就跟发了疯一般。

"拉呀，打呀，加煤呀！"他声嘶力竭地叫喊着，在几个角落里乱窜。一个蓬头垢面的、看不出年龄的女人坐在那里拉风箱，那动作就跟祷告似的，她的脸给烟熏得不成样子。

"加把劲儿，瓦霞，不要叫这位老爷尽等！"炉匠说完，离开打铁间。

"这工人真暴躁，是吧？"科萨廖夫走到萨姆金跟前问道。"直到现在他还害着肺痨哪，若是从前，你就别想挨近他，他老是那么蛮干！

那个女人是他的妹妹,生下来就是个傻子。"

他絮絮叨叨地说个没完,忽然从怀里掏出一块黑面包,吹了吹,摸摸它的硬皮儿,又心痛地藏了起来,说道:

"老爷,现在傻子显然多起来了,周围每个村子里都有两三个傻子。一些人说这是因为生活太贫困,另一些人认为傻子多是幸福的征兆。"

"喂,科萨廖夫,帮帮忙!"铁匠喊道。

风追逐着春天的云霞,使云片聚拢在太阳的周围,呈现出很可爱的纷披样子,活像十八世纪达官贵人戴的假发。庄稼汉和村妇们肩上扛着口袋像小偷儿似的在街上奔跑,孩子们如同从匣子里倾倒出来的棋子,在街上滚来滚去。一个秃顶的、下巴颏上留着一缕山羊胡的老头儿走过萨姆金面前,说道:

"真像是鬼使神差……"

七

萨姆金离开打铁间很远以后,责问自己:怕不怕这些庄稼人?看样子他是不怕的,可是却觉得面对炉匠这种公开的敌意他是束手无策和有些屈辱的。

"他们这样对我是理所当然的,因为我是一个见证人,看见他们怎样砸碎门锁和抢粮的。"

他在懒洋洋地思索:《刑法》中哪一条可以惩罚这种"聚众闹事"的罪行呢?他没有找到这样的条文,也就不愿再去想它了,脑海里又出现了另一个念头:

"这个炉匠在本性上也和那些搬运工、哥萨克人一样,当然也是无政府主义者……"

"搞好啦!"科萨廖夫高兴地嚷道,然后又起劲地夸赞起铁匠来:"这车轴比新的还结实哩;真是好手艺呀!"

铁匠接过钱,在手心上掂一掂,气鼓鼓地向萨姆金提出要求:

"再给添瓶酒钱吧!哦,这才像样哩,走吧,科萨廖夫!"

两匹马轻快地跑起来,街上已经沉静下来。男女村民们聚在街上,用白眼目送着马车,默默无语、怏怏不乐地向科萨廖夫点点头。而他却挥舞着马鞭,兴高采烈地喊着熟人的名字,吆喝着马匹:

"驾,我的小鸟儿!"

刚一出村,他就回过头来,对萨姆金说:

"真是一帮无赖!"

这话很出乎意料,以致萨姆金过了一会儿才问道:

"为什么呀?"

"是的,就是这样,"科萨廖夫愤然说道。"竟然偷粮食,还有这种规矩吗?没有的,老爷,我不赞成这种大胆妄为的行动。当然,人是要吃饭的,而且也该下种了。喂,那些当官儿的反正是了解一些情况的。难道他们真不了解吗?"

他向着远方,向着苍茫的暮霭挥舞着马鞭,兴冲冲地说下去:

"倘若您向上报告这桩抢粮案的话,那其中的罪魁祸首就是炉匠。其次是那个穿红衬衣的米什卡·瓦维洛夫,还有那个铁匠。再就是莫谢耶夫兄弟……您应当把他们的名字写下来,记住。您说,是吗?"

"住嘴吧!"萨姆金声色俱厉地说。"这不关我的事。"

他很恼火,但却找不到特别有分量的字眼,把这车夫狠狠地损一顿。

"对自己的人告密,你不害羞吗?"

"可我不是这里的人呀……"

"反正一样,这很卑鄙。"

"这当然很不好啦!"科萨廖夫同意道。"可是这难道不是事实吗?"

"我很吃惊,"萨姆金说下去,可是车夫却打断他的话:

"怎么能不吃惊呢!当我看见他们的所作所为时,我简直吓坏了。"

"别说啦！"萨姆金嚷道。

"随您的便吧！"科萨廖夫说完,长叹一声,在车夫座上坐得稳当些,挥起鞭子抽了一下马的屁股,怨声怨气地补充道："老爷,您亲眼看见了,我在这里是个局外人。可是,可是,看那些凶狠的家伙！"他叫嚷道,然后沉默了一刹那,又告诉萨姆金说："今夜要下小雨,"他说完,像乌龟似的把头缩到脖子里。

"人民,"萨姆金气愤地想,"就知道造反！"他心里讥笑说,但他不愿意只去想这样几个字眼儿,可是愤怒和嘲笑只像地平线上的电光一样,一忽闪就消逝了。在那里,在东方的天际,一片深沉的乌云升了起来,云影遮住了灰蒙蒙的大道；当马匹驰过孤寂的树木的工夫,仿佛从光秃秃的枝条上刮起了一股灰暗的尘埃。这寒冷黄昏时的沉沉暮色给萨姆金带来了无限的惆怅和伤感。他可怜自己,因为他这个人本来是不希望看到和听到不愉快和不理解的事情的,然而事与愿违,却偏偏让他看见这样的事情。这些田庄,这些庄稼人,以及所有那些引起他无穷无尽、徒劳无益的思虑的东西,与他又有什么相干呢？而且在这种思虑之中很容易迷失内心自由的意识,丧失依据自己的意志生活的权利,失掉自己的个性、独特性,就会用别人思维的影子来思考问题。他干吗非要充当一位明公,什么都要知道,什么话都会说呢？干吗非要当一架爱奥尔风神的竖琴[①],这究竟是为了谁呢？

然而他想到这里猛然意识到,正是别人的思想使他陷入了这种矛盾,于是他当即提醒自己：抛头露面,使自己显得像个大人物,这是一种自然而然的欲望,倘若没有这种欲望,生活就会失去意义。

"我把自己当成他人意志的工具了。"他恍然大悟。

[①] 希腊神话中风神爱奥尔之琴,随风作响。

八

马车跑到一个小火车站上,科萨廖夫接了车钱,就很快地冒着几乎无声的蒙蒙细雨,把马赶到黑暗中什么地方去了。十分钟以后,萨姆金来到一间空荡无人的二等车单间里,脱去外衣,望着窗外,看见一道道凶恶的闪电,穿过阴湿的黑暗投射过来,刹那间照亮了黑蒙蒙的树丛和恍若大棺材盖似的农家屋顶。一座工厂的围墙忽闪而过,它的几十扇通红的窗户好像龇着牙的大口,使人觉得,正是从那里发出来的咬牙切齿声混进了这火车的轰鸣。

萨姆金躺下了,但是因为疲乏过度却不能入睡,过了两站,单间里吵吵嚷嚷地走进来一个彪形大汉,他吩咐列车员点上灯,瞅了萨姆金一眼,大声喊道:

"啊哈,还是您哪!从哪儿来?到哪儿去呀?不认识我了吗?伊波利特·斯特拉托诺夫。"

他脱衣的工夫车厢都摇动了;随后便同克里姆攀谈起来,那副神气就像要跟人吵架似的:

"您听说了吗?有个傻瓜在大街上,朝窗子里向波贝多诺斯采夫开枪,您说他这不是混蛋吗!您同意他这种做法吗,啊?"

他喝醉了;他弯腰脱鞋的工夫,差一点儿把头顶在萨姆金的腰上。克里姆坐起来,移到门口的角落里。

"真是些无知的乡下佬!"斯特拉托诺夫抱怨道。

从前他穿上大学生制服很像一位军官,可能是因为学生制服有碍他身材的发育,现在也穿上"民服"了。斯特拉托诺夫的整个体形都异常地扩大了,个子更高了,肩膀更宽,腰也更粗了,胡子拉碴的面孔显得更圆了,就连眼睛和嘴也仿佛大了起来。他的体形和声音,他那马戏团大力士般的笨拙动作,都使萨姆金感到慑服,他简直不相信这家伙曾经是个大学生。

"这帮混蛋们,他们已经失败过一次了,"他一面说,一面打开那个镶着皮边的提篮锁。"若不是那个倒霉的三月一日事件①,我们现在已经在欧洲居统治地位了……"

他说话的口气并不凶,好像他虽然很生气,但清楚地知道该怎样纠正别人的错误,并准备立刻这样做似的。他穿一件骑手穿的条子睡衣,一条颜色特别的肥大裤子;他从篮子里拽出一个纸包,低下满脑袋鬈发的头,向萨姆金说道:

"来吧,咱们为了睡得香甜些,吃点东西。我不吃东西,简直睡不着,这是一种习惯。您听我说,我曾经跟一个商人的太太,一个三十来岁的寡妇过了四夜,您可以想象那是什么滋味!即使是这样,在夜里,在甜蜜的爱情中,我有时也得吃点东西。我说:'请原谅,玛舍尔②……'"

萨姆金正好很饿,觉得吃东西总比跟这个半醉半醒的人唠叨要好一些。斯特拉托诺夫从一个黑瓶子里往一只银杯中倒了一种气味浓烈的酒。

"喝吧,非常有味道!"

克里姆喝了一口,呛得直咧嘴,气冲冲地唏嘘着。

"怎么,难道是毒药吗?我那位太太认识一个卖酒的老头儿,我告诉您,他的名字叫缅捷列叶夫!……来,吃块鹅肉吧……"

车窗忽然不溯雨了,月亮像一个金色的小球滚入了天空。车站和工厂的灯火显得更微弱了,更苍白了,车窗玻璃上仿佛撒满了点点的水银珠。一片片村舍有如一艘艘荡漾在河面上的小帆船,从大地上飘忽而过。

"马克·吐温,您喜欢吗?还有杰罗姆③呢?是的,谁也不能像他俩那样,可以引起人们那么多健康的笑声。"斯特拉托诺夫津津有味地

---

① 指一八八一年三月一日俄国民意党人刺杀沙皇亚历山大二世事件。
② 法语译音,意思是"我亲爱的"。
③ 杰罗姆(1859—1927),英国幽默作家。

吃着,说道。末了用餐巾擦擦手,伤心地长叹一声,说道:

"人家有马克·吐温,咱们有契诃夫。最近有人向我推荐说:请您读一读《普里希别叶夫中士》①吧,真好笑。我读过了,根本没什么好笑的,倒是非常叫人伤心。我简直不明白,作者对那位就因热爱秩序而被人嘲笑的人,究竟采取什么态度呢?来来,我们再干一杯!"

斯特拉托诺夫像喝柠檬水似的,毫无惧色地喝着这"毒液"。他喝完酒,把吃剩下的食物收拾到提篮里,继续说道:

"总而言之,在俄国,除了那些社会主义者之外,再没什么可笑的了。我们编的滑稽故事都很蠢:不是个波兰人,就是个犹太人,从大街上朝东正教最高会议执事长的窗户开枪,反正就是这一套。而且那把小手枪,可能也不怎么顶用。"

说了几分钟,他就躺在沙发床上不作声了;他胸脯上的毯子一起一落地波动着,仿佛窗外的大地在浮动。窗户里一会儿出现一片树顶,一会儿出现一些树干;要么就是挥舞着枝条从窗户里飘摇而过。萨姆金打量着斯特拉托诺夫翘起的大鼻子和龇着的牙齿,想象着他自己在塔拉索夫卡村一群庄稼汉面前的情景。若是那个炉匠遇到这样一位老爷,他肯定会吃点苦头的……

克里姆本来认为斯特拉托诺夫既愚蠢又自负,但是他现在却忽然想找些优点来为这个人粉饰一番了;过了一会儿他就发现这家伙具有瓦拉甫卡那样充沛的精力,科兹洛夫那样的民族感情和米特罗方诺夫那样的乐观主义,终于觉得他是一个很有感染力的人物。

"或许俄罗斯正需要这样的人物吧。"

他想起米特罗方诺夫就学生造反所说的一些令人欣慰的话:

"这没什么关系,不过是皮肤上的刺痒而已,而我们的内脏是健康的。就比如荞麦粥吧:当你煮它的时候,也就是开锅的时候,那些瘪的粒儿就会浮到上面来,并且形成一层香喷喷的硬皮,又酥又脆。是这

---

① 契诃夫一八八五年写的幽默作品。

样吧？可是要知道我们吃饱肚子的不是硬皮,而是那粥……"

萨姆金入睡之前心里想:

"是的,俄罗斯需要健康的人,乐观主义者,而不是赫尔岑所说的那些'患肝胆病的人'①。谢德林和乌斯宾斯基,就是他俩,在损害知识分子的气质方面比谁都厉害。"

但是第二天早晨,斯特拉托诺夫使克里姆失望了;他头一个醒来,就把克里姆吵醒了,并且请他喝咖啡。

"我有一个暖水瓶,列车员马上会拿杯子来的,"他一面说,一面爱惜地穿起一条浅色的新裤子。克里姆问他:

"您似乎再也没去普列伊斯家了吧?"

"不,我常去,"斯特拉托诺夫待理不理地说。"不过,您知道,他那里很无聊,再说,我们之间有个规矩——'不从恶人的计谋'②,这是对的!但是,再进一步我就不能同意他们了。路有两条:要么站在罪恶的道路上,阻止他们通过,要么和他们同流合污。您瞧,那个普列伊斯,可真是个聪明人,"他耸耸鼻子,继续说下去。"是个学识渊博的聪明人,不过追随他的那帮家伙,可都是些空谈家,一群草包。"

他用餐巾仔细地擦着杯子,兴致勃勃地说下去:

"亲爱的朋友,历史给我们提出一项任务:推进到太平洋沿岸,先经过满洲,然后毫无疑问还要通过波斯湾。是的,是的,您不要笑嘛!这两项都是必要的,就跟必须打通黑海是一样的。而且必须加紧完成,因为……"

车厢猛一震动,斯特拉托诺夫的咖啡从暖水瓶里晃了出来,洒在他的膝盖上,弄脏了他那浅灰色的新裤子,他用数学一般精确的字眼清清楚楚地骂了几句。

"真倒霉,"他懊丧地叹口气,使劲用手帕去擦裤子上的棕色的污

---

① 赫尔岑在一篇题为《多余的人和肝胆病患者》的杂文里,称十九世纪六十年代的革命者为"肝胆病患者"。
② 出自《圣经·诗篇》第一篇第一节。

点。把杯子里的咖啡都倒进痰盂里,把暖瓶也放进了篮子,根本忘记请萨姆金喝咖啡这码事了。

"可是,革命呢?"克里姆问道。

斯特拉托诺夫脱下裤子,怨声怨气地说:

"咳,那是什么革命啊!不过是小孩子放手枪罢了。"

"不管是不是小孩子,反正他们组织了两个党,而你们那种观点的人……"

斯特拉托诺夫把裤子翻过来,仔细地叠好,又从行李架上取下来一个沉重的皮箱,然后鼓起腮帮子,气呼呼地瞅着萨姆金,伸出一只手,手心向上,对着手心使劲吹了一口气,说道:

"这就是你们的党!你们的党就是尘土!"

他从皮箱里取出另一条裤子,仔细地翻看着,嘟嘟哝哝地说道:

"俄罗斯已经走上世界政治的道路,而您还在谈论手枪。真可笑……"

萨姆金不作声了。斯特拉托诺夫这种愚蠢的举动和为裤子而伤心的表情,在萨姆金的眼睛里大大降低了他自己的威望。

萨姆金要下车了,他和斯特拉托诺夫淡漠地告别;当他坐上马车之后,心里又在轻蔑地说:

"真是一头公牛,一个白痴。在攻击那些为了达到目的,宁肯牺牲自由和性命的人这方面,你究竟能起什么作用啊?"

这个十分明确的想法使萨姆金很难为情;这种突如其来的思绪使他不得不加以抵制。

"诚然,我绝对不是希望这种公牛取胜,"他思索一下,便下决心把这次不愉快的相逢从记忆中抹掉,有如他从前把许多不曾在他的忆念的容器里找到适当位置的东西抹掉一样。

第十七章

一

　　萨姆金看到,"公众运动"日益发展;人们似乎都在准备一次大检阅,期待着马上就会有人发出响亮的号召,要他们到红场上去,站在英雄米宁和波热尔斯基青铜像①前面,聆听宣诏台②上发出的威严召唤和责问:你们的信条是什么? 争论日趋激烈,而且越发频繁地提出这样的问题:

　　"您的见解如何?"

　　古萨罗夫剃掉了下巴颏上的大胡子,只留下唇边的两撇怒气冲冲的小黑胡,那模样好似一个亚美尼亚人。他脱去浆硬的衬衣,换上一件呢子的斜领衫,一双皮靴高到膝盖,礼帽换成了制帽,使自己变得很显眼,让人老远就能认出来。他不再宣扬党派联合的必要了,他现在称社会民主党人为"灰白派",称社会革命党人为"灰色派"③,并且为自己的这种臆想而自豪,他说:

---

① 米宁(1616年卒)和波热尔斯基(1578? —1642?),都是俄国历史上的爱国者,反对异族入侵的英雄。一八一八年在莫斯科红场克里姆林宫对面曾为二人建造青铜雕像,一九三〇年移往它处。
② 宣诏台即位于莫斯科红场上的一个用怪石砌成的高台。
③ 这是俄国第一次革命前夕这两个政党的代表人物最流行的代号。

"灰白派应当以实际行动来做宣传了;要在工厂里搞恐怖,要痛打厂主、经理和工头。如果灰白派这样干,那灰色派就完蛋了!"

"净胡说,"柳芭莎批评他道。"他说他跟工人有广泛的交往,但又不肯把这转告任何人。现在许多人夸耀和工人有交往,但这很像猎人的故事。不过祖巴叶夫倒是满有理由夸耀一番的……"

柳芭莎的心事似乎越来越沉重了,话也越发粗鲁了。她瘦了许多,常常一句话没说完就气得结巴起来。有一回竟然当着瓦尔瓦拉的面,声色俱厉地怒责萨姆金道:

"克里姆,说真的,你可太愚蠢啦!你说话老是稀里糊涂,我一点儿也不明白!"

"你有个坏习惯,就是把什么东西都看得太简单,"克里姆说出了脑海里出现的第一句话。

柳芭莎常常收到库图佐夫寄来的长信;萨姆金把这些信称作"使徒传道书"。索莫娃收到这些信的时候,总感到像是过生日那样高兴,而且大家也都看得出,这些密密麻麻地写满清秀的小字的薄纸片,正是这位姑娘生活中最宝贵和最喜欢的东西。萨姆金很难相信这位库图佐夫,他的手那么笨重,竟能写出一行行如此小而精细的字体来。

"世界正害着重病,而且很清楚,自由派的人道主义甜药水是医治不了它的,"库图佐夫写道。"需要给它做外科手术,必须把成熟的脓包割开,把恶性的肿瘤切除。"

"对的,"阿列克谢·戈金眯缝着眼睛,用小指甲搔搔眉毛,同意道。"以前他就写得很棒……写的什么啦?啊,是讲锥子和布袋,是吗?"

柳芭莎非常自豪地凭着她的记忆引述道:

"'不论民粹派多么巧妙地缝制他们那些华丽言词的口袋,里面终究藏不住阶级的锥子。'"

"斯切潘的脑袋真好使!"戈金夸赞说。可是他的妹妹却摇头反驳道:

"我可不欣赏这种人。那种一看便知,从头到脚暴露在你眼前的人,真没有意思。人应当尽可能地隐含一切,还要再加点什么。"

大家都不理睬她这句俏皮话,只有柳芭莎跟她搭上一句:

"塔涅奇卡,你这是从颓废派那里偷来的吧?"

塔吉雅娜反驳说:

"颓废派也是革命的呀!"

萨姆金听完大家的意见之后,找了个话茬儿,说道:

"库图佐夫这样的人对我们是很需要的,因为这种人固守着一种狭隘的观念,尽管他们由于这种观念的限制而性格有些乖僻,由于自己的信仰而变得恍惚迷离……"

"为什么要这样呢?"塔吉雅娜待信不信地瞅了他一眼,问道。

"这是为了使我们摆脱形形色色多余的人物,跟那些喜欢在语言上搞浪漫主义的人决裂,使我们放弃对于各种异端和时髦的追求,不再去糟蹋我们的智慧……"

萨姆金已经养成一种说话不带特殊语调的风度,他说起话来就跟背诵一本严肃的书似的,并且相信这种风度会使他说的话更庄重,能很好地掩饰他那语言的暧昧。但是他不再沉思默想,而是更注重"事实"了。他也高声地读了他哥哥的几封来信,这些信的情调一向是忧郁的:

"这里的人们仍然过着果戈理时代的那种生活;似乎有百分之九十五的居民都是'死魂灵',而且死的那样可怕,你简直都认为他们没有复活的希望……","中学里开了军事训练课,由地方驻军的军官任教,你可以想象,会有许多中学生被这种有害的游戏所迷惑。不久前有一名军官被告发带领孩子们去逛妓院。"

伊万·德罗诺夫曾经给萨姆金来过一封信,要他在莫斯科的报馆里给他找个工作。萨姆金就跟他通起信来,于是德罗诺夫也告诉了他大量的事实:

"一个从西伯利亚回来的大学生曾经在这里向一些女中学生傻里傻气地献殷勤:他把屋子里的灯火熄灭,让水从洗脸盆里一滴一滴地漏到铜盘中,他在黑暗里,在有规律的滴水声中,向姑娘们朗诵色情的和神秘的小诗,使姑娘们中了魔,而且最近发现,有一个十四岁的女孩竟怀了孕。"

伊万·德罗诺夫知道的这类事情多如牛毛。他告诉萨姆金哪个大学生请求恢复他的大学学籍,谁由于什么缘故喝醉了酒;他知道人们干的各种各样卑鄙下流的勾当,并且欣然以自己的"生活知识"去丰富萨姆金的头脑。克里姆向客人们讲述了他外出旅行的印象,并且满意地看到人们听了他的讲述,都忧伤地沉默起来。其实这是他对人们的一个小小的报复,因为他们都不是他所希望的那种人。他好像有先见之明似的早就说过,他知道他所说的事情是千篇一律地阴郁沉闷,可是他却在酝酿着写一部生活特写集《在两个世纪的交替时期》。

"我打算表现在各种大动乱时代的前夕,各种各样的'基础'和'传统'崩溃的过程。"他操着社会学者的冷漠腔调说。

然而,总的说来他对自己在人们当中所处的地位是满意的,他在一定的环境中已经能够周旋自如了;而且,他觉得他非常熟悉那些各式各样的"语言体系",相信在他的生活中不会遇到另一个迫使他在人前出丑的包里斯·瓦拉甫卡了。

二

瓦尔瓦拉的朋友圈子在萨姆金的不知不觉中日益扩大,显出她对"新人"的殷切渴望。一些青年男女在她身边周旋,他们这些人要么对"政治""原则"和"传统"漠不关心,要么就是像老年人似的谈起这些东西来,便挖苦和怀疑一通。这些青年使萨姆金想起了他早已忘却的谢拉菲玛·涅哈叶娃所说的有关爱与死,有关宇宙,有关魏伦和易卜生戏剧的话,他们认为埃德加·坡[①]和陀思妥耶夫斯基是一路货,大肆

---

① 埃德加·坡(1809—1849),美国浪漫主义作家和诗人。

宣扬汉姆生的《牧神》①,认定他们可以自由地响应一切希望的召唤,任凭各种感情的戏弄。萨姆金也很喜欢去挑唆个人主义者与社会主义者的争斗,小心谨慎地强调指出他们之间的矛盾是不可调和的。

他发现瓦尔瓦拉特别厚待尼方特·库莫夫这个身材高大的青年,尽管他长了个大后脑勺儿,很难看,脸又窄,鼻子又大,生了满脸毛茸茸的黑胡子。从远处看,库莫夫那修长的身材好像很傲慢,显得有点儿滑稽;他的脸仰得高高的,真可笑,但是走近以后就明白了,他所以"翘鼻子",不过是因为他的大后脑勺儿太沉重。库莫夫为人谦虚,腼腆,说话粗声粗气,略微有点含糊不清,而且说话时总爱站着,即使说一半句话,也要从椅子上站起来,活像一名小学生。一对灰不溜丢的眼睛在他黝黑的脸上炯炯放光,显得又温柔,又圆溜,跟小鸟的眼睛一般。

他是乌法市的一位牲畜商人的儿子,读过中学,在要升入七年级的工夫被捕了,坐了几个月的牢,他父亲在这期间也去世了。库莫夫在警察的监视下在乌法住了一些时候,末了被他的继母从家里赶了出去,打那以后就在俄罗斯到处流浪,他到过乌拉尔、高加索,曾经和正教仪式反对派混在一起,想跟他们一道移居加拿大,但在克里特岛上生了病,结果又被送回敖德萨来了。他从南方步行来到莫斯科,并在这里定居下来,下决心"学点儿东西"。

在这个文静的青年身上,萨姆金发现了一些可喜的素质,所以他让他当了自己的文牍,于是库莫夫每天就在紧挨厕所的一个小小房间里唰唰地抄写起来,到了晚间就神秘而又悄悄地说道:

"必须区分什么是精神!"他把一只纤细无力的手举到头上,"什么是灵魂!"他把那只手轻轻地垂下,放到膝盖上。"您记得吧,耶稣说过:'我将我的精神奉献给你,'他说的可不是灵魂。末了又说:'精神是不灭的。'精神是不受实践理性诱惑的,但是灵魂却要受诱惑。因

---

① 汉姆生(1859—1952),挪威作家。他于一八九四年写的《牧神》标榜极端个人主义。

此,在我看来,我们的一切教派都不是以精神为寄托,而是以灵魂为寄托。那些正教仪式反对派也是一样:他们把精神局限在灵魂之中。民众所寄托的根本不是精神,这样来看他们,也是不对的。民众是灵魂的力量,是理性和实践的力量,是最残酷的力量,并且完全渊源于土地的利害关系。精神则是知识分子的寄托,因为他们算是非实践阶层。在库班,那些安息会教徒们唱道:'我们在寻找锡安山圣城①,在那里可以治愈我们的灵魂,'而他们自己却是富有而贪婪的。那些正教仪式反对者也一样:他们似乎在为精神和自由而奋斗,可是哪儿舒服,他们就往哪儿跑。知识分子则不然,他们是哪儿糟糕和困难,就往哪儿去。"

萨姆金笑呵呵地听着,觉得和库莫夫争论是没有必要的。因为他已经尝试过了,感到毫无益处。库莫夫听完萨姆金的论据之后,仍然继续陈述自己的意见,好像不可动摇地确信他的真理是惟一的真理。他不生气,也不抱怨,不过他有时陶醉于自己的话语之中,不知怎么的,说起话来慌慌张张,完全迷离恍惚了。他站起来,用一只手指着窗外,又惊又喜地说:

"躯体和血肉。有灵魂而没有精神,如此而已!您晓得波果米尔派②的教义吗?他们认为,上帝造形体,撒旦给予灵魂。太对啦!所以说民众是没有精神的,精神是由上帝选的人创造的。"

"怎么,你喜欢这种说教吗?"萨姆金问妻子道,因为他看见妻子那样聚精会神地听库莫夫唠叨,感到吃惊和好笑。

"他挺可爱,"瓦尔瓦拉含含糊糊地回答。"而且那么天真。"

吉奥米多夫偶尔也来这里,他的造访似乎有个周期,仿佛是在绕着一个大圆圈缓缓地运行,在圆圈的某一点上遇到了萨姆金家。他使人觉得好像他的光临给主人带来多大荣耀似的。

"喂,诸位别来无恙啊?"他彬彬有礼地问。"你们还在使劲把所

---

① 锡安山圣城即耶路撒冷。
② 波果米尔派是公元十世纪在保加利亚出现的基督教的一派。

有的人往一个角落里赶吗?"

他带着揶揄的惋惜神情粲然一笑,显出高傲自大的神气;他迈着方步,挺着胸脯,俨然一名士兵;他又留起长发,并且垂到了肩膀上,不过现在只是头发尖上有点卷曲,其余就像农家织的粗布,从腮帮和下巴颏上沉甸甸地直垂下来。在他那双目空一切的眸子里凝聚着一种骄矜的神情,显得不太清澈。

那个无事不晓的柳芭莎告诉他,吉奥米多夫从小商贩、小店员和工匠中招了一大批门徒,有不少妇人和小姑娘,有裁缝和厨娘,连警察都对吉奥米多夫的宣传颇有好感。她自己对吉奥米多夫的态度,几乎是深恶痛绝的,而他对她则报以轻蔑的冷笑。

"这是要我读你们的书吗?"他问。"对我来说,它们写得太浅薄了。"

但是他很少和她争辩,他的态度往往是:目不转睛地盯着她的脸,一只脚在地板上擦得沙沙响,好像要蹭掉什么似的。

有一回阿列克谢·戈金当着他的面对库莫夫说,知识分子面前有两条出路:要么服服帖帖地为资本家效劳,要么同工人阶级彻底结合在一起。吉奥米多夫听了,声色俱厉地说道:

"这是谬误,因为人们的面前只有一条路,就是由自我通往上帝之路,其余一切,对他们来说都不是路,而是迷魂阵。"

瓦尔瓦拉的朋友们都为之哗然,纷纷称赞吉奥米多夫的聪明,而萨姆金却认为,在这位从前的道具管理员和库莫夫之间有某种亲缘关系,因此他就挑唆他们争论。可是他错了:库莫夫没有和他争论,而是慢条斯理地陈述了他那套灵魂与精神不可调和的理论,末了就一声不吭地、耐心地倾听吉奥米多夫慷慨激昂的喊叫:

"这是错的,是臆造!不存在任何精神,有的只是灵魂。'我的灵魂,我的灵魂,为何你要昏昏沉睡?难道你不知末日就快来临?'所以,应当明白,人类末日的来临是因为生活太狭窄。而你们,青年人,崇拜知识分子,那是徒劳无益的,你瞧,他们开始把人们拉进一个党内,想建立一种新的军队。"

吉奥米多夫没有跟任何人告辞,就怒气冲冲地扬长而去;柳芭莎也气得鼓鼓的,她质问库莫夫为何一言不发,不反驳吉奥米多夫呢?

"我不愿跟这种人争论,"库莫夫愧疚地说完,站起来,然后又坐下,思忖一会儿,又笑呵呵地站起来,说道:"我不会和这种人争论的。你们知道,这种人……是很可笑的。他们满腔仇恨,是想报仇的……"

"哟,亲爱的,您似乎是在说梦话吧!"索莫娃朝他挥了挥手,说道。

"不,我敢向您担保,就是这样,这是真话!"库莫夫更加兴奋起来,并且脸上仍流露着歉意的微笑,说道。"这种人我见得多了;我认识一位正教仪式反对者,他是个好人,可是他的靴子太紧了,您晓得吧,他一穿上这双靴子,就对所有的人发脾气。您不要笑嘛! 这很……简直可怕,就因为这双该死的破靴子,这个人就要仇恨一切……"

萨姆金也大笑起来,但他的妻子却不耐烦地对他说:

"不要笑嘛,请……"

"真的,"库莫夫双手撑着椅背,继续说。"我的一位朋友是从伊丽莎白格勒骑兵学校开小差的学员,也是这样,您知道……不知是什么咬了他的脖子,脖子就肿了起来,结果他对我的态度变得真是可怕极了,可我们曾经是好朋友哩。这就是因为自己而向别人报复,比如因为腮帮上长了胡子呀,或者因为干了什么蠢事啦,总而言之,是因为自己,因为自己的某种缺陷;这是很普遍的,我可以向您担保!"

"那您认为吉奥米多夫是为了什么而进行报复呢?"克里姆非常严肃地问道。

"可我并不了解他,不过从他说的话里我听出来,他肯定是这种人。"库莫夫答道,又坐下了。

萨姆金对这位文牍通常是"敬而远之",只偶尔客客气气地跟他谈一两句话;库莫夫老是心不在焉,总之是个很不称职的办事员。萨姆金担心这家伙一旦发现他的主任律师对他的态度很开明之后,会工作得更糟糕。他认为库莫夫目光短浅,脑子里塞满了理智不能控制的纷乱如麻的思绪。但是他关于报复的这段话却使萨姆金既不高兴,又大为吃惊,他认为文牍决不是如他所想象的那样天真,于是他开始更仔细地,然而又是怨恨地去观察他了。

三

一天晚上,萨姆金在同妻子散步的时候,遇上了马卡罗夫,并邀请他到家里饮茶。马卡罗夫的白发更多,两鬓几乎全白了,头上的黑鬈发颜色褪得更厉害了。这使他那双色的头发显得更自然,那双淡褐色的眼睛变得更加温柔,更像若有所思的样子了,虽然看上去并不显得老,可是却流露着一种悲郁的神情。他依然故我,还老爱谈论拒绝生儿育女的法兰西女人,谈论德国的 Zweikindersystem① 和德国社会民主党中的新马尔萨斯主义;他认为所有这些都表明,在高度技术文明的国家里,做母亲的本能正在消失。

"女人不愿意为公事房和机器生孩子。"

他讲这话时丝毫不动声色,仿佛只是在向萨姆金报告他观察的结果。克里姆跟他开玩笑道:

"妇科医生在担心自己的营生不振了吧?"

"不,你应当严肃地来看待这个问题,"马卡罗夫又说起来,但他没有把话说完,就划了根火柴,等到火柴刚刚燃烧起来,又把它吹灭,小心地对着火柴棍的余烬抽起烟来。

"这守旧劲儿,真像个庄稼佬,"萨姆金心里说。

"实际上,"马卡罗夫说下去,"一个经济上有保障的阶级,甚至或许是发号施令的阶级,是不愿意生孩子的,可是他们又为什么要掌权呢?工人们拒绝生育,是为了不挨饿,可是,这些人究竟是为了什么呢?这不是我的想法,而是图罗博叶夫的……"

---

① 德语,意为"两子女制",这在十九世纪末二十世纪初的德国资产阶级和小资产阶级中颇为流行。

萨姆金嘻嘻笑道：

"原来如此！他现在干什么？"

"他呀？他谁都厌恶。在我看来，他完全被一种厌恶感给缠住，变得麻木不仁了。"

马卡罗夫瞧了瓦尔瓦拉一眼，沉默了片刻，然后非常心平气和地说：

"莉吉雅·季莫菲叶夫娜不知为什么，有一次生了他的气，质问他：'你干吗不自杀？'他答道：'我不想叫人把我登到《交易所公报》上。'"

萨姆金追问起莉吉雅的事来。一直坐在那里、一声不吭的瓦尔瓦拉此刻站起来，扬长而去，像是示威似的。马卡罗夫索然无味地谈论着莉吉雅，没有告诉萨姆金一件新鲜事，就跟他分手了。

"明天我要回彼得堡了，开春我也许就迁到喀山去，或者迁到托木斯克去，"他说完就走了，给人留下一种萎靡不振和孤苦伶仃的印象。

"你干吗要走开？"萨姆金问妻子。

"我讨厌马卡罗夫！"她气冲冲地回答。"瞧他那副主意笃定的阉人架势。"

"哦！"萨姆金讥诮地叫了一声，而她却一面往自己杯子里倒茶，一面说下去：

"我虽说不相信有他这种相貌和身材的人……会由于某种哲学见解，而不是简单地因为怕做父亲而与女人绝缘……还有，他老是对女人不生育感到惋惜……"

"你忘记了，"萨姆金面带笑容开口说道，但马上又不作声了。他妻子靠在椅背上，一双眼睛显得更加碧绿了。

"咦，忘记什么呢？"她问道，然后咬住嘴唇。"你是想提醒我那次堕胎吗？啊？"

"根本不是这个意思，"他断然说。"你怎么会这样想呢？"

"那你想说什么呀？"

"我是想说明，在富裕的阶级中，生育率确实在下降，而且这是一个很不好的迹象……"

他像个学究似的说下去，直到瓦尔瓦拉打断了他的话：

"那好吧，请原谅！这是我的看法。"

萨姆金心里说：他的道歉太敷衍了，这是大可不必的。他早就发现瓦尔瓦拉有些神经过敏，不过他并不想问她为什么，他只是处处留心不去惹她，而当他看见妻子情绪不佳的时候，他就躲开她，他认为这是避免发生种种不愉快的谈话和局面的最好办法。她香烟吸得越来越多了，但他很快就容忍了这一点，他甚至发现，香烟叼在瓦尔瓦拉嘴里还使她俊俏了一些，后来他自己也抽起香烟来了。总而言之，生活过得还算不坏，可是新年过后，不知怎么的，他那习惯了的家庭生活规律给一下子打破了。

四

人们早就在纷纷议论谢尔盖·祖巴托夫的为人了；开始的时候，只是轻蔑地、开玩笑似的谈谈而已，后来就认真起来，末了萨姆金发现那些密探在工人中工作得很出色，这使社会民主党人十分困厄，而民粹派却似乎有些高兴。苏斯洛夫的灯又一次照亮了阁楼的窗洞，他一面冷笑，一面耸着肩膀，说道：

"祖巴托夫主义是马克思主义者宣传的必然结果。"

柳芭莎谈到工人们多么轻易地参加了"共济会"，她一面说，一面气得呼呼直喘，狠狠地揪自己的辫子，显得忧心忡忡：

"倘若是纺织工人，那还情有可原，可是要知道，这回是五金工人上了这种当，你想想看！"

就连库图佐夫也不能安慰她，他最近给她来信说：

"这位化学家的试验很大胆，可结果却失败了，因为化学亲和力的定理，即使警察也是避免不了的。既然真有奇迹创造出来，而且那些宪兵、步兵和骑兵都站到被剥削者一边,去反对剥削者,那还有什么能比这更好呢?然而奇迹并不会出现在任何地方,而错误却到处都可能发生。"

"我真不明白,他怎么还能开这种玩笑呢?"柳芭莎伤心地感到迷惑不解。

阿列克谢·戈金也在设法开她的玩笑,但却不太成功,只能尽一尽他那快活者的义务罢了。他那位在星期日学校①里教书的妹妹,神经质地说道:

"在我的十七名学生当中,只有两个人晓得祖巴托夫是骗子。"

当大家听说在"农民解放"日②这一天,工人要去克里姆林宫,到解放者纪念碑前面集会的时候,都闷闷不乐地皱起了眉头。

但是工人们并没有在二月十九日这一天去集会,而是过了三天,在星期日去的。这一天天气晴和,差不多像三月的天气,不过还是变幻不定;阴湿的风在红场上吹拂,预示着暴风雪的来临,云霞从莫斯科河对岸迅速飘浮过来,低垂在克里姆林宫上空;教堂的钟声响起来。黑压压的、参差不齐的人群分成两股,向克里姆林宫墙,向斯巴斯基大门和尼古拉大门缓缓移动。工人们不慌不忙地行进,甚至有点儿懒洋洋的样子,既不喧闹,也不庄严。他们很少说话,而且声音很小,近乎喁喁低语,不像人们成群结队行进时通常要伴随着一片喧嚣。许多人患有伤风,咳嗽不止,加之千百双脚踏在雪地上发出的强烈的咯吱声,酷似一个奇特的大肺发出的哮喘和黏痰卡住喉咙的呼噜声。

克里姆·萨姆金和一群旁观者站在历史博物馆的台阶上。工人们川流不息地经过博物馆的两侧,犹豫不决地停留在克里姆林宫大门前,聚成一只拳头,塞进大门的石嘴里,几乎将它撑破。萨姆金聚精会神观察着闪过他面前的无数面孔,发现有三分之二的工人是上了年纪

---

① 星期日上课的成年人普通教育学校,通常由革命知识分子授课。
② 沙皇亚历山大二世于一八六一年二月十九日颁布农民"解放"令,翌年的这一天由祖巴托夫等人在"解放"者纪念碑前组织示威集会。

429

的,不少的人胡子都花白了,而青年却寥寥无几。那些上了年纪的人在行进中都沉默不语,或者小声地交谈,而那些年轻人却在他们里面横冲直撞,有说有笑,吵吵闹闹,放肆无礼地盯着站在博物馆旁边的衣冠整洁的旁观者。但是人声湮没在杂沓的脚步声中了。在制帽和鸭舌帽的洪流中,偶尔也闪过几个扎着围巾或头巾的脑袋,不过连这些女人也是默默无语的。其中有一个穿着男短大衣的女工,手拿一根木棍,她的屁股使劲扭摆,好像跟大家不一样,老想横着朝前走似的,真叫人不可理解。她的脸盘很大,红砖般的颜色;她的动作简直可怕,脖子不停地扭动,跟人群中许多别的人一样,瞪大眼睛盯着广场,仿佛头一次看到这些古老的城墙,鳞次栉比的店铺和五光十色的教堂,还有米宁和波热尔斯基的铜像。

酷似那位教堂助祭的干瘪憔悴的长脸和米特罗方诺夫那样呆板的圆脸,一再纠缠不休地闪过克里姆的眼前,不过前者比后者要少些,而且只有一个人使克里姆觉得像杜纳叶夫。

"这些人出来游行是抱着什么感情呢?"萨姆金在猜度。

他觉得其中的一些人,许许多多,也可能是大多数,都在瞧着他,瞧着他所在的那群旁观者,而且那目光也和站在他萨姆金周围的人瞧下面的他们一样,是鄙视、冷淡、嘲笑、放肆和快快不乐,总而言之完全是陌生人的目光。

"我们,"他想起了米特罗方诺夫在复活节之夜所说的这两个炽烈而又有分量的字眼。"阶级,"他心里想着,忽然记起来;不论是在农村,在那次庄稼汉们砸碎粮栈的大门锁的时候,还是那次在下诺夫戈罗德迎驾沙皇的时候,他都没有感觉到分裂派们关于国家阶级结构的说教竟是真理。

一个留着一圈小胡子的人使劲撞了一下克里姆,然后站在他的身旁;这人穿一件狐皮夹克,头戴滩羊皮帽,两手插兜,哆哩哆嗦地晃动着夹克的衣襟,活像要腾空飞跃似的,不停地倒腾着两只脚,末了大声问道:

"这是怎么回事呀？这该怎么理解呢？昨天罢工,今天又来忏悔,是这样吗?"

他的声音特别响亮,也和他的笑声一样,是奸险的:

"嘿,嘿,嘿!"

一个站在萨姆金身后高一些的地方的人,蛮有把握地答道:

"这是跟大学生们作对。大学生是造反,而这些工人……"

又出来一个声音,既微弱,又嘎哑,无精打采地说道:

"我认为允许这种行动,不会有什么好处。"

马上有两个人齐声说道:

"说得对!"

"为什么没有好处呢?"

"是的,您知道,"那个微弱的声音踌躇地答道。"既然在二十年后祭起了那个被刺身亡的沙皇,我们每个人都该到自己教区的教堂里,做一次祈祷喽,是吧?……"

"不错!应该等到三月一日,否则……"

"那些被解放的农民都快要饿死啦!……"

"对,对!"那个戴滩羊皮帽的人迫不及待地说。"否则就会全跑到大街上来,还会闯进克里姆林宫去,可那是收藏皇冠、王标和各种国宝的地方啊!……"

"这是谁想出来的呀?"一个人操着男低音,严厉地问道,但是没人回答。过了一会儿,他又像演戏似的怒吼起来,比谁的声音都大:"要把克里姆林宫变成牲口圈哩……"

"请您原谅!这话可不恰当,"一个人在萨姆金身后抱怨道。"我们现在看到的是一件表明人民要跟沙皇联合起来的大事……"

"不是跟沙皇,而是跟那个造得很糟糕的沙皇祖父的纪念像联合起来……"

于是马上有一个声音,流利地朗诵起一首被人忘却的打油诗:

> 有个荒唐的建筑家，
> 搞了个设计更荒唐：
> 把解放农奴的沙皇，
> 安放在滚球场地上。

旁观者群越来越大了；一位高个子法官，带着一副焦黄的面孔，站到萨姆金的前面，萨姆金认识的那位姓氏很特别——姓磁铁——的律师也来了。他跟那位法官打了个招呼，使用胳膊肘顶了一下萨姆金，末了问道：

"喂，您有何见教？"

萨姆金默默地耸耸肩膀，法官用发黄的眼睛瞧瞧他，说道：

"要工人相信政府和他们一道反对厂主，这可真是个奇怪的主意。"

"您可以在将来的起诉词中重复这些话，"律师劝道，随后便纵声大笑，致使工人群中有好几个人听见回过头来直看他，开头是一位灰白发的工人，后来又有两个年轻些的人也来到了旁观者群中。因此，旁观者群中的工人多起来了，他们离开自己的队伍，站到博物馆前面来，尽量深入到旁观者之中。萨姆金脑子里闪过一个念头：他们是想躲藏起来。但是他发现这种想法不对：工人们已经站在他的前面了，一种浓重的机油味从他们身上发出来。一些警察毫无必要地在广场上巡游，微风吹拂着他们的大衣襟，可以想象，在商亭的后面，在中国城的小胡同里还藏着不少的警察。一群人拥挤在宣诏台上，好像被塞进一只大木桶似的。在莫斯科救主的纪念碑旁，也挤满了看热闹的人群；科兹玛·米宁用一只铜臂向他们指着去克里姆林宫的方向，然而他们却站在那里，一动也不动。

而工人们仍在拥拥挤挤地朝前走，他们秩序混乱，但却不慌不忙；许多人弓着身子，许多人把手插在衣兜里，或者背在后面。这使萨姆金想起《田地》杂志上刊登的一幅画：上面是一个凶恶的太阳神，一群注定要给这凶神充当牺牲品的人被铁链拴着,正穿过迦太基人群向太阳神走去。

不过这回忆只在脑子里一闪就过去了,既不自然,也不近情理,因此,萨姆金继续在想:这些胡子拉碴的、头发给风吹得乱蓬蓬的、清一色的人群,同他所见过的其他许许多多的人比起来,有何区别呢?他已经认为,这群人跟别的人群一样,他们都是一路货色,而且民粹派说得对:没有领袖,没有英雄,这群人就是一堆没有灵魂的躯体。今天他们的领袖就是保安局的官吏谢尔盖·祖巴托夫。

"是阶级的意识吗?这里真地来过一个小孩吗?"

萨姆金想起了苏萨宁①和科米萨罗夫②,随后又想起了哈尔图林③。但所有这些思绪都好像走马灯似的闪过他的脑海,没有留下任何深刻和不安的印象,也没有触及他的心灵,何况旁观者群中的喧哗也妨碍他有条理地思忖呢。

"这些人并没有什么特殊之处,我不过是中了点儿马克思主义的毒,"萨姆金自我劝解道,眼睛不住地盯着工人们那沉重而混乱的脚步,看着他们在宫门口放慢步子,一窝蜂似的拥进克里姆林宫去。

"真像一群瞎子,倘若有人跌倒,他们会理也不理地踩过去,"他忽然想到,而且这个想法在他看来,比其余的一切想法都更近情理。他觉得,他内心仿佛有一股强烈的感情,正像体温一样在上升,虽然这种感情早已萌发,可他感觉却很微弱。如今它像一块脓疮似的正在扩散,痛得心如刀绞,而且他的思索一点儿也阻碍不了它的扩展。他完全意识到,不能让这种感情扎下根,更不能叫它穿起确切的语言的外

---

① 苏萨宁,俄罗斯农民英雄,他于一六一三年三月将占领军带入一个不能通行的密林里,因而被处死。
② 科米萨罗夫是一个帽商,他在一八六六年四月四日偶然来到御花园,碰了一下正要向亚历山大二世开枪的卡拉科佐夫的手臂,因而救了沙皇一命。这里,萨姆金将这二人作为对比。
③ 哈尔图林是俄国革命家,他于一八八〇年二月搞了一次冬宫爆炸,并谋刺了沙皇宠臣斯特列尔尼科夫。

衣,而是恰恰相反,应该设法使它泯灭,把它忘却。

有人在宫门口吼叫起来:

"帽子!喂,伙计们,脱帽呀!"

这口令使萨姆金想起两句诗,把这种事吹得天花乱坠:

> 在神圣的克里姆林宫大门口,
> 有哪个恶棍竟敢不脱帽!①

一个身穿黑皮袄、敞着怀的小老头儿,摇着帽子,从工人群里跑了出来,高兴地说道:

"有个家伙刚才被抓住了。这个败类老在问:'你们上哪儿去呀?'大声叫喊:'你们这些傻瓜,劣种,究竟上哪儿呀?'还一个劲儿地大骂,真像个疯子。这狗东西!"

"好像我们不闹事,就不能过日子似的,"一个胡子拉碴的、脸熏得黝黑的人伤心地说。

"他还骂了声'混蛋'……"

"是大学生吗?"

"是普通市民。"

"他喝醉了吧?"

"谁晓得呀?弄不清楚。"

"是个青年吗?"

"这没错,是青年。他浑身直打哆嗦,狠狠地问这是怎么回事……还说这是要到哪儿去?"

"这有几千人哪?"一个穿着不雅的胖子站在萨姆金前面,焦虑地问道。有个人回答:

"有上万人!"

---

① 出自俄国诗人和政论家费·格林卡(1786—1880)的抒情诗《莫斯科》。

"还多哩!"

不知是谁站在克里姆上面的台阶上,镇静地壮着胆子喊道:

"莫斯科是不怕这些人的!"

马上有个人用阴沉的男低音答道:

"这些人对它来说,不过是磨盘底下的谷粒。"

那个穿黑皮袄的人,死乞白赖地追问两个刚刚加入到旁观者群来的工人:

"你们干吗离开自己的队伍呀?"

"这你管不着!"一个像瓦拉克辛的人回答说,而另一个面孔活像个老兵的工人,和和气气地解释道:

"太挤了,根本挤不进大门去,肋骨都要挤断了。"

"当初为什么要参加呢?干吗参加了,现在又退出来呀?"

不知是谁的焦虑不安的尖细声音,有如涓涓溪流穿过众人的嘈杂从旁观者群中传过来:

"我真不明白,这游行有什么用啊?我可以发誓,我真不懂这是为什么?比如说,假如是军队,奏着乐……或者是有神职人员参加,打着神幡并抬着圣像,总之是全民性的,那么好吧,那就请吧!可是,这样搞下去,您知道,会有什么结果呢?这不是分散精力吗?今天是工厂工人,明天是商店的伙计们,或者还有扫烟囱的,等等,等等,可是最后究竟怎么样呢?您瞧,这不就很成问题了吗!要知道,他们可不是到霍登广场去闲逛的呀,这是……"

萨姆金从旁观者断断续续的谈话中和这个人惶恐不安的埋怨声中,听出了一些他所熟悉的、甚至感到亲切的见解,然而这些见解只是一鳞半爪、极其混乱的,因而很容易就给唰唰的脚步声湮没了,致使克里姆愤然想到:

"何等的庸俗和贫乏呀!"

从克里姆林宫传来一阵吼声,这吼声犹如羊毛一般柔软而温暖,仿佛把那阴湿寒冷的空气都烘干了。那个穿狐皮夹克的人镇定地说道：

"他们唱起来了！在唱《上帝，救救我们吧！》。"

他摘下帽子，对着瓦西里·布拉热内大教堂画了个十字，就匆匆忙忙地溜掉了。

所有看热闹的人都似乎是在等待着这一时刻。于是，在这之后，他们那密密实实的人墙就很快瓦解了，散开了；萨姆金也走了。在一排商亭前面他碰上了米特罗方诺夫；伊万·彼得罗维奇正靠在一根灯柱上，鼓着腮帮子，噘着嘴，帽子滑到了眼帘上，那副样子好像后脑勺刚刚挨了打似的。萨姆金还以为他是喝醉了酒呢。伊万·彼得罗维奇两眼直视着他，但是没有跟他打招呼。这次相遇使克里姆很高兴，好像在长久而悲伤的孤寂之后遇到一位知心的朋友一般；他向他伸出手，忽然发现，这位房客在跟他握手之前惶惶然地环顾了一下四周。

"喏，您有何高见？"

"太好了，"米特罗方诺夫即刻答道。"太好了，"他重复一遍，头向后仰了仰，把帽子正过来。"挺整齐，"他用手指摸着大衣钮扣，说道。"真是太……动人了！"

他的行为很古怪；萨姆金的好奇心给他勾起来了，于是克里姆邀他一块儿去吃早饭。米特罗方诺夫没有立即赞同，而是不大好意思地推辞两句，环顾一下四周，末了才同意了；他默默地急步走在萨姆金的前面。

五

他们在一家挤满了人的半地下室饭店里，找了一个角落，在一个大柜橱旁边坐下来。这家饭店顾客的举动非常放肆无礼，吵吵闹闹，好像他们彼此混得很熟，很亲热，是到这里来参加红白喜宴的。萨姆金仔细听着这一片混杂的交谈，一句也没有听到对工人游行示威的议论。他特别急于澄清自己的心境，听听理智的声音，然而他却没能马

上让米特罗方诺夫开口。伊万·彼得罗维奇同意地点点头,装腔作势地说道:

"这主意倒很高明。这是对的:老板们除了自己的利益之外,很少能看见别的东西。当然,应当减轻工人的负担。"

但是,三杯伏特加一下肚,他就长叹一声,闭上眼睛,皱起眉头,摇晃着脑袋,小声说道:

"唉,克里姆·伊万诺维奇,这是酸果蔓哩①!"

"您说什么?"萨姆金也小声地问道,因为他已经晓得马上就要听到一种独特的见地了,很可能跟米特罗方诺夫平常一样,是一种令人慰藉的见地。

"酸果蔓,"米特罗方诺夫弯下腰,隔着桌子又对他说了一遍。"克里姆·伊万诺维奇,您可别相信这一套:酸果蔓是喂不饱狼的,因为它不吃!"他不住地眨着眼,悄声说道,并且隔着桌子更近地朝克里姆弯过腰来。"您可别相信,他们那是假装的,这我可清楚。"

他做了个吓唬人的手势,急忙倒了杯酒,一饮而尽,然后掰了块面包,闻了闻,又把它搁到盘子里了。

"您的谨小慎微把您欺骗了。许多人都把他们所希望的当作了现实,可他们所希望的这种现实是不存在的。可以说,我们看到的不过是一些幻影。"

他又四面瞅了瞅,悄悄地说道:

"我和这个所谓的大军一道走了两个小时,在他们当中我听见他们说了些什么。您以为他们真是去谒见沙皇,和他讲和吗?"

米特罗方诺夫冷冷一笑,用一只手在桌子上面晃了晃,碰倒了酒瓶,为了把它扶正,他从椅子上跳起来。

"对不起!对于这些工人,我是很熟悉的,"他继续嗫嚅说道。"这是些特殊的人群,他们唾弃一切,如此而已!其中有个人不愿意去

---

① 这是一句双关语,意思是:这是荒唐可笑的观点。它的来源是:一个法国人不知道俄国的酸果蔓是一种灌木,误以为那是一种大树。

437

干亏心的事,他们就把他揪出来了……"

"是呀,我听说过这码事了。是个小孩吗?"

"什么?不是的,他把胡子刮掉了,个子也很矮,可能比你还大几岁呢。"

"是工人吗?"

米特罗方诺夫肯定地点点头,回头看看,继续笑嘻嘻地说:

"他骂他们是狗娘养的!他一面走,一面对着他们的脸破口大骂:'你们这些恶棍!他们打死沙皇这家伙,是因为他欺骗人民,你们晓得吗?而你们却想去跪在他面前。'您知道吧,他们对他拳打脚踢,高喊:住口,混蛋!而他呢,好像喝醉了酒似的,毫无感觉,末了又回到人群里,呼喊:'一具腐臭的僵尸!'克里姆·伊万诺维奇,他们发怒不是因为这个人胡闹,而是因为十有七八都赞成他的观点,他们所以要揍他,那是出于小心谨慎。真是狡猾得很呐!这整个的行动都是假的,克里姆·伊万诺维奇,它注定要失败的。我听见一只蠢鹅在那里呱呱地叫道:'民众是在沙皇领导下的,'可是人人都晓得:我们的沙皇是个倒霉的毫无作为的皇帝!在登基大典那天踩死了几千人,可他连个十字都没画过。至少应该绞死五六个警察呀!他的祖父就绞杀过,而且毫不手软①。可这家伙却怕他的叔父②。您想,黎民百姓会忘记霍登惨案吗?不会的,老百姓是会记仇的,而且除了仇恨,他们什么也不记得。"

米特罗方诺夫惊愕地摇动了一下脑袋。

"这当然不是我的话,人们普遍都这样说……"

"是这样,"萨姆金用手指敲着桌面,同意道。

但这不是他想从米特罗方诺夫那里了解的事情,他讲的这些,并不能使他心安,且给他留下了双重的印象:他一方面使他更加惊恐,另

---

① 指亚历山大二世。当时资产阶级自由派书刊说他极度仁慈,其实他的残忍并不亚于他的父皇。在他执政期间,曾大肆镇压波兰的起义,长期监禁和屠杀成千上万的革命者。

② 指霍登惨案的罪魁祸首——莫斯科总督罗曼诺夫大公。

一方面又让他感到欣慰,因为正是他增强了萨姆金的这种情绪。

"是的,我国政府是无能的,沙皇也是软弱的,"他无精打采地瞅着几十个吃得肥胖的脸,嘴里嘟哝道。在烟雾弥漫中,这一面面红扑扑的脸好似切开两半的西瓜一般。这乌烟瘴气,再加上伏特加,把人弄得昏昏沉沉。

"是呀,伊万·彼得罗维奇,你可真是一位单纯、正直的俄罗斯人……"

米特罗方诺夫低下头去,看着桌面。

"那好吧,请您说说:您认为我国会发生革命吗?"

米特罗方诺夫抬起头,悄声说道:

"那是肯定的。一定会有一场大暴动。"

"是吗?"萨姆金又问;他回答的肯定口气使萨姆金听了很不舒服,并且阻碍他把内心日趋成熟的、了不起的想法表达出来。

"您自己也清楚,"米特罗方诺夫低语道,他的眉头颦蹙成一脸的皱纹。"由于社会财富缺乏和警察的横行霸道,黎民百姓已经痛恨到极点了,"他攥起拳头说道。"愤懑日益高涨,而且……"他把滑到一边去的椅子挪到桌子跟前来,伏到桌面上,下巴颏差点儿触到盘子里,接着说道:"我得向您表示歉意,因为,您知道吧,我曾安慰自己,没什么关系,一切都会过去的,我们有聪明的百姓!而我现在看到,由于愤懑而丧失理智的人,是越发多起来了。我有时因为天冷就到茶馆或小酒馆去坐坐,听听那里的人们在谈些什么。你听都谈些什么呀?人们都争先恐后地谈论生活的不幸,掂量着谁的生活担子重些。他们简直到了夸张和疯狂的程度。有的说,我的生活更糟糕!另一个说,不,你说谎,我的生活才糟糕呢!要知道,这种夸张岂不是在为未来的行为辩解吗?"

此刻萨姆金发现,米特罗方诺夫的一对圆眼睛充满着痛苦的惊异神情,说道:

"您可以想象,在我们短短的一生中,干这种勾当是何等愚蠢啊!

这算什么呢,要知道人的生命是有限的哩。而且,越来越多的人整天过着斋戒的生活,居住得太拥挤!无论是小偷,还是正直的人,都没有立足之地,然而,人是希望住得宽敞一些,基础牢一些的。可是这基础又在哪里呀?"

克里姆·萨姆金截断他的话,扬起一只手,好像要打耳光似的,问道:

"那么说,顶好是快些让革命爆发喽,是吧?"

"克里姆·伊万诺维奇,"米特罗方诺夫轻轻地叫了一声,他的脸涨得又大又红,很不自然,就连耳朵也仿佛抖动起来。"我是了解您的,我敢发誓,我对您是了解的!"

"可要知道,我们不能老是提心吊胆地过日子,担心明天一切都要完蛋,怕陷入与己格格不入的狂热动乱中呀!"

"我们肯定会陷入这种动乱中的,"米特罗方诺夫惶惶然地小声说道。

萨姆金也伏在桌子上,胸脯给桌棱硌得直疼。这是他平生第一次跟别人和跟自己讲真心话。他的脑子稍稍开了点窍,认识到他正在摒弃自己的某一部分,这对他是大有好处的,因为它把那种使他惶恐不安的阴沉情绪压了下去。他说着别人说过的,或者书本上的语言,但他的虚荣心并未因下面这句话而受到困扰:

"独裁政权是没有力量来统治人民的。应当让那些有能力的人,让那些强手来执政;应当把那些妨碍生活和令人窒息的灰尘,从俄罗斯的身上扫除干净。"

他听见米特罗方诺夫赞同地点点头,喁喁低语道:

"不错,为了得到一个良好的制度,我们甚至可以容忍一次革命。"

萨姆金看见在他前面的桌子上出现一个人的脑袋,活像给人割下来捧在手心上似的,他的面孔很熟,但是已经变样,颦蹙着眉头,紧抿着嘴唇,一双乌黑的眼睛里流露着紧张的神情,他正在阅读一本印得很不清楚,或者字体很小的刊物。

"政府既对付不了工人运动,也对付不了学生运动,"萨姆金悄声说道。

"哎呀,上帝,"米特罗方诺夫哀叹一声,那张紧绷绷的脸松弛下来,因而显得特别宽展而又忧伤,发青的脸颊呈现灰褐色。"我明白,克里姆·伊万诺维奇,您可以说是想打动我的心哩!"他在胸前画了三个小十字,然后说道:"我愿推心置腹地跟您谈谈!"

萨姆金沉默了,这种表白使他的情绪冷淡了一些,在这一刹那,他甚至觉得这里面有点儿幽默的味道,可是米特罗方诺夫却吧嗒了一下嘴,声音压得特别低地继续往下说:

"很可能您会摒弃和疏远我的,因为我是一个可疑的人,意志薄弱和富于幻想的人,而幻想对于意志薄弱的人来说,您是知道的,那就是毒药。不,请您等一等,"尽管萨姆金没有说话,也没有做手势来打断他的话,可他照例这样请求他。"我早就想对您说了,可始终下不了决心。前天我到剧院看了一场戏,这是一出很流行的戏,描写一群注定倒霉的人们和他们那套胡言乱语,而其中有个令人欣慰的小老头,却信口开河,胡说八道……"

他松了口气,那张颦蹙的脸惨然一笑,把手一摊,又说下去:

"于是我恍然大悟,以至浑身感到发烧,因为这个作孽的小老头,一举一动都像我自己,很像!"

"我不太明白您的意思,"萨姆金皱起眉头,说道。

"他像我一样,喜欢胡扯一气,这坏蛋!克里姆·伊万诺维奇,我是很尊敬您的,而且……"

他在一个字眼上哽住了,摇了摇头,又说:

"您瞧,我跟您说的有关我个人的情况很不一样,因此,请您原谅,这都是因为爱面子捏造出来的。我瞎说我有过好几个妻子,杜撰过我的全部生平……"

"对不起,您为啥要这样呢?"萨姆金厌恶而又惊诧地问道。

"因为面子上好看呗……"

伊万·彼得罗维奇用一只颤颤巍巍的手倒了一杯酒,但是没有喝,他把酒杯推到一边,忽然大笑起来,笑得直咳嗽;汗珠从他的额角上和眼睛下面沁了出来,他敏捷而又使劲地用揉成团的手帕把汗珠擦去。

"我压根儿就不姓米特罗方诺夫,也不叫伊万,我的姓名是彼得·雅科夫列夫·科切里尼科夫,是下诺夫戈罗德一个商人的儿子,这个姓在当地是很有名的……"

他又擦了擦脸上的汗水,把手帕抖了抖,在椅子上扭动了一下,那样子就好像要跳起来逃走似的。

"我从二十三岁起,就在刑警局当密探,我在侦破工作中成绩卓著才调到这里来的……"

"是办刑事案的吗?"萨姆金忧心忡忡地悄声问道,因为他还不晓得该怎么说,不过他已经觉得米特罗方诺夫伤了他的感情。

"请您放心,"伊万·彼得罗维奇恳切地说。"我跟别的案子没有牵连,而且即使有,我也愿为您效劳!因为您和您的夫人对我来说都是第一流的人物,你们……"

他没有把话说完,就深深叹了口气,惊奇地眨巴着眼睛,又说下去:

"太好了,在那次学生斗殴中您没有认出我来,不是吗?可是,倘若我是个普通的人,他们会让我陪您到警察局去吗?这是一点。还有另一点:一个人在您的眼皮底下生活了两年,不论在哪里也不工作,好像一直在寻找职业,可他靠什么生活呢?又有什么生财之道呢?他常常夜里不回来住。你们夫妇可真是厚道,我简直都为你们担心,这话是真的!至于安菲米叶夫娜么,她可能把我当成一个小偷喽……"

他脸上浮现出抱歉而憨厚的微笑。

"请您无论如何不要把这告诉夫人,"萨姆金严厉地警告他。"以后我自会慢慢告诉她的。"

米特罗方诺夫叹了口气,不作声了,好像要给萨姆金时间,让他作决定似的。可是萨姆金却在想,他确实曾经认为此人是个特殊重要的、通情达理的人物……

"可是,现在究竟起了什么变化呢?"他问自己,但没有得出答案。

"或许我得从您府上搬出去了吧?"他听见这位房客伤心地啜嚅道。

"不,没有这种必要。我……想,是不是……"

"我去当暗探并不是贪图私利,而是环境所迫,"米特罗方诺夫喝了一口伏特加,喁喁说道。"噢,当然也抱有幻想。我看了不少有关盗贼的书,真有意思!列科克①可是个智慧出众的人。哎呀,我的上帝,我的上帝!"他说得声音大了些。"请您原谅我的欺骗行为!老实说,我骗了您,是因为我爱您并忠于您,要知道,爱上一个人可是不容易的,克里姆·伊万诺维奇!"

"是的,"萨姆金情不自禁地说道,同时他看见那对阴郁发呆的眼睛湿润了,仿佛在消融似的。他本来就生米特罗方诺夫的气,现在对他的忏悔又感到惊奇。但是,这忏悔终于以它毫无疑问的真心诚意略微打动了克里姆的心,而且听听米特罗方诺夫发自心底的表白,不失为一种快事;他虽然不那么可爱可亲了,但却更加有趣了。

"我从来就没遇见过好人,"他一面说,一面伤心地瞧着勺子,沉思着。"我已经厌腻为狗搔痒、拿跳蚤了,我说的是我的职业。可是,克里姆·伊万诺维奇,假如说句老实话,究竟什么是小偷呢?那不过是一根小刺儿,也就是一个跳蚤而已!或者说是一只蚊子吧,倘若没有必要,它也是不会去咬人的。当然,也有些人成了惯犯,然而要知道,我们的生活都是出于迫不得已,而不是像福音书上所说的那样生活的。于是就有必要领着工人去朝拜那位显赫一时的沙皇了……"

米特罗方诺夫耸起肩膀,把头像乌龟般地缩了进去,同时用手指指了指身后。

---

① 列科克是法国作家埃米尔·加勃里奥(1832—1873)所作同名小说的主人公。

"您瞧瞧那儿坐的几位商人,他们吃着丰盛的佳肴,饮着上等美酒,谈着自己的生意经,多么自在惬意呀,好像什么事也没发生似的。然而,我认为,他们把工人带到克里姆林宫去是为了安宁和秩序,而那些更夫夜里冻得要死,也是为了安宁与秩序,还有抓小偷等等,总之都是为了这个目的!可是,凡此种种我却看不出对人生幸福的真正关怀,克里姆·伊万诺维奇,我可以发誓,我真看不出!而且,您知道,当我想到,真正慷慨无私地关心民众的只有那些政治犯的时候,我简直如坐针毡……其实这些政治犯是没有罪的,当然……您读过《牛虻》或者《斯巴达克斯》这两部小说吗?索莫娃小姐劝我读,我就高兴地读了,您晓得吧?"

萨姆金暗中好笑,甚至差一点儿笑出声来,并不是因为他心里很快活。他看见米特罗方诺夫从椅子上站起来,没有伸出手就说:

"我十二分地感激您……打心眼里感激!"

萨姆金觉得,这位房客此刻似乎长高了,他的脸却消瘦了,变得更有礼貌了。于是他慨然伸给他一只手,说道:

"就这样吧,我自己告诉我妻子好啦!"

米特罗方诺夫鞠了一躬,走了。

克里姆又坐了十来分钟,想尽力让紊乱的思绪恢复正常,可心里老是静不下来,对立的想法层出不穷,不过有一点是很清楚的,那就是米特罗方诺夫的真诚。

"到头来他却受我摆布了。这个刑警局的暗探。肯定是刑警局的,"萨姆金自我解劝说。"正直的人对这种角色是深恶痛绝的,但这未必公平。在现今的社会上,暗探也和罪犯一样,是不可避免的。他,毫无疑问……是个好心的人。而且他并不愚蠢,他是丹尼娅·库里科娃和安菲米叶夫娜之类的人物。是为他人生存的人……"

第十八章

一

当萨姆金再来到红场的时候,那里就跟往常假日一样,显得冷冷清清。天幕低垂在克里姆林宫上空,飘着鹅毛大雪。在伊凡大帝的金色缠头巾上雪花是留不住的;一群铅灰色的鸽子从博物馆旁边匆匆飞过。很难想象,一个小时之前,就在这个广场上,曾经有成千上万的工人走过,拥进克里姆林宫,而他们很可能对克里姆林宫、莫斯科和整个俄国的历史一无所知。

"是的,现在就连米特罗方诺夫也认为革命是避免不了的了。他说到'我们',可这个'我们'究竟是谁呢?而且,在此人身上发生了多么料想不到的和……扑朔迷离的变化呀……"

萨姆金回到家里,懒怠地脱掉衣服,苦苦地思索着要不要马上把示威游行的事告诉瓦尔瓦拉。他听见餐厅里有茶勺的叮当声和库莫夫闷声闷气的低语,末了又听见米沙大叔讥诮地问道:

"喂,年轻人,你们究竟想干什么?你们读谢林[①]的书太多了,是吧?"

[①] 谢林(1775—1854),德国古典唯心主义哲学家。

"我没读过谢林的书,我根本就不喜欢哲学。哲学出自理性,而我和列夫·托尔斯泰一样,是不相信理性的……"

"和托尔斯泰一样?噢哟哟!……"

"见你的鬼去吧!"克里姆心里骂道。

他因为不愿看见这些人,就走进了自己的书房,躺在沙发上,可是通向餐厅的门没有关严,所以那个老民粹派和文牍的谈话,他还是听得很清楚。

"人并不是凭着理性生活的,而是凭着想象……"

"噢,真的吗?"

"也有凭着理性生活的,不过这是低级的形式,而我们的崇高业绩并非来自理性……"

"就比如科学吧,怎么样呢?"

"科学也是由想象开始的。"

"要给您倒茶吗?"瓦尔瓦拉问道。克里姆从她亲热的问话中听出来,她是在问库莫夫。克里姆因为想喝茶,便来到餐厅,库莫夫站起来迎上去,他妻子惊讶地问道:

"你回来啦?上哪儿去啦?"

"我看了一会儿工人游行,后来到上司那儿去了。"

"噢!"米沙大叔叫了一声,他的小脸上闪出一丝天真的讪笑。"那您说说,他们是怎么搞的?唱《上帝,佑我沙皇》了吗?谈谈吧,谈谈吧!"

"古萨罗夫不是已经讲过了吗?"瓦尔瓦拉提醒他。

"我们想对比一下他们的供词,"苏斯洛夫开玩笑道,并且公然摆出一副要干架的样子,他拉了拉胸口上打褶的那件柳芭莎给他织的橘黄色毛背心。没等萨姆金开始讲话,他自己就说起来:

"古萨罗夫这家伙简直是得意忘形了,他好像在那里悟出了什么道理似的,可是他在这里却歪曲了普列汉诺夫,说什么工人阶级的解放,是工人自己的事业,而我们知识分子,应当滚一边去……"

库莫夫不听他这一套,把他长长的身躯弯向瓦尔瓦拉,小声嘀咕道:

"据说那些鞭身派教徒在举行狂热的礼拜时,是会看见圣灵的,可是要知道,圣灵是不存在的……"

萨姆金故作惊讶地从眼镜里面瞧了他一眼,这位文牍便腼腆地笑笑,不再作声了。

"总而言之,他认为:知识分子不过是工人阶级的奴仆而已,"苏斯洛夫说着,皱了一下眉头,用勺子舀了一勺果酱放进茶杯里。"我跟他说,'不,奴仆是干不了革命的,需要的是领袖,领袖,而不是奴仆!'你们马克思主义者,学着德国人的坏榜样,的的确确处在工人阶级奴仆的地位上,可是德国人有倍倍尔、阿特莱①等等许多人,不是吗?然而你们却没有这样的人,不过,上帝也不会让你们有这样的人……带领工人到克里姆林宫去朝拜沙皇……"

然而,尽管苏斯洛夫是在奚落人,可是萨姆金很清楚,他的内心是悲伤的,他的一对小眼睛惆怅地眨巴个不停,嗓子也哑了,勺子在手上直抖动。

"不,您知道,古萨罗夫这家伙表面上是个'男子汉大丈夫',可实际上却是个'地地道道的胆小鬼'……"

"你们已经晓得了吧?"塔吉雅娜·戈金娜走进来,问道。萨姆金回头一看,差一点儿认不出来了:她穿一件朴素的连衣裙,一双粗制的鞋子,头发梳得很光溜,好似一个不太阔气的人家的婢女。柳芭莎随着她走进来,一言不发地坐在沙发椅上。

"我们晓得什么呀?"苏斯洛夫瞅着她和柳芭莎问道。柳芭莎用鼻子气呼呼地哼了一声:

"他是祖巴托夫一伙的,古萨罗夫这家伙……"

"请原谅!"苏斯洛夫惶惑不安地大声说道。"两位小姐,说这种

---

① 阿特莱(1852—1918),奥地利社会民主党领袖。第一次世界大战期间他站在沙文主义立场上,反对工人阶级革命。

话可要有根据哟!"

"他是个笨蛋,可是却想扮演一个重要角色,我认为,就是如此。"塔吉雅娜心平气和地说。"瓦莉娅,给柳芭莎倒杯浓茶,我要把她赶回家去,她不舒服了。"

苏斯洛夫不耐烦地用勺子敲着自己手指骨节,问她道:

"怎么回事呀?"

"古萨罗夫在那里,在克里姆林宫对工人发表了一通演说,宣传什么打倒政治,不要相信大学生的话,知识分子想踩着工人的肩膀登上权力的宝座,以及诸如此类的一派胡言。"塔吉雅娜冷冰冰地说道。"可您是从哪儿知道这一点的呢?"她又问。

"不,还是您先说说,您是怎么知道的?"苏斯洛夫赶忙说。

"他说这话的工夫,我正站在他后面,除了我还有一位工人,我的学生。"

"原来是这样,"苏斯洛夫瞥了克里姆一眼,说道。他们沉默了几秒钟,这沉默是尴尬的,仿佛有所期待似的。末了,萨姆金扑哧一笑,提醒道:

"可是就在最近,他还一口咬定在工厂搞恐怖主义很有必要呢!"

瓦尔瓦拉在给柳芭莎量体温,库莫夫站起来,蹑手蹑脚地走了出去。塔吉雅娜坐在沙发的扶手上,一只手端着茶杯,另一只手搁在柳芭莎的肩膀上,心平气和、详详细细地讲起来,丝毫没有平日那种尖酸刻薄劲儿。

"听他讲话的人……有三十来个,也许有四十个。他站在钟王旁边,讲话无精打采,一点儿不神气。一个工人看出来,便对旁边的人说:'这家伙不敢张大嘴说话,'他们对于一切都有惊人的洞察力。"

"噢,那他们的情绪怎么样呢?"苏斯洛夫问道。

"我认为他们是冷淡的。而且这不光是我的印象。还有个五金工人,柳芭莎认识他,在去广场的时候,似乎就已经完全准确地看出了他们的情绪。他说:'我们这是到陌生的林子里采蘑菇,那里或许有蘑菇,也很可能没有蘑菇;喏,这有什么关系,反正去溜一趟呗!'"

瓦尔瓦拉想点上灯。

"等一等吧!"虽然屋子里已经黑了,萨姆金却不叫她点灯。

苏斯洛夫搓着手,嘿嘿地笑起来。

"我发现工人的情绪一点都不高,不过我离他们讲话的纪念碑很远,"塔吉雅娜继续说道,她那镇定自若的声调使萨姆金感到吃惊。"那里有的人好像受宠若惊似的挥动帽子,还可以看见有人在画十字。可是你想挤过去是不可能的。"

"三十八度六,"瓦尔瓦拉大声嚷道。苏斯洛夫举起一只手,嘘了一声。

"他俨然是这里的主人,"克里姆发现。

戈金娜不再往下讲了,开始劝柳芭莎回家去睡觉,可是柳芭莎却固执而又怒气冲冲地拒绝了。

"别管我,听你讲完我就走。"

"那么,索莫娃,请您别打岔!"苏斯洛夫请求道,而且是很严厉的请求。"喏,戈金娜,请您讲下去吧!"他操着小学教师的口吻说道。瓦尔瓦拉微微一笑,跟他并排坐下。

"在修道院和司法部大厦之间的一个角落里,站着一位身穿奇特大衣的贵族老爷,他正在大骂维特,要工人相信纸卢布是'具有基督教道德形态的金钱',他真是这样说的……"

苏斯洛夫高兴地直拍大腿,笑呵呵地说道:

"这个笨蛋一定是从谢尔盖·沙拉波夫①论述俄国财政的札记中抄来的,您听见了吗,萨姆金?是这样吧,啊?竟然和工人谈论什么具有基督教道德的卢布咧,唉,这算什么经济学家呀……"

"工人们也默默地听着讲有道德精神的卢布,抽着烟,但是没有发出笑声,"塔吉雅娜斜眼瞧着索莫娃讲道。"总而言之,那里各处都有

---

① 沙拉波夫(1855—1911),俄国反动的政论家和出版商。

人在自己周围召集一些工人,向他们宣传说教。也有一些人一言不发,光看热闹;塔吉尔斯基就是其中的一个,"她朝萨姆金说。"我很怕他认出我来。工人们就立刻认出来:我是一位小姐!于是他们都用怀疑的目光瞧着我……青年们都想方设法地往炮王上爬。"

她闭上眼睛,仿佛在回忆久远的往事,因此,萨姆金心里琢磨:她干吗要在工人当中周旋呢?她可是一个迷恋于皮埃尔·路易斯[①]的著作,崇拜色情文学,赞美布柳索夫诗歌的冷酷无情的摩登女郎哩!

"他们用惊奇的目光看待一切,"塔吉雅娜又说起来,已经略带疑惑的神情了。"他们好像第一次见到克里姆林宫似的。可要知道,他们即使不是全体,那也是大多数,在复活节之夜到过那里。他们全然像来到一个陌生的城市,或者像是来租房子的。有个工人说:'这里的房子不太漂亮。'其中还有个很风趣的老太婆,块头很大,走路一颠一瘸的,穿一件男大衣,兴许是个聋子,谁跟她一说话,就把耳朵伸过去。她的面孔是浮肿的,非常呆板,一双眼睛几乎很难发现,好一副可怕的面孔!她一直在追问:'他们许诺什么啦?'还劝告人们:'你们这些庄稼人,不要相信他们!我当过农奴,我晓得,就是这个沙皇骗了老百姓,你们瞧吧,他们又要骗人啦!'"

苏斯洛夫又笑盈盈地说道:

"我认识她!她就是卡捷琳娜·鲍奇卡廖娃,一个瘸子,是吧?大腿摔断了,一定是她!"

"工人们警告她:'你别嚷嚷啦!'"

"就是她,她就是这样讲话,还活着哩!兴许都快七十岁了。我早就认识她,还把亚历山大·普鲁加文介绍给她了。她曾经是个教派分子,一个休塔耶夫派,后来又成了个类似算命的老婆子。对于这些悄悄地、然而却是顽固地破坏廉正的沙皇信念的人物,我们恰恰是估计不足的,而他们……"

[①] 皮埃尔·路易斯(1870—1925),法国作家,其色情作品在资产阶级知识分子中很出名。

柳芭莎蓦地从软椅上跳起来,走了几步,伸出双手,像要跳水似的,一个踉跄,若不是萨姆金将她扶住,一定会脸朝下栽倒在地板上。瓦尔瓦拉和塔吉雅娜把她搀走了。

"瞧她有多倔强吧!"苏斯洛夫愤然说道。"她应当躺下,可她偏坐着!"

他往萨姆金跟前挪挪,紧接着问道:

"怎么,这个古萨罗夫参加了什么组织,或者党派吗?"

"不晓得。我想他没有参加,"萨姆金回答,心里感到塔吉雅娜刚才的讲述使他特别激动,甚至很恼火。

"真是个败类!"苏斯洛夫嘟哝道。"那么,您,萨姆金,对这次示威游行有何看法呢?"

"您知道,我当时没有在克里姆林宫,"萨姆金狠狠地抽了一口烟,怏怏不乐地答道。"不过据我判断,戈金娜讲的是对的:工人们对这次行动,顶多不过是抱着好奇的态度……"

"唔,"米沙大叔不相信地哼了一声。

"我当时站在旁观的人群中,他们从我身旁走过,"萨姆金瞧着正在冒烟的香烟蒂,继续说下去。他告诉他,工人当中有人退出来加入旁观的人群中了,随后又忽然兴致勃勃地谈起了这些看热闹的人。

"在我看来,旁观者群中有许多人是认为自己上当了,也就是说,他们都非常明确地表示,反对这种讨好工人的行为。这当然是本能的……"

"您以为这是阶级的感情吗?"苏斯洛夫笑道。"不,我的老兄,千万不要有这种希望!这正是对产业工人的敌意,这在我们这个农民的国度里,是完全可以理解的。很久以来人们就习惯于把产业工人看作是背离自己乡土的浪子……"

他的插话有碍萨姆金的议论,所以萨姆金很恼火。但是他压下自己的怒火,继续说下去:

"这种观点是有害的。近年来的罢工向我们证明,工人们确是一股举足轻重的力量。再者,他们有着现成的意识形态和武器,而这些都是资产阶级和农民所没有的。"

"真是没有吗?"苏斯洛夫仿佛故意挑逗似的插了一句。

但是萨姆金不再听他的话,也不反驳他了,而是越说越慷慨激昂。他说得非常起劲,连他妻子进来都没有发现,而只是在她点上灯之后,他才中断了讲话。瓦尔瓦拉一只手撑着桌子,用惊异的目光瞥了他一眼,这工夫苏斯洛夫站起来,整理一下上衣,用显然是扬扬得意的口气,说道:

"噢,萨姆金,您原来是一位不太正统的马克思主义者呀,甚至……"

他笑嘻嘻地把下半句话咽了下去,握了一下瓦尔瓦拉的手,又转向萨姆金道:

"真没想到。不过这更叫人高兴。"

二

苏斯洛夫走后,萨姆金问他的妻子道:

"你干吗那样瞧着我呀?"

"我在听你讲话呀!"她答道。"你为啥谈起工人来那样……气恼呢?"

"气恼?"他十分认真地叫了一声。"一点也不!你怎么会这样想呢?"

"我从你讲的话和讲话的口气听得出来。"

"首先,我没有谈论工人,而是谈小市民,那些普通的市民……"

"不错,可是你却责怪他们不了解工人运动对他们是怎样的一种威胁……"

"就是他们了解这一点,那也是……"

"那也是什么呀?"

"他们也是无能为力,这正是一种缺陷。"

"我不明白,这怎么是一种缺陷呢?"

"无能就是一种缺陷。"

瓦尔瓦拉的一对蓝眼珠流露出笑意;当她叹息一声,又说下去的工夫,她的声调完全变了:

"哎,克里姆,我不喜欢你谈论政治。咱们到你屋子里去,他们该收拾这个房间了。"

她拉起他的一只胳膊,使劲地靠在他身上,往书房走去,那蹑手蹑脚的样子真叫人可疑。她让丈夫坐在沙发上,甚至给他背后放了一个靠垫。

"你的脸色显得疲惫不堪,"她解释了一下刚才对他的热心关照。

"你不高兴这样吗?"他开口问道。

"是呀,"瓦尔瓦拉急忙回答,然后也坐在沙发上,缩起两条腿,整理一下连衣裙。"当然,你讲话总是很机灵,又很风趣的,可是仿佛是从外文翻译过来的一般。"

"唔,"萨姆金说了一声,同时在竭力回忆着他对米沙大叔说的话,很想弄明白:他的哪些话使这位大叔高兴,又是哪些话使他妻子改换了这种劝慰他的新腔调。

"我亲爱的,"瓦尔瓦拉一边摆弄着她的手指头,一边说。"我想跟你谈一谈……非常真心诚意地谈谈!我感到你担负的这个角色对你牵累太大……"

"算了吧,不必谈什么角色喽!"他严肃地制止她。但瓦尔瓦拉往旁边挪了挪,耸耸肩膀,表示不以为然。

"你忘记我是个不成功的女演员了吗?我坦率地告诉你吧:对我来说,生活就是一座戏院,而我就是一个观众。舞台上正在演一出活报剧,法语叫 revue,形形色色的人物走马灯似的来去匆匆,正如你自己常常说的,他们都想向我,向你,他们彼此之间,显示自己的天才,自己的内心世界。我不晓得他们有什么内心世界。我以为,库莫夫说得很对,你对他……有一种老爷的派头,很冷淡,可他是一个很有趣的青年呀,是个很守本分的人哩……"

萨姆金仔细地打量一下妻子的脸,她点点头,温柔地说道:

"是的,确实很守本分……"

"可他鼓吹的又是什么呢,这位库莫夫?"克里姆讥讽地诘问道,不过他心中却隐隐约约地有点不安。

妻子更紧地偎依在他身上,她那高亢而又稍稍刺耳的声音,变得更加柔和,更加温存了。

"他说,内心世界,是不能用那种唯心地,或者唯物地思考外部世界的理性的习惯来加以解释的。这种习惯只能使真正的人性变得狭窄,变得丑陋,以观念和信条来抹杀想象的自由……"

"真幼稚,"萨姆金说道。他对文牍的这种妙论不感兴趣。"而且文理不通,"他又补充一句。"可你究竟想说明什么呢?"

"这就是我想说的呀!"她惊异地答道。"你不是看见吗……而且你也知道,我是很珍惜你的,是吧?"

"是呀,可那又怎么样呢?"萨姆金又急忙问。

妻子嬉戏地拍了他一下肩头。

"你说得可真动听!"

但她马上又颦蹙双眉,说道:

"我并不想怜悯你,不过你可以想象,在我看来你是需要怜悯的。你在渐渐地失去个性,越来越萎靡不振。"

她还说了些别的话,不过萨姆金没有听进去,他在想:

"今天可真倒霉。她在某些方面是对的。"

他因为没能对妻子发顿脾气反而恼恨自己。末了,他从烟盒里抽出一支香烟,问道:

"你有什么不满意的呢?"

"当然是不满意你啰,"瓦尔瓦拉立即回答,她仿佛早就在等待他这样问她了。她从他手里接过一支烟,抽起来;她躺在沙发上,那姿势有如一张什么画上的姬妾,一只胳膊肘撑在他的膝盖上,对着天花板喷云吐雾。她作着这种姿势,说了一句萨姆金不止一次地在各种小说中读过的话,而且这句话也常常在戏剧的舞台上听到:

"你已经对我没有感情了。我们已经不能情投意合了。"

"就是这一套,"萨姆金笑眯眯地听着这句熟悉的话,心里不禁寻思。

"一个没人嫉妒的女人,是不会觉得自己可爱的……"

"你不觉得吗?"他开始郑重其事地说。"我们是生活在这样一个时代……"

"所有的男人和女人,唯心主义者和唯物主义者,都想要爱,"瓦尔瓦拉急忙把话茬接过去说完,不过她说的是自己的话。他站起来,又坐下去,把没有抽完的香烟扔在地板上。"我的朋友,正如你所知,这是一切时代的主要内容。而且,你不要生气,我为这牺牲了一个孩子……"

"可那是我不赞成的举动啊!"萨姆金提醒她。

"是的。"

她从沙发上跳起来,一面摆弄着腰带在屋子里踱步,一面继续说:

"不论人们做些什么,归根结底,都是想把生活安排得舒适些,男人对自己的女人也好,女人对自己的男人也好,都是如此。这是惟一的颠扑不破的真理。我看唯心主义者和唯物主义者也是如此。我有点像一位家庭主妇,是吧?那好,我就干脆对你说吧,唯心主义者更无耻,他们对过舒适生活的欲望更露骨,且不说他们较之唯物主义者更纵欲,更讲求实利了。是的,是的,唯心主义者并不好高骛远。他们较之那些为了要过舒适的生活,必定要搞革命的人,要讲求实利。我的朋友们并不需要革命,他们需要的是钱,来办出版社的钱。我可以笃定地告诉你,唯物主义者无论怎么热衷于数字,他们都不会像我的朋友那样给我提出一个精打细算的、叫我吃亏的建议。你说库莫夫挺天真,可他在我看来是惟一的一个丝毫无求于我,也显然无求于生活的人……"

"你对他似乎有点儿过奖哩,"萨姆金插了一句。

"他是当之无愧的。而你呢?只是想表示一下你是能够嫉妒的吗?"她漠然问道。"库莫夫是一个典型的旁观者。而且他喜欢谈论斯宾诺沙[①]这个研究蜘蛛生活已经着了迷的人。归根结底,在他身上也有一些和你共同的东西……因为你也是……"

"你说得可真动听,"克里姆讥笑道,同时感到他自己仿佛被她那大雪纷飞的话语埋没了似的,于是叹了口气,说道:

"你的话真是荒诞无稽,瓦尔瓦拉。"

"怎么荒诞无稽?"她反问一句,然后看看放在克里姆写字台上的小表——她赠送给他的礼物。"倘若你肯动脑筋想一想的话,你会做得很好的。我觉得我们的生活……还没有尽到我们的所能!我这就要去接洽出版社的事宜。我想需要两三个小时。"

她吻了一下他的前额,便走了出去;尽管她的这种举动很突然,但是萨姆金对于她的外出却很高兴。他点燃一支香烟,把灯熄灭;街灯的朦胧光影和黑洞洞的十字窗框投射在地板上;各种物件都聚拢在一起,室内显得狭窄而温暖。窗外冷风飒飒,大雪纷飞,整个城市寂然无声,犹如深夜降临。

三

克里姆·萨姆金四仰八叉地躺在沙发上,闭上眼睛,陷入了沉思。

瓦尔瓦拉从来没有用这种口吻跟他讲过话;他一向认为,她对他的看法仍然和少女时代对他的看法一样。然而,她的观点究竟是什么时候变了和为什么变了呢?他想起来,几个星期以前,他妻子出去送客回来,懒懒地打了一个哈欠,问道:

[①] 斯宾诺沙(1632—1677),荷兰哲学家,他曾经说:"为使自己的头脑清新,我曾迷恋于观察苍蝇与蜘蛛的搏斗。"

"你不觉得人们都变得越来越沉闷无趣了吗?"

可是就在不久以前,她还以关切而又略带责备的口吻说过:

"你的鼻子尖都给眼镜挤压得发红了。"

随后,萨姆金想起了这样一件事:两个月之前的一天,他和库莫夫一直工作到后半夜,他和往常一样,让这位文牍留下来过夜。翌日他醒得很迟,当他去洗脸的工夫,却发现洗澡间的门是从里面闩着的。他当时断定妻子早就梳洗好了,可能已经到餐厅去了,不过他还是敲了敲门。里面没有回声。萨姆金寻思可能是因为关门的时候太用力了,门闩自己滑上了。于是他走到餐厅去取面包刀,想用它来撬开门闩,但他发现瓦尔瓦拉不在餐厅。当他又走到昏暗的过道时,他看见她正站在洗澡间的门洞里,头发散乱,用睡衣裹着光溜溜的身子,气喘吁吁地喊道:

"你要干什么?"

她把睡衣往胸口上拉一拉,紧靠在门框上,渐渐瘫软下去,两个膝头弯曲着,好像要坐在地板上似的。

"你到底要干什么呀?"她悲戚地小声重复一遍。这工夫她的两条腿一直在弯曲着,一只手拽着睡衣的领子,另一只手捂着胸脯。

当克里姆手持面包刀,冲到她跟前的工夫,他在昏暗中发现,她那对睁大的眸子里充满着恐惧,像猫眼似的闪闪发亮。他也被她这副模样吓坏了,放下刀子,双手抱住她,把她扶到餐厅,这才弄清楚,原来事情很简单:瓦尔瓦拉昨夜没有睡好,起得很晚,洗完澡就在浴室的睡榻上躺下眯了一会儿,结果她做了一个噩梦。

"我醒来以后,打开门,就看见你手拿刀子走过来!真是倒霉透啦!"她说完,便偎在他身上,发出一阵神经质般的笑声。

"怎么,你以为我要杀死你吗?"萨姆金开玩笑地问道。

"我根本没有这样想,只是在继续做着那个噩梦。"

萨姆金又去浴室洗脸。可是当他经过库莫夫工作的房间——就在浴室的隔壁——时,他忽然心血来潮,悄悄地开了一个门缝,看见库莫夫正背朝着门,垂着两只手,头缩在脖子里,活像个吊死鬼似的。他听见开门声,便转过身来,像往常一样,那苦涩的脸上露出一丝谄媚的蠢笑。

"抄好了吗?"

"抄好了。"

"请放在我的桌子上!"萨姆金命令道,同时心里在嘀咕:"不会的!这样一个呆子会干出这种事来吗?不会的!"

可是现在他总以为,刚才库莫夫是同瓦尔瓦拉在浴室里;只有这样才能解释她那种突如其来的恐惧。

"确是如此,"他这样想,但并不觉得嫉妒,也不感到委屈。他这样想正是为了排除自己的这种念头。应当仔细琢磨琢磨瓦尔瓦拉说的这样一句话:他在自我压抑和渐渐萎靡不振。

"她这样说,是因为那些受到俄国或西方社会主义思想意识限制的人们越来越引人注目了,"他仔细琢磨着,并不睁开眼睛。"这些思想狭隘的人们是很明显的。她看出来,人们已经不像从前那样注意倾听我的讲话了,原因就在这里。"

萨姆金想起了苏斯洛夫对他的马克思主义所作的评语,心里说,这个害过各种疾病的人,本身就像一种日益严重的疾病,可他居然变得年轻了,强壮了,他那教师般的声调里命令的口气更响亮了。也许正是因为他的话,柳芭莎前些日子还说:

"克里姆,你发起议论来像一个上了年纪的自由派,那样喋喋不休!"

她组织了一个"支援工运小组",俨然以革命女将自居了。

塔吉雅娜·戈金娜在一个半公开的学校里当工人教员。这所学校是附属于一个自由派商人开办的工厂的。她讽刺人更加刻薄,显然更热衷于尖刻地指出难以克服的矛盾和尖锐问题了。不久前她就说过,波德莱尔的《恶之花》是"魔鬼对于基督教文化的追悼",还说波德莱尔是"莎士比亚的掘墓人"。今天她又判若两人了,大概是太疲倦和为柳芭莎的病而担心的缘故吧。萨姆金立刻又想到,塔吉雅娜对他哥哥的态度也很有那种司空见惯的浪漫色彩,而且他还记起来:阿列克谢是戈金家中的养子。看样子,阿列克谢是个"委员会①的委员"。他仍和从前一样快活、风趣,但他表现出一种令人可疑的谨慎;萨姆金觉得,阿列克谢对他表现得很好奇,而且透过这种好奇心又流露出一种不信任的神情。

"是呀,人人都在变化……"他心里说。

社会主义者们粗鲁地,甚至是傲慢地嘲弄自由派,而自由派的行为却仿佛因为不能成为社会主义者而自觉惭愧似的。但是他们帮助革命青年,为他们捐款,借房子给他们开会,甚至为他们保存非法印刷品。

萨姆金越想越气愤,他从沙发上跳起来,点燃一支烟,又想起了那个驼背小姑娘的叫喊:

"咦,你们干吗好管闲事呀?"

"祖巴托夫真是个白痴,"他心里骂了一句,在黑暗中碰了一下椅子,然后又躺下了。诚然,那些自由派老头子们虽说尽跟青年人争吵,又往往声称他们争吵不过是为了"警告青年人不要犯错误",可实际上他们是在鼓励青年,唆使他们更加狂妄。塔吉雅娜的父亲老戈金,指责他的同辈无能去继承民意党人的事业,因而使波贝多诺斯采夫反动派更加猖獗。在一次晚会上他曾经悔恨地说:

"谢德林曾想把我们唤醒,可我们总是不能觉醒过来;历史是不会宽恕我们这一点的。"

他中等身材,躯体臃肿,行动小心,差不多一举一动都要累得呼哧呼哧直喘。他大概是有心脏病,在他那双和善灰暗的眼睛下面呈现出两大块肿囊。在他秃头的两耳上方,还残留着两撮灰毛,像两只犄角似的直撅着,这是当年华发的见证;他的胡须是刮过的:一撮浓密的哥

---

① 指俄国社会民主工党的某委员会,随着列宁的《火星报》创办成立于各大工业中心和省会。

萨克小胡子凄然垂在他那软囊囊的鼻子下面,唇下也是一撮又尖又密的胡子。他对阿列克谢和塔吉雅娜的态度显然是又慈爱又伤心。

"我们这一代人有责任帮助青年人找到他们通向十字架的路,"有一次他对自己的朋友和邻居伦金说道。

"这是些牺牲品的制造者,"克里姆想起那些话,心中暗自说道。

伦金是个破落地主,以前是民意党的同伙,后来成了托尔斯泰的信徒,现在是一个幻想家和无政府主义者。他块头很大,脊背微驼,六十岁上下,但是显得很年轻;他的面孔粗俗,而且老是皱着眉头,说话尖声刺耳,两条胳膊很长。他享有大慈大悲的名声,号称"非凡之士"。他的大儿子被流放,二儿子在坐牢,小儿子不愿在中学读书,刚上完六年级就去当了木工。塔吉雅娜在谈到伦金老人时说:

"他出于对人的怜悯,恨不得要杀死他们。"

四

每逢星期日,戈金家常有一些青年律师、地方自治官和统计员来访;一些男女大学生在这里热烈争论,还有些风尘仆仆的、行为诡秘的青年人忽然在这里出现。列多祖鲍夫是这里的常客,他带来满腹的牢骚和一副传教士的焦躁面孔。

萨姆金拜访过两三个这样的家庭,他暗中把它们称作"朝圣香客招待所";而塔吉雅娜则管它们叫做"危言耸听者的老窝"。

萨姆金差不多在每家都遇到过尼康诺娃。她朴素、文静、不大惹人注目;她不时地朝他嫣然笑笑,但从不和他谈论政治问题,然而有一次她忽然奇怪地问他道:

"听说萨瓦·莫罗佐夫[①]在资助《火星报》,是真的吗?"克里姆纵声笑道:

---

① 萨瓦·莫罗佐夫是俄国当时的大资本家,纺织厂老板。

"萨瓦·莫罗佐夫？这简直是笑话。"

"我也是这样想，"她说完，就走开了。

她渐渐地引起了萨姆金的好感，有点儿米特罗方诺夫那种能赢得别人信任的味道，并且很像一部既简单又可靠的机器。

"一件牺牲品，生活中的驯服的奴隶。"萨姆金往往这样看待她。

一直有谣传，说萨瓦·莫罗佐夫和另一位彼尔姆的轮船大老板，在慷慨资助革命党人，因此，现在，萨姆金躺在沙发上，一面在黑暗中抽着香烟，一面凄楚地苦苦思索着：

"一切都是可能的。在这个疯狂的国度里，一切都是可能的，因为人们都拼命地在诓骗自己，整个生活被欺诓到了登峰造极的地步。"

他想起了拉杰叶夫对知识分子的颂扬，想起了柳托夫在和尼康诺娃谈话时那副主人的腔调，以及萨瓦·莫罗佐夫对那位蜚声世界的化学家、保守派学者的申斥，等等，等等。

"是的，他们在资助，是很可能的。如果真是这样，那就是说，他们是在煽动。可是，在这扑朔迷离的情况下，我的位置又在何处呢？到外省的什么地方隐居起来，过孤独的生活，去搞写作……"

他觉得这对他也行不通，因为还是免不了要在工人中当一名宣传员，或者像他妻子的一位朋友那样，空谈一通宇宙和爱神，上帝与死亡。他对这些善于花言巧语的人是深恶痛绝的，因为他们看样子已经真地相信：他们已经不仅是欧洲人，而且还是巴黎人。他们的言论飞到他的办公室来，使他想起了涅哈叶娃那副可怜相、她的贪生怕死和那病态的情欲。这些人敢于蔑视和嘲笑社会现实的胆量，使他大为愤慨；看来，他们已经设法摆脱了，或者说抛弃了他不能不想的，并且妨碍他生活、使他苦恼的那些混乱的思想。他暗自承认，这些人都是颇有教养的，比起他们来，他是愚昧无知的。他们终于谈起了他本无必要去思索的那些东西。他有时觉得这是他的一个缺点，然而这缺点仅仅是因为他的词汇有限，尽管他的格言警句很丰富。

"法权的哲学，是企图为无权辩解，"他说道。他还说过，既然承认生存竞争是一种法则,那么,想在生活中寻找宗教、哲学和道德的地位,那是徒劳而又虚伪的。这样的话语他记了不少,并且很恰当地运用过,因为他晓得它们是廉价的,所以暗地里他管它们叫做"智慧的铜币"。不过,一般说来,他反对那种虚无缥缈的遐想,而更为尊重"事实",并且当他发现这些事实被他阐述得矛盾百出,或者非常枯燥无味的时候,他就用客观的要求搪塞过去。

这一天晚上,萨姆金审慎地并尽可能客观地权衡和检查了他近年来得到的一切印象,感到自己是一个十分孤独的人,人人都跟他疏远,简直是又烦恼又痛苦,仿佛心中压着一块忧悒的大石头。他坐卧不安,茫然凝视着挂满霜花的、微微映着路灯的金色光辉的玻璃窗。他陷入了一种近乎绝望的境地。《我们的家乡报》主编的话又浮现在他的脑海:

"我们全体知识分子都患有针砭时弊的肥胖症。"

"或许我也染上了这种病吧,"萨姆金心里寻思。"倘若真地染上了这种病,那可是万恶之源。"

他想着想着,很快就发现了"但是"二字。

"但是,假如我真地患了病,那我也和别人不同,我知道我患的是什么病。"

接下去他又想,倘若他真是这样孤独的话,那就是说,他的的确确是一个非凡的人。他记起来,他从前也曾经有过离群孤雁的感觉,那是在他故乡的城市里,在胜利者乔治大教堂的门廊上,当时他觉得他的孤独中有一种豪迈而高尚的情绪。

"我没有自己的语言来表达心灵的声音,又不能用别人的语言来倾诉,"萨姆金恍然大悟。

一道黑影闪过墙上玻璃镜框里的画面,萨姆金停下来,才意识到这是他自己的脑袋,被窗外射进来的光亮投在了玻璃镜框上。他走到桌旁,点燃一支香烟,又在昏暗中踱起步子来。

五

瓦尔瓦拉将近午夜时分才回来。萨姆金听见她按门铃,便急忙点上灯,坐在书桌旁,摊开文件,装出一副早就在工作的样子。他这样做是因为他不想跟妻子谈些鸡毛蒜皮的事情。但是过了十来分钟,她就穿一件拖到脚后跟的长睡衣和一双拖鞋,走了进来,用她一只又冷又湿的手掌摸摸他的脸颊和脖子,问道:

"你在工作吗?"

"你不是看见嘛。"

"真奇怪,我坐车到咱家门口的工夫,怎么没看见你窗子里有灯光啊?"

"是吗?"

他妻子坐在桌子的一角,告诉他柳芭莎病得很厉害,医生诊断可能是肺炎。

"她那里有戈金娜陪着。"

"这就好。你先去,我马上就干完。"

瓦尔瓦拉乖乖儿地走了。萨姆金望着她那橙黄色的背影,心里寻思:这个女人他已经看够了,觉得她已经索然寡味了。他晓得她身体的每个动作,熟悉她的一切叹息和哀怨,了解她脸部的全套单调的表情,并且认为他很清楚她说话的语无伦次、空洞无物,因为这些话都是她从时髦的书本上漫不经心地抄来的,往往说得牛头不对马嘴,矛盾百出,实在可笑。然而,她是个贤惠的妻子,一位很能干的女主人,而且萨姆金很器重她对人的怀疑主义态度,她对虚伪的敏锐,以及善于识破假面具的能力。总而言之,跟她生活在一起并不坏,不过,若是跟尼康诺娃这样的女人过日子,一定会更轻松愉快些,尽管尼康诺娃比瓦尔瓦拉年纪大一点。

过了一小时,他蹑手蹑脚地走进卧室,本希望妻子已经入睡。可是不曾想瓦尔瓦拉正躺在床上抽烟,把一只胳膊枕在头底下。

"在卧室里吸烟是一种坏习惯,"他一面说,一面脱衣服。

"这话我已经跟你说过多少遍了,"瓦尔瓦拉回答,恰好是她接下去把萨姆金的话说完了。萨姆金瞧了她一眼,本想再说些什么,可什么也没说出来,只是发现妻子发胖了,也许正是因为这个,她的脖子变短了。

"假如说她对我变了心,那一定会在她对我的爱抚和身体的动作中表现出来,"萨姆金心里说,并且决定检验一下自己的猜想。

"你挪一挪!"他说着,挨到她的床边。

"我太疲倦了,"她闭着眼睛,一动不动,答道。"累得我觉都睡不着。"

以往她很少拒绝他,而且从未用这种借口拒绝他。恳求她吗,那是耻辱,他也从未这样做过。于是他怏怏不乐地躺到自己的床上。

"那里有个犹太人,"瓦尔瓦拉熄灭香烟,开口说道,好像在接着讲一个她早就开始讲了的故事似的。

"库莫夫也在吗?"克里姆问道,并且听见自己的口气不像是在问库莫夫在不在,而是肯定库莫夫在那儿。

"在,"瓦尔瓦拉说。"不过他跟这伙人合不来。你是知道的,他固执己见,说世界是一团漆黑,人类用想象之火把它照亮,各种各样的观念都不过是小孩子用粉笔写在学校黑板上的符号而已……"

"这是想入非非,胡说八道!"萨姆金生气地说。他发现这位文牍的哲学和他自己的思想有共同之点,非常恼火。"睡吧,我也困了!"

瓦尔瓦拉长叹一声,正了正枕头,沉默了一会儿,又说起来:

"可你知道,我是不喜欢犹太人的。这种态度可耻吗?"

"当然。"

"我不喜欢他们,是因为他们老是想方设法地出风头。而且有些犹太人,好像专为激起反犹运动而存在似的。"

"也确有一些俄国人,他们的专长就是引起恐俄症,"萨姆金怨声

怨气地说。然而,瓦尔瓦拉却死乞白赖地,仿佛带着嘲笑说下去:

"这是一种拙劣的反驳。其实,你也不喜欢犹太人,可你却羞于承认这一点。"

"又是胡说八道!请你把灯熄了吧!"

她熄灭灯,但继续在黑暗中唠叨,她的声调和话语都似乎更叫人恼火了。

"难道你没有说过,假如犹太人是虚无主义者,那他们就要比俄国的虚无主义者坏千百倍?"

萨姆金使劲忍着,一声不吭;他在想,不要把米特罗方诺夫的事告诉她,不然她要笑话的。克里姆好像梦呓似的嘟哝了几句,终于使他的妻子也沉默了。

六

米特罗方诺夫的来访,不像从前那么经常,那么随便了。他进来总是流露出一种负疚的神情,脸上挂着疑惑的微笑,仿佛在默默地询问:

"喏,怎么决定呀?"

他喝了许多茶,讲了些市井和小酒馆里的趣闻,瓦尔瓦拉听着很好玩,萨姆金也颇为放心,他确信,不论知识分子怎么追求浮华,但生活在它的内心深处,仍是服服帖帖地遵循着那些根深蒂固的习惯和老一套的法则。

"我想很快会得到一个职位了,可能是当疯人院的一个二等看护,"米特罗方诺夫对瓦尔瓦拉说;但当她走出餐厅之后,他又匆匆忙忙地小声告诉萨姆金:

"关于疯人院的事,我当然是说谎,请原谅!"

"为什么呢?"克里姆吃惊地问。

"噢,您知道,如果瓦尔瓦拉·基里洛夫娜怀疑我的生活,您就有理由解释我为什么游游逛逛的喽。"

萨姆金很喜欢这个暗探对他的这种特殊关切,但当他把米特罗方诺夫送走之后,他心中自问:

"莫非我对瓦尔瓦拉的态度已给别人看出来了吗?"

于是他大为恼火:

"这个混蛋兴许是把我看作他在什么方面的同谋了吧……"

过了几天,萨姆金正独自一人坐在餐厅里,一面喝晚茶,一面思忖:在他一生中怎么会遇到这样多迂腐和无用的东西呢?他想起了那个在他孩提时代在老家无意中发现的塞满旧破烂儿的房间。此时此刻,苏斯洛夫活像个幽灵似的悄悄闯入了他那惆怅不快的思绪。

"您听说了吗?"他眨巴着一对乌黑的小眼睛,笑着问道。他坐在桌旁,像主人似的给自己斟了一杯茶,井井有条地往杯子里放了些果汁,一面搅拌着茶水,小勺碰得杯子发出叮当响声,一面讲述着南方的农民暴动。他的一只干瘪的小手哆嗦着,小脸上浮现出许多笑纹,鼻孔呼扇呼扇的,被浆硬的衬衣领卡得紧紧的脖颈,不停地转动。

"那么,您看见吗?"他用劝慰的口吻,和蔼地问道。"你们那种并非由你们领导,而是由警察指挥的工人的纯经济运动,究竟有什么价值呢?它同农民对社会正义这种自发的激情相比,能值几个钱呀?"

他彬彬有礼地笑着,萨姆金却一声不吭,他不相信这位老人的话,认为这些农民骚动,不过是像那次难忘的抢劫粮栈一样,卑鄙而又微不足道。然而,苏斯洛夫把衣袖使劲往手腕上拉拉,活像个小孩子,感到衣服太短、太别扭似的,说道:

"我是来告辞的,我马上要外出两三个星期,或者个把月;请把我房间的钥匙交给柳芭莎;我去找过她,她在熟睡。这姑娘病得很厉害,"他哀叹一声,皱了皱发灰的额头。"病得真不是时候!本来要把她派到一个地方去,可是她现在……"

此刻萨姆金才注意到,这位老人一身节日的打扮,仿佛庆祝寿辰似的,穿了一件簇新的藏青色礼服,那瘦削的身子,威武地挺了起来。

他的神气甚至有点儿像他的大伯雅科夫,一个烧得半死不活的人,他的出现就是为了复活那些亡灵的。苏斯洛夫跟萨姆金亲热地道别之后,踏着新皮鞋的响声走了,使萨姆金产生一种要在这位老人身上找到某种可笑的东西的愿望。然而,没有发现什么可笑之点,可是克里姆还是颇费心思地在想:

"顶好是在他的衣服上面缀上几枚金钮扣……那就成为一个革命的文官喽……"

过了十来分钟,苏斯洛夫被戈金取而代之,但他并不像平常那样兴高采烈。他确实消息比较灵通,但显然有什么不满意的地方。他在屋子里踱来踱去,把手指头掰得直响,像有什么烦恼似的,他用清爽的声音悄悄说道:

"暴动是从利希奇亚村开始的,后来蔓延到哈尔科夫省和波尔塔瓦省的五个县。噢,对啦,令兄在那里,是吧?请把他的地址告诉我,塔吉雅娜要去那里,为侨居国外的人搜集资料。我们已经掌握了两个人的地址,可是万一我们那里的人被捕了呢?"

戈金抓住一张笨重的椅子背,把它提起来,摇晃着,继续若有所思地说:

"我不是一个喜欢从两方面发议论的人,然而这或许是对祖巴托夫游行的一种抵销吧。可我并不赞赏这种做法……"

"为什么?"克里姆问道,对他的话有点儿不高兴。

"怎么说呢?我有点儿感情用事,真对不起!不久前一家工厂发生罢工,把机器砸了。技术熟练的工人是不会破坏机器的,干这种事的往往是那些粗工,那些刚从田间来的人……"

他放下椅子,骑在它上面,捋着小胡子,说道:

"国家经济是一部机器。它有点儿老化了吗?要报废了吗?是的,但是……我们是贫穷的国家!而且,这里又是感情用事,这,这,也许是一种惩罚吧。我们在国外的朋友提出了培养技术熟练的革命者的问题。这是个好主意……"

萨姆金没有听进他的话,光想象着在果戈理的故乡,成千上万的人怎样在暴动。关于这些人,他所知道的不过是乌克兰戏剧中描写的那些"男人"和"青少年"而已。末了,他借助于少年时代在父亲的逼迫下读过的《德国农民战争史》和《俄国人民政治运动》这两本书,想象出一幅阴郁的图景:在一个月夜里,在弯弯曲曲的田间小路上走着一队队黑压压的人群,他们从这个村庄跑到那个村庄,去包围地主的庄园,在它们的四周打转;他们点起巨大的篝火,喊呀、叫呀、吼呀,形成黑漆漆的一团,继续向前滚动,越滚越大,仿佛从大地上升了起来;在他们前面,一群受惊的骏马在奔驰,在他们身后,火堆的数目不断增多,在火堆的上空,烟雾弥漫;天是看不见的,地也空空荡荡,地面上好像卷起一层地毯,形成一股又一股汹涌翻腾的黑浪。

"那就是说在星期四喽?"阿列克谢站起身来打量着他问道。

萨姆金肯定地点点头,尽管他并没有听清楚戈金建议或请求的究竟是什么。

当他又落得孑然一身的时候,那充满司空见惯的忧虑的寂寞,犹如一股阴冷的烟云包围了他。他脑子里又浮现出黑压压的人群,数十万人在霍登广场上骚动起来,大地也在他们脚下坍了下去;他记起来,他曾经想过:倘若这群人齐心协力地拥到莫斯科,就会把这座城市踏成废墟和尘埃。他看见成千上万的工人拥到沙皇的铜像跟前,这位沙皇的孙子,就是那位曾经坐在四轮马车上,在千百万人的欢呼声中,流露着歉意的微笑,颠颠簸簸地疾驰而过的蓝眼睛青年人;他看见人们在悬挂一口大钟,使劲地拉绳子,好像要把那钟楼拉倒似的;看见全体村民齐心协力地砸断粮栈大门上的铁锁;还看见那位装着木腿的庄稼汉在打捞一条根本不存在的鲇鱼,听见另一个庄稼汉将信将疑地问:

"这里真的来过一个小孩吗?也许根本就没有小孩来过吧?"

在这两个庄稼汉身上似乎有一种含有深意的使人慰藉的成分。或许所有的人都在捕捉根本不存在的鲇鱼,他们明明知道鲇鱼是没有的,可是却彼此隐瞒吧?……

"不,我的想法太愚蠢喽,"他闭上眼睛,肯定地认为,然后又戴上眼镜。

"在我来说好像一筹莫展了,"他心里认定,但马上又更正说:"这是小孩子气。可是,难道我就永远这样生活下去吗?永远当一名俘虏,一个不自由的人吗?"

七

寂寞无聊把萨姆金从家里驱赶出来。他看见都市上空,寒冷深邃的苍穹点缀着繁星,一弯马掌形新月闪着银色的光。因为都市的灯火,天空都显得发黄了。在特维尔大街上,在费利波夫咖啡馆明亮的窗下,许多妓女、奇装艳服的大学生和一些饱食终日、无所用心的青年人,提着手杖,游游逛逛,招摇过市。一个身穿毛绒绒的大衣、头戴瓜皮小帽、双下巴颏的男人,赶过萨姆金之后,对一位跟他手挽手同行的姑娘说:

"喏,算了吧,要三个卢布,那太……"

"当然喽,"姑娘回答,语调很诚恳。"人人都夸我哩。"

另一个披着大衣的长脸男人,站在库兹涅佐夫桥头的灯柱下,在劝说他的伙伴,一个头戴皱巴巴的毡帽、驼背的矮个子道:

"去他妈的吧!就是教区学校也行啊,只要老百姓有书读!"

一辆套着两匹黑马的四轮马车疾驰而过,马腿有节奏的倒换活像一架神奇的机器上的杠杆;阿琳娜·捷列普涅娃坐在车篷里,柳托夫紧挨着她,在他们的对面,车夫的背后坐着一个好像消防队员似的胖男人,正在挥动一只手。萨姆金想起了莉吉雅,她现在住在高加索的什么地方,据柳芭莎说,她正在写一本什么书。瓦尔瓦拉从来不提起她。马卡罗夫现在莫斯科,但是不出头露面。他哥哥德米特里不久前来过一封冗长乏味的信,他在研究手工业,特别是陶瓷业的问题。

"可能他被捕了,"萨姆金想。

一排高大的士兵,刚刚换岗下来,正威武地走在大马路上,雪亮的刺刀,斜着刺向空中,仿佛在梳理着空气。

"咱们走,好吗?"一个姑娘问萨姆金道,她把宽边帽俏皮地歪戴在头上,一双眼睛的瞳孔不自然地扩大,闪着刺眼的光芒。

"准是服了阿托品①,"克里姆严厉地瞪了一眼她那涂满脂粉的脸,心里断定。他想,这些妓女不知为什么总是在他心情沉闷的时候,找到他头上拉客。

"真有意思。"

可是现在他已经不苦闷了,而且和以往一样,在这条大街上,虽然热闹,有趣,有妓女公然出来拉客,也不会引起他丝毫不安的念头。鳞次栉比的屋宇,显得庄重而坚固,基础牢牢地扎在地底下。萨姆金走进一家酒馆。

当他回到家里的工夫,他妻子已经睡下了。他一边脱衣服,一边不住地打量她的面孔,那面孔是安详而又自满的,仿佛在忍着得意的微笑,倾听着什么大喜的事情。

"她比我要幸福,因为她更蠢些。"

萨姆金躺下,熄了灯,听了听妻子呼吸的声音。一股恼恨的情绪立即涌上心头。

"一个愚蠢的淫妇,她装出一副淑女的样子,不过是怕暴露她那疯狂的性欲而已。她堕了胎就是怕小孩妨碍她的享乐。"

黑暗轻轻地向他提示着这些恶狠狠的字眼,萨姆金把它们一个个地连起来,为这情绪的激动感到愉快,为这满腔的愤怒感到欣慰。他觉得自己坚强起来了,于是一面回忆妻子的话,心里一面对她说:

"是的,我生就不是一个革命者,然而我忠实地履行了一个正直的人的职责,所以我是一个有责任感的革命者。而你呢? 你是什么人呢?"

---

① 阿托品是一种白色结晶化学药物,有解除痉挛、扩大瞳孔之效,因而引起萨姆金的联想。

他甚至想把瓦尔瓦拉叫醒,当着她的面说些辛辣的字眼,用语言来打击她,叫她哭泣。

"大概人们往往就是怀着这样的情绪来杀害女人的。"他脑子里闪过这个念头,忽又听见院子里仿佛有马蹄声。过了一会儿,传来了急促的叩门声和安菲米叶夫娜嗄哑的喊声:

"警察已经进了厢房。你们不要点灯,就装着睡着了,也许上帝会保佑平安无事的。"

"真见鬼!"萨姆金嘟哝了一句,从床上爬起来,推了妻子一下肩膀。"醒醒,来搜查啦!已经是第三次哩,"他一面用脚去摸索拖鞋,一面直抱怨。可是一只拖鞋跑到了床的尽里头,另一只因为踩扁了,脚趾头塞不进去。

瓦尔瓦拉穿着睡衣,身子显得特别修长,她像腾空一般跑到窗子跟前。

"噢,我的上帝呀!……"

"别拉开窗帘!……"

"你有什么东西吗?快给我,把它藏起来……安菲米叶夫娜有地方藏。"

她跑了出去,使劲关上卧室的门,砰的一声真叫人讨厌;而萨姆金也疾步走进书房,从书柜里拿出一个文件夹,里面有一沓他收集的被查禁的明信片、诗歌和检查官没有通过的文章校样。他本人早就认为这些小纸片庸俗不堪了,而且大多数是没有什么才华的,不过它们都是些铜币,他用它们收买了人们对他的青睐,而且它们的价值还在于,正是它们的低廉增强了他对人们的轻蔑。

"我畏惧了,"他自己承认,用那文件夹啪地一声拍了一下膝盖,然后把它扔在沙发上。承认自己是胆小鬼,那是很痛苦的,倘若瓦尔瓦拉发现这种情绪,那就更糟糕了。

"他们要逮捕我……见他们的鬼去吧!顶多不过把我赶出莫斯科,"他赶紧劝慰自己。"我要选择一个安静些的城市,摆脱这种毫无

471

意义的生活。"

瓦尔瓦拉跑了进来。

"把它给我!"

她一把操起文件夹,一边往外跑,一边安慰他道:

"看样子不会上你这儿来。"

萨姆金小心翼翼地拉开一点窗帘,瞧瞧窗外,看见院子里有些黑乎乎的人影在晃动。

"不会上你这儿来,"他重复一遍妻子的话。"若是另一个女人,就会说:不会上咱们这儿来。"

瓦尔瓦拉又返回来,这时他已经离开窗户,坐在沙发上,瞧她在慌忙地穿长袍,老是穿不上袖子。

"帮我一下忙呀!"

当他给她抻直袖子的工夫,瓦尔瓦拉偎在他的怀里,嘟哝道:

"我简直不敢想象,你坐牢可怎么办。"

"坐牢的人有成千上万。"

"哎呀,那成千上万同我又有什么相干?"

他俩紧紧挨着坐在沙发上。从窗帘缝隙里可以看见路灯的光影在对过楼房的墙上时隐时现,仿佛要从墙上滑下来似的。瓦尔瓦拉点上一支烟,问道:

"难道他们连病人也要逮捕吗?"

萨姆金没有回答。坐在瓦尔瓦拉面前,恭候宪兵光临,岂不愚蠢、可笑而又尴尬吗?可是又有什么法子呢?

"可苏斯洛夫已经走哩,"瓦尔瓦拉自言自语道。"他说不定晓得会来搜查的。他真是个狡猾的狐狸……"

"不见得,"萨姆金严厉地说。

他俩又沉默了,仔细听着院子里一阵阵的咳嗽声;这咳嗽一开头是沉闷的呼噜声,接着越来越高,进而就像患了百日咳的婴儿尖细的咳声。

"这样恭候人家光临,显得太低三下四了!"瓦尔瓦拉醒悟过来。"我要躺下啦!"

她气呼呼地趿拉着拖鞋走了。萨姆金站起来,又忧心忡忡地看了一眼黑压压的窗外。那里什么变化也没有,路灯的光影仍在墙上晃动。

"准是灯芯坏了,"萨姆金心想。"他们显然不会来了。"

他并不想回卧室,就索性在沙发上躺下来;他感到自己很孤单,仿佛有些惭愧似的。

第十九章

一

早晨喝茶的工夫,米特罗方诺夫来了,他是昨晚搜查柳芭莎住处时的见证人。

"他们搜查得可严厉了,"他笑嘻嘻地讲道,好像很扬扬得意似的。"他们没有找到一丝一毫的罪证,可还是把她带走了。"

"可是她病还没好哇!"瓦尔瓦拉气愤地嚷道。伊万·彼得罗维奇耸耸肩膀,叹口气说:

"他们有自己的理由,至于嫌疑犯的健康,他们根本不管。那些书也是合法的,"他又笑呵呵地说下去。"有圣经,有科学书籍,有屠格涅夫的文集,第四卷……"

"您怎么会想到她一定有非法的书籍呢?"瓦尔瓦拉疑惑不解地问道。

伊万·彼得罗维奇用探询的目光瞧了萨姆金一眼,得意地笑起来,然后擦擦脸颊,轻声说道:

"哎呀,瓦尔瓦拉·基里洛夫娜,有什么好隐瞒的呢!要知道,我是很清楚的:权力转移的时刻到来了,因此,那些聪明人,正在觊觎傻瓜蛋的职位。是时候了!这也是理所当然的。既然我们都希望有公理,那当然也就没什么可惜的。不过我反对的只是暗杀、偷窃和扰乱治安。"

他弯下腰,凑近瓦尔瓦拉,更加小声地说:

"但是,暗杀也是可以理解的。常言说得好,'要求是不能藏到腰包里去的'。既然要对准大臣开枪,那么我认为这是一种索取高价的要求,一种表示,就是说:让步吧,否则,就给你这个!于是为了证明他的力量,就'砰'的一声!"

瓦尔瓦拉不禁哑然失笑。

"您说得真有意思,伊万·彼得罗维奇,"她嘻嘻笑着,说道。

"当然,好笑嘛,"房客同意道。"不过,说真的,我这笑话里面有严肃的意思。因为我已经经历和正在经历着广阔的生活领域,所以我充分地看到,那些不会调理生活的人,是谁也不会可怜的,并且人人都明白,虽说他是一位大臣,可他却是一个废物!因此,人们只感到好奇,不过以为杀了一个无名小卒而已,他们瞥一眼他的尸首,扯两句杀他的原因,然后各奔东西;有的去办公,有的上酒馆,还有的闯入别人的家门,干些偷偷摸摸的勾当。"

萨姆金听着米特罗方诺夫这些莫名其妙的言论,直皱眉头,他担心瓦尔瓦拉会猜到这个房客的行当。那时她就会说:"噢,原来你那位通情达理的人是干这一行的呀!"于是,萨姆金寻着伊万·彼得罗维奇的目光,想给他递个眼色,可这家伙越说越起劲儿,就像平时遇见什么激动人心的大事似的,汗都沁出来了。

"当然啰,倘若这种开枪的勾当成为习惯,咳,那就糟了,"他瞪着眼睛,说道。"虽说整个生活都处在忧患之中,可是我认为,这种勾当尤其危险。不过,假如那些容易感情冲动的青年人把梳子齿弄断了,那我们又用什么来梳头呢?而我们,瓦尔瓦拉·基里洛夫娜,是要梳头的呀,因为我们都是些毛发蓬乱的人呐。哎哟,我的上帝!我可是知道人的头发要蓬乱到什么程度……"

萨姆金使劲咳嗽了一声,但是没起作用。

"当然啰,这种情况或许是由于我们对正义的无限留恋造成的,因为,您知道,就连小偷也梦想着正义。其实,人人都在渴望着另一种生活,而这正是我们酗酒和放荡的原因。但是,我要告诉您,瓦尔瓦拉·基里洛夫娜,很多人都是伪君子,那些狗娘养的!因为我了解情况。那些罪犯就是例子……"

"混蛋!"萨姆金暗自骂道,并且吧嗒了一下嘴,故意把茶勺弄得叮当响,但马上又不再干扰米特罗方诺夫说下去了。

米特罗方诺夫两只眼睛狰狞地瞪了起来,用拳头捶了一下膝盖,把另一只手伸向瓦尔瓦拉,张开五指,犹如想掐住她的喉咙一般。其实,他不是冲着瓦尔瓦拉,而是在喃喃自语。

"你算是什么罪犯呐,狗崽子?"他恶狠狠地说。"不消说,你是个混蛋,而且……你似乎是在做梦,以为你是大善人,瞧瞧吧,原来是这么个东西!你是在做梦哟,傻瓜蛋!你是个小丑,是个小戏子,伪君子,你不是罪犯!你不是罗坎博尔①,撒谎!你这狗娘养的,根本不配当罗坎博尔,他是鹰,而你不过是只鸡!而且你的罪过就是欺世盗名,并不是持棍偷窃,混—混蛋!"

他身子颤抖了一下,直起腰来,举起一只手,像宣誓似的,更加镇定地说:

"瓦尔瓦拉·基里洛夫娜,类似我们这样的民族是没有的!"

瓦尔瓦拉惊愕地瞧了他一眼,简直有点儿发愣了,她靠在椅子上,把双手放在脖子后头,这使她的乳峰难看地鼓了起来。萨姆金再不想阻拦这个警察局的暗探来发泄他的牢骚了,因为他觉得这些牢骚话里有某种寓意。

"这是一个根本不能共同生活的民族,它的人好像都是冥顽和疯狂的。每个国家都有窃贼,对他们没有什么可指责的,人们按自己的职业正常行事,就跟穿着橡胶套鞋走路一样。不偏不倚,一切都很清

---

① 罗坎博尔是法国作家特里尔长篇侦探小说的主人公,这个名字已成为经历过令人难以置信的种种事件的冒险家的通称。

楚。而在我们这里,哪怕最渺小的人物,一个小小扒手,也一定有些怪癖,好异想天开。请允许我讲下去……讲一次执行任务的事……"

米特罗方诺夫停顿了一下,瞥了一眼克里姆。

"其实并不是什么任务,而是一次偶然机会,我抓了一个偷东西的擦地板工人,他特别擅长小偷小摸,什么戒指啦,耳环啦,别针什么的,都偷。您要知道,我是在盯他的梢。他正在一个富翁家给镶木地板打蜡,那是一间闺房哩。他把一个帮工的小男孩打发出去,麻利地用万能钥匙打开梳妆台的抽屉,把需要的东西装进盛蜡的盒子里,干得很麻利,可是末了呢……"

米特罗方诺夫从椅子上跳起来,他那圆圆的猫脸上浮现出傻呵呵的笑意。

"末了他就跑到隔壁屋子里,像个小无赖似的拿起大顶来,并且从镜子的下面打量着自己。其实呀,他都三十四岁啦!长了一脸大胡子,甚至两鬓都花白了,真的呀!大家问他,我也问他:'真行,雅科夫列夫,可你干吗要拿大顶啊?'他说:'这个嘛,我无法向你解释,不过我有这样的迷信和习惯,总爱在得手之后,头朝下待一会儿。'"

他又把身子朝瓦尔瓦拉偏过去,现出一丝苦笑,而又略带惊愕,口气肯定地说下去:

"这不是罗坎博尔,而是欺世盗名,是最最有害的胡闹。您知道,这是自欺欺人,也可以说是自我愚弄,除了该打耳光之外,什么也不配。您知道,幸好法院不理睬这种勾当,不然可怎么审判呢?简直是儿戏,我的上帝,可真是穷极无聊,叫人哭笑不得……"

他真地哭了起来。那双鼓胀的眼睛里浸出了泪花,萨姆金觉得这眼泪有点儿发黄,像是泡沫。米特罗方诺夫咬住嘴唇,为了不让它哆嗦,然后强作笑脸道:

"人的行动是不可理解的。就拿养马场场主叶尔玛科夫来说吧,此人在本行业中是很有名的,他用花不完的钱盖了一座老妪救济院,是个二层楼房,还带一个家庭教堂。房子盖着盖着,脚手架忽然倒了,摔伤了好几个人。发生意外是可以理解的。可是叶尔玛科夫发生事故之后就忌讳盖教堂了,而且房子盖好后又弄得贻笑大方,因为他把这座房子做了不正当的用途,办了一个如法国人出于客气所说的'美宗普布利克'①。这样的例子我可以给您举出几十个。可是人们要仿效的究竟是什么呢?我真不明白。因此我开始觉得没有哪个人没有怪癖,每个人随时随地都可能来个拿大顶。"

米特罗方诺夫长叹一声,站起来,问道:

"您认为这一切都很简单吗?人们只是干着不同的职业,吃呀,喝呀,下馆子呀,看马戏,上剧院呀,仅此而已吗?不,瓦尔瓦拉·基里洛夫娜,这只是外表,一层壳壳,而内心呢,却是苦闷无聊的!这种虚伪乃是生活中的普遍现象,而且到时候,就会暴露出来,那时,他就会来个拿大顶。"

他笨拙地鞠了一躬。

"请您原谅,我真是心灰意懒了。您知道,我的日子……是不好过的。惶惶不可终日。对不起。"

他抖掉衣服上的面包渣,走出去了。

"真了不起,"瓦尔瓦拉闭上眼睛,摇晃着脑袋,惊讶地拉长声调说。"说得多妙啊!……暴露的时候,啊?你说说怎么样?"

"是呀,真有意思,"萨姆金一面说,一面在思索这个警察局暗探的"一套语言"。

"不,他不大像一个你所说的通情达理的人,"瓦尔瓦拉说。

"看来是这样的,"萨姆金喃喃一句,便往自己房间走去。

"我真不明白,他哪点儿叫你失望?"妻子跟在后头,死乞白赖地追问他。"你要到戈金那里去,告诉他柳芭莎被捕了吗?"

"当然要去的。"

他坐在桌旁,把一沓厚厚的"卷宗"摊在面前,可是当瓦尔瓦拉刚

---

① 法语译音,意即"妓院"。

一走开,他就立刻仿佛陷入了一个杂草丛生的深坑,被那纷乱的语言罩住了。

"欺世盗名。生活的儿戏……"

他似乎觉得在这些字句下面隐藏着他已经熟悉的、惶恐不安的念头。米特罗方诺夫一定是受了什么惊,这是很显然的;他的一举一动就像有什么过错似的,他实际上是在为自己表白。

"一个正直的青年,才会有自咎之感,"萨姆金得出结论,但又觉得懊丧:似乎这个结论是外来的,与他格格不入的,因而怏怏不乐。

他的思绪被瓦尔瓦拉的叫喊打断了,她在那里命令道:

"喝咖啡呀!"

"谢谢,"库莫夫回答。

"她准是穿着睡袍,披头散发,赤着双脚,"萨姆金在想着他妻子的模样,听见她在询问:

"他都说了些什么呀?"

库莫夫说话的口气很温和,肯定是和平常一样,流露着对犯错误者的宽厚的微笑,告诉她:

"他斥责那些现实主义作家对于精神的愚昧无知;这是完全对的,但并不新颖,而且连他们自己也明白:现实主义已经过时了。"

"您这样想吗?"

"是的,这是一个定理:当生活变得特别悲惨的时候,文学就要退到理想主义里面去,浪漫主义作家也就应运而生了,就像十八世纪末那样……"

"咦,是这样吗?"瓦尔瓦拉问道。

"她在权衡贩卖什么样的货色更有利可图,"萨姆金想象着,站起来,故意把书房的门砰的一声关上,好不再听见文牍讨厌的声音和他妻子煞有介事的询问。

二

晚上他来到戈金家,其实他不喜欢到这家人家里来,因为这里老像火车站一样,会遇到形形色色的人物。给他开门的是头发蓬乱的阿列克谢,他耳朵上夹着一支铅笔,口袋里揣着一些什么纸片。

"哎呀,是您哪!我们这里……"

"搜查过了吗?"萨姆金悄声问道。

"咦,难道现在是搜查的时间吗?……"

"昨夜柳芭莎被捕了,"萨姆金通知说,因为他想马上就走,所以没有脱衣服。戈金张口结舌,不知所措地眨了眨眼睛。

"真糟糕,我妹妹也被捕了。在波尔塔瓦。唉……那好,咱们走吧!"

他把脖子朝大厅的门扭过去,从那里传来嘎哑的声音和一阵咳嗽。萨姆金心想,那里一定很有趣,而且马上就走也不好意思。原来是教堂助祭在那里一面吼叫,一面咳嗽;他坐在桌边,两手放在胸前,像两只大汤勺,那样子跟死人一般,他那男低音也不洪亮了,变得嘎哑了,而且常常被急促的干咳所打断。助祭说话语无伦次,吞吞吐吐,还不时地大喊大叫。

"这就好像以色列人摆脱埃及人的统治一样,"正好在萨姆金迈进门坎的工夫,他大声喊道。"不过就是没有摩西!因而也就没有人能指出通向天国的大路了。"①

萨姆金立刻就在这个他素来讨厌的人身上,发现了一种新奇而又可怕的东西。助祭变得枯瘦而扁平了,显得很难看;他坐得笔直,呆板得像个木头人。胡子已经完全白了,一绺绺地垂在脸上;他活像个乞丐,故意把胡子弄得很难看,以便引起人们的可怜。他的头顶秃得也

---

① 这里借用《圣经·出埃及记》中的话,比喻乌克兰农民的暴动。摩西是所谓犹太人争取摆脱埃及人统治运动的领袖和"先知"。

很难看:从前额到后脑勺,头发都脱光了,露出了灰不溜丢的头皮,不过皮肤上有的地方还残留着一撮撮短毛,而在两耳上方却扎煞着两绺长头发,活像两根犄角。他脸上的皮肉一皱起来,脸庞就显得长了,跟圣像画师制作的廉价圣像上的圣瓦西里一模一样。

"他们赤手空拳,既没有长枪,也没有手枪,有的只是木棍和棒子,加上哭哭啼啼……"

"他身上有一股戏剧性的意味,"萨姆金思忖着,想尽量摆脱这种压抑的情绪。当助祭慢慢扭过头来,打量着朝他走去的阿列克谢的工夫,萨姆金的这种情绪更强烈了。助祭的松弛的皮肤使他自己那双眼睛显得很丑陋,眼皮翻卷,露出里面的红肉,瞳仁扩大了,它们放出的光辉懵懵懂懂,分明是精神失常。

"好吧,你们写吧,怎么写都行,反正都一样,"助祭一边说,一边朝阿列克谢挥着严厉的手势,让他走开。

散坐在室内各处的十五六个人,都在瞧着他,萨姆金觉得,他们的眼神也和他的一样,是厌恶的,惶恐的,仿佛等待着发生不寻常的事情。门口坐的是些家丁:女厨子,女仆人,年轻的门房;那个女厨子在默默地哭泣,用头巾角直抹眼泪。萨姆金坐在一个男人的旁边,他躬身在椅子上,胳膊肘撑着膝盖,双手捧头。

"太冒险了,"助祭声嘶力竭地喊道,接着又咳嗽起来。"这次行动犹如一股潮水,涌进了没有播种、没有耕耘的田野。他们像一群天生的瞎子冲进去,践踏了越冬的庄稼、自己的财产。结果呢,给哈尔科夫的那位督军谢纳赫里布冲垮了①……"

"他是喝醉了吧?"萨姆金悄声问他身旁的人。那人没有动弹,却大声嘟哝道:

"是您自己喝醉了……"

---

① 一九〇二年南俄各省发生农民大暴动,是年三月波尔塔瓦和哈尔科夫省农民捣毁地主庄园多处,当局派兵进行残酷镇压。当时的哈尔科夫省省长是残忍成性的奥勃连斯基公爵,这里助祭将他比作公元前镇压巴比伦起义的亚述国王谢纳赫里布。

"他们用鞭子使劲抽一个头领的肚子,连肠子都给抽出来了。他们就像鞭打牛马一样抽打农家妇女。"

一个人在角落里颓丧地小声提问:

"他们一点都不想反抗吗?"

"用什么反抗呀?赤手空拳吗?只是在肉皮挨揍的时候,肉皮反抗过……"

助祭默不作声了,用他那充血的眼睛望着大家。人们从屋子的各个角落提出问题,但所有问题都是怯懦的,惶惑的,只有萨姆金身旁的那个人敢于声色俱厉地提问:

"究竟有几千人呀?"

"我没有数过,也数不过来。"

萨姆金从音调上听出来,他身旁那个人就是波亚尔科夫,然后就躲开了他。

"现在你们坐在这里,倒是关心起他们怎么挨打,用什么打和打了多少人来了,"助祭又说起来,并且咳嗽一阵,就往脏手帕里吐一口痰。"怎么,全是为了写文章,登报纸吗?你们就知道写文章,说空话,可什么时候拿出行动来呢?"

他使劲想从椅子上站起来,然而不能,因为他的大皮靴像是扎进了地板缝里似的,一动不动。他把两只胳膊摊在桌子上,但没有用它们支撑着,所以尽管使了劲,还是没能站起来。末了,他慢慢扭动着好像裹在皱巴巴的灰衣领里的大树干似的脖子,打量着众人,继续说下去:

"我也曾经从文字中寻求过安慰,甚至还写过诗。然而文字却不能安慰我,即使安慰,那也是暂时的,时候一到,就会感到羞愧……"

"到暴露的时刻了,"萨姆金不由地回想起。

"何谓文字?不过是灵魂的糟粕。"

教堂助祭弯下身子,胡子都贴到了桌子上,他两手往桌上一摊,疯疯癫癫地哼起来:

魔鬼观察了我们的生活,
他哀号着,吓得直打哆嗦:
"上帝呀!我究竟做了些什么?
我制服了你,看见吗,上帝?
我毁掉了你的一切法则。
你,我的朋友和不成器的兄弟,
你,亚伯①……"

他又咳嗽了一阵,在椅子上颠了两下,呜呜噜噜地说道:
"这是我从前作的诗……下面我忘了……它的结尾是:

他俩拥抱在一起,痛哭流涕……"

助祭用手拍了一下桌子,接着说:
"可是上帝和魔鬼,为什么要为自己的无能而流泪呢?为什么呀?人们所要的不是眼泪,而是盖当②和麦克比阿斯③……"

他又拍了一下桌子,这一下终于帮了他的忙,他那修长的身子方才站了起来,声音又大又粗地嚷道:
"我们需要的是约书亚④。这不是我的话,这是民众的呼声。我亲自听人说过:我们没有这样的人,应当给我们这样的人!是的。"

一阵颤抖,通过他那颀长的身躯,从肩头波动到膝盖。

"从前这里有个说教者,住在地下室,在苏哈廖夫卡卖煮下水。他教训我们说:石头冥顽不灵,树木冥顽不灵,上帝也冥顽不灵。我当时没有吭声。我心里说:'你尽胡扯,基督是个聪明人!'现在我才知道:

---

① 亚伯的故事见《圣经·创世记》第四章。
② 盖当是古代犹太人的首领,民间英雄。
③ 麦克比阿斯是公元前二世纪的犹太爱国英雄。
④ 约书亚是《圣经》中的人物,继摩西之后的犹太人首领。

这都不过是聊以自慰,全是空话。基督也是两个死的字眼儿。否定者是对的,而肯定者是错的。针对这种恐怖,应当肯定什么呢?虚伪。虚伪肯定了,那么除了人类的巨大痛苦之外,就是一无所有了。其余的一切,房子啦,信仰啦,还有种种奢华和恭维啦,全都是虚伪!"

虽说咳嗽妨碍助祭讲话,可他却讲得蛮起劲儿,有些话说起来声音也不嗄哑了,甚至像从前那样清脆了。在萨姆金面前忽然呈现出一幅阴森森的图景:黑夜,辽阔无边的原野上,烽火连天,一个狂怒的大汉率领着成千上万的农民从火堆旁冲过去,他那双圆睁睁的大眼睛里射出炽烈的光焰。此刻,萨姆金又看到,在场的听众在互递眼色,仿佛剧场里的观众,流露出很不喜欢外埠剧团的演出那种神情。

"说到奴隶,那也是不真实的,虚构的!"助祭说着,用颤抖的手指扣上大衣的领钩。"在基督以前,不曾有过奴隶,只有过俘虏的囚徒,即肉体的奴役。随着基督的降临,精神的奴役就开始了,是的!"

波亚尔科夫抬起头,挺挺胸。

"说得对,老兄!"他说。

"不过,让我说两句,"一个脚上缠着绷带、手提木杖的人怒吼道。波亚尔科夫嘘了他一声,而助祭则向他伸出一只手,五个手指直扎煞,吼叫道:

"我有过一个儿子……还见过一个爱民众的大学生彼得·马拉库叶夫。他在流放中死去了。许许多多的青年,最正直的青年在牺牲!人民大众也在牺牲。一个毛发卷曲的哥萨克,在用鞭子抽打那些半个世纪来一直肥肥地喂养着沙皇、主教、你们大家、整个俄罗斯……的老人们,是的,他在用鞭子抽打他们!并且他因为能够抽打他们,同时又可以不受惩罚而欣喜若狂,纵声大笑!不是吗?"

助祭把"不是吗"三个字吼得震耳欲聋,使萨姆金以为他一定会随口说出些粗俗的骂人话。然而助祭却用脚踢开他坐过的椅子,仿佛一只被雨淋过的小鸟,抖搂一下身子,末了从兜里掏出一条花花绿绿的围巾,缠在脖子上,朝门口走去。

"我讲不下去了,"他嘟哝一声。"请原谅,我身体不舒服。"

阿列克谢和一位穿丧服的、面孔阴沉的太太跟在他后面;太太惶惶然地问道:

"您在哪里过夜呀?"

助祭咳嗽不停,没有回答。他像个盲人似的,踏着沉重的步子朝前走着,一只手在他身前直摸索。

波亚尔科夫又弯下身子,注视着地板。萨姆金为了避免和他相遇,也蹑手蹑脚地通过穿堂,走到台阶上去。助祭正站在街对面,靠在一根灯柱上,把一张小纸片举到路灯跟前读着,同时用另一只手掌遮着眼睛。他头上戴着一顶很不寻常的制帽,萨姆金因而想到:一些画家常常把果戈理笔下的官吏画成这副样子。

"这些骗子!"助祭醉醺醺地嘟哝道,嗓子直呼噜,还不断地咳嗽,他一赌气,把纸片撕碎,然后趔趔趄趄地离开那灯柱,大皮靴发出叽呱叽呱的响声。因为街道很窄,萨姆金走在对过也可以听见他嘀嘀咕咕地发牢骚:

"奉献给上帝……精神已被践踏……心已破碎并已屈服,唉呀呀……"

过路的人都回过头来打量着这个好像没有长手的细高个儿,因为助祭两只胳膊紧紧贴在身上,两手插在兜里。

"一个人在晚年丧失信仰,一定是很苦恼的,"萨姆金沉思着,想起了这个半死不活的呆子讲过的那个强盗尼基塔,这强盗对基督说:

> 我们恨你,是因为爱你,
> 纵然恨你,我们还是你的仆役……

随着时间的流逝,这种意念并没有久久地压在萨姆金的心头。

三

几天后的近午夜时分,瓦尔瓦拉已经躺下睡觉了,萨姆金正在自己书房里工作,女仆格鲁莎忽然跑来告诉他,那愤愤的口气,活像在说一个阿猫阿狗似的:

"那个房客来求见。"

米特罗方诺夫蹑手蹑脚地走了进来,他的脸可笑地朝下巴颏耷拉下去,胡子翘了起来,他随手把门关得严严的,然后走到桌子跟前,轻声地说:

"又有个学生刺杀了一位大臣。"

萨姆金差点儿忍不住笑出来,因为米特罗方诺夫的面孔,他那耷拉的肩膀和浑身上下无精打采的样子特别可笑。

"像打山鸡似的,一枪就打死了。干得真妙,他化装成一名军官,然后嘭地一家伙!"

"这是真的?"萨姆金希望他再讲点什么,就问道。

"咦,怎么不是真的呢?我们的人出事之后马上就知道了,"米特罗方诺夫回答,然后叹口气,坐下,把胸脯贴在桌子角上。

"克里姆·伊万诺维奇,"他嗫嚅道。"请您解释一下,大学生和大臣们干吗要进行这场恶斗啊?我有点不明白:鲍戈列波夫给杀掉了,波贝多诺斯采夫屡遭谋刺,还有我们的特列波夫①……可这一次这个……我真不明白是为什么,"他喃喃说着,把一条擦鼻涕的手绢缠在手指上。"您知道,这简直和非洲一模一样了:黑人,犀牛,总之,一个野蛮的地方!"

"我是不同情恐怖主义的,"萨姆金略带焦急但又有点儿踌躇地说道。

---

① 特列波夫(1855—1906),莫斯科警察总监,沙皇的忠实走狗。

"我知道您一向是很通情达理的,因为我也……"

米特罗方诺夫的笨重身躯滑到椅子边上,躬向萨姆金,一双眼睛疑问地转动着。

"依我所见,这不是革命,而是普通刑事犯罪,就像杀死奸夫之类的事。装成个军官,假借某某的名义,然后——嘭一声!这简直不是个国家,而是……乡村。哪里有什么安全的国家呀,倘若人人都开起枪来的话?"

"当然喽,这种单打独拼的做法是发疯!"萨姆金严厉地说道。他发现米特罗方诺夫越往下说,越发惶恐,他已经出了一身冷汗,把两只胳膊肘紧紧贴在肋骨上,难堪地摇动着两手,有如鱼的两鳍在扇动。

"他化了装,"他又说了一遍。"有人会效法他,装成一位神甫去枪杀大主教了……"

未了,他又朝萨姆金挪了挪,说道:

"克里姆·伊万诺维奇,您当然晓得这座房子是受到怀疑的……"

"您是说我的家吗?我吗?"

"嗯,是的。我当然认识那些侦探,因为我们是同行。他们在监视到您家来的人,克里姆·伊万诺维奇。"

"也监视我吗?……"

"可不吗!有一个样子朴素的女人常来找索莫娃,好像是尼康诺娃。还有苏斯洛夫先生,总而言之……您知道,克里姆·伊万诺维奇,您应该……"

"谢谢您,"萨姆金用温和的口气说。

米特罗方诺夫许是意识到萨姆金的感谢是想结束这场谈话,于是他站起来,把一只手贴到左胸前,说道:

"天地良心,这是出于我对您的尊敬……"

"我晓得,谢谢!"

萨姆金伸给他一只手,而这个暗探却用两只手使劲地握住它,悄悄问道:

"那您说说,这个大学生开枪,是为了他们自己人,还是为了乌克兰人?您不知道吗?"

"我不知道,"萨姆金回答,下意识地将客人逼向门口,匆匆想到,这次暗杀定会引起新的逮捕和镇压,引起新的恐怖行动,很明显,二十年前俄国的那种遭遇又要重演。他走进卧室,点上灯,在妻子的床前站了一会儿。她睡得很死,脸上流露着愤然的表情。萨姆金坐在自己的床上,蓦地想起,当他告诉她马拉库叶夫已死的消息时,她不动声色地说:

"我知道啦。"

"那你怎么不告诉我呢?"

瓦尔瓦拉回答:

"假如你想给他开追悼会的话,还不晚哩!"

"别开这种愚蠢的玩笑!"他说。

"我可不是开玩笑,我已经为他追悼过了,"她说完,把身子扭了过去。

"是的,她变得越来越陌生了,"萨姆金一面脱衣服,一面思忖。"现在没必要叫醒她,我明天再告诉她西皮亚金①的事吧,"他仿佛要惩罚他妻子似的做了这个决定。

四

翌日晨,是瓦尔瓦拉把萨姆金叫醒告诉了他这事件。她手里摇晃着一张报纸,几乎是在喊叫:

"西皮亚金被刺杀了,你看看吧!"

她坐在他的床上,轻声地,然而非常激动地告诉他:

"是大学生巴尔马绍夫干的。唔,我似乎在兹纳缅斯基家里见过

---

① 西皮亚金(1853—1902),俄国内务大臣,残酷镇压工农和学生运动的刽子手;被社会革命党人巴尔马绍夫暗杀。

此人,他和他的妹妹,或者是未婚妻,很可能是未婚妻,一位个子矮矮的小姐,围着一条毛围巾,她的姓好像是亚美尼亚人的姓……"

她把报纸揉成一团,那睡眼惺忪的脸上流露着一丝苦笑,怨声怨气地说道:

"很快就会出现这样一种情况:不论你走到哪里,都会遇到这种英雄……"

没等她说完,克里姆已经猜到她想说什么了,于是他插嘴道:

"你还记得你是多么憧憬这些英雄的吗?"

瓦尔瓦拉哼了一声,走到梳妆台前,烦躁地梳起头发来。

"这是为反动派效劳,"克里姆说着,把报纸扔在地板上。"接着就会又出来一个什么列夫·季霍米罗夫,忏悔说,恐怖主义是愚蠢的,俄罗斯除了沙皇之外,什么也不需要。"

"我不明白,干吗要期待那个季霍米罗夫……而且,总而言之,我不明白!国家的文化复兴已经开始,新诗、散文……最后还有绘画,都在大放异彩!"瓦尔瓦拉慷慨激昂地说;她一面梳头,一面痛苦地直蹙眉,那副恼怒的神情流露着十足的冥顽之气,萨姆金付之一笑,便去洗脸了,可是当他走到盥洗室的时候,却一屁股坐在卧榻上,静听起来。他觉得这所房子里仿佛喧闹异常,有如盛大节日前夕的大扫除:门窗乒乒乓乓,厨房里锅勺叮咚,女仆东奔西跑,弄得杯盘乱响;安菲米叶夫娜的脚步声跟马蹄子一样重。

萨姆金心想,很可能许许多多知识分子家宅中现在都这样喧闹异常吧;到处是一些半裸体的、披头散发的人在读报,为一位大臣被刺而兴高采烈吧,在猜想着将要发生什么事情吧?

"真是荒唐的生活……"

当他从盥洗室出来的工夫,正好碰见厨师挨着过道的墙根像个幽灵似的朝他走来,他手里拿着一顶尖帽,着一身素装,活像一具死尸。

"请问,克里姆·伊万诺维奇……"

他那副由于烘烤而变得通红的小脸直打哆嗦,一条条皱纹从他那没有牙齿的、奚落的笑脸上,爬到了光光的头顶。

"我很想知道,这些大学生刺杀老百姓的惟一保护者——沙皇的忠实奴仆,究竟是为什么呢?"他用哭唧唧的、颤抖的声音说道,那神情是怨恨的,尽管他想说得愤慨一些。他揉搓着手中那顶浆得挺硬的尖顶帽,那双早就醉眼蒙眬的眼睛里噙着浑黄的泪珠,有如糖浆泡过的醋栗果。

"我活了七十岁……亲眼看见许许多多从前的大学生如今当了大官!我在这位被打死的大臣西皮亚金阁下的亲戚家里当过四年差……看见他的时候还是个青年,"他说着潸然泪下,连萨姆金的劝告也没听见:

"请您镇静一些,叶果尔·瓦西里耶维奇!"

"除沙皇之外,咱们再没有别的保护人了,"厨子呜咽道。"我当过农奴,当过家丁,"他一面说,一面用红彤彤的拳头敲着胸脯。"我为贵族当了一辈子差,也为商人当过差,然而这对我是一种屈辱!倘若是商人的子弟起来反对沙皇,克里姆·伊万诺维奇,对不起,那可不行……"

安菲米叶夫娜从厨房走出来,显出一副盛气凌人的样子,她的上衣袖子卷了起来,用一只像大腿一般粗的胳膊,抓住厨子的肩膀,仿佛从墙上撕下一张广告似的,把他拉开。

"好喽,该干活啦,叶果尔!去喝点氨水醒醒酒吧!"

她像拉扯一个小孩子似的把他拉走,又回过头来对萨姆金说:

"你不要宠着他这种多嘴多舌的毛病,反正他跟谁都说得来,就是跟苍蝇也一样。"

她把厨子推到厨房之后,解释道:

"老爷们把他惯坏了,因为他一直住在阔人的家里。"

"真是一位多愁善感的老人,"克里姆喃喃道。

"多愁善感,活了这么多年可不是么!"安菲米叶夫娜哀叹一声,说道。

五

　　一个钟头之后,克里姆·萨姆金来到他上司的办公室。这位身材高大、仪表堂堂的男子,穿一件长外衣,坐在办公桌后面。他向萨姆金伸出一只温暖而又散发着香气的手,掀动了一下眉毛,敏锐地打量着他的脸,悄声问道:

　　"好哇,您有什么要说的吗?"

　　"这是为反动派效劳,"克里姆说。

　　他上司瞥了一眼左面墙壁的一扇小门,说:

　　"小声点儿,那里有位新来的文牍!"

　　他望着天花板,沉思了一会儿。

　　"您是说为反动派效劳?唔,问题是很复杂的哩。当然,青年们是心血来潮,不过……"

　　他高高地扬起眉毛,又沉思起来。今天早晨他比任何时候都精神焕发,从他身上散发出来的香水味更浓烈。他那满面红光的脸显得很庄重,指甲宛如珍珠母一般闪闪发光;只是一双眼睛流露着疑问的表情,仿佛有点儿心神不宁。

　　"是的,青年们是心血来潮,不过,这是可以理解的,"他字斟句酌地说道。"这是正常的愤慨……人们看到,政府已经无力控制局面了……就是说,完全无能为力了。而且,正如南方暴动所表明的,简直窝囊!"

　　上司四下张望,听了听动静,说道:

　　"这革命是有人煽动的,不过没有领袖……您明白吗?这叫无政府主义。这是不会像国内有识之士所希望的那样取得成效的。正如单是领袖们起义一样,也不会成功,我指的是十二月党人和民意党人。"

　　萨姆金又想起了助祭的话,心里说:

"看来这家伙也在幻想着盖当。他的大肚皮和那些装饰品,可以使他出色地扮演古代英雄盖当的角色。"

"人们都希望青年们能够认清自己的使命,"上司把一沓文件推到萨姆金跟前,说道;然后,站起来,敞开他的外衣,露出里面的绸衬衫和像马戏团拳斗师一般强壮的体格。"不言而喻,人们要在两个方面进行斗争,"他在办公室里踱着方步,手里揉搓着手帕,严肃地说道。"是的,在两个方面:一是反对来自右边的恶徒,不让他们把民众重新推到普加乔夫主义的道路上去,就像南方那样;二是同绝望分子的无政府主义作斗争。"

萨姆金看到这个脑满肠肥的家伙忧心忡忡,心里很高兴。于是他脑子里产生一个滑稽的念头:请米特罗方诺夫引几个小偷到他的上司家里来,这一点米特罗方诺夫是准能办得到的,他肯定和小偷有交情。但是,萨姆金马上又懊悔了:

"真见鬼,我脑子里怎么会出现这种荒唐的念头呢?"

上司走到他跟前,说道:

"我顺便告诉您:后天晚上我这里……有人要我召开一个小型会议。请您来参加。有一位从……外省来的人,就是说,要做一个有趣的报告……他们向我保证……"

"瞧他多得意,"萨姆金心里一面嘀咕,一面恭敬地点头赞同。"他显然很得意。不,我绝不能和他一样,"他毫不惋惜地下了结论。

"审判结束之后,您就上我这里来,我因为身体不舒服,今天不出门。这个星期内您要去卡卢加一趟。"

三天来萨姆金深深感到,西皮亚金的死比起鲍戈列波夫的死来,更叫人欢欣鼓舞。他觉得大家普遍的情绪,就像剧场里的观众,在看完第一幕他们非常喜欢的悲剧之后那种喜不自禁的情景。

"看来,他们真地动手了,"那位红头发律师马格尼特搓着手,说道。

"我们走着瞧吧,瞧瞧会有什么结果,"一些人情不自禁地掩饰着

乐观心情,说道;另一些人都故作怀疑姿态,断言:

"不会有什么结果的,这是已经尝试过的了。"

戈金老汉像是恳求,又像是暗示,说道:

"如果工人们现在来一次像样的罢工,施加点压力,那我们很可能就要庆祝俄罗斯有宪法了,是不是呀,阿廖沙?"

愁眉不展、显得憔悴的阿列克谢快快不乐地答道:

"看来,工人们已经懒得为别人干活了。"

在大街上,萨姆金碰见了列多祖鲍夫。

"毫无意义,"这位从前的托尔斯泰主义者说。"他们不去弄干沼泽,只打死一个蚊子管什么用。"

在克里姆看来,他这句话是故作姿态的空话。说得比较自然的,却是列多祖鲍夫提出的另一个使人忧虑的问题:

"您作为一个律师,有何见解:他们也不会绞死巴尔马绍夫,就像害怕绞死卡尔波维奇那样,是吧?"

六

在萨姆金的上司家里聚会那天,天气不佳,冷风从霍登郊外吹到城里来,天上飘着迟来的、黏湿的雪花,傍晚又刮起了暴风雪。克里姆感到很疲倦,身体不舒服,知道要迟到了,于是怒气冲冲地催促车夫快赶,可是车夫因为雪花迷眼,在车夫座上不停地颠簸着,对乘客的催促泰然处之,不加理睬,同时催那匹马道:

"跑吧,蠢东西,我们要回家喽!"

"就为让这些家伙的人格受到某种重视,我们也得生活下去,"萨姆金出乎预料地想到,并且由于这个念头,他感到更阴冷、更寂寞了。

平常都是那位女仆,一个娇滴滴的老处女来开上司宅邸的大门,可这次却换了上司的随身男仆佐托夫,一个从前的水兵,五十来岁,脸刮得直发青,他那肿胀的面孔,活像个饱食终日的和尚,蹙着眉头,眼睛里射出怀疑的目光。

"请到客厅，"他一面作着邀请的手势，一面抖搂着他那潮湿的外套。萨姆金擦了擦眼镜，在橡木门边站了一会儿，然后轻轻地把门打开一个缝，侧着身子挤了进去，他当即意识到这个动作是愚蠢的。他眼前的情景，有如皮谢姆斯基枯燥乏味的小说中描写的共济会员①开会一般：在一间大屋子的中央，在一盏乳白色的球形吊灯之下，有七八个人围坐在一张椭圆形桌旁；他的上司坐在桌子的一端，他旁边是那个露着浆得挺硬的白衬衣胸领的普列伊斯；另一边是库图佐夫，他穿一身交通工程师制服。库图佐夫的在场并没有使克里姆感到奇怪，他似乎已经知道有一个"外省来的人"，而且肯定他就是库图佐夫。跟库图佐夫隔一把椅子，坐着一位陌生人，他穿一件肥大的灰上衣，垂着头，双手抱着后颈，乍一看，克里姆还以为这是一把蒙着椅套的空椅子呢。和普列伊斯并肩而坐的，是一个剃光了头的男子，他的胸脯紧靠在桌子上，那发青的脑壳差不多伸到了桌子的中央；他抽动着枯瘦的肩骨，仿佛要整个钻进桌子里去似的。

吊灯把桌面照得雪亮，但是烟雾弥漫的整个屋子却是昏暗的。波亚尔科夫坐在墙根，不自然地跷着二郎腿。他和平常一样，弯着腰，瞧着地板，挨着他坐的是阿列克谢·戈金和一个身穿夹克，脚蹬一双油光光的长筒靴，像个赶马车的人；有人在角落里划着一根火柴，照见了那个卷胡子的杜纳叶夫。克里姆数了数人头，一共是十七个。

他数人头是因为大多数人都翘首望着库图佐夫。从他们的表情看来，气氛显然是很紧张的，似乎大家急不可耐地等待库图佐夫把话说完。

"诸位当然都读过这一点了，"他说。一串烟圈，宛若弹簧一般，一个跟一个地从他手里的烟头上升起来，向吊灯飘去。

"读过了，"那个剃光头的人洪亮地附和道。"我们读了都很吃

---

① 共济会为十八世纪欧洲流行的秘密团体，会员开会有特殊的仪式。俄国作家皮谢姆斯基着有同名小说。

惊,"他接下去说,把身子趴在桌面上。"那是搞阴谋的团体,是儿戏,是古斯塔夫·埃玛尔①,一种中学生的浪漫主义,"这位反对论者假意地笑笑,头皮都皱了起来,跟包头发的睡帽一模一样。

"对不起!"上司用铅笔敲了一下桌子,严厉地说道。那个光头扭过脸来,朝他嘻嘻笑道:

"我知道这种玩意儿是个严肃的青年搞出来的,然而很明显,国外的生活……"

"请您别打搅报告人的讲话,"上司说道,气呼呼地鼓起两腮。

库图佐夫在烟灰缸上磕了磕烟灰,用克里姆所熟悉的语调谈起了各种各样的革命党人,他们有的是因为无聊,有的为了基督,有的出于浪漫主义,还有的是因为热衷于冒险而干革命的。他说了一些讽刺的话,从语调上说,是镇定的,心平气和的。他那修得短短的、像个木楔一般的小胡子和两撇浓密的、也是刚修剪过的上髭,并没有改变他那副庄稼汉的面孔。

"他不论怎样乔装打扮,都不会叫人认不出来,"萨姆金一面听他讲话,心里一面想。

"我认为似乎出现了一种新式的俄罗斯暴乱分子,他们的叛乱是由于害怕革命。这样的魔术家我是见过的。他们生来就不能跟着《火星报》走,更正确地说,是不能跟着列宁走,然而,他们看见工人的阶级觉悟日益提高,知道革命是不可避免的,便强令自己去相信伯恩施坦……"

"不对!"有人在角落里闷声喊道。

"我可以举出例子来。"

"祖巴托夫的行动就是的,"有人尖声地提醒说。

库图佐夫沉默片刻,似乎是在等着反驳;他把烟蒂塞进烟灰缸里,继续说道:

---

① 埃玛尔(1818—1883),法国惊险小说家。

"不久前,我在跟这样一个狡猾的人交谈时,蓦地想起了枢密官菲利普·维格尔在他的《札记》中所写的一种高明的见解。他写道:'很可能转瞬间我们又要经历一个血腥的混乱时期,因为我们早就该从混乱中建立起安宁和秩序了。'维格尔的这番话表达了他自己的、无疑是真诚的惋惜之情,即认为亚历山大一世没能及时镇压住十二月党人,这很可惜。"

他朝着普列伊斯那张呆板而又难以捉摸的面孔微微一笑,提高嗓音说道:

"司徒卢威在维特所著的《地方自治纪事》序言中,妄图用可能出现残酷的牺牲这种预见来恫吓警察局。可我认为,这种预言的后面隐藏着一个警告:你们要警惕呀,窝囊废!虽说他在序言里也劝告他们'要顺乎历史的潮流,使专制独裁者慑服',然而这应当理解为:快些分给我们权力吧,我们可以帮助你们战斗……"

"对不起!"普列伊斯站起来,大声说道。"我抗议!这是对一位伟大天才的人身攻击……"

上司拉了一下他的衣袖,皱着眉头,对着他的耳朵喃喃几句,而库图佐夫仿佛没听见喊声似的,继续说下去:

"我十分相信,我们已经有不少的革命家急于登台表演,以便早日过上美好的生活……"

"您这是反对自己,反对列宁,"那个光头欣喜若狂地喊道。"他这是……"

"列宁并不急于这样做,"库图佐夫说。"他只是强调从工人和知识分子中,培养革命的行家和革命的艺术家的必要性。"

"这是受了民粹派的影响!英雄,群氓……"

"是在策划阴谋呀,哈哈!"

在座的多一半人一下子轰了起来。萨姆金感到纳闷的是,看见这么多人因库图佐夫而激怒和怨恨,他究竟是忧,还是喜呢?

一个沉闷的声音压倒屋内的喧嚷,从角落里传过来:

"说得非常对！许多人正是由于害怕生活才钻到革命里来的。就跟一群绵羊夜间遇见火灾，径直往火堆里跑似的。"

他故意说得有板有眼，叫人觉得很动听。

上司拍了一下桌子，力图告诫大家：

"诸位先生们！请遵守——秩序……"

大家不听他的。库图佐夫正在用舌头粘合一支裂缝的香烟，波亚尔科夫隔着他的肩头对普列伊斯喊道：

"是的，我们必须建立一个组织，以便随时随地把一切革命力量和各种革命火种联合起来，培养和扩大我们的战士，以便来一次决战，就是这样！杜纳叶夫，杜纳叶夫同志……"

杜纳叶夫被两个克里姆不认识的年轻人挤在墙根上，其中一个就是那位穿夹克的青年。他俩正在和他争着说些什么，而他却付之一笑，拉长声调，用奚落的口吻说：

"啊，果真是这样吗？"

那个穿夹克的人冲着杜纳叶夫的脸声嘶力竭地喊道：

"农民会像淹死老鼠一样，把你们淹死的！"

"是的，那又怎么样呢？绵羊会烧死的吗？那就烧吧！有什么害处呢？不过烟浓一点儿，会发臭味，可害处并没有呀！"

那个光头特别激昂，他趴在桌子上，单肘支着下巴颏，右手伸出去，指着库图佐夫的脸。他那圆球般的青脑袋壳，恰好对着那圆圆的乳白色灯球，在它下面显得一模一样，既可笑，又可怕。萨姆金没有听见他说什么，但是从声音里他感到了此人的苦恼。不过普列伊斯那生硬的音调倒听得很清楚：

"我绝没有想到你们——你们！——竟然强调要人为地制造某些海燕，总之竟然……"

由于太激动，他简直语无伦次，音调都变了。库图佐夫笑眯眯地瞧着他，斯斯文文地把烟从嘴角里喷出来，吹到萨姆金上司那边去，上司摆了摆手扇开它，脸上现出沮丧的表情。他用铅笔蹭蹭下巴颏，眼睛盯着在他前面摇晃的那个发青的脑袋瓜。波亚尔科夫狂叫道：

"进化？你们要闷死在这进化里面哩，我告诉你们吧！你们不但不该对现实卑躬屈膝，而且应当斩断它的脊梁骨！"

"现实"这个词儿，他说得很不清楚，而且两个字是断开的，听起来像跟人吵架似的，他的脸呈现出红晕，一双眸子像鱼鳞似的熠熠发光。

"杜纳叶夫像牵一条恶狗似的拉住他的腰带，"克里姆发现。

"我们可都是老公务员哪！"上司用洪亮的男低音声色俱厉地说道。

大家都不听他的话。分散坐在屋子里的人们，一个个从黑暗的角落里，渐渐身不由己地冒出来，向桌子靠拢。那个光头站起身子，原来是位瘦高个，从体型来看很像那位教堂助祭。现在萨姆金看清了他的脸，——这家伙的脸好像大病初愈似的，那样憔悴、干瘪，仿佛满脸都是用小碎骨撑起的一张老黄皮；一双小小的眯缝眼在昏暗的眼眶里闪着光亮。

"这是异想天开！是阿瓦昆教派的宗教狂热！巴伐利亚的农民已经证明……意大利的乡村社会主义……"

他尖声刺耳地说着，像是在读讲演稿的标题，断断续续地把它们喊出来。他的两只胳膊，和躯干比起来显得短了些，连说带比画，手跟脱了臼似的。库图佐夫一面抽烟，一面小声地、待答不理地反驳他两句。克里姆听不清他说什么，感到很惋惜，因为他很想知道库图佐夫是怎样说的。人声嘈杂总会分散萨姆金的一些注意力，他已经不怎么去注意他们的讲话，而是对他们的面部表情更为感兴趣了。

"先生们！"那个光头喊道。"'一个沉重的十字架已经背在我们的背上了！'我们每个人都成了奴隶，用昔日的锁链把我们锁在了历史的沉重的车轮上；我们都成了被判决在地下作苦役的囚犯……"

"请原谅，我不同意这种说法！"一个穿灰上衣、戴眼镜、生着一副鞑靼人面孔的人宣称。"从必然王国向自由王国的飞跃，一定要完成，否则太阳神会烧死我们的！我们应当从不自由的人脱胎出来，成为自由的劳动者……"

"脱胎就脱胎吧,那是你们的事儿!"库图佐夫大声喊道,末了诘问一句:"然而,工人阶级,真正的革命力量,同你们又有什么相干呢?"

他又心平气和地说起来,使得大家又不得不听他的。萨姆金站在墙边昏暗处,心里觉得库图佐夫所说的,正是揭露他萨姆金的隐患的话。他看见,在这个房间里,在一盏乳白色球灯宛若月光似的昏沉沉的照射下,有的人理性虽说悖逆了感情,然而他们都不像他那样,心中有着如此深深的创伤,因为他的感情和理智正在受着一种扑朔迷离的第三势力的折磨,逼着他不能如己所愿地生活。他听着库图佐夫的讲话,心里觉得他那心平气和的、似乎有点勉强的语言涓流,正在把他带进漩涡,引入泥潭。他并非第一次感到库图佐夫这种催眠的力量,可是还从来没有像现在这样强烈。

"也许他是对的,"萨姆金思忖着,想起了助祭斥责盖当的话,以及他的上司所说的"只有煽动家,而没有领袖的"革命。

他看见多数人都不吭声了,只有几个人在抑制不住地嘀咕着,还有那个光头不时地发出讥讽的狂笑。库图佐夫俨然一位教授,在跟自己的学生说话。

"我知道人人都在寻求解开生活之谜的诀窍,以为这种寻求是一桩严肃的事情。然而,这种诀窍是找不到的,于是他们就操起了理想主义的撬棍、万能钥匙和各种各样的偷窃工具。"

"太庸俗喽!"那光头一边喊,一边直跺脚,末了把身子向前一拱,差点摔倒,说道:"科学……"

"我说的并不是那种技术的源泉、可以减轻工人苦役般的劳动的正经科学。至于说到庸俗吗,其实我并不追求什么雅致。我这个人就有点粗俗,这还得请您多多包涵。"

库图佐夫一边说,一边用左手指敲着桌子,用右手指揉着香烟,可能是因为卷得太紧了。烟丝从烟卷里掉在桌面上,上司厌恶地噘了一下嘴,不耐烦地注视着他的动作。当库图佐夫揉好那支香烟之后,上司掏出手帕,想把烟丝从桌子上掸到地下,可是却掸到了自己的膝头上。库图佐夫惊奇地看着他,萨姆金觉得他上司的耳朵都红了。

"我们在谈论革命的时候,当然不像某些人那样,害怕犯法。然而我们反对'轻举妄动',——像一位同志所说的那样——我们也反对和大臣们决斗。一时的英雄,那是小说中的人物,而生活需要的是勇敢的劳动者,他们懂得工人阶级的伟大事业,乃是他们切身的历史使命……"

"您是在宣传所谓不可反驳的真理喽,"那个光头喊道。他说得很快,吐字也不清楚,萨姆金简直听不懂他说的什么,而库图佐夫挥一下大手,又说:

"并非如此,尊敬的先生!文化确实在没落,但不是因为你们喜欢说的生活的机械化,也不是因为有了技术,而且这种技术的文明作用你们是不了解的。文化的没落乃是由于资产阶级冥顽不灵的心理状态,由于市侩和商人有害于勤劳的贪欲所造成的。最后,我还要重复一遍:你们那位烜赫一时的造反人物老想来一场暴风雨,那不过是因为他这个骗子希望在暴风雨过后,能够获得安宁罢了。这看来是合情合理的事情,可是离安宁还很遥远哩。我个人就很怀疑这种安宁能否实现,它是否为人类所需要。"

库图佐夫站起来,从口袋里掏出一块像扁葱头似的厚墩墩的银怀表,看了看,然后放在手心上掂了掂分量。

"然而,不是该结束这种'用显微镜来观察心灵'的消遣了吗?一部研究九头怪蛇,一种最原始的、盲目的生物的古书①,就题了这样一个名字。"

萨姆金悄悄地向门口移动,因为他不想和库图佐夫照面,特别不愿意同波亚尔科夫和杜纳叶夫相遇。房间里又喧闹起来,有人愤怒地喊叫:

"您怎么说是用显微镜观察的消遣……"

---

① 指德国人马丁·列德缪勒于一七六一年所写的一本研究生物的书。

第二十章

一

大街上空旷、寂寥,令人烦闷。午夜里,这座大城市显得恬静安谧。路灯的光亮照着黄澄澄的雾霭。雪在融化,散发着春天的湿气。水滴从房顶上缓缓地流下来,那溅落的响声,恍若灯蛾扑在窗玻璃上发出的扑簌簌的声音。

萨姆金走得很慢,好像惟恐那充满在心头的思绪会一下子溜掉似的。库图佐夫说的这些话,有很大一部分他都从书本上读到过,或从众人的口中听到过多次了,可是这些主张从库图佐夫嘴里说出来却似乎像基本原理那样实在而又有价值。萨姆金分明看见,他眼前的库图佐夫被一群激怒的仇敌紧紧地包围着,他却是那样镇定自若,气宇轩昂,这和往常一样,不免引起他的忌妒和钦佩。

"他能够应付自如,真了不起……"

他想象着库图佐夫处在那些并非心甘情愿地去克里姆林宫示威的工人当中的情景。

"在这样的场合他会是怎样的呢?"

对此,他简直不能想象,不过他认为,如果这家伙和工人们在一起的话,很可能有许多工人是不会到沙皇纪念像跟前去顶礼膜拜的。随后,他脑海里便出现了那个年轻沙皇,站在库图佐夫旁边,一双蓝眼睛里流露着歉意的微笑;想起了他的上司用手帕掸去桌上的烟丝,好像故意向人示威似的;还想起了那个臃肿得出奇的瓦拉甫卡,以及许多形形色色的人物。库图佐夫在这帮人中不会显得茫然无措,就是在乡村,在那些怒气冲天的庄稼人从粮栈往家扛粮食的工夫,他也会照样镇定自若的。

"不,不能称他为一个'拴在沉重的历史车轮上'的奴隶……"

于是,萨姆金第一次痛惜地感到,他没有一个可以与之倾诉衷肠的人。

他快要到家的工夫,后面赶来一个人,黑外套上镶着铜钮扣,一顶官吏的制帽扣在眼帘上。这人走到前头,又回过身来瞅瞅他,然后站住,听声音像是库图佐夫,他问道:

"是萨姆金吗?您好啊!我在那里,在那头公牛家看见了您,我想找您,可您一下子不见了,"库图佐夫环顾着冷落无人的街道,压低声音说。"我正要到您府上去,不过不是去找您,而是去找索莫娃……"

"她已经被捕了,"萨姆金说,声音非常小,生怕库图佐夫会听出他声调中有某种他不应当听出的情绪——可是萨姆金自己也不晓得这究竟是一种什么情绪。

库图佐夫蓦地停住,用胳膊肘和肩头碰了他一下。

"见鬼……什么时候?您在那里的时候,干吗不告诉我?"

他摘下帽子,加快脚步,问道:

"她有病吧?真坑人!唉……我可到哪儿去过夜呢?他写信给我,说为我准备了住处。这会不会是您府上呢?"

"大概是的,"克里姆说。

"或许不方便吧?您就坦率地说吧!"

"就在这里,"萨姆金回答,靠在台阶的门上,按了一下铃。

"看样子没人盯梢,"库图佐夫望望四周,嘟哝一句。"对您府上的人,就说我是叶果尔·尼古拉叶维奇·波诺马廖夫,您不会忘了吧?我的身份证是没有纰漏的。"

"我想我妻子会认出您来的……"

"唔,她认识我吗?"库图佐夫一面在过道里脱外套,一面喃喃道。"喂,刚才给我们开门的那个像尊神像的家伙,不会对这样晚来的客人感到奇怪吧?"

"她已经司空见惯了。"萨姆金说,有意表明这种秘密勾当对他来说并不稀奇。

"他们不就是这样把柳芭莎抓去的吗?"库图佐夫来到餐厅,四下看了看,问道。"我已经有两次失去了跟她接头的机会,因为不是我被捕,就是她被抓!这是第三次了,鬼知道,这有多窝囊!"

萨姆金觉得,从库图佐夫的话语里他听出一种近乎沮丧的情绪,但可惜看不见他的脸,因为他正站在那里,低着头,摆弄香烟盒里的烟卷。萨姆金提出让他吃点东西。

"我很高兴,不过可别惊动仆人,好吗? 在他们那里,已经给我弄了茶,火腿面包,凉肉饼,但我……急急忙忙走掉了。这次集会很不成功。"

"那个光头是谁呀?"克里姆问。

"一个迂腐的人物,名字很响亮,曾经风靡一时。"

他说了这人的名字,不过这对克里姆来说毫无意义。他走进妻子的房间,看见她正忙着穿衣服。

"出了什么事? 这人是谁?"她惶恐地小声问道。"噢,我想起来了,是那个唱歌的,柳芭莎赞美的人。他想吃东西吗? 你去吧,我马上就来!"

但是,萨姆金并不急于先走开,而是跟她一块儿来到了餐厅。

二

"哦,您好哇,美人鱼! 我一眼就认出您来啦,"库图佐夫见到瓦尔瓦拉,高兴而又亲切地说。"您还记得我们在那个大歪牙商人家的晚会上跳舞吗？他叫什么啦？"

萨姆金认为来客的兴奋是故意装的,但是当他想到他虽说多次见到过柳托夫,却没有发现他的牙齿是歪的时候,真有点恼恨自己。其实他的牙齿的确是歪的！过了一会儿,他就惊诧地、怏怏不乐地听到瓦尔瓦拉郑重其事地说:

"显然,我们是受到监视的,不过明天我可以为您介绍两处完全没人知道的住址……"

"不,真的吗？得要两个星期哩,行吗？"

"行啊。"

库图佐夫津津有味地吃了些沙丁鱼、干酪,喝了杯红葡萄酒,那从容不迫的神态,仿佛他不是头一次到这家里来似的,而瓦尔瓦拉呢,——好像他早就认识,而且是趣味相投的朋友了。

"她的举止有如一个乡巴佬见了京城来的名流一般。"萨姆金思忖着,感到惘然若失,仿佛悬在空中似的。不过他看到瓦尔瓦拉跟库图佐夫谈话既活泼又机灵,问话也很巧妙,心里很高兴。客人有问必答,也很乐意:

"流放吗？规定这种刑罚,可以使人思考和学习一些东西。当然,那是寂寞一些。四千七百名庶民,对于任何人,连他们自己在内,都是毫无裨益,毫无用处的；他们比大城市落后了三十年,五十年,他们全都染上了愚昧无知的疑心病。因为百无聊赖,他们就干些惊人的怪事。喝起酒来。冬天的夜里,常有豺狼跑进城里来……"

安菲米叶夫娜端来一把火壶,叫克里姆很不高兴,而瓦尔瓦拉却一面泡茶,一面问:

"这些无用的人在革命的时候究竟会干些什么呢？"

"革命是不会在明天发生的,"库图佐夫瞅着火壶,回答道；他用餐巾擦擦大胡子,显然是太渴了。"在革命到来之前,某些人可能会成为能干的人才,而大多数人,可以这样认为,将会消极地或者积极地对抗革命,并在对抗中灭亡。"

"您把一切事情都说得挺简单,"瓦尔瓦拉好像赞赏似的说。萨姆金却蹙着眉头,嘟哝道:

"哦,这可不简单呐!"

"怎么不简单呢?"库图佐夫笑嘻嘻地问道。"在革命中,——我是说社会革命——合乎逻辑的排中律是一定会无情地起作用的:要么赞成,要么反对。"

萨姆金本想说"这太残酷了",以及其他许许多多的话。可是瓦尔瓦拉越问劲头越足,而且莫名其妙地激动起来。库图佐夫津津有味地喝着茶,过分殷勤地说道:

"既然实际生活早就把宗教的任何道德统统抹杀了,那宗教还能起什么作用呢?"

"唯心主义是人类灵魂的基本属性,"瓦尔瓦拉脸涨得通红,两眼瞪得闪闪发光,顶撞他一句。

"哲学的唯心主义是仇视工人阶级的;工人阶级不可能承认,也不应当承认在它自身以外,在它自己的力量以外,还存在别的什么神秘的、不可认识的力量。对于工人阶级来说,光是社会唯心主义就够了,即便接受这种唯心主义,也不是毫无保留的。"

萨姆金在思忖:

"他的每一种思想,都是紧紧连在他那信仰的锁链上的一环。的确,他是一个坚强的人,然而……"

然而他很想跟库图佐夫辩论一番。可是要辩论,除了有辩论的愿望而外,还得有自己的一套"语言体系"呀。不仅如此,好像还有什么东西在妨碍着他,那是什么呢?

萨姆金冥思苦想着,放过了他们的一部分谈话。他只听见瓦尔瓦拉在问他:

"您打过猎吗?"

"我尝试过,但是没有多大兴趣。我曾经打断一只狼的脊梁骨,可我看这野兽怪可怜的,它痛苦得要命。但我不得不打死它,而这已经是够可恶的了。我也去打过交尾期的山鸡,但是我被那鸟儿的求爱方式吸引住了,以致忘了放枪。是的,坦率地说,我也不想开枪。看着鸟儿交尾,是蛮有趣儿的哩!"

克里姆慢慢地感到难堪了,并且委屈地沉默起来;可是妻子和客人的谈话竟然成了一种不光是语言上的竞赛:库图佐夫的目光里闪烁着迷人的微笑,萨姆金觉得这笑容是狡狯的、有诱惑力的。同样的笑意也反映在瓦尔瓦拉的眼神上,她两眼睁得大大的,目不转睛地盯着他;大概,一个女人要抉择她的终身大事时总要有这样的眼神吧。萨姆金终于抑制不住自己的恼怒,说道:

"您怜惜豺狼,可您对人的议论却是那样简单而又无情。"

库图佐夫嘿嘿一笑,往杯子里倒了些红葡萄酒。

"您这位个人主义者,一直还想造反吗?"他冷冰冰地问道,然后长吁一声。"唉,您是说人类吗?他们自己像白痴似的,彼此残酷无情地对立,就该为此得到残酷的报应。"

他重复了一句克里姆熟悉的话:

"想用人道主义的蜜汁使现实的有毒苦液甜起来,是不可能的,况且现实中的玩世不恭早已把一切福音扫荡殆尽了。"

从库图佐夫的表情可以看出,他已疲惫不堪,甚至当着萨姆金夫人的面毫无顾忌地伸了个懒腰,双手搂在脖子后头,把手骨节弄得嘎巴嘎巴直响。

"无家可归的流浪汉就是有这种到处为家的福气,"萨姆金心里想。

然而,瓦尔瓦拉的殷勤,看样子又使库图佐夫兴奋起来,他兴致勃勃地说下去:

"资产阶级社会正在奄奄一息,它已经从头顶上腐烂了。在西方,这是可以理解的——人们工作得太多,已经筋疲力尽,而我们呢,那种颓废的情绪,似乎来得太早了。我们的颓废派都是些饱食终日,吃得肥肥胖胖的家伙,他们面颊红润,脑子里却无才无能。因此不可能出现魏伦这样的人。"

他大口喝着掺了葡萄酒之后凉了的茶,然后用揉皱的手帕擦了擦嘴唇。

萨姆金仍在思索着库图佐夫,并且越想越反感,不过他觉得他这样想是出于自卫的责任感,既没有恶意,也没有讽刺,他甚至在抑制着内心的某种感情。

"统治阶级的口号是倒退,文学、艺术,一切一切都退回到原始的状态中去。您还记得要'回到费希特①时代去'的叫喊吗?然而,这不过是那些机械地接受一切思想和恐惧的受惊的经院哲学家们的哀号罢了,当然,还有人在号召退回到更远的地方去——退到教会,退到神奇的境界,退到魔鬼世界去,总之退到什么地方都一样,只要背离历史的常理就行,因为这种常理对于那些剥削他人劳动的人来说,是越来越格格不入了。"

瓦尔瓦拉眯缝着眼睛,说道:

"是的,很明显,人们都迷恋于非理性的东西,尽管原因可能不像您所说的那样……"

"那原因又是什么呢?"库图佐夫懒怠地问道。

"要充明公,那是很无聊的,"瓦尔瓦拉没有马上回答。她叹了口气,又补充说:"人们都想丧失理智……"

库图佐夫耸耸肩膀,不以为然:

"怎么能设想还有比现实更缺乏常理的呢?"

"是呀!"萨姆金大声说道,但又不知为什么惶惑不安起来。"您是不是该休息了?"他提示说。

---

① 费希特(1762—1814),德国古典唯心主义哲学家。

三

　　半小时之后,萨姆金坐在自己黑漆漆的屋子里,打量着穿衣镜里的光亮,那是从没有关严的门缝中射进来,映在镜子里的半个穿睡衣的人;他也坐在沙发上,正弯腰解鞋带,那踌躇的样子,仿佛在考虑把鞋放在什么地方好似的。他右手攥成拳头,无声地捶着自己的膝盖。他这样坐了一两分钟,然后把皮鞋放在地板上,从椅子上拿起上衣,摊在膝盖上,又从口袋里掏出一沓纸,仔细看了一番,把其中的两张撕成碎片,攥在拳头里,环顾一下四周,使劲咬着嘴唇,那撮尖溜溜的小胡子都撅了起来,两道眉毛连成了一条直线。他的面部表情异常沮丧。敞开的衣领露出白净净的、肌肉发达的脖颈;半圆形的锁骨酷似一对马蹄。他的眼睛瞪得溜圆,毫无疑问,他也在咬紧牙关,因为两边的颧骨明显地突了出来。很清楚,库图佐夫是为一种突如其来的强烈感情而苦恼着,也许是因为愤怒,或者是痛苦吧。他现在站了起来,全身映在穿衣镜里,但很快又消失了。萨姆金听见他拉开窗帘的声音。

　　萨姆金打量着隔壁房间里的这个人,心中感受到他的痛苦,并且打心眼里同情他。痛苦是软弱的表现,假如此刻去找他,他说不定会十分清楚地暴露出,究竟是一股什么力量,在迫使他过着狼一般的流浪生活。绝不能说这种力量是从书本上、从理性中汲取来的,如果这样想,那就太荒唐了。对,现在就去找他,并且开诚布公地、毫不含糊地和他谈谈他和自己,谈谈索莫娃。他似乎是爱上她了。

　　"我都三十啦,"克里姆提醒自己。"我不是一个不知道怎样生活的小青年喽……"

　　但是他的虚荣心又在作祟了,他在思忖:是什么东西在吸引着他去找这个有一套"语言体系"的人呢?

　　"是遗传性吗?"

　　他想起他父亲、母亲和祖父,不禁嘿嘿地苦笑起来。

"是童年的印象吗?"

库图佐夫拉上窗帘,又出现在镜子里,高高的个子,白皙的脸,显得既严肃又忧伤。他用双手抚摸一下刚刚理过的头,熄了灯,消失在比萨姆金的房间更黑暗的屋子里。克里姆站起来,蹑手蹑脚地走到没拉窗帘的窗子跟前。路灯像往常一样地点着,那光亮也照旧映在潮湿、肮脏的墙上。

"真奇怪,此人居然觉察不到他被人窥视着。大概在别人看来我也是一样,当然不会像他似的。"

他并不想回卧室,可能他妻子还没入睡呢。萨姆金知道库图佐夫所说的一切,都是瓦尔瓦拉很反感的,而她听他讲话时那种专注的神情,纯粹是假装的。他想起来,当他告诉她,就连一份《政府公报》也承认了革命运动的存在的时候,她惊奇地问道:

"难道是真的吗?这些白痴……"

四

翌日清晨,当萨姆金穿好衣裳,走进餐厅的工夫,发现他妻子和库图佐夫已经离开家;这天晚上瓦尔瓦拉就上彼得堡,张罗她的出版事宜去了。萨姆金在浑沌和懊恼之中度过了好几天,末了,也去了卡卢加省,在乡间的小路上,在田野和森林中坐车颠簸了一个星期,走访了几个还在昏昏欲睡的小镇,身体虽说很疲乏,但精神却得到了安慰。在归途中,他曾经停留在一个驿站上;因为没马匹好换,于是他就要了一个火壶。可是正当人们烧茶的工夫,不巧下起了小雨,淅淅沥沥,越下越大,天空不停地打着闪电,雷声隆隆,风从烟囱里灌进来,发出马嘶般的怒吼,瓢泼大雨倾注在窗玻璃上。就在这雷雨交加之时,他看见有人乘车来到驿站大门口,一道闪电照亮了窗外那匹黑马的湿漉漉的头。门霍地打开了,门槛上出现了一个身穿漆布雨斗篷的男人,像只公鸡似的抖掉身上的雨水,吹掉那密实而又光亮的胡须上的水珠。

他退到一旁,让一位妇人先走进去,然后操着男低音愤然吼道:

"我早说过,我们赶不上……"

"这准是丈夫的呵责,"克里姆寻思。

"萨姆金?是您?"那妇人惊异地尖声叫道,使劲地想脱掉那帆布雨衣上的帽子,挡住了她同伴的胡子拉碴的面孔。"好吧,"她对那男人说。"不过马上要去,得快点!"

那男人转过身去,只能看见他光亮亮的后背,像房顶上的铁皮一般,跟着砰的一声关上门,没影了。玛丽亚·伊万诺夫娜·尼康诺娃脱下湿漉漉的雨衣,兴冲冲地说:

"雨真大呀!五分钟的工夫就全身湿透了!"

萨姆金即刻发现这女人不像她平常那种样子了,这使他很不高兴:只要人们一离开他为他们划定的观念的框框,他就很反感。当他听见她称呼他的姓时,他就觉得她太随便,太狎昵,简直跟她文雅的性格不相称;当她用小手抚摸她那湿乎乎的脸蛋的工夫,萨姆金看见她露出一丝陌生的微笑,又大方,又温柔。他从来没看见她这样笑过。萨姆金甚至疑心尼康诺娃这一笑给她的脸罩上了一副假面具。驿站上的人都知道她,一个胖女人直呼她的名字和父称,怜惜她,哎呀呼叫地把她领走了。过了十来分钟,尼康诺娃穿一身鲜艳的衣裙回来,看样子里面没有穿任何衬衣;头上缠着黄色的花头巾。这身装束使尼康诺娃显得年轻了,那张被雨淋过的脸蛋泛着红晕,一对眸子里闪着快活的光焰。

"喂,给弄点东西吃吧,我冷得很!"

可是她一见萨姆金操弄火壶那笨手笨脚的劲儿,就从他手里夺过来,说道:

"您不会弄。"

她给自己斟上茶,开始切面包。她先把一个大面包搂在胸前,一对乳房却挺碍事。于是她就不拘礼节地把上衣掖到裙子里,结果一对乳房更加明显地鼓了出来。萨姆金瞥了一眼,问道:

"刚才送您的那个人是谁,是您丈夫吗?"

"不是。是一位朋友的管家,我刚才在他家做客。"

"他是军官吗?"

她一面切炸鸡排,一面迅疾地瞥了萨姆金一眼。

"难道他像个军人吗?"

"是的,我好像在什么地方见过他。"

"萨沙,递给我一条短围巾!"尼康诺娃用拳头敲打着壁板,喊道。

风在呜呜地吼叫,霹雷滚滚,震得吊灯直摇动,玻璃窗在蓝色的电光中仿佛融化了似的,雨下得越来越大了。

"我们活像在一口沸腾的大锅的底部,"那妇人轻声说道。

萨姆金赞同说:

"是的,很像。"

他俩都沉默了。萨姆金明知沉默是失礼的,可是好像有什么东西妨碍他跟这个女人用他习以为常的学究口吻说话似的;而她呢,却是用疑问的目光打量着他,似乎在等待着他先开口。结果他一直不吭声,她于是叹口气,说道:

"这雨还下个不停哩!看来非得在这里过夜不可了。在这样的夜里,或者在冬天起暴风雪的时候,我总感觉自己是地球上无用的人。"

"一个人除了对他自己而外,对于任何人都是没有用的,"克里姆回答,但心里却在嘀咕:"这话真够笨的!"他请她抽烟。

"谢谢,我不抽烟。"

她往椅背上一靠,闭上眼睛;一对乳房不雅观地鼓了起来,上衣直颤动,好像有意要露出来似的。那张平凡的脸蛋上显出紧张的神情,好像在洗耳恭听什么。

"昨天,在那里,"她两眼指着窗外开口说道。"埋葬了一个庄稼佬。他的兄弟,一个乡间巫医……对我的女友说:'你瞧,人在播种,而且每粒种子都会从地里长出庄稼来,打下粮食,还可以留下禾秸,可是人呢,他们却把人埋在地下,任其腐烂,简直毫无道理。'"

511

她站起来,走到布满水汽的玻璃窗跟前,萨姆金盯着她那双黄得像牛油一般的赤裸裸的大腿,说道:

"我不喜欢这种民间的明公。我有时觉得,庄稼人很熟悉我们的文人有关他们的种种凄婉的描写,他们希望在他人的帮助下过好日子,而自己却什么也不干。"

她没有回答。一个霹雷打来,震得窗户犹如从墙上坠了下来一般。尼康诺娃站在蓝色的电光中,一刹那仿佛成了透明的人。

"雷电会劈死人的,"她叹了口气,说道。然后笑眯眯地走到桌子跟前去。

克里姆注意到:她的笑容里只有一点是新鲜的,那就是淡漠,而且匆忙。这妇人使他颇伤脑筋。她为何要致力于革命呢?这样一个平庸无才的女人能干什么事情啊?她一定是某医院的女看护,或是在一个偏僻的村庄里教孩子们识字的。他沉默了片刻,然后跟她讲起庄稼汉们挂大钟、抢粮栈的情景。他说话的口气有讥讽的味道,像是故意要使她难堪似的。雨伴随着他的话音,淅淅沥沥地下个不停。

"我读过一篇名叫《绳子》的小说,"她说。"我不记得是谁写的了,好像它的作者是个女的,"她沉思着说道。末了又走到窗前,问道:"您究竟想做什么呢?"

她操着一位长者的安慰口气,非常和蔼地谈起了萨姆金从小就熟知和听腻了的事情。她表示了自己的一些见解,说了些笑话,不过她说得很自然,绝不死乞白赖地叫你相信她,倒像是她自己在品评她所知道的事情。他高兴地听着她那沉静而又柔和的声调,连嘲笑的想法也消失了。她对他的信任也是令人愉快的,因此,当她抬起两只手去整理头巾的工夫,萨姆金把手抓过来一只,吻了一下。她没有抗议,而是继续说:

"乡下人都在喝酒,日益贫穷,奄奄一息……"

萨姆金听她说了一会儿,就把一只手放在她左边的乳房上,她哆嗦了一下,但没有吭声。于是他搂住她的脖子,吻了吻她的嘴唇。

"哎哟,您可真是的,"她轻轻地喊道,把身子紧贴着他,又喁喁道:"他们还没睡哩。您先躺下去吧,我过一会儿就来,可以来吗?"

"当然喽。"

她使出料想不到的力气,挣脱他的手,走了出去,萨姆金一面脱衣服,一面寻思:

"真单纯。很可能只要她的同志们一提出要求,她就会答应的,其实这是她的义务。"

他熄了灯,躺在屋角里的一张大床上,静听着淅淅沥沥的雨声,像等待他妻子那样平心静气地等待着尼康诺娃,而且带着一种讥讽的意味想起了他的妻子。他记得从一位法国老作家,不是费瓦尔①,就是保罗·戴考克②的作品里读到过,在夫妻关系中有一种征兆,根据这种征兆,做丈夫的假如不是傻瓜的话,任何时候都可以看出来,他的妻子是否被别的男人搂抱过。不过这个法国人并没有说明这种征兆究竟是什么,然而,在等待另一个女人到来的时刻,萨姆金认定他已经在瓦尔瓦拉的行为中发现了这种征兆,因为她显得神思恍惚,动作嗲里嗲气的,从前她可不是这种样子,这种撒娇和死乞白赖的作风,只有那种被人强烈而又温柔地爱着的女人,才会表现出来。因此萨姆金觉得他跟尼康诺娃的这桩奇缘,是有恃无恐的。末了,他勉勉强强地,又像是义不容辞地想到:

"是的,这就是她们,女人们……"

雨声变得单调起来,差不多是寂然无声了,这使他感到不安,仿佛在期待着一件不平凡的事情。当那个女人进来以后,他责怪她道:

"让人等得太久喽!"

"别作声!"她悄悄地说。

过了一个小时,也许是两个小时。尼康诺娃把他的头紧紧摁在自己的胸脯上,用他以前听别人说过的话语问道:

---

① 费瓦尔(1817—1887),法国作家。
② 戴考克(1794—1871),法国作家。

"跟我在一起舒服吗？"

"是的。"他诚恳地回答。

她沉默了片刻，又问：

"但是，您当然要瞧不起我的……道德喽，是吧？"

"您怎么会这样想呢？"萨姆金咕哝道。

"是的，当然是这样的。要知道，您一定也认为通常是按照理性，而不是按照良心行事的。"

萨姆金警觉起来，他发现她的话语中确有些聪明的味道。莫非她也和莉吉雅一样，要在床上讲些大道理，或者像瓦尔瓦拉那样，进行一番正经八百的谈话吗？在她那几乎无声的话语中，他听不出有责备的意味，同时也看不见她说话时的面部表情。她的柔情使他深受感动，他觉得，他还从未尝试过这样的爱抚，以致想对她说句特别感激的话。但他一下子找不到这样的话，于是就只好用手来表达了，而尼康诺娃却喁喁说道：

"在初次相遇之后，你就深深地印在了我的脑海。你还记得那次在别墅吗？你像只小羊羔似的，站在柳托夫旁边。我当时才十六岁……"

她打了两下喷嚏，一定是觉得挺难为情，就过分不安地嗫嚅道：

"可能是伤风了。好吧，我该走啦！不要吻我，不要……"

过了几分钟，她像一朵云似的消散了，而萨姆金心里却在嘀咕：

"一个多么古怪的女人，我可真没想到！"

五

天已经亮了；玻璃窗染上了一层灰蒙蒙的颜色，淅沥的雨声已被潺潺流水所湮没。早晨萨姆金才得知尼康诺娃天一亮就走了，对此他不禁暗自称赞。

"太妙了。真如梦境一般！"他坐在马车上，心里一面思忖，身子一面不停地在泥泞的大道上,在光华似锦的田野中间颠簸。太阳好像一个快活的孩子,跟大地在玩耍:不时地隐蔽在撕成碎片的美丽轻盈、犹如洁白的羊毛一般的浮云之中。风儿温柔地梳理着白桦树的嫩叶。一只羽毛艳丽的松鸡落在光秃秃的柳枝上,用它那琥珀色的小眼睛,凝视着四周长满青草的波平如镜的银色塘水。马蹄慢悠悠地踏着泥泞的路,发出吧唧吧唧的响声;乳白色的水点从车轮下面飞溅出来。百灵鸟在歌唱。清新的空气使人心旷神怡,飘飘然的萨姆金在睡意蒙眬中想起了两句诗:

爱情只有清晨好,
相会惟独初次妙。①

"这诗有些笨拙。不过有人说过,诗就是应该笨拙点儿……幸运也是一样。'站在桥头上拿着碗讨饭的幸运'——这是讲的叫花子。谚语一向是恶意的,实际就是如此。所谓幸运,就是说一个人要与己和睦无争。也就是说,要诚实地生活。"

他望着路旁树丛中忙忙碌碌飞个不停的黄眉鸟儿,心里又无数次地想到:他的脑子从小就在家庭里,学校里,后来在大学里灌满了大量无用的、累赘的知识和观念,后来他又读了许多书,所以,现在在这些强行灌进来的别人的知识蛛网中,他不可能找到自己的知识……"

他们赶上一辆运货马车,上面趴着个顽长的、头上裹着绷带的庄稼汉;一匹溅了一身泥巴的大肚子灰马懒洋洋地走着。萨姆金的车夫,一个塌鼻子小青年,像只小鸽子似的,欠欠身子叫道:

"喂,让开!"

"你过得去,"那庄稼汉闷声地回答,并不动弹。

"他不肯让路,"那小青年回身对乘客笑笑说。"这家伙真倔。他

---

① 出自俄国颓废派诗人纳德松的诗作。

是我们村子的庄稼人,是去缝耳朵的;昨天打雷的时候,一块瓦片把他的耳朵砸破了……"

"绕过他去!"萨姆金命令。

小青年试图绕过货车,把自己的一匹马赶进了一汪水坑,结果刮着了货车的车轴;那个庄稼汉抬起头,骂道:

"你往哪儿赶呐,混蛋?往—往哪儿赶呀?"

他俩的交锋打断了萨姆金惬意的沉思,他感到恼火,便依着车夫的肩膀站起来,呵斥那个庄稼汉。那家伙吃惊地眨了眨眼睛,把马往后倒去。

"您干吗要骂人?我们都是赶路的……不是在闲逛……"

"赶过去!"萨姆金命令,心里一再嘀咕:"就是因为有这么一帮笨蛋……"

在这种心情之下,他不可能想到尼康诺娃,两个星期中,只是在空闲的时刻才刹那间想起她,然后就不知不觉地产生了想见见她的欲望。可是他不晓得她住在哪儿,责怪自己当时没有问清她的住址。

"真粗野!她竟然叫我小羊羔,有多可笑,这是什么用意呢?"他心里纳闷,便随口问他的妻子:"你知道尼康诺娃的住址吗?"

"不知道。自从柳芭莎被捕之后,我就不在'红十字会'工作了,也碰不见尼康诺娃了。"瓦尔瓦拉回答,又漠然地估计道:"或许她也被捕了吧?"

"懒得连小刀都不肯去拿,"他瞧她用发卡去裁书页,心里想着。

瓦尔瓦拉从彼得堡回来显得漂亮多了;她的眼睛下面出现了一些有趣的斑点,使那浅绿色的光亮更突出了。她把头发梳成两条辫子,把它们绾在耳朵和鬓角上面,这使她的脸变得宽展而俊俏了。她带回来几件没有腰身的肥大连衣裙。萨姆金瞧着这些连衣裙,心里在想,这种衣服倒是很容易从身上脱下来。她还带回来对于文学的新见解。

"书籍不该使人生变得阴暗,它应当使人得到休息和欢愉。"

接着她就兴致勃勃地讲起来:

"你知道吧,他们给我介绍了一位画家;我不敢说他是不是很有才华,但是他奇特!我可以说他是在画哲学画。有一张画,他用艳丽的色彩画了一些蛇,或者说是一些无头的大虫子,每条虫子上都生着两对五彩缤纷的翅膀,它们都互相缠绕着,盘成一团,几乎把整个蓝灰色的背景都占满了。这象征着宇宙的力量,在没有受到理性的干扰之前,它们就是如此。这幅画的题名就叫《人类之前的宇宙》。你懂吗?这幅画给人总的印像是浑沌,但是很好玩。"

她模仿雷卡梅夫人的姿势半躺在卧榻上,萨姆金蹙着眉头,仔细打量着她的脸庞、身段、浑身上下被他彻底研究过的一切,于是怀着对自己困惑不解的心情思忖道:怎么可以想象我竟会爱上这样一个碌碌无为、自私自利的女人呢?

"她对我讲这些鸡毛蒜皮的事情,不过是练习练习,以便给别人,或者说是给别的男人讲得更好些。"他心里说。

"另一幅画上的所有颜料都褪色了,那些蛇已经没有翅膀了,身躯也伸直了,给人以迅猛印象的流动效果也消失了,而主要的在于它失去了画意,剩下的不过是些类似染料工厂广告的东西——五颜六色的阴沉暗淡、毫无生气的线条。这就是《被人类征服的宇宙》。这位画家高高的个子,面黄肌瘦,皮包骨,一对乌黑的小眼睛,显得很粗鲁。他说:'这画表现宇宙给人糟蹋得不成样子的真情实况。然而人类这样做,也就给自己掘了坟墓,人类是宇宙力量自由竞争的敌人,是出谋划策者;宗教、哲学、科学、国家和生活中一切丑恶的事情,都是因为人类对自由的仇视而建立起来的。人类很快就会以他愚蠢的技术汲尽宇宙贮存的多余能量,然后在万物萧疏之中慢慢地死去。'……"

"这有点像热力学函数论中的插图,"萨姆金说。

瓦尔瓦拉扬起眉毛,说道:

"什么热力学函数?我不明白。"

她继续往下说,活像小学生背功课似的:

"还有一幅画:从上往下伸着两只疙瘩溜丢的绿手,指甲鲜红,一只手有六个手指,另一只手有七个手指。手指下面跪着一个小人儿,他把自己的大头从肩上摘下来,这头上长着双脸,比他的身子还大,他正用细长的胳膊把头递给这十三个手指。画家解释说,画名叫《我将我的灵魂奉献在你手中》①。这两只手是魔鬼的,他的名字叫理性,杀死上帝的就是他。"

她不作声了,点着一支香烟,垂下她那漂亮的睫毛。

"这幅画我不喜欢,不过看来是因为我想起了库图佐夫。说起来他可真幸运,因为大家都喜欢他。他还在莫斯科吗?"

"我不知道,"萨姆金说。

"彼得堡不像这里这么有趣,不过那里更敏感,更精明一些。我可以说:莫斯科是太浑厚了。"

在她回来的头一天讲述了外出的观感之后,就再也没有去提它了,萨姆金很快就发现,她把自己的事情告诉他,不过是出于礼貌,并不是因为要他参加,或者提什么忠告。然而他自己心事重重,根本没有工夫来怪罪她这些。

六

有一回他意外地碰上了尼康诺娃;当他坐在马车上,慢悠悠地行驶在小市民街区的时候,突然看见了她。她穿一件灰色上衣,装束朴素,如修女一般,迈着轻盈而又敏捷的步履,记着世界就是她的仇敌。萨姆金欣喜若狂,甚至想喊她一声,但是恰在此时,从一座喜气洋洋的小房子里走出一位满脸大胡子的红毛汉,腋下小心地夹着一个小小的骨灰盒,他后面跟着一位穿黑衣服的胖老太婆,跟跟跄跄向前移动;还有一个又矮又圆的中学生,他的脑袋像一个皮球;一个尖尖脸的士兵,关上大门,对车夫吼道:

---

① 此句出自《圣经·路加福音》第二十三章第四十七节。

"喂,笨蛋,勒住马!"

萨姆金在车上欠了欠身子,注视着尼康诺娃,看见她边走边回头瞧那丧仪,然而当她发现他的工夫,她走得更快了。

"自然,她是受委屈了。"

萨姆金把钱塞给车夫,急着跑去追那个女人,这时他感到腋下的公文包也倒霉地妨碍着他,于是他把公文包从腋下抽出来,像提皮箱一般提着走。尼康诺娃走进一家二层楼的庭院。他听见她的脚踏在木板上发出的声音,也跟着进了庭院,看见一个有三级的台阶。

"我简直像个中学生,"他心里说。

尼康诺娃在黑乎乎的过道里把锁弄得叮当直响,不过从声音判断,这是一把挂锁。

"玛丽娅·伊万诺夫娜……"

"哎呀,是您哪,您怎么来的?"

"请原谅,我这样……"

她打开门,叫房间里的亮光射进走廊。萨姆金发现,她的脸色有些窘迫,甚至慌张,也可能是憎恶。她咬着上嘴唇,一双明亮的眸子里放射着冷漠的蓝光。

"我回来了,"他摇着公文包,把礼帽贴在胸脯上,说道。"当时我没有问明您的住址。但我一直想见到您。"

尼康诺娃仍蹙着眉头望着他,不过脸上的阴影消失了,两颊泛起了红晕。

"把外套脱下来吧!"她从他手中接过公文包,说道。

萨姆金在脱大衣的工夫发现,她的床也像在驿站上一样,放在门后的角落里。然而床上的铺盖不是破旧的被子,而是一条花格的绒毯。床后面,紧靠床脚的地方,放着一张弯腿的八仙桌,桌上有一盏灯,一堆书,桌子后面的墙上挂着一幅加伯里尔·马科斯[①]画的基督圣

---

① 马科斯(1840—1915),德国临摹画家,他于一八八三年画的耶稣受磔刑的圣像颇为有名。

像复制品。

"您原谅我吗?"他问道,然后拉起她的一只手,吻了吻;看见她的手汗津津的。

"我还可以请您喝茶哩!"尼康诺娃说着用手轻轻地抚摸他的头和脸蛋。她面带笑容,但不是平常那种强作的微笑,而是欢快的微笑,这立即使萨姆金放心了。

"菲萨!"她把门开了个缝,喊道。

"她很穷困,"萨姆金打量一下这间窗户对着花园的小屋,心里想着;那窗户有点歪斜,上面有四块玻璃,一块已经发乌了,就是说它镶在框上已经好多年了。窗下放着一张小圆桌,上面铺着手织的茶巾。床对面是一个平顶小火炉,炉子附近摆着一个五斗柜,柜上放着首饰匣,几瓶香水,一些小盒子,还有一面镜子挂在墙上。三把椅子都是弯腿弓背的,尤其那凹下去的藤座更增加了这间屋子的贫寒相。

"是啊,她自然是丹尼娅·库里科娃类型的女人,简朴而又富有自我牺牲精神。"

尼康诺娃站在门口,在跟一个穿粉红色外衣的、胸部丰满的漂亮女人窃窃私语。

"嗯,是的,"她不耐烦地说。"不在家!"

然后,她转身走到萨姆金跟前,问道:

"我这个小窝舒服吗?"

他拉起她的双手,尽情地亲吻着。他感到这清贫的景象,这些因为倦于被人驯服地利用而显得愁苦的什物,以及这位如同什物一般为他人奔波的人,都非常富有诗意。一些很不平凡的话语,已经涌到舌尖上,他真想用一种还不曾对任何一个女人称呼过的言词来称呼她:

"亲爱的! 小妹!"

然而,他并没有吭声,而是搂着她的腰,紧紧贴着她的胸脯,同时也感到一种朦朦胧胧的不安,于是责问自己:

"难道这是体面的吗?"

她脊背一动,挣脱了他的双手。

"那么说,您……是高兴见到我喽,是吗?"

"嗯,当然!我也承认!我是那样高兴,连我自己也感到吃惊。"

"真的吗,啊?"

她的眼睛越发显得湛蓝了,她又笑眯眯地说道:

"啊,瞧您说的……亲爱的!"

他俩喝着加奶的茶,吃着饼干,轻松地谈着一个个话题。他们谈论书籍、戏剧和彼此认识的熟人。尼康诺娃告诉他:柳芭莎已从医院转到监狱,预计很快就会把她放逐出去。萨姆金发现,她谈到党员,谈到革命工作的时候很谨慎,有些勉强。

"她是训练有素的。"他心里想。

在花园里,一个身穿无对襟格子上衣的老头在拔花坛中的草。他的脸和脖子都像烂肉一样发紫。尼康诺娃盯着萨姆金的眼神,赶忙说道:

"他是这座房子的主人,从前是个民粹派,在西伯利亚住了很久,是个厌世主义者。"

接着她又谈起了文学。

"我完全同意托尔斯泰伯爵夫人的见解,干吗要写《深渊》①这类的小说呢?"

"跟她在一块儿可太轻松了,"萨姆金体会到,所以就说:"当我进来的时候,您好像不太高兴,甚至好像很吃惊。"

"很吃惊?有什么可吃惊的呀?"她问道,一双眼睛越发明亮了,严厉而又好奇地盯着他。

"这是我的感觉……"

"不要说这些吧!"她把一只手伸给他,请求道。

当萨姆金打算告辞的时候,天已经黑了。她半裸着身子,坐在床

---

① 《深渊》是安德烈耶夫的作品,书中的颓废派观点曾遭到列夫·托尔斯泰等进步评论家和读者的猛烈谴责。

上,悄声问道:

"你什么时候再来呀?我得知道个确切的日子。"

他告诉她希望常常来看她。她想理一下头发,就把双手抬起来,搁在脑袋上,手指乱动,像个有病的人在站起来之前,先在空中乱抓一气。

"我们可以常常见面,假如你愿意很快就对我厌倦的话。"她声音轻轻地答道。

"这个玩笑可开得不恰当,"萨姆金说道,尽管他并没有觉得她的话里有玩笑的意味。

"她的生活一定很苦,很糟糕,"萨姆金一面往外走,心中一面想着。

七

他俩幽会十数次之后,萨姆金认为自己终于有一个知心的朋友,他可以和她轻松愉快地无所不谈,特别是谈他自己了。尼康诺娃认真地听着他,而且一直沉默不语,从来没有多余的好奇心,从不刨根问底。她自己很少讲话,讲起来又很干脆,而且语调始终是温和的,使人欣慰的。看来,她对人特别有礼貌,萨姆金有时在想:她似乎是在远处和高处看人吧。这一点又使她和丹尼娅·库里科娃显得不一样。有一回在喝茶的时候,他跟她开玩笑道:

"你是一个不相称的布尔什维克。"

"为什么呀?"她没有马上追问,而是含蓄地一笑,这笑是很勉强的。

萨姆金解释说:

"你对资产阶级的态度,缺乏布尔什维克所特有的坚定性和毫不妥协的精神。"

"可你也没有这种精神哪,"她十分委婉地说。

克里姆是不大喜欢这种说法的,所以他就发表了一通言论,谈了什么是资产阶级社会的庸俗,什么是资产阶级玩世不恭的、其实也就是鼠目寸光的利己主义。尼康诺娃洗耳恭听着他的议论,从不表示疑义,仿佛听惯了他人的教训似的。她的举止,活像个只知道学习的小学生,因此对这一点也就迁就了。然而,萨姆金很快就觉察到,这个朴实的女人在某些方面是比他强,或者比他聪明的。她的性格倒是与米特罗方诺夫相近。他曾经以为这家伙很通情达理,其实他是看错了。不过这个女人从不像他那样故弄玄虚,从不像这个刑警局的暗探那样,常常激动得淌眼泪,可是她的情绪却和这家伙有些相像。她很少谈到政治,很少谈党的工作;这是可以理解的,因为她从事的是秘密工作,或者更可以解释的是,作为职业革命者,她已经不屑于谈论这种事情了。在萨姆金看来,像她这种人必定是按着某种技术程序工作的。她丝毫不像一个宣传家和鼓动家,也不像是一个很好地研究过阶级斗争理论的人。她乐意,也善于讲述一些小市民的生活故事,讲述他们在追求微小的幸福中各种成功的和失败的计策。她自己也很熟悉他们的生活。在她讲的这些生活故事中,萨姆金想起了瓦尔瓦拉那位心地善良的、有点傻气的女仆,那个老处女。她一天从早忙到晚,用花花绿绿的三角形碎布巧妙地缝制成被套,拿去出售。瞧着这些令人欣慰的生活的小小画面,萨姆金挺高兴,尽管他有时嘲笑它们说:

"你所描绘的进化虽说挺可爱,可就是有点儿枯燥!"

"这就是生活呀,"尼康诺娃轻轻地叹了口气,说道。

当她用低沉的音调说到"善良的"人和"光明的"现象时,她的表情十分可爱,仿佛在讲述一些小小的秘密,而在它们的后面隐藏着一件很大的秘密似的,一旦解开这个大秘密,其余一切小秘密也就迎刃而解了。有时候,他从她的故事中听到一种和科兹洛夫老人叙述日常生活的诗相吻合的东西。然而,这些都无关紧要,也不妨碍他以他自己也感到惊奇的速度跟这个女人亲热起来。

她仿佛成了他的写字台中的一个抽屉,里面藏着许多秘密的东西;她又像是一个垃圾坑,可以把自己心灵中的垃圾倒到里面去。他觉得他把自幼以来就像霉菌一般在他身上越积越多的言词,一股脑儿地倾注在这个女人的身上了,现在他渐渐地摆脱了这些压赘着他的重负,使他成为一个意志坚强、行动积极的人。和尼康诺娃的交谈,使他感觉到肉体上也轻松多了,因此他每每想起那位助祭的话:

"言语是心灵的排泄物。"

他并不相信这个女人会了解他,然而她了解不了解,他并不在意,他需要的是她把他的话听到底。她仔细听着,很少打断他那滔滔不绝的话语。

"你怎么说啦?"

于是她又用同情的目光望着他。

"最近家兄托一位同志给我捎来一封信,"萨姆金说。"家兄是一个见识浅薄的青年,但为人很和气。他被南方的农民运动吓坏了,对农民的野蛮镇压也使他惊骇不已。但是他在信上说,他没有能力去仇视那些打人的人,因为那些被打的人也同样疯狂得令人惊骇。"

"他是托尔斯泰主义者吗?"尼康诺娃悄声问道。

"他曾经是马克思主义者。是的,你瞧他写的:'一个革命者应当是一个善于仇视的人,可我天生就不会仇视。'我认为,我们彼此的熟人中,有许多人憎恨现实,也不过是出于理智,只是在理论上憎恶而已。"

尼康诺娃低下头去,而萨姆金认为这是赞同他的标志。他想对她说些使她为自己的力量、自己的独出心裁感到震惊的话,激起这个女人对他的无比钦佩。当然,这是必要的,然而却没能办到。但是他坚信成功是肯定的,因为她已经不止一次地用惊诧的目光瞧着他,而他也觉得她是越来越不可缺少的了。

所有这一切都是由于性欲的满足,两个肉体和谐地结合在一起所造成的。这使萨姆金得到了从未有过的极大的享乐。每当跟她爱恋之后,他都觉得对这个女人的温情脉脉不胜感激之至。现在,当他仔细观察了她的面容的时候,他发现它变得跟从前不一样了。她的脸盘儿很小,也不大活泼,不过看来不活泼的倒是皮肤,而这是由于操心的事太多,经常紧张所造成的;那对浅蓝色的眼睛甚至很富于表情,在激动的时候,就会变得湛蓝;此刻它们看人是那样温柔,不由得使人想用手去抚摸一下,试试这温柔的程度。当萨姆金问起这女人的身世时,她那双眸子里顿时放射出悲郁的蓝色火花。

"我不乐意谈自己,"她十分坚决地说,回绝了他的试探。

"你好像怕谈你的身世。"

有一回,他被她过度的爱抚所感动,问道:

"你生过孩子吗?"

"生过一个。八个月就死了。"

萨姆金非常真诚地说:

"我很想和你生个孩子。"

尼康诺娃闭上眼睛,挺直身子,听他继续说下去:

"你是我的第三个情人了,不过那两个从未使我萌生过这样的愿望。"

"亲爱的,"她仍旧闭着眼睛喃喃道,然后又用手摸摸自己的乳房,重复一遍:"亲爱的……"

从此以后,她对他更加温情脉脉了。有一次,他没有要求,她自己就简单而干脆地向他讲述了她十七岁那年,就在那次他看见她和柳托夫在一起之后不久,因为"民权党人案"第一次被捕的情形。她坐了十个月的牢,后来就在警察监视之下住到了继母家。她父亲是贵族,一位退伍的上校,是个酒鬼,娶了一个商人的遗孀,又愚笨,又狠毒。十九岁上结识了一个教会学校的学生,他介绍她参加了民粹派小组,而他自己却成了一个马克思主义者。后来他被捕了,在押往流放地的途中死了,撇下了她和一个婴儿。她的第二个爱人,就是在举行登基大典那年克里姆在柳托夫家里见过的那个美少年。

"他是一个冷酷、严厉的人,"她说着叹了口气。"我觉得我并不爱他,可我……过孤独的日子很困难。"

后来她又结识了一个马克思主义者。

"是个大学生,人品很好,"她说着,一道红得像伤疤似的横纹闪过她那光滑的前额。"很好,"她又说一遍。"雅科夫同志……"

"科尔涅夫吗?"萨姆金问。

"不是的,"她大声答道,然后小心地把她两只乳房放进奶罩里;萨姆金认为,她这个动作就像一个商人刚刚把赚来的钱装进钱包,然后藏到怀里去一模一样。他甚至想告诉她这个想法,因为他发现她对自己的乳房十分小心、爱护备至,简直到了可笑的程度。

"这个科尔涅夫是谁呀?"她问道。萨姆金把他知道的科尔涅夫的一切都告诉了她,而她听完之后,叹了口气,嘻嘻笑道:

"喏,现在你了解我的身世了。很平凡吧?"

她坐在床上,编着发辫。她的头发又细又软,把辫子绾到头顶上,犹如一座小山,使她的身材高了一截。看样子,她的头发并不多,可是当她解开辫子的时候,可以把她的脊背或胸脯都盖过来,差不多垂到了腰部,此刻她就像忏悔中的玛格达琳娜[①]。

---

① 玛格达琳娜是《圣经》中的人物,一个改邪归正的娼妓。这里指艾尔米塔什博物馆珍藏的一幅她的画像。

第二十一章

一

为了报复对南俄各省农民的残酷镇压,科丘拉①朝着哈尔科夫省省长开了一枪。萨姆金发现,就连那些斥责过恐怖的人,也私下里对这次报复行动——尽管没有成功——又大加赞扬起来了。

米特罗方诺夫跑来,一屁股坐在椅子上,刨根究底地问道:

"这个科丘拉是犹太人吗?您准知道他不是犹太人吗?这姓可真难听。是工人吧,啊?噢,是的。不过,我真不理解:这个工人怎么会想到为了替庄稼人雪冤而自投法网呢?这里恐怕有别人唆使吧?总而言之,这种开枪事件不论怎么说是解释不通的。"

但是,当他听完萨姆金的解释之后,摇了摇头,略带兴奋地说完他的话:

"不过,这事同我无关。可以说,我是出于爱国主义。您知道,就打个比方吧:如果是家贼,那还可以理解,可若是比如说波兰人,或者希腊人,那可就伤脑筋了。要偷吗?那就在自己家里偷好啦。"

萨姆金向尼康诺娃讲述了这个笑话并夸赞道:

---

① 科丘拉是一个木匠,社会革命党人。他于一九〇二年七月二十九日暗杀哈尔科夫省长奥勃连斯基未遂,被判处终身苦役。

"此人对我非常忠心。他当然跟密探们混得很熟,常常警告我说有人在跟踪我,并且还谈到你,说你是个可疑的人物。"

"真是这样说的?"她激动地叫了一声。"这好嘛!"

"他说得不对吗?"

"很好。你应当抓住他不放。更广泛地利用他。你没试一试,劝他到保安局去干事吗?我若处在你的地位,就试一试。"

"看来她倒很喜欢冒险。"萨姆金心里说。

生活中的意外事件越发多起来了,每天都仿佛处在新悲剧的前夜。自由派报纸的调子怨气冲天,胆子更大了,争论越发激烈,各政党的活动更加猖獗,"秘密人员"、"地下工作者"这些字眼越来越多地灌进他的耳朵。

他借到各地办理上司和瓦拉甫卡交办的差事之机,总要接受阿列克谢·戈金等在党人员的一些委托,而且由于他们交给他的任务迅速增加,他认为,各党在莫斯科工厂区的联系日益加强。他不知不觉间,就习惯于来完成这些任务了,而且好奇心很盛,有时自己心里都觉得好笑,认为自己也成了"革命的忠实奴仆",就像他称呼柳芭莎·索莫娃和理解尼康诺娃那样。他遇到过许多有趣的事,而且有一件事在他的脑海里停留了很久。

一天很晚的时候,有个中等身材、体态匀称的人来旅馆找他,因为此人头大得出奇,所以他的个子就显得很矮。剪得短短的、又挺又硬的头发在脑袋上朝四面扎煞着,使他的头显得更大了。刮得光光的圆脸上,两只圆眼睛瞪得大大的,厚厚的嘴唇,上面一片长着钢毛般的胡髭,看来好像在朝谁轻蔑地撇着嘴。他穿一件白夏布上衣,脚蹬长筒靴,手里提一根很考究的手杖。

"就这些吗?"他接过萨姆金手里的信和一小包书,问道;他把这包书在手上掂了掂,然后把它放在地板上,用脚踢到沙发底下去,开始把信贴近自己的脸,放在右眼底下,读起来。他读完信之后,说道:

"我的左眼几乎完全失明了。已经注定要完全瞎了;我的视力顶多还能维持两年,然后就要陷入黑暗。"

他说话的神情,就好像他在为他将来要失明而自豪似的。他的性格有些鲁莽,还有一种行伍气概。他把信叠成越来越小的方块,末了哈哈大笑道:

"他们告诉我,自由派正在朝宪法方面运动。这已经是旧闻了。当然是教授们和律师们喽,是吗?那好吧,就让他们为我们争些自由吧!"

他展开那封信,又用右眼看了一下,然后用监考官的口气说:

"噢,那些大学生有什么动静吗?"

萨姆金已经发现,站在他眼前的是一个司空见惯、令人讨厌的怪人。他不相信他的眼睛会瞎,尽管他的左眼浑浊,颤抖得出奇,可是不难想象,他这是故意装的,以便使人对他的特征记得更深刻。萨姆金谨慎而冷淡地回答他的问话,最后终于忍不住想说句伤和气的话了,于是他说:

"总而言之,青年们都变得审慎一些了,许多人抛弃政治而转向科学了。"

"说得具体点儿,怎么抛弃呢?往哪里抛呢?"他流露出惊讶的神情。"难道科学不是为政治所用的吗?我知道,有些大学生在嚷嚷:'不要干扰我们读书!'其实这是误会。大学,你看它的外表像个文明的讲坛,其实呢,那是个军事学校,教的课程是步兵指挥。当然,还有其他各种各样的军事知识。"

他说话的当儿,那两道鬃刷般的眉毛惊愕地颦蹙着。萨姆金发现自己的讥诮没有收效,便改变了话题:

"那么说,您是行伍出身吗?"

"我原是物理数学系的学生,后来在一四四普斯科夫团当兵。但是因为视力不佳,——我这只眼睛是给一个哥萨克人用皮鞭抽坏的,——我被免除兵役,遣送到这里,我的家乡,三年中哪里也不能去。"

他急促地讲完,讥嘲地问道:

"您大概就是那些拉着自由派的左手,让他们上台执政,然后就挨他们右手的耳光的好心人吧?"

他这话说得非常激昂,仿佛一下子变得年轻了;他挺了挺身子,好像要打架似的,但是萨姆金避免跟他交锋。

"您是此地生人吗?"

"唉,可惜呀!我认为我真正的故乡是莫斯科,是大学。"

"在这里寂寞吗?"

"我倒没有感到寂寞,不过此地有些不方便:十四个月里两次被搜查,还坐了七十四天牢。"

他沉默了几秒钟,好像站在远处打量着萨姆金,末了用命令的口气说:

"您回去告诉戈金,或者波亚尔科夫,让他们给我多邮寄些书刊来,必须再让杜纳叶夫同志到这儿来一趟。并且告诉他们别再让那个没有头脑的女人来找我啦!"

他从沙发底下拉出一个书包,又把它放在手上掂掂,末了严厉地说道:

"还有,我的名字叫彼得·乌索夫,而不是像他们在信封上所写的鲁索夫或彼得鲁索夫。这种疏忽大意会造成我和邮局不必要的麻烦。"

他把书包塞到腋下,悄悄地捅了一下萨姆金的手指,手杖砰砰的戳着地,他走了出去。

"领袖……'万事通先生'。他说他要瞎了,这可真有意思。"萨姆金瞅着窗外那些仿佛被月光洗过的小市民的房屋,心里直嘀咕。这些房子都是很结实的二层楼,周围的小花园,像是裹上的一层皮袄。房屋下面的地,一定也很硬实,街道都是用密密麻麻的、被灰尘和月光磨得亮晶晶的卵石砌成的。有一大团灰蒙蒙的人影,在人行道上大摇大摆地、倦怠地移动着——一位服饰华贵的女人领着一个穿海军服、戴飘带帽的小男孩；她身后跟着一个穿花格上衣的小丑式人物，他正捏住鼻子，使劲往手帕里擤鼻涕。环境幽静，这种现象只在俄国的县城里才会有，这里惟一的响声是旅馆下面传来的打台球的撞击声。人们还以为这是马路上的石头因为百无聊赖而发出的撞击声呢。

萨姆金心想，这个人将要在这座城市里变成瞎子，而且他就像一个异国人似的对这座城市感到陌生。他还不寒而栗地想到，若是自己处在他的地位那就糟了。

"毕竟应当承认，他们都是些勇敢的人，"他不由地想到。"虽然这家伙是抱着可以说是个人的动机来干革命的。可是他们未必受得了这种寂寞无聊的环境……"

二

他回到家的那天晚上，米特罗方诺夫来看他，强作笑脸道：

"我是来辞行的。我调到卡卢加去了，至于为什么，我不清楚。我真不明白，突然就……"

他一面说，一面直耸肩膀，还不住地用手揉摸膝盖，摆动着身子。

"真遗憾，咱们相处得这么熟，"萨姆金诚恳地说。

一丝惶惑的笑意掠过米特罗方诺夫的面庞，他大声叹了口气，挺直身子，兴冲冲地说道：

"请您原谅，我是打心眼里敬重您的，克里姆·伊万诺维奇。您知道，对我来说，您……就是一个知书达理的人，总之……是个了不起的人物！"

"您怎么啦……有什么不顺心的事吗？"

这个警察局的暗探又伤心起来，耸耸肩膀，四下顾盼。

"恰恰相反，"他说。"瓦尔瓦拉·基里洛夫娜不在吧？恰恰相反，"他又叹息一声。"大体上说，我是一帆风顺的。我总是用善心去捉贼，这样他们就会上钩的。我还幻想过学习法文，因为一个大贼干完一桩顺手的勾当之后总要到巴黎去旅行一趟。噢,不,这要听天由命喽……"

他慢悠悠地站起来,请求道:

"请您转告夫人,我衷心感谢她对我的好意。至于您,我真不知该怎样感谢您……对我的关照。老实说,这件事可真蹊跷!"他小声地、但略带责难的口气喊道。"人们对我们哥儿们的态度,简直跟对待狗一样,可是您知道……我们也跟医生一样啊!"

米特罗方诺夫的一对圆圆的眼睛里沁出了泪花,他转过身去,藏起那副冤屈的面孔,匆匆地使劲握了一下萨姆金的手就走了。

萨姆金很可怜他,但是没工夫去想他。令人烦恼的现象很快增多了。萨姆金发现,青年们变得倒是越发单纯了,可是并不像他所希望的那样。他认为,那些昨天还在中学读书的一年级大学生,匆匆忙忙地宣布自己是社会革命党或者是社会民主党,真叫人生气;他们轻率地就决定一些社会问题,也使他大为恼火。

"都是些毛孩子,"他暗暗地怒斥那些比他年轻十岁、八岁或者六七岁的人。他想教训教训他们,给他们的热情浇点冷水。然而,当他试着这样做的时候,他遭到了猛烈的反击,才知道这些毛孩子比起他来意气更盛,社会知识更丰富。

产生了一些"神童",其中有一个二十来岁的小青年,身体强壮,既圆滑,又机灵,简直跟一条鳗鱼似的;生着高高的额头,一对傲慢的眼睛。他现在担任瓦尔瓦拉的秘书和英文教师,老在她跟前周旋。有一次萨姆金当着他的面说:

"一个革命者首先应当是一个社会活动家。"

于是这机灵鬼发出一阵讪笑,问道:

"这样的革命者是为哪个社会服务的呢?既然是为当今的阶级社会谋利益的,那么,他为何要当一个革命者,而不当一个反革命者呢?"

萨姆金郑重其事地,甚至严厉地反驳他,但这并没有使他心服

口服。他静静地听着他的论断,然后摇着新理过的光溜溜的头,说道:

"不能令人信服。我们的使命是建立一个新的社会,而不是去修复旧的。"

这位青年姓弗拉斯托夫。当瓦尔瓦拉问他父亲是谁的时候,他回答说:

"我自己就像一则笑话,它的作者叫无名氏。我十一岁上,母亲就去世了,后来由她的一位当绣金工的女友'亲手'将我抚养大,您还记得狄更斯笔下的那个人物①吧?去年她的这位女友也去世了。"

萨姆金不能不发怒了,因为那个青年谈到国外的各种争论时,竟然说道:

"透过表面看实质,这是一场仅仅在口头上谈论马克思的人,同那些决心实行马克思主义的人之间的斗争。"

看来这家伙强壮如牛,走起路来特别稳重;一双乌黑、窄细的眸子在那张棕红色的脸庞上炯炯放光,仿佛有着眯起来嘲笑人的神气。萨姆金跟他发生几次口角之后,问妻子道:

"你干吗要用这个愤世嫉俗的年轻人?"

"他很有办事能力,"瓦尔瓦拉龇牙一笑,很使人不舒服;末了她又加了一句:"库莫夫好像不是这个世界的人,他老是谈论精神,可这家伙却一点不喜欢那些玄妙的东西。"

库莫夫做了一件只有一条背带的式样奇特的礼服,穿上它身材显得高了些;他用沉静的声调劝告瓦尔瓦拉:

"到民间去的路不应从马克思出发,而应以费希特为起点。唯物主义并非民间的天然产物,而是心灵疲劳的结果。实际生活中的创造精神体现在唯心主义之中。"

---

① 这里指狄更斯一八六一年写的小说《远大前程》的主人公——一个受苦的儿童皮普,他姐姐比他大二十多岁,亲手将他抚养成人。

三

  每逢晚上，瓦尔瓦拉很少在家，但是，倘若她不出门，就会有人来找她。萨姆金即使坐在自己的工作间里，也没有居家的感觉，因为人们朗诵诗歌和散文的声音总要传到他的工作间来。他认为自己真正的、温暖的家，是尼康诺娃的屋子。她那里也有一些不方便的地方；那位戴眼镜的房东就让人惶惑，他站在院子里，好像专门在等待萨姆金似的，可是眼镜后面那对通红的眼睛却射出憎恶的目光。他嘀咕说：

  "关门的工夫，要把门闩鼻弄好。要把两只脚擦擦干净，台阶上放的棕垫就是干这个用的。"

  "他为啥这样不喜欢我呢？"

  "我想老人们是不喜欢任何人的，不过他们装得有时喜欢罢了。"尼康诺娃略一思索，回答道。

  她的屋子里很窄，从花园里传来粪肥的臭味，床也很小，而且唧唧咯咯直响。萨姆金曾不止一次地建议她把住宅换一换。

  "对我来说'和心爱的人住窝棚也和住天堂一样'呀！"她开玩笑地说，并不同意他的提议。他觉得她的无私是愚蠢的，但是没有跟她争论。

  他俩交往已经有一年了，可她还是孜孜不倦地、一声不吭地仔细听他讲话。

  "安息日是为人而设的，人并非为安息日而生[①]，"他说。"要不要做出自我牺牲，这是每个人的自由。我们姑且认为存在决定意识，但这并不能断定，意识和意志就是统一的。"

  他自己也觉得这种牵强附会、矫揉造作的说法不太令人满意，同时担心这个女人会由此得出结论，从此不再尊重他了。然而，她却心领神会地点了点头。

  [①] 出自《圣经·马可福音》第二章第二十节。

当他讲述他同在党人士会见和交谈的情况时,尼康诺娃听得好像有点勉强,不像听他那些玄妙的议论时兴致那样浓。她从来不追问他对人的看法。只有一回,当他谈到乌索夫要求不要派那个"没有头脑的"女人去找他的工夫,她兴高采烈地问道:

"没有头脑的女人?"

她沉思一会儿,又问,不过口气有些淡漠了:

"这人是谁呀?"

他对她的行踪诡秘感到惊奇,甚至也很尊重。萨姆金一直在想,她已经习惯于革命工作了,就像某些人已经干惯了一种职业似的,比如那些邮差吧,他们已经习惯于在莫斯科错综复杂的街巷里投送信件了。但是她并不像那个优柔寡断、平庸无能的丹尼娅·库里科娃,也不像柳芭莎那样,以为革命者定会比革命更有趣,更亲切。而尼康诺娃呢,她好像书本上的一个人物,关于她的情节,故意描写得很隐晦。她离开莫斯科的次数相当频繁,几乎每次都叫人感到突然。常常有这种情况:他有时按照约定的日子和钟点去找她,碰到的却是她的房东,他递给他一个信封,里面有一封短信,也没有署名:"我过一个星期回来。"或者"不要等我,我外出两天"。

萨姆金也有一把开门的钥匙;有一天晚上,他在等候尼康诺娃的工夫,刚打开一本他很反感的时髦作家写的书,就从书里飞出一张小纸片,上面什么也没写,于是克里姆把它放进烟灰缸里,然后抽着烟,把没有燃尽的火柴扔到里面,烧着了纸边,眼看着就要烧起来的时候,萨姆金将它一把抓了起来,发现上面清清楚楚地写着几个字母。

"乌索夫,"他读完,思忖了一会儿,然后小心翼翼地将小纸片用火柴烘烤一下,最后看清楚了:"曾在大学读书,当过陆军教官。索菲娅·柳芭切娃,莫斯科旅馆职员。安德烈·安德烈耶夫[①]曾在维克松

---

① 他的真姓名是 Н·П·萨格雷多(1881—1923),大学生,革命党人,曾参加准备彼得堡武装起义。一九〇六年被捕时从他身上搜出一件密写本,里面记录了一些人名和住址。

斯克工厂当工人。"

尼康诺娃回来时正赶上他在看那张小纸片。她推开门,又慢慢地把它关上,站在门口,她面色苍白,两只眼睛燃烧着怒火。尴尬地度过了显得很长的几秒钟,她才用嘎哑的嗓子,轻声地诘问道:

"你在干什么?这是为什么呀?"

她的激动像是惊愕,而且有点恐怖,甚至当萨姆金把经过告诉她,请她原谅他的放肆之举以后,她都久久不能平静下来。

"可你干吗要烘它,让它显出字来呢?"她一再追问,两眼凝视着他,带着埋怨的神情。"你既然看见上面写的字了,就该把它放起来……可你却把它显出来,这是为什么呀?"

她死乞白赖地追问使他大为恼火,末了他冷冰冰地说道:

"我已经向你道过歉了,已经告诉你我这是无意的,不知是因为无聊还是怎么的!看把你吓得那样,只怪你粗心,对我发火是没有道理的。"

这几句话使她放心了,她坐在他的膝头上,用手温柔地抚摸着他的脸颊,乖乖儿地说道:

"我不生气,"然后又扑哧一笑,补充一句:"我自己也不知道为什么这样激动。"

四

这天晚上,她对他特别温柔,但不知怎么,这温柔却带着惆怅的意味。有时候萨姆金觉得(这种感觉日益频繁),她对生活的忍耐,对自己所担负的任务忠心耿耿,这种精神正在传给他,感染他。但他马上又发现她有个特点,这是他从前没有注意到的,就是她很像涅哈叶娃,她也具有从远处看人,看出他们是渺小的、充满了矛盾的那种本领。

"你听说过谢德林临死前曾经把喀琅施塔德的伊万[①]请去的故事

---

① 即当时有名的江湖骗子,所谓"神医"约翰。

吧?"她问道,然后讲了一些列夫·托尔斯泰的趣闻,把他说得像个装腔作势、孤芳自赏的人。总之,她知道许许多多有关死去的和活着的伟人的轶事,但是讲起来并没有恶意,那漠然的口气,听起来好像她是来自那样一个世界,在那里凡是不鄙俗的东西,都会引起人们的怀疑和内心的反感,而鄙俗却被认为是人之常情,这是理解人们的惟一中庸之道。她讲的这些趣闻中非常巧妙地穿插了一些普通人悲欢离合的小故事,合在一起展现出一幅精神上平平安安的生活图景,这里既没有英雄,也没有奴隶,有的只是普普通通的人。

"他们把她训练得冷酷无情了,"萨姆金一面听,心里一面想,觉得她对这种事如此津津乐道,恰好说明了她作为一个革命者对旧世界的仇视。他认为这种仇视是幼稚可笑的,但他没有反驳她,因为他觉得这非常符合他对人的态度,特别是符合对那些梦想当领袖,当"生活的教师爷"和"万事通先生"的人的态度。

他发现,自从出现了像弗拉斯托夫、乌索夫这样一些耿直的青年以来,那些从本质上仇恨布尔什维克的革命精神的人暴露得就更明显了。萨姆金认为自己不是这样一种人,但是他终究有些扑朔迷离,恍惚觉得他跟他们有共同之点。他站在尼康诺娃面前冥思苦想,就像站在一面镜子前面,或者俯在一张白纸上面似的。他说:

"毫无疑问,列宁的门徒定会澄清众说纷纭的革命观点。对于革命运动的某些同情者来说,这种澄清真是性命关天的大事,因为许多人不了解他们同情的是什么,应当同情到什么程度。而列宁心里很有数:革命的思想必须摆出来,必须突出出来,必须排除一切异己的东西。你见过斯切潘·库图佐夫吗?"

"从来没见过,"女人回答,蹙起眉头,否定地摇摇头。

于是萨姆金向她讲了库图佐夫的事,讲了他对革命党人的看法。但更多的是他翻来覆去地谈论他自己,因为他所关心的,与其说是在生活中为自己找一个安定的位置,倒不如说是在随波逐流,以便尽可能地减轻对自己的压力。他越来越多地发现一些和他自己相似的人,并对他们产生怀疑,进而避免和他们往来,甚至鄙薄他们,不过这或许是因为怕他们看透他的心思吧。

五

这年冬天,他和柳托夫有过一次极不愉快的邂逅。萨姆金刚刚来到一家次等旅馆,正在房间里一面喝茶,一面查阅一桩纵火案侦查报告副本。窗外静静地飘着鹅毛大雪,整个城市仿佛蒙上了一床洁白的绒毯,显得那样宁静。忽然间,走廊里的一道门砰的一声关上了,传来脚步声,那位羽毛商人蓦地出现在萨姆金房间的门口,用尖细的声调向他问好。他身穿用金花鼠皮做的考究的短大衣,一双灰毡靴长到膝头之上。柳托夫跨坐在椅子上,尽力压低他那不听使唤的嗓门,告诉萨姆金他是来买马的。

"一匹毛色非常漂亮的马!是给阿琳娜买的。"

一个穿白色工作服的鬈发青年走进来,他生着一副很有福气的面孔。他拿来一瓶琥珀色的露酒,一盘蜜饯苹果,带着天使般的笑容,问他们还要不要别的什么。

"去吧,丑东西!"柳托夫命令。

他自己才显得丑呢。越来越稀的蓬乱头发,已经盖不住他那疙瘩溜丢的脑袋壳了;头发脱落使他的前额显得更大了,压挤着眼眶,使他的眼睛显得更小,更尖了;眼白放射出水银般的金属光泽,上面罩着一层细微的红色网膜,瞳孔已经变形,好像成了锯齿形的,而且更不听使唤了,眼下两块发青的肉包更鼓了,鼻子下垂得快挨到了两片厚嘴唇。他身上的一切好像都不听使唤,歪歪扭扭,就连那些稀疏的须毛也仿佛故意不刮,特为叫人看他那副奇丑不堪的丑相似的。他坐在椅子上直摇晃,身子像散了架似的扭曲着,操着讥讽的口吻问道:

"你干吗不去阿琳娜家呀?是老婆不允许,还是道德禁止呢?"

萨姆金对这放肆无礼的冒犯十分反感,于是他说,他工作很忙。

可是柳托夫却不肯听他的,他斟上两杯酒,龇着他那发黄的细牙,挖苦道:

"你真是一位道学先生,嘿嘿!这职业不错嘛。喏,来吧,我们干杯,道学先生!老弟,要让人们相信他们都是废物,他们的生活很糟糕,那很容易,他们也的确是会以为真的,然而鬼知道这是为什么!正是他们的这种轻信,才使你和你这一类人博得圣贤的名声。这你不要生气!"他用手拍了一下萨姆金的膝头,请求道。"我说这个是在练习说俏皮话,你不必介意。老弟,我应当学得俏皮一些,否则我怎么能得到一丝快乐呢?"

他缩着脖子,用左眼瞥了萨姆金一下,喃喃说道:

"'我们活着就是为了撒谎',你说这句话俏皮吗?"

"不怎么俏皮,"克里姆冷冰冰地说。

"而且很讨厌,"柳托夫赞同道。

萨姆金以前就疑心这个斜眼儿比任何人都更了解他,知道他想方设法地跟他找茬儿,惹他生气,玩着一种恶意而又卑鄙的鬼把戏。

"一个病态的、狡猾的恶棍。他什么时候能讲真心话,讲他真正的信仰呢?也许这次酒醉之后,他会比任何别的时候吐露更多有关自己的真情吧?"萨姆金心里想。

柳托夫又喝了一杯,叉了一块苹果,疑惑地瞧着它,然后又扔进盘子里,像吹口哨似的哀叹一声,说道:

"喝呀!假如你的交谈者已经喝醉,而你却是清醒的,那可不礼貌噢。比方说,咱们就为那些出卖自己的美色,任那些畜生般的男子蹂躏的女性们干杯吧!"

柳托夫说这话像是在演戏,甚至还打着手势,而他的脸色却暴露了他此话的虚伪性;他脸上的肌肉是松弛的,浮肿的,水银般的眼睛凝滞了几秒钟,那句劝酒之词,仿佛烫了他的嘴,使他吃了一惊似的。

"这我——不过是……乱说一气,"他瞧着屋角,嘴里嘟哝道。"这是马卡罗夫教给我的,嘿嘿,真见鬼!"

他双手揪住萨姆金的胳膊肘和手腕，把他拽到自己跟前，喃喃说道：

"一位最最尊贵的保险业行家，就跟我讲过一件有趣的事。他说在一切野蛮的思想中也隐藏着一些真理！彼拉多①这个糊涂虫，应当知道：真理是魔鬼玩的把戏！而这就是咱们现今一切真理的老祖宗，是所有聪明人变为白痴，患有精神恍惚的失眠症的根源。你的睡眠不好吧？"

"你，柳托夫，简直是个从陀思妥耶夫斯基疯人院②来的人！"萨姆金得意地说。

"不是吧。真的是这样吗？"柳托夫尖声叫道。

"你该去治一治……"

"这样说，我真是从陀思妥耶夫斯基疯人院来的喽，嗯？不过，这算不了什么。况且，你不是看见吗，还有一个米哈伊尔·谢德林疯人院③哩……"

"你这是……扯到哪儿去啦？这同谢德林有何相干呢？"萨姆金大为恼火，说道。

"你不懂吗？"柳托夫似乎很吃惊。"噢，你……原是个正经八百的人嘛！然而，要知道，穿得像样点儿，那是应该的嘛，这也是符合自尊的呀！可是，现在陀思妥耶夫斯基那些蓬头垢面的可悲人物，比起谢德林的那些油头粉面、衣冠楚楚的摩登人物来，却更为我们所欣赏。你懂了吗？嘿嘿……"

他挤眉弄眼，作出一副讥笑的样子，而萨姆金一直在等待时机，想打断这恶意中伤的胡说八道。他搜索枯肠，寻找着刻毒而有力的字眼儿，心里寻思：

"我要和他舌战一场，叫他一败涂地。"

---

① 彼拉多是《圣经》中的人物，据《新约全书》记载，耶稣由他判决钉在十字架上。
② 指陀思妥耶夫斯基笔下的一些有变态心理的人物。
③ 指谢德林笔下那些伪善阴险、精神颓废、妄自尊大而又卑怯多疑的人物。

但是,柳托夫又喝下一杯酒之后却蓦地清醒起来了,说话也心平气和了。

"可是,社会革命党人不是给那些专制独裁者们当头棒喝了吗? 啊?"

他推开萨姆金的手,给他倒了一杯酒,压低声音说:

"'我要敲碎恶人的牙齿①,'耶和华威胁说,并且真地摧毁了天王的统治! 你有何见解,这两个政党②哪一个可以更快地获得宪法呀?"

"这里是讲这种话的地方吗?"萨姆金仔细打量他一眼,但没有弄明白他怎么会猛然清醒起来,于是说道。

"小点声,不要紧,"柳托夫说。"况且,这里谁晓得宪法是什么玩意儿,有什么用处? 这里又有谁需要宪法呢? 你听说过这样的事情吧? 在彼得堡有些鞭身教徒、无政府主义神学派,总而言之就是那些不信我们上帝的魔鬼,正在宣传政教合一之类的东西,有这码事吧? 老弟,这可太好了!"他弯腰对着萨姆金,喁喁低语道。"神父们都是些纯俄罗斯血统的人,他们应当有自己的发言权! 是时候了。他们一定会说的,你瞧着吧!"

他又凑近萨姆金,把热气喷到了他脸上,悄悄地说:

"反社会主义的势力蠢蠢欲动了,你懂吗?"

过了一两分钟,萨姆金就看出这家伙的醉相是装的了,其实他完全清醒,他把话题扯到政治上,并不是想表明自己的见解,而是想试探他的态度。

"对于'祖巴托夫主义'所起的作用,列宁的理解是十分正确的,他并且得出一个正确的结论:俄国民众需要一位领袖。是这样吗?"他悄声问道。

"咦,这有什么呢?"克里姆冷冷一笑,已经觉得有些醉意了。

"可是需要什么样的领袖呢? 是倍倍尔,还是……孙中山? 究竟

---

① 源出《圣经·诗篇》第三章第八节。
② 指当时的社会民主党和一九〇一年底由各种民粹派残余组成的社会革命党。

要什么样的？是佛玛·闵采尔①，还是……孙中山？啊？"

萨姆金觉得他和柳托夫此刻好像两只好斗的公鸡，正在彼此怒目而视。

"你是一个蹩脚的演员，"他说完，走到窗户跟前，打开了小气窗。在黑洞洞的窗外，正飘着灰白色的鹅毛大雪，给人的印象仿佛在下着撕碎的小布片。在旅馆的大门口，一盏路灯高悬在大雪之中，也显得冷森森的，它的火光直闪动，仿佛在诉说着它的苦衷。柳托夫背着脸喁喁说道：

"他们冒充唯心主义者……这种伪装是要毁掉他们的。犹大的儿子俄南也是这样一个唯心主义的家伙②……"

萨姆金深深地吸了一口润湿的、似乎微带温煦的空气，细听着雪花飘落的窸窣声，想辨别出其中几十种，甚至上百种不同音调又自相矛盾的话语。忽然间，他听到身后砰啷一声，原来是柳托夫站起来的时候，一只胳膊碰了苹果盘，两三个苹果滚到了地上。

"我要去睡觉了，"柳托夫立在那里，摸着下巴颏，龇着牙说道。"你愿意明天跟我一道去试试那匹马吗？"

萨姆金谢绝了他的邀请，连一声"再见"都没有说就走了。

六

克里姆站在窗下，心里寻思：所有这些如同雪花飘舞、灰尘飞旋般的话语，只有一个目的，那就是掩饰人与现实之间的冲突，填塞二者之间的鸿沟。他记起了弗拉索夫与库莫夫两人的争论。

"是秘密吧？"弗拉索夫用奚落的眼神打量着库莫夫。"您是说，

---

① 闵采尔（约1490—1525），德国农民战争的领袖，主张废除封建制度，建立一个没有阶级、没有私有财产的平等社会。
② 据《圣经·创世记》载，犹大的长子珥死后，他令他次子俄南与寡嫂同房，以便为兄传宗接代，尽为弟本分。俄南表面服从，实则不愿为其兄留后，俄南所为，上帝视为恶，所以就叫他死了。

这秘密是不可知的喽？倘若我喜欢玩弄语言把戏的话，那我就会说，既然它是不可知的，那就是说科学已经把这个秘密戳穿了。然而，这种把戏毕竟是唯心主义者的勾当。而科学是不会听信杜布亚·雷蒙①的，因为科学不承认不可知，而只承认未知。您所说的认识，在我看来不过是庸俗下流语言的产物罢了。真正的财富是用科学实验的材料制成的，唯心主义者的货色，不过是些伪造的铜币而已。"

萨姆金砰的一声关上小气窗，因为他想到弗拉索夫这话比刚才跟柳托夫谈话更叫他生气。是的，弗拉索夫之类的人物正在繁殖和增加，而且都把他看作世界上多余的人。他感到，他们正在迅速地把他推到一边，使他脱离那种体面的博学之士的地位，脱离那种终归使他的虚荣心得到某些安慰的地位。弗拉索夫的刚愎自用特别使他恼火。他回答瓦尔瓦拉爱说的"颓废派也是革命者呀"这句话时，说道：

"对此是可以同意的。化学的腐烂过程也是一个革命的过程。何况颓废主义又是资产阶级分化的明显特征呢。所以说，什么《天蝎座》②、《天秤座》③之类的玩意儿——那里都管它们叫什么啦？——归根结底只能助长我们的声势。"

"这是何等讨厌的讥讽口吻啊！"萨姆金心里说。他在屋子里踱着步子，踩了一块蜜饯苹果，差点滑倒；他顿时感到浑身无力，仿佛一个又重又软的东西打在他的头上似的。他站在屋子中间，懊丧地蹙着眉头，透过眼镜片瞧着那块踩烂的苹果和弄脏的皮鞋，而记忆却机械地、恶狠狠地向他提示着各种各样的警句。

"应该杀死的，不是那些大臣，而是那些所谓文明的、具有批判精神的人们的偏见，"库莫夫捂着胸口，怯生生地笑着说。在此之后，他又记起了塔吉雅娜·戈金娜的一句话：

---

① 雷蒙(1818—1896)，瑞士出生的德国生理学家，哲学机械论的代表人物，自然规律不可知论者。
② 《天蝎座》是一九〇〇至一九一六年在莫斯科出版的象征派刊物。
③ 《天秤座》是一九〇四至一九〇九年由象征派出版的文学批评月刊。

"十九世纪的俄国历史,仿佛是一场偶尔由于手枪的射击和炸弹的爆炸而中断的完整的对话。"

她坐了几个月的监牢之后,被流放到维亚特省一个偏僻的小镇上去了。她在动身去流放地之前,穿得朴素一些了,那一脑袋华丽的头发也给剪短了,她说:

"我现在才算最终地皈依革命了。"

萨姆金坐下,想把弄脏的皮鞋脱下来,又怕把手弄脏了。这使他又想起了库图佐夫。他费了很大力气,也没能把鞋从脚上脱下来,它好像长在了脚上似的。不一会儿屋子里充满了酸不溜丢的气味。时间已经不早,所以他不愿叫茶房来擦地板了。此刻他不想看见任何人。

"这就是生活啊,"萨姆金心里喊了一句,又弯下身子去弄他那只脚,结果真的把手指头弄脏了,他两眼瞅着手指,却看见了那个被人踩伤的吉奥米多夫,听见他的喊声:

"每个人都应当有自己的位置呀!"

七

这个装疯卖傻的狐狸精真的找到了自己的"位置"。他以宣扬"谨小慎微"为生活之本,已经颇有名气;他的信徒已经不是几十,而是成百上千了。秋天的时候,瓦尔瓦拉和库莫夫曾经劝说萨姆金,让他去听听吉奥米多夫的说教,于是萨姆金在一个温和寂静的晚上,在一栋木造二层楼的后院见到了他。他当时正在一间有一个斜面屋顶、两扇窗户、烟囱刚刚砌好还没有熏过的小厢房台阶上。这间小屋可怜地偎依在一个什么仓库的高大的圆木墙边;这堵墙旧得发灰了,甚至有点儿倾斜,看上去不是体贴地掩护着这小屋,就是要把它压塌了。吉奥米多夫这小屋的台阶是新砌的,两边有木柱,顶盖是两扇斜坡,里面涂着浅蓝色的油漆,尖角处画着一只白鸽,样子像只老母鸡。

吉奥米多夫穿着擦得干干净净的长筒折靴,黑灯笼裤,白长衬衣,偎在一把离地有三个台阶高的椅子里;他长长的头发,黄黄的脸,一撮基督式的胡子,活像供在神龛里的圣像。在院内满是垃圾和践踏得乱七八糟的地上,有许多身穿灰不溜丢的衣裳的人,站在或者坐在他面前,吉奥米多夫猫腰对着他们,右手在空中比画着,左手拍着大腿,说道:

"那时有一个但族人,名叫玛挪亚,他的妻子不孕、不育,耶和华的使者向他妻子显现,结果他妻子就怀了孕,生了个儿子叫参孙,此人力大无比,竟赤手空拳撕裂一头凶狮①。基督就是这样降生的,其他许多人也是……"

他从前的声调是平淡的,惊异的,现在却显得信心十足,话也说得挺严厉,而且很有韵味,很有教堂里的气魄了。萨姆金对他的说教并不感兴趣,只是仔细瞧着在场的人;他看见院子里有几十人,多数是男的,看上去都是手工业者,都上了年纪。少一半听众是女的,大概都是些种菜的、洗衣服的女工,而穿着比较整洁的,是那些小贩和现在没有事干的女仆。他们挤在低矮的木棚下面,仓库木墙和正房山墙的中间,像一堆破烂衣服厚厚地摊在地上,散发出肥皂的气味、烂皮子的气味和汗臭味。楼房的窗户里也探出一些头来,有一扇窗台上坐着一个鞋匠,正在敏捷地、单调地抽着蜡线,末了失望地摊开双手。在克里姆身旁一堆木板上,坐着一个留着尖尖胡子的中年人,穿一件破夹克,还有一个四十来岁的胖女人。当吉奥米多夫说到参孙降生的工夫,她嘴里嘟嘟哝哝地说道:

"不论这孩子是跟谁生的,总得把他养大呀!"

那个尖尖胡子的男人肯定地点点头,叹了口气,然后对着萨姆金悄悄说道:

"他们倒挺关怀我们,还来教训我们,可我们倒不在乎……"

---

① 源出《圣经·士师记》第十三、十四章。

萨姆金脚下半卧着一个男人,浑身汽油味,抽着旱烟,不住地咳嗽,四下张望着也找不到吐痰的地方;他索性把痰吐在手上,然后往油渍麻花的裤子上一抹,对身旁那个穿着露了脊梁骨的夹克的男人说道:

"你听说雅科夫吃蘑菇中毒,给抬到医院去了吗?"

"他老是出事,"那男人若无其事地闷声说道。

但是他们说的不多,而且声音很低,所以吉奥米多夫的话听得很清楚。

"'饱足的肉体连蜜汁也会厌腻,而饥饿的灵魂苦水也觉甘甜①,'这是所罗门王说的一句箴言。"

吉奥米多夫扭了扭头,一双失神的蓝眼睛冷冰冰地、严厉地扫了大家一眼,引起听众的注意,所有的人几乎都不约而同地慢慢移向台阶的前面。瓦尔瓦拉和库莫夫正坐在台阶上,说教者的脚下;瓦尔瓦拉眼睛瞅着人群,库莫夫则两眼望天,看着那里射进来的刺眼的光亮。萨姆金觉得这群人给人一种凄凉而又沉闷的印象,他们挤在这个狭窄的后院,几座摇摇欲坠的房屋的空隙里,似乎不是心甘情愿的。在台阶后面的墙根站着一个年轻的警官,嘴里叼着一根香烟,好像个酒足饭饱的花花公子,又像个从外省来的乔装的一年级大学生。他小心地摩挲着他的白手套,已经把手套放到嘴边吹了两次,手套鼓了起来,跟一只活人的手似的。

"比肉体享乐更为有害的,是那些荒唐的思想家们只知寻欢作乐,"吉奥米多夫躬着身子,大声说道,那架势活像要扑到人群中去似的。"如今正是那些大学生和形形色色的不学无术之徒,那些铜脑袋瓜,那些野心勃勃的人,以及那些对你们毫无怜悯之心的冒失鬼,对着你们这些把苦水当甘露的饥饿的灵魂,拼命散布所谓的社会主义美梦,灌输什么肉体一满足,灵魂也就会得到满足……不!他们是在撒

---

① 源出《圣经·箴言》第二十七章第七节。

谎!"吉奥米多夫郑重其事地举起一只手,用力喊道。

萨姆金欠了欠身子,感到一股冷森森的惊愕气氛。他觉得人们挨得越来越紧了,整个人群都往台阶拥去,甚至大家的脖子都抻长了,脑袋也看得更清楚了。这群人给人的印象好像没有手似的,大家的手都藏了起来,有的藏在破衣烂衫里,有的藏在胸襟里或裤袋里。听众聚精会神地默默听讲,又好像吸引着吉奥米多夫,把他往人群里拽去,而他也好像正往人群中移动似的。他站起来,两条腿直发抖,双手在空中乱舞,好像在甩开什么东西。他站在那里,跺着脚,叫道:

"还有,他们杀害我们这个世界的忠实奴仆……"

"他马上就要完蛋了!"那个浑身油渍麻花的人咳嗽着站起来,说道。

那个警官跳到台阶上,向吉奥米多夫摇着手套,像赶苍蝇似的把他赶走,嘴里嘀咕些什么。

"咦,莫非我谈政治了吗?"吉奥米多夫委屈地大声嚷道。"这不是政治,你们这是瞎说! 就是说,您要明白,这是真理,真理!"

"我要你们停止!要你们散开!"警官摇着手套,神气十足地说。

人们已经从地上站起来,你推我拥,摇摇晃晃,满院子的拍打声和沉闷的低语。瓦尔瓦拉和库莫夫,还有另外三个衣着讲究的人把警官团团围住,可是他却威严而又郑重地说道:

"我不能呃!我不允许……"

"你们跟他解释一下!"吉奥米多夫喊道。

"反正都一样:他进攻,人家就防卫。这是不能允许的!你说什么?不,我不是傻瓜。这是辩论吗?我知道。辩论本身就是政治哩!不行呃,请你们原谅!若是这里没有政治,那有什么可辩论的呢?我要你们……"

"我要控告!"吉奥米多夫踢开椅子,嚷道。

"他生气了,"那个留尖尖胡子的人说。"可是他讲得很带劲儿!"

一个胖女人站起来,用手抹抹嘴,大声喊道:

"所有的色鬼都讲得挺带劲儿。"

"难道他是个色鬼?"

"怎么,他不是吗?"

"喂,你这是在说谁呀?"那个穿破夹克的男人问道。"是说警官吗?"

"他们都是一路货!"那女人一边挥手说着,一边往外走。

"哎,这群乌鸦,"那个穿夹克的男人叹气道。"跟你们生活在一起,可真没有劲儿!"

他又对萨姆金悄声说:

"这个警官别看他年轻,却很狡猾。他是故意拦住讲话,想看看有谁出来说话。前几天,就有一个人跳出来,结果他就把他抓住了!并且送到警察派出所去了。他们一定是合伙干的……"

人群稀少了,散开了。萨姆金走到台阶下,看见那警官正对瓦尔瓦拉行礼,客气而又温和地说:

"请您相信,我没有任何怀疑。这是命令!谢米昂·彼得罗维奇是个充满激情的人,那慷慨激昂的劲头……邦苏阿尔①!"

他又对瓦尔瓦拉行了个礼,跟在人群后面,像牧羊人似的走出去了。

吉奥米多夫已经安静下来,正在兴致勃勃地向瓦尔瓦拉讲述着,那声调就跟朗诵心爱的诗句一般:

"是呀,是呀,他已经完全疯哩。因为可怜他,就让他住在土城的一个皮匠家里。每到夜晚,他就到大街上,嘴里念叨着:'我的灵魂情愿与非利士人同死!'②他把自己说成是参孙。喏,再见吧,我没工夫哩,人家约我去谈话,再见啦!"

他猛地转过身去,钻进一扇小门,砰然一声使劲把门关上。

"你听见了吗?"瓦尔瓦拉问他。"你还记得那位教堂助祭吗?他

---

① 法文的译音,意思是"晚安"。
② 源出《圣经·士师记》第十六章第三十节。

已经疯啦！"

萨姆金耸耸肩膀，没有吭声。

"你对此人有何看法，嗯？真是想象不到啊！而且，你记得那位助祭是怎样发牢骚的吗？"

她兴致很高地说着，眼睛里闪着扬扬得意的光亮。

萨姆金回到寓所，一想到这情景，就感到他同柳托夫谈话之后很轻松愉快，于是他站起来去熄了灯。那蓝色的灯火在熄灭前执拗地闪动了很久；随后在黑暗中他发现了朦朦胧胧的窗影，宛如一条又宽大又软和的毛巾。他顺利地迈过那块踩烂的苹果，躺在床上，闭上眼，又想起了尼康诺娃。是的，她是一个真正正常的人，一位可以与之建立深交的女人。她的心灵，仿佛一座小小的花园，虽说花卉不多，然而却长得可喜可爱。她不喜欢任何修饰打扮，岂不是怪事！他还想起她是多么小心地将她的乳房放进奶罩里的。

"大概她是想生个小孩吧？"

瓦尔瓦拉对他来说就像个陌生人了。她过着我行我素的，一定是很轻松愉快的生活。她对唯心主义者和唯物主义者的讥笑不偏不倚，好心好意地各打五十大板。她的嘴巴变平了，双唇也发硬了，不过可以明显地看出她已经是三十开外的人。她吃得很多，又吃得很香。不久前她从拍卖行买了一批廉价的印书纸，又把它高价售出去。

"她倒是很能投机取巧的。假如我们离婚的话，大概不会有什么悲剧的，"萨姆金想着想着就入睡了。

第二十二章

一

在对日宣战那天①,萨姆金恰好在彼得堡。他坐在涅瓦大街的一家饭店里,惊诧地并且带点儿幸灾乐祸地回想着刚才同莉吉雅的邂逅相逢。一小时之前他忽然和她走了个面对面,她当时正从药铺里出来,碰上了他。

"哦,上帝呀,这不是克里姆吗!"

单从声音里他就认出来,这个身材细高、衣着朴素、罩着面纱、头戴一顶插着白羽毛的奇特但不摩登的小帽的女人,就是莉吉雅。

"我的上帝呀,"她高兴地又仿佛吃惊地重复一遍。她的手里、胸脯上和大衣的钮扣上都有些小包包,她一松手就掉了一个;萨姆金弯腰去拾的工夫有人碰了他一下,他直起腰来又把她碰了,于是他俩哈哈大笑。瞧,这有多别扭!

"可真稀奇!打起仗来了,却忽然遇到了你!噢哟哟,瞧你有多老了!"

然而,当她揭开面纱的时候,他发现她的脸像一个上四十岁的女

---

① 一九○四年一月二十七日,沙皇俄国颁布对日宣战书。

人了;只有那双乌黑的眸子还炯炯放光,可是她的眼神却是陌生的,难以理解的。他邀她到饭店去坐坐。

"不行,丈夫还在等我哩。哦,对啦,我结婚了,四个月以前,你没听说吗?不过我还没有写信告诉我父亲呢。"

他们约定到她家去相会,随后她就匆匆雇了一辆马车,坐上去一边走,一边喊:

"不要忘记住址!"

"她嫁人啦?"萨姆金思忖着,有点儿不相信,并且尽力想象着她丈夫的样子。但是想象不出来。饭店里坐满了异常激昂的人们,他们挥动着报纸,又喝酒,又碰杯,声嘶力竭地吼叫,一个脸颊发青的矮胖子,除了浓密的胡子外完全像个戏子,他站在那里,手里拿着一杯香槟酒,用嘎哑的男中音唱道:

"诸位先生们!终于……我们终于知道了……"

他把一根手指伸进衬衣领里,扭了扭脖子,把喉结松出来,抚了一下上面别着一颗大珍珠的领带,来回伸着他的两只脚,自己很想讲话,又想让大家都听见。但是大家也都想讲话,特别是那位矮胖的小老头,就是那个巧妙地把秃脑袋上的几十根头发从右耳朵梳到左耳朵的人,更想讲话。

"这空—前—未有的背信—弃义—行为①,"他一面喊叫,一面紧皱那张通红的脸,就像要打喷嚏似的。

"季洪·瓦西里叶维奇,我向您祝贺!您真是个预言家!"

"啊,哪里!等着瞧吧,老弟……"

在萨姆金的右边有一群人,他们彼此相像得出奇,正围着一张桌子,其中一个人手里攥着烟盒,像乐队指挥一般,大声地、又像祷告似的说道:

"甘愿为国尽忠的人们……"

---

① 指一九〇四年一月,日本未经宣战即向俄国发动进攻。

"说'无私地'不是更恰当吗?"

"不要那些老生常谈吧!"

"乌斯琴,别打岔!"

"诸位——先生! 祈祷平安……"

"说简单点儿,这可不是上诉状啊!"

传来了一个熟悉的声音:

"《圣经》里就提到过英国人:'温柔的人有福了,因为他们必承受土地。'①"

于是斯特拉托诺夫纵声大笑,解释道:

"这是马克·吐温的话。"

忽然有一个人惶恐而又大声地嚷道:

"先生们,举行示威吧!"

于是,地板都晃动起来,所有的人都朝烟雾腾腾的窗户跟前走去,随后安静下来,斯特拉托诺夫声色俱厉地喊道:

"不是示威,而是表明我们的态度。"

克里姆·萨姆金把钱扔在桌子上,急忙走出大厅。一分钟之后他正站在饭店门口,扣着他的外套。三位军官说说笑笑地并排走来,其中一个碰了萨姆金一下,笑嘻嘻地说道:

"对不起,戴眼镜的!"

一个身披大衣的上年纪的醉汉,手里拿着顶帽子,趔趔趄趄地走着,眼睛还惊愕地瞧着脚下,不住地嚷嚷:

"上——上帝,保——保佑沙皇……"

他走到萨姆金跟前停下来,鼓起发紫的腮帮子,嘴唇动了两次,发出"嘣! 嘣!"的响声。

一小队稀稀拉拉的人群,散乱地走在木板铺成的人行道上,发出

---

① 此句源出《圣经·马太福音》第五章第五节。高尔基一九二九年曾写道:"这句话本来出自《圣经》。马克·吐温认为其实这是说给英国资本家们听的,因为他们的确在世界各国'承受'血腥的和残酷的事业。"

沉重、细碎的脚步声。这群人很像一把扫帚,扫帚把就是一串马车,正慢悠悠地跟在人群后面腻烦地行进着。迎面来的马车都挤在人行道边上。在人群前面,匆忙地走着一个大学生,他身材高大,头发卷曲,像个名门的车夫;他在马的前头,挥动着一条黑围巾,洪亮地喊道:

"转弯啦!"

人群阻塞了人行道,把上面的人都给挤跑了,但人群本身并没增多,只是显得更紧凑,更密实了,走得也更缓慢了。这人群没能把所有行人吞没和吸收进来,许多人都挤在墙根下,跑进大门去,藏到门洞里,或躲进商店中。

"'沙皇统治使敌人畏惧'①。嘣!"那个醉汉吼着,像只狗熊闯进莓果树林似的,钻进了人群。

正在这工夫,斯特拉托诺夫也从饭店里出来,他后面跟着一群仪表堂堂的人物,顿时把萨姆金围住,把他挤下人行道;他服从了他们的好意强制,跟着他们走了,并决定拐到旁边的一条街道上去。可是,又有一小股人流从角落里出来,自觉或不自觉地混进人群中去,把萨姆金挤到人群的中央,并且对着他的耳朵喊"乌拉!"但他们喊得不很齐,甚至有点儿畏畏缩缩。

在很快聚拢起来的黑压压的人群中,那些穿青蓝和墨绿外套的大学生特别显眼,他们的铜钮扣闪闪发亮,人群两边有些地方忽然闪出几个穿灰色制服的警官;前面有人不整齐地唱着国歌,那个身材高大的大学生像个警察似的、精神振奋地指挥着,声音清脆地命令道:

"向右—转!"

一个快活的男高音在萨姆金身后唱起来:

走呀,我的女友们,
快到安德留什卡家去喝茶……

---

① 此句源出沙俄的正式国歌《上帝佑我沙皇》。

萨姆金回头一看，原来是一群青年跟在他后面，走在最前边的是一个小个子，像位技师，脸红红的，可能是喝醉了酒，他一边跳，一边唱：

> 你要告诉我：你在他家
> 过夜究竟为什么？

他又蹦又跳，直冲着萨姆金的脸高唱，使他想起不知是谁说过的一句话："群氓更需要的是小丑，而不是英雄。"

人群已经很大了，像膨胀起来似的，已经挤不过警察桥①了，于是停了下来，似乎在考虑要不要继续前进？许多人沿着莫伊卡河边朝佩弗切斯基大桥跑去，人群前头的那帮人跑得很起劲儿，可是萨姆金觉得他身后队尾里的人却是犹犹豫豫，无精打采。

"他们不过是出于好奇心，前来冷眼旁观的，"他心里说，并且透过眼镜片轻蔑地窥视着这些踟蹰不前的形形色色的人物。他和往常一样，认为自己在这群人里是一个非常特殊的、迥然不同的人物，并且深信自己也是出于好奇心才来的，因为他心里有一个朦胧的愿望：或许会突然发生什么意外的事情吧？

二

当萨姆金跟着渐渐稀少的队尾，来到皇宫广场，发现前面的人一下子都变成了侏儒的时候，他简直吃了一惊，甚至有点心慌意乱了。因为他没能马上意识到这帮人是跪在了地上，而且跪下去那么快，仿佛有一股无形的力量将他们的腿砍断了似的。离咖啡色的宫墙越近，那些人的脑袋显得越小；这广场就像用人头铺成的似的。成千上万人

---

① "警察桥"是彼得堡莫伊卡河上的一座桥，今称"人民桥"。

的吼声响彻冬季阴暗的天空：

"祝圣明的皇上马到成功！……"

萨姆金被挤在花园的铁栏杆上，肋骨硌得直疼，他的耳朵都快被这熟悉的吼声震聋了，他觉得这吼声犹如波涛一般涌进他的心胸，迫使它发出铁锤撞击一样洪亮的钟声。

"他要凯旋得胜……一切都会饶恕的，霍登事件……一切！"

此情此景真令人吃惊，同时也叫人高兴。可是人们打消了他的兴奋劲头。在萨姆金的前面蹦出来一个秃头的胖子，从羔皮大衣领里伸出他的头，惶恐地问道：

"陛下会出来吗？难道他会不出来吗？"

他旁边的一个人愤怒地吼道：

"小心点儿！您碰着我啦……"

"噢唷，老兄，可真尊贵！……"

"都跪下，诸位，跪下！"斯特拉托诺夫在一旁喊叫。

"乌—拉！"整个广场都吼了起来，那个秃头把脑袋往后一仰，后脑勺正好碰在萨姆金的胸脯上，他眼泪汪汪地呜咽道：

"陛下驾到，亲爱的人啊，愿上帝保佑，圣明！啊！……"

他前言不搭后语，吞吞吐吐地说着，紧挨萨姆金坐下，好像他脚下的大地塌了下去似的。萨姆金看见皇宫阳台上的门都打开了，冰凌似的玻璃窗闪着光亮，在一个门洞里出现了沙皇那熟悉的身影，挽着那位高个的、一身洁白的皇后。他俩的身影在这座宏伟的宫殿衬托下，在成千上万狂吼的人群之上，有如一对玩偶；萨姆金觉得，人们看着他们的统治者越像玩偶，他们就越发欣喜若狂。整个广场响彻着热烈的、震耳欲聋的欢呼，使萨姆金头昏目眩，恍若在尼日尼那般情景，有一种飘忽在大地上的感觉。这时有人拍了他一下肩膀，拽了拽他的大衣襟，说道：

"跪下，就是你，戴帽子的！"

当他跪下去的工夫，他也觉得他是可以像他身旁那个穿藏青大衣

555

的、满头银发的人一样,恬不知耻地呜咽一场的。可是,他觉得沙皇和皇后站在阳台上,那样子异常动人,便忽起一个念头:相信这个尽享人间欢呼颂扬的小人儿,定会马上向他们发表一通有历史意义的、敦促国民和睦的奇妙演讲。这不只是他一个人的愿望;周围的人也嘟嘟哝哝地嚷嚷着:

"他会讲话吧?"

"静—静!……噢咿,上帝呀!"

"那位就是皇后呀!瞧她一身白,活像一位护卫天使。"

"开始了吗?讲了吗?"

"他俩就像根塞尔和格列塔①……"

"您感觉到了吗?群众的狂喜有宗教的气味。"

"皇上会讲话吗?啊?"

萨姆金站了起来,但是又有人拉他的衣襟,捅他的背。

"别站起来!不然我要揍你……"

这并未减低萨姆金的激动劲头,他也不生气,只是在问:

"陛下会开尊口吗?"

"你在这里是听不见的!"

"保卫你的祖国,"②在远处,在亚历山大纪念柱附近有一群人唱了起来。

"他走了吗?两位陛下回驾了吗?"

"乌拉—拉!……"

是的,沙皇不见了。门上的玻璃又如冰凌似的熠熠闪光;人群向前涌去,迅速散开,顿时安静下来。

"朝拜已经完毕!"那矮个技师推开人们,喊道。此刻不知从附近什么地方传来了斯特拉托诺夫洪亮的声音:

---

① 根塞尔和格列塔是德国作曲家贡培尔丁克(1854—1921)童话剧中的两个主人公,兄妹俩。
② 当时流行的教会《佑国祭祷歌》中的歌词。

"从前那种把拿破仑从莫斯科赶到厄尔巴岛上去的民族自豪感和力量,又一下子齐心协力地爆发出来了……"

萨姆金环顾四周,发现:斯特拉托诺夫正靠在花园的栏杆上,一只手拽着树枝,比人群高出一截,对着他们挥舞那只攥着手套的红拳头,大喊大叫。他的胖脸一鼓一瘪,两眼发白,闪着寒光,那整个膀大腰圆的魁梧身躯,似乎显得高了。敞开的皮大衣袒露出他鼓鼓的肚子和粗实的大腿。萨姆金发现,斯特拉托诺夫裤子上的下钮扣没扣,但这既不可笑,也无伤大雅,只不过增加了紧张的气氛,使人觉得有点猥亵的意味,而这是跟他那洪亮的声音和粗犷的言辞一脉相承的。

"我们要让他们……下跪,然后扔进太平洋去!"他喊道。接下去撇一下嘴唇,便露出了金光闪闪的牙套;刚剪过的小胡子扎煞起来,直抖动,仿佛连耳朵也动了起来。有五十来个人对着他的大肚皮叫喊:

"真棒啊!"

那位技师把手放在嘴上,喊道:

"真棒哦—哦—哦—哦!"

"您干吗要起哄?"一位戴烟色眼镜和海豹皮帽的人质问他。"不行啊!请问,您这是要到哪里去?"

萨姆金慢慢地走出去了。

"是呀,真是个卑微的小人,"他苦苦地思忖着。"倘若是伊凡雷帝、彼得大帝,他们一定会开开尊口,一定有话可说的……"

他觉得又一次上了当,不过他也很可怜这个穿一身灰装的人,对他当着跪在他这位君主面前的百姓竟然一句话也讲不出来颇为遗憾。

"就连那个疯疯癫癫的吉奥米多夫还能打动人们的心,使他们对他洗耳恭听,并且信以为真呢。"

此刻他忽然想起,吉奥米多夫自发生霍登广场事件以来,倒失去了和沙皇相似的面貌。

店铺里灯火辉煌,大街上却凝聚着蒙蒙的阴冷空气,弥漫的灰色尘埃刺痛行人的脸颊。看见人们相觑而过,仿佛什么伤心的事都没有发生,听见女人们的声音和马蹄踏在木板人行道上的嘚嘚声,真叫人不快。这马蹄声也真蹊跷,好像几十把铁锤在向天空和地下钉着钉子,要把这座城市和居民都封闭在寒冷和寂寥的黑暗中一般。

"可是,假如是我处在沙皇的地位,那该说什么呢?"萨姆金扪心自问,加快了脚步。他没有找到这个问题的答案,却因为想到他很可能和沙皇一样无言以对,而自觉困惑。

"真可笑,太荒唐,"他心里想着,便丢开了这念头。

三

一小时之后,萨姆金坐在一个小房间的床榻旁,床上依枕半卧着一个剃光头的男人,他脸颊上的黑胡子刚刚剪过,而下巴上的胡子分了两杈,中间是一绺像个白楔子似的灰毛。

"安东·穆罗姆斯基,"他自我介绍说。听起来像个大主教的名字。

他的面庞黝黑而清秀,不过前额太高,太大,使这张几乎可以说是漂亮的、就是鼻子太大的脸蛋显得拥挤一些。一对琥珀色的大眼睛燃烧着激情的火焰,深凹的眼窝里闪动着浓重的阴影。他用颤动的手指把一张药方卷成小卷,操着温和的腔调,卷舌音有点不清楚地说道:

"人们都称他为费奥多尔·伊万诺维奇陛下①。不对!他是小人国的皇帝,是有道德的侏儒们的皇帝。"

隔壁房间里传来杯盘的叮当声和刀叉的碰击声。一个快活的声音响亮地推让道:

"是的,您就放下吧,太太,我自己都干得了!"

穆罗姆斯基皱起眉头,叫道:

"莉达!"

---

① 费奥多尔·伊万诺维奇(1557—1598),是伊凡四世的次子。民间称他是个昏庸无能的皇帝。

她倏地进来了;穿着灰色连衣裙,没有扎腰带,是个细高挑儿,戴一顶华贵的帽子,头发剪得很短,她比在街上看见那会儿年轻许多。然而那副任性的面孔却有了很大变化,一种虔诚的表情凝聚在她的脸上,使莉吉雅颇像一位英国女家庭教师,一位已经失去出嫁希望的老处女。她坐在丈夫脚下的床头上,把他手里的药方接过来,说道:

"你又要撕掉它!"

穆罗姆斯基从桌子上操起一把裁纸刀,一边玩弄着,一边往下说:

"我在当士官生的时候,时常有机会在皇宫里值勤;那时沙皇还是个皇储。当时我就已经发现,他很器重那些品格不端、平庸无才的人。后来我又在军事演习和团队庆典时见过他。我敢说,他是个嫉贤妒能的人,甚至害怕他们。"

"显然,他是认为自己很有才干,埋怨沙皇没有看上他,"萨姆金心里说。听他说过侏儒小人之类的话以后,萨姆金就对他有反感了。

莉吉雅插话了:

"你记得图罗博叶夫说过沙皇整个一生都不得志,而他又不得不屈就的话吗?"

她说完之后,若有所思地瞅着他,仿佛跟他很疏远。

"我不相信他是个没有骨气的人,更不会让别人来统治他。我不相信他有什么宗教信仰。他是一个虚无主义者。我们本来就期望一个虚无主义者当皇上,现在等到了……"

"请用餐吧!"一个胖胖的女仆在门口张望一眼,说道。

穆罗姆斯基站起来之后,才发现他是一个中等身材的人,他穿上一件工作服式的黑褂子,脚上的毛皮拖鞋跟两只兽蹄一模一样。他的动作真像个军人,非常麻利。到了饭桌上才知道他既不喝酒,也不吃肉。

"他这是为着保养身子,"莉吉雅作了不必要的解释,然后挑逗似的把脑袋往上一扬。

穆罗姆斯基心不在焉地用叉子叉了一块熏鲑鱼,随后说道:

"是的,沙皇是个典型的俄国虚无主义者,一个知识分子!人们称他为'最末一个皇帝',我认为是很恰当的!因为我国已经开始免除知识分子这样的过程了。知识阶级已经过时了,国家需要另一种类型的人,需要有宗教信仰的唯意志论者,是的!正是这样:要有宗教信仰的!"

他把叉子扔在桌子上,两手摸摸脑壳上银丝般的短发,突然问道:

"对于战争您有何见解?"

"这是发疯!"萨姆金耸耸肩膀,说道。

"是吗?"

"当然喽!"

穆罗姆斯基两手插兜,身子往椅背上一靠,说道:

"打起仗来我要去当个义勇兵。"

"我就去当护士,"莉吉雅略带激昂地说。"我们昨天就这样商定了。"她又补充一句。

萨姆金感到十分尴尬,便问道:

"您是当过骑兵吗?"

"我当过近卫军炮兵中尉,现在退伍了,"穆罗姆斯基急匆匆地说,用讨厌的炯炯目光瞥了客人一眼。"然而,归根结底,去打仗的还是老百姓,是庄稼汉。应当跟他们一道去打仗。是去发疯吗?是的,也是去发疯。"

"那为什么不去参加革命呢?"萨姆金郑重其事地问。

"当人民愿意革命的时候,他们自己就会去参加革命的,"穆罗姆斯基答道,特别强调"自己"二字,然后垂下眼珠,用勺子去和弄盘子里的米饭。

萨姆金觉得在这个人面前太枯燥乏味,也无法跟他周旋,而在莉吉雅面前也是如此,因为她对丈夫言听计从,活像一个女中学生天真地爱上她的语文教师一般。

"只有宗教才能抑制人们的欲望,"穆罗姆斯基用一根食指敲着另一根食指,说道。他的手指头如同香芹菜的根,又细又黄,很不匀称。"所谓抑制,我认为就是组织人们去同他们的利己主义作斗争。在战场上,一个人就不会自私自利了……"

萨姆金见他把餐巾扔在桌子上,说他要去床上躺一躺,心里挺高兴。

"我有结肠炎,"他好像在夸耀自己的长处似的,说完就走了。

一个快活的女仆端来咖啡。莉吉雅拎起咖啡壶,又马上"哎哟"一声把它放下,吹起手指头来。萨姆金并无同情的表示,一声不吭,等着看她说什么。她问他是不是好久没见她父亲了,他身体怎样?克里姆回答说:他经常见到瓦拉甫卡,说他明年夏天要住到旧露萨①去治疗肥胖症。

"去年他来过一封最长的信,也只有十四行,而且全是双关语,"莉吉雅说完,叹了口气,又突如其来地补充道:"是呀,瞧我们现在发生了多大变化啊!安东发现我们这一代衰老得可真快呀!"

"你旅行了很多地方吧?"

"是的。"

"一直在找那些正人君子吗?"

"你不是看见吗,已经找到啦!"她轻声回答。他喝口咖啡,觉得太烫,而且太稀。他跟莉吉雅相处很尴尬,心神不定。他有点可怜她,又想对她说几句刺激的话。他真不相信这就是那个给他写过伤心的书信的女人。

"她是很不幸的,然而自尊心不会使她承认这一点,"他心里说。

"你怎么样,相信革命可以使人生活得更好一些吗?"她听着丈夫从卧室里发出的鼾声,问道。

"那你呢?不相信吗?"

"不相信,"她答完,把头故意挑逗地往上一扬,瞪大两只眼睛瞅着

---

① 从前的诺夫戈罗德省省会。十九世纪上半叶那里已成为矿泉泥疗疗养地。

他。"安东说得对,不会发生革命的,因为战争会把它镇压下去。"

"'心诚则灵'嘛,"萨姆金淡漠地说,然后问起图罗博叶夫的事来。

"他是我丈夫的堂弟,"莉吉雅首先告诉他,然后又用责备的口气告诉他,图罗博叶夫曾在一个名叫"特里什卡长衫委员会"的什么委员会里做事,后来又有人请他去当地方自治官,但是他说,他不愿和警察局打交道。现在,他常常给《彼得堡新闻》写些莫名其妙的文章,并且扬言,说那个主编的缪斯①是尼罗河里的一条真正的鳄鱼②,现在正养在乌赫托姆斯基公爵③家的一只锌槽里,而公爵本人就是根据它的教导来撰写社论的。

"伊戈尔讲这些混话倒是挺认真,简直跟个疯子似的,"她用手指摸摸额角,补充道。

他们又聊了几分钟,萨姆金便起身要走。她并没有挽留他,而是用眼睛扫了一下卧室的门。

"他睡着了,感谢上帝!他有失眠症。好吧,再见……"

"这是一次多么没意思的会见啊,"萨姆金心里嘀咕着,隐没在阴冷的雾霭里,此情此景很像在省城的大街上,两旁散落着简陋的房屋,其中那些木房子有如一排假牙中夹着的几颗已经腐烂的真牙一般。

"小人国的皇帝,"萨姆金以刻毒的言词恼恨地重复道。"他们躲到上帝的怀抱里……免除知识分子……"

在萨姆金眼前又浮现出那个鸽子般的灰色小人儿,他身后阳台门上的玻璃像冰凌似的闪着亮光。他觉得这个小人儿身上有一种令人讨厌的意味,他仿佛粘在庞大建筑物上的一个小构件,没有灵魂,又聋又哑,但却高高凌驾于跪在下面的、欢声震天的群众之上。他很想忘掉这个人物,同样也想忘掉莉吉雅和她的丈夫。

---

① 缪斯是希腊神话中九位文艺和科学女神的通称。
② 西方古代传说,鳄鱼吞食人畜,边吃,边流泪,比喻恶人的假慈悲。
③ 乌赫托姆斯基公爵(1861—1921),俄国政论家、诗人和《彼得堡新闻》的主编。

四

然而,过了几个月,他又见到了沙皇。那是一个阳光灿烂的夏日,萨姆金正坐在开往旧露萨的火车上;吱吱咂咂、哐啷哐啷的火车徐徐驶过诺夫戈罗德省的原野,铁路沿线每隔五十来步就有一个新兵站在那里,他们的刺刀在炎日照耀下闪着亮光,又显得弯弯曲曲;他们一个模样的脸上那双呆板的眼睛犹如五戈比的铜钱,也在闪着光亮。那些穿节日盛装的男女庄稼人在收获干草。铁路线附近,有一群村妇就像维涅齐安诺夫①画上的村妇复活了似的;而在远处,她们看上去就仿佛一朵朵巨大的金凤花和罂粟花。在一间包厢里,除萨姆金外,还坐着两个人:一位头发梳得光光的小老头,穿一件短上衣,脖子上挂一枚银质大勋章,红润的小脸藏在一大把银灰色的胡须中,挨着他坐的是一位表情沉闷的、留一撮小胡子的男人。他的大肚子直垂到膝头上。他坐在那里,叉开两腿,热得满头大汗,小胡子跟虾须一般直动弹,并且每分钟哼一声。当火车快到一个小站时,包厢里进来两个便衣和一个宪兵勤务官,他用发黄的眼睛瞅瞅乘客,然后操着嘎哑的声调有气无力地命令道:

"关上车窗,拉上窗帘;不许往外看!"

那个瘦小的生着扁脸和大鼻子的便衣,坐在萨姆金旁边,拉过他的公事包,在手里掂了掂,然后把它放在行李架上,长长地打了一个哈欠,声音像号叫一般。戴勋章的小老头兴奋起来,他慌忙关上窗子,拉上窗帘;那个留小胡子的人嚷嚷道:

"这是干吗呀?"

"是给皇上让路呗,"小老头嘻嘻笑着解释道。

萨姆金来到走廊上,揭开挂满尘土的窗帘的一角,朝月台望去,看

---

① 维涅齐安诺夫(1780—1847),俄国水彩画家,在俄国艺术史上第一个创作出农民的群像,表现他们的生活与劳动。

见全站人员在站长率领下,呆呆地站在月台上,车站外面是一道人墙,都是些穿礼服和夹克的体面人物。

"已经告诉过你不准往外看!"那便衣懒洋洋地小声说着,走到萨姆金跟前,用肩膀把他从车窗跟前推开,但是那窗帘并没弄好,萨姆金还是看见,一台闪闪发光的机车,喷着浓烟,从窗户前面疾驰而过,后面拖着长长一串新车厢;在最后一节玻璃瞭望台上坐着沙皇,活像个家庭水族馆里的人鱼。他坐在一把藤圈椅上,摇动着一只有黄穗子的金烟盒,弯腰望着远方,不知向谁点点他那梳得光光滑滑的头。车站上发出稀稀落落的欢呼声:

"乌拉!"

那便衣又懒懒地打了个哈欠,走出去了,剩下的胖子捋捋胡子,对萨姆金说道:

"你真勇敢!"

"那么说,皇上已经过去了?"小老头惘然若失地嘟哝一句。"哎呀,我的上帝!我本来是想亲自去谒见他的。都怨我那侄子,这小混蛋,他昨天就该把我领来!多亏陛下开恩,我的一件官司打赢了,您懂吗?……"

火车头哐啷一声动了起来,缓冲器发出相互撞击的响声,那小老头一个踉跄,差点摔倒,他那凄切的絮语越发模糊了。沙皇在萨姆金心中没有激起任何思想的浪花,这还是第一次。他这次对沙皇简直无动于衷,一闪即逝,剩下的只是覆盖着贫瘠的庄稼的田野,在铁路沿线呆立着的小兵们。那些装束五颜六色的男女庄稼人,都手搭凉棚仔细瞭望;一个牧羊人,身穿红衬衣,大大方方地站在那里,孩子们在追逐火车。

"我这官司打了十七年,一直没有结果……"

五

两小时之后,克里姆·萨姆金来到疗养院的花园里,坐在一条长椅上;在他面前,在一辆轮椅上半卧着瓦拉甫卡,他好像一个吹起来的大气泡,那张发青的脸有如一个快出头的脓包,显得油光光的,那对熊瞎子似的小眼睛怅惘地四下望着,惺忪而愚钝。风吹起他头上那几根稀疏的银丝,拂动着一绺绺灰白的大胡子,原来大胡子就贴在差不多就要顶到下巴颏的大肚子上。他气喘吁吁,声音呼噜呼噜地对萨姆金说道:

"哦?哦,哦?三万七千卢布?他这个傻瓜。喏,算啦,就卖吧……"

他用粗得像腊肠一般的手指抓住轮椅扶手,想撑起那不听使唤的躯体,把轮椅弄得嘎嘎直响,也没能动弹得了;于是他扭动一下看不见的脖颈,嘶哑地说道:

"哎,老弟,我要见鬼去啦!快不行啦,要完蛋啦!我建呀,建呀,结果什么有价值的东西都没有建成。"

萨姆金听着他断断续续上气不接下气的话语,眼睛瞧着那些烦闷的看护人员,正顺着花园蹊径心不在焉地推着轮椅走过自己面前,里面坐的其实都是些病入膏肓的、膨胀一般的躯体。一股粗粗的发红的浊流从小花园中央的地下喷出来,在空气中散发着鱼店里的那种腥咸味。一个又高又粗的女人走过去,她生着一张呆板发黄的面孔,一对玻璃球似的眼睛因为甲状腺畸形而鼓出了眼眶,她一动不动地扬着头,仿佛生怕眼珠会顺着两颊滚下来,掉在蹊径的沙土里似的。又推过去一个胖得出奇的小姑娘,她正在打瞌睡,口水从她那绯红、微闭的小嘴里流出来。又走过来一个短腿的圆咕隆咚的男人,一步一点头,那脑袋就跟个牛尿泡似的空空荡荡,脸上仿佛罩了一层玻璃面罩。这些笨重而又丑陋的人,在军乐队的伴奏下,如此这般一个接一个地走过去,把自己无情地暴露在炽烈的阳光下。

"真可惜呀,克里姆,我不过才活了六十二岁!"瓦拉甫卡咕咕哝哝地说。"我们是要打仗吗?真糟糕。沙皇来了,他是来为后备军人送行的。陀思妥耶夫斯基在这座城里住过。"

一个驼背的、瞎不叽叽的侍者,身上系着一条围裙,走到他跟前,用鸟叫般的声音说道:

"到时候了,老爷。"

"去洗澡,"瓦拉甫卡解释说。"然后他们就把我夹起来①。"

侍者弯下腰,使了一下劲儿,推动轮椅,把他推走了。萨姆金走出花园大门,只见大门两旁像柱子似的立着两名警察,穿着落满灰尘的、被日光晒得褪了颜色的军大衣。风在这座木屋小城的大街上卷起尘土,刮得树木直摇晃;一些士兵或坐或躺在木栅栏的下面,一个军士坐在人行道边上,嘴里咬着一根铅笔,仰望天空,一群白鸽在空中飞翔。

几个红脸乐师排成半圆形,在拼命地吹喇叭,那些铜乐的轰鸣和呜哇呜哇的喇叭声,都汇入这座城市连续不断的喧嚣声中,显得那样强劲,仿佛花园中的树木都被它摇动起来,那些身背背包、胡子拉碴的庄稼汉和哭哭啼啼的乡下女人,像受惊的蟑螂似的匆匆奔向四面八方。

有个火红头发的庄稼汉,头紧贴栅栏,对着木板缝直喊:

"才给两个三十的,那怎么行呢?我可是在出卖灵魂呀,你这狗崽子……"

他用脚踢栅栏,用拳头捶木板,左手拐着一个拉开风箱的破旧手风琴。

"我是在出卖灵魂哩,"他叫喊。"才六十戈比?简直是胡扯!"

他把手风琴往栅栏上砸去,又把它摔在自己脚下,用脚踩了踩,跟头脑清醒的人一样,踏着稳健急促的步子扬长而去。

在静静的波鲁斯河岸,坐着一个大胡子的后备役军人,头戴士兵帽,是个蓝眼珠的漂亮小伙子。他用一只胳膊搂着一个身材高大、发式朴素的女人,她脸颊绯红,眼睛睁得溜圆,一副蠢相;他的另一只手里攥着她的花头巾和一瓶伏特加。他身材高大,体格强壮,可是说起

---

① 大概是一种治疗肥胖症的方法。

话来却细声细气,像个女人:

"就这样办吧!就是说把那匹骗过的马卖掉,他妈的……"

那女人把脸紧贴在他的肩上,呜咽道:

"亚历山大,看在基督的分上……"

"别说啦,住嘴,让我想一想……"

他把瓶口塞进嘴,仰起头,那把浓密的大胡子直哆嗦。他喝得眼泪直往外流,然后把没有喝完的酒瓶扔进河里,浑身战栗,憎恶地摇摇头,又喊叫起来:

"那就卖吧!再没有任何东西了!那好吧,就这样……我和你一起工作过,真他妈的……"

女人从他手里夺过头巾,擦去他额上的汗、眼睛里的泪花,哭得更厉害了。

"亲爱的亚历山大,谁也不会可怜我们的……"

"住口吧!不然我要打你啦……"

他像弹簧一般跳了起来,把那女人也从地上拽起来,用一双长胳膊把她搂住,亲吻几下,又把她推开,朝她挥着拳头,喘着气喊道:

"当心点儿!"

"亚历山大……"

"住口!你懂不懂啊?要你卖掉它!去吧!"

"上帝呀,这到底是怎么回事呀?"那女人歇斯底里般地叫喊着,像瞎子似的用两只手乱摸。那庄稼汉挥了挥手,张开嘴,又摇摇头,仿佛有人勒住他的脖子似的。

从此以后,萨姆金就觉得所有后备军人都张着嘴,像喘不上气来似的。那风卷尘埃、女人的哭泣、醉汉的歌唱和那不停的毫无意义的骂街,把萨姆金弄得头昏脑涨。他走进教堂的门廊,看见台阶上站着一些人,他们安闲无事,装束也清一色,那个脖子上挂一枚勋章,曾经和克里姆坐在一个火车包厢里的小老头也在其中。

"现在打仗是轻而易举的,"他说。"枪也轻了,长官也好说话了。"

"这话很对。"

穿节日盛装的市民们在广场上悠闲地踱着步子;妇女们打着阳伞和蝇蕈大蘑菇一模一样。从四面八方跑出来一些后备军人,摇晃着背包,然后呆头呆脑地朝那个正在唱歌、军号呜哇呜哇直响的方向跑去。

"太平洋,"萨姆金回想起。"他们是急着要把日本人踢进太平洋里去。真是一场噩梦!"

是的,那些半张着嘴、胡子拉碴的男人你追我赶地在小木房旁边跑过,粗声厉气地咒骂那些吓得魂不附体的女人;她们跟在这些男人的后面不停地哭泣和嚎叫。此情此景真有点像一幅讽刺漫画,又像是一场噩梦。几乎家家的窗户都羞答答地紧闭着,也许这些房屋的主人,那些过惯了恬静生活的、饱食终日的太太、小姐、安闲的老汉老婆儿,在透过落满尘土的玻璃悄悄窥视着这些发疯了的乡下人吧。

"太平洋……"

人群稀疏了,给热风和飞扬的尘土驱散了;广场上一片狼藉,满地是木片、水洼、各种各样的酒瓶和一只大铁桶,上面还坐着一个穿灰军装的士兵,步枪夹在他的两膝中间。风卷起各种颜色的糖纸和干草,冲进教堂的正门,在夹缝里呼啸着。萨姆金伫立在那里,望着这情景,不由地觉得对这座城市和这里的人有一种厌恶之感,于是他又回到疗养院去。他恨不能马上越过这一切,飞到尼康诺娃那间尼姑庵一般的小屋去,把这场噩梦讲给她听,然后把它忘掉。

六

三天后克里姆回到家中。他已经完成一天的工作,正躺在书房的沙发上,等着黄昏降临以后去找尼康诺娃。瓦尔瓦拉到别墅去探望朋友了。女仆进来,告诉他戈金找他。

"是电话吗?你告诉他,就说……"

"他人已经来啦。"

萨姆金站起来,心里猜想这个以革命为儿戏的纨袴子弟一定是来请他帮什么忙的,而且他还无法拒绝。他紧锁双眉,扶了扶眼镜,走进餐厅,只见戈金穿一身法兰绒礼服,一双白皮鞋,正在屋子里踱着步子;他一反常态,绷着脸走上来握住萨姆金的一只手,继续一边踱步,一边用沉闷的音调问道:

"您知不知道尼康诺娃上哪儿去啦?"

"我不知道。"

"难道您对她的情况就一无所知吗?"

"知道得很少。出了什么事吗?"

戈金坐在写字台前,不慌不忙地从口袋里掏出烟盒,用惶惑的目光瞅了他一眼,但是没有回答,却反问一句:

"可是,看来您跟她早就认识,而且……关系亲密,是吧?"

他问话的声音很轻,而且无精打采,仿佛心里所想的不是尼康诺娃,而是别的什么事情。可是这些话在萨姆金听来却是震耳欲聋的。萨姆金为了不去猜测这种问话的缘由,便暧昧地匆匆说道:

"关系好?噢,是的……怎么说呢?……至少可以说是同志关系吧……充分信任吧……"

他不作声了,在瞧着戈金怎样慢条斯理地点燃一支香烟,又怎样聚精会神地打量这支香烟。然而谜底终于揭晓了,这使萨姆金很激动,他摘下眼镜,用回忆的神情望着天花板,继续说道:

"对不起……我第一次见到她……似乎是在十年以前。假如我没有记错的话,她当时是跟'民权党人'一伙的。"

"是的,"戈金说话的语调像是在鼓励,但又不敢肯定,于是又低下了头。

"是什么呢?"萨姆金追问。

"那么后来呢?"戈金也问他。

"后来在柳托夫那里常看见她,您知道吧,他就是那样的……一位革命的庇护者,诚如令妹所说的那样。"

戈金同意地点点头。

"柳芭莎·索莫娃把她领到我家来,正好是在成立工运促进小组的初期……或者是——我不记得了——也许是要加入'红十字会'吧。"

"是这样的,"戈金说完,站起来,手指夹着香烟在屋子里踱着方步,并没有抽。萨姆金已经猜到这家伙马上要说的话了,可是当他说出下面这句话时,他还是感到惊愕:

"简单地说,有种种理由怀疑她跟保安局有来往。"

"这不可能!"萨姆金真诚地喊了一声,尽管他已猜到这一点。他甚至想到,他不是今天,不是现在才猜到的,而是早就猜到了,那还是在读那张用密写墨水写的字条时就猜到了。但是这一点不仅要瞒过戈金,而且连他自己也要不动声色。"这是不可能的!"他重复一句。

"咦,为什么呀?"戈金轻轻地喊了一声。"这种事从前有过,现在也有。"

"你有什么证据?"萨姆金也小声地问道。戈金停住脚步,耸了一下肩膀,划根火柴,瞧着它的火光,说道:

"发现她的行动有些……诡秘,一些事情做得不妥当,而当有人向她暗示这一点的时候,——顺便提一下,暗示的人不谨慎,做法太笨,——她就失踪了。"

戈金说话慢悠悠的真烦死人,这使萨姆金很恼火。

"为什么你们一句话也不跟我说呢?"萨姆金赌气地说。

"这样的事情对谁也不会说的,"戈金说完坐下来,把没有抽完的香烟搁在烟灰缸里。"我告诉您吧,"他又说起来,口气更坚决,更严厉了。"我是作为一个正式人员,——姑且这么说吧,——由委员会派来向您了解:您在她的行踪上是不是发现过什么……可疑的举动?"

"没有,"萨姆金立刻回答,自己也感到这话说得太快了,可能引起怀疑。"丝毫没有发现,"他更加镇定地补充一句,并且意识到,也许是尼康诺娃告发了米特罗方诺夫。

戈金又莫名其妙地使很大劲从裤兜里掏出烟盒,瞅了一眼,放在桌子上,咬着嘴唇。

"有谣传说您跟她很要好,"他说完,叹了口气,又用手指搔了搔额角。

萨姆金也觉得额角上隐约有点刺痛。

"是的,我去过她家,而且……次数不少。可这……是另一种关系。"

"很可能正是这种关系模糊了您的视线,"戈金犹犹豫豫地说道。

"她在我看来是一个忠于事业的朴素的女人……为人很单纯……根本不出众。"

"她的房东……也是一位非常神秘的人物。您知道,他跟她是亲戚吗?"戈金问道。

"不,我不知道,"萨姆金回答,觉得他的额角上沁出了汗珠,两眼发涩。"我甚至不晓得她究竟是干什么的?是搞技术呢?还是搞宣传?她跟我在一起,一举一动都很诡秘。我们很少谈政治,不过她很熟悉生活,这一点我认为很可贵。我写一本书,需要这样的素材。"

萨姆金意识到他说得太多了,更何况他不该在一个对他冷眼相看,仿佛不是谛听他的话语,而是在捉摸他的思想的人面前这样做。他感到委屈,思绪焦虑而凌乱,迷迷茫茫。但是他不能停止说话,就好像有另一个人附在他身上,在说些违背他意志的话。他甚至担心这家伙会说出那字条,泄露米特罗方诺夫的机密。

"她可不像是那种人,"他两手一摊,说道,并且在思虑:"假如我知道……倘若她告诉过我……那工夫可怎么办呢?"

戈金在沉思。他的默默无语真叫人难以忍受。他坐在那里,晃动着一只脚;萨姆金觉得,戈金那只对着他的耳朵特别灵敏,非常紧张。

"也许他连我也怀疑了吧?"萨姆金蓦地闪过这个念头,并且大喊一声:"这可真是咄咄怪事!"

"是件不愉快的事,"戈金弹了一下手指,回他一句。"要紧的是她躲起来了,这是……"

他一直坐在那里,姿势都没改变,可是他已经什么都问了呀,该走了吧,然而他又叹息一声,说道:

"她是在这样的情况下失踪的,就是……"

有人敲门。

"谁呀?我正忙着!"萨姆金叫道。

"有电报,"女仆告诉他。

他从她手里接过一个蓝色的小信封,没有拆开,就把它扔在了写字台上。可是他倏地发现戈金正咬着嘴唇窥视那封电报,于是他大吃一惊:莫非是尼康诺娃忽然打来的么?

"我不去拆它,"他暗自决定。他盯着那个小小的蓝色四方纸片,厌恶地瞅了好几秒钟,并且意识到戈金也在瞧着它,等他去拆开。

"真是又愚蠢又多疑,"他恍然大悟,然后站起来,不慌不忙地拆开电报,机械地念出声来:"季莫菲已故,速将遗体运回。萨姆金娜。"

他不禁松了一口气,解释道:

"电报是母亲打来的,说我继父去世了。我得去旧露萨。"

"是的,这很不幸,"戈金心事沉重地说着,站起来,问他:"如果尼康诺娃给您写信来,您可以把她的地址告诉我吗?"

"当然可以喽,怎么会不可以呢?"

"是的。当然,这一切只有你我知道。到时候就会清楚的。也许还会证明她是对的哩,"戈金嘟哝一句,然后轻轻地握了一下萨姆金的手,扬长而去。

"他或许是想安慰我吧?"萨姆金一面纳闷,一面朝酒柜走去,斟了一杯伏特加。

他感到浑身软弱无力,感到羞辱,甚至往书房去的时候,神情犹犹豫豫,左边的额角上直跳动,好像里面藏着一只小闹钟似的。

"应当讲出我的许多疑点,"他坐在写字台前面心里在想。但是他站起来,又躺在沙发上。"简直胡说八道,我什么疑点都没有。这是他刚才向我灌输的。"

萨姆金摘下眼镜,紧紧闭上眼睛。看来失去一个女人是很令人惋惜的。但是他更惋惜他自己。他现出一丝苦笑,自问道:

"为什么偏要我陷入这愚蠢的境地呢?"

安菲米叶夫娜走进餐厅,他请求为他整理一下行李,把这封电报转给瓦尔瓦拉,然后又被一些琐碎的思绪所缠绕。

"她就是被乌索夫称作没有头脑的那种女人。倘若她真地为宪兵队干事,那她一定是由于害怕,被那个什么瓦西里叶夫上校给吓住了。她该不是为了金钱吧?也不是要向那些指挥她的人进行报复哇。我以为她这是出于对乌索夫、弗拉斯托夫、波亚尔科夫之流的仇恨,可她并不是一个凶狠的女人哪。而且,并没有什么不利于她的证据呀,"他用拳头往沙发上一击,提醒自己道。"还没有证据哩!"

七

夜间,萨姆金坐在车厢里,千百遍地望着窗外那些司空见惯的灯火飘忽而过;那黑洞洞的树影晃动着,仿佛在驱策火车前进似的。他心里还在惦记着尼康诺娃,回忆着是否有过这种情况:这女人想坦率地表白一下她自己,而他却没有理解、没有发现她的这种愿望?然而,出现在他面前的却是一副毫无表情的面孔,老是笼罩着"一种女性孤寂的愁云",正像他自己因为不满于她的唯唯诺诺,有一回形容她的哑然沉默一样;他还想起来,她的这种唯唯诺诺又好像对什么都无动于衷。他记得有一次他跟她提过伊诺科夫的一句话:"人在语言上逞强好比鱼在陆地上挣扎一样",她听完笑笑说道:"这挺可笑,不过倒很对。"是的,她沉默不语和洗耳恭听的次数,要比开口说话多得多。看来,她是惟一的一个过后没有在萨姆金的脑海里留下一句名言的人,除了这句"挺可笑,然而很对"之外。好像她认为可笑的事情永远是不对的似的。归根结底,她还是一个十分正常而又单纯的人物。

"她不像米特罗方诺夫那样,善于在语言上玩弄花招。"

此刻他忽然想起,米特罗方诺夫一开始给他的印象,也是一个正常的、通情达理的人,然而实际上他却也违背了自己的职责,私通对方,叛变了,如此而已。

"说她叛变吧,可是没有证据呀,"他又一次提醒自己。"有的只是嫌疑……"

火车像是滚下山去似的,轰隆声和全部铁件的撞击声震耳欲聋,车厢地板下面好像有什么东西发出幽怨的响声:

"里嘎—伊勾—塔克①,里嘎—塔克……"

末了,火车惊人地鸣了一声汽笛,冲进一座铁笼似的大桥,好像拖着铁笼向前奔驰,将一根根钢梁铁柱弄弯、折断,最后将铁笼摧毁,把守护人的一间独窗小屋抛在后面,轰隆之声轻了一些,而车厢下面的响声却听得越发清晰了:

"伊勾—里嘎—塔克—塔克,伊勾—塔克……"

萨姆金苦思冥想着:十年来他一直在两条道路的交叉口,在尘土飞扬的旋风中徘徊,从无决心去走其中的任何一条。他并非头一次想到这一点,然而今夜,此时此刻,一切都更加清晰而又可怕了。过着他这种生活的人,并非绝无仅有,而是成千上万,他们跟他一样,这他是感觉到,并且晓得的。旋风刮得越来越厉害,把一切没有力量抵抗和躲开它的人,统统卷了进去,而库图佐夫、波亚尔科夫、戈金和乌索夫之流却在不知疲倦地、疯狂地为它煽风鼓劲。这种人的增殖快得惊人,且又肆无忌惮地支配着那些由于某种误会去帮助他们的人。

此刻他想起那位二十来岁的姑娘塔吉雅娜,曾经冲着一位老教授,一位著名经济学家的脸大喊大叫:

"照您的见解,好像历史是您的继母,她命令您:'瓦尼亚,搞一次

---

① 与"里加""枷锁""那样"三个俄文单词同音。

革命吧!'而您却不相信继母的话,您不想革命,所以就作出一副苦脸,为我朗诵爱德华·伯恩施坦的可兰经,还用李希特尔①和列蓬②来加以证明:不必去搞革命!"

戈金娜坐了几个月的牢房之后,脾气变得暴躁了,现在她的言谈中老是流露出某种个人义气的东西。萨姆金的脑海里十分自然地再现了他和塔吉雅娜发生龃龉的那一幕。

八

在莫斯科郊外,一位自由主义者的别墅里正举行一次小型晚会,与会者中有一位时髦的作家,是个粗里粗气的家伙,生着一张呆板的脸,木头般的鼻梁上架着一副夹鼻眼镜。萨姆金从前见过这位作家,知道他是布尔什维克的同情者,还发现他身上有一股酷似西伯利亚码头上的剽悍的搬运工的味道,也很像那个坐在海边,把海滩当桌子的哥萨克;他能说会道,卖乖取巧颇像那个搬运工,而夸夸其谈、自以为是又和那个哥萨克一模一样。这位作家酒足饭饱之余,召集了十来个青年人,把他们带到别墅阳台上,用低沉的音调宣布道:

"十分钟之后我要让你们看到一件意想不到的事情。"

"意想不到的事情,"塔吉雅娜重复道。"一个矮子,看来还有点愚蠢。"

花园里正在下着毛毛细雨,树木仿佛在窃窃私语;可以听见阳台上的人群正用低沉的音调在唱一支忧伤的歌。过了一会儿,大家静下来,等待着会发生什么事情。萨姆金心想:不会有什么好事的,他想得果然不错。

过了二十来分钟,作家回到大厅;他膀大腰圆,颧骨高高的,走起

---

① 李希特尔即让·保尔(1763—1825),德国作家,作品多反映社会不平等、妇女地位等问题。
② 列蓬(1765—1795),法国资产阶级革命家,因力主革命,压富济贫,被当局斩首。

路来腿都不打弯,真像踩高跷一般。在萨姆金看来,这种神气十足的、有如鹤立鸡群的步履,使他这个作家说过的一切话也都带有拔高的色彩。作家领着那帮青年走到一个角落,他津津有味地、大声地吧嗒一下嘴,正了正夹鼻眼镜,紧锁双眉,好像合唱队指挥一般,姿势优美地挥舞着双手。

"一——二——唱!"

合唱队嘹亮而又非常整齐地唱起了一曲熟悉的旋律,歌词是传抄下来的一位老民粹派写的诗。这样的传抄本在萨姆金收集的查禁的手稿中就有一份。一个身材矮小、体格粗壮的男高音唱得特别起劲;他穿一件蓝色水兵衫,那张快活而又可爱的脸上留着一片卷曲的胡子。他那清脆的嗓音,几乎像是尖尖的假嗓音,但气力十分充沛,他唱得比别人高三度音,这样唱出的激昂词句就显得很滑稽,又有怨艾的意味,以至听众和几个合唱队员都笑了起来。但是萨姆金却疑惑不解:这里有什么"意想不到的事",干吗要故弄玄虚呢?当作家把两手像翅膀似的一摊,叫停止合唱的时候,他才恍然大悟。作家这时用深沉的男低音朗诵起来,如同教堂助祭朗读《使徒行传》①一般:

打倒独裁专制!自由万岁!
立宪会议万岁!

合唱队立刻接过这两句词儿唱起来,于是在你面前仿佛展现出一幅乱七八糟的语言与声音的漫画。所有队员都装腔作势,故弄玄虚,丑态百出,面面相觑,流露出一副惊恐失望和犹豫不决的神情;有一个队员甚至转过身去,背朝观众,对着墙角一再质问:

"是打倒吗?打倒吗?"

那个男高音蹲下来,呜咽道:

---

① 《使徒行传》是《圣经·新约全书》中的一篇。

"打——打倒——打倒——打倒……"

"自由万岁!"那个作家唱道,他的声音是阴沉而咄咄逼人的,于是每个队员又都跟着他装腔作势地、七嘴八舌地胡乱重复着这句词儿。尽管一片混乱,但还是能听出一阵不太响亮的、又悲观又嗔怪的叫喊。"立宪会议"这几个字也唱得同样凌乱、绝望。

末了,合唱队发出震耳欲聋的哄堂大笑,一部分观众也笑了,可是萨姆金却发现,那些体面人物都显得很尴尬,疑惑不解。作家断断续续的低沉的笑声特别洪亮而又扬扬得意:

"哈,哈,哈。"

他站在那里,叉开腿,仰起头,连喉结也像一把斧子似的凸了出来。萨姆金看见他眼前出现的这副愁眉苦脸的怪相,一股无名之火蓦地涌上心头,又由于担心别人抢在他前面,便跳起来,喊道:

"诸位先生们!"

作家操着《在底层》一剧中的优伶腔调接过去唱道:

"假使通向神圣真理之路,
　世界至今也未曾找到。① ——哈!哈!"

"请您注意,"萨姆金严厉地喊道,双手抓住椅子背拉到自己面前,冲着作家说:"你们刚才用那种哭丧的戏谑腔调唱出的两句诗,听来似乎拙劣,其实那是一位老革命家,一位德高望重的文学家②付出十年流放的代价换来的绝对热诚的诗作……"

"不错!"不知是谁喊了一声,听众都沉默了,而萨姆金的怒火却越烧越旺,他搬起椅子,往地上一摔,使出全身的力气,大声说下去:

---

① 出自法国诗人贝朗瑞的诗作《疯子们》。高尔基的剧本《在底层》第二幕引用了这句诗。
② 指俄国作家勃果拉兹(1865—1936),他年轻时曾参加民粹运动,因而被流放到雅库特达十年之久。

"你们嘲笑这样的诗,不就是嘲笑代议制的思想吗?不就是嘲笑你们祖祖辈辈为之奋斗,因而死于监牢、流放地和苦役场的那种思想吗?"

"您这是什么话?又来一次检查吗?"作家傲慢地质问道,不过似乎也有点惶惑,他作了一个鬼脸来扶正他的夹鼻眼镜,其实这鬼脸完全是多余的。

"这是一个问题,"萨姆金回答。"我相信在座的许多人都有这个问题。"

"我就没有这个问题,"塔吉雅娜喊道,但是有两三个外貌庄重的人对她嘘了一声,还有一位埋怨道:

"唉,这太过分喽!竟敢嘲笑立宪会议,这岂不是……"

"我不是笑这种思想,"作家嘟哝道。"我是觉得那两句诗可笑。"

"是吗?"萨姆金反唇相讥道。"我很喜欢您这句话。我以为这似乎是那些流浪儿的粗鲁玩笑,倘若您乐意的话,也可以说是有象征性的。不过这玩笑是很可悲的……"

塔吉雅娜又插嘴了:

"您,萨姆金,相信您所需要的正是宪法,而不是洋姜煨鲟鱼吗?"她诘问道,并从此刻起对他的每句话都加上挖苦和刻毒的评语,引起青年们的喝彩和笑声。现在他已经不记得她是怎样反驳他的了,就是在当时他也没弄清楚她反驳的意思。然而他却牢牢地记着她那紧张的神态和匀称的身材,以及仿佛要与他进行一场肉搏战似的架势,还有那张泛着红晕的脸和一双燃烧着仇恨之火的眸子;她轻蔑地眯起眼睛,听他讲话,而当她要说话的时候,就把眼睛瞪得溜圆,使目光增强那慷慨激昂的劲头。他被她的话语所激怒,回答得肯定是牛头不对马嘴的,因为他从青年们的笑声中,从一位举止庄重的人,——他有如一位好心的教师在考场上提示学生一般,——毫无顾忌地提示他的答案中恍悟到了这一点。戈金娜终于把他弄得语无伦次了,于是青年们向她鼓掌,而他只是张口结舌地问道:

"瞧瞧吧,你们不是把马克思主义说成无政府主义了吗?"

"哎哟哟,又是老一套!"她大喊一声,然后挑逗般地问道:"也许您会想起布朗基①吧?孟什维克也很器重他哩!"

---

① 布朗基(1805—1881),法国革命家,空想共产主义者。他反对私有制,主张通过政治革命推翻资产阶级统治;但不了解组织工人革命政党和依靠广大群众的必要性,认为通过少数革命家的起义和专政,即可推翻旧社会,建立新社会。马克思和恩格斯曾尖锐地批评他的宗派主义和冒险主义策略。

第二十三章

一

萨姆金彻夜未眠，一直沉浸在联翩的回忆之中；当他步入彼得堡车站的时候，几乎因为疲劳而病倒，有点精神恍惚、惘然若失的感觉。

在他经常下榻的那家旅馆里，账房先生递给他一封信，同时向他道歉，说他临走那天忘记把信交给他了。

"我似乎已经觉得您今天要回来，"他满脸堆笑，殷勤地补充道。

萨姆金看了一眼笔迹，他的手奇怪地沉重起来，随后就把那信封揣到大衣口袋里。他打消了想顺着楼梯疾跑的念头，慢慢地爬上楼梯，而当他来到房间的工夫，立刻打发茶房出去，闩上门，衣服也没有脱，只摘下帽子，就急忙打开了信封。

"别了，当然，我们永远也不会再见了。我并不像人们告诉你的那样是一个下贱的女人，我是很不幸的。我认为你也……"下面的什么字用很浓的墨水涂掉了。"是这样的人。倘若有可能，就把这一切都抛弃吧！一个人不能一生老是躲躲藏藏的，你说呢？抛弃它，不要再干了！我说这话，是因为我爱你，可怜你。"

信写得非常潦草，行次歪歪扭扭，有的地方挤到了一起，好像是在黑暗里写的。

"这是什么意思呢?"萨姆金心中直嘀咕,随手下意识地并且很快地把信撕成了碎片。"究竟要我放弃什么呢?难道她以为我……"

他又把碎纸片用手揉搓了一下,然后把它放在裤兜里,拿起信封,看了看邮戳:雅罗斯拉夫尔;心里说:

"她可真是发疯啦,竟以为我跟她……干的是一样的勾当。"

他慢条斯理地把那信封撕成小细条,又横着撕了三段,也把它装进了口袋里,暗自诅咒道:

"她是发疯了!"

他觉得头昏目眩,仿佛那女人的一张平庸的脸出现在他眼前,这张脸渐渐地变幻着,先是流露出一丝勉强而窘促的微笑,进而变成无拘无束的笑容,显得满面春风,两眼瞧人沉思而又温柔。他从未见过这张脸有严峻的表情。他排除任何思念,在那里坐了一会儿,然后起身去厕所,从口袋里掏出那些纸片,扔进马桶里,放水洗掉,但是还有几片浮在上面。他等着水箱灌满了水,又冲了一遍,这才把所有的纸片都冲走了。萨姆金回到房间,想到马上应当去给瓦拉甫卡买一口锌皮棺材,然后去火车站,乘火车赶赴旧露萨。他把那封信处理掉以后,感到轻松多了,好像完成了一件了不起的事情似的。然而他的心情毕竟是惶恐的,而且这惶恐仿佛是司空见惯了,因为他从前就体验过。而当他想回忆一下是什么时候和为什么惶恐的工夫,他简直都心惊肉跳了。

当他来到大街上,看到一队宪兵骑着笨重的马,不知从什么地方钻出来的时候,立刻就想起这件事。他记得,无论是尼康诺娃的疑心,还是信任,他都没有生气,正像瓦西里叶夫上校对他的规劝并未使他动怒一样。当时就跟现在似的,他感到那样惊奇,就仿佛陷入了自我恐怖的境地。

"陷入一种近乎恐怖的惊诧之中,"他注视着那些宪兵,心里琢磨着怎样更确切地措词。

人们在大街上风尘仆仆,你拥我搡,擦肩而过;像蚂蚁似的用触须相互试探一下,然后各奔东西,这种令人讨厌的庸碌景象对于一座非常庄严的城市来说是极不相称的。好像他们每个人都丢失了什么东西似的,在城市里到处寻找着,或者像迷了路一般,到处在打听该往哪里走。萨姆金觉得这忙碌之中有些装腔作势的味道。

他买好了棺材,正在付钱给那个红脸的、胡子刮得光光的商人——他颇像一位由于飞黄腾达而沾沾自喜的官吏——的工夫,店里气喘吁吁地跑进来一个腮帮子上缠着黑绷带的小伙子,他手里挥动着草帽,说道:

"普列维①大臣给炸弹炸死啦!"

"这是第三个啦,"棺材店老板说着急忙画了个十字。"在哪儿炸死的?"

"在大街上,在华沙车站附近。"

店主把余数找给萨姆金,用大不以为然的神情瞅着他长叹一声道:

"在大街上,您瞧,哼!"

萨姆金默默地抬了抬帽子,从棺材店里出来,心想:

"我应当对棺材店老板说几句话才对,现在他定会以为我的沉默是可疑的。噢,原来是普列维也被杀了……"

他雇了一辆马车,坐进车篷里,从他的眼镜里打量着来往行人,觉得自己像一个稀疏的筛子,被人颠簸着,他的所见所闻都从筛眼里漏掉了。他坐在车站小吃部里,瞧着杯子里的红褐色咖啡液,驱赶着苍蝇,听见:

"成千上万的人在战争中死去,但是人们并不会因此而过得轻松些。"

说这话的人只能看到一个又圆又软的脊背,他一件皱巴巴的绸上

---

① 普列维(1846—1904),一九〇二年出任沙俄内务大臣兼宪兵司令,曾残酷镇压哈尔科夫省和波尔塔瓦省农民起义,一九〇四年被社会革命党人萨佐诺夫在彼得堡华沙车站附近投掷的炸弹炸死。

衣奇怪地抖动着,仿佛里面有几只小老鼠在奔跑,脊梁上安着一个光秃秃的头,头上长着两只肥厚发青的大耳朵,显得很丑陋。萨姆金心想,大多数人的体态也是不雅观的。世界上似乎根本不存在简单的人,有些人佯装简单,其实他们就像代数题中三个或三个以上的未知数。

苍蝇在桌子上爬动,飞舞,用它们的长鼻子探取糖屑,也许是盐屑。

"种种念头有如黑苍蝇一般①,"萨姆金想起一句诗,心里思忖:库图佐夫之流,以及所有那些革命党人都比所谓的单纯之人容易理解;你从波亚尔科夫、乌索夫等人身上就可以知道他们想干些什么,就拿这位穿绸上衣的家伙来说吧,或许他是"俄罗斯人民同盟"②的一个成员,也可能是一个革命者。

二

所有这些念头,萨姆金都还没有来得及凝思一番,就自然而然地从他的脑海里疏忽过去了,甚至没有激动,而且就是在这种麻木不仁的昏睡状态中到达了故乡的车站。他顿时陷入了熟人和生人的包围之中,对他们煞有介事的问话应答不暇。市杜马的代表,瓦拉甫卡的雇员代表,还有其他代表都抬着花圈走过来。接着他们站立两边,让路给维拉·彼得罗夫娜·萨姆金娜,她由斯皮瓦克夫人搀扶着,从头到脚披着黑纱,活像一座等待揭幕的纪念塔。

"你好哇,"母亲用嘎哑的声音说。她瞥了一眼从行李车里小心翼翼地抬出来的棺材,问道:"他在哪儿?"

斯皮瓦克夫人也穿一身黑服,显得面色苍白、忧郁。伊万·德罗诺夫手里拿着一块金表,脑袋梳得光溜溜的,像一只擦得锃亮的皮鞋,

---

① 出自俄国诗人阿普赫钦的诗作《苍蝇》。
② 一九〇五年十月保皇派成立的俄国反革命黑帮组织。

在他面前闪了一下,随后张着嘴,摇晃着带链子的表,不知跑到什么地方去了。车站前面站着一大群光着脑袋的人,一些神职人员身穿黄袍,在这群人五颜六色的装束衬托下显得非常壮观而威风,站在最前面的是一位高个子、金黄头发的大主教,他手执长杖,活像一座大钟。科尔文用音叉敲了一下自己的大牙,摆了摆手,仿佛溺了水似的;孩子们清脆的声音也悲郁地融进了这炎热的空气中。维拉·彼得罗夫娜用小手帕摩平脸上的面纱,拉起儿子的一只手,说道:

"我的上帝呀,上帝……你的脸色真可怕,克里姆,亲爱的……"

一只沉重的大棺材装上了摆着花圈的灵车,灵车摇晃着;披着黑纱的马匹,甩动着头上的鬃毛,徐缓地走着;在萨姆金的身后,有人叹息道:

"这样的人物出殡是得搞点吹吹打打的玩意儿。"

瓦拉甫卡的葬仪,从他修建的新车站开始直到墓地,拖得非常长。教堂里已经举行过安魂祈祷式,在俱乐部和工艺学校前面,在萨姆金家宅门前都举行过追悼会。在萨姆金宅邸大门口还站着一个面孔俊俏的棕发姑娘,扶着一个光脚穿着凉鞋的五六岁小男孩,姑娘画了个十字,而那小男孩却锁紧两道乌眉,把两只小手插在裤子口袋里。斯皮瓦克夫人走近他,弯腰对他说了些什么,小男孩耸耸肩膀,从口袋里抽出手来,放在胸前。

唱完祭悼歌以后,送葬行列的步伐更快了。路很不好走。璎珞柏树枝勾住了母亲的裙边,她用脚踢开它们,两回都踢疼了克里姆的腿。到了墓地,教堂大司祭,那个大个子尼方特·斯拉沃罗索夫,虽说一头散乱的银发披到肩上,还生着一张吓人的雄狮脸,但他的姿势却很优美,他一手指着阴森森的锌棺材,另一只手在上面比画着,用颤抖的声音说道:

"蒙上帝恩典,人世间这位博爱之士,并不曾隐没上帝赐予之才华,而是用以大大美化了我们这座宁静的城市,为我们造福,使我们受益匪浅[①]。"

[①] 此句意出《圣经·马太福音》第二十五章第十三至二十九节。

透过花白的胡须,可以清楚地看到一张唇肌厚厚的、十分动人的嘴,这位大司祭说话仿佛嘴唇都不启动,很可能就是由于这个缘故,他那圆润而清晰的话语宛若气泡一般飘浮在空中。

"方今那些昏庸顽钝、浅薄无知之徒,为嫉妒之滔天罪孽所诱惑,断然宣称富人为平民之敌,有意忘却我们的灵魂所以得救,并不在于人世间的财富,以及忘却人皆有死,就连这位基督的忠诚奴仆也……"

一片蓝色的光焰从天空倾注下来,把那件绣满黑色十字花纹的法衣照得金光闪闪,使人眼花缭乱,原来是一群白鸽盘旋着翔入蔚蓝色的天空。

"这是布林诺夫家养的鸽子,"有人在克里姆身后悄声说。

"据说他有个儿子是社会革命党……"

"是布林诺夫的儿子吗?"

"就是大司祭的。"

"我没有听说过。其实这有什么呢?现在人人都是社会革命党……"

律师普拉甫金站在不知是谁的坟墓上,急急忙忙地讲了几句赞扬瓦拉甫卡的话,又蓦地纵声大叫道:

"不,不是要空话,而是要行动!"他开始高声朗诵起德文诗句①来。

晦暝的太阳悬在墓地上空,透过闷热的雾幔照射在坟顶的十字架上;在土丘上,在一棵枝叶茂盛的白杨树荫下,耸立着一座比所有十字架都高的大理石天使雕像,那样子颇像医院的女看护,一个老处女。

克里姆跟他母亲和斯皮瓦克夫人乘一辆马车,从墓地回到家;母亲显得很疲倦,不住地发牢骚,嘟嘟哝哝地说道:

"我不能再在这里住下去了。我把学校交给丽莎……"

鼻音使她的话语增添了愤怒的色彩,她准是发觉了这一点,于是

---

① 这里指歌德的名著《浮士德》中的诗句。

就开始用平常的语调说话了：

"我给莉吉雅所在的军队打了个电报，但她也许没有接到。他们是多么急于要……"她用长柄眼镜指了指街上那些清扫工，他们正把璎珞柏和枞树叶子扫成一堆一堆的。"急于要忘掉这里曾经有过一位季莫菲·瓦拉甫卡呀，"她叹息一声。"但是把璎珞柏撒在大街上是一种好风俗，它可以防止灰尘飞扬。在宗教游行的时候也应当这样做。"

她合上眼睛，沉默了一会儿，又继续说：

"女看护的制服莉吉雅穿上很合适，因为她的禀性就是这样……是灰色的。她的丈夫虽说也是一个爱国者，然而却像个疯子。"

萨姆金意识到她说这些话是为了排遣孤寂之感，为了掩饰内心的苦闷。不过他对他母亲并无怜悯之心。她身上散发着已故者喜欢的晚香玉的浓郁气息。

三

丧宴是在商人俱乐部的大厅里举行的。淡红色的帷幔、油光锃亮的金黄色墙壁和天花板，使这座大厅颇像一爿肉店，这比喻是建筑师季亚宁提示他的，他坐在放高利贷女人特鲁索娃旁边，小心地把一片粉红色的鲑鱼卷进薄饼里，随后忧伤地说道：

"瓦拉甫卡的食量很大，可他不讲究味道。"

"你别胡说了，"特鲁索娃告诫他。"你多吃点儿，反正是白吃，又不要你掏钱，"她又加了一句，转动着她那傲然瞪大的、蔑视一切的大眼睛，望着本城名流的那桌席，其中最显眼的是奥布霍夫将军，他胸前从下巴颏直到肚子都挂满了各种勋章，他的满脸大胡子和威武英俊的神气看上去好像是故意做出来叫孩子们喝彩的。他们当中还有副省长，本县的贵族首领，以及五六个穿礼服和佩戴勋章的男人。萨姆金母亲也坐在这桌席上，她呆呆地坐着，像石头人一般，她的右边是市长拉杰叶夫，胸前的红绶带上挂着一枚金质勋章，左边是那位胸前挂着十字架的大司祭。这张桌子和大厅里其余的桌子隔得很远,这不单是指它们之间显而易见的距离,而且也指这里的诸公自恃资深功高。在其余几张桌子上坐着五十来个次等人物;他们穿着整齐的燕尾服和黑色的绸裙,专心地吃着,悄悄地嘀咕着。

这时那位身材颀长、黑胡子、浓密的头发中间有一块秃斑的前任检察官基塔叶夫站了起来,用刀子敲了几下瓶颈,以责备的口吻冷冰冰地说道:

"这些日子东方的形势对我们很不利……"

"那就别往东方去呗,"包工头麦尔库洛夫嗫嚅道,另一个沮丧的声音马上接下去说:

"不错!顶好是跟近处的敌人打仗……"

木材商人乌索夫用手指整理一下假牙,叹了口气,说道:

"那些德国人,我们躲还没地方躲呢,现在还……"

"跟他们订的条约是奴役性的……"

"正如报纸上所说的,我们就是在官吏们的奴役下生活的,"浴室老板多莫盖伊洛夫高声说道,随后讲起他怎样被罚款的事情来:

"他们说普通浴室好像太脏了!请问,一星期六天,用肥皂从早洗到晚,怎么会脏呢?"

检察官结束了他的演说,神职人员唱起《永垂不朽》的哀歌,全体起立;麦尔库洛夫只是哼着调子,也不张嘴,而多莫盖伊洛夫则翻动着溜圆的眼睛,瞅着雕饰的天花板,哀怨般地拉长声音:

"永—垂—垂—垂……"

但是他们的吟唱,并不能长久地打断萨姆金所熟悉的这些人私下嘀嘀咕咕的牢骚话。他一向认为这些人是蠢笨的,根本不关心政治。可是正是这些专心致志于自己蝇头微利的荒诞不经的人物,却突然放开了眼界,居然谈起对德条约,谈起官僚的压迫剥削来,而且因为使用朴素的语言,竟比报上说的还尖刻,这岂非咄咄怪事,而且叫人难以置信。

斯拉沃罗索夫站起身来，把十字架贴在胸前，把凌乱的长发往肩后一甩，威严地昂起他那雄狮般的头，说道：

"西拉赫的智慧之子耶稣所言极妙：'鲁莽人纵声大笑，智慧者启唇微笑'①……"

"这饶舌鬼，话匣子又打开了，"菲奥娜·特鲁索娃说完，呷了一口葡萄酒，紧蹙双眉。"这酒是给穷亲戚喝的……"

维拉·彼得罗夫娜听完大司祭的致词之后站起来，往门口走去，那些大人物们都跟在她后面，次要的人物则站起来，纷纷向她鞠躬，那样子就像修女在修道院长面前似的唯唯诺诺；她根本不答礼，就大摇大摆地扬长而去，丧服裙边长长地拖在身后镶木地板上，有如她那浓重的影子。

"还是那样傲慢。可她有什么值得骄傲的呢？"克里姆心里说。

"后事已料理完毕，"她坐进马车，说道。"葬礼是很像样子的。举行葬后宴是亚洲的风俗。哎呀，我的上帝！他们在咱家怎么吃得那么多！"

他们回到家中之后，她马上就说：

"我要休息了。"

萨姆金轻松地出了口气，走进自己的房间，一股浓重的樟脑味顿时扑鼻而来，于是他打开冲着花园的窗户。他看见浓眉鬈发的阿尔卡季·斯皮瓦克正坐在一株枫树下面的草地上修理鸟笼的小门，他一边修理，一边询问那位慈祥的保姆：

"为啥抬死人的时候不能把手揣在兜里呀？他是因为牙掉了才死的吗？"

克里姆关上这扇窗户，又打开朝后院的一扇。他感到困倦，只要一躺下，准能睡着。果然不出所料。

---

① 西拉赫是公元前三至二世纪的希伯来先贤之一，后世称耶稣为西拉赫的"智慧之子"。此句可能出自《伪经·西拉赫之耶稣智慧书》的第二十四章第二十三节。

四

非常难熬的日子接踵而至。母亲似乎决意要把她有生以来五十年中没有说过的话统统说出来,而且往往一连唠叨几个小时,伤心地鼓着她那发紫的腮帮子。克里姆发现她老喜欢对着穿衣镜坐着,以便看见自己的形象,她的一举一动都仿佛丧失了继续生活下去的信心。

"是的,克里姆,"她说。"我在这个国家简直活不下去了,因为这里的人迷恋政治几乎都要发疯了,谁也不愿意诚实地工作。"

她的腮帮子塌了下去,下眼皮也耷拉着,一双迷离恍惚的眼睛里显露着阴森森的白眼珠子。

"那些日本人,本来不过是演杂耍出名的,可是——突然间!真可怕!你听说阿琳娜的丑闻了吗?"她问克里姆道,并且马上用一句格言使他大吃一惊。为了掩饰自己的笑容,他把头低下去,听她说:

"季莫菲说得对:女人面前有两条路可走:要么做豪迈的母亲,要么成为荒淫的贱货。"

萨姆金知道她不曾用自己的奶喂养过德米特里,喂他也只喂了五个星期。她讲每一件事,差不多都要在开头或结尾加上这样几个字:

"季莫菲说得对,"仿佛是在提醒她自己,曾经有过瓦拉甫卡这样一个人似的。

她穿着丧服,显得更加老迈了,她分明意识到了这一点,所以老是神经质地去拉扯它,故作精神,挺着腰板,迈着有力的步子,不让人看出她老态龙钟的样子。她特别喜欢证明说:人人都是暴君。

"这在一个以专制为基础的社会里是自然而然的事,"斯皮瓦克夫人有点儿勉强地、半认真地说。

母亲颦蹙双眉,涂着一层脂粉的脸皮皱了起来,就跟一张雪米皮似的,粗糙不堪。

"哎哟,我的上帝!您总是这样说!"她生气地喊了一声,用茶勺比画着吓唬她一下。"丽莎,您这种思想真是可怕!我在革命党人中生活了一辈子,他们也是误入歧途的人,可是他们谁也没有像您和您的朋友那样发议论。当然,限制沙皇的权力是必要的,可是否定私有制,那是狂妄的行为!当然,我要感谢上帝,因为他许可您说却不允许您去做任何事情。虽说我敢断言,今年春天那次罢工是你们那帮人干的,是的,不错!您,丽莎,是一个好人,然而不是上帝所说的那种好人,而是书本上的好人。克里姆,你知道吧,尼方特神父,也就是我那位解罪神父,管她叫修道院里的无神论者哩。他玩文特牌①玩得可好了。你想玩吗?"

"不,我不喜欢。"

"对啦,你是个不喜欢赌博的人!"母亲蛮有把握并且赞赏地说,然后就谈起那个省长来了。

"他是个很可爱的老人,甚至是个自由主义者,就是有点愚笨,"她说着做了个鬼脸,眼皮都挑了起来,露出迷惘的神情。"他说:我们不慌不忙,是因为我们要做得尽可能好一些,我们耐心地等待着能有人出来,在治理国家的事业中发表意见。可是要知道,我并不是向他祈求宪法,只是要帝国音乐协会出面保护我的学校而已。"

母亲对伊丽莎白·斯皮瓦克的态度不大友好,好像很讨厌她似的。但是她是个不可缺少的人物,母亲常请她出席有关清理瓦拉甫卡许多企业的业务会谈,聆听她的忠告,往往欣然同意道:

"是呀,我也是这样想的。"

五

母亲每星期在家里举行两次集会,参加的人都是本地的名流,他们当中有制桶业老板的太太、省长的情妇艾维林娜·特列舍尔,一位

---

① 俄国流行的一种纸牌游戏。

有着一头银发、娇小爽朗的美人儿;省财务局长的太太佩雷莫娃,一位心地善良、说话闷声闷气的老太婆,她上嘴唇还留着一片刮过髭毛的暗影;本地首席贵族的夫人,一位高个、苗条的女人,她生着一张修女般冷酷的面孔,还有另外一些高贵的太太。省长的特命官吉安斯基也是这里的常客,这位年轻人穿的袜子和脖子上扎的领带是一个颜色;还有身披紫袍的教堂大司祭斯拉沃罗索夫;仪表堂堂、有点发胖的典狱长托波尔科夫,此公那顶光秃秃的脑壳酷似一颗巨大而古怪的珠子,一双看不见的小眼睛长在肉乎乎的脸面上,那只同样难以分辨的鼻子隐现在粉红色的面颊之间,两颊上的肉红润得跟新生的胖娃娃一般。来客当中还有诸如身材魁梧、酷似马戏班拳师的糖浆淀粉厂老板欧库涅夫之类的显赫人物;大主教乐队的指挥科尔文也光临了,身材圆咕隆咚的德罗诺夫,穿一身短瘦的礼服,像陀螺一般在这群人当中周旋。此刻他正坐在墙角里,摆弄着一个浅黄色的小日记本和一支铅笔,用那对仿佛能透过人们穿的衣裳洞察一切的小眼睛,窥探着聚会者的内心世界。他见到克里姆时表情很冷淡,后来索性躲开他了。

人们在维拉·彼得罗夫娜家聚会,是要讨论消除贫困和防止穷人道德败坏造成的危害之类棘手的问题。萨姆金对这帮人和他母亲的举动不以为然,他疑惑不解地认为,她在"亲邻赈济会"里无疑被公认为解决这些实际问题的权威。那位心地善良的佩雷莫娃老是东跑西颠地瞎忙活,这次没等她畅抒对亲邻的关怀体恤之情,维拉·彼得罗夫娜就对她嗤之以鼻,冷冰冰地说道:

"不要太性急嘛,安娜·安东诺夫娜!只有等穷人都学会节俭的时候,穷困才会消失。"

"对极啦,"托波尔科夫高兴地大叫一声。"我想可能是盖廖①说过:'浇地最好是毛毛细雨,而不是倾盆大雨。'"

他阴阳怪气地说完,表示相信:如果穷人都来养兔子,他们都会过

---

① 盖廖(1837—1919),俄国历史学家,他从唯心主义立场出发论述法国大革命和中世纪的教会活动,主张不要过激。

得不错。

"在法国有半数的人都养兔子,所以,你们瞧,法国人才会借钱给我们。"

萨姆金未免太专心致志于会场中的滑稽角色了,然而他有时还是想到,人们说些蠢话不过是想彼此开开玩笑而已。

"'健全的精神寓于健全的身体,'①这是一种异端邪说,所以是荒谬的,"教堂大司祭斯拉沃罗索夫说。"一个真正基督徒的灵魂总要患一种爱基督和恐基督的病症。"

六

凡此种种,在萨姆金看来都有一定的悲喜剧性质,因为他确信,住着鳏夫柳博穆德罗夫医生的那层楼,是另一种类型的人的安乐窝,而且很显然是当地布尔什维克的秘密接头地点。他发现,那个老不死的统计师斯莫林,每逢星期二和星期五常来医生这里看晚间的门诊,另外一些形形色色的人物也常来这里,他们根本不像是病人。杜纳叶夫也在院子里出现过一两次,他那卷曲的大胡子显得越发浓密了,真像用木头雕成的一般,那叫人难以忘怀的笑容隐约其中。他足蹬齐膝的高腰皮靴,身穿瑞典式皮夹克,头戴皮制帽,所有这些皮子上面都沾满了机器油,发着乌黑的亮光。

医生把他寓所中的两间屋子租了出去:一间租给《我们的家乡报》编辑科尔涅夫②,他留一部棕色大胡子,瘦骨嶙峋的体格,一双稚气的眼睛,走起路来像只水鸭子,一摇一摆的;另一间租给弗列罗夫③,一个四十岁上下的男人,尖尖的鼻梁上架一副夹鼻眼镜,那张面孔像是用

---

① 古罗马的格言,原系拉丁语。
② 科尔涅夫(1876—1903),布尔什维克,俄国社会民主工党下诺夫戈罗德委员会委员,高尔基的朋友。
③ 弗列罗夫(1860—1915),俄国老革命家,高尔基一八九二年与他在第比利斯相识。

细线条匆匆编织起来的一般,若有若无地点缀着稀稀拉拉的黑胡子。原来想象,此公谈吐一定声音洪亮,可他说起话来却是细声细气,慢条斯理,甚至有点儿结结巴巴。他在音乐学校里教一门课程,还常在《我们的家乡报》上写点科学新闻的小文章,并且正在写一本书,叫做《精神病的社会原因》。

"几—几乎各种类型的精—精神病都起因于人的意志受到强制,"他向萨姆金解释说。"现—现存的制度使人的意志变得要么过分膨胀,要么过分萎缩。只有社会主义才能使人的意志力得到自由的、正常的发挥。"

柳博穆德罗夫医生听了他的话,哈哈直笑,他用手指敲敲自己的秃脑门儿,委婉地告诫他:

"你别胡扯啦,尼古拉!"

医生虽然显得面色憔悴,但他挺直身躯;由于多年来阅尽人间疾苦而心灰意懒的怀疑主义,此刻一扫而光。他眯缝起眼睛打量一下克里姆,肆无忌惮地大发牢骚道:

"唔,是的。谚语所说的'乌鸦不啄乌鸦眼[①]',用在瓦拉甫卡的遭遇上就不恰当。拉杰叶夫这家伙就踩着他跃到了市长的高位。他用知识分子作跳板,一下子就跳了上去。这诡计多端的老家伙竟嗅出了将来的气味。那么,您怎么样——不是布尔什维克吧?我是顺便问问。"

"干吗要'顺便问问'呢?"克里姆没有直接回答,而是反问一句。但是,看来这位医生对答话并不感兴趣,他用有碘酒烧灼痕迹的手指敲敲耳后的脑壳,又阴阳怪气地说:

"都是些身强力壮的小伙子。其中还有一个这样的大胡子……我觉得他的性格很像热里亚鲍夫。"

萨姆金瞧着这位医生从脑壳里敲出这些暧昧的话语来,以及他整

[①] 也可译作"同类不相残"。

个弯腰驼背的丑态,心里着实不痛快。听到这位被生活蹂躏的老人竟对布尔什维克表示同情,更是觉得荒唐。

"当然,他们把普列维干掉了并不坏,"他嘟哝道。"但这毕竟要像扑灭细菌似的,得先把这些跳蚤一个个消灭掉。据说,大学的教授们也热衷于搞政治了,是吗?已故的谢切诺夫①对威尔霍②的评价是正确的:'一个优秀的科学家,一定是个低劣的政治家。'威尔霍证实了这一点:他搞政治是很糟糕的。"

医生对伊丽莎白·斯皮瓦克就像对自己的女儿似的,对她以"你"相称,她替他管家务。萨姆金猜想,她一定是地方委员会的秘书,总之担任着颇为重要的职务。他还了解到,萨莎,她儿子的保姆,就是杜纳叶夫的侄女。杜纳叶夫是特列舍尔制桶厂的机械师,他那位郁郁不乐的同伴瓦拉克辛是货站的过秤员。

"他们都很有出息啦!"他奚落道,但是斯皮瓦克夫人没有听到这句讽刺话。

"他俩很聪明,"她说,并且简单地告诉他,城市工作很顺利,有了自己的小型印刷所,但是要印的文件不多,经费也太少。

"瓦拉甫卡去世后钱就更少了。"

"他肯出钱吗?"萨姆金惊讶而又不相信地问道。

"肯出,但是出得不多。"

"他晓得那是干什么吗?"

"当然,他晓得的。"

"很奇怪,是不是呀?"萨姆金问。

斯皮瓦克夫人没有回答。她的外貌几乎没什么变化,只是消瘦多了,不过圆圆的脸蛋上没有一条皱纹,那双浅蓝色眸子依然流露着镇定自若的神情。然而,萨姆金发现,她对他表现得更神气了。他觉得这是因为很可能有人把尼康诺娃的事,以及他自己同这事的牵连告诉

---

① 谢切诺夫(1829—1905),俄国生理学家,对心理现象作了唯物主义的解释。
② 威尔霍(1821—1902),德国病理学家,细胞病理学说的创立者。

了她。他对尼康诺娃的思念已经淡薄了,虽说有些沮丧,然而他几乎已经把她当作了一个奴仆,因为她尽管品行端正,忠实地伺候他好久了,可她还是辜负了对他的信任,牵连到一桩不可告人的勾当中去了,而且还使他也受到污辱,使人怀疑他也是一个嫌疑犯。他很想跟斯皮瓦克夫人谈谈这桩可悲的事件,可他一直鼓不起勇气,她的小儿子也老是碍事。

七

这小家伙特别调皮,老是问这问那,而且对他很不信任。他眼睛圆溜溜的像两只樱桃,黑黑的眉毛,曲里拐弯的鬈发用梳子都很难梳开;那瘦小稚嫩的肢体,使这位对孩子一向无动于衷的萨姆金不愉快地想起那个童年时代的鲍里斯·瓦拉甫卡。小家伙仰望着他的眼镜,用清脆的声音问道:

"您会用两个手指夹起来吹口哨吗?您会做鸟笼吗?会画狗熊和小猫吗?那您会干什么呀?"

萨姆金什么也不会,阿尔卡季不高兴了。他噘着红红的小嘴,停了一会儿,又嗔怪道:

"弗列罗夫什么都会。格里沙·杜纳叶夫叔叔什么都会。医生也什么都会,不过他就是不会吹口哨,因为他的牙是假的。弗列罗夫还在乌拉尔山那边住过呢。您能在地图上指出哪儿是乌拉尔山吗?"

接下去小家伙告诉他,弗列罗夫在乌拉尔山那边的一条长长的大河里捉到一条怪鱼。

"嘿,有这么大!"

阿尔卡季尽力伸开他的胳膊,又把它们举到头顶上比画着。

"哪儿有四四方方的鱼呀!"萨姆金说。这孩子惊诧地瞅着他,生气道:

"怎么没有呀？就是有。还有圆的哩，像皮球，还有像小马的呀。人，才是大家都一样哪，可鱼是有各种各样的呀。您怎么说没有这样的鱼呢？我有画片，上面什么样的都有。"

萨姆金跟小家伙在一起很尴尬，但是他为了取得他母亲对自己的好感，觉得必须跟她儿子一块儿玩耍，才能达到目的，可是这小家伙竟以为他能向他讲解世界上的一切事情。

斯皮瓦克夫人对儿子的谨慎小心，简直达到了可笑的程度，好像生怕把他逗恼了似的。她仔细听着阿尔卡季胡说八道，几乎从不为他的无稽之谈感到局促不安，只是偶尔问他：

"这怎么可能呢？"

"为啥不可能呀？"

"你想想看！"

"好吧，我想想，"阿尔卡季同意说。

对儿子那些直截了当的问话，她总是闪烁其词，或用玩笑来回答，也常常提出反问，想委婉地、不知不觉地引导孩子避开那些还不该知道的问题。她很少对他表示亲昵，即令亲昵也很谨慎，甚至有点冷淡。

"这倒有先见之明，因为生活本身就不是亲昵的，"萨姆金心中思忖，并且想起他自己小时候的情景：母亲对他的亲昵是机械的，是出于习惯，这使他那天真的温存渐渐冷却了。

八

时节虽已是八月，但那炽热的太阳放射出的金色光焰仍然从昏黄的天空倾泻下来；城里的寂静是那样深沉，以致可以听到花园那边郊外田野上传来的威严的口令：

"立—正！"

而且似乎正是由于这喊声，那些落满灰尘的树叶才颓丧地一动不动了。夜里也是闷热异常,一片死寂。萨姆金老爱在夜阑人静之时外出散步,而且常常是挑最后的时辰来到最僻静的商人居住的街道,因为生怕碰见熟人。深夜里孤零零地在这狭窄的人行道上,在那些通情达理的普通人——史学家科兹洛夫曾经平心静气、娓娓动听地讲述过的人们——居住的坚固屋宇的窗下散步,着实有点儿苦涩的滋味和自讨没趣的沉醉心情。他很同意柳博穆德罗夫的话:

"噢,不错,已有迹象表明,小市民们也对将来能够过习惯的生活丧失了信心。假如说目前还过着这样的生活的话,那不过是因为惰性而已。人人都觉得,习惯的秩序需要加以证明,需要解释,可是又从哪里去弄证据呢?证据是没有的!"

萨姆金一面听他讲,心里一面想:当局确实有罪恶,因此遭到那些在别的国度里被看作是国家栋梁的阶层的唾弃。然而他不喜欢用普通的术语来思考政治,尽管这是人们所惯用的,但是他认为这些术语可以使他丧失独特的思想性,将其丑化。当这位医生呵呵笑着讲下去的工夫,他的兴头更足了。医生嘟哝道:

"可以说,就连瓦拉甫卡这样的人也耽误了建立巴比伦通天塔①和埃及金字塔的机会,因为现在奴隶不够用,而工人呢,又不愿干这些没意义的活儿。"

萨姆金终于渐渐地得出了这样一个他不久前还深恶痛绝的结论:生活是如此荒谬,以致其中最普通和最容易理解的人们,竟是那些决意要改变它的原则、破坏它的一切根基的人。他想起来,这一念头最先出现在他在彼得堡接到尼康诺娃的来信之后,他当时以为,产生这种想法并非因为他害怕什么。他当时就根本不愿去想他究竟害怕谁:是他自己呢,还是尼康诺娃呢?然而,有好几次他脑子里闪过这样一个念头:倘若这女人被逮住,她会不会由于畏惧,或者出于仇恨,把她捕风捉影的疑点当成事实招认出来,栽到他的头上呢?

---

① 古代希伯来人欲建于巴比伦的高塔,其高可达于天。

九

　　有一回萨姆金在散步的工夫碰上了伊诺科夫,他当时正从一家院子里往外走,随手砰的关上门,又朝院子里喊道:

"那就再见吧,笨蛋!"

结果一转身就撞上了萨姆金。

"对不起……咦,是您哪!"

"您这是在跟谁告别呀,那么蹊跷?"

"普阿雷。您记得吗,他是个警察,到您府上去搜查过?他们提升他当警察所长,可他退职不干了,他害怕革命,要去法国。真是个怪家伙……"

"您谈论革命的声音太大喽!"萨姆金警告道,但是伊诺科夫并不理睬。

"得了吧,"他又说起来,并没有压低声音,"所有的狗都在狂吠革命,母鸡咯咯咯咯咯嗒地乱叫,就连猪猡也开始叫起革命来了。真太无聊了,老弟!无事可做。连玩牌也玩腻了,那我们就来搞革命吧,嗯,不是吗?我了解这些人的心理。他们去干革命,就好比一些不信教的人去到教堂做礼拜,或参加宗教游行似的。您知道,我发表了一篇小说,您读过吗?"

"没有读过,"萨姆金说。这篇小说其实他读过了,但是很不赞赏,所以不想去谈它。伊诺科夫最不像一个作家了;他现在穿着仿佛是借来的又肥又大的外套,戴一顶白色的制帽,一脸大胡子使他本来就粗糙的面孔更难以辨认了,简直像一个刚刚发了财的庄稼汉。他谈笑风生,好像有点不太清醒。

"是的,我把它发表出来了。得到人们的赞扬。可我自己认为那是胡说八道!况且,检查官和主编把我的原稿删改得面目全非,意思全无,只剩下枯燥无味的东西了。而我的小说正是要反对这枯燥无味的生活的!喏,再见吧,我该到那儿去了!"他说着用热乎乎的手拉起萨姆金的一只手。"我一直四处奔波,想给自己找个职位,我为此到过波兰、德国、到过巴尔干、土耳其和高加索。真没趣儿。不过高加索也许是最有意思的。"

"一个又粗野又蠢笨的家伙,"萨姆金心中思忖,望着伊诺科夫耸起肩膀,躬着身子,活像背负着无形的重担似的,急急忙忙走进小胡同里去,那朦朦胧胧的路灯迎着他直晃动。他想起伊诺科夫那篇小说来:小说写得很粗劣,通篇是言不及义、空空洞洞的句子,要么就是纠缠不休地叫嚷一种刺耳的、令人毛骨悚然的调子。小说的题目是《平凡的事》,里面描写的都是些人们日常生活中司空见惯的鸡毛蒜皮的罪行,它们无须加以惩罚。想到这里,萨姆金的脑海里仿佛点燃了一根火柴,照亮了这静悄悄的夜晚,照亮了这条大街的尽头,照亮了田野上空的五彩云霞;他和伊诺科夫迎着云霞走去,刹那间好像从云端矫健地跃出来一匹金黄色的细腿骏马,马上坐着一位白衣骑士。正在这当儿,从大门里出来一个满脸大胡子的庄稼汉,他滚着一只空桶,那骏马摇摇头,用后腿立起来,前腿不住地撞击路面上的卵石,迸出火花,伊诺科夫站住,糊里糊涂地嘟哝一句:

"真心诚意……"

随之长叹一声:

"嘿,真美呀……"

"革命一定会把伊诺科夫之流涤荡殆尽,"萨姆金回想着刚才的幻影,心里断定。

他很想把这一切统统讲给伊丽莎白·斯皮瓦克,可是她刚刚听了他四五分钟,就不耐烦地说:

"您似乎还在搞那套知识分子自我表演的闹剧吧?可是现在已经……不时兴哩。"

在她繁忙的工作中,萨姆金总是想小心谨慎地助她一臂之力,他认为这样做是出于想了解她的秘密工作,弄清楚这位一向娴静的女人这股革命热情究竟是什么动机,然而她却认为他的帮助是责无旁贷的义务,并不认为这对他有什么风险,也毫不表露要亲近他的意思。

整个这一秋天萨姆金都在观察这个家宅中的生活,等待着它被搜查,它的居住者被逮捕,跟他的母亲谈论那些兴味索然的家业问题。到了十二月,母亲才终于打算到国外去了。为她举行了一次送别宴会,宴会上人们对她大加恭维,接着就是用鲜花和眼泪为她送行。她似乎意识到这次出国会使她身价更高,出乎她平时的想象,所以她的举止就更加骄矜,简直令人可笑了。萨姆金瞧着她这副神态,着实担心人们会看破这老太婆怎么会如此滑稽可笑,同时他自己却在搜索枯肠,想发掘对她的一点好感,然而丝毫也没有找到,除了对她的怨恨。尤其使他惶惑的是,斯皮瓦克夫人也必定看见了他母亲这种可笑又可怜的样子,虽说斯皮瓦克夫人在用悲郁的眼神望着她,像照料病人或者一个痴呆的人似的照料着她。

只是到了彼得堡的华沙车站,当一辆崭新的机车喷着蒸汽,转动它那红色的主动轴,车厢抖动一下,向前滑去,母亲那张搽满脂粉的脸歪扭地一闪就消逝了的时候,萨姆金才把刚刚戴上的帽子又匆匆摘下来,心底里禁不住轻柔而又疑虑重重地说出一句伤心的话来:

"永别了吗?"

十

一阵风吹来,使车站弥漫着阴冷的雾霭,撕裂了墙上的海报,摇曳着路旁灯柱上嗡嗡作响的乳白灯泡。一片昏蒙蒙的霞光在这座令人讨厌的城市上空浮动,悲怆的喧嚣在湿润的空气中回荡;调度机车惊心动魄的嘶鸣冲散了喧嚣。萨姆金沿着滑溜溜的阶梯往下走的工夫,不慎一个趔趄,若不是抓住了一个人的肩膀,非得摔一跤不可;那人使劲摆脱了他的手,猛地转过身来,大吃一惊,悄声说道:

"嘿,是萨姆金哪!可我还以为……您是送人,还是接人,没接着吗?"

图罗博叶夫用他奚落的目光把萨姆金从头到脚打量一番。显然,他心里一定有什么喜事。

"未必是因为和我的相遇吧!"萨姆金断定。随后他俩朝马车走去。

"您上哪儿去?"图罗博叶夫把脖子缩在夹大衣领子里问道。

他俩同坐一辆马车走了。图罗博叶夫嬉皮笑脸地问他日子过得怎样,萨姆金谨小慎微地作了回答。

"天气真冷,"图罗博叶夫说着,冷得直打哆嗦。"想不想去喝酒?或者去喝茶?"

克里姆同意了。他看见图罗博叶夫当了新闻记者,觉得挺有意思。

"您没有想到吧?"图罗博叶夫在饭馆里坐下来之后问道。"这是个颇为有趣的职业哟。"

萨姆金喝着茶,暗中打量着这张熟悉的,然而变得非常黝黑的面孔,以及下巴颏上那撮尖尖的黑髭和嘴上的两撇小胡子。这张脸颇有点儿苦行僧或犹太人的意味儿,但是,他那双眼睛却没有变化,仍和从前一样,闪耀着令人不快的犀利的火花。

"一个沦落人①,"萨姆金想起了这几个流行的字眼,并且觉得在这里使用是最令人高兴和恰当不过的了。图罗博叶夫动作麻利地把酒杯举到嘴边,喝了一口,呛着了,不住地咳嗽,像作坊里的工人似的到处乱吐。

"总之,生活变得更有意思了,"他说着,掏出一只廉价的钢壳表,用一只眼睛瞅瞅表盘。"喂,您想不想去看一个很有趣的集会呀?您一定听说过,这里有一位小神甫正在把工人组织起来②。这是完全合

---

① 一八九七年高尔基发表小说《沦落的人们》之后,"沦落人"便成了一句名言。
② 这里指加邦神甫。他在彼得堡神学院读书时曾在工人中间进行传教活动;一八九九年同暗探机关建立联系,根据祖巴托夫指示在工人中组织秘密小组。

法的,是得到当局认可的。"

"是的,我听说过,"萨姆金说。"可这又说明什么呢?"

图罗博叶夫耸耸肩膀,皱了皱眉头,一双眼睛深陷进眼窝里。

"这我不清楚。从前德国有一个牧师……好像叫施泰克尔①,不过也不大像。其实我也不太了解,也许像他,那也说不定。有些……行家就说这是祖巴托夫的故伎重演,就是规模大了些罢了。这种说法似乎也不尽然,但不管怎么样,是很妙的!我正好要去听那神甫传教,您想去吗?"

萨姆金同意了,因为他很想看看这位貌似吉奥米多夫的传教士和那数以百计受着生活的压抑、由于穷极无聊、无所事事而来听他瞎叨叨的人们。

他俩乘马车在黄昏的街上走了老半天,因为风太大,飕飕地直往嘴里灌,他们没法说话。工厂的黑烟囱高耸入云,其实那是凝聚一团的昏蒙蒙的烟雾;这烟雾也从弥漫着黄澄澄的火光的小饭馆门窗后面散发出来。熙熙攘攘的人影在阴冷的黄昏中晃动,一些醉鬼在叫骂,还有一个女人在尖声刺耳地歌唱。他们越往前走,街道也越发阴暗。

"站住!等一下,"当他们来到一道高高的栅栏前面时,图罗博叶夫吆喝道,并且没等马停下他就跳到雪地里去。

墙角上的一盏小红灯照着挂在单个合页上的一扇大门,一个身穿小皮袄、前额上扣着一顶铜帽的男人,还有一个比他矮一点、也穿小皮袄、活像个乱草堆似的汉子走了出来。

"您是哪位?"一个人问道。接着听见另一个操着女人的腔调回答:

"噢,是新闻记者呀!"随之吐了一口。

萨姆金给木板绊了一下,随后低着头,跟着图罗博叶夫的身影朝里面走去,被一些人推推搡搡,听见他们彼此交头接耳:

---

① 施泰克尔(1835—1909),德国神职人员,政治活动家,一八七四年起任柏林大教堂牧师。

"安静些!"

"噢,不是的,弟兄们,"一个高昂的、带点儿歇斯底里的声音冲破宁静。萨姆金靠在图罗博叶夫的背后,踮起脚尖朝前面那个高声大喊的地方望去。

"不是的,我们说的不是这个!我们是说:贫穷……"

一个沉闷的声音好像通过传声筒似的,从萨姆金背后愤愤地喊了出来:

"神甫,我们不是乞丐,我们是被抢劫的,就是这样!"

"贫穷生嫉妒,我们可以这样说,嫉妒又生仇恨,然而仇恨并不是法律,仇恨也不是真理……"

"你听见吗?"有人在萨姆金身后悄悄地问。

"听见了。"

"喏,就是这么回事儿,我告诉过你……"

听众中的窃窃私语、嘀嘀咕咕和强忍的咳嗽声此起彼落,时高时低,吞没了宣讲者急促的话语。室内散发着皮革、油脂和煤焦油的气味,在这一派乌烟瘴气之中,萨姆金极目所见,尽是押长的脖子、后脑勺和蓬乱的头发,它们忽隐忽现,仿佛水中的鼓泡。前面的人坐得很挤,都朝前躬着身子,就像在炉前烤火似的。再往前看,地面显然高了起来,在并排的两张桌子后面恰好对着萨姆金,坐着几位衣冠楚楚的头面人物,那个小神甫就在两张桌子前面跑来跑去,他乌黑的头发,脸也是黑黝黝的;一边走动,一边很有节奏地摇动他的左右手,摸着褐色法衣的领子,用手掌把头发弄到脑后去,时而将身子躬向听众,好像要跳到他们身上去似的。听众纷纷对他呼喊:

"大点声,神甫!"

"安静点儿!"

"神甫,我们要去多少时候呀?"

"顶好是在新年的时候去,是吧?"

"静一点儿!"

"他也是一个人嘛!"神甫喊道,挥舞着他的法衣袖子。"他是公正的!他会了解你们痛苦的真情,并且会对那些用你们的血和汗养活自己的人们说……把自己的话,强有力的话告诉他们,请你们相信吧!"

图罗博叶夫使劲往前面挤去。萨姆金也跟在他后面往前移动,发现工人都你推我搡地甘愿为两位陌生人让路。

"我们不能再往前去了,"图罗博叶夫停在坐着的人后面,乐呵呵地说。

十一

工人们都是三个人挤在两把椅子上,有的人干脆坐在另一个人的膝盖上,简直成了乱糟糟的一团。萨姆金透过沾满哈气的眼镜片,仿佛看见有的肩膀上竟然长出了两个脑袋。他定睛打量一下那位身穿法衣、来回摆动的躯体,只见法衣不住地飘动,仿佛故意要使神甫稳重的形象变得模糊似的。头发在他的小脑袋瓜上扎煞起来,似乎那张黝黑的脸上的胡须也忽长忽短。他挺起胸脯,把一只拳头贴在胸口,抬起眼睛,凝视着头上的袅袅青烟,沉思着,像是在倾听微弱的轻声絮语、什么人的长吁短叹和咳嗽声。萨姆金已经感到,他在这里的所见完全出乎他的预料:这位吊儿郎当的神甫丝毫不像吉奥米多夫,这里的工人也根本不像那些因为穷极无聊而去听那位从前的道具管理员传经布道的、狼狈不堪的听众。

"终日操劳的妻子,患病的儿女,"神甫十分感人地诉说着。"住房的肮脏和狭窄。只有借酗酒和放荡去寻欢作乐。"

"算了吧,我们都知道!"一个洪亮的声音从萨姆金耳后轰响起来,但是马上有几个声音向他轻轻地劝告道:

"住嘴吧,司炉……"

"你怎么啦?喝醉了吗?"

"安静些!"

"他干吗要揭我的疮疤呀?"

萨姆金小心地回头一看,在他身后站着一个彪形大汉,一个光秃秃的大脑袋,圆圆的脸上没有一根须毛;油光光的脸颊像得了水肿病似的,一双小眼睛在脸的中间闪闪发亮,距离那只大鼻子太近,嘴也很大,而且看不见嘴唇,好像用刀子割开的一般;他露出密密的白牙,在萨姆金的头顶上叫喊:

"让他谈点正经的吧!这些生活的事大家都知道。他光是怜悯有啥用处啊?"

萨姆金觉得这家伙的脸很可怕,因此他的眼睛老盯着他;他比肩并肩、甚至脸挨脸站在他周围的工人要高出一头。这些脸密密麻麻地挨在一起,成了一大片,大家整齐划一地愁苦地紧蹙着眉头,那些眼睛全都聚精会神地盯着身穿褐色法衣的小神甫的面孔,形成一道高低不平的曲线。其中也夹杂着一些女人的脸,她们有的疑惑不解地皱着眉头,有的像在教堂里一般,显得非常慈祥。站在图罗博叶夫跟前的那个女人不住地撇动嘴唇,好像在咀嚼着什么过分坚硬的句子似的,当她把嘴唇抿起来的工夫,她的脸上就流露出愤恨而又绝望的表情,加上高高的鼻梁,那副面孔真像个女妖精。这情景也真叫人可怕。于是萨姆金思忖,若是他处在神甫的地位,他也会扭过头去,避免看这些家伙的脸。现在他闭上眼睛,脑海里顿时浮现出奥蒙戏院那光灿夺目的大火炉和一个黑人小丑,他非常轻盈地在舞台上乱蹦乱跳,表演着狗斗鸡的姿势。神甫还在喊叫,扭动着身子,仿佛有几双无形的手把他像揉面团似的揉搓着。此刻有几个人从桌子后面站了起来,把他围住,拽到角落里去,就不见人影了。这使萨姆金想起沙皇在下诺夫戈罗德博览会上,以及大臣们将他团团围住的情景。寒冷和旱烟的辛辣气味刺得他的鼻孔直发痒,连呼吸都感到困难;萨姆金打了个喷嚏,流出了眼泪,他的四周喧嚷起来,人们都立起身子,但没有走开,而是三五成群聚在一起,叽里咕噜地聊起天来。图罗博叶夫像是在恳求谁:

605

"你去打电话吧……"

"一定去打。"

"那咱们去吧,"图罗博叶夫说。

他们用了老半天才好不容易地从人群中挤出去。那个秃顶的彪形大汉在喊:

"真像瞎子钻进了山谷,摸不着门儿!"

来到大街上,风又朝他们迎面袭来,这回还夹带着湿乎乎的雪花。图罗博叶夫缩作一团,把双手插在衣袋里,问道:

"喂,你有何高见?"

"我不明白,"萨姆金声言,而且因为不愿叫图罗博叶夫盘问下去,便反问他一句:"您跟那个工人交谈了吗?"

"谈过了。是一位很可亲的人。他姓切列米索夫。假如您还想上这儿来一回,可以找他问问。"

"我明天要走了。他是社会革命党的,还是社会民主党的?"

"二者都不是。神甫不喜欢社会主义分子。况且社会主义分子对这种把戏似乎不屑一顾。"

"把戏?"克里姆诘问他。

"您都看见了,一些上年纪的人老在他周围转,而且看来都是些技术很高的人,"图罗博叶夫没有回答他的问话,好像自言自语似的在解释,流露着快活而又沉思的表情。

萨姆金眼前随即浮现出一个光秃秃的脑壳,一张圆圆的脸和两只小眼睛,它宛若一轮圆月透过薄雾射出亮光;这张脸又变成许许多多的脸,随之又聚成一张可怕的大脸。

"我似乎感冒了,"他说。

图罗博叶夫提议去洗个热水澡,喝杯红葡萄酒。

"他如此殷勤,一定是想要我干什么吧,"萨姆金心里嘀咕。他脑子里乱哄哄的,仿佛体温也在升高。透过这乱哄哄的声音,他听见:

"请您告诉令兄!"

"告诉谁?"克里姆吃惊地问。

"令兄,德米特里!您不知道他就在此地吗?"

"不知道啊!我今天刚到。他在哪儿?"

图罗博叶夫告诉他旅馆的名称,又说明天上午就可以见到德米特里了。

第二十四章

一

萨姆金回到旅馆,叫了一份茶炊和一瓶酒,又洗了个热水澡,但这都不太顶用,反而使他的身体更虚弱了。他披上外套,坐下喝茶。他感到头痛,鼻子发酸,眼睛里热辣辣的,不得不闭起来。于是那个光溜溜的脸、油汪汪的秃脑壳又在黑暗中浮现出来,耳朵里响起那个沉闷的声音:

"生活之事是人人都熟悉的!"

在这个脑袋下面出现了数以百计的人影,接着又变成一个长着千百只手和一个脑袋的身躯。

"这就是领袖,"萨姆金恍然大悟,笑起来,使劲喝了一口加了葡萄酒的热茶。那个身穿褐色法衣的小神甫也在他眼前晃来晃去,从他的躯体里分出来一个一个的人影,都是他所熟悉的形象:三个手指的传教士,吉奥米多夫,搬运夫,乡下的炉匠和另外一些调皮捣蛋、不甘心命运摆布的人们。那个助祭也在他脑子里一闪而过,他手里举着一本厚厚的书,像扮演涅斯恰斯特利甫采夫①的名优一般说道:

"这本书已经检查过了!"

---

① 奥斯特罗夫斯基剧作《森林》的主人公。

"我的体温可能有四十度了,"萨姆金瞅着咝咝沸腾的火壶,心里嘀咕。那滚烫的铜器上映出他的脸庞,还有那些条条点点,它们复又变成一些人影,其中每个又分裂成几十个、上百个和自己相像的脸庞,然后,那些长相一模一样的人形聚成密密麻麻的一团像一个个头颅就跟咖啡豆一般在滚热的锅里面乱蹦乱跳,各种颜色的眼睛射出成千上万朵火花,此刻他仿佛听见一种缠绵不休的低沉的声音……

"真见鬼,我怎么竟然到了这步田地……孑然一身,"克里姆喃喃出声来。这话好像在很远的地方说的,音调也是陌生的、嘎哑的。萨姆金站起来,趔趔趄趄地走到床前,一下子瘫在床上;他恍若抓住一个门铃,把它使劲攥在拳头里拉拽,于是他看见那小神甫摇摆着法衣的长袖,像只公鸡一蹦一跳地走出来,他很想飞出栅栏,但是怎么也办不到,因为栅栏太高,而且长得无边,一直伸向黑暗和雾霭之中,然而这栅栏在一个地方断开了,形成了一个拐角,图罗博叶夫正站在拐角处,伸出一只手,喊道:

"他将来会明白的!"

两个胖子来到床前,把萨姆金来来回回地翻了几下身子。过了一会儿,其中一个很像猎物市场上卖腌蘑菇的小商贩的人,原来是德米特里;另一位是医生,儒勒·凡尔纳[①]小说中常见的人物,他们老是捅娄子,很不可信。萨姆金睁开眼睛,这两个人影就消逝了。

当萨姆金头脑清醒过来的工夫,银灰色的太阳已经消融在窗外乳白色的薄雾之中,火壶在桌子上闪着金光,一缕缕蒸汽冒出来,升腾旋绕在屋子当中。他哥哥拿着一张报纸正坐在火壶的前面。他像士兵似的留着小平头,红润的两颊上长满了络腮胡子,活像个经商的;他穿着浆硬的白衬衣,没打领结,吊着蓝色的背带,一条裤子异常花哨。

"好一个……外乡人,"萨姆金心里说,但这句话并不能充分表达留给他的印象,于是他又咳嗽着补充一句:"一个心满意足的家伙。"

---

① 儒勒·凡尔纳(1828—1905),法国著名科学幻想和冒险小说作家。

德米特里扔下报纸,跳到床边。

"你好哇!你这是怎么啦,弟弟,嗯?你的梦话说得可真够劲儿,真厉害呀!什么神甫啦,鳟鱼啦,格列布·乌斯宾斯基啦,你得躺个三四天才能起来。"

他走到桌子跟前,在杯子里倒了些药水,递给萨姆金喝下去,然后给自己斟上一杯茶,端在手里,局促地坐在床边的椅子上。

"我在这里待两个星期了。我带来一部有关我国北方地区人种学的论著。"

"对你的监视解除了吗?"克里姆问道。

"早解除了。"

"到国外去吗?"

"没有钱,"德米特里说着,不知为何把杯子放在了地板上。他的两眼仍和在维堡时一样,流露着愧疚的神情。"咳,你说有多巧吧:我住在一家人家里,——这家人可太好啦!他们的房子抵押出去了,想赎回来,喏,我就给了他们一笔钱。后来房东的女儿守了寡,于是我就……你也一定结婚了吧?你问我生活怎样吗?噢……不错。人种学是一种满有趣的玩意儿。我弄了个果园,自己还伺弄一番。唔,还搞点社会活动……"他用小手指搔了一下鼻子,又悄悄地问:"你是布尔什维克吗?不是?那好,这是叫人高兴的,真的!"他把双手挟在两膝中间,佝偻着身子朝弟弟越发兴高采烈地说起来:"我不喜欢这帮人,他们太轻浮,就晓得造反,都是些布朗基主义者。列宁有点像涅恰耶夫,我敢说!你瞧瞧,他硬是要召开第三次代表大会,这是为什么呀?出了什么事呢?这显然是个人野心在作祟嘛。真是个叫人伤脑筋的人物。"①

---

① 这些话是当时孟什维克咒骂革命马克思主义者的典型谰语,在一九〇三年七八月间举行的俄国社会民主工党第二次代表大会上,该党分裂为布尔什维克和孟什维克后,孟什维克在普列汉诺夫支持下,篡夺了党中央机关和《火星报》的权力,这就直接违反了代表大会的决议,因此列宁要求召开党的第三次代表大会,以便解决党组织方面的冲突。

他紧锁双眉,往前凑了凑,声音压得更低了。

"那次农民暴动真叫人灰心丧气。这简直是社会革命党人的布尔什维克作风嘛。发动了几万农民,都是为了叫他们屈膝投降。恐怕我们的蛊惑家们也会叫工人屈膝投降的。这就是我们要争论的,可是此地竟有一位监狱神甫①在活动,真糟糕哇,兄弟……"

"你认为图罗博叶夫为人怎样?"克里姆问道。

"对他还能有什么看法呢?"德米特里反问,随之叹口气,补充道:"他一无所有,没什么可损失的。你想喝茶吗?"

"请给我一杯!"

德米特里一面倒茶,一面说:

"我在艺术剧院看《在底层》时,发现那里也有一个图罗博叶夫②,就是比他蠢一点儿。不过这出戏我不喜欢,尽是空话,没有内容。无非是一篇有关人道主义题材的小品文罢了。何况这种人道主义又和时代极不合拍,简直可以痛斥为无政府主义!总而言之,是一种很糟糕的化合物!"

听见哥哥讲这番话,萨姆金觉得蛮有意思,也很高兴,但他脑子里却在嗡嗡作响,不停地咳嗽,又发起烧来,他闭上眼睛,告诉哥哥说:

"母亲已经到国外去了。"

"要去很久吗?"

"要住在那里了。"

德米特里若有所思地搔搔下巴颏,末了说道:

"噢,是这样……我使你太累了吧?快一点钟了,我该到研究院去了。我晚上再来,好吗?"

"那还用问吗?把报纸递给我!"

德米特里走了。房间里顿时呈现出一股可疑的、即将发生什么事

---

① 意即教人坐牢,影射布尔什维克。
② 高尔基的剧作《在底层》一九〇二年十月十八日起在莫斯科艺术剧院公演,这里指的可能是剧中的"男爵"。

情似的宁静。

"他已经成家立业,可又觉得羞愧,"萨姆金在宁静中自言自语道;他还是头一回觉得对哥哥有些好感。"不过,他作为俄国的一个知识分子,是被各种思想吓怕了。"他暗中好笑。关于哥哥的事,没什么好想的了,一切都很清楚!报纸对战争、旅顺口和运输的混乱状况议论纷纷,义愤填膺。有人用六栏篇幅写了一篇小品文,赞扬巴尔蒙特[1]的诗,引了他的诗作《小人物》中的句子:

> 小私有者,你虽然安分守己,
> 却原来是贪图家庭的安逸。
> 噢,千千万万像你这样的伪君子呀,
> 何时才能突然间销声匿迹!

萨姆金把报纸撂在一边,感到眼睛刺疼,看不下去了,咳嗽得难受。德米特里很晚才来,告诉他:他也搬到这家旅馆来了,问他发烧不,还嘀咕了几句安慰他的话,末了,转身要走时说道:

"因为加邦这个混蛋,马上还得召开一次小会!……"

二

翌日傍晚,萨姆金觉得好多了,当他哥哥走进来的时候,他正坐在床上喝茶。

"旅顺口放弃了[2],"他含含糊糊地说。"这个新闻明天就会发表。"

---

[1] 巴尔蒙特(1867—1942),俄国象征派诗人。
[2] 一九〇四年二月八日,日本突然袭击俄国在中国旅顺口的舰队,十月,日俄宣战,战争爆发。一九〇五年一月日军攻陷旅顺口;五月俄国从波罗的海调来增援的舰队也在对马海峡被日军击溃。

他走到窗前,用手指在玻璃上写了些什么,然后又用手掌擦去,叽里咕噜地说:

"图罗博叶夫说沙皇对这一不幸消息完全无动于衷。"

"他怎么会知道呢?"克里姆声色俱厉地问。"简直是撒谎……"

德米特里走到桌前,掰了一块面包放到嘴里,又嘟哝起来:

"不,他知道。他给我看过丘赫宁海军上将①一份秘密奏折的副本。这位上将启奏皇上,说塞瓦斯托波尔是政治宣传的根据地,拟将后备兵员派驻在民众家里是不相宜的,这主意很可能居心不良。皇上看了奏折,只说了一句话:'难于相信!'"

克里姆没有吭声,两眼瞧着他哥哥那张冻红的脸颊。德米特里今天显得更加矮壮,也更加俗气了。他说话吞吞吐吐,好像言不由衷似的。他两眼流露着怅惘的神情,一双手看样子也不知道往哪儿搁似的,一会儿插进口袋里,一会儿又放在脑后,还有时摸摸两肋,末了使劲一摊,迟疑地说道:

"这位陛下真是个古怪的人物,是吧?对他置国家命运于不顾和优柔寡断,人们议论纷纷……"

"那都是胡说,"克里姆说。"胡说,"他坚定地重复道。"你还记得前些天他是怎么批驳切尔尼戈夫省地方自治派②的吧?"

"那可以说是因为个人的问题,"德米特里说。

"但是,假如你想知道,我可以告诉你,为什么陛下……这样漠不关心,"萨姆金接下去说道,并且出乎意料地暴躁起来,对此就连他自己也感到惶惑。"他这种对什么都冷漠无情的性格是从小培养起来的,人们老说他是一位与众不同的人物,"他一面说,一面感觉到自己

---

① 指当时海军中将丘赫宁(1848—1906)一九〇四年十一月十日和十四日给沙皇的奏章,力主不能把六千名下级预备役军官安置在塞瓦斯托波尔民众住宅,"以防起事",并要求加强塞城的防御。丘赫宁因残酷镇压海军的革命运动被水兵打死。
② 切尔尼戈夫省自治局曾于一九〇四年十月六日电告沙皇,贬斥国家管理不当,要求陛下拟定改革方策,三日后报上登出尼古拉二世的复电:"朕认为切尔尼戈夫省自治局长之行为实属鲁莽无礼之举……"

已经接近于把握那种对他颇有价值的思想了。"你晓得吧？一个与众不同的人物！你该承认，一个从小就受宠，以为自己可以无拘无束，为所欲为之人，是决不会同意对他进行约束这种要求的。而他刚刚登基，就遇到了这样的事……"

德米特里竖起眉毛，笑了起来，笑得胡子都散开了，他捋了捋，又望望天花板，末了嘟哝道：

"唔，不错，可是也不完全对……"

萨姆金没有理睬他的话，只顾申明自己的主张：

"他觉得他周围的人都是些庸才，胆小鬼，冒险家，一些小脑袋白痴，像维特之流……"

"可是维特……"

"还有波贝多诺斯采夫之流，总而言之，都是些狰狞可怕的怪物。他看见昨天朝他欢呼万岁的百姓，今天又来破坏国家的经济，以致省长们不得不鞭笞这些百姓。他看见大学生们曾经跪在皇宫前面，可是不久以后就发配他们去从了军，因为他得悉大学生中多数是革命党。他也了解，当着成千上万的工人在他祖父纪念像前欢呼万岁的工夫，在俄国却成立了一个社会主义的工人政党，其宗旨不仅是推翻独裁专制，——这一点也是所有的人所希望的——而且还要消灭阶级的制度。所有这一切都无法解释，可是……在心灵上是可以得到平衡的……"

萨姆金自己也纳闷：他是在控诉呢，还是在辩护呢？他觉得他的话是要担很大风险的，他并且发现，他哥哥非常注意地盯着他。于是他沉默了片刻，又若有所思地说：

"因为要对矛盾的现象保持心灵上的平衡就会出现……对生活的漠不关心，甚至对人的蔑视。"

此刻他才恍悟到，他所说的不是沙皇，而是他自己。他认为德米特里不可能猜到这一点，然而他总觉得这样想不是滋味，所以就不吭声了，思忖起来：

"若是我不生病，我是不会对他这样说的。"

"唔，原来你是这样想的呀！"德米特里犹豫不决地说，揪着夹克上衣的钮扣，四下顾盼着。"现在是困难时刻，兄弟！局势越发紧张，逼着人们走向极端。可是另一方面，工业正在不断发展，国家显然在强大起来……日益欧化。"

德米特里讲这番话时像害了牙痛似的，呜噜呜噜的不清楚，接下去又问：

"你要喝茶吗，嗯？"

"要一杯吧！"

"这次战争真是愚蠢之至，"德米特里哀叹一声，按了下铃。"这在我国的战争史上是最不幸的一次……"

萨姆金因为只顾思索自己的话语，没有听见他说什么。的确，他刚才是在谈自己，而且在他说完上面那句话之后，他对自己的认识就更清楚了。哥哥老是扰乱他的思绪，好像坐立不宁似的在屋子里踱来踱去，迷惑不解地发着牢骚。

"真是咄咄怪事！新冒出来一些人……老想标新立异。前不久有人给我介绍一位诗人[①]——一个强壮如牛的小伙子！吃得那么多，真像饿了一辈子似的，他不相信人会吃饱。他朗诵了一首描写犹大的诗，称颂这个叛徒是英雄。而且看来还挺有才华。另一首诗才有意思呐。"

德米特里仰起他那刚剪过的小平头，两眼望着天花板，朗诵道：

> 撒旦和上帝在玩扑克牌，
> 我们都是牌中的王和后；
> 普通的牌都在上帝手里，
> 撒旦魔爪抓的尽是王牌。

[①] 指当时一位拙劣的象征派模仿者，俄国诗人罗斯拉夫列夫（1883—1920）。

"你听,这多有意思吧!"德米特里嘻嘻笑道。

整整一星期,他每天早晚两次,像上班一样准时来看克里姆,而且变得越发像外乡人那样俗气了。他那一向优柔寡断的神情使萨姆金特别恼火,那张胡子拉碴、死死板板的胖脸和那双羞怯多疑的灰眼睛也叫他生厌。当他说到他马上要到明斯克去的时候,他几乎是心花怒放了。

"我要去办一件小事,三四天就可以回来,"他眉开眼笑地解释道,不知是为有这件小事而自豪呢,还是为着这件事果真很小而欣喜?"我已请求图罗博叶夫在你住在此地期间常来看你。"

"不用啦!"萨姆金说。

三

萨姆金依然不愿回家,欢喜独自一人住在旅馆里,读些外国小说。恬静的读书情趣消磨了他内心郁积的思绪,抚平了他那感情上的波纹。他尽力地什么也不想,谛听着一种新印象怎样在自己的心灵中扎根,并且卓有成效。他偶尔想起尼康诺娃并且怨恨她,但马上就把对她的思念驱散了。他给妻子写了封信,说因为有事要耽误一些时候,但只字未提他生病的事。在晴朗的日子,他常去涅瓦大街散步,观察着喜气洋洋的人群像洗牌似的混杂在一起,于是他想起了那位胖诗人的诗句:

撒旦和上帝在玩扑克牌。

图罗博叶夫在主显节那天晚上来了。萨姆金看见他进门来大衣也不脱,竖起的衣领都不放下来,他两道秀气的眉毛讥讽地颦蹙起来,便感觉到这家伙马上会告诉他什么不寻常和不愉快的事情了。果然不出所料。图罗博叶夫问了句他的健康情况,并对他未能来看望深表

歉意,然后就用手帕擦着湿乎乎的尖尖小胡子,说道:

"今天早晨,有人从彼得保罗要塞对尼古拉二世打了一个榴霰弹①。"

萨姆金觉得他这话故意说得很干脆。

"您是在开玩笑吧?"他问。

"真的呀!"图罗博叶夫点点头说道。"真的呀!"他又操着丧气的语调毫无必要地重复一遍,然后解开大衣钮扣,笑嘻嘻地说:"真有趣儿:知道是个什么队伍吗?是炮兵连哩!向着全俄罗斯的皇帝陛下开炮,这还是头一回哟!"

"究竟是谁开的呀?"

"是大炮呗。您有葡萄酒吗?"

克里姆站起来想去按铃。此刻他真是说不出是什么滋味,只是恍惚看见眼前有一辆瞭望车,上面坐着那位个子矮矮的军官,在玩弄他那个金烟盒。

"这次开炮可真有意思,"图罗博叶夫说。"您晓得工人决定在星期天去沙皇那里请愿吗?"

"您倒是想说什么呀?"萨姆金没有马上说,只是反问一句。"您是否把开炮和派代表去请愿看成一码事了?嗯,是吗?"

他觉得自己的问话很叫人反感并且很唐突,但又无可奈何。"是不是一码事,那要看怎么说了。"

侍役进来。萨姆金向她要了一瓶酒,随后坐在客人对面;图罗博叶夫则摸索着耳朵垂儿,打量着他。

"这些恶徒们都是些精明能干的家伙,"他说。"恶徒们都很有天才。"

萨姆金沉默不语,想弄清楚他的奚落和讽刺究竟有几分是真的。

---

① 一九〇五年一月六日在涅瓦河畔举行有沙皇以及皇室家族出席的圣水祭上,放礼炮时竟有一门大炮打出了一颗榴霰弹,弹头落在冬宫正面,击碎四扇玻璃窗,一个下级警察官受伤。

图罗博叶夫起身把外套挂在衣架上的时候,动作麻利,从前那种沉着稳重几乎一点影儿也没有了。他贪婪地抽着烟,把烟深深地吸进肚子里去,再从鼻孔里喷出来。

"真像个名士派哩,"萨姆金心里说。

"您不认为这是革命党人开的炮吧?"当那侍役拿来酒瓶,走出去以后,克里姆问道。图罗博叶夫斟了两杯酒,心不在焉地,又仿佛在提醒自己说什么似的回答道:

"根本就不允许革命党人接近大炮,就连那些在要塞里坐牢的人也不允许。这个事件要么完全是一个意外,要么就是卑鄙的阴谋,如此而已!您说派代表请愿,"他喝下半杯葡萄酒,用手帕擦擦嘴,继续说道:"您以为只去五十人吗?不,去的是五万,也许还要多!唔,我的老朋友,这真有点像……儿童十字军远征①哩!"

图罗博叶夫的情绪并不激动,只是喝葡萄酒像喝水似的,喝了一杯,马上又斟上一杯,而且喝去了半杯,末了才把胳膊交叉在一起,详谈起来:

"昨天在一位作家家里,听萨瓦·莫罗佐夫谈到实业家们拜访维特的情形。他说,这个老奸巨猾的家伙显然又在策划什么无耻的大阴谋。后来他还说,很可能一两天内弗拉吉米尔大公就要统治这座城市了,而且他大概要在知识分子中进行大逮捕。当然报刊编辑部也免不了遭殃。"

"真蹊跷,"萨姆金说。"萨瓦·莫罗佐夫和革命又有什么相干呢?"

"我不晓得。也没有打听过。不过,您为何说到革命呢?不,这还不是革命。我还想象不到有谁会在星期天开始搞革命。"

"工人们就会的,"萨姆金提醒他。

---

① 中世纪西欧封建主和基督教会以维护基督教为名,对东地中海沿岸地区发动侵略性远征,前后八次。由于屡遭失败,西欧宗教狂热达到顶点,教会便在法国和德国组织成千上万的儿童十字军,结果也以失败告终。

"由一位神甫领头吗？抬着沙皇的肖像和圣像吗？"

"那又怎么样呢？"

"是的,就是这样的。这是葬送常理,就是这么回事儿！假如不是更坏的话……"

萨姆金站起来,在屋子里踱步。他听见身后有往杯子里倒酒的声音。

"那好,我该走了。谢谢！看见您康复我很高兴,"图罗博叶夫流露着令人讨厌的冷漠神情说道。随后又用一只冰凉无力的手拉住萨姆金的手接着说：

"是这么回事：有人提出一个建议——星期天让所有公正的人们都到大街上去。需要有诚实的见证人。鬼才知道会出什么事。假如到那天您还没走,您不妨去……"

"那是当然喽,"克里姆赶忙回答。

图罗博叶夫告诉他地址,让他星期天早晨八点钟到达那里,然后使老大的劲把门砰的一声关上,转身就走了。

"他很生气,这次炮轰使他受到屈辱,"萨姆金在屋子里悠悠踱步,心里断定。不过他没有去思忖炮轰的事,因为他根本就不相信有这样的事。当他停下来凝视一个墙角的工夫,他仿佛看见一幅壮丽的图景：一个阳光灿烂的日子,晴空万里；在冬宫前面的广场上,跪满了工人群众,而在冬宫的阳台上,一位身披金色法衣的神甫与身穿蓝色礼服的沙皇并肩站在一起,接着在那一片呆滞不动、哑然无声的人群上空响起贤明柔和的话语。

"要知道,不久以前他们不就是这样跪在他面前的么？"萨姆金心里说。"这是对革命运动的致命打击,是沙皇与老百姓某种新关系的开端,这也许是斯拉夫主义者们曾经梦想过的那种关系哩……"

四

萨姆金心中倏然增强了一个信念：一个伟大的历史事件即将来

临,随之就会秩序井然,那些患着狂妄症的人们要么恢复正常,要么归于灭亡。萨姆金就是抱着这样的信念,星期日早晨就来到了涅瓦大街。灰蒙蒙的天气平静如常,虽然刮着略微干燥的风,悠悠地落着稀疏的小雪花,但并不使人感到寒冷。尽管时候还早,可是街上已是熙来攘往,不过好像人们今天的行动比平日更漫无目的,逍遥散漫。穿着讲究的人们尤为突出,他们大多数都往海军部大厦方向走去,只有一小批一小批的青年人,从两边的街上跑出来,又匆匆忙忙地向旗帜广场①跑过去,他们显然是些工匠。车辆也明显地减少了。尤其令萨姆金安心的是,根本不见那些呆呆板板地站岗的警察,他还感到欣慰的是,今晨的涅瓦大街显得比平日宁静安详,也不像平时那样仿佛在鳞次栉比的屋宇中间挖开一道深沟。萨姆金走进一幢阴暗的楼房后面的庭院,看见一群人,当中夹着一个戴夹鼻眼镜、留着法兰西小胡子的高个子,样子有如教堂的小助祭,他慌慌张张地说道:

"已经调查确凿:兵部在城里集结了四十个步兵营和两千一百一十名骑兵……"

"咦,用这点兵力对付二十万民众管什么用呀!"一个小个子反驳道。这人脖子上围一条白围巾,戴一顶修道士式的尖顶帽。

"你们二十万人都是赤手空拳哩!"

"可我们并不准备打架呀……"

这两人你一言我一语地争论着,其余的人都围着那个戴夹鼻眼镜的人,盘问道:

"你的情报可靠吗,尼古拉·彼得罗维奇?"

"我调查得很准:一切关口都有军队把守,桥上也有卫兵,就快不准进城了。我有要紧事,先生们,我得去报告……"

人们不放他走,又追问他:

"可为什么到处都看不见警察呢?大臣们对报界的代表②说了些

---

① 即今起义广场。
② 高尔基也被选为当时去见内务大臣的报界代表。

什么呀?"

那个戴夹鼻眼镜的人冲了出来,向院子的一角跑去,一个穿厚皮大衣的黑胡子男人在他后面喊道:

"这是有意在挑拨嘛!"

"这是肆意扰乱人心,"萨姆金心里说。

过了一会儿,他来到一间大教室①的门口,站在那里听见里面发出震耳欲聋的尖叫和高谈阔论。

"什么?我是说过吗?"

"诸位先生们!安静点儿!"

"调查得很准确……"

"您是什么党的呀,啊?到底是什么党,说呀!"

"大家听着!"

"静一静……"

萨姆金擦了擦蒙上哈气的眼镜,看见教室里狼藉的书桌当中挤着许多人,有的坐在桌上,有的站在桌上或地上,还有的坐在窗台上,同时有几十人一起喊叫,但他们的声音却被那个猴脸秃头的人的歇斯底里叫喊所压倒。

"我们应当走在前头!"他声嘶力竭地喊。"我们都应当走在前头,但不是作为见证人,面是作为牺牲品,甘冒枪林弹雨……"

"可是,请问!是谁在谈论枪林弹雨呀?"

"这是我们的历史和我们的荣誉所要求的……"

那个叫喊的人站在书桌上,拼命歪扭着身子,保持平衡,因为他脚上蹬的一双大套鞋是会滑动的,而且马上就要从桌子上滑下来。他的话说得很不清楚,声音也太尖。在他下面站着一个胖子,肚子顶着书桌,直用拳头捶桌子,同时脑袋直往后仰,后颈上出现了一道面包圈般的皮肉;他吼道:

---

① 即切尼舍夫技术学校的大教室。

"这是要增加尸体的数目喽……"

"我们的路子就是要跟民众在一起……"

"去—去—去见沙皇吗?真—真的要这样做吗?"

"我说过:神甫的话是不能相信的!"

"另外还查明……"

大家都不听那个蓄着法兰西小胡子的人,可他却一只手扶着夹鼻眼镜,另一只手举着笔记本,念道:

"从普斯科夫调来两个营……"

响起吱吱咯咯移动书桌的声音,人们的脚步嚓嚓地直搓地,那个穿大套鞋的人声嘶力竭地叫喊:

"假如我们不会生活,我们总应该会死吧……"

"嘀,去你的吧!"

"注意呀,诸位先生们!"一位留着长发、银须、鼻子大大的可敬老人一声呼喊,屋内顿时静了下来,可以清楚地听到两句话:

"过于激动就会造成戏剧性事件。"

"一八三〇年在巴黎①……"

萨姆金看见大多数人都站在或坐在那里,一声不吭,他们盯着两个喊叫的人,神情忧郁而沮丧,几乎每个人的脸上都显得疲惫不堪,像害了失眠症似的。此地的所见所闻使萨姆金的情绪受到挫折。他抱怨图罗博叶夫干吗要把他领到这儿来?那位可敬的老人说道:

"我们的任务是尽可能多地看一看,提供有关各个方面的真实见证。提供些证据……否则干什么呢?把这些证据汇集到公共图书馆和自由经济协会②去……"

又是一阵乱哄哄的叫喊。

---

① 指一八三〇年法国的七月革命,巴黎市民举行起义占领王宫,查理十世逃往国外,波旁王朝被推翻。

② 俄国的第一个经济学团体,维护改用资本主义经营方式的贵族地主利益。十九世纪末,俄国自由派知识分子聚集在它的周围。

"真像吉卜赛人逛市场,"图罗博叶夫在克里姆身后高声说道。

"他们不让人们挨近皇宫,这是真的吗?"萨姆金后退一步,跟他并排站在一起,问道:

"好像是真的。"

"那……该怎么办呢?"

"我们马上就会看到的。"图罗博叶夫回答,粗暴地推开人群,连句客气话也不说,就穿了过去,萨姆金跟在他后面。

五

他俩走到庭院之后,图罗博叶夫说:"我要到维堡那边去,您去吗?"

"去呀,"萨姆金回答。但是走了几步之后他问:"我们到涅瓦大街,到皇宫去看看不好吗?"

图罗博叶夫没有理他。他走得很急,两手插兜,躬着身子,身后的空气里留下一缕缕香烟的烟雾。竖起来的夹大衣领和方格围巾,还有他那怪稀稀的神态,都使他酷似一个在巴黎饭店游艺场上跳舞的小丑。

"去当一个见证人,"萨姆金心想,并且在思索着:用什么借口来推脱和他同行呢?

一辆马车在谢尔基耶夫大街①上走着,车夫是一个上了年纪的精瘦汉子,他躬腰坐在车夫座上,松拉着缰绳,显然是在打盹;那匹毛蓬蓬的农家马因为挂上了一层霜更显得灰白了,它垂着头慢悠悠地走着。

"站住!上维堡区!"图罗博叶夫说。

车夫连身子都没打直起来,只斜眼瞥了他一下。

---

① 今称瓦库连楚克大街。

"不去。"

"为什么?"

"我是那里的住家。"

"咦,那又怎么样呢?"

"我的家就在那里呀。"

"那又怎么啦?"

"反正我不去。"

图罗博叶夫耸耸肩膀,加快了脚步,但是,还没等萨姆金决定下来要不要雇一辆马车,那车夫又勒转马头,说道:

"我把你们二位送过桥去,愿意吗?"

他俩坐上车,感到更寒冷了。风从涅瓦河上吹来,卷起雪片,雪花宛若洁白的羽毛在灰蒙蒙的空中飞舞。进城的人并不多,而且不慌不忙,仿佛踟蹰不前似的。

"妇女也去游行吗?"萨姆金问图罗博叶夫。而那个车夫却操着嘎哑的嗓音,令人讨厌地尖声答道:

"去的。所有的人都去。可是这有意义吗,二位先生?应当是有些意义的,"他又轻轻地哀叹一声,补充道。"倘若全体工人大众都宣布:我们不能去!——那会怎样呢?"

他是扭着头说话的,萨姆金只能看见他的半边脸;一道灰白的眉毛下面,眼睛是湿润的,满脸的胡子也是灰白的。

"我们不能这样干的,先生,不管您怎么说!贫困把我们压得喘不过气来。我有四个孙子,一个儿子还害着病,是在工厂里害的痨病。阿加冯神甫①是明白人,上帝保佑他……"

他突然间又停住不说了,随之躬腰坐在车夫座上,过了大桥之后,他勒住马。

"请下车吧,我不往前走了。不,我不要钱,"他摇摆着一只戴着不

---

① 加邦的别称。

分指的破手套的手说。"今天不是要钱的日子。请两位先生不要见怪!我的一个儿子已经去游行了。我恐怕他会出什么事儿……"

"真见鬼,"图罗博叶夫拽拽他的帽檐儿,朝远处望望说道。他看见远处密集的人群正穿过街道。"到那边去!"他说完,便沿着涅瓦河畔朝前走去。

当他俩来到涅瓦区的时候,萨姆金看见涅瓦河两岸尽是黑压压的人群,一队队的工人正川流不息地朝桑普逊尼耶夫大桥走去,行列虽说很密,但大家不慌不忙,鸦雀无声。空气中回荡着成千上万人发出的熟悉的嗡嗡声,萨姆金立即就辨别出,这声音比起那帮去拜谒沙皇祖父纪念像的人群乱七八糟的叫喊声来,要和谐、充沛、柔润多了。当他走上大桥,挤进群众当中的时候,他蓦地感到,工人们这种沉着镇定的行进,恰好说明他们意识到是去完成一件重大的历史任务。这种意识与群众的温暖一道传给了他。可想而知,这温暖不仅是人体拥挤的结果,而且也是从女人身上焕发出来的,是从工人志同道合的精神、郑重其事的情绪中产生出来的。他还是头一次看见这样严肃的群众,因此他又一次想到,他们显然大大有别于上次到克里姆林宫去的那些莫斯科群众,那些人当时的情绪死气沉沉,好像很勉强,没有这种理直气壮的信念。女人的数目并不多,他们和大多数男人一样,几乎都是上了些年纪的。他们庄重、安详、衣服整洁,这都又唤起并且增强了萨姆金的希望:一切平安无事。倘若真的调来了那么多军队,那也是为了维护首都的秩序嘛。现在已经证明大铁桥被封锁的消息是不确实的。他想起刚刚在学校里那帮人声嘶力竭的叫喊和胡闹,觉得这些人:

"都是过时了的,是被历史抛到一边去的。"

于是他瞟了图罗博叶夫一眼,见他正弯腰屈背地走着,像个老头儿似的,两手插兜儿,把下巴颏埋在围巾里面。在这些很有气魄而又健壮的人们当中,他似乎太不像样子了。对此,他应当有自知之明。他的两道眉毛浓得好似绣上去的一般,颦蹙成了一条线,脸老是哭丧着,而且显得挺执拗。

"实际上他这是违背自己的意愿嘛。"萨姆金一面思忖,一面又在观察着人群,发现他们挨得更紧了,更温暖了。

六

自从在皇宫大街①口上突然发生那个戏剧性的场面以后,萨姆金已经切切实实地感到自己是一个真正的参加者,而不只是见证人了。不知从旁边什么地方冲出来一小股青年,大约有一百人,拥入这大群人之中,打头的是一个尖尖的脸、留着浅色小胡子的男人,和一个衣着朴素、教师模样的女人②;那小胡子蓦地挺直身子,不知怎么莫名其妙地一下子长高了,摇动着一面短竿的小红旗。

"乌拉!"一些人不和谐地呼喊。"社会民主党万岁——乌拉!同志们——乌拉!"另一些人也乱七八糟地吼叫。

人群踟蹰不前,停了下来,呼声也马上淹没在众人怒吼声中:

"不要打旗!"

"喂,你把它扔掉吧!"

"弟兄们,不要让……"

"已经跟这些混蛋们说了——不要报复!"

妇女们的喊声特别响亮,并且很恐慌。萨姆金被人挤到这群吵吵嚷嚷的人中间,发现自己已经离那个打旗的人不远了,看见他仍把小旗举在头顶上,手臂伸得直挺挺的。那面小旗还没有一块头巾大,但是红艳艳地飘在空中,仿佛要挣脱旗杆,飞起来似的。萨姆金用后背和肩膀顶着后面的人,断定那个打小旗的就要挨揍了。可是这时一个棕红胡子的高个儿,像个穿便衣的士兵,③毫不费力气地把那只举着小旗的手摁了下去,说道:

---

① 即沿涅瓦河的那条街,今称古比雪夫大街。
② 指布尔什维克沃伊特凯维奇和他的妻子伊万尼茨卡娅。
③ 指高尔基本人。

"藏起来吧,同志!……"

"不要打旗,"另一个人道,而第三个人却肯定说:

"这没有任何用处,安东同志!"

那个面貌像助祭的人一面摇动白手帕,一面喊:

"这是警察的把戏!我们晓得的!"

小旗不见了,它被那个士兵模样的人塞进了浅蓝色的大衣里。那个打小旗的人也从人群中溜掉了;萨姆金被猛力一推,从他身后钻出来那个面貌可怕的司炉匠伊里亚,扒拉开人群,往前一蹿,高声喊道:

"弟兄们,不要打小旗!这不是那一类的事儿!不是那类的,明白吗?"

他没有戴帽子,那个像大卵石般坑坑洼洼的秃脑袋涨得通红;他把帽子掖在大衣领子底下,但在他的宽下巴颏下面扎煞出来。刚刚纠集在一起的那群人散开了,队伍又平静地沿街行进,把整条大街挤得水泄不通。萨姆金见此情景很是高兴,他深深地吸了口气,说道:

"他们的情绪可真严肃啊……"

他以为是在对图罗博叶夫说话,可是答话的却是一个面黄肌瘦、胡子稀疏的男人:

"摇晃一块破红布,有什么严肃的呀!"

萨姆金环顾四周,没有发现图罗博叶夫。

"您是工人吗?"萨姆金问。

"怎么不是呢?这里又没有外人。即使有也顶多十来个。"

"您是办事员吧?"

"我是给报纸写文章的,"萨姆金回答。

"我是旋工,干木活的。"

萨姆金沉默片刻,说道:

"人们的情绪……都很饱满。总之,这是个良好的开端!大家早就盼望工人们跟沙皇团结起来……"

"这种事情我们从来没有盼望过,"那位旋工非常懊恼地说,因而也就打消了萨姆金要和他交谈的兴致。他又补充道:"你真不该来,佩拉盖娅!我对你说过:我们不到傍晚是回不去的。"

这话是他回头跟后边的一个人说的。

"你走呀,走呀!"一个嗄哑的男人声音冲他说道。

当他们走到特洛伊茨广场的时候,前头的队伍像受到什么阻碍似的,一下子停住了,人们骚动起来,萨姆金周围的人有的扶着别人的肩膀,踮起脚尖朝前望去。

"弟兄们,停一停!"

大家用不同的腔调,有的惊奇,有的恐惧,有的愤怒,有的嘲笑,一而再地重复问道:

"不让过桥吗?"

一些工人停住脚步,打了个趔趄,另一些工人则猛劲儿向前一拥,叫道:

"干吗站住哇?那边出什么事啦?咱们的人,前进呀!"

七

萨姆金被挤得转了两个大圈子,最后挤到了尽前头,已经靠在栅栏上了。他看见在距他五十步的地方,一些士兵正在封锁桥头,像一道花岗岩似的站在那里;他们的头仿佛塑造得一模一样,前额上都扎一道白布条,头与头之间插着长长的刺刀。一位军官面对士兵站在那里,可以看见他背上交叉的十字皮带,舞动不停的、发着寒光的长刀,他把刀指着冬宫方向,那架势仿佛要从士兵头上跳过去似的。另一位军官,黑胡子,白手套,正面对萨姆金站着点燃一支香烟,火柴照亮他的眼睛。萨姆金看见,工人们徐徐向士兵那边移动,可以听见成百上千人的喊声越来越激愤,那个司炉匠深沉洪亮的声音更为突出:

"停止,等一等呀!我去解释一下!姐妹们,给我一条头巾!要白的!叶果尔·伊万内奇,走吧,你是一位老人!弟兄们,我们马上就去解释！他们是误会啦。头巾,摇动头巾呀,叶果尔！……"

司炉匠的硕大身躯敏捷地扭向士兵,对着他们挥动头巾,高喊:

"喂,长官先生们……"

工人们让他朝前走了五六步,排成个楔子形,由那位老头率领着,跟着他向前移动。司炉匠迈着大步,小白头巾给风吹跑了,他就把帽子从大衣领里拽了出来,摇晃着;老头走得很快,但是因为一拐一跛的,跟不上司炉匠,这时有十来个人赶过了老头,冲到前面去。士兵排成的墙动了动,一排像梳子般的刺刀一闪不见了,紧接着传来一阵噼噼啪啪的干裂的枪声,一阵又一阵。这时一颗子弹嗖地一声飞过他的头顶,又有一颗把栅栏的木板打穿,木片迸溅起来;站在他前面的三人中的一个,因为背靠墙而跌倒在地上,但是萨姆金没有感到恐惧。可是,当士兵们把枪靠在腿上,而工人们不慌不忙地向后退去,有的蹲下,有的趴下的工夫,萨姆金却惊呆了,此刻他听见一个女人尖厉地喊道:

"开枪了,这些下流胚,喂,小心点呀!"

"那是空枪!"人群中有好几个声音回答。"是吓唬我们的!"

司炉匠站住,但是他和工人们的距离拉大了,他伫立的姿势就跟一个拳击家等着和对手厮拼似的,他用左手捂着胸口,右手拿着帽子向前举着。但是,他的那只手蓦地垂了下去,身子踉跄一晃,朝前倒下去,胸膛贴在雪地上;他倒下去的样子就像块木板,硬挺挺的,腰都没弯。过了一会儿,他仰起头,用帽子拍打雪地,声嘶力竭地惨叫着向前一拱,两腿一伸,脸埋进雪里。

萨姆金十分清楚地目睹了这一惨死的场面,然而这也没有使他惊讶,他甚至觉得这位死去的司炉匠形象更加高大了。但是他在听到那个女人的叫喊之后,眼睛方才模糊起来,此后的一切都看得蒙蒙眬眬,好像离他很远似的。简直不可思议的是:事件的经过如此烦人地缓慢,尽管可以看到每分钟都在运动,然而给人的印象却是极度迟缓。

密密层层的工人群众不慌不忙地向后退去,大家都侧着身子,向士兵们挥着拳头,有些人的手里仍然摇动着白色头巾;大堆人群已经瓦解,个别的人从旁边挤出来,跑出去,跌倒在地上,抽搐一下,向前爬动,许多人倒在了雪地上,像是没救的死人一般。那个穿夹克的助祭模样的大个子也一动不动地躺在地上,从他夹克的衣领里流出来大量鲜血,把半边头部都染红了。萨姆金依稀看见一股透明的热气旋绕在这片血迹上;另一个脖子上缠着绿围巾的人,正拖着一条腿朝栅栏下面爬去;一个矮小的女人坐在地上,正在脱去脚上的黑套鞋,猛然间仿佛有人打了她的后脑勺,头部触在膝盖上,她摊开双手,歪倒下去。图罗博叶夫敞着大衣,拖着那个留着小黑胡子的青年朝栅栏下面走去。这个青年的两腿趔趄着,眼睛紧闭,龇牙咧嘴。空中回荡着一片叫骂声、女人的呼喊声,有人在大声命令:

"咱们的人,到市场大桥那边去!……"

"这些恶棍!刽子手!"

萨姆金觉得人群又在向那些呆立不动的士兵人墙移动,但并不是去收拾受伤者;他们很多人跑到前面去,到离士兵很近的地方,是去骂他们。一个女人,穿的短皮袄袖子都撕开了,她撩起裙摆,让红衬裙显露在士兵的面前,声嘶力竭地喊道:

"开枪吧,喂,开枪呀!……"

"应当跑开,离开这里!"萨姆金对图罗博叶夫喊道;他紧紧地偎依着木栅栏,生怕图罗博叶夫看见他两腿发抖。他心里拼命地呼喊着这几个简单的字眼:"为什么?为什么?"当他把这些字眼压下去的时候,便对周围的人劝说道:

"要赶快跑,否则他们又要……"

图罗博叶夫用手帕擦擦鲜血染红的手指,满脸狂怒的神色,尖尖的小胡子也扎煞起来,像是紧紧咬住嘴唇的缘故。他瞥了萨姆金一眼,大声喊道:

"大家都散开!他们马上要用骑兵来冲了……"

于是士兵的人墙分为两半,好像开了扇大门,一匹匹枣红色的军马,驰向广场,踏得雪花飞溅,头戴白帽的骑兵舞动马刀咆哮而至;人群呼号,向后拥挤,分成一小股一小股的和零零散散的人堆。克里姆又被这莫名其妙的迟缓动作吓昏了。有几个人——看来是些青年,因为他们的动作都很敏捷,——混在马队中,蹿来蹿去,马匹就从他们身边擦过,而那些士兵则弯着身子,将人们打倒在地上,像是让马从他们身上跃过去似的。萨姆金觉得自己的眼睛瞪得很大,因此这一切他看得是那么清楚,简直都令人烦恼,生怕他的眼睛都会瞎掉。于是他闭上眼睛。他旁边的人群正向栅栏上面爬去,皮靴蹭得木板嚓嚓直响;栅栏墙板裂开了,摇晃起来;军马发出阵阵嘶鸣,有什么东西哗哗啦啦直响,皮鞭也发出奇特的啸声,人们在呻吟和像马一般嘶叫,一个个倒下去,倒下去……

一个没有戴帽子的青年,拽下萨姆金头上的一块木板,扯着嗓子喊道:

"帮帮忙呵,你没看见吗?"

"卧倒!"图罗博叶夫说完,用脚踹了一下萨姆金的腿,他倒在栅栏下面,倏地几只枣红色马蹄子几乎擦着他的脑袋飞奔过去,马上骑着一个蓝眼睛、灰胡子的龙骑兵,身子摇摇晃晃,龇牙咧嘴,像顽童般吼叫,用马刀乱挥乱砍木栅栏,直想砍倒图罗博叶夫,可是都被他闪开了。图罗博叶夫一直是脊背靠着栅栏向前移动,并且大吼大叫:

"滚开,你这畜生!滚蛋吧,恶棍!"

骂完,他忽然大笑一声,又叫道:

"白痴,你把我当成犹太人了吧?"

当那匹马正尥蹶子的工夫,一个工人抡起木板朝马的后蹄子砸去,士兵像耍马戏似的,勒马转了一个圈,随后抡起马刀砍到那个工人的脸上,那人一趔趄,鲜血直流,但他又抡起木板朝马屁股猛劲砸去,随后倒在马蹄下,那士兵又举起刀来砍图罗博叶夫。萨姆金闭上眼睛,但他仍然看见刽子手那张不知是因为天冷还是因为狂怒而涨红的抽搐的脸,龇牙咧嘴的凶相和扎煞的耳朵;他听见马疼痛的嘶鸣、尥蹶子和马刀砍木板的声音,以及什么沉重的东西落在地上的响声。

"砍完他,现在该来砍我了,"萨姆金心里说,但好像不是在说自己。他心中凝聚着另一种恐怖,又仿佛不是为着他自己,然而这恐怖却是更沉重、更使人绝望了。

在这以后,他周围显得安静一些了。于是他睁开眼睛看见图罗博叶夫不在了,他的帽子放在工人的脚下,那个蓝眼珠的骑兵牵着马,一跛一拐地朝彼得保罗要塞走去。那匹马不时地弯下后腿要栽倒,马头摇摆着,前腿钉住不动,于是那士兵就大声吼叫,直拽缰绳,对着马脑袋挥舞马刀。

八

萨姆金坐下去,背靠在栅栏上,环顾四周。他看见士兵们已经把工人驱赶到很远的地方,都快到石岛大街了。许多受伤者在广场上爬着,有些人默默地把他们扶起来,拖走了;帽子和鞋子扔了一地,一条灰色的大披肩揉成一团扔在地上,好像里面裹着一个小娃娃似的,旁边的雪地上有一只发乌的胳膊,手心朝上。一个被砍死的工人的脸浸在血泊里,像是在喝血似的,他的一双手藏在怀里,两条腿叉开成V形。在大桥跟前,一队灰石头模样的步兵正在踏步和跺脚,一个腰里掖着铜号的士兵蹦得特别高。许多士兵用手掌遮在眼上眺望远处,那里的人们在四处奔跑,军马在回旋驰骋,马刀闪出一道道寒光。

萨姆金站起来,悄悄地沿着木栅栏走去,正要拐进街角的工夫,他看见一个人坐在石礅上,一脸刀伤,鼻孔和嘴里鲜血直淌。

"停一下,"他把手在膝盖上擦擦,说道。"等一会儿!这是怎么回事呀?那个司号兵该吹个警号哇。我自己就当过兵!我知道规矩。司号兵按规定应当吹号,这杂种!"他大声哭喊,骂娘。"他们把瓦西里·米罗内奇打死了吧?啊?他去搀扶他老婆的工夫,就砍了他一马刀……"

萨姆金默默地从他身旁走过。他仿佛做梦一般,几乎没有知觉,心里只想到:他永远不会忘记目睹的惨状,然而念念不忘这种惨状,却是不能活下去的。不能活下去的。

他对市内这一地区不很熟悉,盲目地走着,又转到一条不知名的大街,碰见一群工人,其中两个头挨头,舒舒服服地躺在一家窗户的墙根下。一个人的脸上盖着帽子,另一个胡子拉碴,胡须发黄,一双僵滞的眼睛凝视着雪花纷扬的灰蒙蒙的天空。在入口的石阶上坐着一个戴银边眼镜的中年人,一个胖胖的女人跪在他身边,给他包扎大腿,脚上沾满了血污,跟穿上红袜子一般。这人活动一下脚趾,没有把握地悄声说道:

"可能因为那里有个堡垒吧。"

一个身穿旧式大衣、腰里扎一条皮带的瘦削的青年工人喝斥道:

"堡垒?什么堡垒?你别跟我说什么堡垒啦!我们就是堡垒!"

他用拳头拍一下胸脯,咳嗽起来;他的脸像有病的样子,灰黄灰黄的,两眼呆滞无神,仿佛由于愤怒而发了疯似的;这种情绪也感染了克里姆·萨姆金。

"沙皇和这个神甫应对这一事件负责,"他沮丧地说,简直要抽噎起来了。"沙皇真不是东西。他是在自杀!他既是杀人犯,又是在自杀。他在扼杀俄罗斯,同志们!绝不能让霍登惨案重演了!你们应当……"

"我什么也不应当,"那个工人说着推了一下萨姆金的肩膀。"你在说什么呀,嗯?你算个什么呢?喂,你说呀!你这叫什么话?哎呀呀……"

他骂完,揪住萨姆金的肩膀,一边咳嗽,一边摇晃。那个受伤的人扶着女人的肩膀,想站起来,但是哼哟一声又坐下去。

"我怎么走哇?"

"把这个人放了吧!"一位穿光面短皮袄的老人对那工人说。"先生,您走吧,这里没您事儿!"他拽住工人的胳膊,对萨姆金冷冰冰地说道。"放开吧,米沙,你看见吧,这家伙吓坏了……"

克里姆发现,所有的工人都回避他,希望他走开。这使他心里凉了半截,甚至使他受到侮辱。他本想再说两句,可是那个工人一面咳嗽,一面叫骂:

"你那位自杀者正在品茶,大宴将军们,感谢他们的效劳!而你呢,却想用花言巧语来欺骗我们……"

萨姆金摆摆手,走开了,当即决定回到城里去。他的所见足以使他成为见证人了。他心里在想:

"那个人的话是对的:号兵应当吹号让工人们散开……"

为了赶上那些工人,他几乎是在小跑。工人们大多数都往一个方向走去,说话的声音很高,甚至可以听到笑声,愤怒的人群中发出的这种刺耳的笑声使人想到:

"他们是因为能够活下来而高兴哩。"

他前面有两个青年扶着另外一个青年,那人的海狸皮帽扣在后脑勺上,背后沾了一片片染红的雪块。

"这算不了什么,"他嘟嘟哝哝地说。"算不了什么!"

他的两腿瘫软,脑袋耷拉在胸前,整个身子悬在两个同伴的胳膊上,嘴里直哼哼。

"看样子不行了,"他的一个同伴说道;另一个转过头来问萨姆金道:

"您不是医生吧?"

"不是,"萨姆金说,然后又不知为什么加了一句:"他是昏迷了。"

他们把这个青年小心翼翼地横在萨姆金的前面,挡住他的路,顿时聚拢了许多的人,阻塞了街道;一个穿皮上衣的红头发大个子牵着一匹长毛马走过来,那个萨姆金认识的车夫坐在雪橇前面,摇晃着鞭子,哭丧着脸说道:

"上哪儿?我不去。我在找我的儿子!"

但这时已经把那个受伤的青年搁到雪橇上了,他的一个同伴坐在

他身边,另一个也挤到车夫座上;那车夫用鞭杆顶他,操着更加悲戚而又尖厉的声调哀求道:

"看在上帝的分上,让我走吧!我告诉你们,我的儿子……"

"我们也都是孩子哩!"有人大声吼道。

于是那车夫跳下来,跪在人们的脚下,操着女人的声调哀号道:

"亲爱的众位,我不能去呀!我不能啊……"

人们有的架着他的胳膊,有的拽着他的领子,把他捆到雪橇上。

"这马拉不动四个人呐!"有人说;但几个人立即把雪橇一马,推拱了一下头,可是它的前腿却使劲地弯着,也像要跪下去一般。

"你们算是什么人哪?"车夫喊道。

"真粗野,"萨姆金心里说,他的头脑越发清醒了。此刻在他身后有人郑重其事地大声欢呼道:

"瓦西里岛上的军械库给捣毁了①,人们正在修筑街垒……"

"谁说的?"

"我们的人……"

"弟兄们,我们进城去!同志们,都谁愿到城里去呀?"

九

萨姆金加入到工人群中,跟着队尾往左边什么地方走去,很快看见了那幢凹进地下的交易所大楼,在它附近的桥头有一堆堆士兵和马匹。工人们停住脚步,在争论士兵们会不会开枪。

"他们已经开过枪了,打够了!"一个矮个子说,他的灰上衣右肘上打着块黑补丁。"谁愿意从冰上走到马尔索沃去?"

有六个人跟着他走去,加上萨姆金是七个。他看见人们稀稀拉拉地从冰封的河上向城里跑着,他们的身影在宽阔的河面上,在高耸深

---

① 这一天,工人们在布尔什维克领导下占领了瓦西里岛上的沙法军械库和一家印刷所,印出了"同志们,拿起武器……推翻沙皇政府,建立自己的政府"的传单。

沉的宫殿和宫殿上面也是深沉而灰暗的天空的衬托下，显得出奇的渺小。

"他们是不打单个人的，"他猜想着，觉得自己有点麻木不仁，心里差不多已经平静了。

涅瓦河上要比大街上冷一些。寒风阵阵，卷起积雪，露出光亮亮的蓝色冰面，人们的脚下老是旋绕着一缕白烟。大家走得很快，几乎在小跑。有个工人嘴里咕哝了几句，那个矮个子瞪了他两眼，声色俱厉地说道：

"这话不对！士兵们虽说都像马戴嚼子似的受到约束，可是倘若他们发起倔来……"

这时传来一种奇特的声音，仿佛一条桦树枝断裂开似的，萨姆金觉得头上有嗖嗖的响声。

"这是朝我们来的，"那个矮个子说。"弟兄们，散开吧！"

可是工人们仍旧聚在一起朝前走，直到又嗖嗖地响了几下，子弹在他们身边接连迸溅起雪片的工夫，才有一个工人闪到一边，径直朝河岸跑去。

"真是个怪家伙！"那矮个子回头对萨姆金说。"他是在躲子弹哩。"

他接着又说：

"那我讲给你们听吧：我们从前跟着切尔彼茨基上校①攻占中国首都北京……"

他虽说是跟工人讲的，可他的话却一直飞到萨姆金耳边。

"'就是说你不愿开枪喽？'——'无论如何不能开枪！'——'那么你也站到那里去！'喏，阿廖沙真地去了，站到了被枪杀者的队里，在身上画着十字。一眨眼的工夫：举枪——放！你瞧，这就是基督！基督是不会保护士兵的，不会的！士兵也是无法无天的……"

---

① 即一九〇一年八国联军入侵北京时指挥俄国侵略军的采尔平斯基少将。

在马尔索沃广场上,萨姆金落在了同行者的后面,过了几分钟他来到涅瓦大街上。这里的气氛温和些,一切都很熟悉,可以理解。从一堆一堆的人群中传来热烈而又轻柔的议论,真像过节一般。人们朝皇宫广场的方向走去,其中有许多仪表堂堂、服饰也很华贵的先生和太太。这使萨姆金有些惊奇,他想:

"莫非河对岸发生的事情是个误会吗?"

他不禁萌生一线希望:在河这边一切都会弄清楚的,会平静下来的;其他市区的工人也会来,沙皇会出来见见他们的……

走在他前面的是一个穿紧腰皮大衣、头戴样式古怪的茸毛帽子的男人,他挽着一位太太的胳膊,语气委婉地劝说道:

"请您相信,这是不可能发生的……"

"已经发生了,"萨姆金想起他那见证人的角色,本想对他们说,可是那个男人又接下去说:

"他虽说是个玩世不恭的家伙,但还不至于……"

萨姆金赶过这一对夫妇,随着人流向前走去,心中感到很轻松。

十

当他走到大街尽头的时候,发现通往皇宫的路已经给两排士兵截住了。人群把萨姆金一直推拥到士兵跟前,他站在队前头的边上,仔细观察这些瘦削而又倒霉的步兵。他们大约不到两百人,左列紧挨着涅瓦大街角上一幢大楼的墙壁,右列一直排到小花园的铁栅栏边上。他们怎能对付得了从涅瓦大街到伊萨基耶夫广场挤得满满的成千上万的人呢?

"是的,"萨姆金暗想。"或许那边发生的事情是个误会,而且是一种犯罪的误会。"他又想。

看上去那些士兵都是些塌鼻子,而且肯定在那里站得很久了,脸都冻得直发青。他不禁产生一个念头,觉得把这些其貌不扬的士兵安排在这里,就是叫人们不要惧怕的。而大家确也不怕他们。他们几乎是胸对胸地挨近那些士兵,鄙夷而又可怜地瞧着他们。一位穿短皮大衣、戴着有护耳皮帽的老头,对排长说:

"你不要教训我,我自己就当过近卫军的士官!"

一位外表像个裁缝或是女仆的姑娘质问道:

"听说你们要向众人开枪,是吗?"

"我们不会开枪的,"一个士兵回答。

在皇宫广场小花园栅栏边上,面朝亚历山大圆柱排列着一队威武的骑兵,他们都骑在棕黑色的高头大马上,圆柱周围也有一些步兵,不过他们的枪都戳在地上。那里还有几辆绿色的篷车,一条大花狗正在奔跑。整个情形都出奇地简单,甚至没有什么严肃的气氛。萨姆金清楚地记得就是在这个广场上,曾经有一群"侏儒般的小人儿"跪在沙皇的面前,因此他觉得,这些枪支、篷车和狗统统是多余的,于是他长叹一声,朝左面望一眼,看见伊萨基耶夫斯基大教堂的灰白色圆顶高耸入云,天空宛如一个大瓷盘倒悬在它的上面,它虽然巨大但不怎么深,就像是用灰石头琢成的一般。这低垂的天空似乎很温暖,使人强烈地感到地上的人紧密地团结在一起。

在广场上,在那些塌鼻子的士兵身后,有几个军官在来回踱步,但在他们的前面却没有一个军官,只有一个军士,个子也不高,生着一副未老先衰的面孔。他懒洋洋地喊道:

"诸位先生,不要拥挤!"

萨姆金没有注意到从什么地方钻出来一个穿深灰色大衣的军官,他红棕色的头发,浓密的胡子,好像是从萨姆金身后的墙角里出来似的,几乎紧挨在萨姆金身边,有气无力地喊道:

"立正!"

接着还说了一句什么话,那些塌鼻子的家伙便整齐地动了一下,就立定了。红棕头发的军官好像从衣袋里抽出一把长刀,一摇晃,大喊一声,那些塌鼻子的士兵端起枪,举到腮帮子上,向后退了一下,就射击了。这一动作异常迅速,也不大严整,不像对岸发生的那样。萨姆金从一旁清楚地看见,刺刀端得并不齐,有高有低,很少有人毫不犹豫地去直接对准人们的脑袋。枪声零乱不齐,也不怎么可怕。

然而,站在尽前头的人毕竟害怕了,他们的整个队伍向后退去,在人群与士兵之间立即出现一个五六步的空隙,那个近卫军军士优柔寡断地把一只手举到帽檐上,然后沉重地卧倒在士兵脚下,另外三个人也跟着他倒下去,人群中也有人一个跟一个地倒下去了。

"他们都是吓坏了,"有人在萨姆金的耳朵边上说道。"他们是放的空枪,可这些人却……"

然而萨姆金已经看清楚,人们倒下去并不是因为害怕。他发现人群拥挤不堪,已经把几个男人和女人踩在脚下了;他们趔趔趄趄地倒下去,在地上爬,有个小伙子爬得很快,一只脚两只手沾地,一面叫喊一面往前爬。萨姆金看见人们死去的时候,并不相信,也不明白他们是被杀死的。他听见那个棕红头发的军官朝着士兵直骂娘,挥动着戴手套的拳头吓唬他们,用刀尖去戳他们的肚子,而当他转过身去向前迈了一步之后,便伸出刀去砍了那小伙子一刀,把他的两只手砍断了。

这时群情激愤,一片怒吼,人们用拳头威吓那些士兵,有些人向他们扔雪球,士兵们把步枪贴在大腿上,死板地站在那里,比刚才更紧密,都像长高了似的。

这种情景比河对岸发生的更可怕,也许这是因为离得太近了。萨姆金又一次感到时间慢得烦死人,每一分钟都长得要命,可以干那么多的勾当,使那么多人死亡。他周围的人把他推到涅瓦大街上,他们也在喊叫,咒骂,举着威吓的拳头,尽管他们已经看不见士兵了。接着萨姆金又看见,这些后退的人群像是猛然碰到什么上面似的,于是大家一声怒吼冲了过去,迈过尸体,拖起受伤者。又听见一阵阵整齐的射击声,一些士兵冲出来,又放枪,又挥动枪托,用刺刀戳。这时人群乱作一团,边跑边喊,一股密集的人流沿着小花园的铁栅栏向前冲,然后翻过去;有几个士兵冲着涅瓦大街开枪。此刻萨姆金周围的群众开始奔逃,也把他拖带着跑起来。不知是谁跑着跑着一头撞到他的脊梁上。

"这一定是谁被打死了,"萨姆金脑子里闪过这个念头,接着便摔倒了,许多人的脚踩在他身上,或者从他身上迈过去,他连滚带爬,老半天才又站起来再跑。

十一

萨姆金心里那种惊兽般的恐惧感终于渐渐平息了,他出了一身冷汗,站在和他同样发愣的、气喘吁吁的一群人中间,身子靠在一道关闭着的大门上。他不时地眯起眼睛,不愿去看这历历在目的场面。他想起有一回从广场通往戈罗霍夫大街的入口已被近卫舰队的水兵封锁,他就朝他们飞跑过去,当时那些水兵严厉地喊道:

"你往哪儿跑?"

一个水兵揪住他的一只胳膊,把他摔到大街上,骂了两声,又用低沉的声音呵斥道:

"你应当往那边跑!"说完又小声加了一句:"跑哇,快跑呀!"

他的回忆没有多久,就给一个大衣上沾满血污的男人打断了,他走过来倚在他身上,使他不得不说:

"您浑身都是血呀!"

"不是我的血,"那人说着,呼哧呼哧地直喘气,但声音很高,话语仿佛是在谈笑:"他们打死了一百人,也许还要多。这是为什么,先生,啊?这种屠杀老百姓的……战争究竟为了什么?"

谁也没有答理他,不过萨姆金想过,或者是说过:

"这不是误会,这是策划的。"

在他脑海里,仿佛有一种从烟囱里钻出来的暴风雪的声音,嗖嗖地呼啸。他的两腿直哆嗦,眼镜也掉了,周围的一切都变得异常丑陋。他对面耸立着一幢黑乎乎的古老房子,两排窗户也显得朦朦胧胧。一些更加模糊的、有点儿像人的面孔似的影子在玻璃后面晃动。整个城市在喧嚣,而那些春天的花蕾正在这连续不断的喧嚣声中含苞欲放。人们又在大街上奔跑起来,那些帽子上飘着白带子的骑兵吼叫着疾驰而过,在萨姆金的身后响起了吱吱嘎嘎的大门声。一个黑胡子骑兵身子一仰,使劲勒住奔驰的马,弄得那匹龇着牙的马不得不抬起脑袋,接着他高高举起马刀,发出声嘶力竭的吼叫,这使萨姆金想起高加索叫驴的吼声,简直像拉大锯似的吱嘎吱嘎直响。这野兽般的吼叫把人们吓坏了,他们又拼命地奔跑,萨姆金也跑起来。这时他看见前面几个人倒在雪地上,鲜血直流。后来他又盲目地沿着莫伊卡河右岸,朝佩伏切斯克大桥跑去,看见桥头上挤满了人,五个骑兵冲上大桥,挥舞着马刀,其中两个栽下马来,消失在黑压压的人群中,一匹强壮的马冲出人群向河右岸奔去,人们用雪块打它,它却原地不动,摇晃着脑袋,嘴里直吐白沫。

在普希金曾经住过和谢世的那座房子①边上站着一位老头儿,他很像《渔夫和金鱼的故事》里面的主人公。这老头儿一脸灰白胡子,穿一件女式棉袄,头上戴一顶破帽子,手里攥一块砖头。

"他们犒赏得不错嘛,啊?"他挤了挤一只犀利的小眼睛,用砖头敲敲墙壁,然后把它抛在人们的脚下,说道。"他们打死了多少青年人,青年人啊!"他流露着明显的惊异神情大声说道。

人们不慌不忙地朝前走,惆怅地回头张望着,但是还有些人推撞着行人往前跑去,大家都流露出惶惑的神情,仿佛他们之中谁也不晓得究竟要到什么地方去,去干什么。萨姆金自己也不知道。他前面有个女人,没有戴帽子,蓬松的头发,走路摇摇晃晃,用一条沾满鲜血的手帕捂着脸颊;当萨姆金赶上她的工夫,她问道:

"您有没有干净手帕?"

鲜血顺着她的手指流进脖颈里和衣领外面,泪珠儿簌簌地从那双

---

① 在莫伊卡河边上。一八三六年秋天普希金和他的家眷迁居此地。

圆溜溜的、疑惑不解的少女眸子里淌出来。

"没有，"萨姆金回答一声，便加快了脚步。但他刚走几步，那姑娘就由一个红胡子的彪形大汉像抱小孩似的抱着，赶了上来。又有三个人疾步赶过去，把一个死去的或许是受了伤的人抬走了，其中那个抬脑袋的男子嘴里还叼着烟卷儿。有人在萨姆金背后像一匹大马似的，使劲喘了口气。

"我们哪怕弄几把手枪也好哇……"

萨姆金蓦地想起史学家科兹洛夫的话：沙皇应当严酷无情地显示他那政权的全部威力。

"请停一下！"

这是图罗博叶夫的喊声，他正坐在一辆雪橇里，头上缠着绷带，一顶老式的又丑又怪的帽子扣在后脑勺上。

"上来吧！"他一面吩咐，一面跳下雪橇。"走吧……"

他说了地址，把一些小纸片塞到萨姆金手里，正了正帽子，摆了一下手，便转身往回走，脑袋一动也不动地仰着，生怕掉下来似的。

第二十五章

一

几分钟之后,萨姆金来到一幢住宅的昏暗的前厅,给他开门的是一个头发剪得光溜溜的男子,面孔像个鞑靼人,那双犀利的眼睛正以疑虑的目光瞅着他。

"您有何贵干?"他诘问萨姆金,不放他进去。"他不在家。唔,那您进来,等一等吧!"

这人用手指指左边。萨姆金恍惚觉得在哪儿见过这个像鞑靼人的家伙,听见过他那高亢的声音。在一间宽敞明亮的屋子里,他看见有四五个人,他们仿佛刚刚吵过架似的,现在都一声不吭。萨姆金早晨在学校里见过的那个蓄着法兰西小胡子的大高个儿,焦躁地在屋子里踱着步子。窗子跟前坐的那个人刚刮过脸,面孔黝黑,一副老气横秋的样子;那个坐在桌子后面沙发旁边的人不知是谁,他正弯腰疾书什么。还有一个身穿礼服、戴金边眼镜、像个教授的男子,拖着沉重的步子,从一个房间走到另一个房间,在寻找什么东西。他问萨姆金道:

"您想吃点什么吗?"

"是的,"克里姆回答,顿时感到饥饿和浑身无力。在不太豁亮的餐厅里,只有一扇窗户对着砖墙,小桌上面的火壶正在呼呼地沸腾,桌上的盘子里有面包、香肠和奶酪。一个高大的食品柜黯然立在墙边，颇有点像某位富商坟墓上耸立的一块大理石碑。萨姆金边吃边想，虽说这宅邸是在五层楼上，可它给人的印象却像在地窖里一般。屋子里的人，一个个灰心丧气的样子，说明他们肯定是被历史蔑视和抛弃的人。

"很可能他们马上就会追问我都看见了什么……"

他很想把他目睹的一切毫无保留地讲给他们听，叫他们大吃一惊，恍悟过来。是的，真应当吓唬吓唬他们！然而，谁也没有问他任何事情。门铃叮叮当当响起来，那个鞑靼人去开门的工夫，总要粗鲁地说几句，然后才问道：

"没有遇见吗？"

他不时地瞅瞅餐厅，萨姆金觉得这家伙的犀利目光正射着他。当他走到桌子跟前去喝冷茶的时候，萨姆金看出了他上衣口袋里的手枪柄，并且感到这很可笑。他吃完，便回到大屋子里，想看看还有什么人来。但是他发现还是原来那些人，只增加了一个胳膊上缠着毛巾做的绷带的家伙。

"事情是这样的，"这人怏怏不乐地望着窗外灰蒙蒙的冬季黄昏轻轻地说。"我本想把他扶起来，可是又是嘭嘭两枪，打在他的下巴上，打在我——这里……我简直不明白……这是为什么？"

那个戴金边眼镜的人劝他吃点东西，喝杯酒，然后躺下休息。

"这创伤是一辈子也养不好的，"那受伤的人说，但他还是站起来，顺从地走进了餐厅。

"霍登的创伤不是养好了吗？"萨姆金思忖着，越发觉得自己不单单是一个见证者，而且更是一个审判官了。

门铃又叮叮当当响起来，听见一个嗄哑的、乡音很重的人在闷闷不乐地问道：

"咦，你现在带着手枪干什么？"

"这里老有坏蛋来，很可能是些密探，老来找加邦……"

"去你的吧,别逗乐啦,萨瓦!"

"原来是莫罗佐夫,"萨姆金想起来,十分惊讶,简直不敢相信自己了。

这时进来一个大个子,他高高的颧骨,红棕色的胡子,穿一件奇特的夹克,没有钮扣,只左边有一排小钩钩着,脚蹬高腰皮靴。尽管他留着直挺挺的长头发,这家伙还是像一个化了装的士兵。他用手指揉揉眼,朝左边的门洞走去。萨姆金把图罗博叶夫的纸条递给他,他用一双红肿的眼睛瞥了一下萨姆金的脸和那张纸条,然后一声不吭地和莫罗佐夫一道躲进了门后。萨姆金等了少顷,决定离开这里,可是当他走到门厅的时候,听见外面有人敲门,门铃也急促地响起来。莫罗佐夫闻声跑来,一只手放在上衣口袋里,然后把门打开。

"什么?您是谁?加邦?您是加邦?"

莫罗佐夫急忙闪到一边,只见一个小个子男人低着头钻进门厅,他的大衣又肥又长,很不合身,帽子戴在头上也太大;他整个身子一摇,胳膊向后一推,便把大衣甩在地上,帽子也扔在上面,上气不接下气地问道:

"马尔丁①——在这儿吗?彼得呢?我是问……"

大屋子里的人全都探出头来张望,那个满脸红胡子的人掩饰不住惊异和厌恶,唐突地问道:

"是鲁坦贝格派您来的吗?……"

"是,是,是,他在哪里呀?"

"不知道。"

和加邦一道进来的那个没什么特征的矮个子拾起地上的大衣,放在椅子上,然后坐在上面,心平气和地说道:

"一会儿就会来的。"

加邦钻进大屋子里,在那里焦躁地踱着步子。他的腿弯曲着,像

---

① 马尔丁(1876—1942),鲁坦贝格的化名,著名的社会革命党人,加邦的"师傅和朋友"。

645

是脱了臼似的,那张黑不溜丢的脸痉挛地抽搐着,不过一双眸子却像镶嵌的两个玻璃球一般呆然不动。他的头发剪得很短,很难看,一撮一撮参差不齐地扎煞在脑袋上,胡子也剪得不齐。一件揉皱的旧夹克在他肩上直晃荡,袖子特别长,连手都给盖起来了。他在屋子里疾步走着,声嘶力竭地叫喊:

"给我一点喝的。酒,水……都行!不,并不是一切都完蛋了,没有!我马上就写信给他们。弗隆①!"这位神甫哭唧唧地喊着,一只手直舞动,对着天花板摇晃拳头,使衣袖滑了下去,遮住他的半边脸。"弗隆出卖了我!"他扯着嗓子叫喊,使劲一摆脑袋,像是把长发甩到后面去那样一种习惯动作,想甩开脸上的衣袖。他那只手呆然垂下来,贴在身躯上,手指摸索着衣襟,另一只手像钟摆似的摇荡着。他在细木地板上迈着碎步,使这间空旷寂寥的屋子里充满了鞋跟的咯噔声和唰唰的脚步声,以及长吁短叹声。萨姆金觉得这声音好像厨房里发出来的令人厌恶的声音:剁肉末,炒、炸、煎什么东西,吱啦吱啦地直响,还有湿劈柴燃烧发出的呲呲声。

那个戴金边眼镜的人递给加邦一杯酒,这位神甫贪婪地一饮而尽,然后又在屋子里打起转转来,还边跑边嘀咕:

"你撒谎!工人们是和我在一起的!他们是不会出卖我的!他们要和我一道干到底!撒谎!叛徒……马尔丁在哪里,在哪里呀?"

萨姆金见此情景都惊呆了,他的心里也旋绕着一种迷惑不解的思绪。眼前的加邦没有了法衣,一副失魂落魄的样子,一点都不像那个在工人面前大喊大叫,跟个小公鸡似的满院子乱蹦乱跳的神甫了,当时他简直像一阵预告暴风雨的旋风骤然刮来。现在好像是为了取笑这位神甫似的,把他头上的长发和脸上的大胡子都粗暴地剪掉了,露出了一张松弛的、黑不溜丢的、有点儿发青的面孔,凝固在油光光的、泛着浅蓝色眼白上的一对乌黑的眸子和一个直挺挺的大鼻子,鼻孔狭

---

① 弗隆是当时彼得堡的行政长官。

窄,且向左歪,使他的一半脸比另一半脸要大些。

萨姆金看见加邦在屋子里一面小跑,一面朝镜子里窥探,而且每次窥探都显得歪扭不堪,他用手麻利地摸摸两肋,然后像烫了手似的使劲大叫一声,挺直身子,摇动两臂。

"他是个演员吗?是在演戏吗?"萨姆金脑子里闪了一下。

不是的,加邦更像一个发了疯的人,而且越发明显了。这屋子里俨然只有神甫一人,因为大家都呆然不动,默不作声。那个红胡子,直挺挺地站在那里,肩膀靠在墙上,就像个大兵;裸露的牙齿衔着一支未燃的香烟,那副狰狞的面孔真像要吃人似的,又好像因为嘴里叼着烟卷,才没有对神甫厉声痛骂一般。那个体格结实的矮胖子、样子像个铁熨斗似的莫罗佐夫,坐在他身旁的椅子上,摆出一副马上要站起来奔跑的姿势。萨姆金听见他在喁喁低语:

"领袖人物,是吗?"

他那鞑靼人的脸上仿佛闪过一丝尖酸的微笑。

那个红胡子好像不高兴似的从牙缝里挤出一句话:

"屈辱而没有仇恨,抱怨而没有愤怒。"

萨姆金已经忘记加邦是个领袖人物这码事了,但是刚才的喁喁低语马上使他想起了那些横尸街头的血淋淋的人们,还有那个惨叫着的司炉匠。

"我必须马上躲起来,他们正在寻找我,"加邦说着停下脚步,用直愣愣的眼神打量着人们。"你们打算把我藏到哪儿去呀?"

莫罗佐夫声色俱厉地劝告他,首先要把自己浑身上下整理一番,刮刮胡子,洗洗脸。过了少顷,加邦坐在屋当中的一把椅子上,那个面孔老气横秋的人开始替他理发。然而剪刀显然不快,或者理发师不够熟练,弄得加邦气急败坏地叫道:

"你小心点儿,这是怎么搞的呀!"

"忍耐一下吧!"莫罗佐夫怏怏不乐地劝告他,厌恶地皱皱眉头。

给神甫剪完发,叫他洗脸去了,在场的人都沉默不语,显出惶惑的

647

神情,纷纷躲到角落里去。

"瞧他多狼狈,"那个蓄着法兰西式小胡子的人说道,但又显然恍悟到不该这么说,于是又转身对着窗户,把前额贴在玻璃上,望着窗外一片漆黑的夜色。

二

门铃响得越发频繁,而且越发急促了;莫罗佐夫摸着那个沉甸甸的上衣兜,跑到门厅,这时克里姆听见那里传来激烈的话音和吞吞吐吐的语气。有人说打死了好几百工人,加邦也在其中。

"警察马上就抬走了他的尸首……"

"净—胡说—八道!"莫罗佐夫明确而又大声地呵斥他。

"这具尸首十分钟以前——还在这里呢!"

那个跟加邦一块儿来的人也以怅然的声调证实说:

"这是真的!"

他又压低声音,仿佛责备似的提醒道:

"工人们都很喜欢这位弟兄,非常喜欢!"

又传来一个消息:加邦还活着,警察正在搜索他,还说捉住他有赏。

"这是可能的,"莫罗佐夫说,末了又补充一句:"但赏钱不多。"

萨姆金很想了解一下这位工厂老板说这种讽刺话是什么动机,但没有弄明白。一个黑胡子的大高个儿走进来,把那个红胡子的家伙叫到屋子角落,私下嘀咕了几句;那红胡子声色俱厉地说道:

"咦,不是的!绝对不是谣言!绝对不是!"

加邦跑了进来。现在头发剪整齐了,脸也洗干净了,简直像个吉卜赛人。他把屋子里所有的人打量一番,并且瞥了一眼镜子里的自己,盛气凌人地断然说道:

"这并不是完蛋!工人们跟我在一起!"

一个体格强壮、目光炯炯的人,迈着坚定的步子走了进来,他的神态有些懒散,或者说是谨慎。

"马尔丁!"加邦朝他扑过去,喊道。"坐下,写吧!必须快,快些!"

过了几分钟,马尔丁坐在写字台旁的软椅上,不慌不忙地写起来,而加邦在屋子里踱着步子,不时张开双臂,大喊大叫:

"弟兄们,鲜血把我们凝结在一起!就这样写吧:鲜血把我们凝结在一起,是的!我们再也没有沙皇了!"他停住脚步,诘问道:"是用'我们'还是'你们'呢?就写'你们'吧!"

"'再也'二字也是多余的,"那个写字的嘟哝道,但没有把头抬起来。

"他也被那些用来打死你们成千上万的同志、妻子、儿女的子弹打死了……是的!"

神甫语无伦次地说道,每句话中间停顿很久,而且话语重复,显然是找不到恰当的字眼。他长吁短叹,不时地摸摸发青的面颊;摇头晃脑,还以为头上留着长发哩。他每摇一次头,都要摸一下头发剪短了的脑袋瓜,盯着地板,冥思苦想起来。那个迟钝的马尔丁越写越快,克里姆看出他并不理睬加邦的提议。

"写呀!"加邦跺着脚,说道。"因此,现在我格奥尔基·加邦,作为神甫,就以上帝赐给我的权力,将这个把真理淹没在血泊中的沙皇来诅咒,把他开除教籍……"

"别胡说八道了!"彼得,或者马尔丁,一边说,一边继续往下写,瞧也不瞧那个发号施令的神甫。

"可这是为什么呢?你写呀!"神甫又跺了一下脚,双手抱住脑袋,理了理头发,又说道:"我有这种权力!"他接下去说,但声音不那么大了。"我的话他们是更为清楚的,因为我知道该怎么跟他们讲话。而你们,你们这些知识分子开始就……"

他摆摆手,脸都涨得发紫了,顷刻间变得狰狞起来,一双眼珠子直转动,仿佛在眼白上鼓了出来。

'不,不,不要讲什么神话了!"那个红胡子又说了一句。

"你们用流血的代价换来了为自由而斗争的权利,"加邦提示说。

那个红胡子和黑胡子一块儿走到他跟前,红胡子毫不客气地、粗暴地说道:

"外面有谣言说您被杀了,被捕了,等等。这都无济于事!"

"纯粹是谣言!"那个黑胡子咳嗽着插了一句。

"是的,现在在经济协会①里……聚集了形形色色的人物。您应当到那里去跟他们见见。"

"干吗要去见他们?"加邦问道。"那里净是知识分子!我晓得自由经济协会是干什么的,他们都是些知识分子!"他接着抬高音调说:"我是和工人在一起的!"

"那里也有工人,"黑胡子说。

萨姆金看得很清楚,神甫不满意这个提议,甚至有点儿难为情。加邦皱起眉头,弯腰对鲁坦贝格嘀咕了几句。鲁坦贝格瞧也不瞧他的脸,说道:

"要去的!"

"是吗?"

"是呀,您必须去!……"

加邦整理一下上衣袖子,摇了摇头,朝镜子里窥视一眼,问一个人道:

"他们会认出我来吗?他们不会相信我吧?要知道,他们是不认识我的呀。"

"他们会相信的,"红胡子说。"咱们走吧!"

萨姆金早就看出来,他在这里是多余的,该走了。但是一种好奇心,一种疲倦的感觉,一种近乎畏惧而不愿一个人上街的念头阻止了

---

① 俄国最早的农业经济团体,一七六五年成立于彼得堡,宗旨是在国内传播有利于工农业的情报,成员多为自由派知识分子。高尔基曾在这里发表演说。

他。现在他很想和他们仨人一同走出去,于是他来到门厅,当他穿大衣的时候,听见莫罗佐夫说:

"他们会把他的脑袋拧下来的!"

"还是小心你的脑袋吧!"红胡子答道。

萨姆金开了门,慢慢地走下楼梯,等着他们赶上来。只是当他已经走到大门口的工夫,他才听见他们从楼上下来。他来到大街上,看见大门口停着一辆漂亮的大马拉的雪橇。

"已经有人定了,"车夫说。"这是私人用的,"他像是抱歉似的补充一句。

萨姆金朝雪橇的尾部瞅一眼,发现这辆雪橇没有号码,而且太小,根本坐不下四个人。

"那就只好自己走了,"他自言自语道,然后疾步走进寒冷的黑夜中。过了一会儿,那匹骏马奔驰过来,雪橇上坐着两个人。萨姆金懊丧地叹了口气。

三

萨姆金觉得这黑夜异常深沉、压抑,以致他的肩膀都被寒冷压得收缩了。全市一片寂静。灯火已经熄灭的屋宇死气沉沉地耸立在街道两旁,只有凝霜的玻璃窗偶尔从里面闪出一丝怯生生的烛光。许是因为灯火已经熄灭的缘故吧,这寂静给人一种异常的感觉,仿佛贴在鼓面上的一张皮,是那样紧绷绷的。远处什么地方传来零落的枪声,这使萨姆金脑子里闪出一个不很恰当的比喻:好像春天树上已经成熟的芽苞噼噼啪啪地裂开。萨姆金尽力放轻自己的脚步,但是他的脚后跟还是咯噔咯噔的,雪地也发出咯吱咯吱的声音。一幢幢黑乎乎的楼宇都变成一个样子,仿佛砖墙也冻得发响,有如跟着这个孤单单地疾走在石砌的沟底的人行进,老是达不到目的地一般。看不见大门洞里有像熊一样萎缩着的守门人,也看不见警察和行人。这咄咄逼人的寒夜变得越来越深沉而浓重。

萨姆金极力抑制着恐惧的心情,回想着莫罗佐夫握着手枪的姿势——倘若不是莫罗佐夫对加邦的公然蔑视起了妨碍作用的话,他一定会闹出笑话来的。

"一个老板。瞧不起失败者……"

他在冥思苦想,因为种种思绪仍在妨碍他去理会这种沉沉的寂静,而在这寂静之中狡黠地凝聚着和隐藏着这恐怖的一天中的各种喧嚣和吼叫,以及一切话语、哭泣和呻吟。这寂静中还隐藏着一种凶险的意图,就是时时刻刻想再现这种种的恐怖,把人吓得发疯。

"神甫这家伙真是个小人。而且所有的见证人,作家、士兵和工人、杀人犯、牺牲者和旁观者也都是小人。所有的人都既卑微又可怜。"萨姆金仓促地思忖着,希望能够减轻一点儿屈辱地压在他心头的恐惧。

涅瓦大街上的情景更令人可怕;这条大街本来就比别的大街宽,因而也更觉凄凉,大街两旁的屋宇更无生气,死气沉沉。他走进黑暗中去,有如进了山间狭谷一般。在远处很低的地方应当是一抹平地,然而却是一片阴冷凝聚的黑暗被一些朦朦胧胧的小小灯火所隔断。这些灯火颇像伤口流着鲜血,什么也照不亮,却使这条大街显得无限深邃,而且有着某种窥伺的意味。

萨姆金停了一会儿,随后更加缓慢地走起来,他的额头沁出了汗珠,恍然意识到:原来是些路灯,或立在大门口的路边,或高悬在大门之上。路灯并不多,而且相隔很远,它们彼此相照,仿佛只是为了表明它们的无用。不过,也许还为了对一个走近路灯的人开起枪来更方便。

不时地有几个黑魆魆的小小人影迅疾地跑过去,像小偷似的,几乎没有一点声音,又像鱼在水中游一般。前头有人使劲敲玻璃,只听哗啦一声玻璃碎了,碎片落在什么铁的家什上,发出清脆的叮当声;门吱咯一声打开,又砰的一声关上。此刻萨姆金看见有个人很快地朝他跑来,可是一下子又没影儿了,好像跌倒在地上似的。差不多就在这一刹那,从街角上穿过来五个骑兵,挤成一团,其中一个用吓人的声音喊道:

"快跑哇!"

他们一个跟一个地疾驰过去;紧接着响了两枪,又是三枪,再加上一枪,然后就有一个人像里海上的海鸥一般悲痛地尖叫起来。萨姆金伫立在那里,直到寂静又恢复之后,才继续朝前走。有人说涅瓦大街上没有士兵,是很难叫人相信的。很可能这些塌鼻子的家伙,都穿着一码灰色的制服,躲在那些有路灯的住宅的院子里。是的,那些灰溜溜的塌鼻子家伙都躲藏在庭院中的石井里,在那里冻得发抖,也可能是吓得发抖。这时在城郊,人们大概已经在阅读加邦的号召书了:

"用鲜血凝结在一起的弟兄们!"

那些伤亡者的父母、兄弟姐妹、同志和亲友肯定都在倾听他的这些话。很可能明天郊区的人还要进城,而且一定是更稠密,更坚决,视死如归了。"工人失去的只是锁链。"

那些大臣和文武官吏们都躲在温暖舒适的安乐窝里;而那些作家、社会名流和人道主义者今天已经彻头彻尾地暴露了自己的软弱无能,现在他们正聚集在另一些房子里,歇斯底里地喊叫,争论,像麻雀一般唧唧喳喳地进行着唇枪舌战。

"这就是领袖!"萨姆金在心里喊到,然而他觉得好像身外也有这种喊声,他甚至四周环顾了一下。"可那位沙皇呢?这矮小的人儿未必能心安理得地在那里品茶吧①……"

于是萨姆金在想,沙皇一定也和加邦一样在痉挛地发抖,面对已经酿成的大祸而惊慌失措吧。

旅馆就在眼前了,他的恐惧感也随之大大减轻。一种恼恨自己,

---

① 高尔基在勃格达诺维奇的日记中划出了一九〇五年五月六日如下一段记载:"沙皇昨天在为他的生日举行的宫廷宴会上……兴致勃勃,无忧无虑,精神焕发,对每个人都很亲热友好。"

恼恨这一天所经历的事情的无名之火立刻燃烧在心头。

"生活简直不行啦！它变得太单调,成了一出没完没了的悲剧。"

旅馆的大门上了锁,里面一片漆黑。守门人的一张胖乎乎的脸紧贴在玻璃上;传来叮叮当当的开锁声,只听玻璃咣啷一下,门打开了,一股食物气味扑鼻而来。

"有流氓捣乱,他们尽砸玻璃！"守门人抱怨道;他穿着外套,戴着帽子,虽不像平时那样华贵,但仪表依然端庄,和往常一样镇定自若。

"听说死了九千人,是吗？"他问道。因为萨姆金没有回答,于是他叹口气,又说:"真是的,这叫什么世道啊！九千人……"

但是,当克里姆向他打听去莫斯科的火车还通不通的工夫,这位守门人好奇地打量他一番,反问道:

"您希望铁路员工也罢工吗？"

在楼梯上,一个侍者迎住萨姆金,悄声说道:

"萨姆金先生,您别跟那个看门的说话,他是个坏蛋！是警察的走狗……"

萨姆金和这个青年早就相识,今天早晨他还很快活,有说有笑又殷勤,可是现在他那张圆脸变得惊人地憔悴了,瘦削了,好像害了一场大病似的;他用陌生的目光瞥了萨姆金一眼,小声说道:

"他把门锁上了,这狗东西！外面在开枪,哥萨克在追人打人;人们都往我们这里挤,而他却把门给关上了,瞧他龇牙咧嘴,那副肥胖相……"

侍者一面帮着收拾行李,一面激动地悄声问道:

"那些打死的人究竟犯了什么罪呀？咳,他们早该告诉工人们:不能去！结果却对他们说:他们敢来,你们就揍他们！"

"是的,"克里姆情不自禁地突然肯定了他的话。"当然,就是这样说的。"

侍者正跪在地板上捆行李,他听了这话像弹簧一般蓦地跳起来,眨着眼睛打量克里姆好几秒钟,随后又蹲下去。

"真是这样,"他嘟哝一句,把膝盖顶在行李上,骂起娘来。"那就是说,现在该……"

但是萨姆金没有听清楚他嘟哝些什么,心中在想,他马上又要在这寒冷的黑夜里听到那些突如其来的枪声了。萨姆金同另外两位客人一道坐在旅馆送客的马车上。他俩把头缩在皮大衣领子里,显然什么也不想看见,不想听见,装得跟聋子一般。萨姆金透过车门上的玻璃,望着漆黑的夜色,觉得这夜仿佛是一个物质的、有重量的东西,是城市里的垃圾和今天洒在大街上的鲜血散发出来的瘴气,是人间的残酷和疯狂散发出来的瘴气。他坐在火车包厢里,思索着这疯狂和残酷的根源,通宵未眠。

四

萨姆金一回到家中,瓦尔瓦拉就扑到他身上,喋喋不休地问这问那,如醉如痴地寻根究底,把他当作一本新书,不停地翻着,力图从里面找到最有趣、最惊人的一页,而且她居然轻而易举地说服了他,让他在当晚就把所见所闻讲给她的朋友们听。萨姆金自己也心甘情愿,因为他觉得必须赶快卸下自己身上的重负,搞一次类似严肃报告的试讲,是有好处的。

这天晚上前来聚会的有二十来人,其中有那个身材高大而又肥胖的诗人,就是那位描写犹大,描写魔鬼与上帝打牌的诗歌作者。还有一位是语文教师,也是一个诗人,他姓艾甫佐诺夫,小矮个儿,黑牙齿,蜡黄的脸上老挂着一丝轻蔑的微笑。布拉金也来了,他也是个瘦小干瘪的人,头发梳成果戈理的样子,饶舌多嘴,特别令人讨厌的是,他那长于人情世故的派头使萨姆金想起五年前他自己就曾经想成为这样的人,并且已经如愿以偿了。来客中男子占多数,女的只有六个,其中萨姆金只认识那位颜料厂主的孀妇杜多罗娃,她是瓦尔瓦拉最亲密的女友,一位窈窕的女人。瓦尔瓦拉对这些女人的态度特别吹毛求疵。

萨姆金认为这是因为她自己很快变得丑陋了。

他习惯于把妻子的全体朋友看作弗拉斯托夫所谓的"第三等人";然而他们有时候也会在他心里激起一种失败者的羡慕之感,因为这些人都能成功地运用自己的"语言体系",如同白头翁鸟筑巢般娴熟自如。他们的语言在他耳边响得异常洪亮高亢,对他是个妨碍,就仿佛有一首老歌曲的模糊音调纠缠不休地逼他准确地回忆起来似的,叫他烦恼不已。这些人读了一些他不曾读过的书,彼此夸耀着。杜多罗娃和艾甫佐诺夫对于萨姆金所没有读过的、也不想了解的作者知道得特别多。

"里昂的伊里涅①,狄奥尼修斯·哈里卡纳苏②,法布尔·德奥利维③,休烈④。"萨姆金听见这些人的名字,还听见另一些有分量的字眼:爱情、死亡、神秘主义、无政府主义。他感到窘迫而又恼火的是:这些人都比他年轻,不如他出色,甚至那些时髦有钱的老板娘都知道一些他所不知道的事情,这就使他们在他面前表现得很傲慢,仿佛他是一个半野蛮人。

然而今天晚上他们对他却抱有很大的希望,就好像一些贪吃之徒老盯着一盘珍馐佳肴一般。他们聚精会神地默默听着他的讲述,而他颇像一位来自首都大学的教授,正在一座偏僻的省城里向早就渴望发生不寻常事件的居民们发表演讲。屋子里很挤,有点儿闷热,一些温顺的人们佝偻着身子坐在微暗的灯光下;当他们意识到昨天已经成为历史的工夫,都高兴极了。

萨姆金想方设法保持一个客观见证者的口气,只注重事实,而不管这些事实是什么样子。不过他自己听见,每当他说起沙皇和加邦的时候,他都声色俱厉。他的思绪老是不由自主地纠缠在沙皇与神甫周

---

① 古代神学家,里昂大主教。
② 古希腊历史学家和修辞学家。
③ 德奥利维(1768—1825),法国作家,神秘主义哲学家。
④ 十九世纪下半叶法国神秘主义作家。

围,先是浓重地渲染他俩的卑鄙无能,然后又特别指出他们的罪恶。他很想吓唬吓唬这些人,结果他就欣然地这样干了。

当他讲完之后,听众们都谨慎地活动起来,好似从酣睡中醒过来一般;随后先是窃窃私语,忸忸怩怩不好意思,接着就议论起来,仿佛不是彼此交谈,而是对空说话。最先发表意见的是艾甫佐诺夫,他站起来,从烟盒里取出一支香烟,龇着黑乎乎的牙齿,说道:

"这场噩梦不能说是一次阶级矛盾的爆发,不能这样说。这是一个更深刻、更可怕的事件……"

"噢,是的!"杜多罗娃同意道,把手指掰得直响。"从此以后俄国不是奔向自由,就是堕入地狱啦……"

有个男人用悲怆的声调说道:

"这是个打击,一个致命的打击!这不单单是对专制主义,而且也是对个人的打击。"

萨姆金沉默不语,等着别人发表更重要的见解。他妻子穿一身古铜色的、熨得平平整整的连衣裙,使她显得老了些,活像一个滑稽可笑的大灯座。此刻她走到萨姆金身边,流露着内心惊诧的神情说道:

"你讲得真好,太棒啦!情节那么详细,而且事例用得很恰当!老实说有时候还真吓人哩……"

萨姆金觉得她的惊诧并没有丝毫赞扬他的味道,而且她妨碍他听别人发表意见。有一个男人,生着一张小丑般的脸,脸上涂了脂粉;抻着长长的脖子,用一对瞪得溜圆的眼睛打量着他周围的人们。他说话的声音不高,但是听得清楚,不曾被挪动椅子的声响和一小堆一小堆人群的嘈杂声所湮没。

"人是神圣的!基督是一个战胜过魔鬼的人。基督以后天生的恶就不存在了。现在的恶是一种社会病态。一个人是不会作恶的……"

一个低沉的声音反驳道:

"这是一种神学式的无政府主义……"

杜多罗娃又喊起来:

"老百姓既不能行善也不能作恶,他们不过是一种材料……"

那个身材又高又胖的诗人嚼着饼干,对一位戴夹鼻眼镜的矮个儿太太说:

"人是有权成为犹大,成为赫洛斯特拉特的……"

"随您怎么说都行,反正革命是不可避免的!"

这个意思翻来覆去地用各种腔调唠叨着,对萨姆金来说毫无新鲜之感。他认为毫不新奇的还有:这些人都能巧妙地超脱这一事件之外,把它看作是一个最大悲剧里的小小插曲。房间变得宽松些了,那些交情不太深的朋友都走了,留下的只有妻子的最亲近的朋友;安菲米叶夫娜和女仆摆起茶桌;杜多罗娃对艾甫佐诺夫嚷道:

"易卜生是个书呆子,一个书呆子……"

萨姆金已经给忘在一边了,谁也不去搭理他。

"他们已经吃饱了,"他心里奚落道,随后回到自己的书房,躺在长沙发上,沉思起来:是的,这帮人用一种几乎是不透孔的文字网把自己同现实隔绝起来,他们都有一种令人羡慕的才华,可以透过现实的恐怖去窥视另一种恐怖,而这种恐怖或许只是想象的,为了日子过得舒服些而臆造出来的。

随后他又想到许多鸡毛蒜皮的小事,因为这样就可以避开下面这个问题的答案了:究竟是什么在妨碍着他也和这些人一样地去生活?妨碍是有的,而且他也感觉到了:这不单单是由于惟恐自己埋没在他确认为微不足道的人们之中。他想起了尼康诺娃:这才是一个他可以与之倾心交谈的人哩!她那疑疑惑惑的神情曾经使他大为恼火,不过他已经宽恕了她这件事情,也同样宽恕了她为宪兵效劳的行径。

"假如是别人,我当然要毫不留情地斥责一番,然而对她,我却不能!也许我真地被她迷住了,而且这种迷恋比爱情更强烈。她当然是一个受害者,"他翻来覆去地提醒自己。

五

　　第二天早晨戈金来找萨姆金,让他给委员会做两三次报告,谈谈那个血腥的星期日事件。自从尼康诺娃出事以来,萨姆金就把戈金看成一个好像拐走了自己老婆的仇人了,不过他还是欣然同意去做报告。他在报告中大大渲染了星期日事件,大谈他对沙皇的观察,把沙皇跟加邦做了有趣的对比,暗指他俩有一种难以捉摸的——连他自己也感到扑朔迷离的——相似之处。他谈到那位司炉匠,谈到那些死得惊人地简单的工人,还谈到那位小老头儿,用石块敲击普希金住过和谢世的那幢住宅的山墙。关于这位老人,他说的要比他知道的多得多。每次讲完,他都觉得自己更聪明,更出色了,觉得把他所见到的一切描绘得越美妙,他的恐惧之感就越小。然而他却非常希望人们听了之后都会感到恐惧,让他们的头脑清醒一下,并且他认为,这是可以达到的:叫这帮家伙害怕害怕。不过他看到:这种恐惧在人们当中并没有保持多久,因为这些人都确信他们是可以改变现实并适应这种现实的。

　　"真是太轻浮了,"他心里暗想,对那些刚愎自用的家伙表示愤慨。

　　"我感到震惊,克里姆,"瓦尔瓦拉说。"我这是第三次听你讲演了,你讲的可真是妙极了! 每回都有些新的人物,新的情节。噢,那位最先提出'最高尚的美体现在悲剧之中'①的人,是何等正确啊!"

　　萨姆金听着她的夸赞,作出一副无动于衷和厌倦的表情。

　　"我为此付出过很高的代价哩。"

　　"我想一定是的,"瓦尔瓦拉附和道。

　　在萨姆金一生中还从未经历过的这些成功的日子里,在他的头脑里很自然地形成了一个公式:

---

① 出自古希腊哲学家亚里士多德的《诗学》,这是他关于美学的著名定义。

"革命正是为了消灭革命党人才有必要。"

当他初次萌发这个念头的时候,不禁暗自好笑:

"真荒谬!"

然而这暗笑并没有驱散他脑子里的这个公式,于是他便带着它回到了自己的故乡城市,因为瓦拉甫卡的一些事务需要他去料理,还要在那里,在柳博穆德罗夫医生家里讲一讲一月九日发生的事件。

"您写一篇记事性的短文吧!"斯皮瓦克夫人提议道。她面色苍白,咬着嘴唇,在屋子里惘然若失地踱着步子。

萨姆金乐意地把文章写了出来,好像办他自己的私事一样顺当。然而他把自己的文章读给大家听了之后,那个穿一件油渍麻花的皮衣的杜纳叶夫却冷笑道:

"您写的这玩意儿是吓唬老百姓的。"

"必须删节一下,"斯皮瓦克夫人说,而那位长腿的科尔涅夫拿起这篇稿子,嘴里咕噜着,说他来完成这项工作。

"我们把这些华丽的辞藻删去,过一两天就可以公诸于世了。"

后来萨姆金在律师普拉甫金家里又作了一次报告,听众有四十来人,都是些具有左倾思想的分子;他还在市长拉杰叶夫家里跟十五六位仪表堂堂的自由派讲了讲,末了,他就在各种各样鸡毛蒜皮的琐事中,在对未来的争论中,在新结识的朋友当中周旋,消磨时光。这些活动使他仿佛置身于陈年酒窖之中,有一种陶醉之感。萨姆金觉得人们都把他看成了这一悲剧事件的直接参加者,然而不论你把这一事件说得多么娓娓动听,对于它的潜在的动因,人们还是不可能理解。他看到:在斯皮瓦克夫人的小圈子之外,人们都怀疑他知道的多,而讲出来的少,对他自己所扮演的角色守口如瓶。他为此感到高兴,甚至有点欣喜若狂,不由地说出一些更辛辣更大胆的字眼来,这些字眼往往使他感到震惊,仿佛一个人由于一时的冲动而说走了嘴,那是很自然的事情。然而现在是全城都激动起来了,一切有识之士都郁郁不乐地感觉到,真的发生了一件不寻常的、可怕的事情。

杜纳叶夫露出两排异常洁白整齐的牙齿,恰如其分地说明了市民们的情绪,尽管话语有点粗鲁。

"他们有如一群家犬,突然在一个秋天的夜晚醒来,发现了什么可怕的动静,但不知朝谁汪汪地狂吠,只好在那里小心谨慎地发出唔呶声。"

科尔涅夫说得比较委婉:

"他们已经恍悟到自己生活在什么样的国度里了。"

这些话语并没有使萨姆金感到困惑,恰恰相反,他心里又恍恍惚惚地萌生了对在生活中占据主导地位的一线希望,而这生活正在动摇、呻吟、哀嚎和叹息,用千百双眼睛盯着他萨姆金,像是期待着他说一些安慰人心的预言和启示一般。这就越发增强了他内心尖酸刻薄的复仇欲望:不是叫他们安心,而是叫他们越发恐惧。他非常乐意向喜欢过平平安安日子的人们讲述:工人中的社会民主主义者已经加入了希德洛夫斯基①枢密官搞起来的工人问题委员会,他们还想提出政治要求呢。

"这些群氓渐渐地变成时代的英雄了,"他在自由资产阶级当中这样说。他混在他们一群里,成了斯皮瓦克夫人的一位出色的情报员。他讲述一些"头脑健全的"人越来越明显地右倾,讲到成立"俄罗斯人民同盟",由历史学家科兹洛夫主持,他的同事有合唱队指挥科尔文等等,来吓唬她;他还讲了社会革命党人在手工业者、店员、职员当中做工作的情况。可是所有这一切,她都知道得比他还清楚,她还毫不畏惧地说:

"这是理所当然的。"

她还交给他许许多多各种各样的任务,他也从不拒绝。在他来

---

① 希德洛夫斯基(1847—1907),沙皇当局的枢密官。一九〇五年一月九日"血腥的星期日"事件发生后,彼得堡及其郊区工人罢工风起云涌,尼古拉二世为了平息革命者的不满,下令组成一个由希德洛夫斯基任主席的调查委员会,用来欺骗工人群众,但阴谋很快被揭穿。

说,已经萌生的好奇心和隐隐约约地预感到一切惶恐即将结束这种心情,似乎已成为一个没有经验的赌徒的冒险。

伊万·德罗诺夫也把整个这座城里发生的事情,全面地报告给萨姆金。他一面搓着手,一面笑嘻嘻地做着鬼脸,说道:

"不管怎么说,我还是个小小的农民,就是说还是个现实主义者吧,所以我是应当成为社会革命党的,而你们社会民主党人呢,老弟,——却都是知识分子组成的。"

萨姆金不相信德罗诺夫真是社会革命党人,他觉得伊万也和许多人一样,是个"暂时的革命者",为了消除恐惧,才壮着胆子的。他老是东跑西颠,忙忙碌碌,现在又多了个踟蹰不决的、突如其来的举动,那枚戒指也从手指头上摘掉了,不像从前穿得那样华贵,总而言之是穷了,更有民主分子的派头了。但是他仍旧神经质地解开和扣上他的上衣钮扣,单是这一点也说明他为人虚伪,心中有鬼,像是不完全相信他的行动和利益是一致的似的。

"我们社会革命党人,才是从政治上组织俄罗斯的人喽,"他这话既不像是提问,又不像是断言。

萨姆金觉得德罗诺夫老围着他转,甚至对他阿谀奉承,但是,样子粗鲁唐突,不无个人打算。

"他以为我是个大人物,并且还想证实这一点哩,"萨姆金断定,他对德罗诺夫的反感简直到了深恶痛绝的程度。

六

在这风云突变的喧嚣的日子里,库图佐夫偶尔出现两三个小时。有一回萨姆金在大街上碰到他,没有认出来,因为他打扮得跟乡村杂货铺的伙计一模一样。库图佐夫的脸紧紧裹在一顶带护耳的皮帽里面,一件短皮大衣胸前沾满了面粉和油渍,脚蹬一双镶着皮边的灰毡靴。那天晚上,克里姆来到斯皮瓦克夫人家的时候,看见这双靴子,方才想起他在市自治局大门口曾经见过库图佐夫。

库图佐夫正在喝茶,他显然还在装作乡下人。他矜持傲慢,举止庄重,以为自己很了不起似的,并且摆出一副从容不迫的架势。

"我的名字是米哈伊尔·库兹米奇·安东诺夫,请您记住!"他预先提醒萨姆金。

"真会做戏!"萨姆金心里一面思忖,一面回答他有关彼得堡的郑重提问。

"是这样!那就是说他们不想要红旗喽?"库图佐夫的大胡子里露出一丝困惑的笑意。"可是,那又怎么样呢?现在他们总该明白了:跟沙皇,是不能促膝谈心,只能干架的。"

坐在他对面的杜纳叶夫也呵呵地笑起来,而库图佐夫却摇摇头,眼睛瞅着茶杯,说道:

"这次教训的代价是太高了。然而应当从中得到的裨益却是我们用十年的口头和文字宣传也得不到的。可是在十年里牺牲的工人——我们最宝贵的力量——是要比这两天里多得多的!……"

"在里加也枪杀了许多人,"杜纳叶夫提醒说。库图佐夫扫了他一眼,捋了捋大胡子,声音不高地说道:

"枪支就是用来杀人的。可是我们都知道,枪是工人造出来的。"

杜纳叶夫的脸上又现出克里姆已经熟悉的微笑。

"真是单纯!"他说。

库图佐夫又对着萨姆金说道:

"照您看来,神甫这个人物是个有名无实的家伙吗?他不过是一时得宠罢了。嗨……在工人运动中这种偶然得宠的事儿似乎不该出现……也是不存在的。"

他皱了一下眉头,沉默片刻,末了问道:

"图罗博叶夫伤得厉害吗?"

这工夫斯皮瓦克夫人带着阿尔卡季进来。这孩子的脸蛋冻得通红,一下子就扑到库图佐夫的膝头上。

"来了,来了!"

库图佐夫乐呵呵地把他搂在怀里,让他的小脸贴着自己的大胡子,对着小家伙的鬈发咕咕噜噜地说道:

"哎呀呀,你呀,阿尔卡什卡——小昆虫——小蟑螂!你为啥这样小呀,啊?"

"你说的不对!"

"你这样小,连苍蝇都不怕你哩!"

"苍蝇谁也不怕……苍蝇就住在你的胡子里,你不记得啦,就是去年夏天?"

举止斯文的斯皮瓦克夫人脸颊也冻得绯红,她正和杜纳叶夫耳语,把一只手搁在他的肩膀上。

"好吧!"他说。"我去!"

"要小心,不能超过十五个,那就最多二十人!"她严厉地说。

杜纳叶夫点了点头,走了。萨姆金想起来,前两天他跟这孩子玩耍的时候,不知怎么惹他生了气,就跑开了,当时斯皮瓦克夫人用一位女教师的口气——虽然面带笑容——说道:

"小孩子很敏感,他们知道什么是跟他们玩儿,什么是玩弄他们。"

她坐到桌子跟前,给自己倒了一杯茶,库图佐夫已经挪到钢琴跟前,把小孩抱在膝上,轻轻地自弹自唱起来:

啊,我们光荣的乌克兰,
曾经历尽恐怖和苦难……

"我不喜欢这没意思的玩意儿!"阿尔卡季嫌弃说。"唱支东家的歌吧!"

"你真难伺候,阿尔卡什卡。"库图佐夫说完,又乖乖儿地唱起来:

> 东家穿的裤子噢,
> 是魔鬼爷爷留下来的哟!
> 那双毛织的长袜噢,
> 也是偷别人的哟!

小家伙也手舞足蹈地唱起来:

> 东家头上的小帽噢,
> 是小鬼兄弟留下来的哟!……

斯皮瓦克夫人一面喝茶,一面整理文件,还不时地用一只眼睛笑眯眯地打量着唱歌的人。萨姆金觉得这一切都是佯装得意,甚至是存心气他的。他认为,库图佐夫和斯皮瓦克夫人都不希望让他看出来:他们也在为明天担惊受怕。

七

几天之后,当萨姆金坐在本地监牢里的时候,方才感觉到在过去几个星期里他历尽了那么多艰辛,简直疲惫不堪了。但他欣慰的是,他真正亲自尝到了孑然一身,由一堵还是在伊丽莎白·彼得罗夫娜女皇时代建造的监狱的厚墙,把他与人们隔绝开来的滋味。他被关在一间肮脏的牢房里,里面搭有供三个人睡觉的歪扭的铺板,拱形的天花板,一扇高得够不着的小窗洞;窗玻璃已经打碎,三月的风从那铁栏杆的缝隙里灌进来,可以望见一小块湛蓝湛蓝的天。每天晚间点名之前,在他牢房对面,都有几个未成年的犯人老是翻来覆去地高唱那支歌曲：

> 我们来到阿尔卡吉亚①，
> 又从阿尔卡吉亚到利瓦吉亚②，
> 最后跑到奥泽尔卡③！……

"卡—卡！"唱低音的人拉长声喊着，唱高音的人则一面跺脚击掌，一面和着舞曲吟唱：

> 我们在那里大打出手，
> 扇了他们的耳光，
> 终于进了警察局的班房……

"班房！"

这支歌曲每晚一定要唱，有如军人的晚祷一样，监狱生活的一天结束了，萨姆金觉得整个一天都是异常快活的，而且在这座装满犯人的监狱里，从早到晚都沸腾着一股令人惊奇的情绪，好像刑事犯们都在焦急地盼望着一个大喜的日子，并在这之前学着怎样欢乐一番。大概是因为监狱里发生过三起伤寒病例吧，所以刑事犯们一大早便都被赶到院子里去放风了，他们一身灰囚服，跟监狱墙上的石头一个颜色。他们有的坐着，有的躺着，沐浴着春天的阳光，玩猜单双数的游戏，又喊又唱的，好不快活。那些苦刑犯人在院子里走来走去，他们的脚镣哗啦哗啦直响，显示着他们威武不屈的神气，在墙根下的阴影中，一个跟一个闲步的是科尔涅夫、杜纳叶夫、统计学家斯莫林，以及另外几位不认识的人。狱卒们总是站在一边，也不找任何人的麻烦，叫人以为他们也在安安静静地等待着发生什么事情。总而言之，这座监狱给萨

---

① 希腊地名，古代居民多以牧羊为业，转义为快乐幸福之邦。
② ③ 均为俄国的地名。

姆金造成的印像是混乱不堪、纪律松弛,然而这种情景虽说使他有点儿惊奇,但并不妨碍他的休息,甚至使他想到:那些抱怨在监狱里受尽折磨和苦难的人,未免过于夸张。

科尔涅夫关在萨姆金左边的一间牢房里。在被捕入狱的头一天夜间,他就敲着克里姆囚室的墙,用暗号告诉克里姆有四个社会民主党人和十一个社会革命党人被捕,后来,几乎在每天晚上点名之后,都准确地告诉克里姆一些从外面传进来的消息。从他的消息中可以断定,全国正齐心协力地加紧准备,要和独裁政权决一死战。

"社会革命党人正在建立一个农民协会①,已经把乡村的教师抓在自己手里,工人运动壮大之势不可阻挡。"他一字一句地敲打着,活像是在报告报纸文章的标题。

萨姆金听了这消息,相信成立工程师、医师、律师等等协会实有其事,他们正在筹划成立一个联合会。这生硬的敲击声,从石墙那面传过来,形成语言,使萨姆金心情振奋,激起他种种美好的希望。是的,所有知识分子当然都该联合成一股强大的力量。他的思路到此为止,不允许往下想了,因为他有一种洁身自好的愿望,不让他去探求实现自己的希冀与憧憬的定理。

八

有一个多月没传他到保安局去审问了,这种拖延时间的做法着实叫他有些不安,特别是当他想到又要见到那个瓦西里叶夫上校的时候,心里更是紧张。其实这次会见并不像他预料的那样令人难堪。

"您瞧,我们又有机会畅叙一番喽,克里姆·伊万诺维奇!"上校说着,从写字台后面站起来,一只手拿着烟盒,另一只手捏着文件。"请坐!"他非常客气地指着写字台对面的一把椅子说,随后便专心致志地

---

① 一九○五年八月出现的一个广泛的政治团体,是根据自由派和民粹派知识分子,主要是社会革命党人代表的倡议成立的。

阅读那文件。

波波夫这间舒适的办公室萨姆金曾经来过,现在完全变样了:窗台上的鲜花不见了,换了几瓶贴着药方的药瓶;一只红墨水瓶被阳光照得透亮;还有一些蓝封面的卷宗,鼓鼓囊囊地像一些厚厚的垫子放在那里;一支老式手枪,口朝上戳着,扳机处扎着一个白色的小纸条。室内的一切物品都移动过了,总而言之,这间办公室看上去好像这位瓦西里叶夫上校昨天刚来,或者想搬到别的屋子里去似的。只有亚历山大三世的半身石膏像依旧放在那里,但它满身灰尘,他的大鼻子和耳朵都是灰的。这种凌乱不堪的景象却给人一种心情振奋的感觉。

尤其使萨姆金心情振奋的是上校那张松弛的、黑不溜丢的脸庞:这张脸现在看上去更阴郁了,一双炯炯有神的眼睛已经呆钝,眼睛下面发青的囊包鼓了出来,两只苍蝇在他光光的脑壳上爬来爬去,上校对此毫不在意,任凭它们去爬;他嘴唇紧闭,小胡子直扇动。他的背比在莫斯科时驼得更厉害,两肩更尖削,整个人看上去显得落魄潦倒,暮气沉沉。

"喂,我们没有必要把这件事拖下去了,"他满不在乎地说,眼睛瞧着萨姆金,好似有点儿伤心的样子。"当然,您是不肯提供证据的,"从他说话的语气,听不出他是在审问,还是在劝告萨姆金。"据我所知,您从莫斯科来到这里之后,就在本地布尔什维克委员会的帮助下为该委员会活动,您举办了多次收费的演讲会,激烈抨击政府的措施。您肯承认这一点吗?"

"我是举办过几次聚会,但不是收费的。我的演讲也都是严格地以事实为根据的。我和布尔什维克的委员会没有来往。这就是我所能告诉您的一切,"萨姆金从容不迫地说道,同时也觉得他这些话说得很妙,很体面。

上校不高兴地叹了口气,然后嘘了一声。

"唔—唔,是的,当然喽……"

他用一支铅笔敲着左手的青指甲,也从容不迫地说:

"您否认与该委员会的来往是无济于事的。调查的结果证明,令堂那座房子是布尔什维克党部。所以,您瞧……"

上校开始潦潦草草地写起字来,笔尖在纸面上迅疾地滑动,他的两道眉毛上方出现了一些细微的皱纹,直往上移动。此刻萨姆金心里说:

"他马上要问:这是怎么回事呀?"

上校把笔插在一个盛着猎枪弹丸的小杯子里,把一只手在桌上比画一阵,好像要抖去手指头上的什么东西似的,随后整个身子靠在椅背上,眨巴着眼睛,悄声问道:

"请您说说……这可不是追查,我以一位军官的诚实之言向您保证!这是一个俄罗斯人在询问另一个俄罗斯人……此人是正直的,不过见解不同……您可以设想吗?……"

"当然,"萨姆金赶忙回答,但不明白他可以设想的究竟是什么。

"是这位神甫,就是加邦,或者阿加冯,您见过他吗,啊?"

"见过,"萨姆金回答得很有勇气。

"此人怎么样……为人如何?"宪兵军官喃喃问道,把胸脯贴在写字台上,十个手指交叉在一起。"他真的带领老百姓,抬着十字架和皇上的圣像游行吗?啊?是个了不起的人物吗?很有权威吗?"

上校的脸倏然柔和起来,好像他的颧骨融化了似的,一双眼睛也明亮多了。萨姆金从他那紧张的眼神里清楚地分辨出恐惧和愤懑。他耸耸肩膀,凝视着这双猜疑的眼睛,答道:

"在我看来,他不是一位了不起的人物……"

他马上又觉得不该这样说,于是急忙加了一句:

"可是他颇有势力,而且他之所以有势力,是因为人们都喜欢他,相信他……"

"可他自己却是个微不足道的小人吗?"上校也急急忙忙地问。
"微不足道,是吗?"他又重复道,但口气更严肃了。

瓦西里叶夫上校又靠在椅背上,把脸皱得像只小拳头,用手掌拍着桌子上的卷宗，气急败坏地说道：

"我们有情报证明他是个微不足道的家伙、一个十足的骗子！可是要知道，他果真是个微不足道的家伙的话，那就更糟！一个卑鄙的小人竟然牵着警察厅、市长和几万工人的鼻子，——还有您，您也在内！"他声色俱厉地说着，用手指朝萨姆金那个方向戳了一下，然后把手放回写字台面上，仿佛要去抓什么东西似的。"不可靠！我不相信！我不能容许！"他叽里咕噜地说着，在椅子上直蹿动。

萨姆金瞅着他那副歪扭得像柳托夫一般的怪相，心里直嘀咕："这位上校不会是个精神失常的人吧？他不会操起什么家伙砸到他头上或者抽出桌屉里的手枪给他一枪吧？……"

"我认为，上校，这同我们的谈话没有什么关系，"萨姆金审慎而又慢条斯理地说，但是上校打断了他的话。

"可您不认为这位神甫及其卑鄙的行径，是教会对你们这些无神论者，还有对我们这些官吏们的报复吗？噢，对啦，也是对付我们哩！这是因为托尔斯泰，因为波贝多诺斯采夫，以及因为教会受压和封了教堂的嘴巴而进行的报复哩！这位神甫的后台是那些主教们，而这次该死的示威游行则是教会与政治分离的初步尝试。不是吗？"

萨姆金听了此言，顿时目瞪口呆，终于相信这上校是个疯子。他正了正眼镜，心里琢磨着怎么说。但是没等他开口，瓦西里叶夫又继续说下去：

"你们怎么不明白，被你们所痛斥和视若仇敌的教会，也会发动老百姓来反对你们的呀？它们会这样做的！当然，我们是知道你们在组织协会，准备自卫，反对无政府主义……"

萨姆金更加仔细打量着这位慷慨激昂的宪兵军官，听出他的话中也有些道理。

"可是，这些手无寸铁的人组成的协会又有什么用处呢？医生和律师都没有学会放大炮。而那个'俄罗斯人民同盟'里却有神甫，这一点您清楚吗？甚至还有主教哩！"

他那黑不溜丢的脸上沁出了亮晶晶的汗珠,一双眼睛布满了血丝,连喃喃低语也变得没有伦次了。萨姆金期待着上校进一步发挥知识分子将抵制无政府主义的思想,却落了空。上校吞吞吐吐地小声说道:

"有文化的人们,了解历史的人们……应当知道,任何团体都是建立在压迫的基础上……国家法无可辩驳地证明……因为您是一位法学家……"

他忽然哆嗦起来,抬起身子向后仰去,一只手捂着胸口,另一只手摸着前额,张着嘴,脸涨得通红。

"您不舒服吗?"萨姆金惊骇地从椅子上跳起来,忙问。上校上下摆了摆手,嘟哝道:

"路转峰回,我这枣红马已经累得疲惫不堪了!"

他用手帕揩揩脸,大声叹了口气。

"若不是这样的时代,我早该辞职不干了!"

他把一张表格推到萨姆金面前,倦怠地说:

"先念念,然后签个字!"

"您要拘留我很久吗?"萨姆金问。

"这我可决定不了。坦率地说,我想把大家都放掉,刑事犯、政治犯都放。请吧,看看您都是些什么愿望吧……啊,是的!这可真糟糕!"

九

随后,萨姆金坐上一辆马车,往监狱方向驶去;他身旁坐着一个宪兵;另外还有一个宪兵脸朝他坐在车夫座上,大鼻子,小眼睛,尖尖的小胡子,像支箭头。他们行驶在寂静的大街上,行人寥寥,萨姆金心想,行人见了宪兵一定很局促,对于被他们押往牢狱的人也不感兴趣。他脑子里已经塞满了上校的言词,由于担惊受怕身子骨都瘫软了,他下意识地思忖着：

"这家伙害病了吧？把气都出尽了吧？他自己受了惊，还想来吓唬我。没有必要去想他了。"

但是回到牢房，他的眼前又浮现出那张歪扭得好像柳托夫的汗津津的脸，在寂静之中喃喃重复着这样一句话：

"你们在组织协会，进行自卫，抵制无政府主义……"

"这是他所说的惟一一句合乎情理的话。"萨姆金想。

他听见牢房外面有两个刑事犯在小心哼着歌曲，仿佛在用他人的语言表露自己的心迹。

一个人唱道：

沿着沙滩哟，

另一个人接唱：

顺着河岸喽，

二人齐唱，声音仿佛发自内心深处：

哎哟哟，在那边，
朝圣香客正在把路赶呃。

这歌声回荡在克里姆牢房的窗下，亲昵地抚摩着这温暖恬静的春宵，使它弥漫着俄罗斯的忧愁，因为这忧愁可以慰藉人的心灵，而又显得可爱，并为人们所仰慕。

"他们或许是杀人犯吧，要么准是窃贼，然而他们的歌声却很动听，"萨姆金冥思苦想着，仍旧消除不了脑子里那个模模糊糊的歪扭脸相和那激愤的低语，他依然看见屋角里那尊落满灰尘的、留着库图佐夫式大胡子的沙皇石膏像,正用一双盲眼呆呆地望着他。

"这种善与恶集于一身的现象,太违反常理了……"

这歌声使他无法安眠,就像害了牙痛一般,虽说不太厉害,却非常叫人心烦。萨姆金把腿从木床上奋拉下去,蹑手蹑脚地踏在地板上,如履薄冰或者踩着泥沼上架起的又薄又脆的一层木板,小心翼翼地在囚室里踱步。

窗外又传来了哼哼小曲的声音:

啊,夜呀,黑得那样深沉……
哎哟,多么黑暗,多么黑暗……

夜空是晴朗的,歌声渐渐沉寂,耳朵里只听见声音,而听不见歌词了。

"托尔斯泰是对的,他不相信理性,而是和它对抗。陀思妥耶夫斯基也不喜欢理性。一般地说,这是俄罗斯人的特征……"

萨姆金想起了尼康诺娃对托尔斯泰的议论:

"一个令人懊恼的老头子,什么都知道。"

"倘若她死掉,那就更糟糕,"他想。

他一想起瓦尔瓦拉,心里就懊丧,她来探望他的时候,穿了一件非常时髦的上装,说话的声调又伤心又委屈,但是眼神却是欢快的。

月色皎洁的晴空有三颗明星,仿佛镶嵌在淡蓝色的银子上,正窥视着囚室的窗洞。人们停止了歌唱,因此便显得冷清了。萨姆金走到木床边,悄悄地躺下去,用被子蒙住头,不愿去看那牢房里磷火一般的朦胧月光,他觉得,又有一种微小的恐惧压抑着他,而这恐惧跟他在涅瓦大街所感受到的迥然不同,那时他是怕死,现在竟是怯生了。

十

有两个来星期他一直生活在悒郁惶惑之中。科尔涅夫煞费苦心地敲打墙壁,用暗号传给他一些消息,但是因为他已经麻木不仁,以至毫不动心。

"斯皮瓦克夫人已经获释。杜纳叶夫和弗列罗夫已被押解到莫斯科。对日和约已经签订,真可耻。斯皮瓦克夫人的学校已经封闭。"

萨姆金一边听着敲击石壁的暗号,一边想象着科尔涅夫那长腿干瘦的身躯就是一件不知疲倦的掘凿墙壁的工具。

"在伊万诺沃-沃兹涅先斯克,我们的人领导发动了一场大罢工。黑海舰队举行了起义。"

消息一件一件地传来,每次间隔很短,使人觉得监狱里的气氛越来越热闹;犯人们彼此快活地呼唤着,在放风的工夫,科尔涅夫对着他的窗子喊了几件新闻,看守们未加理睬,只有一次给看守长发现,禁止科尔涅夫放风三天。这个不喜欢安静的人终于使萨姆金吃了一惊,他敲着墙壁用暗号告诉萨姆金:

"瓦西里叶夫昨天被枪杀。"

"是谁杀的?"萨姆金问。

"很明显。没有逮着。"

而翌日清晨他从走廊经过克里姆囚室的时候喊道:

"再见啦,萨姆金!我已经自由了!很快大家都……"

克里姆通宵未眠,他一直在想着上校那梦呓般的絮絮低语和那个泛着阳光的红墨水瓶。他并不是为那上校惋惜,但是当他得悉这个像柳托夫和加邦一样疯疯癫癫的家伙被打死了,心里总不免有些别扭,令人作呕。

于是他蓦地想起,那天伊诺科夫跟他一起沿着滨河大街漫步,走到一座毁坏的仓库边上时,他猛然说道:

"您瞧!"

一只脏乎乎的长须的灰老鼠,拖挈着一身揉皱成团的乱毛,活像个讨饭的老太婆,趴在一根烂木头上,更突出了这烂木头的无用之感。这老鼠无精打采地趴在那里,伸着前腿,耷拉着一条死绳子一般的尾

巴;它的一双镶着红眼圈儿的黑眼珠,呆呆地凝视着在太阳下泛着金光的河水。萨姆金拾起一块砖头,但是伊诺科夫拦住他道:

"不要动它,它就要死了。"

萨姆金记得当时这两句话很使他恼火。可是现在他却肯定地认为:

"伊诺科夫也是会杀人的哟。"

但是,除了他自己,任何事情任何人他都不愿去想了。现在敲击墙壁传送暗号的人没有了,谁也不会来通知他外面那些惊人的消息了,——萨姆金感到自己已经被人遗忘。这感觉略带一点儿既奇特又可喜的苦味儿,就像责备了某人似的,倘若用语言来表达的话,那就是:

"当一个人觉得在监牢里比在监牢外更自由的时候,那生活还不错嘛。"

他把监狱生活安排得尽可能舒服些;几个刑事犯把他的囚室打扫得干干净净,他的饭菜是外面饭馆送来的,他可以读书,办理瓦拉甫卡企业的清算事宜,因为这些企业已经转到拉杰叶夫手里。市长的法律顾问普拉甫金,在助理检察官的陪同下,曾到监狱看望他几次。现在瓦尔瓦拉又来探望他了,并且通知他,说他很快就会获释。她急促地喃喃问道:

"你知道尼康诺娃出什么事了吗?"

"知道!"他大声回答。

"这真是个可怕的时代呀,亲爱的!"

自从瓦西里叶夫上校被暗杀以后,监狱里又多了六名犯人,萨姆金发现他们当中有德罗诺夫。他几乎是欣喜地看着伊万·德罗诺夫身着短燕尾服,头戴草帽,两手插在花条裤子口袋里,低着头,望着脚底下,踏着碎步,沿着墙根跑半个小时,或者猛然间仿佛绊到什么东西上,停了下来,捋捋他那淡红色的小胡子。简直不能相信,这个古老喜歌剧中的人物也能在政治上起什么作用。经过十来次放风之后,德罗诺夫就不见影儿了,因此萨姆金心中一面想,一面感到好笑:

"他在监狱里只待了五个钟头。"

第二十六章

一

释放萨姆金是出乎预料的,而且那种漫不经心的态度简直叫人难堪:那个宪兵署的副官和检察官助理一清早就来找他,客客气气地聊了一阵,临走时向他宣布,当天晚间他就要获释了,可是经过了一天,直到第二天晚上才把他放出去。当他乘车回家的时候,他觉得大街上的人异乎寻常的多,市面上也和监狱里一样的喧闹。柳博穆德罗夫医生在家中迎候萨姆金,他穿着医生的白大褂正在院子里漫步,当他瞧见萨姆金的时候,便停下来喊道:

"啊,我的囚犯!祝贺你呀!情况怎么样啦,啊?俄罗斯真要闹起来喽……"

接着他用同样的口气告诉萨姆金阿尔卡季患了痢疾。这种吵吵嚷嚷的迎候预示着萨姆金日后的生活情调。瓦西里叶夫上校的话并不夸张;这个家宅的确是布尔什维克的大本营,无论是楼上医生家,还是厢房的斯皮瓦克家,都如同火车站一样热闹。萨姆金看到这么多人在花园里来来往往,有的坐在凉亭里喋喋不休地争论着,窃窃私语着,时隐时现,非常惊奇。从邻居木材厂老板塔巴科夫家的院子里传来玩木槌球游戏的响声。老板的大儿子是一个卷发大鼻子的小伙子,长长的胳膊,穿着一身白衣服,活像莫斯科小餐馆里跑堂的小伙计。此刻他正站在斯皮瓦克夫人面前,负疚地聆听着她的责备。

"不许这样做,你懂吗?这是孟什维主义。你的任务是向工人揭露他们搞的那套民众代议制的虚伪性。"

斯皮瓦克夫人全然不顾她的儿子患着危险的疾病,几乎整天不照面,一大早就不知到什么地方去了,回来个把钟头,又不见影儿了。她面容憔悴,骨瘦如柴,满脸愁容,仿佛那圆圆的猫儿脸上,紧闭的嘴唇间,心事重重地颦蹙着的眉宇里,都流露着愤懑的神情。八月的天气闷热异常,一片片灰云浮游在城市上空,将那黑魆魆的阴影投在大街上,行人来去匆匆。人们天天都在盼望着颁布宪法,小塔巴科夫摇动着浅棕色的卷发,背诵着斯皮瓦克夫人的教诲。他在花园里高声对某人说道:

"这宪法不过是沙皇对自由派的一点儿施舍,是要他们更紧地拉住工人阶级脖子上的枷锁。"

"一个盲从的家伙!"萨姆金想起塔吉尔斯基谈论那些背叛本阶级利益的人的话,心里骂道。"究竟为什么呀?"他反复地问自己。

伊诺科夫仿佛从天而降,突然间出现在眼前,他靠在软椅上,使劲地搓着手,问道:

"监狱蹲得怎样?咱们的监狱太糟糕了,就拿塞德尔采①的……"

他脸上长满了浓密的黑胡子,深陷的眼眶,好像生了一场大病,一双眸子却由于康复的喜悦而炯炯放光。一张修道士般的脸庞,却穿了一身工匠的衣服;他的两条腿伸到屋子中间,脚上蹬着一双铁锈色的破旧的长筒靴,两只胳膊交叉在胸前,露出黑不溜丢的像五金工人一般的手。

"人们已经开始正确理解革命党人了,"他眼睛里闪着微笑,说道。"我在彼尔姆的时候,有一天夜里正在街上散步,忽然发现三个人在打

---

① 现今的波兰城市。

一个人。我对这场斗殴进行了干涉,那个被打的人问我:'您是什么人,是革命党吗?''为什么非得是革命党呢?''因为您保护一个不认识的人哪!'这话说得多妙哇?"

他点燃一支臭烘烘的烟卷,盯着喷出来的青烟,把一只手伸进靴筒里,掏出一个好像拉手一般的铜家伙,搁在桌子上。

"这是赔偿给您的!还记得吧,我曾经弄坏您一个镇纸?"萨姆金大吃一惊,他拿起一个手里捏着一条蛇的铜铸女人像。

"这是很久以前的事了。您至今还记得?"

"怎么不记得呢?我是不喜欢欠债的。这是克娄巴特拉①。是我自己雕模和铸造的。雕模和铸造是件很有趣的事!我想干这一行。"

"您是社会革命党人吗?"萨姆金问。

"不,"伊诺科夫摇头否认。"我对社会民主党也不感兴趣。布尔什维克也好,孟什维克也好,我连想都不去想他们。或许我是个无政府主义者吧,嗯……"

这个精致的克娄巴特拉铜像,使萨姆金对伊诺科夫的态度温和些了。

"是的,您大概是一位无政府主义者,"他想了想,说道。末了又问:"您晓得吗,科尔文加入了'俄罗斯人民同盟'?"

"哎呀,见他的鬼去吧,"伊诺科夫小声说道。"这真可笑,"他沉默一小会儿,又叹口气说。"我想我当时很需要一个对手,来发泄我的愤怒。于是我就选中了他这个……畜生!用这个题材可以写一部小说,一个消愁解闷儿、供人取乐的对象,不是吗?总而言之,当时我想了许许多多各式各样的……花招儿。我写了诗。相信我是在恋爱之中……"

伊诺科夫哈哈一笑,闭上眼睛,仿佛在打盹。

"他又在胡扯,"萨姆金心想,而伊诺科夫并不睁开眼睛,说道:

---

① 克娄巴特拉(公元前69—公元前30),埃及女王,素有"绝代佳人"之称,罗马大将凯撒受其蛊惑致死,她自己则被毒蛇缠身而死。

"噢,对啦,有这么回事:我在卡马河的轮船上碰到一位女看护,面孔很熟,就是想不起来她是谁了。她蓦地缩缩脖子,用一条花格披肩裹了起来。啊,原来是莉吉雅·季莫菲叶夫娜。后来才知道她是送她丈夫的灵柩去特维尔安葬的。"

"是被打死的?"

"是患了伤寒,还是肺炎,我不记得了。她跟我讲了一个士兵攻打火车站的故事,讲得太生动了,就好像这火车站是她家的庄园一般……"

伊诺科夫收拢两腿,盘成一团,眼睛里闪着光芒,兴致勃勃地说起来:

"我在托木斯克附近也见到过这种情形。啊,萨姆金,真是太棒了!就像一阵暴风雨——一列火车喷着浓烟,吼叫着轰隆隆地冲进了车站,各个车厢里立刻涌出来许多士兵。士兵们狂暴得如同发了疯似的,他们一下车就狂喊乱吼,咒爹骂娘,玻璃砸碎了,噼噼啪啪响成一片,真像是攻入了敌国一般!"

他使劲抽了一口烟,又兴致勃勃地说下去。

"他们打了不到一个小时的仗,就噼里啪啦、大喊大叫地溜掉了,留下一座破烂不堪的车站,很像大洗劫之后的犹太人家园。一个满脸大胡子的人,是个很漂亮的小伙子,把站长的制帽挑在刺刀尖上,仿佛一尊纪念像似的站立在火车最后的瞭望台上!这小伙子好威风!大兵的情绪总是狂暴的。这种狂暴简直可以毁掉整个彼得堡。如果一月九日那天把这些人都开到那里去就好了,"他说完,又立即倒在软椅里面,颓丧地流露出一丝苦笑。

萨姆金蹙着眉头,瞧着他那张修道士般的面孔,很想问他一句:"干吗非要说毁掉彼得堡呢?"然而他却没有说出来,只是冷冰冰地问道:

"您到西伯利亚去有何贵干哪?"

"噢,是这么回事儿……我想去看看,"伊诺科夫懒于回答,打了个哈欠,才接下去说:"我昨天刚回到这里,我自己也不知为什么。这里的一切我都熟悉,就是没有一个亲人。我在街上碰见了托米林。他肥胖得就跟吹起来的一般,眼睛里也油汪汪的。他把我叫到他家里去喝茶。他的女伴已经死了,现在他就是房东了,跟一个戴夹鼻眼镜的傻大个女人住在一起,而且一个筋斗翻到上帝这边来了。真是个有趣的家伙!他说:'我什么都研究过了,除了上帝,就是正教教会所承认的那个上帝之外,没有任何东西是不可以争论的!''可是第三种本能,即所谓求知的本能究竟是什么呢?'按他所说,原来就是皈依上帝,即所谓寻神派①的本能。我跟他争吵了一阵。您瞧瞧,萨姆金,今晚我可以睡在您家吗?"

克里姆怏怏不乐地把他领到餐厅,这里空荡荡的,一片漆黑,光亮都给百叶窗遮住了。伊诺科夫坐在餐厅里的沙发上,一面脱靴子,一面问道:

"您相信咒语吗?相信女人们念咒治病、诊治相思症的咒语吗?"

"当然,我不相信,"萨姆金愤愤地答道。

"可我相信。我亲眼看见过老太婆念咒治病的事儿。依我看,哲学就是对良心,为了安慰受惊的良心而施念的咒语,不是吗?"

"睡吧!"萨姆金咕哝一声,走了出来,心里寻思:"要赶快把这里的一切事情处理完毕,回莫斯科去!"

二

伊诺科夫一大早就走了,在餐厅的地板上留下了许多烟蒂。这一天,家家的住宅似乎都显得太窄,把人们统统挤到大街上来了。大教堂的钟声庄严地响着,车水马龙,人声鼎沸,那慌乱的情形与往日迥然不同:在节日盛装的市民中间,夹杂着不少衣衫褴褛的工人,许多身穿

---

① 十九世纪末二十世纪初在俄国资产阶级知识分子中间产生的一种宗教哲学流派,它企图"革新"宗教并从"哲学方面"来论证宗教。

破衣烂衫的孩子,像急着去观看失火或者看阅兵一般,到处奔跑。今天的天气也和整个这一星期一样,阴沉沉的,那种萎靡不振的样子不知是因为不够明朗而歉疚呢,还是预示着要下雨呢。一片片撕裂的云片,有浅灰的,有深灰的,遮着天空,宛若一件打着补丁的罩衫,或者一张破绽百出的风帆。

萨姆金没有去正在做祈祷的大教堂,而是停留在市立公园,从那里眺望广场;站在高处望去,广场像一个大拼盘,里面盛满了各种蔬菜沙拉,女人的阳伞和花裙就像里面切好的红菜头、胡萝卜和黄瓜。公园里也是一堆一群的,到处是人,他们忧心忡忡地谈论着。一个高个子秃头的官吏站在长椅上,高声叫喊:

"先生们!我什么也不需要,在生活上不需要任何改变。可是,先生们,我祝你们愉快、欢乐,愿你们的心灵放射出灿烂的火花!"

萨姆金既没有看见听众脸上的欢乐,也没有看见市民眼睛里闪现出"心灵的火花",他只是觉得,大家的情绪也和他自己一样,是那样心神不宁,人人都没有决心打起精神来高兴一番。他蓦地认出这位演讲的高个子就是邮电局的书记官雅科夫·兹洛宾,因为马卡罗夫曾经在他家里住过。他的祝愿受到一些人的喝彩,不过劲头儿不高,还很腼腆。站在萨姆金旁边的一个穿夹大衣的胖子说道:

"瞧那大摇大摆的样子!"

"他那是愤懑,"一个人说。

"嘿—嘿……"

三十来个果酱厂的女工莽撞地推开众人挤了过去;其中一个漂亮的女工,撩起花裙子,一边跳舞,一边欢唱:

> 我走进一条小胡同,
> 为把老爷来孝敬,
> 又买饼干,又买面包圈,
> 给你,吃吧,快点儿!

"这是本城最风流的姑娘，"那胖子好像在炫耀这座城市的特点似的，对萨姆金说道。

唱歌姑娘的女友们拘谨地嬉笑着，惶惑地四下顾盼，因为她们工厂的老板，那个百岁的老瞎子叶尔莫拉叶夫就气势汹汹地跟在她们后面，那张僵尸一般发青的大胡子脸上，架着一副黑边眼镜，由他的儿子格利果里和他的女婿涅叶洛夫一边一个搀扶着。格利果里是个六十岁的老头子，那副蠢相就跟赶大车的一模一样，是本城最爱吵架的人。那个涅叶洛夫是砖厂的老板，也是个老头子，脑袋长得像个歪扭的南瓜，笑眯眯的脸上长着一个大鼻子，生着满头的卷发。格利果里·叶尔莫拉叶夫瞪着发黄的白眼珠子不住地冲人们喊叫：

"闪开点儿！没看见吗？"

他的老爹身穿一件拖到脚后跟的黑长袍，戴一顶黑天鹅绒做的尖角帽，趔趄着两条木头般的老腿，用一只手擦着那僵硬的、流着鼻涕的鼻子，咕咕哝哝地说：

"不许这样干呀，正教徒们，决不允许呀！"

饭馆老板兼货运包工头沃罗诺夫，一个身材高大，脸像肥羊尾巴似的汉子，手里提着一根粗手杖，活像一艘小轮船，推开众人，踉踉跄跄，迈着大步，急匆匆地走过去。"俄罗斯人民同盟"的其他头面人物，也都跟在他后面，焦躁不安地匆匆走过，他们是：从前的理发师，现在的人造矿泉水厂老板巴巴叶夫；屠宰场老板科罗博夫；垃圾清理业主利亚列奇金；浴池业主多莫盖伊洛夫；皮革厂老板扎奇尔金，他是一位棋艺大师，胸脯和脸庞都是扁平的，眼睛里老是流露着冷漠的神情。

萨姆金在花园里站了足有一个半钟头，他深深觉得，这般中庸的市民们似乎有所畏惧，然而那精猴一样的好奇心却胜过了他们的恐惧。这些人几乎不谈这件事的政治意义，这很可能是因为他们彼此不信任，怕说过头而招来麻烦。

"据说广场上还要奏乐呢，"萨姆金听见有人说。

"干吗要奏乐呀，又没有军队开来？"

"又不是什么沙皇纪念日。"

"就是嘛,不是沙皇纪念日呀!"

"我们的同盟会员要游行了。"

"那是一定的。"

一个穿着花条上衣、头戴灰礼帽的小矮个,摇着手杖,焦急地说:

"怎么没有警察呢?您知道吗,为什么没来警察呀?"

"老百姓都是很冷静的。"

只看见一个身穿破旧大衣、头戴贵族小帽的面色阴沉的人,敢于公开表示自己的观点。他推开萨姆金,站到萨姆金的位置上,粗声厉气地说道:

"搞这种犹太式的鬼把戏不会有什么好结果的,这些同盟会员都是些傻瓜。"

总而言之,人们也和今天这个阴沉多变的天气一样,全都无精打采,萎靡不振。许多人好像故意要躲起来似的,老是站在树荫底下,但是太阳从云彩里钻出来,还是把他们暴露在光天化日之下了。往教堂广场那边去的人为数寥寥,而且踟蹰不决。

三

当萨姆金走到花园栅栏跟前的时候,太阳正好从云层里钻出来,把它的光辉洒在大教堂的台阶上,洒在大司祭斯拉沃罗索夫披着紫袍的身上和他那宽阔的胸前挂着的金十字架上。斯拉沃罗索夫站在那里,左手指天,右手向着人群做着祝福的手势。人们在他下面的四周蠕动起来,挥舞着三色小旗,圣像上的饰物闪着金光,那些毛发蓬乱的脑袋和光光的秃顶也都显露出来。整个广场霎时间变得鸦雀无声,一个人像对着传声筒一般,洪亮地喊道:

"不要相信疯子的蛊惑,不要相信异族人的诡计!"

可以清楚地看到,举着圣像和打着小旗的人们排成了一列纵队,人群急忙为他们让开路。萨姆金觉得人群的这种举动说明他们有恐惧。他看见那个站在斯拉沃罗索夫跟前的衣冠楚楚的小个子,就是史学家科兹洛夫,他一手举着阳伞,一手捏着宽边帽;他向人群摇动着伞和帽子,一定是在讲些什么,或者喊些什么。在大教堂两扇大门衬托下,他那小小的身躯,简直就跟一个装成小老头的孩子一模一样。

"他们开始行动了,"一个人在克里姆身后说道。

人群离开教堂,朝花园相反的方向走去,有好几分钟萨姆金看见的,只是人们的后脑勺;但是很快人们就转了弯,拥拥挤挤地沿着花园栅栏默默行进,装束虽然形形色色,但情绪却都是庄严肃穆地从萨姆金面前飘然而过。

"他们这是往哪里去呀……不是径直朝我们来的吗?"站在萨姆金前面的一个瘦子嘀咕完,就走开了。萨姆金刚一发现科尔文那张呆板的脸,就听见从他浓密的大胡子里面蹦出来一些音阶发得很确切的清晰而又狂热的字眼:

"愿我们—圣明的—皇帝……"

他那一双眼睛的中间几乎分不出鼻梁的细微轮廓,就像个横写的8字形,这一点萨姆金从前就注意到了。

历史学家科兹洛夫一手挂着伞,一手捏着帽子,小心翼翼地迈着碎步和科尔文并肩而行,他那红润的脸颊上淌着汗水,或是泪珠,他也在张着嘴歌唱,两唇微动,但听不见声音。沃罗诺夫那张肥羊尾巴般的模糊不清的脸高悬在他的上面,绵羊毛一般的大胡子里露出一个圆圆的洞。

"亚—亚历—山大—罗维奇,"那圆洞里喷出几个字来。

沃罗诺夫举着沙皇的肖像,利亚列奇金捧着镶金边的圣像,一顶小圆帽用细绳拴在上衣钮扣上,在他胸前来回晃荡,所以他老去用圣像推开帽子。高高地站在他一旁的是那个秃顶的叶尔莫拉叶夫,死气沉沉的脸上架着一副黑眼镜,他显然也在唱,或者在祷告,浅绿色的大胡子直颤动。他的面貌真吓人,好像就是为了吓唬人才故意把他拉出来的。人们举着小旗、圣像,沙皇和皇后的画像框拥挤在一起,往前行进;偶尔有一个装束艳丽的女人闪过,还有一个女人扛着一把没有打开的阳伞,伞尖上系着一条白色的手帕。

"三百人,咳呀,顶多也就是五百人,"萨姆金估算着,"可这城里有七万人哩。"

此刻他想起彼得堡的情形,那声势浩大的工人游行队伍从维堡区方面涌过来,他们说话的声调柔和,气氛严肃。可是这些同盟会员乱成一片的叫喊,听起来真叫人烦恼、腻味。

"一个奇异的国度,它的一切一切都不正常……都不像样。"

一些人从花园走出来,稀稀拉拉地跟在游行队伍后面,显然不愿意加入到他们里面去。广场已经空了。离栅栏十来步远的石子路上丢着一只女人用的浅黄色手套,手指叠成了一个十字形,这使萨姆金想起了那只被砍断掉在雪地上的手。他望着人群挤进本城主要大街的街口里去,把两条宽阔的尾巴留在身后,随即走进广场,用鞋底踩了踩那只手套,就奔滨河大街走去。一条浅棕色的小狗叼着那只手套赶过了他,小尾巴卷成了一个圈儿,也朝河沿儿跑去。于是萨姆金又回到花园里,看见那里的长椅背上,落着许多麻雀,它们那样子就跟老态龙钟的人一模一样。白杨的黄叶漂浮在黑乎乎的池水面上,就像许许多多被砍断的手掌一般。萨姆金坐在长椅上,又在琢磨这个数字怎么相差那么悬殊。

"五百人,七百人,还有那七万人。"

四

他并不想回家。

"那里那些'民众的雄辩家们'大概闹腾得正欢哩,"他心里嘀咕着,还是穿过空落落的小胡同,走过一栋栋小房子紧闭着的大门和窗户下面,往家里奔去。一路上静悄悄,甚至听不见孩子的吵闹声,只有微风吹拂花园,树叶沙沙作响,以及从市中心传来的闹哄哄的声音。要回家去,萨姆金还得穿过一条同盟会员正在游行的街道。可是当他正要拐进另一条小胡同的工夫,却碰上雅科夫·兹洛宾,后者手里捏着制帽,浮肿的脸上瞪着一双醉醺醺的眼睛,大步地从胡同口出来;他张开双手,像要去搂抱萨姆金似的,拦住了他的去路,并且小声而又惊愕地说道:

"您能想象得到吧,他们竟然把一个人给打死了!沃罗诺夫,那个饭馆老板,照脑袋就是一棍子,这是我亲眼看见的,是在众目睽睽之下干的!您说说,这算什么事情啊?那个人就是药剂师盖因采……是大家都知道的!"

萨姆金怔住了。因为他认识盖因采,那是个谦虚而又聪明的人,在本城文化界甚为引人注目。

"他乘坐马车走过来,沃罗诺夫猛然扑过去,"兹洛宾打着手势讲述道,他手里的帽子碰在木板墙上,泪水从他肿胀的眼睛里淌出来,两条长腿顿了几下,身子摇摇摆摆。然而萨姆金看见,他并不是喝醉了,而是愤怒,是惶恐。

"他们把弗尔曼商店的玻璃给打碎了,把一个店员打得头破血流,"兹洛宾讲述着,声音有些哽咽。"那匹马也挨了棍子。这是为什么?难道自由……"

萨姆金像绕过一根灯柱似的,从兹洛宾身旁走过去,拐进一条对着主要大街的小胡同。他蓦地发现胡同里挤满了人,他们像溃退的士兵一般,不住地回头顾盼,有些人甚至又转了回去。而在远处,有一面红旗高高地飘扬着,又长又窄,活像一条舌头。

"这次示威,"普拉甫金律师一面和萨姆金打招呼,一面心神不宁地说道,然后把左手上的手套脱下来,叹口气,又说下去:"我担心它会成为一次示弱。"

萨姆金本想倒退回去,但是当着普拉甫金的面这样做实在不好意思,更何况他已把手套塞进口袋里,向他提议:

"怎么样,我们去吧……应当去的。"

萨姆金跟着他走去,接着又有一二十人加入进来。

"我们,看样子是被拦住了,"普拉甫金说。"那里,"他转过身去,用手指着后面说,"那些同盟会员正在捣乱,而前面那些是咱们的人……我们必须设法劝告他们……"

有人从背后推了他一下,他就抓住萨姆金的手,加快脚步朝前走去。

在大街的尽头,一些游行者正围着一面红旗徘徊,其中有铁路员工、工厂的工人、中学生,还有不少女的,大多数是青年。

"三百,四百,"萨姆金心里估摸着,又想起来:"七万!"

科尔涅夫站在那群人的中间,手里举着一面系在长杆上的红旗,他的头比所有在场的人都高。萨姆金发现科尔涅夫今天的脸色不像往常那样死板、生硬,眼神也带有稚气。

"同志们!"一个像教堂执事长似的长发汉子,穿一件领子已经撕裂的青色斗篷,把手掌握成空拳头,搁到嘴上,做成传声筒的样子,喊道。"排成五人一行!"

人们拥来挤去,在那面大旗附近又出现了三面红旗。

"同志们!先生们!"普拉甫金喊道。"你们想一想,这会把你们引到哪里去?……"

"你说的'你们'是指谁呀?"一个棕色头发的中学生冲着他喊道。

那个长发的汉子把头一扬,高举拳头,用洪亮的声音唱起来:

"'你们付出了牺牲,'[①]萨姆金只瞥了一眼他那轮廓鲜明的面孔,就认出来他是杜纳叶夫的朋友瓦拉克辛。

普拉甫金脱下帽子,用悲怆的中音接着唱道:

"'出于对人民的无限热爱。'"

他们步伐错乱,庄严的进行曲也唱得不齐,被看热闹的人们的掌

[①] 当时在革命群众中流行的《葬礼进行曲》的开头一句。

声和叫声所湮没。他们有的坐在窗台上,仿佛坐在剧场的包厢里一般,还有的站在大大小小的门洞里,朝外张望。萨姆金欣然顺从地跟在游行队伍的后面,因为游行的人正朝他家那条街走去。这个由青年人组成的形形色色的人群,在他看来,也和同盟会员的游行一样,是很不严肃的。然而,当他发现那面有如鲜红的舌头似的旗帜已经消失在街角里,并且听见吹哨子的声音和吼叫的时候,不禁打了一个寒战。

"真糟糕!您听见吗?"普拉甫金加快脚步,问道。但是在拐角处,他站住了,抬起一只脚,藏在外套下面,倚在墙根上,用另一只脚立着,嘴里嘟哝道:"我的鞋带松开了。"

萨姆金透过眼镜片遥望前方,只见三色旗迎风招展,圣像的金饰闪闪发光,棍棒在人们头顶上舞动。他看见一些游行者已经从大马路拐到人行道上去了。窗框和门板叮当乱响,从上面,仿佛是从房顶上发出一声猛烈的呼喊:

"把大门关上!解开穆尔扎的链子,把这狗放出去!"

"我们到那里去吧,我要系一下鞋带,"普拉甫金推开一家妇女时装店的门,提议道。恰在这时,一部分游行者又转回来,把萨姆金挤进了这家商店。一位粉白的鼻梁上戴着夹鼻眼镜的太太,高高兴兴地欢迎普拉甫金。他把萨姆金介绍给她之后,就把他忘在脑后了,连系鞋带的事也忘得一干二净了。

五

萨姆金站在橱窗的一侧,朝右边望去。他看见保皇派们把整个大街挤得满满登登,好像从一个斜坡上滑下来似的随波逐流,乱作一团,从这边涌到那边,又从那边涌到这边。他们紧挨着各家住宅的墙壁、栅栏,使整条大街充满了喧嚣,并且这叫喊就像在严冬一样,是那样险峻而又无聊。

在他们对面,科尔涅夫手里摇动着一面旗帜,站在密集的一群人的前头,他们为数不到二百,而且每秒钟都在减少。

萨姆金看见历史学家科兹洛夫也在那里,蹦蹦跳跳的,用伞尖往空中直戳,在人行道上跑来跑去;科尔文手里拿着左轮手枪,举到头顶上。他还看见那个长发的瓦拉克辛,夺过科尔涅夫的旗帜,像摇动打谷耞似的,不住地摇摆着,红色的旗面挡住了这个合唱队指挥的手和脑袋。忽然传来两声清脆而愤怒的枪声。棍棒在科尔涅夫和瓦拉克辛头上飞舞,几十只手去扯那面旗帜,把它摔到地上,于是它就消失在人堆里了。

"冲过去,伙计们!要夺取胜利!"一个穿粉红衬衣的男子声嘶力竭地喊叫;光着脊梁的瓦拉克辛被从厮打的人群中推了出来,那个穿粉红色衬衣的家伙向他扑过去,但是瓦拉克辛抡起一条短绳,头上拴着一个疙瘩,或者是一个铁砣,一下子就把那家伙打了个仰八叉。在商店门前的厮打持续了不过两三分钟,游行者就被赶跑了,大街倏然变得空空荡荡,垃圾清理业主利亚列奇金一只手扶着灯柱,站在那里,另一只手捏着小帽直往脸上扇风;他的脸上只露出牙齿。瞎子叶尔莫拉叶夫像一根柱子似的站在大街中间,摊开颤抖的双手,又摸摸屁股、胸膛和肚皮,又去捋他那大胡子。在对面一座楼房的大门口躺着一个中学生,那个穿粉红色衬衣的家伙四仰八叉地躺在商店对面,头枕在人行道上。萨姆金在彼得堡曾经见过许多可怕的场面,所以他现在见到此情此景并不感到惊骇。

"没什么了不起,没什么了不起,"他说服自己。

大马路上到处散落着花花绿绿的布片、破旗,一根断裂的旗杆插在鹅卵石的缝隙里,一张沙皇的肖像头朝下放在石礅的旁边。在一些亮光光的鹅卵石上闪耀着鲜红的血斑。两个店员模样的人搀扶着科尔文,他蹒跚地走着,用手捂着脸,两条腿也不听使唤。他们走过瞎子身旁时,撞了他一下,老头子一个屁股蹲儿坐在了马路上,胡乱摸起他周围的鹅卵石来,当他抬起僵尸一般的脸仰望天空的工夫,天空已经布满了乌云。

萨姆金回头一看,发现他身后的长椅上坐着一位年轻的姑娘,正在哭泣,普拉甫金已经不知去向,女店主正对一位银须老人劝道:

"您一定得去叫士兵来……"

萨姆金来到大街上,正好碰上一群在斗殴中被打伤的人,这从他们的衣服和脸上就能看出来。其中一个人喊道:

"站住,弟兄们!这位,是瓦拉甫卡家里的人,"他握住克里姆的右手,瞅瞅他的脸,喷出一股热乎乎的伏特加味儿,问道:"是不是呀?你凭良心说,啊?"

萨姆金看见他眼前的这个人脑门上肿个大包,一只浑浊发呆的眼睛露在外面,另一只眼睛和半边脸被一顶破帽子遮盖着。

"我是从外地来的,是律师,"这是他首先想到的头一句话,因为他看见这么多醉汉将他围住,不单单是害怕,而且更感到厌恶,以为他们会揍他。但是一个穿蓝边衬衣和漆皮长靴的小伙子却上来推开醉汉,把一只手搁在萨姆金的肩上。此刻他也感到好像有些陶醉了。

"请您给我们讲讲,会吃官司吗?会审判我们吗?"

这小伙子的脸上也有伤痕,不过他比他的同伴要冷静些,他的眼神也显得聪颖多了。

"可能吧,"萨姆金身子靠在墙上,回答道。

"一切乱子都是从瓦拉甫卡家里闹出来的,"那个醉汉叫道。但是小伙子把他推开了。

"闭上你的嘴,不然我要扇你耳光子!"他说话非常镇静,丝毫没有威胁的样子。末了又对萨姆金说:

"他们要审判谁呀,请您说说!谁是祸首?是他们。他们干吗要和我们捣乱?他们打的旗比我们的大,并且不脱帽子。他们有什么权利呀?"

"我们去砸瓦拉甫卡家的窗子吧!"

"他已经死了。"

"死了?好吧,那我们就……"

"咱们走吧!"

有四个人走掉了,那个小伙子和萨姆金肩并肩地靠在墙上,两手捂着胸脯,顾虑重重地说:

"我们的行动有失体面吗,啊?"

"有失体面,"萨姆金和蔼地同意道,稍微离开他一点儿。

各家住宅的窗户都打开了,人们都朝一个方向望去,因为那边吵吵嚷嚷,好像有拆除和劈断栅栏木板的声音。那小伙子吐了一口唾沫,穿过大街,蹲在那个中学生的身旁,但是那个中学生却倏地站起来,环顾一下四周,小跑似的急步走到大街那边安静的地方去。

在大街的另一面,萨姆金也跟着他急步走去,而且每当他头上有人打开窗户的时候,他都吓得一哆嗦,急忙闪开;一个女人的声音从一扇窗户里传出来:

"又有一个戴眼镜的跑了!抓住他……"

走了几步之后,有人拦住他,责问道:

"喂,狡猾的家伙!你是肚子痛了吗?"

不论是对自己,还是对别人,萨姆金似乎都感到有点儿羞愧,于是他蹑手蹑脚地走起来。猛然间他看见远处来了一队骑警,便急忙拐进了小胡同。他又看见在胡同里的栅栏旁站着一位上年纪的人,他的上衣袖子被人撕掉了,正在那里对谁大声喊叫:

"你别管我吧。我只丢了一顶帽子,没有什么关系。"

在这个人肩膀的上方,从木栅栏缝里闪出来一双眼睛,接着一个女人的声音哀怨地说道:

"喂,你上哪儿乱蹿去啦,丑八怪?你干吗要管这种闲事呀?"

"你别劝我啦!打人是不许可的!"

"你想想吧!唉,傻—瓜,真是傻瓜……"

从马路对面走过来一个人,穿着一双胶皮套鞋,脚上没有穿袜子,手里端着一支双筒猎枪。

"喂,老伙计!"他对着一座小房子半敞开的窗户喊道。"给我几颗子弹吧,可以吗?……"

窗户大开了。在窗台的两个花盆中间蹲着一只绿眼睛的小猫。它使萨姆金想起了托米林。

教堂大街的那场恶斗之后,这些行人寥寥的小胡同里的平静,是令人可疑的,老是让人觉得门窗后面有人埋伏着,要对你进行报复似的。看见那些曾经被科兹洛夫描绘得十全十美的、狭窄的小胡同和安静的小房子的主人(曾几何时,他们那安居乐业的生活尤为萨姆金所羡慕),现在却如此麻木不仁地在一旁观看这凶险的暴行,真叫人气愤。他们坐在家里,闩上大门,装上猎枪,活像要去打乌鸦似的,而来到大街上,捍卫自己信仰的,却是那位手持雨伞、年逾古稀的老人,是那个瞎乎乎的糖果厂老板。

"都是些废物!"萨姆金心里咒骂这些居民,恍惚觉得他的愤慨之中潜伏着某种矛盾的心情。他简直是思绪纷繁、心灰意懒、一筹莫展了。

六

萨姆金在自己家住的那条街口上,看见一队肥胖的警察,骑着膘肥体壮的大马堵住去路。他还看见几十个看热闹的人;他们显得都很矮小,萨姆金觉得他们都像囚徒一般;彼此十分相像。其中一个穿灰衣服的、刚刮过胡子的男人说道:

"又来了一个瓦拉甫卡家的狗东西,哼,哼!"

这里也是家家大门紧闭,只有柳博穆德罗夫家的窗子打碎了几块玻璃,底层一扇窗户的框子被拽掉了。阿尔卡季的保姆给萨姆金开了便门,庭院和花园空无一人,正房和厢房里都寂静无声。萨莎关上便门,告诉他说,医生到省长那里告状去了。

"塔巴科夫,还有咱街上的另外三个人,和他一块儿去的。塔巴科夫的儿子挨了揍,科尔涅夫同志也……"

萨姆金并不听她说,径直回到自己的屋子里,脱掉衣服,躺到床上,尽量什么也不去想,然而不成,他恍惚看到自己的思想就像漂浮在冰冷阴暗的水面上的一层灰尘——大风过后常常会在池塘里出现这种浮尘。他的思绪都是琐碎的,甚至不是什么思绪,而是一些人的影像,各式各样的话语、叫喊、姿势的斑点——那个动乱的日子遗留下来的垃圾。过了片刻,楼上医生家里有了跺脚的声音,像跳卡德里尔舞一般。于是,萨姆金为了摆脱他今天这种对一切都忧心忡忡的厌恶情绪,便来到楼上柳博穆德罗夫家串门。他本以为至少可以在那里碰到五个人,可是只见到两个:医生和斯皮瓦克夫人。刚才就是他俩在屋子里踱步。

"丽莎,你不能上医院去!"医生挥着手帕,喊道。当他看见萨姆金的工夫,又向他挥了一下手帕,说:"正好他可以和我一道去……"

他俩都一下子站在萨姆金面前:医生急得满脸通红,汗都流出来了,不住地眨巴眼睛;那女人则面色苍白,瞪大了眼睛。

"您知道科尔涅夫被打伤,伤得很厉害吗?"她说。而那医生却打断她的话,大叫道:

"没有的事!拉杰叶夫这狗东西怎么样,啊?你大概听说过他对省长都说了些什么吧,简直是个犹大!连那个放高利贷的特鲁索娃也比他正派哩!她对他说,'阁下,您算什么长官呀!中学女学生们在街上挨打,可您在干什么呢?'可是这畜生却对她说,'我希望从此以后,那些心地善良的人们都会明白,他们必须拥护政府,而不要跟犹太人同流合污来反对它。是吧?'"

医生把手帕扔到地上,冲斯皮瓦克夫人叫道:

"我曾经劝说过你和你那些毛孩子,现在不是赤手空拳上街游行的时候!不是时候……嗯?"

"您要到医院去吗?"她厉声问道。

"去!"

医生抓起帽子,跑下楼去,萨姆金跟在他后面,但是因为柳博穆德罗夫并没有再邀他一道去,所以他就径直到花园的凉亭里去了。此刻他猛然想到,一月九日那天,虽说他十分恐惧,但是从意义上说,并不如今天这场斗殴对他的影响深刻,因为今天这个昏暗的日子对他个人的刺激太强烈了。

"一定要把这一切都设法结束掉,而且越快越好!"

七

第二天萨姆金的胆子就壮大了,而且也不能不壮大起来,因为"同盟会员"的行动激怒了全城所有心地善良的人们。据说昨天打死了五个人,其中有一个中学生,典狱长托波尔科夫的侄子,有十一个人受重伤,住在医院里,再加上一个科尔涅夫,他都快死了,还有二十来个受伤的,都躲在家里。《我们的家乡报》报馆玻璃窗都给砸碎了,印刷所的机器给捣毁了,铅字都抢走了。从清晨起全市就愤怒地吵嚷起来,门窗大开,本城的要人都骑着私人的马外出了,在大街上,行人拿着手杖、棍子,把帽子拉到眼睛边上,摆出一副准备打架的姿势。但是,到了晚上,有谣传说"同盟会员"已经在旧广场举行过集会,打伤了两个犹太人和医院女看护莉奇库斯。大街上又变得寥落冷清了,门窗重又关上,全城一片凄凉。近午夜时分,一辆马车打破沉寂,来到萨姆金家的大门口。萨姆金以为是斯皮瓦克夫人回来了,对这声音没有理会。可是,过了大约五分钟,那个看门人睡意蒙眬地来敲他的门,告诉他:

"送来一个病人。"

"这不关我的事,是去找医生的吧?"

"是找您的,"看门人肯定地说。此人无精打采的,根本不像个农民。萨姆金来到过道,看见那里倚墙站着一个头上扎着一块白布、衣服破烂不堪的人。

"请您原谅,萨姆金,我来找您。因为医院不肯收我……"

他说得很慢,气喘吁吁,萨姆金没能立刻认出他就是伊诺科夫。

他命令看门人去叫医生,然后把伊诺科夫搀扶到餐厅里。

"您受伤了?"

"是的,他们把我打伤了,"伊诺科夫倒在长沙发上,答道。

医生来了,只穿了一件睡衣,赤着脚穿一双拖鞋。他揭下伊诺科夫头上的纱布,摸了一下脉,听了听心脏,对萨姆金嘟哝道:

"嗯,唔……昏迷,啊?把伊丽莎白叫来,还有那个女仆!拿点儿热水。快!"

一小时之后,萨姆金才知道伊诺科夫的胳膊被枪打穿了,头颅虽未受伤,但头皮擦破了两处。

"很可能他的肋骨断了……"柳博穆德罗夫望着天花板说。

医生麻利地剃光了伊诺科夫的头发和胡子,蓦地现出一张肿得无法辨认的脸,连眼睛都看不出在哪里了,只是从右边那只眼睛发青的缝隙间闪出一丝激怒可怕的凶光。伊诺科夫四仰八叉地躺在那里,活像个死尸。他呻吟着,嘴里不住地嘟哝些模糊不清的呓语。风和着他的梦呓,吹拂着房屋的墙壁和门窗,呼呼作响。

斯皮瓦克夫人身穿睡衣,坐在灯前的椅子上,修改克里姆写的传单《同盟会员们想干什么?》。她那睡衣的宽袖妨碍她的动作,于是就把它卷到了肩膀上,轻声说道:

"您这里描写得太可怕了,好像我们的目的就是要恐吓市民和工人似的……"

"必须到莫斯科去,"萨姆金心里说,因为他想起了跟菲奥娜·特鲁索娃的谈话,她想买下这座该死的房子,作为贫苦女学生的集体宿舍。这个放高利贷的女人发福了,由于嗜好布尔贡葡萄酒,她的脸和脖子像酒浸过似的。她又刻薄又恬不知耻地说:

"你就让让步吧,克里姆·伊万诺维奇!你瞧我的肝脏里长了石头,肾脏里生了沙子。魔鬼很快就要叫我去给他当厨娘了,到时候我会在他们面前为你说好话的!唉,唉,怎么样?哎呀,你要钱干吗呀,你这戴眼镜的山羊?你瞧,十七年来我一直把自己作孽的钱花在这些女孩子身上,我造就了多少有用的人呀?可你都干了些什么呢,嗯?我告诉你吧,你连一个也没有带到正道上来,我的道学先生!你连一个女学生也没有勾引过,我想是吧?"

她一边说,一边摆弄从手脖上脱下来的镯子,这金子在她红红的手指上显得很柔软。

"您写得太离奇了,"斯皮瓦克夫人又说话了,并且毫不客气地挥起她的铅笔。"简直跟社会革命党人一样……通篇充满感伤的情调。"

萨姆金默不作声地瞅着她和萨沙。萨沙正在悄悄地揩去沙发旁边地板上的血迹。伊诺科夫此刻正躺在沙发上呜呜噜噜地说着梦话。萨姆金心里默默地想着特鲁索娃、斯皮瓦克夫人、瓦尔瓦拉、尼康诺娃,总而言之,想的全是女人。

"一些奇异的生物。马卡罗夫很可能是对的。一些卑鄙龌龊的灵魂……"

斯皮瓦克夫人刚一进来,就使他大吃一惊。她对伊诺科夫的受伤丝毫无动于衷,对他的态度就像一个陌生人似的。她帮助医生做完手术之后,又坐下来修改那份传单;长叹一声,又镇定地说:

"您大概还得再写一篇《那个被打死的布尔什维克曾经想干什么?》。科尔涅夫是活不成了。"

"恐怕是活不成了,"医生嗫嚅道。

"是的,一个龌龊的灵魂,"萨姆金瞅着女人的一只几乎裸露到肩膀的胳膊,重复道。她孜孜不倦地工作,并且十分羡慕社会革命党人在手工业工人、店员和小职员中取得的成就。萨姆金觉得这种羡慕有点儿幼稚。此刻医生正盯着斯皮瓦克夫人的铅笔,嘴里喷出的浓密烟雾旋绕在他的周围。她对他说:

"为了回答省长的威胁:——'用武力驱散一切集会',——这是他们的一贯作风!——有些地方已经贴出了不少石印的打油诗:

假如情况变得更糟,

我决不会把你轻饶，
即使你是我的丈夫，
我也会举起屠刀，
哪管你是特列舍尔，
艾维琳娜的丈夫。

以及其他一些诸如此类的粗俗的玩意儿。至于《我们的家乡报》嘛，我们已经决定停办了……"

"这种情况是不会长久的，不会长久的，"医生一边说，一边用手驱散烟雾。"喏，好吧，我们来给他做一下热敷。我恐怕他的左眼会出什么问题。萨姆金，您去睡吧，过两三个钟头，您来换她……"

八

萨姆金回到自己房间，脱衣躺下，心里在想，从妻子信上写的，以及报上说的来看，莫斯科也不平静。罢工和各种集会，还有在大街上和警察的斗殴，日益频繁。在这里他已经生活得很习惯了。斯皮瓦克夫人对他颇为关心，尽管有些冷淡。一般说来她对人是关心的，并且反对科尔涅夫和瓦拉克辛搞的那种示威游行。

雨落在树叶上沙沙的响声虽说越来越大，越来越紧，却不能打破这深沉的宁静；能够听到的只有淅淅沥沥的雨声。萨姆金觉得，过去几个月的感受使他心神不定，无力自制。这局势是好，还是坏呢？有时他以为很糟糕。加邦无疑是一个屈从现实和陶醉于现实的不幸的牺牲者。可沙皇呢？他虽说脱离现实，但很可能也是不幸的……

当医生把他叫醒的工夫，他以为还没有睡熟呢。

"起来吧，先生！他在那里很兴奋，不停地说话，但您不要鼓励他说话。我已经给他吃了镇静剂……"

天已破晓；珠母色的高高的苍穹点缀着粉红色的云霞。萨姆金走进餐厅,看见灯光照着的洁白的枕头上有一张没有人样的面孔,好像石刻的一般,粗糙得很,加上那条露在外面的狭窄的眼缝,看起来比夜里还可怕。

"您瞧,他们把我打得……这个样子,"伊诺科夫声音嘶哑地说。

"是谁呀?"克里姆问,那声音像是在调查神秘现象似的。

"科尔文呗。"伊诺科夫回答,表情仿佛一下子想不起名字来似的,"就是他,一定还有合唱队员,是四个。"

他沉默片刻,又补充道:

"什么……西班牙人,傻瓜! 现在什么时候啦?"

"快七点了。"

"他想杀人,这个败类! 竟然开了枪!"

"您不能再说话了,"萨姆金这才想起来。

"不说了。"

然而,伊诺科夫沉默了一小会儿,又呜呜噜噜地说:

"可以说,我……是理解他的! 当我被赶出中学的时候,我真想把勒日加揍死,您还记得他吧? 就是那个学监。是的,后来也有好几次想……打死他一两个。我不是一个凶狠的人,但是心里常常涌起一股仇恨某些人的情绪。这是很痛苦的……"

他疲乏得默不作声了。萨姆金坐在他的侧面,为的是不去看他那碎宝石一般的半只眼睛。伊诺科夫又开始嘟哝什么普阿雷呀,钓鱼呀,末了,清晰而又有力地说:

"他也……不会好受的!"

萨姆金和他一起度过了大约三个钟头。伊诺科夫一直就像病症发作似的,沉默几分钟,然后又咕噜起来,像是被话语咽住一般,又拱嘴,又咳嗽。到了上午十点钟,斯皮瓦克夫人才进来。

"莉吉雅·季莫菲叶夫娜坐在我房间里,"她说。"您去看看她吧。"

克里姆走出来。他对于这次和莉吉雅的重逢并不十分欣慰,不过能够摆脱伊诺科夫,他还是感到高兴的。

"她好像身体不太好,"斯皮瓦克夫人追在他身后说。

九

"我还不晓得你在这儿,"莉吉雅见到他,说道。"我是来看伊丽莎白·利沃夫娜的,是她忽然告诉我你在这儿!我对这座房子已经厌倦了,你知道吗?是的,已经厌倦了!"

她穿一身女护士服装。萨姆金觉得她比以前老多了。她面容憔悴,神情忧郁,不住地摇头,显然是忘记她那蓬乱的头发已经塞在帽子里面了。这样一来,她的脑袋在她修长的身躯上显得太大,太难看。她匆匆告诉他,她和丈夫的两位亲戚要去婆婆的庄园里搬运一些贵重物品。她感叹道:

"我多么想去看看安东出生和度过童年的房子呀!要我给你倒杯咖啡吗?"

但是,她没有去倒咖啡,而是和椅子一起往萨姆金跟前挪了挪,倾身向着他,惊愕地瞪大眼睛,四下顾盼,然后莫名其妙地低声说道:

"你当然知道:在乡间是很不安宁的,从满洲回来的士兵常常闹事,闹乱子!这事只我们两个人讲,克里姆,千万不要对别人说,他们是逃跑的,是的,真的!哎呀,真可怕!我那亡夫的叔父,"她说着,在胸前迅疾地画了三个十字,"是一位将军,参加过俄土战争,得过乔治十字勋章。有一回他抱头痛哭,一边哭,一边说,在斯科别列夫[①]和苏沃罗夫时代会发生这样的事吗?"

她提高了嗓门儿,调子也带有怨恨的味道了,脸上的肌肉抽搐起来,一双深暗的眸子里凝聚着惊恐的神色。

"这简直不可思议!"她大叫一声,末了又喃喃说道:"这样狂暴,

---

① 斯科别列夫(1843—1882),俄国将军,在俄土战争中立过战功。

699

这样恐怖,简直没法回到自己的乡村去!我自己就亲眼见到了这种情形。他们好像忘记了回故乡去的道路,或者不记得哪里是家乡了。亲爱的克里姆,我曾经目睹一个红头发的士兵用军靴践踏小孩子的布娃娃,你知道,那是不值钱的玩意儿。他不但用脚踩,还用枪托砸,结果从里面撒出来……那叫什么东西啦?"

"锯末呗,"萨姆金告诉她。

"对的,是锯末。我相信,假如这是一个活娃娃,他也会把他踩死的!"

她抱住头,神思恍惚地跳了起来,在屋子里乱跑,大喊大叫:

"噢,多么可怕,多么不幸的人民呀!"

她的抱怨、恐惧和神思恍惚并未使萨姆金动心,而只是使他觉得惊奇。他不曾想到她竟然会是如此颓废潦倒。

"她活该守寡。然而,她若是一个老处女,那就更恰当了,"他心里想着,眼睛瞧着莉吉雅在屋子里彷徨,乱蹿,还不住地摸摸这,触触那,仿佛在试探它们是冷的,还是热的。略微平静一些之后,她又悄声说道:

"大家都在期待着发生革命。但是他们不明白革命究竟是什么样子。我们的随军神甫说,革命是因为无力谋生才去闹的,而无力谋生是因为不相信上帝所致。他是一位生活十分严肃的人,后来出家当了神甫。他说,世界处于魔鬼的统治之下。"

萨姆金回想着,在往昔的那些夜里,当她满足了他的性欲之后,就开始刨根究底地问他一些极其荒唐的问题。他还想起她写给他的一些书信。

"莫非她把这一切都忘却了吗?可我为什么不能忘记呢?"他沮丧地,然而又是恶狠狠地诘问自己。

"嘿!你知道我遇见谁了吗?玛琳娜。她也成了一个寡妇,而且已经好久了。哎呀,克里姆,你可知道她变成什么样啦?她身材高大,而且漂亮……居然在卖教堂用品!不过这都是无伤大雅的。她可真是了不起!这生意不过是个挡箭牌。我来不及把有关她的一切都统统告诉你,因为我们的火车要在十二点三十二分开。"

"你需要钱吗?"克里姆问。

"钱?什么钱?我要钱干吗?"她大为惊奇。

"是令尊的钱。"萨姆金提醒她。

"不,不需要。钱不是存在银行里吗?那就让它存着呗。我丈夫把他所有的一切都留给我了。"

她站得和他那样近,只要萨姆金一伸手,就可以把她搂在怀里。此刻他所想的也正是这个。

"我觉得当个财主是很可耻的,"她说着,脸上现出一丝苦笑,手里摆弄着一条古雅的表链。"假如你需要钱,你就去取吧!"

萨姆金已经颇为烦恼地告诉她,他不需要钱。

"一月份你就可以得到令尊大人各企业清理情况的详细报告了,"他操着煞有介事的口气补充道。

"你瞧,我父亲拼命地干了一辈子,到头来还得清理!事情就是……这样奇怪!"

她豁地坐在软椅上,沉默了片刻,嘴角上流露着一丝扑朔迷离的笑意,瞧着萨姆金,那对乌黑的眼睛却毫无笑的表情。末了她又说了几句仿佛烧焦的木头冒着辛辣烟味的话:

"你知道,那些小日本儿的确是些异教徒,好像受苦对他们是个耻辱。我说的是那些受伤的日本俘虏。而且,他们还蔑视我们。我们在东方吃了败仗,克里姆,吃了败仗!这是公认的看法。为了振起我们的国威,我们在那里再打一仗,是绝对必要的。"

过了五分钟,她又激动地说:

"我在莫斯科的时候,见到了阿琳娜,她漂亮极了!好像正在跟马卡罗夫谈情说爱,她说这是柏拉图式的。我很可怜马卡罗夫,他本来是大有希望的,可到头来却是一株无果的花!阿琳娜这孽种……他要她干什么哟?"

"看来,到末了她要装装道貌岸然的姿态了,"萨姆金心想,尽管怀疑她这是胡言乱语。"我要不要告诉她图罗博叶夫的事呢?"

他决定不讲,因为他生怕延长他们的会晤时间。恰巧这时斯皮瓦克夫人紧锁着双眉进来了。

"伊诺科夫的情况更坏了吧?"克里姆问。

斯皮瓦克夫人答道:

"没有。"

"伊诺科夫!"莉吉雅惊叫一声。"是那个家伙吗?是他在这里吗?啊?我在从西伯利亚回来的路上见过他。他在卡马河上的一艘轮船上当水手,我坐过那条船。这人很古怪……"

随后,她请求斯皮瓦克夫人把儿子叫来让她瞧瞧,但是,阿尔卡季和保姆散步去了。于是莉吉雅看看钟,说她马上要去赶火车。

十

萨姆金送走莉吉雅之后,觉得这次会面很难受,但他又不愿回家去,坐在伊诺科夫跟前,于是他就向郊外走去。他沿着宁静的大街一面走,一面想:她不会很快回到这座城市来了,也许永远不会回来了。今天是一个平静而晴朗的日子,天空被夜里的雨水冲洗得干干净净,空气十分清新,长毛绒般的紫红色草地散发着馥郁的香气。

"真是多事之秋,"萨姆金在田野的寂静里坐下来休息时,心中想着。"可不能老这样下去呀。人们很快会疲倦的,大家都希望休息和平静。"

然而,他并没有得到休息。

当他走过兵营的时候,他看见伊万·德罗诺夫正站在搭兵营帐篷时留下的土坑边上,那张特别的脸,因为流露着令人不快的媚笑而变得宽大起来。德罗诺夫头上没有戴帽子,蓬乱的头发简直跟枯萎的草皮一个颜色。假如站在十步以外的地方,保准分辨不出哪是草皮、哪

是他的头。萨姆金用手触了一下帽子,想从他身边过去,但是德罗诺夫却叫住他:

"等一会儿!"

他一面从坑里往外爬,一面纵声大笑。

他身穿敞开怀的外套,一手提着帽子,另一手拿着酒瓶。从那双浑浊的眸子来看,他一定是喝得酩酊大醉了,不过两条罗圈儿腿还走得挺稳。

"我可真走运,"他说着,走到克里姆跟前。"我正想着找个人聊聊呢,没想到碰上您了。对我来说,这未免太高攀了吧。真的遇上了您,岂不是幸运之至!"

他把酒瓶塞进衣兜里,戴上帽子,脱下外套,搭在胳膊上。

"您想干什么?有什么事吗?"萨姆金厉声问道。德罗诺夫一只青筋暴露的手,抓住他的手,使劲握着。

"我想叫你替我在莫斯科找个事儿做做。我为此给你去过好几封信,你都没有回信。为啥不回信哪?嗨,算了,不提它了!是这么回事儿,"他吐了口唾沫在自己的脚下,然后继续说下去:"我在这里待不下去了,因为我发觉自己应当过的只是一种卑贱者的生活。你懂吗?可是过这种生活现在不时兴。人,"他用拳头捶了一下胸脯,"人已经到了开始感觉到自己就该过这种卑贱低下生活的时候了。可我不愿意!也许我已经是一个卑贱者,然而我再也不愿意做这种人了……你明白吗?"

"我没有想到你喝得……我真不晓得,"萨姆金说。德罗诺夫把酒瓶从口袋里拽出来,在他面前晃了晃。那酒瓶还是满的,他可能只喝了一口。德罗诺夫胳膊一甩,就把酒瓶扔到远处去了,发出哗啦啦的破碎声。

"是该给你在莫斯科找个事做,"萨姆金斜视着对方那涨红的脸颊和那敏锐而又不安的眼神,有点儿腼腆地说。

"可一定啊!你是一位革命者,有远大的前程,又是黎民的保护者,如此等等……这是义不容辞的哟!可不要空口说白话!你现在就应当给我帮个忙,马上就办!"

德罗诺夫扶着萨姆金的胳膊,慢慢地走着,把他引到旷野里去,然后说得更加尖刻、凶狠了:

"这里的情况我一概清楚,对于所有的人,他们的生活和一切表面上的痛苦,全都了解。我比所有的社会学家、批评家和清道夫知道的都多。命运恰恰把我当作了一条装各种破烂的口袋。你哆嗦什么呀,啊?你干吗要那样瞧人呢?你鄙视我吗?咦,你有什么理由鄙视我呀?你不过是一个空子弹壳,只能吓唬吓唬乌鸦罢了!"

萨姆金更仔细地听他咒骂,并跟上他的脚步,和他并肩走着。而德罗诺夫说得更刻薄而激昂了:

"你那些小文章和评论都是些干草!而我可是有天才的!"

他停住脚步,用手遥指着左边田野中突起的那幢红色的炮兵营房,又指着通往莫斯科的公路两旁叶卡捷琳娜时代栽种的老桦树,说道:

"兵营像是大地上的脓包,是疖子,你看出来了吗?一株树就是一个喷泉,从地里喷出巨大的水柱,把金色的水滴喷洒在空中。你看不见这些,我可是看得见。不是吗?"

"'一株树是一个喷泉',这不是你想出来的,"萨姆金心里寻思着旁的,嘴里下意识地说。他觉得非常惊奇的是,德罗诺夫居然能够说出这样的话。他甚至惊奇得对于德罗诺夫的话并不感到是个侮辱了。除了惊讶,他还有另一种感觉,使他极为扫兴地跟这个人扯在一起。萨姆金环顾一下四周,只见田野空旷无人,惟有远处的公路上有一对玩具般的骏马在奔驰,一辆邮车无声地滚动着。蔚蓝色的秋空是那样晶莹透明,田野里的一切宛若一幅精美的素描画那样清晰而又明朗。

"不是我想出来的?那你有什么根据?"德罗诺大喊道;他那粗糙的脸皮涨得通红,有如煮熟的龙虾壳,几根火红的硬毛在没有刮过的下巴颏上抖动。他伸出一只手,在眼前晃晃,好像在用手往嘴里扒拉空气一般。萨姆金想开个玩笑：

"你活像个强盗,在向我袭击……"

但是德罗诺夫并没有听他这个玩笑。

"我知道你是瞧不起我的！可为什么呢？因为我不学无术吗？那是胡扯。我知道最最真实的东西——那些小人物的卑贱行为,那真正的、不可遏止的生活。让你和你们的革命,以及你那自命不凡的假面具统统见鬼去吧！你们是啥也不懂、啥也不能、啥也干不成的家伙。你们简直是些哄小孩的杏仁饼干！……"

他用力推了一下萨姆金的腰,然后停住,眼睛盯着地上,像是要坐下去似的。萨姆金试图弄清楚他内心越发强烈的、使他和德罗诺夫更加接近、几乎使他感到恐惧的厌恶之感究竟是什么,于是他嘟哝道:

"伊万,你的职业……已经把你弄成无政府主义者喽！"

"是生活,而不是职业弄的,"德罗诺夫叫道。"还有各式各样的人！"他加了一句,然后又朝林中走去。"在监牢里,你吃的是从饭馆里叫来的佳肴,而我吃的却是囚犯锅里的脏食物。我本来也是可以从饭馆里叫饭的,可我偏要吃这些脏东西,那是为了羞辱一下你们这帮人。这你们还没有发现吗？"他奚落道。"在放风的时候,你们也没注意我。"

"你因为什么被捕？"萨姆金为了把他引到别的话题上去,就问道。

"因为和谋杀瓦西里叶夫上校有牵连。这该有多么愚蠢！"德罗诺夫沉默了一会儿,好像喘不过气似的,末了又用回忆往事的腔调,扭过脸,悄声说下去:"就是这个上校！今年春天他就逮捕过我,在监牢里把我关了十一天,后来又把我叫去,道歉说弄错了！"德罗诺夫停住脚步,打量一下克里姆,又拽着他朝前走,走得更快了。"真的搞错了吗？不是的,他是想摸摸我的底……不是想了解我这个人,不,而是想弄清我是不是知情者,你懂吗？他虽说很愚蠢,但是却以为我会干出那种卑鄙的勾当来。"

萨姆金把身子扭过去,嘟哝一句:

"看来他们想拉每个人……来为他们效劳……"

"不!"德罗诺夫大叫一声,"正直的人。他们是不会拉的!他们拉过你吗?嘿嘿!就是嘛!不,当他跟我谈话的时候,他是晓得他的交谈者是什么人的,这狗东西!他以为,人反正已经惹火了,那就……试试吧。他太着急了,这笨蛋!也许,他以为我自己会找上门来的……"

"得了吧!"萨姆金说,又想把德罗诺夫的话题引开。"那是不是你把他打死的呀?"

他提问的时候,绝不相信他所问的事真有可能发生。然而一种本能的意识使他狠狠往外拉德罗诺夫用力握住的那只手,不过没能拉出来。而德罗诺夫又好像没注意到他的意图,所以就没有放开他的手。

"难道我像个恐怖分子?我就那样卑鄙?"他诘问道,发出一阵奸笑。

"你问的真奇怪!"萨姆金嗫嚅道,心里却在寻思:地方上的社会革命党人为何对这位宪兵军官的被杀毫无反应?一个因此案被捕的神学院学生和两名工人为何又很快释放了?……

"不奇怪,"德罗诺夫说。"我不是巴尔马绍夫,不是萨宗诺夫①,就连科楚尔也赶不上。我不过是德罗诺夫而已,一个没有历史价值的人物……一个无处栖身的流浪汉:我是无依无靠的。你懂吗?就像人们所说的,一个废物。"

"一个无政府主义者,"萨姆金又加了一句,他觉得伊万的话越发讨厌了。

"假如对你说他是我打死的,那你也不会相信吧?"

"我不相信,"萨姆金瞥了他一眼,答道。

德罗诺夫纵声大笑,浑身直抖,这才放开他的手。等到他笑完之后,接着说:

---

① 萨宗诺夫(1861—1927),俄国外交大臣,积极奉行沙俄帝国主义政策。

"我认识的一对夫妇有个儿子,是个品行端正的小男孩,他偷家中的零钱有半年之久。而他俩却怀疑是女仆偷的……"

"这像是间接的坦白嘛,"萨姆金心里说,然后问道:"他是在怎样的情况下被杀的呢?"

德罗诺夫猛然转过身来,朝城里的方向走去,没有马上开口,而是过了一会儿才勉强审慎地说道:

"据说他是跟一个女人干了风流勾当之后从她家里出来的工夫,不知打什么地方钻出来一个平凡的英雄,对着他砰的一枪,然后又对准那匹正等着他的马的腿或脸又是砰的一枪,就完蛋了!据说他是个色迷,他在莫斯科好像还有个党内的情妇呢!"

"谁能证明这一点呢!"萨姆金真有点儿心如刀绞似的感觉,便追问道。

"警察可以证明,因为他们不喜欢宪兵,"德罗诺夫仍然勉勉强强地说着,往路旁吐了一口唾沫。"我跟警察倒是很有交情,特别是跟那个老奸巨猾的家伙!"

他又提起他在这座城市里生活多么艰难的事来。此刻,青蓝色的暮霭已经密布在田野上,火红的云霞笼罩在城市上空,教堂钟声在召唤人们去做晚祷。萨姆金摘下眼镜,擦擦镜片,而这些动作都完全是多余的。忽然间在他眼前出现了一个纯朴而又温柔的女人的幻影。"你真不像一个俄罗斯人呐!"她伤心地说着,偎依在他身上。"你没有理想,没有激情,老是大发议论。"

"莫非她就是瓦西里叶夫的情妇吧,"他心里直嘀咕,于是追问道:"你当然晓得,弄清楚这个女人是谁该有多么重要!"

"什么女人?"德罗诺夫吃了一惊。"啊,是那个!我知道。不过这事情已经很久了。"

上校是不是德罗诺夫打死的,对萨姆金来说完全是无关紧要的,何况这是老早以前的事了。

"可不要忘记呀!"在一个僻静得令人可疑的小胡同角上和萨姆金

告别时,德罗诺夫说道。"不要急于鄙视我!"他讥讽地说。"老弟,我对你是有那个……亲近之感的,是有点儿缘分的……"

"一个危险的恶棍!"萨姆金心里说,气愤到极点。"什么缘分……简直是个卑鄙的家伙!"

"倘若他真是那样卑鄙,那还要糟糕哩!"他好像听到那个面孔黝黑的患病军官在喊叫。

"不,这现实生活竟会使人为所欲为到这种地步哟!确实需要一种威慑力量,可以叫所有的人屈膝下跪,就如同在皇宫广场上跪在那位渺小的沙皇面前一般。他的软弱无能正在使国家受害,使百姓堕落,把那些胆小如鼠的神甫提拔为国家的领袖,"他心里说。

十一

萨姆金还从来没有像现在这样恼恨过,也从来没有像现在这样深刻地意识到现实竟是如此肮脏而可怕。他回到家里,斯皮瓦克夫人简单地告诉他:

"科尔涅夫死了。您能写一份传单吗?"

他尽力保持镇静,差点儿没有说出"我很高兴"来。

可是当他把传单写好拿给她看完的工夫,她却叹口气道:

"不,这不行。批评的部分还算可以,可其余就要不得了。还是我自己来试试吧!"

当他要告辞的时候,她说:

"听说科尔文也死了。"

原来这是真的:第二天早晨,萨姆金在《省新闻公报》上看到一条用华丽的辞藻写的讣文,其中有"此公忠于上帝和沙皇陛下,当日亲率民众数千,高唱圣诗颂歌,惨遭暴徒袭击,身负多处重伤,壮烈牺牲",云云。

"数千,简直胡说八道。"

但是,伊诺科夫说那个合唱队指挥朝他开枪的事,也显然是胡说。因此他很想向伊诺科夫问个水落石出,于是他走到餐厅,看见那里的暮色中有几只巨大的秋蝇在嗡嗡地飞舞,一个身材粗胖的女看护坐在那里给伊诺科夫解绷带。

"不要出声,"她喃喃道。伊诺科夫躺在屋角的长沙发上,一动不动。医生断然禁止跟伊诺科夫谈话。他说:

"他的大脑神经开始错乱……"

可是等到萨姆金告诉他伊诺科夫与科尔文的关系之后,他却把手一挥,责怪道:

"我晓得的!这跟我没关系。现在看来,同盟会员们明天一定还会借合唱队指挥葬礼之机来一次袭击……我得去劝告一下丽莎,要她跟阿尔卡季今天就搬出这幢房子。"

听了同盟会员可能再来一次示威游行的消息,萨姆金心里很懊丧。

他经过再三考虑,便去找到特鲁索娃,在房价上向她作了让步,从她一双浮肿的手里接过了定金——一叠揉皱的纸币,心中不免惆怅地想到:

"季莫菲·瓦拉甫卡'征服普拉桑'的心愿,就这样告吹了。"

他回到家,发现门口站着一个警察,又发现台阶上还有一个,原来警察是想来逮捕伊诺科夫的,但给医生顶了回去,现在又来了一位警医和法院检察官,来核实医生的证词和对伊诺科夫进行审讯,看他能否对控告他"致人重伤,随之死亡"一案提供什么口供。

"他们瞎说,这些狗崽子!"柳博穆德罗夫医生站在穿衣镜前,一边打领结,一边大发雷霆。他使劲拽那领结,好像要把脖子勒断似的。

"我真是抱歉得很,今天必须动身去莫斯科!"萨姆金说。

"那好吧,你去吧!"医生应允道。"可丽莎还是找省长去了。真倔强,跟个……山羊似的。又像是个骆驼……确实如此!"

于是萨姆金便回屋去收拾行装。

第二十七章

一

萨姆金现在又回到了自己家里。妻子用热乎乎的鼻子亲了亲他的脸颊,然后就像瓢泼大雨似的向他发了一阵牢骚。

"你为啥不打个电报来?只有那些滑稽剧里的爱吃醋的丈夫才会这样干呢。这几个月来,你的所作所为就仿佛我们已经离了婚似的,连封信都不回,你这是什么意思呀?在这动乱多事之秋,我竟是孤孤单单……"

从她穿的那件华丽得刺眼的睡衣上,从她披散到肩膀的头发上,发出一股新奇而又浓烈的香水味。

"她在渐渐衰老,已经失去了自信心。"萨姆金心里寻思,而她却一面打量着他,一面发出轻轻的叹息,使人觉得,她的悲伤是发自肺腑的。

"你的两鬓已经斑白喽!"

"你也不年轻了呀!"

"我是因为没有化妆,"她解释道。

随后,他俩喝起咖啡来。萨姆金的脑海里仍然回响着火车的轰隆声、马车的咔哒声、大都市人声鼎沸的喧嚣;晶莹的雨点仿佛还在他眼

前飘落。他仔细打量着面前这个陌生女人焦黄的脸庞和她的一双浑浊的绿眼珠,心里想:

"她必定是胡闹了一整夜啦。"

他心里嘀咕着,感到一股怨恨涌上心头,说道:

"是的,暴动是不可避免的了。人们的仇恨已经忍无可忍,就要彻底爆发了,那时就连他们自己也要惊愕的。"

他嘀里嘟噜地说了足有十分钟才沉默下来,觉得太疲乏了,就像害了一场大病似的。

"我的上帝呀,你发的哪门子脾气哟!"瓦尔瓦拉小声说道。"不过你讲得倒是挺棒……"

"我好像是在跟尼康诺娃讲话,"他心里说。

"那太妙啦!我确信你的前程是在法律机关。你会成为一个有名望的检察官的!"她又笑眯眯地补充道:"你说得好像有……深仇大恨似的,仿佛革命就要到来是我的罪过。只有上帝才晓得这里会闹出什么乱子来,"她叹了口气,继续说下去:"人们都在彼此询问,这种局面何时结束?又怎样结束呢?到处是荒唐的谣传和流言蜚语。索莫娃已经来了。跟许多人一样,满口的胡言乱语。她正在和戈金娜一起募集捐款,来武装工人,你可以想象!为了武装,她们就是这样说的。其实人人都在买手枪。米特罗方诺夫来过,他现在没事干了,一副倒霉相,抬不起头来的样子。而且他什么话也不说,只是哼哼唧唧的。"

下午,有几个萨姆金不认识的人跑来找瓦尔瓦拉,传播了一些惊人的消息。他们真是跑进来的,不是正经八百地坐在椅子上,而是扑倒在上面,既不吝惜自己的身体,也不爱护别人的家具。

"您听说过吗?您知道吧?"于是他们讲起了罢工、捣毁地主庄园、和警察发生冲突等等的消息。瓦尔瓦拉告诉萨姆金,有几位太太在筹组救济会,赈济罢工者的子弟和牺牲者的寡妇和孤儿。

"你知道吧,这里打死人喽!"她非常激动地告诉他。她身穿一件浅绿色的毛料连衣裙,头发梳到两只耳朵上方,鼻子上涂着粉,虽说样子不迷人,可那激动的神情还是美化了她。萨姆金看出她是晓得这一点的,而且很乐意引人注目。然而,他分明觉得:在妻子和她的客人兴奋的背后却是恐怖。

二

萨姆金家里来了一个留着长发的高个子青年,脑门上长着一个小肉瘤,细长的脖子上扎着一个鲜红的领结,遮住他的下巴颏,使它显得短小了;一绺绺乌黑的直发又缩短了那张蜡黄得出奇的脸,一颗大鼻子像是栽上去似的丑陋之至,那对小圆眼睛说起话来甜蜜地眨巴着,流露出谦卑的微笑。

"布拉金,"他对克里姆自我介绍说,并且用冰凉的手指摸了摸他的一只手,小心而又稳当地坐在椅子上,像个预言家似的劝说道:

"您该这样说,感谢上帝,我们快到收场的时候了!"

他把头向上一仰,像是在读天花板上写的什么字似的,用低沉的声音,滔滔不绝地说道:

"领导工人的是一位叫马拉特[①]的人,他的真姓名是列夫·尼吉佛罗夫,是个潜逃的囚犯,一个精力充沛的人物,很有独裁者的性格;他的脸上和脖子上都有很明显的胎记。昨天在一次秘密集会上,我听了他的讲话,讲得太棒了!"

"有人说他们全都被日本人收买了,这是真的吗?"一位戴金边眼镜的胖太太犹豫不决地问道。

"被日本人收买的谣言,是保皇党捏造的,"布拉金声色俱厉地回答。"顺便说一下:我确切地知道,假如不是这些罢工,假如不是维特

[①] 职业革命家,布尔什维克尚采尔(1867—1911)的诨号,他曾经领导莫斯科武装起义的准备工作。

想当共和国总统,库罗巴特金①是会把日本人打个人仰马翻的。人仰马翻!"他绘声绘色地重复一遍,末了又讲述了一些也饶有趣味的新闻。

"他消息可真灵通,"瓦尔瓦拉悄悄对萨姆金说。

萨姆金却发现布拉金竟是极其愚蠢,而且这个家宅里的一切,就连瓦尔瓦拉也算在内,都是愚蠢的。

"许是千家万户都如此吧,"萨姆金寻思。

到了晚间,情况就更糟了。一位头发焦黄、满面红光的大汉闯进了客厅。

"马克西姆·里—里亚欣,"他自我介绍说。

此人宽肩膀,小脑袋,短短的身躯支在两条又长又细的腿上,腆着一个像火壶般的大肚子。精心修剪过的光亮的小胡子,一对深凹进去的碧蓝而又快活的小眼睛,一只肥厚的大鼻子和两片发紫的大嘴唇,都给他那张绷得紧紧的圆脸增添了光彩。他身上的一切都显得极不协调,相互抵触;而特别刺眼的,是他那额头狭窄的小颅骨上,稀稀拉拉地长着光亮亮的头发,并且一直伸延到后脑勺。他脚上蹬的一双带钮扣的棕色毡靴子,使萨姆金不禁想起那位绰号萨哈林伯爵的维特来,他的两只大脚又肥又稳。里亚欣怪声怪气地说:

"我是乐天派。当个乐天派,在俄国是最好不过的了,这是整个历史教给我们的。我们千万不要像犹太人那样神经过敏吧。喏,那就让他们吵嚷一会儿,胡闹两下子吧。末了他们还是得挨揍的。您还记得奥勃连斯基是怎样在哈尔科夫、在波尔塔瓦挨揍的吗?"

他两三口就喝完了一杯茶,然后用手掌摩挲着膝盖。他的胳膊比起他的整个躯干来显得太短了。他又滔滔地讲下去:

"在波尔塔瓦省,有一群农民抢劫了一个庄园,他们有五百人之多,都不是本地人,而是从外地来的。本地人都安居乐业,很守本分。

---

① 库罗巴特金(1848—1925),沙俄将军,先后任陆军司令和满洲俄军总司令,日俄战争中在沈阳吃了败仗,因而决定了战争的结局。

可是现在来了这帮家伙,当然是吵吵嚷嚷的喽。一位老人出来对他们说,'安静点儿!谢尔盖·米哈伊洛维奇还在睡觉哩!'嘿,真想不到这帮庄稼汉都安静了,顿顿脚就走了!这是真的!"他操着公鸭的嗓门说完了这个令人宽心的故事。

"真是一只公鸭!"萨姆金拧着小胡子,瞧着谈话者,心里在说。萨姆金发现妻子正笑眯眯地望着他,仿佛她赞赏的是这家伙本人,而不是他讲的故事。萨姆金猝然产生一个念头:照脑门儿给里亚欣一拳。于是严厉责问他:

"您怎么的,难道不相信报纸上说的暴动的消息吗?"

"那是政治!"里亚欣回答,眨巴一下快活的小眼睛。"必须给那些反动分子来个下马威。倘若政府想得到我们的帮助,它就必须给予我们更广泛的权利,不过它是会给的!"里亚欣一面仔细地擦梨子,一面回答。末了他又讲了一个令人欣慰的故事。

萨姆金看出这家伙是来"安慰人心"的,所以他转身进了自己的书房。但是还没等他决定干什么,他妻子就进来了。

"你不喜欢他吗?"她抚摸着克里姆的肩头,温柔地问道。"可我倒很佩服他那乐天派的性格。他很富有,是造纸厂的经理,我很需要他。我现在就要跟他去参加一个会。"

她吻了一下克里姆,补充道:

"这家伙虽说不精明,却是个出众的人物!他自己还会种植菠萝蜜香瓜呢!"

说到香瓜,她嘿嘿笑了起来,随后就不见影儿了。

三

萨姆金觉得自己仿佛突然间来到了剧院的幕后,成了三等演员似的。这种演员根本不能在舞台上扮演角色,也不了解演戏的意义。他打量着穿衣镜里自己的形象,一条干瘪的身躯,一副愁眉苦脸的神情,不由得想起一部法国小说中的一句话：

"这就是生活对人的极其巧妙的折磨。"

他燃着一支烟卷儿，把缕缕青烟喷到镜子里，那青烟倏地遮住了他的脸庞，复又在镜子上徐徐散开，露出了一双死人一般戴着眼镜的眼圈儿、一个软囊囊的鼻子、两片薄薄的嘴唇和尖尖的小黑胡子。

"咳，这算什么呀？"萨姆金问完，瞅瞅四周，不禁哆嗦了一下。真糟糕：居然问出声来，而且声音很大，怒气冲冲。

"这真像是神经失常哩，"他忧心忡忡地思忖着，离开穿衣镜，随即又想起来，这样一次一次地对自己嗔怒不满常常是要陷入惶恐不安的。

他穿上衣服，神魂颠倒地走了出去。他发现这座城市像过节一般灯火辉煌，行人熙熙攘攘。然而像他这样孤孤单单的行人几乎没有，人们都是三五成群的，说说笑笑比平日还热闹，那大摇大摆的姿态，给人的印象就仿佛他们刚刚看完非常激动人心的场面，打什么地方回来一般。

萨姆金紧紧跟在一些行人后面，听到不少说得很有条理的话。

"唉，怎么办呐？要停止供应食物啦……"

"这回那些食品店的老板可要发财哩。"

"您反对罢工吗？"

"我赞成大家齐心协力！罢工会引起公众不满的……"

在商店灯光照着的地方，人们说的声音很小，而在暗影里却说得又清晰，又大胆。

"在卡卢加省已经烧毁了十七座庄园……"

无数的教堂钟声在呼唤人们去做晚祷，这钟声显得异常惊心动魄；车夫们也比平常起劲地抽打着他们的马匹。

"这些车夫最为沉着镇静，"萨姆金心想。一个身穿敞开的皮大衣、戴着长毛皮帽的男人，由两个女人搀扶着在前面挡住了他的去路。

他听见那男人有声有色地说：

"社会民主党人不过是些政治上的幼儿。我知道,所有这些马拉特、鲍曼①之流,都是些空谈家！农民协会才是将来历史的创造者哩……"

四

萨姆金决定去戈金家,那里一定是什么都知道的。他发现戈金家里挤满了人,像火车站开车之前闹哄哄的。他好不容易才从一群男女大学生中间挤过去,由穿堂来到会客厅,一个粗壮的声音像对着话筒大叫大嚷似的,顿时冲进他的耳朵：

"因为自由派反对布雷金杜马②,所以你们就炮制了一个必须在政治上合谋的理论。"

人们七嘴八舌,然而都同样狂热地喊叫：

"你说谎！"

"大家守秩序！"

"可耻！"

"同—志—们,请大家守秩序！"

列多祖鲍夫站在萨姆金前面,正在跟他身旁的人耳语：

"你瞧吧,叶菲姆,不经主人同意,他们就自做主张了。除你而外,这里没有一个农民！"

一阵吵嚷过后,大家都在嗡嗡低语,一个嘎哑的声音高喊起来：

"资产阶级就是资产阶级,它不可能是什么别的东西……"

"这是马拉特吗？"

---

① 鲍曼(1873—1905),俄国职业革命家,布尔什维克,工人运动的杰出组织者。一九〇五年十月十八日在莫斯科被黑帮暗杀,他的葬礼成了强大的政治示威运动。
② 一九〇五年八月沙皇政府内务大臣布雷金所筹划的立法咨议机关,其目的是引诱群众脱离革命,但尚未举行大会选举即被革命力量所摧毁。

"好像是他。"

"咱们必须开展一次总罢工①……"

列多祖鲍夫妨碍着别人的听觉,叽里呱啦地说:

"他们有什么工人呀?他们根本没有工人!"

客厅里又有人发出叫喊:

"那是吹牛皮!"

"你们没有能力操纵运动!"

"一月九日证明了……"

"你们的软弱无能!"

"那在敖德萨'波将金号'起义②那些日子呢?"

说也奇怪,尽管客厅里一片刺耳的敌对叫骂声,可是那个嘎哑的声音还是能够听得出来,就像拉锯的声音,在一片刨子、斧子的刷刷和噼啪声中照样显得很特别。

"你们休想假工人之手火中取栗……"

又有人尖声叫道:

"我们知识分子就是一种酵母,它应当把工人和农民联合为一种力量,而不……而不应当把我们的精力浪费在制造分歧上……"

在客厅的一角,有个人站了起来,脊背依着墙,像是要爬上墙去似的。他圆圆的脑袋,头发梳得光光的,身穿一件有金色钮扣的上衣。他大声喊道:

"我相信,工会联合会③是会赞成总罢工的……"

什么东西咔嚓响了一声,这个讲话者摆了一下手就不见了,他的摔倒引起一阵哄堂大笑。萨姆金随后往门口挤去。

他在戈金家里听到的这些话,毫无新鲜之处,不过是人们之间一

---

① 即一九〇五年十月那次有名的大罢工。
② 一九〇五年六月,俄国黑海舰队"波将金号"铁甲舰水兵,在击毙一批最可恨的军官后,竖起了革命红旗,将军舰开往敖德萨。列宁认为这次起义是沙皇陆海军中第一次群众性的革命发动。
③ 一九〇五年五月成立的自由派知识分子的政治组织,最初有十四个职业工会参加。

种司空见惯的争执而已,因为他们每个人都害怕打破自己的框框,改变自己的"语言体系"。他已习惯于认为,虽说这些人的见解都有事实根据,但目的却是抹杀事实。归根结底,创造生活的不是那些造反的家伙,而是在混乱的时代为和平的生活积蓄力量的人们。他回到家里,即刻把这种思想记录下来,然后才上床睡觉。

翌日清晨,安菲米叶夫娜身穿铁锈色的连衣裙,来给他送咖啡时,告诉他:

"新鲜小面包没有卖的了,面包工人罢工啦!"

他没有吭声。

"电车工人也罢工啦!"老太婆仍固执地说。

"是吗?"

"看样子,报纸也不出啦。"

"原来是这样啊!……"

于是安菲米叶夫娜两手叉腰,用粗声粗气的调门儿不高兴地诘问道:

"这是怎么搞的哟,克里姆·伊万诺维奇?皇上还要讨价还价多久哇?"

"我不知道,"萨姆金强作笑脸,说道。

"该是让位的时候喽。你要知道,除了我们当厨子的以外,全体百姓都反对他。"

"可是厨子怎么不反对呢?"克里姆开玩笑地问道,但是老太婆一边向碗橱走去,一边气冲冲地嘀咕道:

"连警察也是靠不住的。你听说了吗,他们昨天又在格鲁吉纳区驱赶老百姓了,结果又打了起来,把警察给揍了。在尼日戈罗德车站也是一样!唉哟哟……"

萨姆金瞥了一眼她那宽阔的驼背和那双劳动了一辈子已经颤抖的大手,心想:"她快要死了。"他问道:

"你说沙皇可能让位给谁呢?"

"喏,我们有许许多多聪明的人嘛,并没有把他们都赶到西伯利亚去呀!就拿你这样的人来说吧,难道还少吗……"

她蹒跚地走了出去,那丑相就跟一尊生铁铸的神像一模一样。

五

萨姆金没等妻子起床,就到牙科医生那里去了。今天天气晴和,白晃晃的太阳宛若一朵菊花,闪烁在天空;钟声回荡在空中,又高又胖的莫斯科人做完晚弥撒,从教堂走出来。

然而,萨姆金很快发现,这些穿节日盛装的人们都消失在浑身沾满面粉的面包工人、脸色苍白的排字工人以及电车工人和铁路工人之中了。他们几十人一伙,从各个小胡同里钻出来,无声无息地在街上走着,仔细观察着,像外乡人似的望着那些高楼大厦和商店,又像头回进城的乡下佬,好奇地研究着。他们离特维尔大街越近,人群就越密,使萨姆金觉得既兴奋又压抑;人群慢慢地走着,有说有笑,相互打招呼,使眼色,把那些各色各样的人轻而易举地吸引到自己方面来。萨姆金看到,这群人怎样把那些穿华贵的皮大衣的人和中学生,那些仪表堂堂、衣冠整洁的小市民,说起话来滔滔不绝的知识分子,吵吵嚷嚷的大学生,以及打扮漂亮和衣着朴素的太太小姐们卷进队伍里。他看见这形形色色的人们轻而易举地混在人群之中,并未搅乱大家齐心协力的情绪。他并不觉得自己也被卷了进去,因为大家都在往特维尔大街方向走去,而他要去的是那里的斯特拉斯特广场。

从一条胡同驶出来六个骑警,他们混进了人群,坐在马鞍上,摇摇晃晃,踟蹰地挥动着马鞭,随着队伍慢悠悠地朝前走。他们平平静静地走了两三分钟,猛然吹起震耳欲聋的哨声,咆哮起来;萨姆金前面的一个小个子男人,撑着旁边两人的肩膀蹦起来,大叫道:

"把这些六条腿的恶棍赶走!"

几匹马挤在一起,都一个样子地昂起头,开始尥蹶子,警察也一致

地挥起马鞭,前后抽打,他们的动作是吃力的,机械得跟上了发条的木偶一般。一个尖厉刺耳的声音狂怒地质问道:

"为什么呀?这是为什么?"

传来几下噼啪声,像是用棍子击水一般,于是马上有几百人怒吼起来。萨姆金还从未听见过这样强大的怒吼,它仿佛是从敞开的教堂大门里,从千家万户的院子和房屋里,从地下爆发出来的一般。萨姆金看见几十只手举起来,拽住马缰,揪住警察的胳膊和军大衣。还有个警察给人从两边拽住了两只脚,他只好呆坐在马鞍上,狂叫乱吼,瞪大眼珠,头朝右边扭着。还有个警察,身子向前探着,揪住马鬃,他的马正被人牵着往什么地方拉去,另外四个骑警已经不见影儿了。

一个白发的高个子,摇晃着脑袋,血滴溅在肩膀上,不住地诘问:

"这是为什么呀?"

刚才的情形并不可怕,然而等到怒吼和呼啸声停下来的工夫,那情形可就令人惊愕了。有个人像对着死者唱赞美诗似的唠叨起来,他的声音压倒了吵闹,造成一种安静的气氛,而这气氛是可怕的。霎时间,几十双眼睛转向那个骑在马上的警察,仿佛在看一个从未见过的怪物似的。一个没有戴帽子的黑发小伙子,把警察的佩刀拽了下来,拔出鞘,用膝盖顶着使劲把它折断,扔在马蹄下。

"他们会把他揍死的,"有人在萨姆金背后说;另一个人漠然地出主意道:

"就应当用这把刀子宰了他!"

大家把那警察从马上拽下来,像拽一条口袋似的。随后他被带出人群,一屁股坐在地上,哑声喊叫,胡子拉碴的嘴巴直动弹,脸吓得发青,像冰块似的要融化了,末了他哭起来。和克里姆并排站着一个上衣沾满了油漆的人,比他高一头,硬胡子触到他的耳朵上,使他觉得直痒痒。

"他们动不动就挥舞皮鞭,真不像话!"他郑重其事地说。他的脸干瘪憔悴,穿的短上衣原是件大衣改的,只是衣襟剪掉了。

大家把警察拖到人行道上,像一块木板似的戳在墙边。有一只黑乎乎的手把帽子戴在他的头上,但他又摘下来,用它擦擦脸,然后塞在了腋下。

"没有把他打死,"萨姆金心里想着,轻松地叹了口气。"可能是因为太挤了,而且有许多外人在场。"

他深知这种想法是愚蠢的,然而他确有一刹那十分紧张地以为会发生杀人事件,可是现在他又蓦地产生另一种想法,就是他既感激,又佩服那些能够杀人而没有杀人的人。这种新奇的想法使他很难为情,而且怕是一个错误,于是他就想贬低它。他机敏地观察着人们脸上的表情,其实还和三年前他看见的那些从容不迫地走向克里姆林宫,去朝拜亚历山大二世纪念像的人的表情一样,但是人却换了另一批。他们也不像那些跟着加邦去朝拜尼古拉二世的工人。简直不能明白:现在这些人是跟着谁走的呢?又是为了什么呢?他们的行进也是从容不迫的,像是在乡间,稀稀拉拉,既没有红旗,也没有人想唱革命歌曲。虽说知识分子不少,但科尔涅夫那种人却没有一个。他们像"万事通先生"一般,本应走在工人的前面,可他们却分散在人群之中,像芝麻粒撒在面包皮上似的。其中一个走在萨姆金前面的人,从背后看很像古萨罗夫,他大声说道:

"当工人阶级彻底理解自己劳动的决定性意义的时候……"

旁边一个留着卷毛小胡子,头上缠着绷带的青年人,对那个上衣沾满了油漆的人喊道:

"是的,那就算了吧!你怎么的,想乞求恩惠吗?"

"别发火,雅舒克……"

"也许这就是'完结的开始吧'?"克里姆·萨姆金责问自己。

六

走在前面的几排一定是遇到了什么障碍。由于停止行进而受到的冲击传遍整个人群；人们放慢了步伐，开始后退。

"那里发生了什么事？不让过吗？有警察是怎么的？"

"前进，同志们，前进！"传来一阵雄壮而严厉的呼喊。"同志们，前进呀！"

"哥萨克兵来啦！"

"他们打人吗？"

"看不见。"

传来几句恶狠狠的咒骂声，人群一拥而上，这时萨姆金看见眼前出现一排密密麻麻的哥萨克兵的脑袋，像木栅栏一般，脑袋很小，几乎每个上面都有一撮卷发，卡在小红帽的下面，显得神气十足，却使他们的红脸蛋看上去都是一个模样，极不严肃。马匹也很小，鬃毛很长，在萨姆金看来，人和马都像是玩偶。一个鹰钩鼻子的哥萨克军官勒住马，侧身对着前方，弯腰倾听着一个大个子胖警官说话，那警官随后朝他伸出一双戴着白手套的手，复又面对人群，怒气冲冲地，但又是祈求似的叫喊道：

"你们往—往哪儿去？都散开！……"

于是萨姆金看见，哥萨克兵的马都参差不齐地昂起头，向人群冲去，皮鞭乱舞。就在这一刹那，他好像腾空而起似的，在呼啸、怒吼、咆哮声中打旋，被抛到前面去，脸部一下子撞在马肋骨上，不知是谁的帽子恰好扣在他头上，有个人对着他的耳朵怪叫一声，然后又被旋转一圈儿，推了过去，他终于被弄得头昏目眩，不知不觉地来到了斯科别列夫纪念像①下面，在他旁边站着一个银灰头发的男人，样子像个书柜，又宽又大，黄鼠狼皮大衣敞开着，恰似书柜的两扇门，露出穿着花条衬衣的鼓肚子，他把帽子推到后脑勺上，用低沉的声音喊道：

"暴徒，杀人不眨眼的家伙……"

"打倒专制独裁！"人群中到处在呼喊。整个广场都挤满了人，就

---

① 为沙俄将军斯科别列夫建造的纪念像落成于一九一二年六月二十四日，作者这里恐有笔误。

像煮了一锅黑粥似的,马匹在密密麻麻的人群里不自然地跳动,仿佛冻得石头一般硬邦邦的土地,在马蹄的践踏下化为液体,将它们卷进里面,没到膝盖,使屈身在马鞍上的哥萨克兵摇摇欲坠。哥萨克兵狂乱地挥舞着马鞭,左右乱抽一气,人们一面躲闪,一面喊叫:

"打—倒!把他们拉下马来!"

萨姆金跟着人群移动,他看见哥萨克兵被分割成小队,或者单个的人,已经不是进攻,而是只顾招架了。有几个骑兵已经呆坐在马鞍上,双手拽着缰绳,还有个没戴制帽的哥萨克兵,皱着脸皮,仿佛狂笑似的摇动着身躯。萨姆金上前一步,喊道:

"野蛮的家伙!不许这样干!"但是人吼马嘶,连自己的声音也很难听见。这时在纪念像的后面,在挨近消防队的地方,已经形成一个合唱队,仿佛在抬什么重东西似的,有节奏地喊着:

"打—倒—沙—皇,打—倒—沙—皇……"

来了一些步警,但是人群马上就把他们吸了进去,分散在广场的各处;总督府昏暗的窗户里面闪过几个人影,有个窗户里还点上了灯火,而隔壁的一个窗玻璃忽然哗啦一声破裂了,碎片落了下来。

"其实这是一个胜利,他们胜利了!"萨姆金心里断定。现在他已经被人群挤到列昂杰耶夫胡同里,正为人们的大无畏精神所震惊,瞧着他们的脸,有的因激动而变得通红,有的被打得肿胀,还有的满脸血污迅速凝结起来。他以为会发出炫耀的呼喊,表现出胜利者的骄矜。然而那个身穿脏乎乎的旧皮大衣的大胡子高个儿,竟然靠在墙上,轻蔑地说道:

"那个哥萨克兵中尉是个混蛋,他要因此倒霉的!"一个戴夹鼻眼镜的年轻女人用手帕把他的左手包扎起来,他用右手摸摸前额上的隆包。他周围站着五六个人,都和他一样,衣服破烂不堪,浑身滚上了雪。

"怎么能让步行者到骑警紧跟前去呢?他应该叫他们拉开一定的距离,然后就来个直冲!这样,步行者就会坚持不住,马队就可以把他们冲倒。那时,你打呀,抽呀,就随便了!可他竟让人群冲到自己的胸前,真是个白痴!"

"这话说得很对,"一个围观者同意说。"也可以用水浇他们嘛,旁边就是消防队。"

"倘若他们真是这样袖手旁观,我们就给他们点儿厉害看看。"

"谢谢您,太太!"那个伤了手的人说着,吐了一口血。"谢谢。您包扎得真好……走吧,伙计们!"

他又回到广场,那里仍然闹哄哄的。萨姆金也跟着他走去,想听听他的同伴们说些什么。

"我把他的手枪夺了过来。"

"一条狗!他能怎么样呢?"

"他一下子趴到地上,很可能以为我也会朝他开枪……"

"学生们都干得很好!"

"他们就喜欢打架斗殴。"

"有个小姐,胖胖的,嘿,她可真勇敢!我以为她要给那警官一记耳光呢,可她却是老鼠见了猫似的……"

"有个家伙抢起手杖打了几下……"

"同志们,倘若知识分子跟咱们去冒险,那就是说……"

听来很奇怪,虽说他们谈的事情非同寻常,可是他们说的话都是三言两语,极其简单,甚至是平心静气的。萨姆金没有听见破口大骂。突然间,他前面的人全都跑起来,从广场那边,对着他们传过来一阵旋风般的狂吼,——显然不是恐惧或者痛苦的叫喊。萨姆金被人们推挤着,驱赶着,一个人抓住他的衣袖,拽过去,咕哝道:

"弟兄们,可别落后呀……"

七

人群跑到广场的工夫,就七嘴八舌地嚷嚷开了,并且向后退去,刹那间,萨姆金周围的人都肃静下来,流露出惊愕和疑惧的神情。萨姆金被挤到一个角落里的台阶上,于是,他又看见了人群里的情形:颇像古时候一个奇特的攻城槌,一进一退地移动着。一连近卫军端着刺刀已经挡住了他们去特维尔大街的路口。

在这些士兵的后面,在一座房子的屋檐上有一些小小人影,手忙脚乱地不知在干什么,好像是被看不见的大火烧了似的,正在乱蹦乱跳,把木板、碎砖和冒着尘烟的什么东西一股脑儿地扔在警察和哥萨克兵的头上。传来一阵欢呼:

"乌拉!菲利波夫面包厂的工人,乌—拉!……"

一个浑身沾满面粉、肩上披着一条口袋、身上只穿一件衬衣、赤脚蹬一双破鞋的人也跟着兴高采烈地说:

"我们出于工人的友谊,也罢工了,来到了大街上,规规矩矩地站着,可是忽然间哥萨克兵来了,乱打一气……"

"乱—打?"有人大声问。

"我们几个人只好跑掉了,不然我们用什么抵抗呀?他们就爬上阁楼……"

萨姆金随着他朝房顶望去,想数一数有多少个矮得像小学生似的不怕死的家伙。但是根本数不清,因为他们闪来闪去,动作非常迅疾,有的跑到屋顶边上,冒着摔下来的危险,往下扔木板、砖头、铁皮,把哥萨克兵的马吓得惊恐万状。萨姆金摘下眼镜,复又戴上,紧紧盯着这个可怕的斗殴场面,觉得它酷似一群顽童的游戏。他看见受惊的马狂奔乱跑,骑在马上的人用鞭子乱抽乱打。站在人行道上的几个士兵,正举着枪瞄准房顶。但是在闹哄哄的喧嚣和怒骂声中,没有听见开枪的声音,那些小小的面包工人也没有从房顶上掉下来。这整个的情景并没有什么可怕的,但是其中还有他不能理解的别的东西。

急促而又激动的话语不停地萦绕在他的周围。

"他们正在拆毁烟囱。"

"只要愿意,你就会有办法自卫的!"有个人兴奋地叫道,但很快又有别人模仿他的腔调嘲笑说：

"只要愿意！那你就去吧，用拳头去揍那些士兵去吧！如果我们有办法自卫的话，我们就不会待在这里喽……"

"哎呀，老弟！我们该给他们几砖头……"

此刻，萨姆金熟悉的那个手上缠着绷带的人，正在有声有色地解释道：

"用子弹是不会把人从房顶上打下来的，因为它没有一定的路线……"

人们大多数都站在那里，一声不响，聚精会神地瞧着，像成年的拳斗师在拳斗场上观看少年拳手进行激烈的角逐一般。

"他们又派来一些士兵，"有人沮丧地说。萨姆金接着便听见一阵难以忘怀的噼噼啪啪的枪声。

"嘿嘿！"

"那是空枪……"

"我们知道是空枪！"

"可我们还是走吧，伙计们！"

于是萨姆金周围的人，又从容不迫地朝列昂杰那夫胡同走去，不时地回头顾盼，好像等着召唤他们回去似的。萨姆金走着走着，觉得自己有如那次在彼得堡的维堡区一样，是那么温暖而又安全。总之，他感到心满意足，仿佛看了一次彩排之后已经相信，戏里没有那种使人伤脑筋的情节，演出成功是颇有把握的。

八

几乎有一个星期之久，萨姆金一直心情振奋，幸灾乐祸地拿他妻子的惶恐来寻开心。

"克里姆，你怎么看哪？这会闹出什么结果来呢？"每天早晨，当她读完报上登的罢工扩大、农民暴动和莫斯科粮食供应减少的电讯之后,都死乞白赖地追问他。

"他们跟政府斗争,却想饿死咱们,"她愤然说道,把肩膀耸得跟耳朵一般齐。"可我们跟这有什么关系呢?"

愤愤不平的不光是瓦尔瓦拉一个人,还有她的朋友。"消息非常灵通的"布拉金这几天成了未卜先知的活神仙。他剪短了头发,把红领带取下来,换上了蓝条子的;现在的领带已经遮不住他的下巴颏了,原来他的下巴颏尖尖的,丑陋不堪,往上翘着,跟个没牙的老头儿一模一样。这样一来,布拉金那个蜡黄的鼻子也显得长了,他的整个脸形令人厌恶地伸展开来。他嗤着鼻子,一面咳嗽,一面说:

"您知道吧,这无论怎么说,也是可笑的!上了大街,在总督府的窗子底下打架斗殴,不提任何要求,就溜掉了。打死十一人,伤三十二人。这到底算怎么回事呢?我们的党在哪里呀?对群众的政治领导又在哪里呢,嗯?"

萨姆金没有吭声。是的,政治领导根本就没有,领袖也没有。现在听了布拉金的这番牢骚,他才恍悟过来,他在这次示威游行以后感到的心满意足,其原因正是没有领袖,那些社会主义者在工人运动中什么作用也不能起。参加示威游行的知识分子,都是些心地善良的人,他们打童年起就从书本上受到"爱人民"的教育。他们不过如此而已。

布拉金对工人缺乏积极性这一点很恼火,同时他认为,农民的积极性不仅过火了,而且完全是多余的。

"这是普加乔夫的论点,"他说着,合上眼睛,不过他的睫毛不像别人那样从上往下来,而是像鸟儿一样由下往上去。

里亚欣的情绪也很颓丧,他用手在空中胡乱比画着,惭愧地嗫嚅道:

"是的,他们搞得太过火了。太放肆了。咳,政府哇,政府!"他哀叹一声。

列多祖鲍夫却在幸灾乐祸。萨姆金在群众集会上碰见了他。

727

"喂,你觉得农民怎么样,嗯?"列多祖鲍夫拍着他的肩膀,问道。随后又肯定地说:"他们会叫您开开眼的!"

萨姆金没有答理他,甚至瞧也没瞧一眼,这位从前的托尔斯泰信徒居然使他内心产生一种莫名其妙的忧虑。已经有许许多多的人,昨天还是"爱人民"的,如今却显然惧怕人民了。然而,列多祖鲍夫跟这些人不同,他在谈论农民捣毁地主庄园时,分明是幸灾乐祸的。萨姆金从他这种唐突的情绪中感觉到一种可疑而又恶意挑拨的成分,而且更为糟糕的是,列多祖鲍夫的这种情绪竟跟他克里姆的心情有些切近,甚至不谋而合。

九

萨姆金对于人们的态度比以往更谨慎,更沉默了。早晨,他读完那些大吹大擂的报纸以后,下午便到大街上闲逛,或去参加各种集会,听听,看看,会会朋友,探探情况,他特意在饭馆吃中饭,是为了让他妻子想到他在忙于秘密活动。他心情很紧张,忙得不可开交,甚至有时担心,他身上会有什么东西不由自主地爆发出来,那时他就会说出或者做出什么意想不到的事情来,使自己吃苦头。末了,他终于完全相信了:国内发生的一切都是为他自己扫清道路,让他了解自己最终使命的。这该诅咒的、虚无缥缈的现实,整个一生都在阻挠他去了解自己的最终使命,把他紧紧地吸住,逼着他去为它绞尽脑汁,却不允许他超然于现实,成为一个无拘无束、自由自在的人。

当他读完一条在彼得堡成立了工人代表苏维埃[①]的消息之后,他简直惊得目瞪口呆了。

"咦,这又是怎么回事呀?"瓦尔瓦拉手里抖搂着一张报纸,仿佛在

[①] 一九〇五年十月十三至十四日,在彼得堡工学院礼堂召开了革命党代表和同情革命党的社会人士代表会议,成立了工人代表苏维埃,并选出了以助理律师赫鲁斯塔列夫—诺萨尔(1877—1918)为首的执行委员会。

抖搂一条沾满了什么碎屑的餐巾一般，调皮地、气鼓鼓地问道。那嗓门儿像是刚刚睡醒似的。

"一个工人的团体，你不是看见嘛！"他想了想答道。可他的妻子却越发生气地追问他：

"这赫鲁斯塔列夫—诺萨尔，托洛茨基，菲特，都是谁呀？像库图佐夫一类的人吧？可是库图佐夫现在又在哪儿呢？"

"不晓得。"

"大概在监牢里吧？"

"可能的。"

"到头来你们都得去坐牢。"

"这也是可以想象的。"

"或者把你们都消灭干净。"

"咱们瞧着吧。"

"简直是发疯！"瓦尔瓦拉说着，把报纸甩在地上，用脚后跟愤愤地跺了几下，扬长而去。萨姆金拾起报纸，读了上面登的召开地方自治派代表大会，也决定成立一个政党①的消息。

"盖登伯爵②、米留科夫、彼特隆凯维奇、罗迪切夫，"他读着这些人的名字，忽然间他从前的上司，那位主任律师的名字在他脑子里黯然闪了一下。

"他们行动太迟了，"他心中这样认定，尽管他觉得欣慰的是，跟工人苏维埃同时出现了一个由著名的自由派组成的政党。

"他们都是些老练的政治家、有才干的人，"他提醒自己。不过这仅仅使他宽慰了一刹那。

"工人苏维埃，它已经是在社会主义革命路线上的运动了，"他想

---

① 指一九〇五年十月十二至十八日"立宪主义地方自治派"和自由资产阶级"解放社"联合举行的代表大会，会上决定将两个团体合并成一个立宪民主党，其主要领导人有米留科夫、彼特隆凯维奇、罗迪切夫等。

② 盖登伯爵是当时维护宪法的反动十月党人首领之一。

到这里，又回忆起特维尔大街上的示威游行来，想到了工人同哥萨克兵斗争是那么勇敢无畏，想到了房顶上的面包工人，以及在市内大街上东张西望的人群。

"这是没有社会主义者的社会革命，"他又尽力宽慰自己，开始一种毫无意义的、没有言辞的，因而也就更为激烈的自我争辩。他穿好衣服，来到大街上，仔细观察那些知识分子模样的人，断定他们也和他一样惶惶不可终日。街上熙来攘往，行人众多，而最多的是工人，他们来去从容，给人造成喜气洋洋和将要发生什么事件的双重印象。

"他们渴望寻欢作乐，对重大事件已经习以为常了，"萨姆金认定。人们说话的声音并不高，也没有在萨姆金的记忆里留下任何东西。他们谈论最多的是肉和食油涨价，烧柴来源断绝。似乎整个城市都陷入了一触即发的沉寂之中。不很强烈的，然而却潮湿得叫人讨厌的风，吹拂着人的面颊，天空出现了蔚蓝色的云斑，宛若长长的睫毛半掩住的眼睛一般。总而言之，统统是些虚无缥缈的幻觉。

第二十八章

一

不久,欢乐的"宪法节"①终于来到了。可惜那也是一个刮风的天气。铅灰色的天幕低垂,凝挂在城市上空;风忙碌地拂过各家的房顶,卷起积雪,扑到人们的脚下。但是莫斯科却沉浸在欢乐的气氛中,仿佛春天一般的温和,人们高声谈笑,教堂的钟声在低垂的天幕下也显得格外洪亮。膘肥体壮的骏马,拉着堂皇富丽的马车在街上奔驰,把那些头戴海狸皮帽的莫斯科绅士,裹在皮大衣里的淑女,以及身穿灰制服的将军们送往四面八方。在这座城市里,近日来不曾露过面的人突然间异常地多起来。那些衣冠楚楚的人们,终于盼到了这个吉日良辰,便从温暖的石造楼宅里走出来,坐上马车,在街上跑啊,逛啊,谦和地望着大街上川流不息的行人,偶尔彬彬有礼地点点头,摸摸帽檐,招手致意。

斯特拉托诺夫头戴一顶缀着红带的贵族帽,乘坐一辆考究的马车驶过去,瓦尔瓦拉和里亚欣也坐着马车跑过去了;他搂着她的腰,张着圆圆的嘴哈哈大笑。那些大学教授、律师和新闻记者们的熟悉面孔,像走马灯似的一闪而过。戈金老人一手拄着拐杖,摆动着胡子,趔趔趄趄地走

---

① 指一九〇五年十月十七日沙皇被迫颁布自由宣言的日子。

过去；他碰见了列多祖鲍夫；他穿一件貂绒领的厚皮大衣，领子上的貂毛愤愤地挓挲着，他的脸紧紧地绷着。萨姆金还以为他在生气呢。萨姆金从前的上司，那位主任律师头戴一顶毛茸茸的貂皮帽，乘一辆只有一个座位的小雪橇疾驰而过。那匹黑色的牡马倒腾着前蹄，摇动着凶野的马头，用蹄子使劲地踏着马路，好像要把路面踩碎似的。

萨姆金悠闲自在地走着，什么也不想，谨慎地保持着他内心的喜悦，就像端着一杯葡萄酒那样小心翼翼。天色已近黄昏，华灯初上，人流如潮，热闹异常。在大剧院广场附近，有一大群人，差不多有二百，从小胡同里走出来，打头的是几个留着大胡子的人，穿着清一色的短上衣。当他们走上大马路以后，就用悲怆的声调整齐地唱起来：

"'上帝保佑沙皇……'"

人行道上的行人都站住了，有个人惊讶而又可笑地问道：

"这是要干什么呀？"

于是牢骚和愤怒之声一哄而起，仿佛在提醒人们要发生什么不愉快的事情似的：

"居然有工夫来唱那些老调！"

"该死的东西！"

"哎，你们哪！……"

两个大学生一齐呼喊：

"打倒专制独裁！"

但是，他俩立刻被推到墙脚下，一个留着长胡子、眼睛犀利的人，笑嘻嘻地、令人信服地说道：

"别发怒啦，先生！'打倒专制独裁'这句口头禅如今已经归档了，而《上帝佑我沙皇》，因为有言论自由，则获得了和《在草原上》①一样的存在权利……"

几个打着教会小幡旗的人走过去之后，引起人们的哄然大笑。那个蓄长胡子的家伙龇着歪扭的大牙，滔滔不绝地说着，而且越来越兴

---

① 俄罗斯民歌，雅库什金作。

奋,声音越发洪亮。萨姆金就在目睹这一场景之后,走进了莫斯科饭店的大厅。

二

一个个喝得微醉的人们,在明亮的灯光下有说有笑,高声喧哗。令人陶醉的,几乎有点儿闷热的空气里弥漫着佳肴的香味。顷刻间克里姆觉得浑身温暖、食欲大振。但是已经没有空桌子,男男女女把餐厅挤得满满登登的,活像一张折皱的报纸上排列着的铅字。萨姆金就要转身离去的工夫,一个白衣侍者像溜冰似的咻溜一下滑到他跟前,殷勤地说道:

"请吧,先生,那里有人叫您呐!"

在门口附近,右首墙边的一张餐桌上坐着弗拉吉米尔、柳托夫和阿琳娜。柳托夫看见萨姆金,一下子从桌边蹦起来,伸出一只手喊道:

"我们已经十六年不见了,请坐!喏,怎么样,老弟?我们到底从沙皇身上挤出点儿油来了,是吧?"

"别大声嚷了,瓦洛佳!"阿琳娜一面告诫柳托夫,一面伸出一只戴着许多闪闪发光的戒指的手,叹息道:"哎呀,我们都老喽,克里姆沙!"

眼前这位瘦弱而又机灵、头顶已经斑秃、满脸雀斑、蓄着魔鬼似的大胡子的柳托夫,已经没有个商人的样子,可是那位身着珍珠绸连衣裙、坠着绿宝石耳环、佩着华丽的胸饰的阿琳娜,倒像一位典型的莫斯科商妇:粉红色的面颊,丰满的胸脯,还和从前一样漂亮、迷人,娇嫩得令人可羡。

"你想喝点儿什么,吃点儿什么?说吧!"柳托夫嚷道。阿琳娜用严厉的手势制止他:

"住嘴,你这人真讨厌!我晓得该怎样款待人的!"

"她知道!"柳托夫挤挤眼,把手一摊,表示无可奈何的样子,末了说道:"有多高兴啊!嗯?简直高兴得不得了喽!你自己瞧瞧吧,都是谁高兴啊？"

他举了几个大实业家，点了三个公爵和几十位著名的律师、教授的名，最后毫无笑容，只是"嘿嘿"了两声。

"瞧你染上一种讨厌的习惯，动不动就'嘿嘿'！"阿琳娜嗲声嗲气地斥责他。

"我以后再也不了，好阿琳娜，别生气！不，萨姆金，你想想看：这些家伙将来就是我们的主宰者哩，嗯？到时候他们要发号施令：各就各位！然后就万事大吉了。大吉，嘿嘿……噢呀，亲爱的，我们久违了呀！你的头发白了吗？现在我和你走的是同一条路喽。"

"什么路？"萨姆金问。

柳托夫竭力想把眼珠转到鼻梁跟前去，可是和从前一样办不到。于是他喝下一杯黄色的伏特加，没有吃菜，就用舌尖舔舔嘴唇，便喋喋不休地说下去：

"如今许多人都以为自己就是西缅式的圣灵之子，说'主啊，现在你可以平安离去'①了，把大事化为小事，自己的……"

"一个老奸巨猾的家伙！"萨姆金心里想着，用疑虑的目光斜视着他，叉了一块在锅子里吱吱作响的什么东西放进嘴里。

"你先用这个，"阿琳娜严厉地说，把一个盛满漆黑液体的酒杯推到他跟前。

"这是加了香精的杜松子酒，"柳托夫解释说。"喏，我们来干一杯吧！对酒当歌，人生几何呀，唉！……她呀，老弟，对这玩意儿是很清楚的，就像神甫了解祷文那样清楚。"

萨姆金的嘴给酒烫着了，便不以为然地瞟了阿琳娜一眼，而她正忙着把别的酒掺进杯子里。柳托夫想方设法地卖弄自己的聪明，说些俏皮话，妨碍克里姆吃菜和细听餐厅里的交谈。然而，要想听清楚那些陶醉于美酒和欢乐之中的人们究竟叫喊些什么，也确实不容易。从

---

① 意出《圣经·路加福音》第二章第二十九节。

他们的欢声笑语、杯盘叮当和刀叉的碰击声中,他只听见只言片语,以及一位男高音死乞白赖地想朗诵贝朗瑞的诗①:

"光荣啊,神圣的劳动!"他已经是第二次高声朗读这个句子了。

萨姆金吃了一顿极其味美的佳肴,那心情就像成年人在儿童的节日宴席上一般。阿琳娜从手提包里取出一个蓝色的信笺,扬起双眉,专心致志地读着。柳托夫正在跟邻桌的一位红脸大胖子高谈阔论,逗得那家伙纵声大笑,脖子鼓胀起来,跟个紫茄子一模一样。萨姆金环顾一下四周,看见那些蓄着大胡子的或刮得光光的、有胖有瘦的男人的脸上都焕发着为幸福生活所激励的容光;他还看见那些珠光宝气的妖艳女人的小脸,也都是红彤彤的,活像坐在那里的圣像一般。所有这些都笼罩在浅蓝色的烟雾之中,那些白衣侍者就像天使一般,在烟雾中飞舞;他们有的头发梳得整整齐齐,有的已经光光秃秃,他们挂着汗珠的面孔流露着恭维的笑容。

"她现在供养着一些诗人,"柳托夫一面说,一面去摸酒瓶,并且每次都遭到阿琳娜的阻拦,她劝道:

"你急什么哟!"

"他们当中有一个,是很奇特的!是一个身强力壮的小伙子,简直像个马车夫。他作诗,可是鬼知道他作的是些什么诗。可是他又吃!又喝!"

"先生们!

  贫穷和劳动
  真挚地共存……"

"你唠唠叨叨真讨厌!"阿琳娜说着,拿起小镜子照照左眼睛。"不过他是胡扯!根本不是'真挚地',而是二者不可分离。"

---

① 贝朗瑞的《劳动之歌》当时在俄国颇为流行。

她殷勤地为萨姆金斟酒,掺和些别的饮料,这样一调和,他的嘴就不至于发烫了,头也变得晕晕乎乎的,惬意起来了。

"和友谊与爱情共鸣。"

那个男高音透过喧哗喊叫道。

"这小傻瓜!"阿琳娜一面用牙签搅动杯子里的酒,一面叹息。"你瞧哇,沃洛吉卡,人是越醉越聪明的。聪明得要命,小奴才!"

"化学家①?"柳托夫笑嘻嘻地问道。

"不是,小奴才。聪明是要误事的!"

她颦蹙双眉,眯缝起眼睛,环顾一下餐厅,叹息道:

"真像个糖果盒子。"

"她供养诗人,却不喜欢诗,"柳托夫唠唠叨叨,跟阿琳娜逗俏。"她尤其不喜欢我的诗……"

"请吧!请吧!"有几个人噌的一下子从椅子上站起来,忽然大喊,眼睛盯着餐厅远处的一角。

萨姆金觉得自己跟柳托夫正相反,自己在这些喝得酩酊大醉、欢呼雀跃的人们当中是胸有成竹的,是冷静的;而柳托夫则是胡言乱语,丑态百出,身体像散了架子似的,萨姆金以为他会化作尘埃,将那把被他折磨过的椅子解脱出来,瘫在他的脚下,支离破碎。

餐厅里的喧哗越来越大,眼看就要达到极限,几十个声音同时在喊叫,在狂吼:

"请吧!亲爱的……请唱一支……《伏尔加船夫曲》吧!"

柳托夫在椅子上摇晃着身子,像教堂助祭一般,尖声刺耳地朗诵道:

---

① "小奴才"和"化学家"的俄文发音相近,柳托夫是故意打岔来逗乐的。

从前有位太太，一身嫁两夫，
一个为肉体，一个为灵魂。
就这样发生一场悲剧：哪个更坏呢？
她不能决定，觉得两个都好！

"这是说的他自己和马卡罗夫，"阿琳娜嫣然一笑，用手帕扇着她那发烧的脸颊，解释道。她的两眼炯炯放光，但是情绪并不快活。她漂亮得出奇，却和一个丑八怪，一个下流胚生活在一起，真够可怜的。

"非也！"丑八怪恬不知耻地嚷道。"科斯佳·马卡罗夫和我，我们俩都是为了灵魂，如同魔鬼和天使一样！可是还有第三个呢……"

"别胡说了，沃洛吉卡！"

"我晓得！这是幻想，但也实有其事！"

"我们是请求唱支《伏尔加船夫曲》！"

"先生们！静一静！"

"别说了，沃洛吉卡，你听：他们在请求沙里亚平①唱《伏尔加船夫曲》呢。"阿琳娜严厉地说道。

"让他唱吧，我不和他竞争。"

大厅里好不容易肃静下来，人们又在挪动椅子，杯盘刀叉碰得叮当乱响，忽然有个人狂叫起来：

"在公元一七八九年，法国贵族一面放弃②……"

"叫贵族见鬼去吧！"

一位戴金边眼镜的大胡子，站在大厅中间，在自己头顶上摇晃着一条餐巾，像火场上的消防队长一般，说道：

"诸位，请你们安静一下！"

"那还有什么言论自由哇？"一个爱说俏皮话的家伙叫喊道。

---

① 沙里亚平(1873—1938)，俄罗斯著名男低音歌唱家。
② 指一七八九年八月四日法国大革命，当时的制宪会议慑于人民运动的高涨废除了等级制和封建特权。

毕竟还是肃静下来了,只是在小卖部附近,还可以听见有人操着科斯特罗马地方的口音,在说:

"是呀,米佳,既然你除了典契和想入非非的念头之外,一无所有,为什么还不赶快投入人民的怀抱呢?"

"嘘嘘!安静!"

三

这工夫萨姆金听见喧哗停息了,消失在各个角落里,为一个强大而又威严的声音所取代。这声音使宁静的气氛更加深沉,仿佛把人们都抛出大厅,使它变得空荡荡的了。这声音非常清晰地道出了那些熟悉的话语,令人惊心动魄地为它们配上了熟悉的旋律。声音越来越洪亮,萨姆金感到一股寒气袭来,透过他的脊背,顷刻间,整个大厅像绷裂了似的,墙坍顶塌,众人一齐震耳欲聋地高唱:

哎哟嗨,齐心协力把纤拉!哎哟嗨!

"见鬼去吧,"柳托夫说着,从椅子上蹦起来,也跟着尖声叫喊:
"哎咿……"

萨姆金有感于此情此景,也立起身来。大家都伫立着,眼睛盯着大厅的一角,一位大个子正在那里引吭高歌,他那嘹亮的歌声,压倒了成百人的狂叫乱吼。柳托夫搂住萨姆金的腰,紧靠在他身上,仰着头,闭着眼,从他突出的喉结里挤出一丝细细的尖叫。克里姆清晰地听出阿琳娜的低音,还有不知是谁的老迈而又颤抖的声音。

大厅里又恢复了肃静,角落里的那位歌手又开始唱第二段。似乎他的声音越发洪亮,更加威严了,使萨姆金全身震摇,小腿发抖,喉咙梗塞。他清楚地看见周围尽是期待而又紧张的面孔,却没有一个像醉汉。飘过人们的头顶,从角落里传来了那位大个子雷鸣般的歌声:

对准沙皇,对准统治者,

他勇猛地抡起大棒!

"哎哟嗬,"雇主们呼喊。"抡起大棒,哎哟嗬!"

萨姆金扶着眼镜,凝神观看,浑身直打战,仿佛从来没有过这样的寒冷。他曾经在舞台上见过这位演员,饰演悲剧里的沙皇鲍里斯,见过他扮演可怕的疯子霍洛芬斯①,扮演威风凛凛的沙皇伊凡雷帝巡游普斯科夫市。那是一个梦魇似的小人物,手里拿着鞭子,骑在马上,弯腰对那跪在马蹄下的人们挥舞。他还见这位演员演过奸佞的梅非斯特②,冷言冷语地嘲笑人们,咒骂生活。此人曾经生动逼真地表演过骇人听闻的极权人物。萨姆金也曾经在音乐会上见过他,他穿的燕尾服似乎很不合身,不知怎么总像是降低了这位生着一张聪明的庄稼汉面孔的强壮人物的身份似的。

现在他又看见了这位费奥多尔·沙里亚平站在椅子上,有如一尊铜像似的高踞人群之上。他穿一件石青色的普通上衣。从外表上看,这位演员和他周围的人一样,都是普普通通的司空见惯的人物。然而,他那奇妙而又动听的、明朗而有魅力的歌声,却是那样有力地牵动人们的心弦,这样嘹亮卓绝的歌声还是萨姆金从未听见过的。使人感到惊奇的是,此人竟和所有站在灯光之下、烟雾之中的人一样的平凡。外表虽说和人们不同,然而那朴实无华却和大家一样。他的面孔比他在舞台上演过的人物的面孔更加可畏。他一边唱,身子仿佛一边往上蹿。现在他把自己内心深处最本质的东西都表现出来了,这就是要向沙皇,向统治者们复仇,那巨人般的复仇情绪是激昂的,是无情的。

"是的,正是如此,他把内心的秘密,那无政府主义的本质全都暴露出来了。他表演沙皇时那种阴森可畏的架势,恰恰是由此,也即由于对权势的憎恶而产生的。"

---

① 莎士比亚《爱的徒劳》一剧中的人物。
② 歌德的诗剧《浮士德》中的魔鬼。

萨姆金心里这样想着,顿时感到一阵发冷,简直呆若木鸡了,于是又倏然记起一连串早已忘却的人物:乡村炉匠,西伯利亚码头上的搬运工,坐在那里把海滩当餐桌的哥萨克,还有那位在彼得堡特罗伊茨大桥头看见过的司炉工的怪影。萨姆金坐下来,双手抱住头,捂着耳朵;他发现阿琳娜用一只闪闪发光的手在抚摸他的肩头,却没有感觉到,因为他耳朵里灌满了喧嚣和怒吼。柳托夫跺着脚,尖声叫喊:

"太棒啦!"

他拉起萨姆金的一只手,把他从椅子上拽起来,用呜咽的声调对着他的脸喊叫:

"你懂吗?他们都是些想自杀的家伙!他们是在为自己唱挽歌哩,你听见吗?谁能做出这样的事呢?俄罗斯能够做出!"

他那副毫无顾及的面孔狰狞地歪扭起来,一对眼珠狂乱地直打转,不是因为惶恐,就是由于欢乐。

"弗拉吉米尔,别出丑喽!"阿琳娜以命令的口气,深沉地说,并且拽了一下他的袖子。"大家都在盯着你哩……快坐下吧!喝酒吧,克里姆,亲爱的,我们为他的健康,干杯!咳,他唱得太棒了!"她慢悠悠地说道,然后闭上眼睛,摇摇头。"只要这样唱,一次也就……"她打了个冷战,把一杯酒一饮而尽。

萨姆金也干了一杯,立刻伸给她看空酒杯,并对柳托夫说道:

"你说对了!你……是非常正确的!"

他对这帮人动了恻隐之心,尽管他们还不晓得,或者已经忘记成千上万的人正在莫斯科大街上,以陌生人的目光窥视着一切。他从阿琳娜手里接过酒杯,对她说道:

"这是火山上的酒宴。你觉得你喝伏特加就像喝毒药似的,我看得出来……"

"你把他灌醉啦,亲爱的阿琳娜,"柳托夫说道。

"你说得不对!我很清醒。我可能是俄国最清醒的人……"

"别说啦,克里姆什卡!"

她抚摸了一下他的手。因为可怜她那妩媚俊俏的容颜和一双充满悲郁而又温柔的眼睛,他几乎凄然泪下。

于是他对着她吟诵了两句诗:

> 智慧素以千眼观物,
> 爱情常用独目看人。

柳托夫听了哈哈大笑;一阵喧嚣哄然而起。人们在嚷,在叫:
"再来一个!再来一个!再来一个噢!"
那个高昂不屈的声音又压倒了一切喧闹:

> 那就前进,前进,
> 我伟大的人民……

"哎呀,我可受不了啦!"阿琳娜把柳托夫推到门口,说道。"这家伙可真折磨人,多可怕呀!"

她面色苍白,挥动着手提包,把椅子撞得直摇晃,冲出这欣喜若狂的人群,叫克里姆跟在她后面,并催促柳托夫道:"我们回家吧,沃洛吉卡!我们还要痛痛快快地玩玩!把杜尼亚莎叫来……"

"我不想去了,"萨姆金说,但是阿琳娜使劲拽住他的一只手,命令道:"别傻气啦!叫你去,你就去呗!"

那个嘹亮的声音紧跟在他们的后面,像复仇一般,以压倒一切的气魄唱道:

> 对准沙皇,对准统治者们,
> 他勇猛地抡起……

来到大街上,萨姆金才觉得有些醉意。一幢幢房子像琴键般地跳

741

动;灯火辉煌刺眼,仿佛一些小黑人儿在你追我赶,千方百计地想超过去,奔向四面八方。在雪橇上,阿琳娜坐在他身旁,像只小猫似的温暖。柳托夫已经溜掉了。阿琳娜用暖手筒捂着脸,一声不吭。

四

当他们来到一条陌生小胡同的工夫,克里姆有些清醒了;他们穿过漆黑的庭院,来到尽头上的一座二层厢房。这时克里姆才发现自己置身于一间弥漫着淡红色灯光的、温暖的小屋子里。这屋子是柔和的,散发着香水的气味;又仿佛婴儿的摇篮,在微微颤动。阿琳娜说了一声"马上送来解酒的清凉饮料"之后,就出去换衣服了。进来一个戴着浆硬的小帽、扎着围裙的高个儿女仆,递给萨姆金一大杯吱吱作响的汁液。他喝下去之后,顿感爽快,神志完全恢复了。这工夫阿琳娜身穿一件白色连衣裙,腰里扎着一条顶端拖在地板上的浅蓝色绸带,回到屋子里来。

"你见过图罗博叶夫吗?"她紧挨着克里姆,坐在沙发上,问道。

"没看见。莫非他在此地吗?"

"是呀。他就跟沃洛吉卡住在一起。他是报纸的撰稿人,你真想象不到吧?"

她谈笑风生。萨姆金方才在饭店里隐隐约约感觉到的那种对她的怜悯之情,又涌上心头,不过在这怜悯之中又混进了一种轻柔的悲伤。他简单地向她讲述了图罗博叶夫一月九日的情形。

"真想不到啊!"阿琳娜大叫一声,流露着惊讶的抑或是惶恐的神情。她走到屋角上一面椭圆形穿衣镜前,整理一下自己的鬓发,似乎快活地说道:"其实他并不是怕那士兵杀他,而是怕把他当成犹太人。这才是他的本意呢!哎哟……这小贵族!"

"咦,莫非旧日的爱情还没有锈钝吗?"克里姆诘问她。

"胡说八道,"她一面在屋子里踱步,摆弄着腰带的头儿,一面答道。"你说的我现在才知道。我曾经问过弗拉吉米尔,可他心里有鬼,老是七上八下的没个准主意。你说说:会发生革命吗?"

"你讨厌那种喧闹声吗?"萨姆金笑嘻嘻地反问。

"你回答我的问题呀!"

她身穿高贵的连衣裙,略微低着头,站在他面前,显得雍容袅娜,一双秀美的眼睛严厉、好奇地盯着他。克里姆还没来得及回答,就听见柳托夫在过道里叫喊的声音。阿琳娜转过身去,看见柳托夫挽着一位矮小的女人走了进来,她梳着一头光泽的棕发。

"这就是杜尼亚莎,"他把她拉到萨姆金跟前,介绍道。"叶夫托吉娅,我们可爱的瓦西里叶夫娜。"

萨姆金吻了一下这女人的手,打量着柳托夫,因为他从未听见过,也不能想象柳托夫竟能说出如此温柔而又严肃的话。

"他也是一位律师,"他加了一句,便朝隔壁屋子走去。从那里传来茶勺的撞击声和阿琳娜的发号施令。

"他为什么要说'也是'呢?"萨姆金问那女人。

"和我同居的那个男人也是干这一行的,"女人回答,那声调像村姑在歌唱,异常优美动听。"您是刑事方面的?"

"是犯人吗?政治犯。"

"瞧您……可真会开玩笑哇!"女人称赞道,一丝微笑掠过她那微红的嘴唇和眉梢。"我晓得,所有的律师都是政治犯。我是问的案子,您是办什么案子的?我那位情人是办刑事案的。"

她的脸上倏地泛出红晕,闪现出几点雀斑。一双椭圆形的大眼睛,颜色叫人难以捉摸,不时迸出欢乐的火花;鼻子顽皮地朝上翘着。她的身材虽说很苗条,但胸部却是高高的,仿佛不是她自己的。她衣着朴素,淡蓝色的连衣裙,熨得平平整整。克里姆觉得这女人有点儿像狐狸似的狡猾。她也在谈论革命。

"现在正是好时候,大家都有点儿疯狂了,谁也不怜惜什么了,人人都急于吃呀,喝呀,追求快活……"

阿琳娜走进来,端着一个小托盘,里面有三只酒杯。

"杜尼娅什卡,假如你喝醉了,胡闹,我就扯你的耳朵!克里姆什卡,我们喝一杯提提精神!"

"亲爱的阿琳娜!"杜尼娅莎惊诧地叫喊一声。"你竟然当着一个陌生的男人对我说这种话,真是岂有此理!"

她喝完一杯,倏然跑到走廊里去。捷列普涅娃拉住萨姆金的手,略微提高声音说道:

"一个很不错的小娘儿们,很有才干,可就是胆大妄为……"

从她嘴里说出来的这种粗话好像很平常,好像女裁缝和洗衣妇在谈自己的手艺似的。

五

他们来到隔壁房间,这里的一张漂亮的大餐桌上,摆着一个已经沸腾的银色火壶。杜尼娅莎站在屋角的钢琴旁翻弄乐谱,狐皮围巾的两端耷拉在她的脊背上,使萨姆金又一次觉得她像一只狐狸。

"趁着那帮蠢猪还没来,先给我们唱支《花园歌》①吧!"阿琳娜请求道。杜尼娅莎瞧也不瞧她一眼,说道:

"我晓得该用什么来贿赂你。"

轻柔的琴声回荡在屋中,她用低沉而又软绵绵的嗓音唱道:

> 你真是花园吗,我的花园?
> 啊,你这葱茏如茵的花园,
> 告诉我呀,我的花园:
> 你究竟为何百花凋残?

---

① 俄国流行歌曲。

一般说来,音乐是不会引起克里姆多大兴趣的,然而这支歌曲是那样猥亵,杜尼娅莎的声音又不像女人的声音,那样不自然,简直像只小野兽,吃饱了食物,正在回味着它的香甜,发出呜呜声。

啊,我的青春,
你这黄金般的时光……

在刚刚听过那位名歌手咄咄逼人的歌唱之后,这歌曲使人觉得很新奇,甚至可笑。可是阿琳娜在倾听这支俗不可耐的小曲的时候,居然是那样深沉、兴奋而又凄然。柳托夫蹑手蹑脚地走了进来,坐在萨姆金身边,对着他的耳朵喃喃道:

"合唱队的一个普通队员,你说不奇怪吗,啊?多么动听的嗓子呀!她是为大家唱的!我和阿琳娜出钱,让她学习,将来成为一个大歌唱家。连教授都很吃惊哩。"

萨姆金已经心甘愿情地承认,杜尼娅莎确实唱得不错,听到她的歌声,心里有一种说不出的哀伤,使他很想倾诉出长久沉默的衷肠。然而,杜尼娅莎突然中断歌唱,使劲弹了几下钢琴,像吉卜赛人那样尖叫一声,又换了一种腔调吼道:

啊,帕申卡,
还有帕拉斯科尤什卡,
幸福的帕拉尼雅,
你这天才的姑娘啊![1]

"给来杯茶吧,女主人!"她走到桌边,请求道。
"你真该挨打,杜恩卡[2]!"阿琳娜叹口气,说道。

---

[1] 俄罗斯民歌。
[2] 杜尼娅莎的爱称。

马卡罗夫来了。他穿一件非常合身的青上衣,身材显得很匀称;他的头发已经灰白,老是颦蹙着眉头。

"噢,萨姆金呐!你好吗?"他无聊地喊道。

跟着他进来的是一位肥胖的面目可憎的诗人,他蓬头垢面,很久没理过发了;还有一个臀部狭窄的小姐,穿一件苏格兰式花格裙,红色的上衣袒露着很大一部分胸脯;又进来一位青面颊黑眼睛的自由派律师,此公以生活放荡著称,他的一头卷发跟绵羊一般,大大的鼻子像个亚美尼亚人。在半个小时之内,又来了五个人。这间屋子跟个大鱼缸似的,形形色色不成样子的人物在青烟缭绕之中游来荡去,吵吵嚷嚷;玻璃器皿闪闪发亮,碰得叮叮当当,穿衣镜里映出一些怪兮兮的面孔。柳托夫很快变成了一个小丑,又蹦又跳,叽叽喳喳,一下子跟所有的人打了招呼。末了,他把客人拉到钢琴旁边,手指捏着喉结,模仿沙里亚平的腔调,用《伏尔加船夫曲》的旋律,怪声怪气地唱起来:

> 我的朋友,我的伙计,
> 我受苦受难的兄弟!
> 无论你是干什么的——
> 千万不要颓废萎靡!
> 相信吧:一旦太阳神复活,
> 理想就会被它吞没……①

他又尖叫,又大笑,而且引起满屋的哄笑。不过有两个人没有笑,那就是阿琳娜和马卡罗夫。马卡罗夫皱着眉头在跟阿琳娜嘀咕些什么,而她赞同地点点头。

"好一个模棱两可的滑头,"萨姆金瞅着柳托夫,心想。

---

① 模仿俄国颓废派诗人纳德松的诗句。

那位律师倒了一杯酒,提议为宪法干杯。柳托夫却叫喊:

"但有一个条件,不能看这玩意儿里是什么东西!"

阿琳娜不肯和他干杯,她招呼杜尼娅莎过去,两人走出了房间。她走起路来,还像个小姑娘,骄矜地炫耀着自己的美貌。克里姆望着她的背影,叹息一声。

大家都像喝了陈年老酒似的,很快就醉醺醺的了。萨姆金想尽量少喝些,但他也感到有几分醉意。那位穿花格裙的小姐坐在钢琴旁,灵巧地弹出一曲轻快的小调,用法语唱起了一支歌;那位律师也跟着她娓娓动听地唱着,同时把自己的头发抓得凌乱不堪。接着是噼噼啪啪的掌声,桌上玻璃器皿的叮当声,还有屋子里各样什物都发出自己的声音,和人们一阵阵的欢声笑语混成一片。

"他们及时行乐,是因为他们害怕有什么变故,"萨姆金心中嘀咕。杜尼娅莎手里捏着一杯香槟酒,坐在他的身边。

"我倒很尊重这些穷极无聊的家伙,"她说。

那位诗人把他那粘成一缕缕的长发往后一甩,挺起胸,瞪着眼睛,大声问道:

> 那个穿着黑衬衣,
> 腰里扎着皮带的人——
> 他究竟是谁?

他扫了大家一眼,又扯着嗓门喊:

> 是工——工人!

"不,您这是在翻旧账,"那个律师提出异议。"你们的这些工人已经在彼得堡搞了个什么议会,现在又想在这儿搞一个。倘若我们珍视宪法……"

"买这宪法我出四十三戈比,有谁愿意多出哇?"柳托夫手里掂量着一个铜币,喊道。阿琳娜走到他跟前,说了些什么。柳托夫后退一步,两手一摊,向她鞠了一躬,说道:

"你有权,你有……"

他又后退一步,鞠了一躬。

"我请你原谅,"阿琳娜大声说。"我得离开一小时,我的一个女友病得很厉害。"

"请大家到舍间去叙叙,有谁赞成啊?"柳托夫喊道。

萨姆金决定回家去,于是他跟跟跄跄地站起来。杜尼娅莎一把拽住他,叫道:

"已经醉啦,真窝囊!"

六

他恍惚记得他来到柳托夫家喝咖啡,疯狂地跳舞,唱歌,后来他就去睡觉了,但是还没有来得及脱衣服,杜尼娅莎就端着白兰地和矿泉水走进来。接着他脱去她的衣服,抚摸着她那发烫的、酥软的躯体。当他醒来的工夫,发现自己躺在商人爱用的鸭绒垫上,他的身体深陷在里面,正在回想着刚才的梦境。这间屋子像地窖一般昏暗,沉沉黑夜的静谧充满着整个宅邸。令人奇怪的是大家直到黎明才散去。那床鸭绒垫子上散发出叫人作呕的霉味,有个什么硬东西直硌脊梁骨,原来是一条小链子,上面坠着一个金属的方片片。萨姆金厌恶地皱了皱眉头,吐了口又黏又苦的唾沫,心中思忖:他已经用纯俄罗斯的方式庆祝了俄国历史上转折的一天。

他不想再睡了,就伸手去摸桌上的火柴;他点上一根蜡烛,看了看自己的表,可是表停了,表针还指着十点三十二分。那断开的表链上原来坠着一个铜珐琅圣母像。

"一些可怕的人,"他回想着昨天那种寻欢作乐的场面,心里直嘀咕。"连我也……很快活!"

门一下子打开了,柳托夫拿着一支闪动的蜡烛走进来,胡乱穿了一件中式长袍;他把烛台搁在五斗橱上,往沙发扶手上一坐,但是身子一摇,滑到了座位上,于是张口就骂了句娘。

"想喝苏打水吗?格里沙,来瓶苏打水!……"

他用拳头使劲挤着下巴颏,连一只红红的手都变白了。他两眼盯着蜡烛的双色灯火,声音嘎哑地说道:

"出乱子啦,老弟!他们打死了一个社会民主党人,一个叫马拉特的大人物……不过马拉特被逮捕了。他们正在街上狂呼乱吼,随便开枪。"

"现在到了晚间吗?"萨姆金问。

"咦,那还用问吗?现在都已经快八点了……车夫刚才说:有人把斯特拉斯特广场上的电线杆都给砍倒了,弄得到处是电线,好像没法行车啦,"他摇摇头说。"脑袋里跟爆豆子似的!"他清清喉咙,继续用更为清晰的声音说下去。"可是,嘿嘿!这是杜尼娅莎教我的——'嘿嘿',她教我,可自己却不说。"他从桌上拿起那个带小铜像的表链,在手上掂掂,毫不惊奇地说:"我还以为她跟那个语文学家去睡觉了呢。喏,穿上衣裳吧!那里等你喝咖啡啦。"

走到门口,他忽然停下来,瞅着蜡烛,掰着手指,说道:

"图罗博叶夫把那小神甫加邦的事讲给我听,可真有趣儿。这个混蛋神甫已经垮台了,调门儿也变了。他发动的人不对劲儿……"

他吹灭蜡烛挤出门洞的工夫,可能是把长衫刮破了,只听刺啦一声。

萨姆金洗了脸,穿上衣服,走过穿堂,想悄悄溜回家去,可是,一个小仆役赶上来,打开临街的大门,把阿琳娜放进来。

"上哪儿去呀?脱掉外套吧!"她喊道。"大街上尽是醉鬼,没有马车,我好不容易才走回来;他们趁机找茬儿,胡作非为。"

听来真奇怪:她讲这话并不生气,也不害怕,甚至还很神气。萨姆金乖乖儿地脱下了外套,走进餐厅,看见柳托夫把一件夹克披在睡衣上,正在那里奔忙。杜尼娅莎在餐桌前面张罗着,还有一个刚洗过头,头发梳得光光的青年坐在那里,他蜡黄的面孔,动作有些莽撞。柳托夫听见阿琳娜呼唤,喜形于色地跑了出去。那个年轻人正在谈论司汤达和奥维德,他的声调洪亮,但是听起来好像满腹牢骚,稀疏的胡子和眉毛使他那张扁平的脸显得好看了一些,不过由于和脸的肤色一样,几乎难以辨别,因此这位年轻人跟个阉过的太监一般。

"一切都不是那么回事儿,"杜尼娅莎朝萨姆金笑嘻嘻地说着,给他倒了杯咖啡。"一个多情的男人既容易冲动,也容易泄气。可是真正的情人应当能够让人和他多待一会儿,感受感受心灵的温暖。我不喜欢那种多愁善感的人,这种人有什么好的呢?就跟肥皂泡似的,一下子泯灭,就完了……"

七

柳托夫挽着阿琳娜的胳膊进来。阿琳娜穿一件像常礼服似的长裙,显得比平常又高又苗条,而他站在她身旁就像个十六七岁的孩子。

"他们搬来一些木箱和木板,"阿琳娜兴冲冲地讲道。柳托夫却大喊大叫:

"那就是说,宪法流产了吗?"

萨姆金从陶陶醉意中醒来,对大家和他自己都很生气,他质问道:

"我很想知道:你究竟信仰什么?"

"这是一个巨大的秘密!"柳托夫一面回答,一面和阿琳娜碰杯,然后把酒一口喝下去,眨眨眼睛,说道:"不过我却认为,我和你的信仰是一致的:咱俩都相信超脱生死的肉体与灵魂的幸福。为了这种信仰,我们竟然仇恨自己。我们知道:追求安乐是可耻的。而欧洲信仰的是路德①、加尔文②、圣经和一切不合我们心意的东西。"

"你老是胡说八道,"萨姆金叹口气,说道。

"你是想用五戈比就买一个真理吗?嘀,原来是这样!"

他朝萨姆金迅速地做了一个轻蔑的手势,又去斟酒。阿琳娜和杜尼娅莎,还有那位语文学家坐在角落里的长沙发上。语文学家挺着身子在那里正讲得津津有味,阿琳娜笑着,情绪异常快活,并且老是在仔细倾听,好像在等谁似的。而当大街上传来"嘭嘭"响声的时候,她就惊叫道:

"听见吗?在打枪!"

"是敲门的声音,"语文学家说。

马卡罗夫跑来,一边搓着冻僵的手,一边故作镇静地说道:整个莫斯科都为一位宣传员被杀害而义愤填膺。

"他姓鲍曼。他的灵柩停在工业学校里,黑色百人团③今天就想把棺材给扔出去。据说他们集合了三千多人。不过那里是有护卫队的,都是些格鲁吉亚人。后来开了枪,打死了人。"

"格鲁吉亚人?医生,你这是胡说!"柳托夫叫喊道。

马卡罗夫无所谓地耸耸肩膀,给自己倒了杯咖啡,转身对阿琳娜说:

"我没找到图罗博叶夫,但他确实在此地,这是一位新闻记者告诉我的。他可以带信给图罗博叶夫。"

柳托夫在屋子里踱来踱去,理着他那凌乱的头发,做出一副苦相,嘟哝道:

"莫斯科人会为了一个犹太人跟格鲁吉亚人打仗吗?嘿嘿!"

"我是来提醒你们的,现在街上乱哄哄的,"马卡罗夫一边喝咖啡,

---

① 即马丁·路德(1483—1546),十六世纪德国宗教改革运动的发起人,基督教(新教)路德宗的创始人,其宗教思想为王公效劳,反对农民起义。
② 加尔文(1509—1564),法国人,十六世纪欧洲宗教改革家,基督教加尔文宗的创始人,其主张和信条适合当时资产阶级激进派的要求,后趋于反动。
③ 即黑帮分子,帝俄时代镇压工人运动、迫害犹太人的反革命武装匪徒。

一边说,那语调仿佛在朗读报上的一篇枯燥无味的文章。

"我们什么地方都不去,这里又暖和,又可以吃得饱饱的!"杜尼娅莎大声说。"我们来唱支歌吧,阿琳诺奇卡,人活着就该及时行乐嘛!"

杜尼娅莎的举动使得萨姆金想道:

"这小娘儿们真要……唱起来哩。"

阿琳娜没有唱,只是跟着杜尼娅莎低沉地哼哼着,那歌词是简单而又粗俗的。以前,萨姆金不曾理会,也不会去注意听这些令人可疑的"民歌"的歌词,然而杜尼娅莎这次唱得却是非常清晰:

　　金色的月亮在云霞中微笑,
　　噢,是我那忧伤将我讥嘲……

这位实际上并不漂亮的矮小女人,虽说像个不值钱的布娃娃,打扮得粗里粗气的,然而却叫他听到了一支悲凄得可笑的歌,而且根本没有必要唱这样的歌,就像光天化日之下点着灯那样毫无必要。此情此景使萨姆金很恼火。

大街上那种乱哄哄的情景,打消了萨姆金回家的念头,他心里有些惶惶然。所以,他听唱歌的工夫,就在想:

"当然,在组成国家杜马之前定要混乱一阵的,不过这是有组织的混乱。"

她们唱完之后,他正好把这话说出声来,但谁也没有理会他的话;马卡罗夫一声不吭地、怏怏不乐地瞅着他,柳托夫以自己的驼背遮住杜尼娅莎的身影,正在吻她的手,嘴里直嘟哝,阿琳娜摸着她那棕色的头发,叹息道:

"啊,杜恩卡,杜恩卡,你多有天才呀!倘若你把这天才白白浪费,就是把你打死也活该!"

"人们一定是疲惫不堪了,"萨姆金对马卡罗夫说,带着厌恶和挑逗的口气。但是这位颓丧而又郁郁寡欢的人又没有理他,只是轻轻哼着那支渐渐消逝的歌曲,而柳托夫却发出"嘘嘘"的声音。

杜尼娅莎和阿琳娜互相拥抱着,又轻声唱起来,像是彼此在交谈似的;而当她俩唱完之后,女仆进来通知说晚餐已准备好。大家默默地用晚餐,酒喝得很少,都在想着心事,就连柳托夫也很沉默,晚餐后大家马上就各自回房间去了。

萨姆金躺在床上,眼睛瞧着喷出的烟雾缭绕、浓集起来,使屋子越发昏暗;他瞧着蜡烛怎样结成灯花,心中在想:当然,莫斯科和整个俄罗斯,这几年由于"侏儒小人"皇帝所领导的社会恐怖,由于十年来的学生骚乱、工人示威和农民暴动而疲惫不堪了。

他,克里姆·萨姆金由于所见所闻,以及所读的一切,也感到疲倦了。他竭力克制自己,免得挣断了某种语言上的绳索,使他失去约束,把他拉到具有一定的"成语体系"的人们当中去。是的,他也疲惫了,但他此刻感到他的疲惫似乎是高尚的,是象征性的,不是吗?他觉得他的疲惫是长年累月造成的,而且不仅仅是他自己的疲惫,这里还有俄国历史上的一切牺牲者,一切被拴在它的"囚车"上的人们的世世代代的疲惫。然而,现在,休养生息的时候就要来临了,这是真正的"结局的开端"。

然而,只过了几分钟,他对于那种惊心动魄的变故即将结束的信心,仿佛月亮钻进了云层,又消失得毫无踪影了。此刻他想起那些得意忘形地在头上挥舞"大棒"①的"雇主们"②。他忽然产生一个念头:那些从房顶上扔砖头打哥萨克兵的面包工人,那些一窝蜂似的拥到莫斯科大街上去、没有任何人带领的工人们,还有那些去捣毁地主庄园的农民们,究竟会派谁进入国家杜马呢?工人代表苏维埃不会是什么举足轻重的东西;简直不可想象,这个从来没有在任何地方和任何人试验过的组织,会起什么作用……

---

① 俄语"дубинушка"一个意思是大棒,另一个意思是《伏尔加船夫曲》,此处一语双关,故也可译为"高唱《伏尔加船夫曲》"。

② 俄语"господа"意为雇主、老爷,词根有统治、主宰之意,此处一语双关。

想到这里,他打起盹来。翌日一大早杜尼娅莎就把他叫醒,他把她那使人舒服而快活的肉体高高兴兴地、温情脉脉地玩弄了一番。过了一个小时,他穿上衣服,回家去了。

八

为鲍曼送葬的那一天,萨姆金终于认定莫斯科的的确确是疲惫不堪了。当他挽着妻子的胳膊,在布拉金和库莫夫的陪同下,来到大街上的工夫,马上就感到了这一点。他当时的情绪像是要去完成一项使命,可是他却不了解这一使命的意义。他在路上碰见送葬的行列,发现几乎每一家大大小小的门户里都流露出和他一样郁闷以至幽怨的情绪。可想而知,人们是不满意的,他们默默地抗议又要发生什么变故。形形色色的人越聚越多,异常迅速地形成了密密麻麻的人群。虽说萨姆金并非头一次参加葬礼,然而却是头一次觉得自己跟今天的人群一脉相承,心心相印。

送葬行列像个从未见过的、异常臃肿的庞然大物,当它那红色的头从远处一条街口上蠕动到剧院广场的工夫,萨姆金觉得一股凉气透过他的脊背,简直不寒而栗了。他真不明白这种情绪是什么东西引起的:是恐惧,还是欣喜?许多面红旗在人群的头上飘扬,好像一把被风吹破和撕裂的大雨伞。然而,这个黑魆魆的大怪物越往广场爬,红旗就越多,现在完全像它背上的红鳞了。这一大群人还真有一种非凡的威力哩!萨姆金周围的人都了解这一点,因而都一声不吭。于是他在这一片寂静中,听到那个怪物在无声无息地蠕动;四周的空气里充满着奇异的唰唰声,它本身虽不作响,但在远处,从那庞然大物的心脏,却传来了微弱的声音,那是熟悉的悲壮的葬礼进行曲《您牺牲了生命》的旋律。

萨姆金觉得他妻子的手在颤抖,这颤抖又传给了他,妨碍他心脏跳动,使他喉咙发紧,呼吸困难。

"牺牲,是的!"他零乱地想着,摘下帽子。"都是些以撒,"他想着想着,记起了父亲纯朴的教诲。"这是最后的牺牲!"

为了把妨碍视线的热泪从眼睛里挤掉,他不停地眨巴眼睛,转动着头,四下张望。他还从来没有见过这么多形形色色的人们都如此一律地庄严肃穆。

"那次在维堡区怎样呢?"克里姆·萨姆金加以比较,急于弄清楚自己和群众究竟是什么情绪。"当然,那里的严肃完全是另一种情调,因为那里不是送葬,而是可以说:想使沙皇恢复原气……"

同伴们嘀嘀咕咕地说些蠢话打乱了他的思绪。

"而且这是为一个犹太人送葬呀!"瓦尔瓦拉惊诧地轻声说道。

"是基督,"库莫夫说,而布拉金立刻告诉他:

"有人认为基督本来不是犹太人。"

九

在寂静中,这种扑朔迷离的喁喁低语是听得很清楚的,虽说那种奇异的、像摩擦发出的唰唰声越来越近,越来越沉重了。萨姆金仔细地观察着。许多阴郁地,甚至严峻地颦蹙着眉头的面孔,不时地闪过他眼前,他几乎看不见专程来旁观的人的那种表情,因为这种人无论是观看结婚还是观看出殡,是观看阅兵还是观看犯人发配西伯利亚,都是一律地无动于衷。归根结底,萨姆金觉得,在这里占上风的,只是那种汇集某种真挚的感情中的近乎膜拜与感激的情绪。简直不能想象,这数以万计的人竟能如此庄严肃穆地默默行进,而且连他们的哀叹和低语也被脚踏在石铺马路上发出的唰唰声湮没了。

"确实如此:这里的人们都庄严肃穆地默默感念他的恩德,因为他已经死去了……"这种荒唐的推测,使他感到难为情,他甚至瞥了瓦尔瓦拉一眼,好像生怕她听见他在想什么似的。

"他们所感念的是一位战士,因为他在世时立过功,献出了生命。"

755

萨姆金给自己的思想换上了冠冕堂皇的新装，复又感到一阵庄严的气氛，内心充溢着使他胸怀开阔、思想高尚的肃静。

成千上万人唱着葬礼进行曲，它的旋律和着无数人群的沉重而杂沓的步伐时起时落，显得庄严肃穆。人们唱得很不和谐，而且仿佛老在重复一句歌词："您牺牲了生命"。

然而克里姆·萨姆金却觉得在这出奇巨大的大合唱中，有一种内在的和谐一致，它使葬礼中没有神甫、没有钟声和一切丧事的点缀物这种情况不为人所注意了。

"这些东西在这里都可能是多余的，甚至是虚伪的，"他认定。"任何别的人群，在任何别的情况下，都不可能造成这样肃穆的气氛，同时也不可能造成这样一种压倒和湮没一切、磨光各种粗糙瑕疵的声音。"

这里的一切都是异样的，一切都发生了梦幻似的变化，就连狭窄的街道也难以辨认了，简直不可思议的是，它们怎么会容纳下这庞然大物般的一望无际、密密麻麻的人群呢？虽说十月的天气已经很冷，寒风阵阵地从似乎已经变得矮小的房顶上吹下来，但是有些房屋的通风孔，甚至窗户是开着的，从里面伸出来一块块红布，在人群上空飘扬。

盛装着鲜花、绿叶、绸带和覆盖着红旗的灵柩，由人们扛着；看上去那些扛灵柩的都是些身材异常高大的人。人们搀扶着一位黑发的妇人，跟在灵柩的后面。她身上也缠了些红色的绸带，在她黑色的丧服上显得格外分明，反衬出她那苍白的面庞和颦蹙的浓眉。

"她是梅德维杰娃[①]，是没按教会风俗嫁给他的妻子，"布拉金告诉大家，然后吧嗒了一下嘴。

波亚尔科夫弯着腰，低着头，走在她身后，他旁边是阿列克谢·戈金，他挥动着帽子，又是唱，又是指挥，彼得·乌索夫挽着一位陷入沉

[①] 梅德维杰娃是鲍曼的妻子，积极的布尔什维克女革命家。

思的美男子走过去,他俩都穿着羊皮短大衣。社会民主党人罗日科夫[1]那张红扑扑的老是带着笑容的脸一闪而过,跟他并排的是大胡子库图佐夫。他俩都没有唱歌,从罗日科夫的手势来看,他显然是在争论。跟在库图佐夫后面的是柳芭莎·索莫娃和戈金娜。送葬行列里还有萨姆金认识的一些男男女女,但叫不上名字来。

"有一百五六十人,二百人,顶多了,"萨姆金满意地计算着。

唱挽歌的就是这些人,因此在那成千上万人喇喇的脚步声中,他们的歌声显得很微弱。

这帮人连同他们前面的灵柩,都被大学生和工人手拉手包围着,他们之中不少的人手里握着手枪。其中一位强有力的人物是杜纳叶夫,另一位是工人彼得·扎洛莫夫。萨姆金见过此人,也听别人谈起过他,说他在警察包围大学的时候,组织过护校工作。

在成千上万人的送葬行列里有工人、手艺匠,有男有女,有穿高贵皮大衣的绅士,也有衣冠楚楚的律师,有身穿轻便外套的知识分子,也有大中学生;还走过去密密麻麻的一群邮电局的官吏,甚至还有几位军官哩。萨姆金觉得他们每个人心中所想的、嘴里所说的都是相同的东西——那个一针见血的字眼。不论在任何时候、在任何人群里,它都可以十分准确地决定人群的情绪。他耐心地等待着这个字眼,它终于被人说出来了。

这个字眼是在回答一位从店铺门缝里探出头来的红脸胖大妈的问话时说出来的。她吃惊地瞪着一对圆圆的小蓝眼珠,大声问道:

"老爷们,你们这是给谁送葬呀?"

"给革命啊,大婶儿!"人们镇静地大声回答她。

"哟,你听听,"瓦尔瓦拉奚落地咯咯一笑,好像谁挠着了她的痒处似的,而布拉金好像很内行地嘟哝道:

"应当说:是为无政府主义和迫害犹太人的暴行送葬。"

---

[1] 罗日科夫(1868—1927),俄国社会民主党人,高尔基的老相识。

克里姆·萨姆金放慢了脚步,左顾右盼,想看看那个在他身后说出这个很有用的字眼的人的面孔。紧挨着他走的是两个男人:一个是衣衫褴褛的矮老头,蓄着大胡子,红肿的眼睛里流露着阴郁的神情;另一个人有三十来岁,黑黑的胡髭,老不爱修边幅似的,长一颗大鼻子和一双快活的眼睛,他穿得也很寒碜,一件黑色的皮短大衣油渍麻花的,还戴一顶西伯利亚式的皮帽子。

　　"就是他!"克里姆·萨姆金猜想。

　　上面说的那个字眼对他来说是有决定意义的,它彻底说明了何以会出现各个阶层的莫斯科人走出家门,来为一个死去的革命者送葬这种庄严肃穆的盛况。

　　"给革命送葬!这话说得何等深切透彻啊!"他心里想着,对那位素不相识的聪明人不禁流露出感激之情。"是的,他们将要送入坟墓的是过时的、腐朽的东西。这次惊心动魄的游行就是社会运动最神圣的表现。还有那摩擦般的唰唰声并非人脚的机械动作,而是历史的最智慧的声音。"

　　他决定写一篇文章,来揭示这次葬礼的象征性意义。应该讲一讲,莫斯科和整个俄罗斯是在通过这位无足轻重的死者的名义,重新给那些为了自由而在苦役、监牢、流放和亡命异国时,献出了生命的人们送葬。是的,这是为赫尔岑、巴枯宁、彼得拉舍夫斯基,为三月一日的英雄们[①]和一月九日被惨杀的成千上万的人们送葬。

　　"当然喽,这篇文章一定要写得生动感人。可惜的是,也可以说有点儿犯难的是这死者是个犹太人,"萨姆金叹了口气。"虽说有人断定他是个俄罗斯人……"

十

　　送葬行列发生了混乱。灵柩周围掀起一阵不很急迫,但颇像旋风

[①] 指一八八一年三月一日刺杀亚历山大二世的民意党人。

似的骚动,那覆盖着红色绸带、花圈和鲜花的灵柩,仿佛扛得更高了。可以想象,人们不是把灵柩扛在肩上,而是用手举在头上。音乐学院的乐队从校园里走出来,在低垂灰暗的天空下,在阴郁的气氛中,奏起了雄壮而又洪亮的进行曲《英雄之死》。

"我的天哪,真是太棒了!"瓦尔瓦拉叹口气,紧紧偎在萨姆金身上,说道。他觉得好像有成千上万的人在跟她一起叹息。里亚欣脸上冒着汗,笑容可掬地出现在他身旁。

"今天是什么日子,啊?"他说着,那两片紫色的厚嘴唇直颤抖。他用一双惶惑而又闪光的眸子打量着克里姆的面孔,上气不接下气地说:"啊,真是盛况空前哪!不,您估量估量,这场面有多么宏伟呀,啊?您想想看吧,莫斯科,整个莫斯科都……"

"嗯,是呀,我们就爱追奇求怪嘛,"斯特拉托诺夫瞅着瓦尔瓦拉的脸,说道;他那呆滞的眼神像是在盯着表盘上的指针一般。"给我介绍一下,马克西姆·里亚欣!"他把水獭帽举到头上,用命令的口吻说;然后又近乎威胁地对瓦尔瓦拉粗犷地声称:"我认识您的丈夫。"

"他就在这里,"瓦尔瓦拉说。不过此刻萨姆金已经躲到一个人的宽脊梁后面去了。他不想和这些人交谈,甚至也不愿跟任何人交谈。他自己那些异常庄重而洪亮的语言之花在内心开得越来越茂盛。

"肃静,先生们!"有人对里亚欣和斯特拉托诺夫厉声喊道。

布拉金挤到前面去了,库莫夫早就溜掉了,人群仍在走着,顷刻间萨姆金发现他跟妻子离得很远了。有两个人走在他前面:一个是胖矬墩儿;另一个是细高条儿,此人跟跟跄跄走着,用激愤的男高音急促地说道:

"瓦连琴,你把这记下来吧!老弟,你要把他写下来:黑的和红的,噢吓!你懂吗?红的和黑的,啊?"

十一

萨姆金走得越来越慢了,希望这密集的人群赶快走过去,离开他。

可是，人们走哇，走哇，老是走不完，好像在推着他前进。他现在已经完全没有必要留在人群里，也没什么有趣的东西了。一些熟悉的面孔还不时地闪过他眼前，却不能给他留下什么印象和感想。他看见阿琳娜和马卡罗夫手挽手过去了，还有杜尼娅莎和柳托夫，以及那个脸颊发青的律师也过去了。还有一个熟悉的面孔闪了过去，看上去像是图罗博叶夫，和他同行的是一位时髦的作家，一个黑发的美男子。

"克里姆·伊万诺维奇！"米特罗方诺夫拽住他的衣袖，又惊又喜地呼喊道。"您好哇！想不到我们在这种场合相遇哩！啊，我的上帝呀……"

"嘿，您也来啦？"萨姆金掩饰着他的淡漠之情，心里直恼恨这次邂逅。"您早就来此地了吗？"

"两个来月了。噢噢，我真高兴……"

"为啥不到我家做客呀？"

米特罗方诺夫遗憾地大声吧嗒了一下嘴，没有回答，而是继续说道：

"怎么样啊，克里姆·伊万诺维奇？那么说已经准许各阶层按着一般的道理联合起来了吗？那就请允许我祝贺您努力的成功吧，就是说……"

他已经很久没刮脸了，长满胡髭的腮帮子好像在嚼什么东西似的动个不停，大胡子也抖动着，仿佛已经酩酊大醉，喘着热气但并没有酒味儿。萨姆金见他这种兴冲冲的样子，真有点儿惴惴不安，甚至感觉好笑，可是见他高兴得如此真挚，又觉得可喜。

"可不是吗，他们把我们拆得七零八落，东一个西一个的。可是现在呢，我们又聚到一起了！太妙了！喏，您晓得吧，而且联合得挺牢实哩！"米特罗方诺夫一面说，一面用肩膀和臀部直顶他。

送葬行列在尼基塔大门附近又停住了。人们更紧密地挤在一起，从前面远处传过来一阵令人吃惊的话语……

"喂，同志们，前进哪！"

这发号施令的,是一位蓬头垢面的黄发男人,他莽莽撞撞地推开人群;一些学生和工人,紧跟着他扒拉开人群,仿佛加了个楔子一般,穿了过去。因为他们推来推去,好像整个行列又动了起来,而且歌声也唱得更和谐、更严峻了。萨姆金周围的人也松动了一些,显得宽绰了,行进的唰唰声已经不那么密集,不像刚才那样容易压倒人的嘈杂声了。

　　"一定是有人胡闹吧,"米特罗方诺夫抱歉地说。"也许是有人害病了。"随后他轻声地回答萨姆金谨慎的问话,说道:"不,我已经不干从前那一行了。您知道,面对自由,去抓那些小偷小摸的家伙是很不值得的。现在是快活的日子,应当把一切烦恼忘掉,就像在四旬斋①前的最后一个星期日那样。何况我已经受到怀疑,他们认为我不可靠,当然也就不容许……"

　　歌声渐渐远去,旌旗缓缓黯淡下来,寒风越发凛冽地朝人群侵袭着。人群已经向左右两侧移动,显然不能全都挤进那个狭窄的街口中去了,可是后面的人仍在源源不断地朝前涌,在黄昏之中,人群变成黑压压的一片,显得更稠密了,但却给人一种空虚的感觉,而且可以想象,这是人群呼出的冷风。萨姆金不知不觉地被挤到左边阿尔巴特大街去了。不过这正是他所希望的。现在,米特罗方诺夫的声音虽说很低,却听得更清楚了。

　　"人人知道当车夫要比当马好,"他凑到萨姆金跟前,嘀里嘟噜地说道。"可是为什么要捐钱购买武器呢?我简直不明白!既然已经允许各阶层都联合起来,那还和谁打仗啊?"

　　"噢,这没什么了不起,"萨姆金生气地说。他已经非常讨厌伊万·彼得罗维奇这家伙了。

　　"没什么了不起?那又为什么呢?"

　　"那不过是防备黑色百人团的袭击……"

---

① 据《圣经·新约》载,耶稣于开始传教前在旷野守斋祈祷四十昼夜,教会为表示纪念,规定在耶稣复活节前四十天为此斋日,在此期间,教徒不得举行婚礼和娱乐。

"噢,是呀!对啦……当然喽!原来如此……可究竟是谁募捐的呢?是社会革命党人呢,还是社会民主党人呢?"

"我不清楚。我要朝这边走了,伊万·彼得罗维奇……"

米特罗方诺夫用两只手拉过他的一只手,紧紧地握住,摇动了几下,用一种奇特的声调说:

"这是过去的事情了,克里姆·伊万诺维奇。曾经有过,也许现在在您周围还有那么一个阳奉阴违的人,他断送了我的前程……"

"您搞错了!"萨姆金严厉地回答。

"再见吧,"米特罗方诺夫说完,急匆匆地走了,但是走了三四步,又转过身来喊道:

"有过的!"

萨姆金望着这位从前警察局密探的背影,此刻也和别人一样,渐渐消失在黑暗之中,对他那哭泣般的叫喊只是耸耸肩膀。和米特罗方诺夫的尴尬相遇,对他的情绪没有影响,更没有使他动摇。寒冷的黄昏很快把人们驱散到四面八方,使周围的空气顿时充满喧嚣。而从人们谈笑风生的情绪来看,他们对履行这次义务却感到心满意足。

萨姆金慢悠悠地走着,脑子里在琢磨各种"语言体系"可能对他将要发表的文章提出的异议。但是这些异议顷刻就烟消云散了,仿佛最初的雨点落在炎热的太阳烘烤过的尘土飞扬的大路上一般。他的记忆又殷切地提示他一些非常恰当的话语,并且轻而易举地、妙不可言地构成了他那异常有趣的思想。于是他感到自己是个摆脱了畏惧的无忧无虑的自由人。

"这里真的来过一个小孩吗?"他心里想着,暗自觉得好笑。

他穿过已经稀疏的人群,又从尼基塔大门广场走过去,然后跟着一大群人,顺着林荫道朝一个方向奔走,追过了柳托夫,但没有发现他。直到这个从来不安稳的家伙蹦到他跟前,对着他的耳朵大喝一声的时候,才认出是他。

"嘿,嘿!我是跟杜尼娅莎在一起的,我正要对她说……"

萨姆金往后退了一步。他知道,也感觉到柳托夫马上要说出叫人讨厌的双关语了。不错,不错,他已经准备要说出什么糟糕透顶的话了,这可以从他那张毫无顾忌的面孔扬扬得意的抽搐中看出来。为了抢在柳托夫的前面,他自己先开了口,而且说得很快,很激动,带有冷嘲热讽的意味。

"喂,现在我就希望你不要再扮演那种没出息的魔鬼角色了。这是卑劣的角色,也可以说是下流的角色,请原谅!对于你这样一个根深蒂固的庸俗市侩,是不能用虚无主义作掩饰的……"

他觉得自己还能说出许许多多刻薄的话来,但是柳托夫已经举起手,好像要打人似的。可柳托夫却正了正帽子,用另一只手攥起拳头,轻轻地戳了他一下肋部,往后一退,又用疑问的口气说了声:

"嘿,嘿?"

萨姆金头也不回地急步朝前走去,生怕第三次听见这深恶痛绝的"嘿嘿"声。

第二部完